Jane Austen Stolz und Vorurteil

JANE AUSTEN

Stolz und Vorurteil

Roman

1990
Gustav Kiepenheuer Verlag

Originaltitel: Pride and Prejudice
Übertragung aus dem Englischen von Werner Beyer
Nachwort von Helmut Findeisen

ISBN 3-378-00115-1

Erstes Kapitel

In der ganzen Welt gilt es als ausgemachte Wahrheit, daß ein begüterter Junggeselle unbedingt nach einer Frau Ausschau halten muß.

Wie wenig auch sonst von den Gefühlen und Ansichten eines solchen Mannes bekannt sein mag, wenn er zuerst in einem nachbarlichen Lebenskreis auftaucht, so ist die besagte Binsenwahrheit in den Gemütern der ringsum wohnenden Familien doch so fest verankert, daß er von vornherein als das rechtmäßige Eigentum der einen oder anderen ihrer Töchter betrachtet wird.

»Mein lieber Bennet«, sagte dessen bessere Ehehälfte eines Tages, »hast du schon gehört, daß der Gutssitz Netherfield Park nun endlich einen Mieter gefunden hat?«

Herr Bennet erwiderte, das sei ihm neu.

»Es stimmt aber«, gab sie zurück, »denn eben ist Frau Long hiergewesen und hat mir alles haargenau berichtet.«

Herr Bennet gab keine Antwort.

»Ja willst du denn nicht wissen, wer das Gut übernommen hat?« rief die Gattin ungeduldig.

»Nun, du willst mir's ja erzählen, und ich bin durchaus bereit, mir die Sache anzuhören.«

Das ließ sie sich nicht zweimal sagen und begann.

»Also, mein Lieber, denk dir nur, Frau Long sagt, Netherfield ist von einem jungen Mann aus Nordengland übernommen worden, und er hat eine Menge Geld; am Montag ist er vierspännig in einer Kutsche mit Halbverdeck hergekommen, um sich alles anzusehn, sagt sie, und es hat ihm gleich so gefallen, daß er sofort mit Herrn Morris einig geworden ist; noch vor Michaelis soll er einziehn, sagt sie, und einige von seinen Dienstboten werden schon bis Ende nächster Woche im Haus erwartet.«

»Wie heißt er denn?«

»Bingley.«

»Ist er verheiratet oder ledig?«

»Ledig ist er, mein Lieber, denk nur, ledig! Ein Junggeselle mit großem Vermögen; vier- oder fünftausend Pfund Einkommen im Jahr. Das ist doch wunderbar für unsere Mädchen!«

»Wieso? Was sollen denn die damit zu tun haben?«

»Aber mein lieber Bennet«, erwiderte die treue Gattin, »wie kannst du nur so schwer von Begriff sein! So nimm denn zur Kenntnis, daß er meiner Meinung nach eine von ihnen heiraten wird.«

»Will er sich deswegen hier niederlassen?«

»Deswegen! – Wie kannst du nur solchen Unsinn reden! Aber es ist doch sehr wahrscheinlich, daß er sich in eine von ihnen verlieben könnte, und deshalb mußt du ihm deinen Besuch machen, sobald er einzieht.«

»Ich sehe nicht ein, warum ich das sollte. Du und die Mädchen, ihr könnt ja hinüberfahren, oder du kannst sie auch alleine hinschicken, was vielleicht noch besser sein wird, denn da du's an Schönheit mit jeder von ihnen aufnehmen kannst, besteht die Gefahr, daß Herr Bingley nur Augen für dich hat.«

»Ach, mein Lieber, jetzt schmeichelst du aber! Natürlich habe ich mich bestimmt mal sehen lassen können, aber ich bilde mir nicht ein, jetzt noch etwas ganz Besonderes darzustellen. Wenn eine Frau fünf erwachsene Töchter hat, sollte sie nicht mehr so sehr an ihre eigene Schönheit denken.«

»Meist hat sie dazu auch gar keinen Grund mehr.«

»Aber, mein Lieber, du mußt Herrn Bingley trotzdem besuchen, wenn er in unserer Nachbarschaft ansässig wird.«

»Darauf kann ich mich nicht einlassen, bestimmt nicht.«

»Aber denke doch an deine Töchter! Überleg dir mal, was das für eine wunderbare Versorgung für eine von ihnen bedeuten würde. Sir William und Lady Lucas sind fest entschlossen, auch hinzufahren, und zwar nur deswegen, denn im allgemeinen machen sie ja nie Besuche bei neu Zugezogenen, wie du wohl weißt. Du mußt einfach hin, denn wenn du es nicht tust, wird es ja für uns unmöglich sein, ihm einen Besuch abzustatten.«

»Da hast du wohl viel zuviel Bedenken. Herr Bingley wird sich bestimmt freuen, euch kennenzulernen; und ich will dir ein paar Zeilen mitgeben, damit er weiß, daß ich von ganzem Herzen einverstanden bin, wenn er eins von den Mädeln heiraten will, ganz egal welche, wenn ich auch für meine kleine Lissy unbedingt ein gutes Wort einlegen muß.«

»Ich möchte dich bitten, das zu unterlassen. Lissy ist keinen Deut besser als die anderen; ganz bestimmt ist sie nicht halb so hübsch wie Jane und nicht halb so angenehm in ihrem Wesen wie Lydia. Aber du mußt sie ja immer den anderen vorziehen.«

»Keine von ihnen hat etwas Besonderes zu bieten«, erwiderte er, »sie sind alle albern und unwissend, wie andere Mädchen auch; aber Lissy ist ihren Schwestern an Beweglichkeit und Auffassungsvermögen doch etwas überlegen.«

»Bennet, wie kannst du nur so abschätzig von deinen eigenen Kindern reden? Aber du willst mich ja nur ärgern. Meine armen Nerven sind dir ganz gleichgültig.«

»Da mißverstehst du mich, meine Liebe. Ich habe vor deinen Nerven allen Respekt. Sie sind gute alte Bekannte von mir. Mindestens seit zwanzig Jahren redest du mir von ihnen die Ohren voll.«

»Ach, du weißt nicht, was ich leide!«

»Nun, ich hoffe, du wirst's schon überstehen und noch viele junge Männer mit viertausend Pfund im Jahr erleben, die sich in der Nachbarschaft niederlassen.«

»Und wenn zwanzig davon herkämen, würde uns das nichts nützen, weil du sie ja nicht besuchen willst.«

»Verlaß dich drauf, meine Liebe, wenn es erst zwanzig sind, dann besuche ich sie alle.«

Herr Bennet war eine so ungewöhnliche Mischung von

wendigem Geist, sarkastischem Humor, Verschlossenheit und schrulligen Einfällen, daß für seine Frau die Erfahrung von dreiundzwanzig Ehejahren nicht ausgereicht hatte, seinen Charakter zu verstehen. Dagegen war ihr Geist weniger schwer einzuschätzen. Sie war eine Frau von schwacher Intelligenz, geringen Kenntnissen und unberechenbaren Launen. Wenn ihr etwas gegen den Strich ging, bildete sie sich ein, sie litte an nervösen Störungen. Ihre Lebensaufgabe war es, ihre Töchter unter die Haube zu bringen; ihr Trost waren Besuche und Klatsch.

Zweites Kapitel

Herr Bennet war unter den ersten, die Herrn Bingley ihren Besuch abstatteten. Er war schon immer entschlossen gewesen, ihn zu besuchen, wenn er auch seiner Frau bis zur letzten Minute versicherte, er werde nicht hinfahren; und bis zum Abend nach dem Besuch erfuhr sie nichts davon. Die Neuigkeit wurde ihr dann in der folgenden Weise beigebracht: Als er bemerkte, wie seine zweite Tochter mit dem Garnieren eines Hutes beschäftigt war, richtete er unvermittelt das Wort an sie.

»Na, ich hoffe, er wird Herrn Bingley gefallen, Lissy.«

»Wir werden nie erfahren, was Herrn Bingley gefällt«, sagte ihre Mutter vorwurfsvoll, »da wir ihn ja nicht besuchen sollen.«

»Aber du vergißt, Mama«, sagte Elisabeth, »daß wir ihn bei den großen Gesellschaften treffen werden und daß Frau Long versprochen hat, ihn vorzustellen.«

»Ich glaube nicht, daß Frau Long so etwas tun wird. Sie hat selber zwei Nichten. Sie ist eine selbstsüchtige, unaufrichtige Frau, und ich habe keine besonders gute Meinung von ihr.«

»Ich auch nicht«, sagte Herr Bennet, »und ich freue mich, daß du nun auf ihre Hilfe nicht mehr angewiesen bist.«

Frau Bennet geruhte nicht, etwas darauf zu antworten; aber da sie nun einmal den Mund nicht halten konnte, begann sie, eine ihrer Töchter auszuschelten.

»So höre doch endlich mal auf zu husten, Kitty, um Himmels willen. Hab doch ein klein wenig Mitleid mit meinen Nerven; du reißt sie mir ja in Fetzen.«

»Kitty hustet ohne jedes Taktgefühl«, sagte der Vater, »sie tut es immer zur unrechten Zeit.«

»Ich huste nicht zu meinem Vergnügen«, erwiderte Kitty gereizt.

»Wann soll denn dein nächster Ball sein, Lissy?«

»Morgen in vierzehn Tagen.«

»Ja, das ist es eben«, jammerte die Mutter, »und Frau Long kommt erst am Tag zuvor zurück, und drum kann sie ihn nicht vorstellen; denn sie wird ihn bis dahin selber nicht kennengelernt haben.«

»Dann, meine Liebe, kannst du eventuell deine Freundin ausstechen und Herrn Bingley ihr vorstellen.«

»Unmöglich, Bennet, ganz unmöglich, wenn ich doch selber mit ihm nicht bekannt bin; wie kannst du mich nur so quälen!«

»Ich muß deinen Weitblick anerkennen. Eine Bekanntschaft von vierzehn Tagen ist tatsächlich nicht viel. Nach zwei Wochen kann man wirklich noch nicht wissen, was in einem Menschen steckt. Aber wenn wir das Wagnis nicht übernehmen, wird es jemand anders tun; jedenfalls müssen Frau Long und ihre Nichten es darauf ankommen lassen und uns vertrauen. Zweifellos werden sie es aber als eine selbstverständliche Gefälligkeit ansehen, und wenn du die Vorstellung nicht übernehmen willst, werde ich es eben tun müssen.«

Die Mädchen starrten ihren Vater an. Frau Bennet sagte nur: »Unsinn, nichts als Unsinn!«

»Was willst du mit diesem bündigen Ausruf sagen?« rief er. »Hältst du die Förmlichkeiten einer Vorstellung, auf die so viel Wert gelegt wird, für Unsinn? In diesem

Punkt kann ich dir nicht ganz zustimmen. Und was meinst du dazu, Mary? Du bist doch eine junge Dame, die sich Gedanken über alles macht; und ich weiß, daß du dicke Bücher liest und dir Auszüge daraus machst.«

Mary hätte gern etwas sehr Gescheites gesagt, nur brachte sie es nicht recht heraus.

»Während sich Mary ihre Gedanken zurechtlegt«, fuhr er fort, »wollen wir uns weiter mit Herrn Bingley beschäftigen.«

»Mir hängt dein Herr Bingley zum Halse heraus«, rief seine Frau.

»Das zu hören tut mir wirklich leid; aber warum hast du mir das nicht gleich gesagt? Wenn ich es wenigstens noch heute früh gewußt hätte, würde ich ihm den Besuch ganz bestimmt nicht abgestattet haben. Es ist großes Pech, aber da ich ihn nun einmal besucht habe, können wir nicht mehr so tun, als kennten wir ihn nicht.«

Das Erstaunen der Damen entsprach genau seinen Vorstellungen; am allererstauntesten war vielleicht Frau Bennet, obwohl sie, als der erste Freudentaumel sich gelegt hatte, zu behaupten anfing, sie hätte das alles schon die ganze Zeit über erwartet.

»Wie gut war das von dir, mein lieber Bennet! Ich hab's ja gewußt, daß ich dich am Ende doch noch dazu überreden würde. Ich war mir ganz sicher, daß du die Mädels viel zu gern hast, als daß du solch eine Bekanntschaft schwimmenlassen könntest. Ach, wie freue ich mich! Und es ist so ein netter Spaß, daß du heute früh hinübergefahren bist und bis jetzt kein Wort davon erzählt hast.«

»Na, Kitty, jetzt kannst du husten, soviel du willst«, sagte Herr Bennet, und mit diesen Worten verließ er das Zimmer, da er von den Freudenausbrüchen seiner Frau genug hatte.

»Was für einen prächtigen Vater ihr habt, Mädels«, sagte sie, als sich die Tür geschlossen hatte. »Ich weiß nicht, wie ihr das an ihm jemals wiedergutmachen könnt – und an mir übrigens auch. Heutzutage ist es nicht so angenehm, jeden Tag neue Bekanntschaften zu schließen, das kann ich euch sagen, aber für euch würden wir alles tun. Lydia, mein Liebling, du bist zwar die Jüngste von allen, aber man muß trotzdem damit rechnen, daß Herr Bingley auf dem nächsten Ball mit dir tanzen wird.«

»Ach«, sagte Lydia beherzt, »ich hab keine Angst, denn wenn ich auch die Jüngste bin, so bin ich doch auch die Größte.«

Den Rest des Abends brachten sie damit zu, Mutmaßungen anzustellen, wie bald er wohl Herrn Bennets Besuch erwidern würde, und auszumachen, wann sie ihn zum Essen einladen sollten.

Drittes Kapitel

Wie sehr sich auch Frau Bennet unter dem Beistand ihrer Töchter bemühte, ihren Gatten über Herrn Bingley genau auszuhorchen, es gelang ihr nicht, eine befriedigende Beschreibung aus ihm herauszufragen. Sie leiteten den Angriff auf die verschiedenste Weise ein, mit unverhüllten Fragen, sinnreich ausgedachten Vermutungen und nebelhaften Andeutungen, doch sie konnten es noch so geschickt anlegen, er wich ihnen stets gewandt aus. Schließlich mußten sie sich mit einer Nachricht aus zweiter Hand begnügen. Sie stammte von Lady Lucas, ihrer Nachbarin. Ihr Bericht klang äußerst günstig. Sir William sei entzückt von ihm gewesen. Er sei sehr jung, wunderbar hübsch, äußerst angenehm im Umgang und, um dem Ganzen die Krone aufzusetzen, wolle er auf der nächsten Gesellschaft mit großem Anhang erscheinen. Nichts hätte erfreulicher sein können! Die Lust am Tanzen führte ganz gewiß dazu, sich in jemanden zu verlieben, und so machte man sich denn lebhafte Hoffnungen auf Herrn Bingleys Herz.

»Wenn ich nur eine meiner Töchter glücklich in Netherfield untergebracht und die anderen ebenso günstig verheiratet sehen könnte«, sagte Frau Bennet zu ihrem Gatten, »dann wären alle meine Wünsche erfüllt.«
Nach ein paar Tagen erwiderte Herr Bingley Herrn Bennets Besuch und saß ungefähr zehn Minuten mit ihm in der Bibliothek zusammen. Er hatte die Hoffnung gehegt, die jungen Damen sehen zu dürfen, von deren Schönheit er schon viel gehört hatte, aber er bekam nur den Vater zu Gesicht. Die Damen waren etwas glücklicher dran, denn sie hatten den Vorteil, von einem oberen Fenster aus feststellen zu können, daß er einen blauen Überrock trug und ein schwarzes Pferd ritt.
Eine Einladung zum Dinner ward bald danach abgesandt, und schon hatte Frau Bennet die Gänge geplant, die für ihren Haushalt Ehre einlegen sollten, als eine Antwort eintraf, durch die alles wieder aufgeschoben wurde. Herr Bingley müsse am nächsten Tag in der Stadt sein und sei infolgedessen verhindert, die Ehre ihrer Einladung annehmen zu können usw. usw. – Frau Bennet war ganz außer sich. Sie konnte sich nicht vorstellen, was er so kurz nach seinem Eintreffen in Hertfordshire in der Stadt zu tun haben sollte, und fürchtete schon, daß er immer von einem Ort zum anderen schwirren und in Netherfield nie so seßhaft werden könnte, wie sie es gern gesehen hätte. Lady Lucas beschwichtigte ihre Befürchtungen ein wenig, indem sie die Idee aufbrachte, er sei nur deshalb nach London gereist, um eine möglichst große Gesellschaft für den Ball zusammenzubringen; und bald kam auch wirklich die Nachricht, Herr Bingley werde zwölf Damen und sieben Herren zu der Veranstaltung mitbringen. Den Mädchen bereitete eine so große Anzahl von Damen Kummer; doch am Tage vor dem Ball vernahmen sie zu ihrem Trost, daß er statt zwölf nur sechs aus London mitgebracht habe, nämlich seine fünf Schwestern und seine Kusine. Und als die Gesellschaft den Saal betrat, bestand sie insgesamt aus nur fünf Personen – Herrn Bingley, seinen beiden Schwestern, dem Gatten der ältesten und noch einem jungen Mann.

Herr Bingley sah gut aus und machte einen vornehmen Eindruck. Er hatte ein angenehmes Äußere und gab sich zwanglos und natürlich. Seine Schwestern waren schöne Frauen von ausgeprägt vornehmer Lebensart. Sein Schwager, Herr Hurst, sah aus, wie ein Gentleman eben aussieht. Doch sein Freund Darcy stand bald im Mittelpunkt der Aufmerksamkeit des ganzen Saales, was nicht nur auf seine schöne, stattliche Gestalt, sein hübsches Gesicht und seine edlen Züge zurückzuführen war, sondern auch auf die Nachricht, die innerhalb von fünf Minuten nach seinem Eintritt die Runde durch den Saal machte, daß er nämlich ein Einkommen von jährlich zehntausend Pfund habe. Die Herren stellten fest, er wirke stattlich und männlich, und die Damen erklärten, er sei noch viel hübscher als Herr Bingley. Ungefähr den halben Abend lang wurde er angestaunt, bis sein Verhalten einen derartigen Widerwillen erregte, daß die Flut der Beliebtheit wieder von ihm abebbte. Man fand nämlich heraus, daß er stolz, hochnäsig und viel zu blasiert war, als daß er sich hätte wirklich amüsieren können; und sein ganzes großes Besitztum in Derbyshire konnte ihn nicht davor bewahren, ein höchst abstoßendes, unangenehmes Gesicht zugeschrieben zu bekommen und für einen Vergleich mit seinem Freund einfach unwürdig befunden zu werden. Herr Bingley hatte sich bald mit allen maßgebenden Leuten im Saal bekannt gemacht. Er war munter und freimütig, tanzte jeden Tanz, war ungehalten darüber, daß der Ball so zeitig zu Ende ging, und sprach davon, daß er selber einmal einen in Netherfield veranstalten wolle. Solch liebenswürdige Eigenschaften mußten natürlich für sich selber sprechen. Welch ein Unterschied zwischen ihm und seinem Freund! Herr Darcy tanzte nur einmal mit Frau Hurst und einmal mit Fräulein Bingley, lehnte es ab, sich einer anderen Dame vorstellen zu lassen, und verbrachte den ganzen übrigen Abend damit, im Saal auf und ab zu gehn und gelegentlich mit einem seiner engeren Bekannten zu sprechen. Sein Charakterbild stand nun ein für allemal fest: Er war der stolzeste, unangenehmste

Mann auf der Welt, und jeder hoffte, daß er nie wieder dorthin kommen würde. Zu denen, die am meisten gegen ihn aufgebracht waren, gehörte Frau Bennet, deren allgemeine Abneigung gegen sein Verhalten noch im besonderen dadurch gesteigert worden war, daß er eine ihrer Töchter hatte sitzenlassen.

Elisabeth Bennet hatte nämlich wegen des Herrenmangels zwei Tänze über sitzen müssen, und dabei hatte Herr Darcy eine Zeitlang so nahe neben ihr gestanden, daß sie eine Unterhaltung zwischen ihm und Herrn Bingley mit anhören mußte; Bingley hatte seinen Tanz für ein paar Minuten unterbrochen, um seinen Freund zum Mitmachen zu bewegen.

»Komm, Darcy«, sagte er, »laß dir gut zureden und tanze! Ich kann es kaum ansehen, wie du hier so albern allein herumstehst. Es wäre doch viel besser, du machtest mit!«

»Das werde ich ganz bestimmt nicht tun. Du weißt, wie ich es verabscheue, wenn ich mit meiner Partnerin nicht näher bekannt bin. Und in so einer Gesellschaft wie der hier wäre es ganz unerträglich. Deine Schwestern sind engagiert, und sonst ist keine Frau im Saal, mit der zu tanzen nicht eine Strafe für mich wäre.«

»Ich würde nicht so wählerisch sein wie du«, rief Bingley, »nicht für ein Königreich! Auf Ehre, ich bin in meinem ganzen Leben noch nie so vielen reizenden Mädchen begegnet wie heute abend, und siehst du, einige davon sind ganz besonders hübsch.«

»Du freilich tanzt mit dem einzigen hübschen Mädchen im Saal«, sagte Darcy und schaute das älteste Fräulein Bennet an.

»O ja, sie ist das schönste Mädchen, das ich jemals gesehen habe! Doch da sitzt eine ihrer Schwestern direkt hinter dir, die auch sehr hübsch und auf jeden Fall sehr nett ist. Ich will meine Partnerin bitten, dich vorzustellen.«

»Welche meinst du denn?« Er wandte sich um und musterte einen Augenblick lang Elisabeth; doch als sich ihre Augen trafen, blickte er weg und sagte kühl: »Sie

sieht ganz erträglich aus, doch nicht schön genug, um einen Mann wie mich in Versuchung zu führen; und ich bin augenblicklich nicht in der Stimmung, mich um junge Damen zu kümmern, die von anderen Männern sitzengelassen worden sind. Geh also lieber wieder zu deiner Tänzerin, und laß dich von ihrem Lächeln entzücken, denn mit mir vergeudest du nur deine Zeit.«
Herr Bingley folgte seinem Rat. Darcy entfernte sich und ließ Elisabeth mit nicht eben herzlichen Gefühlen für ihn zurück. Sie schilderte jedoch den Vorfall sehr witzig ihren Freundinnen, denn bei ihrem lebhaften, heiteren Temperament griff sie entzückt alles auf, was ihr lächerlich erschien.
Im ganzen gesehen verstrich der Abend für die Familie jedoch erfreulich. Frau Bennet hatte feststellen können, daß ihre älteste Tochter von der Gesellschaft aus Netherfield sehr bewundert worden war. Herr Bingley hatte zweimal mit ihr getanzt, und seine Schwestern hatten sich auffällig ihrer angenommen. Jane war darüber genauso erfreut wie ihre Mutter, nur auf stillere Art. Elisabeth freute sich mit Jane. Mary war Fräulein Bingley als das gebildetste Mädchen der Gegend vorgestellt worden, und Catherine und Lydia hatten das Glück gehabt, keinen Tanz auslassen zu müssen, und das war für sie auf einem Ball noch die Hauptsache. Sie kehrten daher alle in guter Stimmung nach ihrem Heimatort Longbourn zurück, dessen gewichtigste Bewohner sie waren. Sie fanden Herrn Bennet noch wach. Wenn der ein Buch hatte, war ihm die Zeit sowieso gleichgültig, und in diesem einen Falle war auch er ziemlich neugierig, zu erfahren, wie der Abend ausgegangen war, dem man mit so hohen Erwartungen entgegengesehen hatte. Er hatte eigentlich angenommen, daß seine Frau in ihren Ansichten über den Fremden restlos enttäuscht werden würde; doch bald sollte er erfahren, daß alles ganz anders verlaufen war.
»Ach, mein lieber Bennet«, rief sie schon beim Eintreten, »das war ein ganz entzückender Abend und ein ganz wunderbarer Ball. Ich wollte, du wärst dort gewe-

sen. Jane ist ja so bewundert worden, ganz unvergleichlich. Alle sagten, wie gut sie aussähe, und auf Herrn Bingley hat ihre Schönheit ganz besonderen Eindruck gemacht: Zweimal hat er mit ihr getanzt! Denk dir das nur, mein Lieber, er hat tatsächlich zweimal mit ihr getanzt! Und sie war die einzige im ganzen Saal, die er zum zweitenmal engagiert hat. Zuerst hat er mit dem ältesten Fräulein Lucas getanzt. Ich hab mich ja so geärgert, als er sie zum Tanze holte, aber er hat sich überhaupt nichts aus ihr gemacht; doch das ist kein Wunder, wie du weißt. Wer macht sich schon was aus ihr; aber von Jane schien er sehr eingenommen, als er sie dann tanzen sah. Drum erkundigte er sich auch gleich, wer sie wäre, und ließ sich vorstellen und bat sie um den nächsten Doppeltanz. Den dritten Doppeltanz tanzte er dann mit Fräulein King, und den vierten mit Maria Lucas, und den fünften dann wieder mit Jane, und den sechsten mit Lissy, und die Gavotte ...«

»Wenn er auch nur eine Spur Mitgefühl mit mir gehabt hätte«, rief ihr Gatte voller Ungeduld, »würde er nicht halb soviel getanzt haben. Zähle mir um Gottes willen nicht noch mehr von seinen Tänzerinnen auf. Wenn er sich doch gleich beim ersten Tanz den Fuß verstaucht hätte!«

»Ach, mein Lieber«, fuhr Frau Bennet fort, »ich bin ganz hingerissen von ihm. Wie hübsch er doch ist! Und seine Schwestern sind reizende Frauen. Noch nie in meinem Leben habe ich so was Elegantes gesehen wie ihre Kleider. Schon die Spitze auf dem Kleid von Frau Hurst, das kann man wohl sagen ...«

Hier wurde sie abermals unterbrochen. Herr Bennet verbat sich energisch jede Beschreibung von Putz und Staat. Sie mußte daher nach anderem Gesprächsstoff über den Ball suchen und erzählte sehr erbittert und mit einiger Übertreibung von der empörenden Unhöflichkeit dieses Herrn Darcy.

»Aber ich kann dir versichern«, sagte sie zum Schluß, »daß es für Lissy kein großer Verlust ist, wenn sie auf den keinen Eindruck gemacht hat; denn er ist ein ganz und gar unangenehmer, ekliger Kerl und nicht wert, daß man seine Freundlichkeit an ihn verschwendet. So hochnäsig und so eingebildet, daß es einfach nicht auszuhalten war! Er ging mal hierhin, mal dorthin und kam sich sehr bedeutend vor! Viel zu unangenehm als Tänzer! Ich wollte, du wärst dabeigewesen, mein Lieber, und hättest es ihm mal ordentlich gegeben, wie es deine Spezialität ist. Wie ich den Kerl verabscheue!«

Viertes Kapitel

Als Jane und Elisabeth allein waren, schüttete die erstere, die bisher Herrn Bingley nie besonders hervorgehoben hatte, ihrer Schwester das Herz aus und sagte ihr, wie sehr sie ihn schätze.

»Er ist genau das, was ich mir unter einem vollendeten jungen Mann vorstelle«, sagte sie, »verständig, fröhlich, frisch. Ich habe noch niemand mit so vollkommen harmonischen Umgangsformen kennengelernt – soviel Ungezwungenheit bei völlig korrektem Benehmen!«

»Und hübsch ist er auch noch«, erwiderte Elisabeth, »was ja ein junger Mann nach Möglichkeit zusätzlich sein sollte. Und damit wird er zu einem vollkommenen Kavalier.«

»Ich fühlte mich ja so geschmeichelt, als er mich ein zweites Mal zum Tanz aufforderte. Ein solches Kompliment hatte ich nicht erwartet.«

»Du nicht? Aber ich habe es für dich erwartet. Das ist überhaupt der große Unterschied zwischen uns beiden: Du wirst von Komplimenten, die dir gemacht werden, immer überrascht, ich niemals. Es war doch die natürlichste Sache der Welt, daß er dich wieder aufforderte. Er mußte doch einfach sehen, daß du ungefähr fünfmal so hübsch wie jedes andere weibliche Wesen im Saal warst. Und dabei brauchte er nicht mal besonders galant zu sein, um das festzustellen. Nun, er ist ganz gewiß ein sehr angenehmer Mensch, und von mir aus kannst du dich gut und gern in ihn verlieben. Du hast dich schon in dümmere Männer verguckt.«

»Aber Lissy!«

»Weißt du, du bist viel zu leicht geneigt, von allen Leuten nur Gutes zu denken. In keinem siehst du einen Fehler. In deinen Augen ist alle Welt gut und schön. Noch nie in meinem Leben habe ich dich von einem Menschen schlecht reden hören.«

»Freilich möchte ich nicht vorschnell über einen Menschen urteilen; aber ich sage immer frei heraus, was ich denke.«

»Das weiß ich, und gerade darüber wundere ich mich ja. Wie kann man bei deinem gesunden Urteil gegenüber den Torheiten und der Dummheit anderer so ehrlich blind sein! Eine geheuchelte Offenheit und Unparteilichkeit gibt es häufig genug – man trifft sie überall an. Doch offen und ehrlich zu sein, ohne damit etwas zeigen oder gar erreichen zu wollen, im Charakter jedes Menschen nur das Gute zu sehen, es gar noch besser darzustellen und von dem Schlechten ganz zu schweigen, das bringst nur du fertig. Du bist also auch von den Schwestern dieses Mannes eingenommen, nicht wahr? Nun, ihre Art ist nicht so angenehm wie die ihres Bruders.«

»Gewiß, vom ersten Eindruck her hast du recht. Aber wenn man mit ihnen spricht, entpuppen sie sich als recht angenehm. Fräulein Bingley soll zu ihrem Bruder ziehen und ihm den Haushalt führen, und ich müßte mich sehr irren, wenn wir in ihr nicht eine reizende Nachbarin bekommen würden.«

Elisabeth hörte schweigend zu, war aber nicht überzeugt. Das Verhalten der Schwestern auf der Gesellschaft war nicht darauf eingestellt gewesen, allgemein zu gefallen. Elisabeth beobachtete schärfer und schneller als ihre Schwester, war weniger geneigt, allen gerecht zu werden, und urteilte ohne jede Rücksicht auf ihre eigene Person; so zeigte sie recht geringe Neigung, das Auftreten von Bingleys Schwestern zu billigen. Freilich waren sie sehr feine Damen. Wenn sie in Stimmung waren, fehlte es ihnen durchaus nicht an guter Laune, und sie konnten auch sehr liebenswürdig sein, wenn es ihnen paßte, doch waren sie bei alledem stolz und eingebildet. Sie waren ziemlich hübsch, hatten eines der erstklassigen privaten Erziehungsinstitute in London besucht, besaßen ein Vermögen von zwanzigtausend Pfund und pflegten mehr auszugeben, als sie sich eigentlich leisten konnten. Sie verkehrten gern mit Leuten von Rang und Ansehen und fühlten sich daher berechtigt, von sich selbst hoch und von anderen gering zu denken. Sie entstammten einer achtbaren Familie Nordenglands, ein Umstand, der sich ihrem Bewußtsein tiefer eingeprägt hatte als die Tatsache, daß ihr Vermögen und das ihres Bruders durch Handelsgeschäfte erworben worden war.

Bingley erbte ein Vermögen von nahezu hunderttausend Pfund. Sein Vater hatte dafür ein Rittergut erwerben wollen, war aber nicht mehr dazu gekommen. Bingley trug sich mit der gleichen Absicht und machte sich manchmal Gedanken, welche Grafschaft dafür in Frage käme. Doch jetzt, da er einen guten Wohnsitz gefunden hatte und das angenehm-freizügige Leben auf einem herrschaftlichen Landsitz genoß, war es für viele, die seinen Hang zur Bequemlichkeit am besten kannten, mehr als zweifelhaft, ob er nicht den Rest seiner Tage in Netherfield verbringen und es der nächsten Generation überlassen würde, den geplanten Kauf durchzuführen.

Seinen Schwestern lag sehr viel daran, daß er ein eigenes Gut erwarb. Doch obwohl er sich vorerst nur als Mieter niedergelassen hatte, war Fräulein Bingley durchaus nicht abgeneigt, an seiner Tafel die Rolle der Hausfrau zu übernehmen. Ebensowenig ließ sich Frau Hurst, die einen weniger vermögenden als vornehmen Mann geheiratet hatte, davon abhalten, sein Haus als ihr Heim zu betrachten, wenn es ihr gelegen kam. Bingley war noch nicht ganz zwei Jahre mündig, als er durch eine zufällige

Empfehlung angeregt wurde, sich das Netherfielder Gutshaus anzuschauen. Er besichtigte es dann wirklich eine halbe Stunde lang innen und außen, fand an der Lage und an den hauptsächlichen Räumlichkeiten Gefallen, glaubte das, was der Eigentümer zum Lobe des Hauses sagte, und übernahm es auf der Stelle.

Zwischen ihm und Darcy bestand trotz großer Charaktergegensätze eine sehr dauerhafte Freundschaft. Darcy schätzte Bingley wegen seines unbeschwerten, offenen, lenkbaren Wesens, obwohl dies alles genau das Gegenteil seiner eigenen Anlagen darstellte, mit denen er übrigens nie unzufrieden zu sein schien. Bingley vertraute auf Darcys Zuneigung und hatte von seiner Urteilsfähigkeit die höchste Meinung. Darcy war ihm geistig überlegen. Nicht daß Bingleys Fähigkeiten etwa unzulänglich gewesen wären, aber Darcy war ausgesprochen begabt. Gleichzeitig war er jedoch hochmütig, zurückhaltend und schwer zu befriedigen und bei seinen durchaus korrekten Umgangsformen nicht eben anziehend. In dieser Beziehung war ihm sein Freund weit überlegen. Bingley konnte sicher sein, einen guten Eindruck zu machen, wo immer er erschien; Darcy stieß die Leute ständig vor den Kopf.

Die Art, in der sie sich über die Gesellschaft in Meryton unterhielten, war dafür hinreichend bezeichnend. Bingley wollte in seinem ganzen Leben keinen angenehmeren Leuten und hübscheren Mädchen begegnet sein; alle waren zu ihm so nett und aufmerksam gewesen; keine Förmlichkeit, keine Steifheit hatte dort geherrscht, und er hatte sich bald allen Anwesenden gegenüber als alter Bekannter gefühlt; und was Fräulein Bennet anging, so konnte er sich nicht vorstellen, daß ein Engel schöner als sie sein könne. Darcy dagegen hatte eine Ansammlung von Leuten ohne viel Schönheit und Lebensart erblickt; für niemanden hatte er auch nur das kleinste Interesse aufbringen können, und niemand hatte sich um ihn bemüht oder ihm Freude gemacht. Fräulein Bennet war hübsch, das mußte auch er anerkennen, aber sie lachte zuviel.

Frau Hurst und ihre Schwester fanden das auch – hielten sie aber doch für reizend und hatten sie gern; sie nannten sie ein süßes Mädel, das sie ganz gern näher kennenlernen würden. Damit war Fräulein Bennet als ›süßes Mädel‹ ein für allemal abgestempelt, und ihr Bruder fühlte sich auf Grund solcher Empfehlungen berechtigt, von ihr zu denken, wie es seinen Wünschen entsprach.

Fünftes Kapitel

Nur eine kurze Wegstrecke von Longbourn entfernt wohnte eine Familie, mit der die Bennets besonders eng befreundet waren. Sir William Lucas hatte früher in Meryton ein Handelsgeschäft betrieben und dabei ein ganz schönes Vermögen erworben. Während seiner Amtsperiode als Bürgermeister war er auf Grund einer persönlich überbrachten Eingabe an den König in den niederen Adelsstand erhoben worden. Die Standeserhöhung war ihm vielleicht etwas in den Kopf gestiegen. Er fühlte plötzlich Widerwillen gegen sein Geschäft und gegen die kleine Marktstadt, in der er wohnte. So hatte er beides aufgegeben und war mit seiner Familie in ein Gutshaus gezogen, das etwa eine Meile von Meryton entfernt lag und von nun an ›Villa Lucas‹ genannt wurde. Dort konnte er sich mit Vergnügen den Betrachtungen über seine Wichtigkeit hingeben und sich, von Geschäften ungestört, nur damit beschäftigen, zu aller Welt höflich zu sein. Denn wenn er auch stolz auf seinen Rang war, so machte ihn das nicht hochmütig; im Gegenteil, er war zu jedermann freundlich und aufmerksam. War er schon von Natur aus harmlos, freundlich und entgegenkommend, so hatte ihn seine Vorstellung im St.-James-Palast dazu noch verbindlich und höflich gemacht.

Lady Lucas war eine sehr gute Frau; ihre Geistesgaben hielten sich in bescheidenen Grenzen, so daß sie für Frau Bennet eine brauchbare und willkommene Nachbarin abgab. Das Ehepaar Lucas hatte mehrere Kinder. Das älteste davon, ein verständiges, intelligentes, ungefähr siebenundzwanzig Jahre altes Mädchen, war eng mit Elisabeth befreundet.

Es war natürlich unbedingt notwendig, daß die Fräulein Lucas und die Fräulein Bennet zusammenkamen, um ihre Eindrücke vom Ball auszutauschen; und so führte denn der Morgen nach der Gesellschaft die Töchter Lucas nach Longbourn, um zu hören und zu erzählen.

»Für Sie fing der Abend gut an, Charlotte«, sagte Frau Bennet mit höflicher Zurückhaltung zu Fräulein Lucas. »Sie waren Herrn Bingleys erste Wahl.«

»Ja – aber er schien von seiner zweiten begeisterter zu sein.«

»Oh – Sie denken wohl an Jane, weil er mit ihr zweimal tanzte. Freilich, das sah wirklich so aus, als ob er von ihr begeistert wäre. Ich möchte auch beinahe annehmen, daß es wirklich so war. Ich habe außerdem gesprächsweise so was Ähnliches gehört, kann mich aber gar nicht mehr genau besinnen – ich glaube, es hatte etwas mit Herrn Robinson zu tun.«

»Vielleicht meinen Sie das Gespräch zwischen ihm und Herrn Robinson, das ich zufällig mit anhörte? Habe ich Ihnen nicht schon davon berichtet? Also Herr Robinson fragte ihn, wie ihm unsere Merytoner Gesellschaften gefielen und ob er nicht auch den Eindruck habe, daß sehr viele hübsche Mädchen anwesend wären, und welche er denn für die hübscheste halte. Auf die letzte Frage platzte er gleich mit der Antwort heraus: ›Nun, das älteste Fräulein Bennet, da gibt's gar keinen Zweifel; darüber sind sich wohl alle einig.‹«

»Was Sie nicht sagen! – Nun ja, das war deutlich genug – das sieht wirklich so aus, als ob ... Aber wissen Sie, das bedeutet noch lange nicht, daß unbedingt etwas daraus wird.«

»Jedenfalls war das, was ich da erlauscht habe, verheißungsvoller, als was du aufgeschnappt hast, Elisa«, sagte Charlotte. »Bei Herrn Darcy lohnt es nicht so sehr, daß man auf seine Worte hört, wie bei seinem Freunde Bingley, nicht wahr? – Arme Elisa: nur eben noch erträglich zu sein!«

»Reden Sie doch bitte Lissy nicht ein, daß sie sich über sein schlechtes Betragen ärgern sollte, denn er ist ein so unangenehmer Mensch, daß es geradezu ein Unglück wäre, von ihm verehrt zu werden. Frau Long hat mir gestern abend erzählt, daß er eine halbe Stunde lang direkt neben ihr gesessen und kein einziges Mal den Mund aufgetan hat.«

»Bist du deiner Sache ganz sicher? Liegt da nicht doch ein kleiner Irrtum vor?« fragte Jane. »Ich habe doch ganz genau gesehen, daß Herr Darcy mit ihr gesprochen hat.«

»Ja, stimmt schon – aber doch nur, weil sie ihn dann endlich gefragt hat, wie es ihm in Netherfield gefällt, und da mußte er ja schließlich eine Antwort geben; aber sie sagte, er schien sehr gereizt, weil sie ihn angeredet hatte.«

»Fräulein Bingley hat mir erzählt«, sagte Jane, »daß er nie viel spricht, wenn er nicht unter guten alten Bekannten ist; zu denen soll er sehr nett und höflich sein.«

»Davon glaube ich nicht ein Wort, meine Liebe. Wenn er wirklich nett und höflich wäre, hätte er sich mit Frau Long unterhalten. Aber ich kann mir schon denken, wie die Sache war. Es heißt ja allgemein, daß er vor Stolz fast platzt, und da hat er wohl irgendwie erfahren, daß Frau Long keinen eigenen Wagen hält und in einer Lohnkutsche zum Ball gekommen ist.«

»Mir ist es nicht so wichtig, daß er sich nicht mit Frau Long unterhalten hat«, sagte Fräulein Lucas, »aber ich wollte, er hätte mit Elisa getanzt.«

»Wenn es wieder mal dazu kommt, Lissy«, sagte ihre Mutter, »würde ich an deiner Stelle mit dem nicht tanzen.«

»Ich glaube, Mutter, ich kann dir fest versprechen, daß ich mit ihm niemals tanzen werde.«

»Sein Stolz«, sagte Fräulein Lucas, »verletzt mich persönlich nicht so fühlbar wie oft der Stolz anderer Leute, weil er einigermaßen erklärlich ist. Man braucht sich nicht darüber zu wundern, daß ein so ausgezeichneter junger Mann aus guter Familie, mit großem Vermögen und was sonst noch alles zu seinen Gunsten spricht, eine hohe Meinung von sich hat. Ich möchte sagen, er hat geradezu ein Recht darauf, stolz zu sein.«

»Das ist vollkommen richtig«, erwiderte Elisabeth, »und ich könnte ihm seinen Stolz leicht vergeben, wenn er nicht den meinen gekränkt hätte.«

»Stolz«, bemerkte Mary, die sich auf die Gründlichkeit ihrer Gedankengänge und Formulierungen etwas einbildete, »ist, glaube ich, eine sehr verbreitete Charakterschwäche. Nach allem, was ich bisher gelesen habe, bin ich sogar überzeugt davon, daß sie sehr verbreitet und daß die menschliche Natur dafür besonders anfällig ist; es wird wohl sehr wenige unter uns geben, die nicht auf Grund dieses oder jenes wirklichen oder eingebildeten Vorzugs ein Gefühl der Selbstgefälligkeit hegen. Doch sind Eitelkeit und Stolz zwei verschiedene Dinge, obwohl beide Worte im gleichen Sinne gebraucht werden. Es kann jemand wohl stolz sein, ohne dabei eitel sein zu müssen. Stolz hat mehr mit der Meinung zu tun, die wir von uns selber haben, Eitelkeit dagegen mit der Meinung, die andere von uns haben sollen.«

»Wenn ich so reich wie Herr Darcy wäre«, rief ein junger Lucas, der mit seinen Schwestern gekommen war, »wäre ich so stolz, wie es mir paßte. Ich würde mir eine Meute Hunde für die Fuchsjagd halten und jeden Tag eine Flasche Wein trinken.«

»Dann würdest du bedeutend mehr trinken, als dir dienlich ist«, sagte Frau Bennet, »und wenn ich dich dabei antreffen sollte, würde ich dir die Flasche sofort wegnehmen.«

Der Junge erklärte, das solle sie lieber bleibenlassen; sie versicherte immer wieder, sie würde es doch tun, und der Streit hörte erst auf, als die Besucher wieder gingen.

Sechstes Kapitel

Die Damen aus Longbourn machten denen von Netherfield bald ihren Besuch, den diese in geziemender Form erwiderten. Fräulein Bennets gewinnendes Wesen wurde von Frau Hurst und Fräulein Bingley entgegenkommenderweise immer offener anerkannt. Sie fanden zwar die Mutter unerträglich und die jüngeren Schwestern nicht der Anrede wert, drückten aber den Wunsch aus, mit den beiden ältesten Schwestern näher bekannt zu werden. Jane freute sich außerordentlich über diese Aufmerksamkeit; doch Elisabeth glaubte immer noch zu bemerken, wie herablassend sie jedermann behandelten, womit sie selbst bei ihrer Schwester keine Ausnahme machten, und so konnte sie es nicht über sich bringen, ihnen ihre Zuneigung zu schenken. Dabei hatte die Freundlichkeit der beiden gegenüber Jane insofern einen besonderen Wert, da sie höchstwahrscheinlich mit der Wertschätzung im Zusammenhang stand, die ihr Bruder Jane entgegenbrachte. Es war bei jeder Begegnung der beiden ganz offensichtlich, daß er sie wirklich verehrte. Und ebenso offensichtlich war es für Elisabeth, daß ihre Schwester Jane der Zuneigung, die sie vom ersten Augenblick an für ihn empfunden hatte, immer mehr nachgab und auf dem besten Wege war, sich bis über die Ohren zu verlieben. Doch stellte Elisabeth mit Genugtuung fest, daß die Welt draußen wahrscheinlich nichts von dieser Liebe entdecken würde, da Jane es verstand, auch bei starkem Gefühl sich völlig zu beherrschen und, wie es ihre Art war, gleichmäßig fröhlich und freundlich zu bleiben, wodurch sie sich vor zudringlichen Vermutungen der Mitwelt abschirmen konnte. Sie sprach mit ihrer Freundin, dem Fräulein Lucas, darüber.

»Es mag vielleicht angenehm sein«, erwiderte Charlotte, in einem solchen Fall das Publikum hinters Licht führen zu können, aber manchmal hat es auch Nachteile, wenn man sich gar zu sehr beherrscht. Wenn eine Frau ihre Zuneigung ebenso geschickt auch vor dem verbirgt, dem sie gilt, kann sie sich die Gelegenheit entgehen lassen, ihn festzuhalten, und dann ist der Gedanke, daß die Welt auch nichts davon weiß, nur ein schwacher Trost für sie. In fast jeder Zuneigung schwingt so viel Dankbarkeit für ein Entgegenkommen und so viel Eitelkeit mit, daß es gefährlich ist, eine solche zarte Verbindung dem Selbstlauf zu überlassen. Wir können alle so etwas ohne Schwierigkeit anknüpfen – eine leichte Zuneigung für jemanden ist ja natürlich genug, doch wenige von uns haben das Herz, sich ohne ermunterndes Entgegenkommen wirklich zu verlieben. In neun von zehn Fällen wäre es für eine Frau besser, mehr Zuneigung zu zeigen, als sie wirklich fühlt. Zweifellos hat Bingley deine Schwester gern, aber es ist möglich, daß er niemals darüber hinauskommt, sie nur gern zu haben, wenn sie ihm nicht weiterhilft.«

»Aber sie hilft ihm doch weiter, so gut es ihre Natur ihr eben erlaubt. Wenn *ich* ihre Zuneigung für ihn bemerken kann, müßte er ja ein Einfaltspinsel sein, wenn er sie nicht auch entdeckt.«

»Du mußt aber bedenken, Elisa, daß er Janes Charakter nicht so gut kennt wie du.«

»Aber wenn eine Frau einem Manne zugetan ist und sich nicht bemüht, ein Geheimnis daraus zu machen, da muß er es doch merken.«

»Vielleicht muß er es, wenn er lange genug mit ihr zusammen ist. Doch wenn Bingley und Jane sich auch einigermaßen häufig sehen, sind sie doch niemals viele Stunden zusammen; und da dies stets nur in größeren Gesellschaften der Fall ist, können sie unmöglich jeden Augenblick dazu benutzen, miteinander zu reden. Jane sollte daher jede halbe Stunde gründlich ausnutzen, in der sie ihn ganz für sich hat. Erst dann hat sie es nämlich in der Hand, ihn völlig in sich verliebt zu machen.«

»Dein Plan ist gut«, erwiderte Elisabeth, »wenn es nur darauf ankäme, sich günstig zu verheiraten; und wenn ich entschlossen wäre, mir einen reichen Mann oder überhaupt einen Mann zu angeln, dann würde ich wohl danach handeln. Aber Jane fühlt anders; sie geht nicht so berechnend vor. Bis jetzt kann sie sich doch noch gar nicht im klaren darüber sein, wie stark ihre Zuneigung ist und ob sie sich überhaupt rechtfertigen läßt. Sie kennt ihn ja erst seit vierzehn Tagen. Sie hat viermal mit ihm in Meryton getanzt, hat ihn einmal früh in seinem Hause besucht und danach viermal in seiner Gesellschaft gespeist. Das reicht wirklich nicht ganz aus, ihn charakterlich kennenzulernen.«

»Das stimmt, wenn die Sache so läge, wie du sie darstellst. Wenn sie lediglich mit ihm zusammen gespeist hätte, könnte sie vielleicht nur herausbekommen haben, ob er guten Appetit entwickelt; aber du darfst nicht vergessen, daß sie außerdem vier Abende zusammen verbracht haben – und vier Abende können eine Menge ausrichten.«

»Ja, an diesen vier Abenden haben sie feststellen können, daß sie beide Siebzehn-und-Vier lieber spielen als Kommerz, aber sonst glaube ich nicht, daß noch andere wesentliche Charakterzüge dabei zu Tage gekommen sind.«

»Nun«, sagte Charlotte, »ich wünsche Jane von ganzem Herzen Erfolg; und wenn sie ihn auch schon morgen heiratete, hätte sie meiner Meinung nach genausoviel Aussichten auf Glück, als wenn sie seinen Charakter noch ein Jahr lang studierte. Glück in der Ehe ist eine zufällige Erscheinung. Auch wenn beide Partner über die Charakteranlagen und Neigungen des anderen noch so gut Bescheid wissen, selbst wenn sie einander noch so ähnlich sind, läßt sich daraus ihre künftige Glückseligkeit nicht im geringsten vorhersagen. Sie entwickeln hinterher ihre ungleichen Eigenschaften immer noch hinreichend deutlich, um sich aneinander zu reiben, und es ist besser, von den Mängeln des Menschen, mit dem man sein Leben verbringen soll, sowenig wie möglich zu wissen.«

»Du gibst mir Spaß, Charlotte, aber richtig ist es nicht.

Du weißt ganz genau, daß es nicht richtig ist, und würdest selber nie so handeln.«

Elisabeth war so damit beschäftigt, Herrn Bingleys Verhalten zu ihrer Schwester zu beobachten, daß sie gar nicht auf den Gedanken kam, sie könne in den Augen seines Freundes selber an Interesse gewinnen. Herr Darcy hatte sie zuerst kaum hübsch finden wollen; er hatte sie auf dem Ball ohne jedes Gefühl der Bewunderung betrachtet; und als sie sich das nächste Mal begegneten, blickte er sie nur an, um Fehler an ihr zu finden. Doch kaum hatte er sich selbst und seinen Freunden beredt auseinandergesetzt, daß sie fast keinen ansprechenden Zug in ihrem Gesicht habe, als er zu merken begann, wie ihre schönen dunklen Augen ihr Gesicht ungewöhnlich intelligent erscheinen ließen. Dieser Entdeckung folgten weitere, die für ihn nicht weniger blamabel waren. Obgleich sein kritisches Auge an ihrer Gestalt mehr als einen Verstoß gegen die vollkommene Symmetrie festgestellt hatte, mußte er nun doch anerkennen, daß ihre Figur zierlich und angenehm war. Und wenn er noch so sehr betonte, daß ihre Umgangsformen nicht die der eleganten Welt waren, so wurde er doch durch ihre natürliche Ungezwungenheit beeindruckt. Von alldem hatte sie nicht die geringste Ahnung; für sie war er nur der Mann, der sich nirgends beliebt machte und der sie für nicht hübsch genug gehalten hatte, um mit ihr zu tanzen. Er dagegen begann zu wünschen, sie besser kennenzulernen. Und als Vorstufe zu einem Gespräch mit ihr hörte er ihren Unterhaltungen mit anderen zu. Elisabeth blieb das nicht verborgen. Es war im Hause von Sir William Lucas, wo eine große Gesellschaft stattfand.

»Was bezweckt Herr Darcy nur damit«, sagte sie zu Charlotte, »daß er zuhört, wie ich mich mit Oberst Forster unterhalte?«

»Das ist eine Frage, die nur Herr Darcy beantworten kann.«

»Wenn er es aber noch einmal tut, werde ich ihm ganz bestimmt zu verstehen geben, daß ich wohl weiß, was er damit bezweckt. Er hat eine sehr kritische Ader, und wenn ich nicht selber anfange, aggressiv zu werden, wird es nicht lange dauern, bis ich vor ihm Angst bekomme.«

Als er dann kurz danach zu ihnen trat, wenn auch offenbar ohne die Absicht, mit ihnen zu sprechen, forderte Fräulein Lucas ihre Freundin heraus, ihn daraufhin anzureden. Elisabeth ging auch sofort darauf ein, wandte sich nach ihm um und sagte:

»Ja, Herr Darcy, hatten Sie nicht auch den Eindruck, daß ich mich jetzt eben ungemein geschickt ausgedrückt habe, als ich Oberst Forster bestürmte, doch einen Ball in Meryton zu geben?«

»Sicherlich sehr energisch, aber ein solches Thema macht eine Frau ja stets energisch.«

»Sie fassen uns hart an.«

»Nun wird es wohl bald sie selber sein, die bestürmt wird«, sagte Fräulein Lucas. »Ich mache jetzt das Instrument auf, Elisa, und du weißt ja, was man dann von dir erwartet.«

»Du bist mir eine schöne Freundin – immer willst du, daß ich vor allen und vor jedem spiele und singe! Wenn meine Eitelkeit sich auf die Musik erstreckte, wärst du unbezahlbar, doch unter den gegebenen Umständen möchte ich mich lieber nicht vor Leuten hinsetzen, die gewohnt sind, die allerbesten Künstler zu hören.«

Als Fräulein Lucas jedoch auf ihrer Bitte bestand, fuhr sie fort:

»Na, gut, wenn es denn sein muß.« Und mit einem feierlichen Blick auf Herrn Darcy: »Es gibt eine schöne alte Redensart, die hier natürlich jeder kennt: ›Spar deine Puste für den heißen Haferbrei‹ – und ich werd meine aufsparen, damit ich ordentlich laut singen kann.«

Ihr Vortrag war angenehm, wenn auch keineswegs überwältigend. Nach einigen Liedern wurde sie von mehreren Gästen bestürmt, noch etwas zuzugeben, doch ehe sie darauf eingehen konnte, setzte sich ihre Schwester Mary übereifrig ans Instrument; sie war als einzige in der Familie häßlich, hatte zum Ausgleich schwer daran gear-

beitet, sich einige Kenntnisse und Fertigkeiten zu erwerben, und brannte stets darauf, sich hören zu lassen. Mary besaß weder Talent noch Geschmack, und ihre Eitelkeit hatte sie nicht nur fleißig und strebsam, sondern auch so pedantisch und eingebildet gemacht, daß selbst eine höhere Kunstfertigkeit als die von ihr erreichte darunter gelitten haben würde. Der ungekünstelten, ganz und gar natürlichen Elisabeth hatte man mit viel mehr Vergnügen zugehört, obwohl sie nicht halb so gut spielte; Mary dagegen konnte froh sein, sich nach der Beendigung eines endlosen Klavierstücks dadurch Lob und Dankbarkeit zu erwerben, daß sie auf Bitten ihrer jüngeren Schwestern schottische und irische Weisen spielte, zu denen die jungen Mädchen nebst einigen Töchtern der Familie Lucas mit zwei oder drei Offizieren am Ende des Zimmers eifrig tanzten.
Herr Darcy stand stumm daneben, verstimmt darüber, daß der ganze Abend auf diese Weise und auf Kosten der Unterhaltung verbracht werden sollte. Er war viel zu sehr mit seinen eigenen Gedanken beschäftigt, um den neben ihm stehenden Sir William Lucas zu bemerken, bis dieser ihn folgendermaßen ansprach:
»Welch reizendes Vergnügen dies doch für junge Leute ist, Herr Darcy! Es geht nichts über das Tanzen. Ich glaube, der Tanz ist eine der kultiviertesten Errungenschaften gebildeter Kreise.«
»Gewiß, mein Herr; und er hat außerdem den Vorzug, auch in den weniger kultivierten Kreisen der Welt beliebt zu sein. Jeder Wilde kann tanzen.«
Sir William lächelte nur. »Ihr Freund tanzt ausgezeichnet«, fuhr er nach einer Pause fort, als er sah, wie Bingley sich dem Vergnügen der jungen Leute anschloß, »und ich zweifle nicht daran, daß auch Sie diese Kunst beherrschen, Herr Darcy.«
»Ich nehme an, Sie haben mich in Meryton tanzen sehn.«
»Gewiß, und ich habe den Anblick mit nicht geringem Vergnügen genossen. Tanzen Sie oft im St.-James-Palast?«

»Niemals, mein Herr.«
»Meinen Sie nicht, daß Sie damit jener Gesellschaft eine ihr zustehende Ehre erweisen würden?«
»Es ist dies eine Ehre, die ich keiner Gesellschaft erweise, wenn ich es vermeiden kann.«
»Ich vermute, Sie haben ein eigenes Haus in der Stadt?«
Darcy verneigte sich zustimmend.
»Ich habe auch schon daran gedacht, mich in der Stadt niederzulassen, denn ich schätze den Umgang mit höheren Kreisen; doch bin ich nicht ganz sicher, ob Lady Lucas die Luft in London vertragen würde.«
Er schwieg und hoffte auf eine Antwort, doch zeigte sein Gesprächspartner keinerlei Neigung dazu, und als Elisabeth in diesem Augenblick auf sie zutrat, kam er plötzlich auf den Gedanken, sich als sehr galant zu erweisen, und rief ihr zu: »Mein liebes Fräulein Elisa, warum tanzen Sie denn nicht? – Herr Darcy, Sie müssen mir erlauben, Ihnen diese junge Dame als eine sehr empfehlenswerte Tanzpartnerin zu präsentieren. – Ich bin sicher, Sie können den Tanz nicht auslassen, wenn soviel Schönheit vor Ihnen steht.« Er ergriff ihre Hand und wollte sie schon in Darcys Hand legen, der zwar äußerst überrascht war, aber nicht abgeneigt schien, sie zu ergreifen, als sie sich sofort losmachte und etwas erregt zu Sir William sagte: »Aber Sir William, ich habe nicht die geringste Absicht zu tanzen. Und ich bitte Sie inständig, nicht etwa zu glauben, ich wäre auf Sie zugetreten, um mir einen Tänzer verschaffen zu lassen.«
Darcy bat sie in aller Form um die Ehre eines Tanzes, doch vergebens. Elisabeth ließ sich von ihrem Entschluß nicht abbringen, auch nicht, als Sir William ihr gut zuzureden versuchte.
»Sie tanzen so ausgezeichnet, Fräulein Elisa, daß es geradezu grausam ist, mir das Vergnügen zu verweigern, Ihnen zuzusehn; und obwohl der Herr hier sich im allgemeinen nicht viel daraus macht, kann er wohl kaum etwas dagegen haben, uns eine halbe Stunde lang die Freude zu bereiten.«

»Herr Darcy ist bestimmt bereit, Ihnen höflich entgegenzukommen«, sagte Elisabeth lächelnd.
»Natürlich ist er das – aber wenn wir die große Verlokkung in Betracht ziehen, mein liebes Fräulein Elisa, brauchen wir uns über sein Entgegenkommen nicht zu wundern; denn wem würde wohl eine solche Tänzerin nicht zusagen?«
Elisabeth lächelte hintergründig und entfernte sich. Ihr Widerstreben hatte Darcys Achtung vor ihr nicht vermindert, und er dachte eben mit einigem Wohlgefallen an sie, als ihn Fräulein Bingley ansprach.
»Ich kann den Gegenstand Ihrer Träumerei erraten.«
»Das glaube ich kaum.«
»Sie überlegen sich gerade, wie unerträglich es sein würde, viele Abende auf diese Weise zu verbringen – in solcher Gesellschaft; und ich bin völlig Ihrer Meinung; es ist mir kaum je so lästig gewesen wie heute: diese Fadheit und dabei der Lärm; diese Unbedeutendheit und dabei die Wichtigtuerei der Leute hier. Was gäbe ich darum, Ihre boshaften Bemerkungen darüber zu hören!«
»Ihre Mutmaßung ist völlig abwegig, das kann ich Ihnen versichern. Meine Gedanken waren in viel angenehmerer Weise beschäftigt. Ich dachte nämlich eben darüber nach, wieviel Vergnügen uns ein paar schöne Augen im Antlitz einer hübschen Frau bereiten können.«
Fräulein Bingley blickte ihn sofort scharf an und wollte wissen, welche Frau ihn denn zu solchen Überlegungen begeistert haben könne. Tapfer erwiderte Darcy: »Fräulein Elisabeth Bennet!«
»Fräulein Elisabeth Bennet!« wiederholte Fräulein Bingley. »Ich komme aus dem Staunen nicht heraus. Wie lange steht sie denn schon in Ihrer Gunst? – Und bitte, wann kann man denn gratulieren?«
»Das ist genau die Frage, die ich von Ihnen erwartet habe. In der Phantasie der Frau geht alles sehr schnell; sie springt von Zuneigung zur Liebe, von Liebe zur Ehe, alles in einem Augenblick. Ich wußte, daß Sie mir gratulieren würden.«

»Nun, wenn es Ihnen wirklich ernst damit ist, halte ich die Heirat für absolut sicher. – Sie werden eine reizende Schwiegermutter bekommen, und sie wird sich natürlich immer bei Ihnen in Pemberley aufhalten.«
Er hörte ihr völlig unbeteiligt zu, als sie sich in dieser Weise selbst zu unterhalten beliebte, und da sie aus seiner Gelassenheit schloß, daß keine Gefahr bestand, ließ sie ihrem Witz die Zügel schießen.

Siebentes Kapitel

Herrn Bennets Vermögen bestand fast ausschließlich aus einem Erbgut, das ihm jährlich zweitausend Pfund einbrachte, das aber nach seinem Tode unglücklicherweise nicht seinen Töchtern, sondern in Ermangelung eines direkten männlichen Erben einem entfernten Verwandten zufallen sollte; und das Vermögen Frau Bennets konnte, obwohl es für ihre eigenen gesellschaftlichen Verpflichtungen völlig ausreichte, diesen Verlust nur unvollkommen wettmachen. Ihr Vater war Rechtsanwalt in Meryton gewesen und hatte ihr viertausend Pfund hinterlassen.
Sie hatte eine Schwester, die mit einem gewissen Philips verheiratet war; der war früher Angestellter ihres Vaters gewesen und hatte später seine Praxis übernommen. Außerdem besaß sie einen Bruder, der in London ein achtenswertes Handelsunternehmen betrieb.
Das Dorf Longbourn lag nur eine Meile von Meryton entfernt. Die kurze Wegstrecke war für die jungen Damen sehr günstig, denn sie konnten drei- bis viermal die Woche der Versuchung nicht widerstehn und huschten hinüber, um ihrer Tante und einem gegenüberliegenden Putzmacherladen pflichtschuldigst ihren Besuch abzustatten. Die beiden Jüngsten in der Familie, Catherine

und Lydia, waren in dieser Hinsicht besonders eifrig. Sie waren oberflächlicher als ihre Schwestern veranlagt, und wenn sich nichts Besseres bot, mußte ein Spaziergang nach Meryton sie in den Morgenstunden unterhalten und ihnen für die Abendstunden Stoff zu Gesprächen liefern. Wie wenig auch auf dem Lande passierte, so brachten sie es doch jedesmal fertig, von ihrer Tante etwas Neues zu erfahren. Im Augenblick wurden sie besonders gut mit Neuigkeiten und erfreulichen Nachrichten versorgt, weil vor kurzem ein Milizregiment in der Nachbarschaft Quartier bezogen hatte. Es sollte den ganzen Winter über dableiben, und Meryton war das Hauptquartier.

So erbrachten ihre Besuche bei Frau Philips jetzt immer eine Menge höchst interessanter Neuigkeiten. Jeden Tag erfuhren sie etwas anderes über die Offiziere, besonders ihre Namen und ihre Familienverhältnisse. Bald waren auch ihre Quartiere kein Geheimnis mehr für sie, und schließlich begannen sie, mit den Offizieren selbst Bekanntschaft zu schließen. Herr Philips besuchte sie alle, und dies eröffnete seinen Nichten eine bisher unbekannte Quelle der Glückseligkeit. Sie hatten nur noch Offiziere im Kopf, und Herrn Bingleys großes Vermögen, bei dessen Erwähnung ihre Mutter geradezu auflebte, war im Vergleich mit einer Fähnrichsuniform in ihren Augen einfach wertlos.

Nachdem Herr Bennet eines Morgens ihren Ergüssen über dieses Thema gelauscht hatte, bemerkte er kühl: »Nach allem, was ich aus eurer Art der Unterhaltung schließen kann, müßt ihr zwei der albernsten Mädchen im ganzen Lande sein. Den Verdacht hatte ich schon einige Zeit, aber nun bin ich davon überzeugt.«

Catherine kam dadurch aus dem Konzept und sagte nichts mehr, aber Lydia ließ sich nicht im geringsten beeindrucken und fuhr fort, ihrer Bewunderung für Hauptmann Carter Ausdruck zu geben und ihrer Hoffnung, ihn im Laufe des Tages noch zu treffen, da er am nächsten Morgen nach London reisen sollte.

»Ich wundere mich, mein Lieber«, sagte Frau Bennet,

»daß du deine Kinder so leichthin für albern halten kannst. Wenn ich schon von irgendwelchen Kindern geringschätzig denken wollte, dann doch nicht von meinen eigenen.«

»Wenn meine Kinder nun einmal albern sind, so möchte ich doch hoffen, es wenigstens immer zu merken.«

»Ja – aber sie sind nun mal alle sehr tüchtig und vernünftig.«

»Dies ist der einzige Punkt, wie ich zu meinen Gunsten feststellen möchte, wo unsere Ansichten voneinander abweichen. Ich hatte gehofft, unsere Meinungen würden in jeder Einzelheit übereinstimmen, aber hier muß ich dir einmal widersprechen, weil ich unsere beiden jüngsten Töchter für ungewöhnlich töricht halte.«

»Aber mein lieber Bennet, du kannst doch nicht verlangen, daß solche Mädchen so vernünftig sind wie ihr Vater und ihre Mutter. Wenn sie einmal in unserem Alter sind, werden sie bestimmt von Offizieren nicht mehr halten als du und ich. Ich kann mich noch an die Zeit erinnern, wo ich selber einem Rotrock sehr zugetan war – und im Herzen bin ich es immer noch; und wenn ein schneidiger junger Oberst mit fünf- oder sechstausend im Jahr eins meiner Mädel haben wollte, dann würde ich nicht nein sagen; Oberst Forster zum Beispiel sah doch neulich auf der Abendgesellschaft bei Sir William in seiner Uniform sehr gut aus.«

»Mama«, rief Lydia, »Tante sagt, daß Oberst Forster und Hauptmann Carter jetzt gar nicht mehr so oft zu Fräulein Watson zu Besuch kommen wie früher, als sie hier neu waren; sie sieht sie jetzt oft in Clarkes Leihbücherei stehen.«

Frau Bennet konnte darauf nicht mehr antworten, da eben ein Bote mit einer Nachricht für das älteste Fräulein Bennet eintrat; er kam aus Netherfield und wartete auf Antwort. Frau Bennets Augen funkelten vor Freude, und noch während ihre Tochter las, rief sie neugierig: »Na, Jane, von wem ist es? Worum handelt es sich? Was schreibt er denn? Ach Jane, mach doch schnell und sag es uns, beeil dich, meine Liebe.«

»Der Brief ist von Fräulein Bingley«, sagte Jane und las ihn dann laut vor:

»Meine liebe Freundin!
Wenn Du nicht soviel Mitleid mit uns hast, heute mit Louisa und mir zu speisen, besteht die Gefahr, daß wir beiden Schwestern uns unser übriges Leben lang hassen, denn wenn zwei Frauen den ganzen Tag allein zusammen sind, geht es nie ohne Streit ab. Komme, sobald Du kannst, am besten gleich. Mein Bruder und die anderen Herrn sind mit den Offizieren zum Essen verabredet.

Deine Caroline Bingley«

»Mit den Offizieren«, schrie Lydia. »Ich möchte bloß wissen, warum uns Tante davon nichts berichtet hat.«
»Sie speisen also auswärts«, sagte Frau Bennet, »das ist sehr schade.«
»Kann ich den Wagen haben?« fragte Jane.
»Nein, meine Liebe, reite du lieber hinüber, weil es wahrscheinlich regnen wird; und dann mußt du die ganze Nacht drüben bleiben.«
»Das wäre ein guter Plan«, sagte Elisabeth, »wenn man ganz sicher sein könnte, daß sie ihr nicht anbieten, sie nach Hause zu fahren.«
»Ach so – aber die Herren werden doch Herrn Bingleys Kutsche nehmen, wenn sie nach Meryton fahren; und die Hursts haben für ihren Wagen keine eigenen Pferde.«
»Ich möchte aber viel lieber im Wagen hinüberfahren.«
»Aber meine Liebe, dein Vater kann die Kutschpferde nicht entbehren, das weiß ich genau. Sie werden für die Landwirtschaft gebraucht, nicht wahr, Bennet?«
»Sie werden viel öfter auf dem Gut gebraucht, als ich sie dafür bekommen kann.«
»Und wenn sie Ihnen heute dafür zur Verfügung stehen«, sagte Elisabeth, »hat Mutter ja erreicht, was sie will.«

Endlich gelang es, Herrn Bennet die Bestätigung abzuringen, daß die Pferde besetzt seien. Jane mußte also reiten, und ihre Mutter begleitete sie zur Tür und sagte freudigen Herzens miserables Wetter voraus. Ihre Hoffnungen erfüllten sich auch, denn Jane war noch nicht lange fort, als es schon stark regnete. Die Schwestern machten sich einige Sorge um sie, doch ihre Mutter war entzückt davon. Der Regen hielt den ganzen Abend ohne Unterbrechung an. Jane konnte bestimmt nicht zurückkommen.
»Das war mal 'ne gute Idee von mir!« sagte Frau Bennet mehr als einmal, als ob sie den Regen ganz allein verursacht hätte. – Indessen erfuhr sie erst am nächsten Morgen das ganze Ausmaß des Glücks, das ihr schlauer Plan zur Folge hatte. Das Frühstück war kaum beendet, als ein Diener aus Netherfield Elisabeth die folgende Nachricht brachte:

›Meine liebste Lissy!
Ich fühle mich heute früh gar nicht wohl, was sicher daher kommt, daß ich gestern durch und durch naß geworden bin. Meine lieben Freundinnen wollen mich durchaus nicht nach Hause lassen, bis es mir wieder besser geht. Sie bestehen auch darauf, daß ich Herrn Jones konsultiere – sorgt Euch also nicht, wenn Ihr erfahren solltet, daß er mich hier besucht hat, denn außer einem entzündeten Hals und Kopfschmerzen fehlt mir nichts weiter.

Eure usw. usw.‹

»Na, meine Liebe«, sagte Herr Bennet, als Elisabeth das Schreiben laut vorgelesen hatte, »wenn deine Tochter jetzt schwer krank werden oder gar sterben sollte, wird es ein wahrer Trost sein, wenn wir uns sagen können, daß sie sich das alles nur auf der Jagd nach Herrn Bingley und unter deiner Anleitung zugezogen hat.«
»Ach, ich habe keine Angst, daß sie stirbt. An solchen kleinen Erkältungen stirbt man nicht. Sie wird ja auch gut gepflegt. Solange sie dort bleibt, ist alles in Ordnung.

Ich würde ja hinüberfahren und nach ihr sehen, wenn ich nur den Wagen haben könnte.«
Elisabeth sorgte sich aufrichtig um sie und war entschlossen, sie aufzusuchen, obwohl der Wagen nicht zur Verfügung stand; und da sie keine gute Reiterin war, blieb ihr nichts weiter übrig, als zu Fuß zu gehn. Sie gab ihren Entschluß bekannt.
»Wie kannst du nur so töricht sein«, rief die Mutter, »bei diesem Schmutz an so etwas zu denken. Du kannst dich ja gar nicht sehen lassen, wenn du drüben ankommst.«
»Vor Jane kann ich mich wohl sehen lassen – und etwas anderes will ich ja nicht.«
»Soll das ein Wink für mich sein, Lissy, nach den Pferden zu schicken?« fragte ihr Vater.
»Auf keinen Fall. Ich will gern laufen. Die Entfernung bedeutet nichts, wenn man ein Ziel und einen Zweck hat – nur drei Meilen. Bis zum Essen bin ich wieder zurück.«
»Ich bewundere die Aktivität deiner Menschenfreundlichkeit«, bemerkte Mary, »aber jeder Gefühlsimpuls sollte vom Verstand geleitet werden, und die aufgewandte Mühe sollte im rechten Verhältnis zu dem stehen, was erreicht werden soll.«
»Wir bringen dich bis Meryton«, sagten Catherine und Lydia. Elisabeth nahm ihre Begleitung an, und die drei jungen Damen gingen zusammen los.
»Wenn wir schnell machen«, sagte Lydia, als sie dahinschritten, »kriegen wir vielleicht noch etwas von Hauptmann Carter zu sehen, bevor er abreist.«
In Meryton trennten sie sich: Die beiden Jüngsten eilten zur Wohnung einer der Offiziersfrauen, und Elisabeth setzte ihren Weg allein fort. Um schnell voranzukommen, ging sie quer durch die Felder, kletterte über Zauntritte, sprang in ungeduldigem Vorwärtsdrang über Pfützen, und mit schmerzenden Fußknöcheln, schmutzigen Strümpfen und einem von der Anstrengung glühenden Gesicht stand sie endlich vor dem Haus.
Sie wurde ins Frühstückszimmer geführt, wo alle außer Jane versammelt waren und wo ihr Erscheinen nicht ge-

ringe Überraschung hervorrief. Daß sie so früh am Tage und bei solchem Schmutzwetter drei Meilen ganz allein gelaufen sein wollte, war für Frau Hurst und Fräulein Bingley beinahe unfaßbar, und Elisabeth war überzeugt, daß sie von ihnen dafür heimlich verachtet wurde. Trotzdem war der Empfang sehr höflich, und im Verhalten ihres Bruders zeigte sich sogar etwas Besseres als bloße Höflichkeit, nämlich Freundlichkeit und Güte. Herr Darcy sagte sehr wenig und Herr Hurst überhaupt nichts. Darcy wurde von zwiespältigen Empfindungen bewegt: Er bewunderte die frische Farbe, die die körperliche Ausarbeitung ihren Zügen verliehen hatte, andererseits bezweifelte er, ob es sich rechtfertigen lasse, daß sie von so weit und ganz allein hierhergekommen war. Herr Hurst dachte nur an sein Frühstück.

Auf ihre Fragen nach dem Ergehen der Schwester erhielt sie keine günstige Antwort. Fräulein Bennet hatte schlecht geschlafen. Sie war zwar aufgestanden, hatte aber leichtes Fieber und fühlte sich nicht wohl genug, ihr Zimmer zu verlassen. Elisabeth ließ sich gern sofort zu ihr führen, und Jane, die in ihrem Brief nur aus Furcht, ihren Angehörigen Angst einzujagen oder Umstände zu verursachen, nicht davon geschrieben hatte, wie sehr sie sich nach einem solchen Besuch sehnte, war über ihr Kommen hoch erfreut. Zu einer Unterhaltung war sie jedoch nicht aufgelegt, und als Fräulein Bingley sie allein gelassen hatte, war sie nur eben imstande, dankbar anzuerkennen, mit welch außerordentlicher Freundlichkeit sie behandelt wurde. Elisabeth ging ihr schweigend zur Hand.

Als das Frühstück beendet war, kamen die Schwestern zu ihnen herauf, und auch Elisabeth begann sie sympathisch zu finden, als sie sah, wie liebevoll und besorgt sie sich um Jane kümmerten. Der Landarzt kam, untersuchte die Patientin und sagte, wie zu erwarten war, sie habe eine schwere Erkältung, gegen die unbedingt etwas getan werden müsse. Er riet ihr, wieder ins Bett zu gehn, und versprach, etwas Arznei zu schicken. Sein Rat wurde bereitwilligst befolgt, denn das Fieber stieg wie-

der an, und sie bekam heftige Kopfschmerzen. Elisabeth ließ sie keinen Augenblick im Zimmer allein, und auch die anderen Damen gingen nicht oft weg. Da die Herren nicht zu Hause waren, hatten sie tatsächlich sonst nichts weiter zu tun.
Als es drei schlug, hatte Elisabeth das Gefühl, daß sie nun aufbrechen müßte. Sie sprach es auch aus, obwohl nur sehr ungern. Fräulein Bingley bot ihr den Wagen an, den sie ohne viel Widerstreben annahm, als Jane sich über ihr Weggehen so betrübt zeigte, daß Fräulein Bingley wohl oder übel ihr voriges Angebot in eine Einladung, doch vorläufig in Netherfield zu bleiben, umwandeln mußte. Elisabeth nahm die Einladung sehr dankbar an, und ein Diener wurde nach Longbourn geschickt, um der Familie Bescheid zu geben und die notwendigen Kleidungsstücke zu holen.

Achtes Kapitel

Um fünf Uhr zogen sich die Damen zurück, um sich umzukleiden, und um halb sieben Uhr wurde Elisabeth zum Essen gebeten. Auf höfliche Fragen, die auf sie einstürmten und von denen zu ihrer Freude die des Herrn Bingley ihr am teilnahmsvollsten zu klingen schienen, konnte sie keine günstige Antwort geben. Jane ging es keineswegs besser. Worauf die Schwestern drei- oder viermal wiederholten, wie leid ihnen das täte, wie unangenehm es wäre, so stark erkältet zu sein, und wie äußerst ungern sie selber krank wären, und damit hatte sich für sie die Angelegenheit erledigt. Diese Gleichgültigkeit, die sie Jane gegenüber zeigten, wenn sie die Kranke nicht gerade vor sich hatten, weckte in Elisabeth wieder die aus dem Herzen kommende Abneigung, die sie ihnen gegenüber von Anfang an empfunden hatte.

Der Bruder der beiden war tatsächlich der einzige aus der ganzen Familie, den sie mit einigem Wohlwollen betrachten konnte. Seine Sorge um Jane war ganz unverkennbar und seine Aufmerksamkeit für sie selbst erfreulich. Elisabeth fühlte sich dadurch nicht mehr so als lästiger Eindringling, für den ihrem Gefühl nach die anderen sie ansahen. Außer ihm kümmerte sich niemand groß um sie. Fräulein Bingley war ganz von Herrn Darcy eingenommen, ihre Schwester kaum weniger; und Herr Hurst, neben dem Elisabeth saß, war einfach langweilig und träge, lebte nur, um zu essen, zu trinken und Karten zu spielen, und als er merkte, daß sie ein einfaches Gericht einem Ragout vorzog, hatte er ihr nichts mehr zu sagen.

Als das Essen vorbei war, kehrte sie sofort zu Jane zurück, und sobald sie das Zimmer verlassen hatte, begann Fräulein Bingley über sie herzufallen. Ihre Umgangsformen seien wirklich sehr schlecht, eine Mischung von Stolz und Ungehörigkeit; sie könne sich nicht unterhalten, habe weder Stil noch Geschmack, und schön sei sie auch nicht. Frau Hurst war derselben Meinung und fügte noch hinzu: »Kurz gesagt, sie hat nichts, was für sie sprechen könnte, außer daß sie ausgezeichnet laufen kann. Ich werde ihr Erscheinen heute früh niemals vergessen. Sie sah wirklich beinahe wie eine Wilde aus.«

»Ja, das stimmt, Louisa. Ich hatte Mühe, ernst zu bleiben. Überhaupt so ein Unsinn, hierherzukommen! Was hat die schon durch die Gegend zu hetzen, bloß weil ihre Schwester erkältet ist? Und ihr Haar, so wüst, so zerzaust!«

»Ja, und ihr Unterrock erst; hoffentlich hast du ihren Unterrock gesehen, sechs Zoll tief hat der im Schlamm geschleift, da bin ich absolut sicher; sie hat zwar das Kleid tiefer heruntergelassen, damit man es nicht merkte, aber es war eben doch zu sehen!«

»Das Bild, das du da entwirfst, mag wohl durchaus richtig sein, Louisa, aber auf mich hat es keinerlei Wirkung ausgeübt; als Fräulein Elisabeth Bennet heute früh ins Zimmer trat, hatte ich den Eindruck, daß sie außeror-

dentlich gut aussah. Ihr beschmutzter Unterrock ist mir völlig entgangen.«
»Aber Sie wenigstens haben's doch gemerkt, Herr Darcy, nicht wahr?« sagte Fräulein Bingley, »und ich möchte denken, daß Sie Ihre eigene Schwester nie in solchem Aufzug ankommen sehen möchten.«
»Gewiß nicht!«
»Drei, vier oder gar fünf Meilen – es kommt ja nicht drauf an, wieviel – bis über die Knöchel im Schlamm zu laufen, und auch noch allein, ganz allein! Was soll das nur heißen? Das Ganze scheint mir nichts weiter als diese abscheuliche Art von hochnäsiger Eigenbrötelei zu sein, diese durch und durch kleinstädtische Gleichgültigkeit gegenüber der äußeren Schicklichkeit.«
»Es zeigt doch eine sehr erfreuliche Liebe zu ihrer Schwester«, sagte Bingley.
»Ich fürchte, Herr Darcy«, flüsterte Fräulein Bingley halblaut, »daß dieser Vorfall Ihrer Bewunderung für die schönen Augen dieser Dame wohl einigen Abbruch getan hat.«
»Nicht im geringsten«, erwiderte er, »sie leuchteten besonders hell nach dieser körperlichen Anstrengung.«
Auf diesen Ausspruch folgte eine kurze Pause, bis Frau Hurst von neuem anfing: »Ich habe Jane Bennet ja sehr gern; sie ist wirklich ein süßes Ding, und ich wünsche ihr von Herzen, daß sie sich mal gut verheiratet. Aber mit solch einem Vater und solch einer Mutter und solch kleinen Verwandten kommt das, fürchte ich, wohl kaum in Frage.«
»Hast du nicht mal erzählt, ihr Onkel sei Rechtsberater in Meryton?«
»Ja, und sie haben noch einen, der wohnt gar irgendwo in der Nähe von Cheapside.«
»Das ist ja großartig«, setzte ihre Schwester noch hinzu, und beide brachen in herzhaftes Lachen aus.
»Und wenn sie soviel Onkel hätten, um ganz Cheapside damit zu bevölkern«, rief Bingley, »so würde sie das keinen Deut weniger anziehend machen.«
»Und doch muß es die Aussichten auch ihrer Schwe-

stern, einmal Männer von höherer gesellschaftlicher Stellung zu bekommen, wesentlich verringern«, entgegnete Darcy.
Bingley erwiderte nichts darauf, doch seine Schwestern stimmten Darcy von ganzem Herzen bei und machten sich noch eine ganze Zeit über die gewöhnliche Verwandtschaft ihrer Freundin lustig.
Als sie das Speisezimmer verließen, hatten sie wieder zärtlichere Anwandlungen, eilten in Janes Zimmer und blieben bei ihr sitzen, bis sie zum Kaffee gerufen wurden. Jane war immer noch ziemlich unwohl, und Elisabeth ließ die Schwester erst spät am Abend allein, als sie zu ihrer Beruhigung eingeschlafen war und es ihr notwendig, wenn auch nicht besonders angenehm erschien, sich unten einmal sehen zu lassen. Als sie das Wohnzimmer betrat, fand sie die ganze Gesellschaft beim Kartenspiel und wurde sofort eingeladen, sich zu beteiligen; da sie jedoch den Verdacht hatte, daß hier um hohe Einsätze gespielt wurde, lehnte sie ab. Sie schob ihre Schwester als Entschuldigung vor und sagte, sie wolle sich die kurze Zeit, die sie untenbleiben könne, mit einem Buch vergnügen. Frau Hurst blickte sie sehr erstaunt an.
»So wollen Sie lieber lesen als Kartenspielen?« sagte sie, »das finde ich ziemlich sonderbar.«
»Fräulein Elisabeth Bennet«, sagte Fräulein Bingley, »macht sich gar nichts aus Kartenspielen. Sie ist eine Leseratte und hat an nichts anderem Freude.«
»Ich verdiene weder derartiges Lob noch derartigen Tadel«, rief Elisabeth aus, »ich bin gar keine Leseratte und habe an vielen Dingen meine Freude.«
»Zweifellos macht es Ihnen Freude, Ihre Schwester zu pflegen«, sagte Bingley, »und ich hoffe, es wird Ihnen noch größere Freude machen, sie bald wieder gesund zu sehen.«
Elisabeth dankte ihm herzlich und ging dann zum Tisch, auf dem ein paar Bücher lagen. Er bot ihr sofort an, noch andere zu holen – alles, was seine Bibliothek zu bieten hätte.

»Und ich wollte, meine Bücherei wäre größer – Ihnen zum Nutzen und mir zur Ehre. Aber ich bin nun mal faul, und wenn ich auch nicht viele Bücher habe, so sind es doch schon mehr, als ich jemals ansehe.«
Elisabeth versicherte ihm, daß die im Zimmer liegenden Bücher ihr völlig genügten.
»Es wundert mich«, sagte Fräulein Bingley, »daß mein Vater eine so kleine Büchersammlung hinterlassen hat. – Was für eine herrliche Bibliothek Sie dagegen in Pemberley haben, Herr Darcy!«
»Das möchte schon so sein«, erwiderte er, »sie ist ja das Werk vieler Generationen.«
»Und dann haben Sie selber noch soviel angeschafft – Sie kaufen ja ständig neue Bücher.«
»Ich kann mir nicht vorstellen, daß es heutzutage noch Leute geben sollte, die eine alte Familienbibliothek vernachlässigen.«
»Vernachlässigen! Ich bin sicher, daß Sie auch sonst nichts vernachlässigen, was die Schönheit Ihres vornehmen Wohnsitzes noch erhöhen könnte. Charles, wenn du dir ein eigenes Haus baust, dann möchte ich, daß es wenigstens halb so entzückend wie Pemberley wird.«
»Das möchte ich auch.«
»Doch im Ernst: Ich würde dir raten, dich dort in der Nähe anzukaufen und dir dabei Pemberley als eine Art Vorbild zu nehmen. Es gibt in England keine schönere Grafschaft als Derbyshire.«
»Aber sehr gern! Ich werde Pemberley selber kaufen, wenn Darcy es loswerden will.«
»Ich spreche doch nur von Möglichkeiten, Charles.«
»Auf mein Wort, Caroline, es ist meiner Ansicht nach leichter möglich, Pemberley käuflich zu erwerben, als es nachzuahmen.«
Elisabeth war von alldem so beeindruckt, daß sie ihrem Buch nur noch geringe Aufmerksamkeit schenken konnte; bald legte sie es ganz beiseite, rückte an den Spieltisch und setzte sich zwischen Herrn Bingley und seine älteste Schwester, um das Spiel zu beobachten.
»Ist das kleine Fräulein Darcy seit dem Frühling sehr ge-

wachsen?« fragte Fräulein Bingley; »wird sie so groß wie ich?«

»Ich glaube schon. Sie ist jetzt ungefähr so groß wie unser verehrtes Fräulein Elisabeth Bennet oder sogar noch etwas größer.«

»Wie gern möchte ich sie wiedersehn! Ich bin noch von niemandem so entzückt gewesen. Welche Gesichtsbildung, welche Umgangsformen! Und für ihr Alter schon so gebildet! Ihr Klavierspiel ist ganz ausgezeichnet.«

»Ich finde es erstaunlich«, sagte Bingley, »wie junge Damen die Geduld aufbringen, sich so vielseitig zu bilden, wie sie es alle tun.«

»Alle jungen Damen vielseitig gebildet! Mein lieber Charles, wie meinst du das bloß?«

»Ja, alle, möchte ich meinen. Sie alle bemalen Schmucktafeln und schöne bunte Wandschirme oder knüpfen Geldbeutel. Ich kenne kaum eine, die das nicht alles fertigbringt, und jedesmal, wenn man mir von einer bisher unbekannten jungen Dame berichtet, teilt man mir mit, wie vielseitig gebildet sie ist.«

»Deine Aufzählung der üblichen Bildungskennzeichen«, warf Darcy ein, »ist nur allzu wahr. Das Prädikat ›gebildet‹ wird tatsächlich manch einer Frau zuerkannt, die es nur in Hinblick auf ihre Fertigkeit im Beutelknüpfen und im Bemalen von Wandschirmen verdient. Aber deiner hohen Einschätzung der Damen im allgemeinen kann ich keinesfalls beipflichten. Ich kann mich nicht rühmen, mehr als ein halbes Dutzend in meinem ganzen Freundeskreis zu kennen, die wahrhaft gebildet sind.«

»Ich auch nicht; ganz bestimmt nicht«, sagte Fräulein Bingley.

»Demnach«, bemerkte Elisabeth, »müssen Sie eine sehr umfassende Vorstellung von einer gebildeten Frau haben.«

»Ja, meine Vorstellung davon schließt wirklich vielerlei ein.«

»Aber gewiß«, fiel seine getreue Sekundantin ein, »niemand kann als wahrhaft gebildet betrachtet werden, der nicht den Durchschnitt weit überragt. Eine Frau muß gründliche Kenntnisse in Klavierspiel, Singen, Zeichnen, Tanzen und modernen Fremdsprachen haben, wenn sie dieses Prädikat verdienen will. Und überdies muß sie ein gewisses Etwas in ihrer Miene besitzen, in der Art, wie sie einherschreitet, im Ton ihrer Stimme, in ihrer Haltung und in ihrem Ausdruck – sonst verdient sie die lobende Bezeichnung nur halb.«

»Ja, all dies muß sie besitzen«, sagte Darcy, »und zu alldem muß sie ihren Geist noch durch umfassende Lektüre wesentlich erweitern.«

»Dann bin ich nicht weiter überrascht, daß Sie nur sechs gebildete Frauen kennen. Ich wundere mich vielmehr, daß Sie überhaupt welche kennengelernt haben«, erwiderte Elisabeth.

»Urteilen Sie so streng über Ihr eigenes Geschlecht, daß Sie so etwas nicht für möglich halten?«

»Ich jedenfalls habe nie eine derartige Frau gesehen. Ich habe noch nie soviel Können und Geschmack, Fleiß, Eifer und Eleganz, wie Sie es beschreiben, in einer Person vereint angetroffen.«

Frau Hurst und Fräulein Bingley waren über den in Elisabeths Worten enthaltenen Zweifel empört und beteuerten beide, ihnen seien viele Frauen bekannt, die dieser Beschreibung entsprächen; doch da wurden sie von Herrn Hurst zur Ordnung gerufen, der sich bitter über ihre Unaufmerksamkeit beim Spiel beklagte. Das setzte jeder Unterhaltung ein Ende, und Elisabeth verließ bald danach das Zimmer.

»Elisa Bennet«, sagte Fräulein Bingley, als sich die Tür hinter ihr geschlossen hatte, »gehört zu den jungen Damen, die sich beim anderen Geschlecht dadurch beliebt machen wollen, daß sie ihr eigenes zu gering bewerten; und bei vielen Männern hat das wohl auch Erfolg. Aber meiner Meinung nach ist es ein erbärmlicher Kunstgriff, ein sehr niedriger Kniff.«

»Zweifellos«, entgegnete Darcy, an den die Bemerkung hauptsächlich gerichtet war, »sind alle Kniffe, deren sich Damen manchmal zum Männerfang zu bedienen geruhen, wenig reputierlich. Alles, was auch nur entfernt mit Täuschung zu tun hat, ist verächtlich.«

Fräulein Bingley war von dieser Erwiderung nicht so erbaut, daß sie Lust verspürt hätte, die Unterhaltung über das Thema fortzusetzen.
Elisabeth kam noch einmal herunter, nur um ihnen zu sagen, daß es ihrer Schwester schlechter gehe und daß sie bei ihr bleiben müsse. Bingley drang darauf, sofort nach Herrn Jones zu schicken, während seine Schwestern, in der Überzeugung, daß kein Landarzt hier von Nutzen sein könne, empfahlen, mit Eilboten einen der berühmtesten Ärzte aus der Stadt holen zu lassen. Doch davon wollte Elisabeth nichts hören, war aber bereit, auf den Vorschlag Bingleys einzugehen; und so beschloß man, gleich früh am Morgen Herrn Jones holen zu lassen, wenn es Fräulein Bennet bis dahin nicht entschieden besser gehen sollte. Bingley war sehr beunruhigt, und seine Schwestern erklärten, sie seien ganz niedergeschmettert. Indessen trösteten sie sich in ihrem Unglück dadurch, daß sie nach dem Abendbrot vierhändig spielten, während Bingley für seine Gefühle keinen besseren Ausweg fand, als der Haushälterin einzuschärfen, die kranke Dame und ihre Schwester mit jeder nur denkbaren Aufmerksamkeit zu betreuen.

Neuntes Kapitel

Elisabeth verbrachte den größten Teil der Nacht im Zimmer ihrer Schwester, und am Morgen konnte sie zu ihrer Freude auf Herrn Bingleys Anfrage, die ihr schon frühzeitig ein schlichtes Hausmädchen überbrachte, und auf die Anfragen der beiden eleganten Damen, die bei seinen Schwestern in Dienst standen, eine einigermaßen befriedigende Antwort geben. Trotz dieser leichten Besserung bat sie jedoch, eine Nachricht nach Longbourn schicken zu lassen, in der ihre Mutter gebeten wurde, Jane zu besuchen und sich ein eigenes Urteil von der Lage zu bilden. Die Botschaft wurde sogleich befördert und erzielte schnell den gewünschten Erfolg. In Begleitung ihrer beiden jüngsten Töchter kam Frau Bennet kurz nach dem Familienfrühstück in Netherfield an.

Hätte sie Jane gefährlich krank vorgefunden, wäre es Frau Bennet gewiß elend zumute gewesen. Doch als sie mit Befriedigung feststellte, daß die Krankheit zu Besorgnis keinen Anlaß gab, lag ihr gar nicht mehr soviel an einer raschen Genesung, da Jane ja Netherfield wahrscheinlich verlassen mußte, wenn sie wieder gesund war. Drum wollte sie vom Vorschlag ihrer Tochter, umgehend nach Hause gebracht zu werden, nichts hören, und auch der Landarzt, der ungefähr zur gleichen Zeit eintraf, hielt es für keinesfalls ratsam. Nachdem sie eine Weile bei Jane gesessen hatten, erschien Fräulein Bingley und lud die Mutter mit den drei Töchtern ins Frühstückszimmer ein, wo Bingley sich zu ihnen gesellte und der Hoffnung Ausdruck gab, daß Frau Bennet Fräulein Bennet nicht kränker angetroffen habe, als sie erwartet hätte.

»Leider doch, Herr Bingley«, war die Antwort. »Sie ist für einen Transport viel zu krank. Herr Jones sagt, an so etwas wäre gar nicht zu denken. So müssen wir denn Ihre Güte noch ein wenig länger in Anspruch nehmen.«

»Fortbringen«, rief Bingley, »das kommt gar nicht in Frage! Ich bin sicher, daß auch meine Schwester davon nichts wissen will.«

»Sie können sich darauf verlassen, gnädige Frau«, sagte Fräulein Bingley mit kalter Höflichkeit, »daß Fräulein Bennet jede nur erdenkliche Pflege erhalten wird, solange sie bei uns bleibt.«

Frau Bennet bedankte sich mit übertriebenem Wortschwall. »Ich bin sicher«, fügte sie dann noch hinzu, »wenn sie nicht in den Händen so guter Freunde wäre, dann wüßte ich nicht, was aus ihr werden würde, denn sie ist wirklich sehr krank und leidet sehr, wenn sie es auch mit der größten Geduld der Welt trägt – aber so ist sie ja immer, denn sie hat die sanfteste und verträglichste Gemütsart, die man sich denken kann, und ich habe noch nie erlebt, daß sie unleidlich geworden wäre. Ich sage oft meinen andern Mädels, im Vergleich mit Jane sind sie gar nichts. Aber ein nettes Zimmer haben Sie hier, Herr Bingley, und es hat eine reizende Aussicht auf den kiesbestreuten Weg. Ich wüßte im ganzen Lande keinen Wohnsitz, der sich mit Netherfield vergleichen ließe. Sie werden es doch nicht etwa übereilt wieder aufgeben, hoffe ich, wenn Sie auch den Mietvertrag nur auf kurze Zeit abgeschlossen haben.«

»Alles, was ich tue, unternehme ich in Eile«, erwiderte er, »und wenn ich mich einmal entschließen sollte, Netherfield zu verlassen, würde ich wahrscheinlich in fünf Minuten fort sein. Augenblicklich jedoch habe ich das Gefühl, daß ich eine ganze Weile hier seßhaft bleiben werde.«

»Das ist genau das, was ich von Ihnen angenommen habe«, sagte Elisabeth.

»So beginnen Sie mich zu verstehen, wie?« rief er.

»O ja, ich verstehe Sie vollkommen.«

»Ich möchte das gern als Kompliment auffassen; doch fürchte ich, es ist nicht besonders ehrenvoll, sich so leicht durchschauen zu lassen.«

»Je nachdem. Es ist ja nicht so, daß eine tiefere, kompliziertere Veranlagung unbedingt schwerer oder leichter einschätzbar sein muß als ein Charakter wie der Ihre.«

»Aber Lissy«, rief die Mutter, »denk doch dran, wo du bist, und rede nicht so unüberlegt daher, wie du es zu Hause tun darfst.«

»Ich habe noch gar nicht gewußt«, fuhr Bingley sogleich fort, »daß Sie sich mit Charakterstudien befassen. Das muß ganz amüsant sein.«

»Ja, aber die komplizierteren Charaktere sind am interessantesten. Wenigstens diesen Vorzug haben sie.«

»Auf dem Lande«, sagte Darcy, »werden Sie im allgemeinen nur wenige lohnende Studienobjekte antreffen. In einem ländlichen Lebenskreis bewegen Sie sich in einer sehr engbegrenzten und sich gleichbleibenden Gesellschaft.«

»Aber die Menschen selber ändern sich so sehr, daß sich an ihnen immer etwas Neues entdecken läßt.«

»Ja, das stimmt«, rief Frau Bennet, beleidigt durch die Art und Weise, in der er von einem ländlichen Lebenskreis gesprochen hatte, »ich kann Ihnen versichern, von jenem Bewußten gibt es bei uns auf dem Lande genausoviel wie in der Stadt ...«

Alle waren überrascht, und Darcy wandte sich schweigend ab, nachdem er sie einen Augenblick lang angeschaut hatte. Frau Bennet, die sich einbildete, einen völligen Sieg über ihn davongetragen zu haben, kostete ihren Triumph weiter aus.

»Was mich angeht, so kann ich nicht einsehen, daß London große Vorteile vor dem Lande haben sollte, abgesehen von den Läden und den öffentlichen Vergnügungsstätten. Auf dem Lande lebt es sich doch viel, viel angenehmer, nicht wahr, Herr Bingley?«

»Wenn ich einmal auf dem Lande bin«, erwiderte er, »möchte ich nie wieder fort; und wenn ich in der Stadt bin, geht es mir ziemlich genauso. Beides hat seine Vorzüge, und ich kann hier wie dort gleichermaßen glücklich sein.«

»Ja – das kommt davon, daß Sie die richtigen Anlagen mitbringen. Aber der Herr da« – und sie blickte Darcy an – »scheint zu denken, auf dem Lande wäre überhaupt nichts los.«

»Wirklich, Mama, hier irren Sie sich«, sagte Elisabeth und errötete für ihre Mutter. »Sie haben Herrn Darcy gänzlich mißverstanden. Er meinte doch nur, daß man auf dem Lande nicht solch einer Auswahl verschiedenster Leute begegnet wie in der Stadt, was Sie ohne weiteres zugeben müssen.«

»Gewiß, meine Liebe, das Gegenteil hat ja auch niemand behauptet; aber von wegen ›nicht vielen Leuten hier begegnen‹ – ich glaube, mehr Nachbarn als hier bei uns gibt es anderswo kaum. Wir laden uns zum Beispiel mit vierundzwanzig Familien gegenseitig zum Essen ein.«

Nur mit Rücksicht auf Elisabeth konnte Bingley ernst bleiben. Seine Schwester war nicht so feinfühlig und richtete ihr Auge mit einem vielsagenden Lächeln auf Darcy. Elisabeth, die etwas sagen wollte, um ihre Mutter auf andere Gedanken zu bringen, fragte sie, ob Charlotte Lucas in den letzten Tagen in Longbourn gewesen sei.
»Ja, sie war gestern mit ihrem Vater zu Besuch da. Das ist mal ein angenehmer Mensch, unser Sir William, nicht wahr, Herr Bingley? So vornehm, so fein und so ungezwungen! Immer weiß er jemandem was zu sagen. – Das ist's, was ich unter guter Erziehung verstehe, und Leute, die sich sehr bedeutend vorkommen und dabei nie den Mund auftun, haben einen ganz verkehrten Begriff davon.«
»Ist Charlotte zum Essen bei uns geblieben?«
»Nein, sie wollte wieder nach Hause. Ich glaube, sie wurde da wegen der Fleischpasteten gebraucht. Was mich angeht, Herr Bingley, so halte ich mir Dienstpersonal, das seine Arbeit selbständig verrichten kann; meine Töchter jedenfalls sind da anders erzogen. Aber jeder muß sehen, wie er selber zurechtkommt, und Lucassens Mädel sind ja recht brauchbar und nett, das kann man wohl sagen. Schade, daß sie nicht hübsch sind! Ich will damit nicht etwa sagen, daß Charlotte ausgesprochen häßlich ist – dazu sind wir viel zu gut mit ihr befreundet.«
»Sie scheint ein sehr angenehmes junges Mädchen zu sein«, sagte Bingley.
»Ja, freilich, das stimmt schon – aber Sie müssen zugeben, daß sie recht häßlich ist. Das hat Lady Lucas schon oft selber gesagt und hat mich um Janes Schönheit beneidet. Ich streiche ja meine eigenen Kinder nicht gern heraus, aber das muß man wohl sagen, was Jane anlangt – da findet man nicht oft jemand, der hübscher aussieht. Wenigstens sagen das alle Leute. Mich selber könnte ich ja für voreingenommen halten. Als sie erst fünfzehn war, da war ein Herr bei meinem Bruder Gardiner in der Stadt, der hatte sich so in sie verliebt, daß meine Schwägerin bestimmt dachte, er würde ihr einen

Antrag machen, solange wir noch dort waren. Er hat's aber nicht getan. Wahrscheinlich dachte er, sie wäre noch zu jung. Er hat Verse auf sie gemacht, und sogar sehr hübsche Verse waren das.«

»Und so endete seine Liebe«, sagte Elisabeth ungeduldig.

»Manche Liebe ist, glaube ich, schon auf diese Art und Weise überwunden worden. Ich wüßte gern, wer zuerst herausgefunden hat, wie gut Gedichte geeignet sind, die Liebe davonzujagen.«

»Ich habe die Poesie immer als die Nahrung der Liebe angesehen«, sagte Darcy.

»Wenn es sich um eine schöne, starke, gesunde Liebe handelt, mag das wohl stimmen. Was schön stark ist, zieht aus allem Nahrung. Doch wenn es nur eine schwache, zarte Zuneigung ist, bin ich sicher, daß sie ein einziges gutes Sonett völlig dahinschwinden läßt.«

Darcy lächelte nur, und in dem nun folgenden allgemeinen Schweigen zitterte Elisabeth vor Angst, ihre Mutter könne sich erneut blamieren. Sie hätte gern etwas gesagt, doch fiel ihr nichts ein. Gleich darauf fing Frau Bennet wieder an, sich bei Herrn Bingley für die freundliche Aufnahme Janes zu bedanken und sich zu entschuldigen, daß ihm nun auch noch Lissy zur Last fiele. Bingley antwortete ihr mit ungezwungener Höflichkeit und zwang dadurch seine Schwester, ebenfalls höflich zu sein und zu sagen, was die Gelegenheit erforderte. Sie spielte zwar ihre Rolle ohne viel Anmut, doch Frau Bennet war zufrieden und verlangte bald darauf nach ihrem Wagen. Dies war für die jüngste ihrer Töchter der Anlaß, sich in den Vordergrund zu spielen. Die beiden Mädels hatten den ganzen Besuch über miteinander getuschelt und hatten ausgemacht, die jüngste solle Herrn Bingley an sein gleich am Anfang gegebenes Versprechen erinnern, einen Ball in Netherfield zu veranstalten.

Lydia war ein kräftiges, gutgewachsenes fünfzehnjähriges Mädchen von gesunder Gesichtsfarbe und gutmütigen Zügen. Sie war der Liebling ihrer Mutter, die sie nicht zeitig genug in die Gesellschaft einführen konnte. Sie strotzte von Lebenskraft und besaß ein natürliches Selbstvertrauen, das die Aufmerksamkeiten der Offiziere – sie fühlten sich wegen des guten Essens ihres Onkels und wegen ihrer ungezwungenen, natürlichen Art zu ihr hingezogen – zur Selbstsicherheit steigerten. Sie war demnach sehr geeignet, Herrn Bingley auf den Ball hin anzusprechen, und erinnerte ihn ohne viel Umstände an sein Versprechen, wobei sie nicht hinzuzufügen vergaß, daß sie es für die schändlichste Sache der Welt ansehen müßte, wenn er es nicht hielte. Seine Antwort auf diesen unerwarteten Angriff entzückte ihrer Mutter Ohr.

»Ich bin durchaus bereit, mein Versprechen zu halten, das kann ich Ihnen versichern. Und wenn Ihre Schwester wieder gesund ist, soll sie, wenn Sie damit einverstanden sind, den Termin für den Ball selber festsetzen. Denn Sie hätten doch gewiß keine Freude am Tanzen, solange sie noch krank ist.«

Lydia erklärte sich damit einverstanden. »O ja – natürlich würde es viel besser sein, zu warten, bis Jane wohlauf wäre, und bis dahin wäre vielleicht auch Hauptmann Carter wieder in Meryton. Und wenn Sie dann Ihren Ball gegeben haben, werde ich nicht lockerlassen, bis die Offiziere auch einen geben. Ich werde mit Oberst Forster reden und ihm sagen, daß es eine Schande wäre, wenn sie es nicht täten.«

Gleich danach fuhr Frau Bennet mit ihren beiden Jüngsten ab; Elisabeth kehrte sofort zu Jane zurück und überließ es den beiden Damen und Herrn Darcy, Bemerkungen über das Benehmen Elisabeths und ihrer Verwandtschaft auszutauschen. Herr Darcy allerdings ließ sich nicht herbei, in das absprechende Urteil über Elisabeth einzustimmen – trotz der witzigen Anspielungen auf ihre schönen Augen, die Fräulein Bingley zum besten gab.

Zehntes Kapitel

Der Verlauf dieses Tages unterschied sich nicht sehr von dem des vorigen. Frau Hurst und Fräulein Bingley hatten einige Morgenstunden bei der Kranken verbracht, deren Befinden sich, wenn auch langsam, weiter besserte; und am Abend hielt sich Elisabeth mit der übrigen Gesellschaft wieder im Wohnzimmer auf. Das allgemeine Kartenspiel wurde diesmal jedoch nicht wieder aufgenommen. Herr Darcy schrieb, und Fräulein Bingley, die in seiner Nähe saß, sah ihm dabei zu und lenkte seine Aufmerksamkeit wiederholt durch Grüße und Mitteilungen an seine Schwester ab. Herr Hurst spielte mit Herrn Bingley Rummelpiquet, und seine Frau schaute zu.

Elisabeth war mit einer Handarbeit beschäftigt und beobachtete amüsiert, was zwischen Darcy und seiner Nachbarin vorging. Die dauernden Bemerkungen der Dame über seine Handschrift, über die Geradheit seiner Zeilen oder über die Länge des Briefes stellten bei der vollkommenen Gleichgültigkeit, mit der ihre Lobsprüche entgegengenommen wurden, ein sonderbares Zwiegespräch dar, das in jeder Einzelheit mit der Ansicht in Einklang stand, die Elisabeth sich von beiden Gesprächspartnern gebildet hatte.

»Wie wird sich Fräulein Darcy freuen, solch einen Brief zu bekommen!«

Er gab keine Antwort.

»Sie schreiben ungewöhnlich schnell.«

»Sie irren sich, ich schreibe ziemlich langsam.«

»Wieviel Briefe werden Sie wohl im Laufe eines Jahres schreiben müssen! Und noch dazu die Geschäftsbriefe! Ich kann mir vorstellen, wie widerlich das ist!«

»Dann ist's nur gut, daß sie zu meinen Aufgaben gehören und nicht zu den Ihren.«

»Bitte schreiben Sie Ihrer Schwester, daß ich sie gern wiedersehen möchte!«

»Das habe ich auf Ihren ausdrücklichen Wunsch schon einmal mitgeteilt.«

»Ich fürchte, Sie sind mit Ihrer Feder nicht ganz zufrieden. Geben Sie her, ich will sie nachschneiden. Darin bin ich bemerkenswert geschickt.«

»Danke – aber ich pflege meine Federn selbst nachzuspitzen.«

»Wie bringen Sie es nur fertig, so gleichmäßig zu schreiben?«

Er blieb stumm.

»Schreiben Sie Ihrer Schwester, wie ich mich freue, daß sie im Harfenspiel solche Fortschritte macht; und bitte teilen Sie ihr mit, daß ich von ihrem reizenden kleinen Entwurf einer Schmucktafel ganz hingerissen bin und sie für unendlich besser halte als die Zeichnung Fräulein Grantleys.«

»Würden Sie so freundlich sein, Ihre Entzückungen aufzuschieben, bis ich wieder mal schreibe? Hier habe ich leider nicht mehr Platz genug, sie gebührend unterzubringen.«

»Ach, das macht nichts weiter. Ich sehe sie ja ohnehin im Januar. Aber schreiben Sie ihr immer solch himmlisch lange Briefe, Herr Darcy?«

»Lang sind sie meist, doch ob sie auch himmlisch sind, kann ich nicht beurteilen.«

»Für mich ist es eine ausgemachte Sache, daß jemand, der mühelos lange Briefe schreiben kann, gar nicht imstande ist, schlecht zu schreiben.«

»Da machst du Darcy aber kein Kompliment, Caroline«, rief ihr Bruder aus, »weil er eben nicht mühelos schreibt. Er bemüht sich immer um lange, viersilbige Wörter. – Stimmt's Darcy?«

»Mein Stil ist von deinem sehr verschieden.«

»Ach«, rief Fräulein Bingley, »Charles schreibt denkbar liederlich. Die Hälfte seiner Wörter läßt er einfach weg, und das übrige wischt er aus.«

»Meine Gedanken kommen eben so schnell, daß ich gar nicht Zeit habe, sie auszudrücken – wodurch meine Briefe manchmal für den Empfänger unverständlich werden.«

»Ihre Demut, Herr Bingley«, sagte Elisabeth, »muß jede Kritik entwaffnen.«
»Nichts täuscht so sehr«, sagte Darcy, »wie scheinbare Demut und Bescheidenheit. Oft ist sie gar nicht ernst gemeint, und manchmal ist sie ein indirektes Selbstlob.«
»Und wozu rechnest du meine unbedeutende Äußerung von Bescheidenheit?«
»Zum indirekten Selbstlob; denn in Wahrheit bildest du dir auf deine Mängel noch etwas ein, weil du sie von der Geschwindigkeit deines Gedankenfluges und einer genialen Liederlichkeit in der Ausführung herleitest, die du, wenn auch nicht gerade für vorbildlich, so doch für hochinteressant hältst. Leute, die etwas schnell fertigbringen, sind immer sehr stolz darauf und ziehen dabei Mängel in der Ausführung oft nicht in Betracht. Als du heute früh Frau Bennet sagtest, wenn du dich je entschließen solltest, Netherfield zu verlassen, würdest du in fünf Minuten auf und davon sein, da hast du das als eine Art Lob oder Kompliment für dich angesehen – aber was soll an einer Überstürzung schon lobenswert sein, die jede notwendige Arbeit ungeschehen lassen muß und weder dir noch sonstwem wirklich nützt.«
»Nein«, sagte Bingley, »das ist wirklich zuviel, abends an all den Unsinn erinnert zu werden, den man am Morgen von sich gegeben hat. Und doch war ich, auf Ehre, von der Wahrheit dessen überzeugt, was ich da von mir behauptet habe, und bin es auch jetzt noch. Zum mindesten habe ich mich nicht etwa nur deshalb als unnötig voreilig hingestellt, um den Damen zu imponieren.«
»Den guten Glauben will ich dir zubilligen, aber ich bin keineswegs überzeugt, daß du dich wirklich mit solcher Geschwindigkeit davonmachen würdest. Dein Verhalten würde genauso von den zufälligen Umständen abhängen wie das jedes anderen Menschen, den ich kenne. Und wenn du schon aufs Pferd stiegst und ein Freund würde zu dir sagen: ›Bingley, es wäre doch besser, du bliebst noch bis zur nächsten Woche‹, dann würdest du es wahrscheinlich tun – du würdest wahrscheinlich nicht

abreisen – und wenn noch jemand etwas zu dir sagte, könnte es passieren, daß du noch einen ganzen Monat dabliebst.«

»Damit haben Sie nur nachgewiesen«, rief Elisabeth, »daß Herr Bingley in seinen Reden nicht seiner wahren Charakteranlage gefolgt ist. Sie haben ihn jetzt viel mehr herausgestrichen, als er es selber getan hat.«

»Ich freue mich außerordentlich«, sagte Bingley, »daß Sie die Aussprüche meines Freundes in ein Kompliment auf die Güte meines Charakters umwandeln. Aber leider geben Sie der Sache dadurch eine Richtung, die keinesfalls den Absichten jenes Herrn entspricht; denn zweifellos würde ich in seiner Achtung steigen, wenn ich unter diesen Umständen auf niemanden hörte und, so schnell ich könnte, davonritte.«

»Ja, würde denn Herr Darcy dann der Ansicht sein, daß Sie Ihre ursprüngliche Voreiligkeit wiedergutmachen könnten, indem Sie hartnäckig daran festhielten?«

»Auf mein Wort, das kann ich wirklich nicht genau sagen. Da wird Darcy wohl für sich selber sprechen müssen.«

»Sie erwarten von mir, daß ich über Ansichten Rechenschaft ablege, die Sie mir einfach zuschreiben, die ich aber niemals als meine Geistesprodukte anerkannt habe. Jedoch einmal angenommen, der Fall läge so, wie Sie ihn darstellen, dann dürfen Sie nicht vergessen, Fräulein Bennet, daß der Freund, der den Wunsch äußern soll, Bingley möge in sein Haus zurückkehren und seinen Plan aufschieben, eben nur den Wunsch äußert, die Bitte ausspricht, ohne auch nur einen einzigen Grund für die Richtigkeit seines Verlangens anzuführen.«

»Sich von einem Freund leicht überreden, bereitwillig umstimmen zu lassen ist in Ihren Augen also kein Verdienst?«

»Sich umstimmen zu lassen, ohne überzeugt worden zu sein, ist für den Verstand von keinem der beiden Beteiligten ein Kompliment.«

»Nun, Herr Darcy, Sie scheinen mir der Freundschaft und Liebe überhaupt keinen Einfluß einräumen zu wollen. Warum soll man nicht aus Zuneigung für den Bittenden einfach einer Bitte nachgeben, ohne erst eine ausführliche Begründung des Wunsches abzuwarten, um sich überzeugen zu lassen. Ich denke nicht gerade an solch einen Fall, wie Sie ihn für Herrn Bingley angenommen haben; da können wir ruhig abwarten, bis er wirklich eintritt, ehe wir uns die Köpfe darüber zerbrechen, ob Herr Bingley sich richtig verhalten hat. Aber bei ganz allgemeinen, alltäglichen Vorfällen zwischen Freund und Freund, wo einer vom anderen gebeten wird, einen nicht sehr erheblichen Entschluß zu ändern – würden Sie da auch schlecht von dem denken, der dem Wunsche nachgibt, ohne erst abzuwarten, ob der andere ihn dazu überzeugen kann?«

»Wird es da nicht zunächst einmal ratsam sein, den Wichtigkeitsgrad des geäußerten Wunsches und den Grad der zwischen den beiden Parteien bestehenden Freundschaft etwas genauer zu bestimmen?«

»Ja«, rief Bingley, »wir wollen alle Einzelheiten genau festlegen und erst mal die relative Höhe und Größe beider Parteien bestimmen, denn das ist für die Beweisführung viel wichtiger, als Sie vielleicht denken, mein liebes Fräulein Bennet. Das kann ich Ihnen versichern: Wenn Darcy mich nicht so haushoch überragte, würde ich ihm nicht halb soviel Hochachtung entgegenbringen. Doch erkläre ich feierlich, daß ich kein schrecklicheres Gesprächsthema kenne, als es Darcy bei bestimmten Gelegenheiten und in bestimmter Umgebung ist; besonders in seinem eigenen Hause, und dazu noch an einem Sonntagabend, wenn er nichts zu tun hat.«

Darcy lächelte; doch Elisabeth hatte den Eindruck, daß er ziemlich gekränkt war, und bezwang daher ihr Lachen. – Fräulein Bingley war hell empört über die ihm zugefügte Kränkung und machte ihrem Bruder ernste Vorhaltungen wegen des Unsinns, den er da von sich gegeben habe.

»Ich weiß, was du willst, Bingley«, sagte sein Freund, »du machst dir nichts aus Diskussionen und willst unsere Erörterung hier zum Schweigen bringen.«

»Vielleicht stimmt das sogar. Erörterungen arten zu leicht in Streitereien aus. Wenn du also deine Diskussion mit Fräulein Bennet aufschieben würdest, bis ich nicht mehr im Zimmer bin, wäre ich dir sehr verbunden; und dann könnt ihr über mich reden, was ihr wollt.«

»Was Sie da verlangen«, sagte Elisabeth, »bedeutet für mich kein Opfer, und Herr Darcy täte sowieso besser daran, seinen Brief fertigzuschreiben.«

Darcy nahm ihren Rat an und beendete den Brief.

Als er damit fertig war, bat er Fräulein Bingley und Elisabeth, doch etwas Musik zu machen. Fräulein Bingley eilte bereitwilligst zum Klavier und nahm davor Platz, nachdem sie Elisabeth, um der Form zu genügen, aufgefordert hatte, als erste zu spielen, was ebenso förmlich, aber aufrichtiger abgelehnt worden war.

Frau Hurst sang mit ihrer Schwester, und während die beiden auf diese Weise in Anspruch genommen waren, blätterte Elisabeth in einigen Notenheften und konnte dabei nicht umhin festzustellen, wie oft Herr Darcy sie musterte. Sie hätte kaum anzunehmen gewagt, daß ein so bedeutender Mann sie bewundern könne, und doch wäre der Gedanke, er könne sie anblicken, weil er sie verabscheute, noch seltsamer gewesen. Endlich konnte sie doch nur zu dem Schluß kommen, daß sie ihm auffiele, weil an ihr nach seinen Maßstäben von Falsch und Richtig noch viel weniger in Ordnung war als bei jedem anderen der Anwesenden. Das tat ihr nicht weiter weh. Sie mochte ihn viel zuwenig, als daß ihr an seinem Wohlwollen etwas gelegen hätte.

Nachdem sie einige italienische Lieder gespielt hatte, ging Fräulein Bingley zur Abwechslung zu einer beschwingten schottischen Weise über, und kurz darauf sagte Darcy, der näher an Elisabeth herangerückt war, zu ihr: »Zuckt nicht alles in Ihnen, Fräulein Bennet, die Gelegenheit wahrzunehmen und einen richtigen schottischen Ländler zu tanzen?«

Sie lächelte, gab aber keine Antwort. Etwas überrascht über ihr Schweigen, wiederholte er seine Frage.

»Oh«, sagte sie, »ich habe Sie vorhin schon verstanden,

aber ich wußte nicht gleich, was ich darauf antworten sollte. Sie wollten natürlich, daß ich ›ja‹ sagte, um sich dann über meinen Geschmack lustig machen zu können; aber in solchen Fällen lasse ich die Leute stets mit ihrem Vorhaben aufsitzen und bringe sie um ihr Vergnügen. Deshalb habe ich mich auch in Ihrem Falle entschlossen, Ihnen mitzuteilen, daß ich überhaupt keine Ländler tanze – und nun können Sie meinetwegen verächtlich über mich lachen, wenn Sie es wagen.«

»Nichts liegt mir ferner als das.«

Elisabeth, die eigentlich damit gerechnet hatte, daß er beleidigt sein würde, war über seine Zuvorkommenheit erstaunt. Allerdings lag in ihrem Wesen eine solche Mischung von Sanftheit und Schalkhaftigkeit, daß es ihr überhaupt schwer möglich war, jemanden wirklich zu kränken. Darcy war jedenfalls noch nie von einer Frau so bezaubert gewesen wie jetzt von ihr. Wenn sie ihm, was ihre Familie anlangte, in ihrer gesellschaftlichen Stellung nicht so unterlegen gewesen wäre, hätte er sich allen Ernstes für gefährdet halten können.

Fräulein Bingley sah oder vermutete genug, um eifersüchtig zu werden, und ihre große Sorge um die baldige Wiederherstellung ihrer lieben Freundin Jane wurde durch den Wunsch verstärkt, Elisabeth bald loszuwerden.

Oft versuchte sie, Darcy gegen ihren Gast einzunehmen, indem sie wieder auf seine angeblichen Heiratsabsichten anspielte und ihm das Glück ausmalte, das ihm in solch einer Verbindung blühen müßte.

»Ich hoffe«, sagte sie, als sie am nächsten Tag in den Gartenanlagen spazierengingen, »Sie werden Ihrer Schwiegermutter, wenn das erstrebenswerte Ereignis stattfindet, einige Winke geben, wie gut es wäre, wenn sie den Mund halten lernte; und vielleicht könnten Sie es auch bewerkstelligen, daß die jüngeren Schwestern nicht mehr so hinter den Offizieren herlaufen. Und, wenn ich einen so heiklen Gegenstand berühren darf, so könnten Sie vielleicht in der Dame Ihres Herzens jenes kleine Etwas, das an Eingebildetheit und Unverschämtheit grenzt, ein wenig einzudämmen suchen.«

»Haben Sie noch weitere Vorschläge für mein häusliches Glück zu machen?«
»O ja. Versäumen Sie auf keinen Fall, die Porträts von Ihrem Onkel und Ihrer Tante Philips in Pembroke in die Ahnengalerie hängen zu lassen. Am besten hängen Sie sie gleich neben Ihrem Großonkel, dem Richter, auf. Die beiden üben ja den gleichen Beruf aus, nur auf unterschiedlichem Niveau. Aber ein Bild von Elisabeth malen zu lassen, würde ich gar nicht erst versuchen, denn wo gibt es einen Maler, der die schönen Augen richtig wiedergeben könnte?«
»Es würde tatsächlich nicht leicht sein, ihren Ausdruck zu treffen, doch ihre Farbe und Form und die so bemerkenswerten schönen Wimpern ließen sich wohl wiedergeben.«
In diesem Augenblick stießen von einem anderen Gartenweg her Frau Hurst und Elisabeth zu ihnen.
»Ich wußte gar nicht, daß ihr auch spazierengehen wolltet«, sagte Fräulein Bingley etwas verlegen, da sie fürchtete, die andern könnten ihre Worte gehört haben.
»Nein, ihr seid häßlich zu uns gewesen«, antwortete Frau Hurst, »so einfach wegzulaufen, ohne uns ein Wort zu sagen, daß ihr in den Garten wollt.«
Damit nahm sie Darcys freien Arm und ließ Elisabeth allein laufen. Auf dem Weg konnten nur drei nebeneinander gehn. Darcy bemerkte ihre Unhöflichkeit und sagte sofort: »Der Weg ist nicht breit genug für uns alle. Gehen wir also lieber in die Hauptallee.«
Doch Elisabeth, die nicht die geringste Lust hatte, bei ihnen zu bleiben, antwortete lachend: »Nein, nein, bleiben Sie nur, wo Sie sind. Sie sind malerisch gruppiert und machen sich in dieser Anordnung besonders gut. Das Bild würde durch das Hinzukommen eines Vierten nur verdorben werden. Leben Sie wohl!«
Sie rannte vergnügt davon, streifte im Garten umher und freute sich schon darauf, in ein paar Tagen wieder zu Hause zu sein. Jane hatte sich schon so weit erholt, daß sie daran denken konnte, ihr Zimmer am Abend auf einige Stunden zu verlassen.

Elftes Kapitel

Als die Damen sich nach dem Essen zurückzogen, eilte Elisabeth zu ihrer Schwester hinauf. Sie überzeugte sich, daß sie warm genug angezogen war, und geleitete sie dann ins Wohnzimmer, wo sie von ihren beiden Freundinnen freudig begrüßt wurde. Elisabeth hatte sie noch nie so liebenswürdig gesehen, wie sie sich während der Stunde gaben, ehe die Herren wieder erschienen. Sie entwickelten beachtliche Unterhaltungsfähigkeiten. Auf einmal waren sie imstande, eine gesellige Veranstaltung genau zu beschreiben, eine Anekdote mit Laune zu erzählen und sich über ihren Bekanntenkreis geistvoll lustig zu machen.

Doch als die Herren erschienen, war Jane nicht mehr die Hauptperson. Fräulein Bingleys Augen wandten sich sofort Darcy zu, und sie hatte ihm etwas mitzuteilen, noch ehe er ganz bei ihnen war. Mit höflichem Glückwunsch wandte er sich sofort an Fräulein Bennet. Auch Herr Hurst machte ihr eine leichte Verbeugung und sagte, er freue sich sehr, aber erst Bingleys Begrüßung wirkte überströmend und herzlich. Er zeigte sich aufrichtig erfreut und besorgt. Die erste halbe Stunde brachte er damit zu, im Kamin ordentlich aufzulegen, um sie in dem größeren Zimmer vor Schaden zu bewahren. Auf seinen Wunsch mußte sie an der anderen Seite des Kamins Platz nehmen, um weiter von der Tür entfernt zu sitzen. Dann setzte er sich neben sie und unterhielt sich fast ausschließlich mit ihr. Elisabeth, die sich in der entgegengesetzten Ecke mit ihrer Arbeit zu schaffen machte, bemerkte all dies mit großem Vergnügen.

Als die Teestunde vorüber war, erinnerte Herr Hurst seine Schwägerin durch einen Wink an den Kartentisch – doch vergebens. Sie hatte hintenherum erfahren, daß Herr Darcy heute nicht spielen wollte, und so mußte Herr Hurst sich damit abfinden, daß auch sein offener Hinweis auf keine Gegenliebe stieß. Sie versicherte ihm, daß heute niemand Lust zum Kartenspiel habe, und das schweigende Einverständnis der anderen schien ihr recht zu geben. So blieb Herrn Hurst nichts anderes übrig, als sich auf einem der Sofas auszustrecken und ein Schläfchen zu machen. Darcy ergriff ein Buch; Fräulein Bingley tat das gleiche, und Frau Hurst, deren Hauptbeschäftigung darin bestand, mit ihren Armbändern und Ringen zu spielen, mischte sich hin und wieder in die Unterhaltung ihres Bruders mit Fräulein Bennet.

Fräulein Bingleys Aufmerksamkeit war ebensosehr davon in Anspruch genommen, Herrn Darcys Lesegeschwindigkeit zu beobachten, wie von ihrer eigenen Lektüre; dauernd fragte sie ihn irgend etwas oder schaute ihm ins Buch. Sie konnte ihn jedoch zu keinerlei Unterhaltung bewegen; er beantwortete kurz ihre Frage und las weiter. Schließlich gab sie den Versuch, sich mit ihrem eigenen Buch zu amüsieren, endgültig auf – sie hatte es übrigens nur ergriffen, weil es der zweite Band seines Buches war –, gähnte herzhaft und sagte: »Wie schön ist es doch, einen Abend so zu verbringen! Ich erkläre schlankweg, daß nichts so viel Freude macht wie Lesen! Wieviel schneller bekommt man alles andere satt als ein Buch! Wenn ich einmal ein eigenes Haus habe, werde ich mich unglücklich fühlen, wenn ich nicht eine ausgezeichnete Bibliothek zur Verfügung habe.«

Niemand gab eine Antwort. Dann gähnte sie wieder, warf ihr Buch beiseite und ließ ihre Augen auf der Suche nach etwas Unterhaltsamem im Zimmer umherschweifen. Als sie hörte, wie ihr Bruder Fräulein Bennet gegenüber etwas von einem Ball erwähnte, wandte sie sich plötzlich ihm zu und sagte: »Übrigens, Charles, ziehst du wirklich einen Hausball in Netherfield ernsthaft in Betracht? Ich würde dir raten, die Wünsche der hier Anwesenden zu erkunden, bevor du dich entschließt; ich müßte mich sehr irren, wenn für einige von uns solch ein Ball nicht eher eine Strafe als ein Vergnügen bedeuten würde.«

»Wenn du etwa Darcy meinst«, rief ihr Bruder, »kann er ja, wenn er will, zu Bett gehen, ehe es anfängt – aber was den Ball anlangt, so ist der eine ausgemachte Sache, und sobald Nicholls mit allen Vorbereitungen fertig ist, schicke ich die Einladungen los.«

»Ich würde mir ja viel, viel mehr aus solchen Bällen machen, wenn sie anders aufgezogen wären; aber in der üblichen Form sind sie mir unerträglich langweilig. Es wäre doch sicher viel vernünftiger, wenn die Unterhaltung im Mittelpunkt der Veranstaltung stünde, und nicht das Tanzen.«

»Vernünftiger schon, meine liebe Caroline, aber dann könnte man es kaum noch einen Hausball nennen.«

Fräulein Bingley gab ihm keine Antwort; sie erhob sich gleich darauf und lief im Zimmer umher. Ihre Gestalt wirkte elegant, und sie verstand es, einherzuschreiten; doch Darcy, für den das alles bestimmt war, ließ sich in seiner Beschäftigung nicht im geringsten stören. In ihrer Verzweiflung entschloß sie sich, noch einen Versuch zu wagen. Sie wandte sich an Elisabeth und sagte: »Fräulein Bennet, lassen Sie sich überreden, meinem Beispiel zu folgen, und wandern Sie auch ein bißchen im Zimmer umher. Ich kann Ihnen versichern, das tut sehr wohl, wenn man lange in ein und derselben Haltung dagesessen hat.«

Elisabeth war zwar überrascht, zeigte sich jedoch sofort einverstanden. Auch den eigentlichen Zweck ihrer höflichen Aufforderung erreichte Fräulein Bingley damit: Herr Darcy blickte von seinem Buche auf. Die Sache kam ihm genauso eigenartig und bemerkenswert vor, wie sie auch Elisabeth erschienen war, und unbewußt schloß er sein Buch. Er wurde unumwunden aufgefordert, sich ihnen anzuschließen, lehnte es aber ab mit der Bemerkung, er könne sich nur zwei Beweggründe vorstellen, die sie veranlaßt haben könnten, zusammen im Zimmer auf und ab zu wandeln, und jede der beiden möglichen Absichten müßte in ihrer Wirkung beeinträchtigt werden, wenn er sich ihnen anschlösse. Was konnte er damit meinen? Sie hätte nur allzugern gewußt, was hinter Darcys Bemerkung steckte, und so fragte sie Elisabeth, ob sie eine Ahnung hätte, was er damit sagen wollte.

»Nicht im geringsten«, war die Antwort, »aber verlassen Sie sich drauf, er will uns eins auswischen, und das sicherste Mittel, ihn darin zu enttäuschen, wird sein, ihn überhaupt nicht danach zu fragen.«

Fräulein Bingley jedoch war nicht imstande, Herrn Darcy auch nur im mindesten zu enttäuschen, und bestand daher auf einer Erläuterung der erwähnten beiden Beweggründe.

»Ich habe nicht den geringsten Grund, sie Ihnen vorzuenthalten«, sagte er, sobald sie ihn zu Wort kommen ließ. »Entweder haben Sie diese Art, den Abend hinzubringen, deshalb gewählt, weil Sie vertraute geheime Dinge besprechen wollen oder aber weil Sie wissen, daß Ihre Figuren beim Laufen am besten zur Geltung kommen; im ersten Fall wäre ich Ihnen völlig im Weg, und im zweiten kann ich Sie viel besser bewundern, wenn ich am Kamin sitze.«

»Wie empörend!« rief Fräulein Bingley, »ich habe noch nie so etwas Abscheuliches zu hören bekommen. Wie sollen wir ihm seine losen Reden heimzahlen?«

»Nichts leichter als das, wenn Sie nur wollen«, sagte Elisabeth. »Wir alle können einander quälen und ärgern. Necken Sie ihn – lachen Sie ihn aus. Sie sind ja gut genug miteinander bekannt, um zu wissen, wie sich das am besten machen läßt.«

»Aber auf Ehre, ich weiß es nicht. So gut ich ihn auch kenne, das bringe ich noch nicht fertig. Wie kann man jemanden wegen seiner Gemütsruhe und Geistesgegenwart aufziehen! Nein, nein – ich habe das Gefühl, da kommen wir nicht an ihn heran. Und was das Auslachen angeht, so wollen wir uns doch, bitte schön, nicht die Blöße geben und lachen, wo kein Grund vorhanden ist. Herr Darcy kann sich also beglückwünschen!«

»Über Herrn Darcy soll man nicht lachen können!« rief Elisabeth. »Da nimmt er wirklich eine Ausnahmestellung ein, und ich hoffe, er wird darin eine Ausnahme bleiben; denn für mich wäre es ein großer Nachteil, viele Bekannte dieser Sorte zu haben. Ich lache nämlich sehr gern.«

»Fräulein Bingley«, sagte er, »hat mir da mehr zuerkannt, als überhaupt möglich ist. Die klügsten und besten Menschen, ja, sogar die klügsten und besten Taten können von jemandem lächerlich gemacht werden, der nichts Höheres im Leben kennt, als Witze zu reißen.«

»Gewiß«, erwiderte Elisabeth, »gibt es solche Leute, doch ich hoffe, daß ich zu denen nicht gehöre. Ich hoffe, daß ich nie etwas ins Lächerliche ziehe, was verständig und gut ist. Doch Narrheiten und Unsinn, Schrullen und Ungereimtheiten belustigen mich tatsächlich, und ich lache darüber, soviel ich kann. Aber diese Züge sind es ja gerade, die Ihnen meiner Ansicht nach fehlen.«

»Vielleicht kann keiner ganz frei davon sein; aber ich habe mich mein Leben lang bemüht, gerade diejenigen Schwächen zu vermeiden, die besonders leicht der Lächerlichkeit anheimfallen.«

»Wie zum Beispiel Eitelkeit und Stolz.«

»Ja, die Eitelkeit ist wirklich eine Schwäche. Aber der Stolz – nun, wo eine wirkliche geistige Überlegenheit vorhanden ist, wird der Stolz sich immer in vernünftigen Grenzen halten.«

Elisabeth wandte sich ab, um ein Lächeln zu verbergen.

»Ich darf wohl annehmen, daß Sie mit Herrn Darcys Prüfung jetzt zu Ende sind«, sagte Fräulein Bingley; »darf ich fragen, wie das Ergebnis ausgefallen ist?«

»Ich bin nun völlig davon überzeugt, daß Herr Darcy keinen einzigen Fehler hat. Er gibt es ja selber unumwunden zu.«

»Nein«, sagte Darcy, »eine so anmaßende Behauptung habe ich nicht aufgestellt. Ich habe Fehler genug, doch liegen sie, wie ich hoffen möchte, nicht im Bereich der Intelligenz. Doch für meine Charakterveranlagung wage ich mich nicht zu verbürgen. Sie ist, glaube ich, zuwenig entgegenkommend – ganz bestimmt nicht entgegenkommend genug in der Sphäre des gesellschaftlichen Umgangs. Ich kann Narrheiten und Fehler nicht so leicht übersehen und mir angetane Kränkungen nicht so leicht vergessen, wie ich eigentlich sollte. Meine Gefühle lassen sich von anderen nicht so leicht dirigieren. Mein Charakter könnte vielleicht nachtragend genannt werden. Wenn ich einmal meine gute Meinung von jemandem verloren habe, ist sie für immer dahin.«

»Das ist wirklich ein Fehler!« rief Elisabeth. »Unversöhnliche Nachträglichkeit ist tatsächlich eine Charakterschwäche. Aber Sie haben Ihren Fehler gut gewählt, denn lachen kann ich darüber nicht. Vor mir sind Sie also sicher.«

»Es liegt, glaube ich, in jedem Charakter eine Veranlagung zu dieser oder jener besonderen Schwäche, zu einem natürlichen Fehler sozusagen, den auch die beste Erziehung nicht ganz beseitigen kann.«

»Und Ihr Fehler ist also ein Hang, von allen schlecht zu denken.«

»Und Ihrer«, entgegnete er lächelnd, »der Hang, alle absichtlich falsch zu verstehen.«

»Ach, machen wir doch lieber ein bißchen Musik«, rief Fräulein Bingley, einer Unterhaltung überdrüssig, an der sie keinen Anteil hatte. »Louisa, du hast wohl nichts dagegen, wenn ich Herrn Hurst aufwecke?«

Ihre Schwester hatte nicht das geringste dagegen, und das Klavier wurde aufgemacht. Darcy bedauerte das nicht, nachdem er ein paar Minuten vor sich hin gebrütet hatte. Er begann zu fühlen, daß es für ihn gefährlich werden könnte, wenn er sich zuviel mit Elisabeth abgab.

Zwölftes Kapitel

Wie die Schwestern vereinbart hatten, schrieb Elisabeth am nächsten Morgen an ihre Mutter und bat sie, ihnen im Laufe des Tages den Wagen zu schicken. Aber Frau Bennet, die damit gerechnet hatte, daß ihre Töchter bis zum folgenden Dienstag in Netherfield blieben – dann wäre Jane genau eine Woche dort gewesen –, wollte sie durchaus nicht vorher wieder bei sich haben. Ihre Antwort lautete daher ungünstig, zum mindesten, was Elisabeths Wünsche anbetraf, denn sie brannte darauf, wieder nach Hause zu kommen. Frau Bennet teilte ihnen mit, sie könnten den Wagen unmöglich vor Dienstag haben, und fügte als Postskript hinzu, sie könne ganz gut ohne sie auskommen, falls Herr Bingley und seine Schwester ihnen sehr zureden sollten, noch länger zu bleiben. Elisabeth jedoch wollte keinesfalls länger bleiben – übrigens glaubte sie auch nicht recht, daß man sie dazu drängen würde. Sie befürchtete eher, als lästig empfunden zu werden, wenn sie sich länger als unbedingt nötig dort aufdrängten. So legte sie es Jane nahe, Herrn Bingley sofort dringend um seinen Wagen zu bitten, und kam endlich mit ihr überein, noch am selben Morgen ihren Entschluß bekanntzugeben und die Bitte zu äußern.

Die Mitteilung wurde mit viel Anteilnahme aufgenommen, und der Wunsch, sie möchten doch wenigstens bis zum folgenden Tag bleiben und Jane diese Zeit noch als Erholung gönnen, hinreichend deutlich und höflich ausgesprochen, so daß sie die Abreise wirklich auf den nächsten Tag verschoben. Hinterher tat es Fräulein Bingley leid, daß sie den Aufschub selber vorgeschlagen hatte, denn ihre Eifersucht und Abneigung gegenüber der einen Schwester war größer als ihre Zuneigung zu der anderen.

Der Herr des Hauses vernahm mit echtem Kummer, daß sie schon so bald wieder fortwollten, und er versuchte Fräulein Bennet wiederholt einzureden, sie könnte Schaden nehmen, sie sei schließlich noch nicht genügend erholt; doch Jane hielt an ihrem Entschluß fest, wenn sie sich einmal etwas reiflich überlegt hatte.

Herrn Darcy war die Mitteilung willkommen – Elisabeth war lange genug in Netherfield gewesen. Sie übte auf ihn eine stärkere Anziehungskraft aus, als ihm lieb war – und überdies war Fräulein Bingley unhöflich zu ihr und ihm gegenüber aggressiver als gewöhnlich. Er faßte den klugen Entschluß, besonders vorsichtig zu sein und sich gerade jetzt kein Zeichen besonderer Wertschätzung anmerken zu lassen – nichts, was in Elisabeth die Hoffnung nähren könnte, sie sei für sein Glück von irgendwelcher Bedeutung. Er war sich der Tatsache bewußt, daß sein Verhalten während dieses letzten Tages ausschlaggebend für die Bestätigung oder Vernichtung einer solchen Hoffnung sein mußte, falls sie überhaupt je erweckt worden war. Demgemäß sprach er während des ganzen Sonnabends kaum zehn Worte mit ihr und beschäftigte sich, ohne sie überhaupt anzublicken, gewissenhaft und eifrig mit seinem Buch, als sie einmal eine halbe Stunde lang allein waren.

Am Sonntag fand also nach dem Morgengottesdienst die Trennung statt, die fast allen willkommen war. Fräulein Bingleys Höflichkeit gegenüber Elisabeth nahm endlich gewaltig zu, und ebenso ihre Zuneigung zu Jane, der sie beim Abschied versicherte, wie sehr sie sich immer freuen würde, sie entweder in Longbourn oder in Netherfield wiederzusehen; sie umarmte sie zärtlich und gab Elisabeth sogar die Hand. Elisabeth nahm von der ganzen Gesellschaft in heiterster Stimmung Abschied.

Zu Hause wurden sie von der Mutter nicht besonders herzlich begrüßt. Frau Bennet war erstaunt, daß sie kamen, hielt es für sehr unangebracht, daß sie soviel Umstände verursachten, und war ganz sicher, daß Jane sich wieder erkältet hätte. Doch ihr Vater, wenn er seiner Freude auch nur sehr lakonisch Ausdruck gab, war zufrieden, sie wieder da zu haben; er hatte ihre Abwesenheit als Beeinträchtigung des Familienlebens empfunden. Besonders abends hatte ohne Jane und Elisabeth die Unterhaltung viel an Leben, ja beinahe allen Sinn verloren.

Sie fanden Mary, wie üblich, ins Studium des Generalbasses und der menschlichen Natur vertieft, mußten einige neue Auszüge aus Büchern bewundern und sich einige neue Beobachtungen über die fadenscheinige Moral mancher Menschen anhören. Catherine und Lydia hatten ihnen Neuigkeiten anderer Art zu bieten. Seit dem vergangenen Mittwoch war im Regiment ja so viel geschehen und erzählt worden. Mehrere der Offiziere hatten wieder bei ihrem Onkel gespeist, ein gemeiner Soldat war ausgeprügelt worden, und es waren tatsächlich Anzeichen dafür aufgetaucht, daß Oberst Forster heiraten wollte.

Dreizehntes Kapitel

»Ich hoffe, meine Liebe«, sagte Herr Bennet zu seiner Frau, als sie am nächsten Morgen beim Frühstück saßen, »du hast heute etwas Gutes zum Essen vorgesehen, weil ich nämlich Grund zur Annahme habe, daß jemand unseren Familienkreis bei Tisch erweitern wird.«

»Wer sollte denn das sein, mein Lieber? Ich wüßte von keinem Besuch, ganz bestimmt nicht, wenn nicht Charlotte Lucas zufällig kommen sollte – und für die wird mein Essen hoffentlich gut genug sein. Ich glaube, zu Hause bekommt sie nicht oft so etwas vorgesetzt.«

»Die Person, von der ich spreche, ist ein Herr und außerdem ein Fremder.«

Frau Bennets Augen funkelten. »Ein Herr und ein Fremder – dann ist es sicher Herr Bingley! Aber Jane, du hinterhältiges Ding, du hast mir auch kein Sterbenswörtchen davon gesagt! Nun, ich freue mich trotzdem sehr, Herrn Bingley bei uns begrüßen zu können. – Ach, lieber Gott, was für ein Pech! Ausgerechnet heute haben wir kein Stückchen Fisch im Haus! Lydia, mein Liebling, läute schnell. Ich muß augenblicklich mit der Hill sprechen.«

»Es ist aber gar nicht Herr Bingley«, sagte ihr Gatte, »es ist jemand, den ich noch nie in meinem Leben gesehen habe.«

Das erregte allgemeines Aufsehen, und er hatte das Ver-

gnügen, von Frau und Töchtern sogleich mit Fragen bestürmt zu werden.
Nachdem er sich eine Zeitlang an ihrer Neugier geweidet hatte, erklärte er das Geheimnis folgendermaßen:
»Vor ungefähr einem Monat erhielt ich diesen Brief hier, und vor ungefähr vierzehn Tagen habe ich ihn beantwortet, denn ich dachte, es wäre eine etwas kitzlige Angelegenheit, die gleich erledigt werden müßte. Er ist von meinem Vetter Collins, der euch, wenn ich einmal tot bin, aus dem Hause jagen kann, sobald es ihm paßt.«
»Ach, mein Lieber!« schrie Frau Bennet, »ich mag nichts davon hören. Bitte, sprich nicht weiter von diesem widerlichen Menschen. Ich halte es wirklich für eine unerhörte Härte, daß deine eigenen Kinder von der Erbschaft an deinem Gut ausgeschlossen werden sollen; an deiner Stelle hätte ich bestimmt schon längst etwas dagegen unternommen.«
Jane und Elisabeth versuchten ihr das Wesen eines Fideikommiß zu erklären. Sie hatten es schon früher oft versucht, aber das war ein Thema, bei dem Frau Bennet für Vernunftgründe unzugänglich blieb. Immer wieder beklagte sie sich bitter über die Grausamkeit, einer Familie mit fünf Töchtern ein Gut abzusprechen, zugunsten eines Mannes, der allen völlig gleichgültig war.
»Gewiß ist es höchst ungerecht«, sagte Herr Bennet, »und nichts kann Herrn Collins von der Schuld freisprechen, der künftige Erbe von Longbourn zu sein. Aber wenn du dir einmal seinen Brief anhören wolltest, könnte dich seine Art, sich auszudrücken, vielleicht etwas besänftigen.«
»Nein, das kommt ganz gewiß nicht in Frage, und ich halte es für eine große Unverschämtheit von ihm, dir überhaupt zu schreiben, und für pure Heuchelei außerdem. Ich hasse solch falsche Freunde. Warum konnte er nicht weiter mit dir auf Kriegsfuß stehenbleiben wie sein Vater vor ihm?«
»Nun, er scheint gerade in dieser Hinsicht als Sohn einige Bedenken gehabt zu haben, wie du gleich hören wirst:

Hunsford bei Westerham, Kent,
am 15. Oktober

Werter Herr!

Der Zwist, der zwischen Ihnen und meinem verstorbenen verehrten Vater bestand, hat mir viel Unbehagen verursacht, und seit ich das Unglück hatte, ihn zu verlieren, ist in mir häufig der Wunsch wach geworden, den Zwist beizulegen. Eine Zeitlang ließ ich mich noch durch gewisse Zweifel davon abhalten, da ich fürchtete, es könne als pietätlos erscheinen, mit jemandem auf gutem Fuß zu stehen, mit dem er sich stets gern gestritten hat – da hast du's, Frau Bennet! – Doch jetzt bin ich entschlossen zu handeln; denn nachdem ich zu Ostern als Priester ordiniert worden bin, hatte ich das Glück, durch die Gönnerschaft der Hochwohlgeborenen Lady Catherine de Bourgh, der Witwe des Sir Lewis de Bourgh, ausgezeichnet zu werden, und deren Güte und Großzügigkeit hat mir die einträgliche Pfarre der dortigen Kirchgemeinde eingebracht, wo es mein ernstes Bestreben sein wird, ihrer Ladyschaft mit dankbarer Achtung untertänigst zu Diensten zu sein und bereitwilligst die Riten und Zeremonien zu zelebrieren, die von der Kirche von England festgelegt worden sind. Als Geistlicher fühle ich mich überdies verpflichtet, die Segnungen des Friedens in allen Familien meines Einflußbereiches zu fördern und zu sichern; und aus diesen Gründen schmeichle ich mir, es auszusprechen, daß meine hiermit unternommenen Annäherungsversuche ein höchst löbliches Unterfangen sind, und gebe der Hoffnung Ausdruck, daß die Tatsache, daß ich der nächste in der Erbfolge für Longbourn bin, von Ihnen gütigst übersehen werden und Sie nicht veranlassen möge, den Ihnen entgegengestreckten Ölzweig zurückzuweisen. Ich kann nicht umhin, im Innersten von der Tatsache betroffen zu sein, daß Ihre liebenswürdigen Töchter ausgerechnet durch mich Nachteile erleiden sollen, und gestatte ich mir, mich dafür zu entschuldigen und Sie meiner Bereitwilligkeit zu versichern, dieselben dafür, so gut es geht, zu entschädigen – doch darüber wird später zu sprechen sein. Wenn Sie nichts dagegen haben sollten, mich in Ihrem Hause zu empfangen, würde ich mir die Ehre geben, Ihnen und Ihrer Familie am Montag, dem 18. November, gegen vier Uhr meine Aufwartung zu machen und Ihrer Gastfreundschaft wahrscheinlich bis zum Sonnabend der folgenden Woche zur Last zu fallen, was ich ohne Schwierigkeit tun kann, da Lady Catherine weit davon entfernt ist, etwas dagegen zu haben, wenn ich gelegentlich einmal sonntags nicht anwesend bin, vorausgesetzt, daß sich ein anderer Geistlicher findet, der den sonntäglichen Gottesdienst für mich hält. – Ich verbleibe, werter Herr, mit respektvollen Grüßen an Ihre Frau Gemahlin und an Ihre Töchter Ihr Ihnen wohlwollender

William Collins.

Um vier Uhr dürfen wir also diesen die Friedenshand ausstreckenden Herrn erwarten«, sagte Herr Bennet, als er den Brief wieder zusammenfaltete. »Er scheint mir ein sehr gewissenhafter und höflicher junger Mann zu sein, ganz bestimmt, und ich zweifle nicht daran, daß er sich als eine wertvolle neue Bekanntschaft erweisen wird, besonders wenn Lady Catherine so großzügig sein sollte, ihn wieder einmal zu uns kommen zu lassen.«

»Und was er über die Mädels sagt, ist auch nicht so ganz dumm; und wenn er geneigt ist, sie irgendwie zu entschädigen, dann werde ich nicht diejenige sein, die ihm davon abrät.«

»Wenn auch schwer zu erraten ist«, sagte Jane, »wie die Wiedergutmachung aussehen soll, die er uns zubilligt, so ist doch seine Absicht höchst anerkennenswert.«

Elisabeth imponierte vor allem seine außerordentliche Ergebenheit für Lady Catherine und seine freundliche Bereitwilligkeit, seine Pfarrkinder zu taufen, zu verheiraten und zu begraben, wann immer es von ihm verlangt wurde.

»Er muß ein sonderbarer Kauz sein, glaube ich«, sagte sie, »ich kann aus ihm nicht klug werden. – Er schreibt einen sehr geschwollenen Stil. – Und was kann er damit meinen, daß er sich entschuldigt, weil er das Gut erben soll? Wir dürfen nicht annehmen, daß er daran etwas ändern wollte, wenn er könnte. Kann er denn überhaupt ein vernünftiger Mensch sein, Vater?«

»Nein, meine Liebe, das glaube ich nicht. Ich hoffe stark, genau das Gegenteil in ihm zu finden. Sein Brief ist eine Mischung von Servilität und Überheblichkeit, die das Beste verspricht. Ich bin sehr begierig, ihn zu sehen.«

»Was allerdings seinen Stil anlangt«, bemerkte Mary, »so finde ich den Brief gar nicht so schlecht. Die Idee mit dem Ölzweig mag ja nicht ganz neu sein, aber ich finde es doch recht hübsch ausgedrückt.«

Für Catherine und Lydia hatten weder der Brief noch sein Verfasser das geringste Interesse. Es war ja beinahe unmöglich, daß ihr neuer Vetter in einem scharlachroten Rock erscheinen würde, und schon seit einigen Wochen fanden sie an der Gesellschaft eines anders gekleideten Mannes keinen Gefallen mehr. Was ihre Mutter anlangte, so hatte der Brief ihre Abneigung gegen diesen Herrn Collins stark gedämpft, und sie sah der Begegnung mit einem Grad von Haltung und Beherrschung entgegen, die ihren Mann und ihre Töchter überraschte.

Herr Collins traf pünktlich ein und wurde von der ganzen Familie mit großer Höflichkeit empfangen. Herr Bennet sagte zwar wenig, doch die Damen waren hinreichend zur Unterhaltung aufgelegt, und Herr Collins schien weder Ermutigung nötig zu haben noch die Neigung zu verspüren, sich in Schweigen zu hüllen. Er war ein großgewachsener, massig wirkender junger Mann von fünfundzwanzig. Seine Miene war ernst und feierlich, und er gab sich sehr förmlich. Er hatte noch nicht lange Platz genommen, als er schon Frau Bennet wegen ihrer Töchterschar Komplimente machte, sagte, er habe schon viel von ihrer Schönheit gehört, aber in diesem Falle werde der Ruf von der Wirklichkeit weit übertroffen; und er bemerkte außerdem, er zweifle nicht daran, daß Frau Bennet sie alle rechtzeitig durch eine günstige Heirat wohlversorgt sehen werde. Diese Galanterie war zwar nicht ganz nach dem Geschmack einiger der Angesprochenen, doch Frau Bennet, die jedes Kompliment bereitwilligst entgegennahm, antwortete prompt: »Sie sind sehr freundlich, mein Herr, zweifellos, und ich wünsche von ganzem Herzen, daß es so kommen möge, denn sonst wären sie ziemlich mittellos. Es ist ja alles so sonderbar geregelt.«

»Sie spielen wahrscheinlich auf die Erbfolgebestimmungen für dieses Gut an.«

»Ach ja, lieber Herr. Es ist bitter für meine armen Mädels, das müssen Sie zugeben. Nicht als ob ich Ihnen deswegen einen Vorwurf machte, denn ich weiß wohl, daß in dieser Welt so etwas reinweg dem Zufall anheimgegeben ist. Man kann nie wissen, wie Güter weitervererbt werden, wenn sie einmal Fideikommiß geworden sind.«

»Ich bin mir der damit verbundenen Nachteile für meine schönen Kusinen wohl bewußt, gnädige Frau, und könnte viel darüber sagen, doch möchte ich nicht voreilig und überstürzt erscheinen. Aber ich kann den jungen Damen versichern, daß ich mit der Bereitschaft hierhergekommen bin, ihre Vorzüge zu bewundern. Augenblicklich will ich nicht mehr sagen; doch vielleicht, wenn wir erst besser miteinander bekannt geworden sind ...«

Er wurde durch die Aufforderung zum Essen unterbrochen, und die Mädchen lächelten einander zu. Sie waren nicht die einzigen Gegenstände von Herrn Collins' Bewunderung. Die Vorhalle, das Speisezimmer und alle Einrichtungsgegenstände darin wurden begutachtet, für gut befunden, und seine Lobsprüche hätten sicherlich Frau Bennets Herz tief gerührt, wenn nicht der peinliche Verdacht bestanden hätte, daß er das alles als sein künftiges Eigentum betrachtete. Auch das Essen fand seinen vollen Beifall, und er erkundigte sich, welche von seinen schönen Kusinen das Mahl so köstlich zu bereiten gewußt habe. Doch da wurde er von Frau Bennet zurechtgewiesen, die ihm mit einiger Schärfe begreiflich machte, daß sie wohl imstande seien, sich eine gute Köchin zu halten, und daß ihre Töchter in der Küche nichts zu tun hätten. Er entschuldigte sich dafür, ihr Mißfallen erregt zu haben. Schnell besänftigt, erklärte sie, das sei durchaus nicht der Fall gewesen; aber er fuhr etwa eine Viertelstunde fort, sich bei ihr zu entschuldigen.

Vierzehntes Kapitel

Während des Essens sprach Herr Bennet kaum ein Wort. Doch als die Bediensteten im Zimmer nicht mehr benötigt wurden, hielt er es an der Zeit, sich mit seinem Gast etwas zu unterhalten, und brachte daher die Rede auf ein Thema, bei dem Collins wahrscheinlich ganz aus sich herausgehen würde: Er machte nämlich die Bemerkung, Collins scheine es mit seiner Kirchenpatronin sehr glücklich getroffen zu haben; es erscheine ihm äußerst bemerkenswert, wie Lady Catherine de Bourgh seinen Wünschen entgegenkäme und um sein Wohlergehen besorgt sei. Herr Bennet hätte kein besseres Gesprächsthema aufs Tapet bringen können. Collins hatte zu ihrem Lobe sehr viel zu sagen. Um dem Gegenstand gerecht zu werden, gab er sich noch feierlicher als gewöhnlich und beteuerte mit bedeutungsvollster Miene, er habe in seinem Leben noch nie ein derartiges Verhalten einer Standesperson beobachten können – solch eine Leutseligkeit und Herablassung –, wie er es jetzt an Lady Catherine erlebt habe. Sie hatte gnädigst geruht, an den beiden Predigten Gefallen zu finden, die er vor ihr zu halten bereits die Ehre gehabt habe. Schon zweimal habe sie ihn zum Essen nach Rosings eingeladen, und erst am vergangenen Sonnabend habe sie ihn holen lassen, weil ihr der vierte Mann zum Quadrille-Kartenspiel fehlte. Lady Catherine werde von manchen Leuten für hochfahrend gehalten, das wisse er wohl, doch er habe jedenfalls von ihr nichts als Leutseligkeit erfahren. Sie habe mit ihm stets genauso wie mit jedem anderen besseren Herrn gesprochen. Nicht das geringste habe sie dagegen einzuwenden gehabt, daß er gesellschaftlichen Verkehr mit der Nachbarschaft aufnahm oder seine Pfarre gelegentlich auf ein paar Wochen verließ, um seine Verwandten zu besuchen. Sie habe sich sogar herabgelassen, ihm den Rat zu geben, sobald als möglich zu heiraten, vorausgesetzt, daß er seine Wahl mit Bedacht und Takt treffe, und einmal habe sie ihn sogar in seinem bescheidenen Pfarrhaus aufgesucht, wo sie sich mit allen Änderungen, die er vorgenommen hatte, völlig einverstanden gezeigt und sogar geruht habe, einige weitere von sich aus vorzuschlagen – ein paar Regale in den Kammern im ersten Stock.

»Das ist alles sehr anständig und höflich, das kann man wohl sagen«, bemerkte Frau Bennet, »und jedenfalls ist sie eine sehr sympathische Frau. Es ist schade, daß große Damen ihr im allgemeinen nicht ähnlicher sind. Wohnt sie denn in Ihrer Nähe?«

»Der Garten, in dem meine niedere Hütte steht, ist nur durch einen schmalen Pfad von Rosings Park, dem Wohnsitz ihrer Hochwohlgeboren, getrennt.«

»Wenn ich nicht irre, sagten Sie, die Dame sei Witwe? Hat sie sonst noch Familie?«

»Sie hat eine einzige Tochter, die Erbin von Rosings und eines sehr großen Vermögens.«

»Ach«, rief Frau Bennet und schüttelte den Kopf, »da ist sie freilich besser dran als viele andere Mädchen. Und was für eine junge Dame ist sie denn? Ist sie hübsch?«

»Sie ist eine ganz reizende junge Dame. Lady Catherine sagte selber, was die Schönheit anlangt, ist Fräulein de Bourgh den Hübschesten ihres Geschlechts weit überlegen; sie hat nämlich das in ihren Zügen, was eine junge Dame von vornehmer Geburt kennzeichnet. Unglücklicherweise ist sie etwas kränklich, was sie daran gehindert hat, viele ihrer Fähigkeiten in dem Grade zu entwickeln, wie sie es unter anderen Umständen nicht verfehlt haben würde zu tun – ich weiß das von einer

Dame, die ihre Erziehung geleitet hat und die noch bei ihnen wohnt. Aber sie ist freundlich und liebenswürdig und geruht häufig, in ihrem kleinen Ponywagen an meiner niederen Hütte vorbeizufahren.«
»Ist sie schon bei Hof vorgestellt worden? Ich kann mich nicht erinnern, ihren Namen in den Hofnachrichten gelesen zu haben.«
»Ihr nicht sonderlich guter Gesundheitszustand hindert sie leider daran, sich in London aufzuhalten, wodurch, wie ich Lady Catherine einmal zu verstehen gab, der britische Hof seines strahlendsten Kleinods beraubt worden ist. Ihre Hochwohlgeboren schienen an dieser bildlichen Ausdrucksweise Gefallen zu finden; und wie Sie sich vorstellen können, ergreife ich freudig jede Gelegenheit, ihr derartig zarte, kleine Komplimente zu machen, die ja vornehmen Damen stets angenehm sind. Mehr als einmal habe ich Lady Catherine gegenüber die Bemerkung gemacht, daß ihre reizende Tochter zur Herzogin geboren scheine und daß auch der höchste gesellschaftliche Rang, anstatt sie zu erhöhen, durch sie nur gewinnen könne. – An solchen kleinen Aufmerksamkeiten hat ihre Hochwohlgeboren eine besondere Freude, und ich schmeichle mir, zu dieser Art von Höflichkeitsbezeigungen besonders verpflichtet und geeignet zu sein.«
»Da beurteilen Sie sich sehr richtig«, sagte Herr Bennet, »und sind glücklich daran, wenn Sie die Gabe besitzen, so unaufdringlich jemandem Angenehmes zu sagen. Darf ich mir die Frage erlauben, ob diese gefälligen Aufmerksamkeiten dem Impuls des Augenblicks entspringen oder das Resultat vorhergehender Überlegungen sind?«
»Meistens ergeben sie sich aus der jeweiligen Gelegenheit, und wenn es mir auch Freude macht, mir zuweilen solch elegante, kleine Komplimente, die man ja bei allen möglichen Gelegenheiten leicht anbringen kann, auszudenken und schön zu formulieren, so lege ich doch Wert darauf, sie so uneinstudiert wie nur möglich erscheinen zu lassen.«
Damit erwiesen sich Herrn Bennets Erwartungen als völ-

lig begründet. Sein Vetter war genauso verschroben, wie er gehofft hatte, und er hörte ihm mit dem hellsten Vergnügen zu, wobei er jedoch eine völlig ernste Miene bewahrte und, abgesehen von einem gelegentlichen Seitenblick zu Elisabeth, den Spaß ganz allein auskostete.
Als die Zeit zum Tee herankam, hatte jedoch auch er genug davon und war froh, seinen Gast wieder in den Salon führen und nach der Beendigung der Teestunde auffordern zu können, den Damen doch etwas vorzulesen. Herr Collins war dazu gern bereit, und ein Buch wurde herbeigeholt. Als er es jedoch erblickte (alles daran deutete darauf hin, daß es einem Lesezirkel entstammte), fuhr er zurück und beteuerte mit vielen Entschuldigungen, daß er niemals Romane läse. Kitty starrte ihn an, und Lydia tat einen Aufschrei. – Andere Bücher wurden herbeigeholt, und nach reiflicher Überlegung ergriff er Pastor Fordyces Predigten. Lydia gähnte, als er den Band aufschlug, und ehe er mit sehr eintöniger Feierlichkeit drei Seiten heruntergelesen hatte, unterbrach sie ihn mit den Worten: »Wissen Sie schon, Mama, daß Onkel Philips daran denkt, Richard zu entlassen, und daß Oberst Forster ihn anstellen will, wenn es soweit ist? Tante hat es mir Sonnabend selber erzählt. Morgen gehe ich mal nach Meryton 'nüber, um mehr darüber zu erfahren, und da erkundige ich mich gleich mit, wann Herr Denny aus London zurückkommt.«
Die beiden ältesten Schwestern sagten Lydia, sie solle den Mund halten, aber Herr Collins war sehr beleidigt, legte das Buch weg und sagte: »Ich habe schon oft beobachtet, wie wenig Interesse junge Damen an Büchern ernsterer Richtung haben, obwohl selbige doch einzig für ihr Wohl verfaßt worden sind. Das erstaunt mich einigermaßen, wie ich gestehen muß – denn es gibt ganz gewiß nichts Vorteilhafteres für sie als geistliche Belehrung. Doch ich will meiner jungen Kusine nicht länger zur Last fallen.«
Dann wandte er sich an Herrn Bennet und bot sich ihm als Partner für eine Partie Puff an. Herr Bennet nahm die Herausforderung an und bemerkte, er täte sehr klug

daran, die Mädels ihren eigenen, nichtssagenden Vergnügungen zu überlassen. Frau Bennet und ihre Töchter entschuldigten sich sehr höflich für Lydias Unterbrechung und versprachen, es solle nicht wieder vorkommen, wenn er mit seiner Vorlesung fortfahren wolle. Doch Herr Collins nahm mit Herrn Bennet an einem anderen Tisch Platz und bereitete sich für das Spiel vor, nicht ohne vorher erklärt zu haben, er nähme seiner jungen Kusine die Sache nicht übel und würde sie ihr nie nachtragen.

Fünfzehntes Kapitel

Herr Collins war nicht mit Geistesgaben gesegnet, und dieser von Natur aus bestehende Mangel war durch Erziehung und Umwelt nur wenig ausgeglichen worden. Den größten Teil seines bisherigen Lebens hatte er unter der Leitung eines ungebildeten, geizigen Vaters verbracht, und obwohl er an einer der Universitäten studiert hatte, war es ihm nur darum zu tun gewesen, die unbedingt notwendigen Semester abzusitzen, ohne dabei irgendwelche nützlichen Kenntnisse zu erwerben oder Bekanntschaften zu schließen. Die Abhängigkeit und Unterwürfigkeit, in der er von seinem Vater gehalten worden war, hatte den Grund für sein ursprünglich demütiges Verhalten gelegt; doch dem wirkte jetzt der Eigendünkel eines zurückgezogen lebenden, schwachen Geistes gewaltig entgegen; auch die überheblichen Gefühle, die ein unerwarteter Wohlstand in jungen Jahren mit sich bringt, trugen ihr Teil dazu bei. Ein glücklicher Zufall hatte ihn Lady Catherine de Bourgh empfohlen, als gerade die Pfarrstelle in Hunsford vakant war, und der Respekt, den er vor ihrem hohen Rang hatte, die Verehrung, die er ihr als seiner Kirchenpatro-

nin entgegenbrachte, verbanden sich mit seiner sehr hohen Meinung von sich selbst und mit seinem geistlichen und pfarramtlichen Überlegenheitsgefühl, so daß sein Charakter zu einer Mischung aus Stolz und Kriecherei, Überheblichkeit und Demut wurde.
Da er jetzt über ein eigenes Heim und ein mehr als ausreichendes Einkommen verfügte, beabsichtigte er zu heiraten. Die Versöhnung mit dem Longbourner Familienzweig wollte er durch eine Heirat zustande bringen, indem er sich eine der Töchter zu seiner Frau erwählte – vorausgesetzt, daß sie wirklich so hübsch und liebenswürdig waren, wie es allgemein hieß. Das war sein Plan, wie er sie entschädigen, wie er die Tatsache wiedergutmachen wollte, daß er die Besitzung ihres Vaters erben sollte. Er hielt diesen Plan für ausgezeichnet, allen Umständen angemessen und dazu noch, was ihn selbst betraf, für äußerst großzügig und selbstlos.
Als er die Mädchen gesehen hatte, behielt er seinen Plan bei. Fräulein Jane Bennets liebliches Gesicht bestärkte ihn in seinen Absichten und gab ihm die Idee ein, daß der Ältesten bei seiner Wahl schon anstandshalber unbedingt der Vorrang gebühre. So war während des ersten Abends sie die Dame seiner Wahl. Der nächste Morgen ließ ihm jedoch infolge eines Tête-à-têtes von einer Viertelstunde, das er vor dem Frühstück mit Frau Bennet hatte, eine Änderung ratsam erscheinen. Die Rede kam zuerst auf sein Pfarrhaus und führte naturgemäß zum Geständnis seiner Hoffnung, er könne dafür vielleicht in Longbourn eine geeignete Pfarrfrau finden. Frau Bennet lächelte höflich und zuvorkommend dazu, ermutigte ihn auch im allgemeinen in seinem Vorhaben, machte jedoch ausgerechnet in bezug auf Jane, auf die er sich gespitzt hatte, einige Vorbehalte. – Was ihre jüngeren Töchter anlangte, könne sie natürlich nichts sagen – sie könne keine endgültigen Zusagen machen –, doch sei ihr bei denen ein Hinderungsgrund nicht bekannt; doch ihre älteste Tochter, das fühle sie sich verpflichtet anzudeuten – nur um ihm einen Wink zu geben, würde sich wohl sehr bald verloben.

Herr Collins brauchte sich also nur von Jane auf Elisabeth umzustellen – und tat es auch prompt, während Frau Bennet das Feuer schürte. Elisabeth, die sowohl dem Alter wie der Schönheit nach in der Reihenfolge hinter Jane rangierte, wurde ganz natürlich ihre Nachfolgerin.

Frau Bennet wußte seine Andeutungen zu schätzen und gab sich der Hoffnung hin, bald zwei Töchter unter der Haube zu haben, und der Mann, von dem sie noch am vorhergehenden Tage nichts hören und sehen gewollt hatte, stand jetzt hoch in ihrer Gunst.

Lydias Absicht, nach Meryton zu gehen, wurde nicht vergessen; alle Schwestern außer Mary erklärten sich bereit, sie zu begleiten, und auch Herr Collins sollte sich ihnen anschließen, und zwar auf Herrn Bennets besondere Bitte hin, denn der war darauf bedacht, ihn loszuwerden und sein Studierzimmer für sich allein zu haben; dorthin war Collins ihm nämlich nach dem Frühstück gefolgt und hatte sich der Form nach mit einem der umfangreichsten Folianten der Bücherei beschäftigt, um in Wirklichkeit die ganze Zeit, von nur kurzen Unterbrechungen abgesehen, Herrn Bennet mit Berichten über sein Haus und seinen Garten in Hunsford zu unterhalten. Das brachte Herrn Bennet völlig aus der Fassung. In seiner Bücherei hatte er sich immer ungestört der Muße und Stille hingeben können, und wenn er auch darauf gefaßt war, wie er Elisabeth einmal sagte, in jedem anderen Raum des Hauses auf Torheit und Eitelkeit zu stoßen, war er gewohnt, hier davor sicher zu sein. So ließ seine Höflichkeit es sich nicht entgehen, Herrn Collins sofort zu dem Spaziergang mit seinen Töchtern einzuladen, und Herr Collins, dem in Wirklichkeit das Laufen viel mehr zusagte als das Lesen, war äußerst beglückt, sein dickes Buch schließen und fortgehen zu dürfen.

Mit hochtrabenden Nichtigkeiten von seiner Seite und höflicher Zustimmung von seiten seiner Kusinen verging die Zeit, bis sie in Meryton anlangten. Hier nun konnte er die Aufmerksamkeit der Jüngeren nicht mehr fesseln. Ihre Blicke schweiften auf der Suche nach Offi-

zieren die Straße auf und ab, und höchstens eine schicke Haube oder ein wirklich moderner Musselinstoff in einem Schaufenster konnte sie davon ablenken.
Doch bald wurde die Aufmerksamkeit der Damen durch einen jungen Mann gefesselt, den sie noch nie gesehen hatten; er machte einen äußerst vornehmen Eindruck und schritt mit einem Offizier auf der anderen Straßenseite einher. Der Offizier war jener Herr Denny, über dessen Rückkehr aus London Lydia Erkundigungen einziehen wollte, und er begrüßte sie im Vorbeigehen mit einer Verbeugung. Allen imponierte das Aussehen des Fremden, und alle hätten gar zu gern gewußt, wer er wohl sein könnte. Kitty und Lydia, die entschlossen waren, dies auf jeden Fall herauszubekommen, lotsten die anderen unter dem Vorwand, etwas in einem Laden auf der anderen Seite kaufen zu müssen, über die Straße und hatten glücklicherweise gerade den Fußsteig erreicht, als die beiden Herren, die umgekehrt waren, an derselben Stelle anlangten. Herr Denny sprach sie an und bat, seinen Freund, Herrn Wickham, vorstellen zu dürfen, der am Tage zuvor mit ihm aus London gekommen sei und, wie er zu seiner Freude mitteilen könne, in ihrem Regiment eine Offiziersstelle angenommen habe. Das war genau das, was man wünschen konnte, denn dem jungen Manne fehlte nur noch die bunte Uniform, um einfach bezaubernd auszusehen. Seine ganze Erscheinung war tatsächlich dazu angetan. Er hatte alles, was zu einem schönen Mann gehört, ein hübsches Gesicht, eine gute Figur und ein sehr gewinnendes Wesen. Nach der Vorstellung eröffnete er die Unterhaltung mit einer Ungezwungenheit, die sich nichts vergab und keineswegs aufdringlich wirkte. Die ganze Gruppe stand noch da und war in eine angenehme Unterhaltung vertieft, als Hufschlag ihre Aufmerksamkeit ablenkte und sie Darcy und Bingley erblickten, die die Straße entlanggeritten kamen. Als die beiden Herren in der plaudernden Gruppe die Damen bemerkten, kamen sie direkt auf sie zu und begannen mit den üblichen höflichen Redensarten, wobei Bingley das Wort führte und Fräulein

Bennet der Hauptgegenstand seiner Aufmerksamkeit war. Er sagte, er sei gerade auf dem Weg nach Longbourn, um sich nach ihr zu erkundigen. Herr Darcy bestätigte diese Feststellung mit einer Verbeugung und wollte sich eben entschließen, seine Augen nicht auf Elisabeth ruhen zu lassen, als sein Blick plötzlich auf den Fremden fiel. Elisabeth sah zufällig die Gesichter der beiden, als sie einander erblickten, und war über die Wirkung dieser Begegnung verblüfft. Beide nahmen eine andere Farbe an, der eine wurde weiß, der andere rot. Nach einigen Augenblicken berührte Herr Wickham seinen Hut – eine Begrüßung, die Darcy eben noch zu erwidern geruhte. Was konnte das bedeuten? Es war unmöglich, das zu erraten, und ebenso unmöglich war es, nicht neugierig darauf zu werden.
Nach einer weiteren Minute nahm Bingley, der von dem Vorfall nichts bemerkt zu haben schien, Abschied und ritt mit seinem Freund weiter.
Herr Denny und Herr Wickham begleiteten die jungen Damen bis zur Haustür der Familie Philips und verbeugten sich zum Abschied, obwohl Fräulein Lydia sie dringend einlud, doch mit hereinzukommen, und obwohl Frau Philips das Wohnzimmerfenster aufstieß und die Einladung mit voller Lautstärke unterstützte.
Frau Philips freute sich immer, ihre Nichten bei sich zu sehen, und die beiden ältesten waren ihr nach ihrer kürzlichen Abwesenheit besonders willkommen. Sie zeigte sich von ihrer plötzlichen Heimkehr überrascht, von der sie, wie sie sagte, gar nichts erfahren haben würde, da sie ja nicht durch ihren eigenen Wagen abgeholt worden seien, wenn sie nicht zufällig auf der Straße den Laufburschen des Herrn Jones getroffen und dieser ihr erzählt hätte, sie brauchten keine Arznei mehr nach Netherfield zu schicken, weil die Fräulein Bennet weg wären. Doch da mußte sie sich aus Höflichkeit Herrn Collins zuwenden, den Jane ihr vorstellte. Sie begrüßte ihn mit so viel höflichen Redensarten, wie ihr nur zur Verfügung standen; doch er gab ihre Höflichkeit mit Zinsen zurück, entschuldigte sich, daß er, ohne vorher

ihre Bekanntschaft gemacht zu haben, bei ihr eindringe, was sich aber wiederum, wie er sich schmeichle festzustellen, durch seine Verwandtschaft mit den jungen Damen, die ihn bei ihr einführten, immerhin einigermaßen rechtfertigen ließe. Frau Philips war von dieser Hochflut guten Benehmens ganz überwältigt. Doch lange konnte sie sich der Betrachtung dieses einen Fremden nicht widmen, da sie ihr Interesse mit vielen Ausrufen und Fragen dem anderen zuwenden mußte; allerdings konnte sie ihren Nichten über ihn nur berichten, was diese ohnehin wußten, daß nämlich Herr Dennis ihn aus London mitgebracht habe und daß er eine Leutnantsstelle im Regiment antreten solle. Sie habe ihn eine ganze Stunde lang beobachtet, sagte sie, als er vorhin die Straße auf und ab gegangen sei; wenn Herr Wickham jetzt wieder aufgetaucht wäre, würden Kitty und Lydia sicher diese lobenswerte Beschäftigung fortgesetzt haben, aber leider kam außer ein paar Offizieren niemand mehr am Fenster vorbei, und die wurden jetzt im Vergleich mit dem Fremden zu ›langweiligen, unsympathischen Burschen‹ gestempelt. Einige von ihnen sollten am nächsten Tag bei Familie Philips zum Essen erscheinen, und die Tante versprach, ihren Mann bei Herrn Wickham einen Besuch machen und auch ihn einladen zu lassen, wenn die Familie aus Longbourn ebenfalls zum Abendessen kommen wolle.
Dies wurde abgemacht, und Frau Philips versicherte, sie werde hinterher ein nettes, gemütliches, aufregendes Lotteriespiel veranstalten und dann auch noch ein bescheidenes warmes Abendbrot bieten. Die Aussicht auf solche Freuden war überaus beglückend, und man ging in bester Stimmung auseinander. Herr Collins brachte seine Entschuldigungen nochmals vor, als er aus dem Zimmer ging, woraufhin ihm mit unermüdlicher Höflichkeit versichert wurde, daß für Entschuldigungen absolut kein Grund vorläge.
Auf dem Heimweg berichtete Elisabeth Jane von dem Vorgang, den sie zwischen den beiden Herren beobachtet hatte; doch obwohl Jane bereit gewesen wäre, jeden

der beiden in Schutz zu nehmen, wenn auch nur der Schatten eines Vorwurfs auf ihn fallen könnte, war ihr das Verhalten der Herren ebenso unerklärlich wie ihrer Schwester.
Herr Collins machte sich nach seiner Rückkehr bei Frau Bennet dadurch besonders beliebt, daß er die Umgangsformen und die Höflichkeit der Frau Philips in den Himmel hob. Er beteuerte, er habe, von Lady Catherine und ihrer Tochter abgesehen, noch nie eine feinere Dame getroffen; denn sie habe ihn nicht nur mit äußerster Höflichkeit empfangen, sondern ihn auch noch ausdrücklich in die Einladung für den nächsten Abend einbezogen, obwohl er ihr doch bis dato gänzlich unbekannt gewesen sei. Bis zu einem gewissen Grade ließe sich das wohl durch seine Verwandtschaft mit den Bennets erklären, aber trotzdem hätte er eine solche Zuvorkommenheit in seinem ganzen Leben noch nicht angetroffen.

Sechzehntes Kapitel

Da gegen die Abmachung der jungen Leute mit ihrer Tante nichts eingewendet wurde und alle Bedenken des Herrn Collins, Herrn und Frau Bennet auch nur an einem einzigen Abend seines Besuchs allein zu lassen, in unermüdlicher Überzeugungsarbeit zerstreut werden konnte, trug die Kutsche ihn und seine fünf Kusinen zur angemessenen Stunde nach Meryton, und die Mädchen vernahmen schon beim Betreten des Salons mit Vergnügen, Herr Wickham habe die Einladung ihres Onkels angenommen und befinde sich schon im Hause.
Nach dieser Mitteilung nahmen sie alle Platz. Herr Collins fand Zeit, sich in Ruhe bewundernd umzusehen, und war von der Größe und Einrichtung des Zimmers so beeindruckt, daß er erklärte, er käme sich fast vor wie im

kleinen Sommer-Frühstückszimmer auf Rosings – ein Vergleich, der zunächst nicht besonders günstig aufgenommen wurde. Doch als Frau Philips von ihm erfuhr, was es mit Rosings auf sich habe und wem es gehöre, als sie der Beschreibung eines der Salons der Lady Catherine gelauscht und erfahren hatte, daß allein die Kaminumrandung achthundert Pfund wert war, wurde sie sich der Größe des Kompliments erst voll bewußt und hätte auch gegen einen Vergleich mit dem Zimmer der Haushälterin kaum etwas einzuwenden gehabt.

Mit der Beschreibung aller Vorzüge der Lady Catherine und ihres Hauses, verbunden mit gelegentlichen Abschweifungen zum Preise seiner niederen Hütte und der darin anzubringenden Verschönerungen, war er angenehm beschäftigt, bis die Herren zu ihnen herüberkamen. Er fand in Frau Philips eine sehr dankbare Zuhörerin; ihre hohe Meinung von ihm wuchs mit jedem Satz, den sie hörte, und sie machte sich schon beim Zuhören Gedanken darüber, wie sie das in allen Einzelheiten sobald als möglich bei ihren Nachbarinnen breittragen könnte. Den Mädchen, die ihrem Vetter nicht zuhören konnten und nichts zu tun hatten, als sich nach Betätigung zu sehnen und die mittelmäßigen China-Motive auf dem Wandschirm – übrigens ihre eigene Handarbeit – zu betrachten, erschien diese Wartezeit recht lang. Endlich ging jedoch auch sie vorüber. Die Herren erschienen wirklich, und als Herr Wickham ins Zimmer trat, wurde es Elisabeth deutlich, daß ihr erster günstiger Eindruck von ihm keineswegs übertrieben gewesen war. Die Offiziere des Milizregiments waren im allgemeinen sehr achtbare, wohlerzogene Herren, und die besten Vertreter des Offizierskorps waren hier zugegen. Doch Herr Wickham übertraf sie alle an Persönlichkeit, Aussehen, Haltung und Würde in dem Maße, wie sie über dem breitgesichtigen, langweiligen Onkel Philips standen, der ihnen ins Zimmer folgte und dessen Atem nach Portwein duftete.

Herr Wickham war der Glückliche, dem sich fast jedes weibliche Auge zuwandte, und Elisabeth war die Glück-

liche, neben der er sich schließlich niederließ. Die angenehme Art, in der er zu plaudern verstand, wenn es auch nur über die vergangene feuchte Nacht und die Wahrscheinlichkeit einer längeren Regenperiode war, ließ sie fühlen, daß auch das gewöhnlichste, langweiligste und abgegriffenste Thema durch die Gewandtheit des Redenden interessant gemacht werden kann.
Bei solchen Wettbewerben um die Aufmerksamkeit der Schönen, wie sie in Gestalt von Herrn Wickham und den Offizieren zugegen waren, schien Herr Collins in völlige Bedeutungslosigkeit abzugleiten. Den jungen Damen bedeutete er wirklich nichts, doch fand er in Frau Philips zuweilen eine freundliche Zuhörerin und wurde durch ihre besondere Fürsorge überreichlich mit Kaffee und belegten Brötchen versorgt.
Als die Spieltische aufgestellt wurden, fand er Gelegenheit, auch ihr gefällig zu sein, indem er an der Whistrunde der Herren teilnahm.
»Ich verstehe noch nicht viel von diesem Spiel«, sagte er, »doch möchte ich meine Fertigkeit darin gern verbessern, denn in der Lebenslage, in der ich mich gegenwärtig ...« Frau Philips war sehr dankbar, daß er sich beteiligen wollte, hatte aber keine Zeit, das Ende seiner Begründung abzuwarten.
Wickham spielte nicht Whist und wurde nur zu gern am anderen Tisch zwischen Elisabeth und Lydia willkommen geheißen. Zuerst schien die Gefahr zu bestehen, daß ihn Lydia ganz und gar für sich in Beschlag nahm, denn sie redete gern und viel; da sie aber dem Lotteriespiel mit ebensolcher Begeisterung zugetan war, wurde sie von dem Spielverlauf bald zu stark abgelenkt, war zu eifrig beschäftigt, Wetten anzubieten und Preise auszurufen, als daß sie sich hätte mit irgend jemand im einzelnen näher abgeben können. Herr Wickham hatte daher, soweit es die Anforderungen des Spiels erlaubten, Zeit, mit Elisabeth zu plaudern, und sie hörte ihm bereitwillig zu, obwohl sie nicht hoffen konnte, das zu hören, was sie am meisten interessiert hätte, nämlich worin seine Beziehungen zu Darcy bestanden. Sie wagte jenen

Herrn nicht einmal zu erwähnen. Ihre Neugier wurde jedoch wider Erwarten befriedigt. Herr Wickham fing selbst davon ab. Er erkundigte sich, wie weit es von Meryton nach Netherfield sei, und als er das erfahren hatte, fragte er zögernd, wie lange Herr Darcy denn schon dort sei.

»Ungefähr einen Monat«, sagte Elisabeth und bemerkte dann noch, um das Thema nicht fallenzulassen, »soviel ich weiß, hat er eine sehr große Besitzung in Derbyshire.«

»Ja«, erwiderte Wickham, »sein Gut dort ist sehr stattlich – es bringt glatt zehntausend Pfund im Jahr ein. Sie hätten kaum jemand treffen können, der Ihnen darüber bessere Auskunft geben kann als ich, denn ich bin seit meiner Kindheit in besonderer Weise mit seiner Familie verbunden.«

Elisabeth konnte ihr Erstaunen nicht verbergen.

»Sie haben allen Grund, über diese Versicherung erstaunt zu sein, Fräulein Bennet, nachdem sie doch wahrscheinlich bemerkten, wie kalt gestern unsere Begrüßung ausfiel. – Sind Sie mit Herrn Darcy näher bekannt?«

»Mir reicht die bisherige Bekanntschaft mit ihm völlig aus«, rief Elisabeth erregt. »Ich habe vier Tage in einem Hause mit ihm verbracht und halte ihn für recht unliebenswürdig.«

»Ich habe nicht das Recht, meine Ansicht dazu zu äußern«, sagte Wickham, »ob er liebenswürdig oder das Gegenteil davon ist. Es steht mir nicht zu, mir eine Meinung darüber zu bilden. Ich kenne ihn viel zu lange und viel zu gut, um gerecht urteilen zu können. Mir jedenfalls ist es einfach unmöglich, ihn unparteiisch zu betrachten. Aber ich glaube, Ihre Meinung über ihn würde allgemein Erstaunen erregen – und vielleicht würden Sie sich auch anderswo nicht so entschieden äußern. Hier sind Sie ja im Kreis Ihrer eigenen Familie.«

»Ich kann Ihnen mein Wort geben, daß ich hier nicht mehr sage, als ich es in jedem anderen Hause ringsum tun würde, außer in Netherfield. Hier in Hertfordshire ist er gar nicht beliebt. Alle werden von seinem Stolz abgestoßen. Sie werden niemanden finden, der sich günstiger über ihn äußert.«

»Ich kann nicht behaupten, daß es mir leid täte«, sagte Wickham nach einer kurzen Unterbrechung, »wenn er oder sonst jemand nicht höher eingeschätzt wird, als er es verdient; doch das kommt bei ihm, glaube ich, nicht oft vor. Die Welt läßt sich durch sein Vermögen und sein Aussehen blenden oder durch seine hochfahrende, achtunggebietende Art einschüchtern und sieht ihn nur so, wie er selber gesehen werden möchte.«

»Nun, selbst auf Grund meiner flüchtigen Bekanntschaft mit ihm würde ich ihn als einen unleidlichen Menschen einschätzen.«

Wickham nickte nur.

»Ich wüßte gern«, sagte er bei der nächsten Gelegenheit, die ihm das Spiel ließ, »ob er sich wohl noch längere Zeit in der hiesigen Gegend aufhalten wird.«

»Darüber weiß ich gar nichts, doch als ich in Netherfield war, habe ich zum mindesten nichts davon gehört, daß er die Absicht hätte, wieder abzureisen. Ich will nicht hoffen, daß Ihre Absicht, zu dem hiesigen Regiment zu stoßen, von seiner längeren Anwesenheit in der Gegend beeinträchtigt werden könnte.«

»O nein – ich bin nicht derjenige, der sich von Herrn Darcy vertreiben lassen müßte. Wenn er mich nicht sehen möchte, muß eben er gehen. Wir stehen nicht auf freundlichem Fuß miteinander, und es ist mir immer peinlich, ihm zu begegnen, aber ich habe dafür keinen Grund, den nicht alle Welt erfahren könnte – nämlich das Bewußtsein, von ihm sehr schäbig behandelt worden zu sein und ein schmerzliches Bedauern, daß er so ist, wie er ist. Sein Vater, Fräulein Bennet, der verstorbene Herr Darcy, war einer der besten Menschen, den die Erde je getragen hat; mir war er der treueste Freund, den ich je hatte, und ich kann mit diesem Herrn Darcy hier nicht zusammen sein, ohne daß mich tausend zärtliche Erinnerungen schmerzlich berühren. Sein Verhalten mir gegenüber war skandalös, aber ich glaube aufrichtig,

ich könnte ihm alles und jedes eher verzeihen, als daß er die Hoffnungen seines Vaters so enttäuscht hat und seinem Gedächtnis solche Schande macht.«
Elisabeth hörte mit steigender Spannung zu, konnte aber wegen der Peinlichkeit der Angelegenheit keine weiteren Fragen stellen.
Herr Wickham begann nun, sich über allgemeinere Themen zu verbreiten, über Meryton, die Nachbarschaft, die Gesellschaft. Er schien von allem, was er bisher gesehen hatte, höchst befriedigt zu sein und sprach sich besonders über die Gesellschaft mit vornehm zurückhaltender, aber doch deutlicher Galanterie aus.
»Es war die Aussicht, immer in Gesellschaft, und zwar in guter Gesellschaft zu sein«, fuhr er fort, »was mich vor allem bewogen hat, in das Milizregiment einzutreten. Ich kannte es bereits vom Hörensagen als ein höchst achtbares und angenehmes Korps, und mein Freund Denny führte mich dann noch stärker in Versuchung, als er mir von seinem gegenwärtigen Standort berichtete und von dem entgegenkommenden Empfang und dem wunderbaren Familienanschluß erzählte, den sie alle in Meryton gefunden hätten. Ich muß offen gestehen, daß ich Gesellschaft brauche. Ich habe große Enttäuschungen hinter mir und kann die Einsamkeit nicht ertragen. Ich muß einfach Beschäftigung und Geselligkeit haben. Für die militärische Laufbahn war ich zwar nicht vorgesehen, doch die Umstände haben sie mir wünschenswert erscheinen lassen. Mir hätte eigentlich ein geistlicher Beruf zugestanden – ich bin für die kirchliche Laufbahn ausgebildet – und würde gegenwärtig schon im Besitz einer äußerst ertragreichen Pfründe sein, wenn es dem Herrn, von dem wir eben gesprochen haben, gefallen hätte.«
»Was Sie nicht sagen!«
»Ja, der verstorbene Herr Darcy hatte mich testamentarisch für die nächste Vakanz der besten Pfründe vorgesehen, die er zu vergeben hatte. Er war mein Pate und war mir sehr zugetan. Ich kann seine Güte nicht mit Worten ausdrücken. Er wollte mich glänzend versorgen und

glaubte es auch getan zu haben. Doch als die Pfarrstelle vakant war, wurde sie anderweit vergeben.«
»Um Himmels willen«, rief Elisabeth, »wie konnte so etwas geschehen? – Wie konnte sein Wille dermaßen mißachtet werden? – Warum haben Sie nicht versucht, rechtlich dagegen anzugehen?«
»Die Testamentsbestimmungen drücken sich gerade in diesem Zusammenhang etwas unklar aus, und wegen dieses Formfehlers kann ich vom Gesetz keine Hilfe erhoffen. Ein Ehrenmann konnte an der Absicht des Erblassers nicht zweifeln, doch Herr Darcy geruhte, daran zu zweifeln – oder die Bestimmung lediglich als eine von Bedingungen abhängige Empfehlung anzusehen und dann festzustellen, ich habe meinen Anspruch durch Zügellosigkeit, Unüberlegtheit, kurz, irgend etwas, das ihm gerade einfiel, verwirkt. Fest steht, daß die Stelle vor zwei Jahren vakant wurde, genau zur Zeit, wo ich alt genug geworden war, sie anzutreten, und daß sie einem anderen gegeben wurde; und ebensosehr steht fest, daß ich mir keiner Schuld bewußt bin, wirklich etwas begangen und sie mit Recht verwirkt zu haben. Ich bin heißblütig und unbedacht und kann möglicherweise meine Meinung über ihn zu frei und ihm gar offen ins Gesicht geäußert haben. Schlimmeres ist mir nicht bewußt. Aber die Tatsache besteht nun einmal, daß wir sehr verschiedene Charaktere sind und daß er mich haßt.«
»Das ist ja empörend! Er verdient es, öffentlich zur Rechenschaft gezogen zu werden.«
»Einmal wird das auch geschehen – aber nicht durch mich. Solange ich seinen Vater nicht vergessen kann, ist es mir unmöglich, gegen den Sohn vorzugehen und ihn öffentlich bloßzustellen.«
Elisabeth achtete ihn wegen seiner anständigen Haltung und fand ihn bei diesen Worten sympathischer als je.
»Aber was«, sagte sie nach kurzem Überlegen, »kann ihn nur dazu bewogen haben? Was kann ihn dazu gebracht haben, sich so grausam zu verhalten?«
»Eine tiefe, entschiedene Abneigung gegen mich – eine

Abneigung, die ich bis zu einem gewissen Grade auf Eifersucht zurückführen muß. Hätte der verstorbene Herr Darcy mich nicht so gern gehabt, so wäre sein Sohn vielleicht besser mit mir ausgekommen; doch die ungewöhnliche Zuneigung seines Vaters zu mir erbitterte ihn, glaube ich, schon in früher Jugendzeit. Sein Charakter konnte diese Art von Wettbewerb, in dem wir standen – die Bevorzugung, die mir oft zuteil wurde, einfach nicht ertragen.«

»Ich hätte nicht gedacht, daß Herr Darcy so schlecht sein könnte; wenn er mir auch nie sympathisch war, eine so üble Handlungsweise hätte ich ihm nicht zugetraut. Ich hatte ihn dahingehend eingeschätzt, daß er seine Mitmenschen ganz allgemein verachtet, wäre aber nie auf den Gedanken gekommen, er könne solch gemeiner Rache, solcher Ungerechtigkeit, solcher Unmenschlichkeit fähig sein!«

Sie dachte noch einige Minuten nach und fuhr dann fort: »Jetzt fällt mir ein, daß er einmal in Netherfield damit geprahlt hat, wie unversöhnlich er wäre, wenn er einmal eine Abneigung gegen jemanden gefaßt habe, und wie sehr er dazu neige, jemandem etwas nachzutragen. Seine Charakterveranlagung muß ja furchtbar sein!«

»Ich möchte nichts dazu sagen«, entgegnete Wickham, »ich kann ihn kaum gerecht beurteilen.«

Elisabeth versank wieder in tiefes Sinnen und rief dann aus: »Das Patenkind, den Freund, den Liebling seines Vaters so zu behandeln!« Sie hätte hinzufügen können: Und dazu noch einen jungen Mann wie Sie, dem es auf dem Gesicht geschrieben steht, wie liebenswert er ist, begnügte sich aber mit den Worten: »Und dazu noch einer, der wahrscheinlich mit ihm aufgewachsen ist und, wie Sie wohl sagten, von Kind an aufs engste mit ihm verbunden war.«

»Wir sind im selben Kirchspiel, ja innerhalb desselben Gutsbezirks geboren; den größten Teil unserer Jugend verbrachten wir gemeinsam. Wir bewohnten dasselbe Haus, spielten zusammen und waren Gegenstand derselben väterlichen Fürsorge. Mein Vater übte ursprünglich denselben Beruf aus, in dem Ihr Onkel Philips so erfolgreich tätig zu sein scheint, doch er gab alles auf, um dem verstorbenen Herrn Darcy nützlich zu sein, und widmete seine gesamte Zeit der Verwaltung des Besitztums in Pemberley. Herr Darcy schätzte ihn als engen, vertrauten Freund außerordentlich hoch. Oft hat Herr Darcy es ausgesprochen, daß er meinem Vater für seine Verwaltungstätigkeit zum größten Dank verpflichtet sei, und als Herr Darcy unmittelbar vor meines Vaters Tod ihm freiwillig das Versprechen gab, für mich zu sorgen, so geschah dies nach meiner Überzeugung ebensosehr, um ihm gegenüber eine Dankesschuld abzutragen, wie aus Liebe zu mir.«

»Wie sonderbar!« rief Elisabeth, »wie abscheulich! – Ich wundere mich nur, daß Herr Darcy sich nicht gerade durch seinen großen Stolz veranlaßt fühlte, gerecht zu Ihnen zu sein – und wenn es aus keinem besseren Grunde gewesen wäre, als daß er zu stolz war, um unehrenhaft zu handeln, denn anders als unredlich kann ich so etwas nicht nennen.«

»Es ist tatsächlich erstaunlich«, erwiderte Wickham, »zumal sich seine Handlungsweise fast immer auf Stolz zurückführen läßt und der Stolz sich oft als sein bester Freund erwiesen hat. Mehr als jede andere Gefühlsregung hat ihn sein Stolz davor bewahrt, etwas Unehrenhaftes zu tun. Aber kein Mensch handelt ja ganz folgerichtig, und für sein Verhalten zu mir waren eben Beweggründe wirksam, die sogar stärker als sein Stolz waren.«

»Kann denn solch ein abscheulicher Stolz, wie er ihn hat, jemals etwas Gutes bewirkt haben?«

»Ja. Er hat ihn oft dazu bewogen, nachsichtig und großzügig zu sein – freigebig Geld zu spenden, gastfreundlich zu sein, seinen Pächtern entgegenzukommen und das Los der Armen zu lindern. Familienstolz und Sohnesstolz – denn er ist auf die Leistungen seines Vaters sehr stolz – sind die Gründe dafür. Auch nicht einen Schatten von Schande auf seine Familie fallen zu lassen, nichts von seiner Beliebtheit einzubüßen oder den Einfluß des Hauses Pemberley zu mindern – das ist für ihn und sein Handeln ein mächtiger Antrieb. Auch brüderlichen Stolz besitzt er, der zusammen mit etwas brüderlicher Zuneigung ihn zu einem sehr liebevollen und besorgten Hüter seiner Schwester macht; und Sie werden allgemein sagen hören, daß er der aufmerksamste und beste aller Brüder ist.«

»Was für ein Mädchen ist denn Fräulein Darcy?«

Er schüttelte den Kopf. – »Ich wollte, ich könnte sie liebenswürdig nennen. Es tut mir weh, von einem Mitglied der Familie Darcy Schlechtes zu reden. Aber sie ist ihrem Bruder zu ähnlich – sehr, sehr hochmütig. – Als Kind war sie lieb und gut und hatte mich sehr gern, und ich habe viele Stunden zugebracht, sie zu unterhalten. Doch jetzt bedeutet sie mir nichts mehr. Sie ist ein hübsches Mädchen, ungefähr fünfzehn oder sechzehn Jahre alt und, wie ich gehört habe, hochgebildet. Seit dem Tode ihres Vaters wohnt sie in London, wo eine Dame sie betreut und ihre Erziehung überwacht.«

Nach vielen Unterbrechungen und Ansätzen zu Gesprächen über andere Gegenstände kam Elisabeth doch noch einmal auf das erste Thema zurück und sagte: »Ich wundere mich nur über seine intime Freundschaft mit Herrn Bingley! Wie kann Herr Bingley, der doch die gute Laune in Person zu sein scheint und, wie ich überzeugt bin, wahrhaft liebenswürdig ist, mit solch einem Mann in Freundschaft verbunden sein? Wie können sie aneinander Gefallen finden? Kennen Sie Herrn Bingley?«

»Nein, gar nicht.«

»Er ist so ein freundlicher, liebenswürdiger, reizender Mensch. Er kann Herrn Darcy einfach nicht kennen.«

»Wahrscheinlich nicht – doch kann Darcy durchaus gewinnend wirken, wenn er Wert darauf legt. Die Fähigkeiten dazu hat er. Er kann ein guter Gesellschafter sein, wenn er es der Mühe wert hält. Unter denen, die ihm an Rang und Reichtum gleichgestellt sind, gibt er sich ganz anders als den weniger Glücklichen gegenüber. Sein

Stolz verläßt ihn nie, doch reichen Leuten gegenüber verhält er sich großzügig, gerecht, aufrichtig, vernünftig, ehrenwert und vielleicht sogar liebenswürdig – je nach Stellung und Vermögen der anderen.«

Die Whistrunde brach bald darauf ihr Spiel ab, und die Teilnehmer gruppierten sich um den anderen Tisch. Herr Collins setzte sich zwischen seine Kusine Elisabeth und Frau Philips. Die stellte ihm die übliche Frage, ob er gewonnen habe. Davon konnte allerdings kaum die Rede sein, denn er hatte jedes Spiel verloren. Doch als Frau Philips ihr Bedauern darüber auszudrücken begann, versicherte er feierlich, daß ihn das nicht im geringsten berühre und daß er Geld für völlig unerheblich ansehe, und bat sie inständig, sich deswegen keine Gedanken zu machen.

»Ich weiß sehr gut, gnädige Frau«, sagte er, »daß man mit so etwas rechnen muß, wenn man am Spieltisch Platz nimmt – und glücklicherweise bin ich so gestellt, daß fünf Shilling für mich keinen Verlust bedeuten. Zweifellos gibt es viele, die das nicht von sich behaupten könnten, doch dank der Großzügigkeit von Lady Catherine de Bourgh bin ich nicht mehr gezwungen, mit dem Pfennig zu rechnen.«

Herr Wickham horchte auf, und nachdem er Collins einige Augenblicke lang beobachtet hatte, fragte er Elisabeth leise, ob ihr Verwandter mit der Familie de Bourgh sehr gut bekannt sei.

»Lady Catherine de Bourgh«, erwiderte sie, »hat ihm erst kürzlich eine Pfarrstelle gegeben. Ich weiß nicht genau, wie sie überhaupt auf Collins gekommen ist, aber ganz gewiß kennt er sie noch nicht lange.«

»Sie wissen natürlich, daß Lady Catherine de Bourgh die Schwester von Lady Anne Darcy war und demgemäß die Tante unseres Darcy ist?«

»Nein, davon hatte ich keine Ahnung – ich wußte über Lady Catherines Familienverhältnisse nicht im geringsten Bescheid; überhaupt habe ich vorgestern zum erstenmal etwas von ihrem Dasein erfahren.«

»Ihre Tochter, Fräulein de Bourgh, wird ein großes Ver-

mögen erben, und man nimmt an, daß sie und ihr Vetter einmal die beiden Besitztümer vereinigen werden.«
Als Elisabeth das hörte, mußte sie in Gedanken an das arme Fräulein Bingley lächeln. – Was nützten ihr alle Bemühungen, was nützte es ihr, wenn sie seine Schwester hofierte und ihm schmeichelte, wenn er sich schon für eine andere entschieden hatte.
»Herr Collins«, sagte sie, »spricht von Lady Catherine und ihrer Tochter mit der größten Hochachtung; doch aus manchem, was er mir im einzelnen über die Dame berichtet hat, muß ich leider schließen, daß ihn seine Dankbarkeit verführt hat und daß sie nicht nur seine wohlwollende Gönnerin, sondern nebenbei auch noch eine hochmütige, eingebildete Frau ist.«
»Das ist sie beides in hohem Maße, glaube ich«, erwiderte Wickham, »ich habe sie seit vielen Jahren nicht mehr gesehen, kann mich aber noch sehr gut erinnern, daß ich sie nie ausstehen konnte und daß sie eine diktatorische, unverschämte Art an sich hatte. Sie soll bemerkenswert klug und tüchtig sein, doch glaube ich, daß ihr guter Ruf sich zu einem Teil von ihrem Rang und Reichtum, zum anderen von ihrer selbstherrlichen Art und im übrigen von der Überheblichkeit ihres Neffen herleitet, der sich einbildet, alle seine Verwandten müßten über erstklassige Geisteskräfte verfügen.«
Elisabeth kam seine Einschätzung sehr überzeugend vor, und sie plauderten zur beiderseitigen Zufriedenheit weiter, bis das Abendbrot dem Kartenspiel ein Ende setzte und auch die übrigen Damen in den Genuß von Wickhams Aufmerksamkeiten gelangten. Eine eigentliche Unterhaltung konnte im Lärm und Durcheinander einer Abendgesellschaft bei Frau Philips nicht zustande kommen, doch machte er sich durch sein Verhalten bei allen beliebt. Was er sagte, drückte er geschickt aus, und was er tat, vollbrachte er mit natürlichem Charme. Elisabeth war ganz von ihm erfüllt. Auf dem Heimweg dachte sie nur an Herrn Wickham und alles, was er ihr erzählt hatte, doch kam sie nicht dazu, auch nur seinen Namen zu erwähnen, denn weder Lydia noch Herr Col-

lins hielten auch nur einen Augenblick den Mund. Lydia plapperte unaufhörlich von den Losen, die sie beim Lotteriespiel gezogen, und von der Spielmarke, die sie verloren und dann wiedergewonnen hatte; und Herr Collins konnte kein Ende finden, die Höflichkeit von Herrn und Frau Philips zu beschreiben, zu beteuern, daß ihm Spielverluste beim Whist absolut nicht wehe täten, alle Gänge des Abendessens aufzuzählen und wiederholt seiner Befürchtung Ausdruck zu geben, daß er seine Kusinen auf dem Sitz zu sehr zusammenquetsche – kurz, er hatte mehr auf dem Herzen, als er von sich geben konnte, ehe der Wagen vor dem Longbourner Herrenhause hielt.

Siebzehntes Kapitel

Elisabeth berichtete Jane am nächsten Tage, was sich zwischen ihr und Herrn Wickham abgespielt hatte. Jane hörte es sich erstaunt und betroffen an – sie konnte kaum glauben, daß Darcy Herrn Bingleys Zuneigung so unwürdig sein sollte, und doch brachte sie es nicht fertig, die Wahrhaftigkeit eines so sympathischen jungen Mannes wie Wickham in Frage zu stellen. Schon die Möglichkeit, daß er wirklich das Opfer solch unfreundlichen Verhaltens gewesen sein könnte, regte ihr Innerstes auf; und so fand sie keinen anderen Ausweg, als von beiden Gutes zu denken, das Verhalten jedes der beiden zu rechtfertigen und für alles, was sich nicht anders erklären ließ, den Zufall oder ein Mißverständnis verantwortlich zu machen.

»Ich möchte annehmen«, erklärte sie, »daß sie beide in einer Weise, die wir nicht ahnen können, das Opfer einer Täuschung oder Verleumdung geworden sind. Vielleicht haben Leute, die besonderes Interesse daran hatten, einen gegen den anderen aufgehetzt. Kurz, es ist uns unmöglich, die Ursachen oder Umstände, die sie auseinanderbrachten, zu mutmaßen, ohne die Schuld auf beiden Seiten zu suchen.«

»Sehr wahr und sehr richtig. Und nun, meine liebe Jane, sagst du vielleicht auch noch etwas zugunsten der interessierten Kreise, die wahrscheinlich die Hand im Spiel gehabt haben. Die mußt du auch noch von jeder Schuld reinwaschen, denn sonst bliebe vielleicht doch jemand übrig, von dem wir Schlechtes denken könnten.«

»Lach mich aus, wie du willst, aber von meiner Ansicht wirst du mich dadurch nicht abbringen. Meine liebe Lissy, überleg dir doch einmal richtig, welch schändliches Licht du damit auf Herrn Darcys Charakter wirfst, wenn er den Liebling seines Vaters dermaßen behandelt haben soll, einen Menschen, dem sein Vater ausdrücklich eine Versorgung versprochen hatte. Das ist einfach undenkbar. Kein Mann mit auch nur dem gewöhnlichsten menschlichen Empfinden, kein Mann mit auch nur den geringsten Charaktervorzügen wäre dazu imstande. Könnten seine intimsten Freunde sich wirklich so in ihm täuschen? – Nein, ganz ausgeschlossen!«

»Ich kann mir eher vorstellen, daß Bingley sich doch hat täuschen lassen, als daß die Geschichte, die mir Wickham gestern abend erzählt hat, von ihm frei erfunden sein sollte; die Namen, die Tatsachen, überhaupt alles hat er nur so nebenbei und ohne jede verdächtige Interessiertheit vorgebracht. Wenn es wirklich nicht stimmen sollte, mag Darcy es richtigstellen. Außerdem konnte man ihm an den Augen ablesen, daß er die Wahrheit sprach.«

»Ja, es ist wirklich schwierig – es ist niederschmetternd. – Man weiß nicht, was man denken soll.«

»Verzeih – aber man weiß genau, was man denken soll.«

Doch Jane war sich nur einer Sache völlig sicher, nämlich daß Bingley furchtbar bloßgestellt wäre, wenn er sich wirklich in Darcy so getäuscht hätte und die Angelegenheit öffentlich bekannt würde.

Die beiden jungen Damen wurden aus dem Gartengebüsch, wo die Unterredung stattgefunden hatte, durch die Ankunft einiger der Personen abberufen, von denen sie eben gesprochen hatten. Es erschien nämlich Herr Bingley mit seinen Schwestern, um die Einladung zum langerwarteten Ball in Netherfield persönlich zu überbringen. Am nächsten Dienstag sollte er stattfinden. Die beiden Damen waren hocherfreut, ihre liebe Freundin wiederzusehn, behaupteten, es sei eine Ewigkeit, daß sie nicht zusammen gewesen seien, und fragten wiederholt, was sie seit ihrer Trennung eigentlich mit sich angefangen habe. Die übrige Familie beachteten sie kaum. Frau Bennet gingen sie so gut wie möglich aus dem Weg, sagten nicht viel zu Elisabeth und gar nichts zu den anderen. Bald jedoch brachen sie wieder auf, erhoben sich von ihren Stühlen mit einer Entschlossenheit, die ihren Bruder völlig überraschte, und machten sich schnell davon, als ob sie es eilig hätten, den Höflichkeiten der Frau Bennet zu entgehen.

Jedes weibliche Familienmitglied freute sich außerordentlich auf den Ball in Netherfield. Frau Bennet sah es als selbstverständlich an, daß der Ball ihrer ältesten Tochter zu Ehren gegeben wurde, und fühlte sich besonders dadurch geschmeichelt, daß Herr Bingley die Einladung selbst überbracht und sich nicht mit einer förmlichen Einladungskarte begnügt hatte. Jane malte sich aus, wie nett der Abend in der Gesellschaft ihrer beiden Freundinnen und des aufmerksamen Bruders für sie verlaufen würde; Elisabeth freute sich schon darauf, viel mit Wickham tanzen zu können und in Darcys Blick und Verhalten alles bestätigt zu finden; die Freuden, die Catherine und Lydia für sich erwarteten, konzentrierten sich weniger auf ein einzelnes Ereignis oder eine bestimmte Person; denn wenn sie auch genauso wie Elisabeth die Absicht hatten, den halben Abend mit Herrn Wickham zu tanzen, so war er doch für sie keineswegs der einzige erstrebenswerte Partner, und ein Ball war für sie schließlich ein Ball; und sogar Mary brachte es über sich, der Familie zu versichern, sie habe keine ausgesprochene Abneigung dagegen.

»Solange ich meine Morgenstunden für mich selber habe«, sagte sie, »kann ich zufrieden sein, und so halte ich es denn für kein unzumutbares Opfer, gelegentlich an Abendveranstaltungen teilzunehmen. Die Gesellschaft stellt ihre Ansprüche an uns alle, und ich bekenne gern, zu der Personengruppe zu gehören, die kurze Zwischenzeiten der Erholung und des Vergnügens für jeden als erstrebenswert erachtet.« Elisabeth sah der Veranstaltung mit solch freudiger Erwartung entgegen, daß sie sich nicht enthalten konnte, Herrn Collins zu fragen – und dabei redete sie ihn doch sonst nicht ohne zwingenden Grund an –, ob er Bingleys Einladung annehmen wolle, und wenn das der Fall sei, ob er es für schicklich halte, seinerseits an den geselligen Vergnügungen des Abends aktiv teilzunehmen; und sie war einigermaßen überrascht zu hören, daß ihn keinerlei Bedenken quälten und daß er weder vom Erzbischof noch von Lady Catherine de Bourgh eine Zurechtweisung erwartete, wenn er ein Tänzchen wagte.

»Ich bin ganz und gar nicht der Meinung«, sagte er, »daß ein Ball dieser Art, der von einem angesehenen jungen Mann für ehrbare Leute veranstaltet wird, auch nur im geringsten einem üblen Zweck dienen kann, und ich bin so weit davon entfernt, etwas gegen das Tanzen zu haben, daß ich mich der Hoffnung hingebe, im Laufe des Abends mit allen meinen schönen Kusinen die Ehre zu haben; und so ergreife ich denn die Gelegenheit, mir diese Ehre von Ihnen, Fräulein Elisabeth, besonders für die ersten zwei Tänze auszubitten – eine Bevorzugung, die meine Kusine Jane sicherlich richtig verstehen und nicht als Zurücksetzung empfinden wird.«

Elisabeth fühlte sich völlig überrumpelt. Sie hatte fest damit gerechnet, gerade für diese Tänze von Herrn Wickham engagiert zu werden – und nun sollte sie statt dessen Collins haben! Ihre Voreiligkeit hatte ihr wieder einmal einen schlimmen Streich gespielt. Doch nun ließ sich das nicht mehr ändern. So würde sie eben etwas später mit Herrn Wickham glücklich sein müssen! Sie machte also, soweit ihr es möglich war, gute Miene zum bösen Spiel. Zudem kam ihr noch der wenig erfreuliche Gedanke, daß sich hinter seiner Galanterie noch mehr verbergen könne. Erst jetzt schwante ihr, daß ausgerechnet sie unter ihren Schwestern als würdig befunden worden wäre, in der Pfarre von Hunsford die Hausherrin abzugeben und auf Rosings beim Fehlen wünschenswerter Besucher beim Quadrillespiel als Lückenbüßer zu fungieren. Ihre Ahnung wurde bald zur Gewißheit, als sie bemerken mußte, wie er ihr in zunehmendem Maß Höflichkeiten erwies und sich häufig bemühte, ihr wegen ihres Verstandes und lebhaften Geistes Komplimente zu machen; und wenn sie selber auch mehr verwundert als erfreut über diese Wirkung ihrer Reize war, mußte sie sich schon sehr bald von ihrer Mutter sagen lassen, die Wahrscheinlichkeit einer Heirat sei jedenfalls ihr – der Mutter – äußerst willkommen. Elisabeth tat, als ob sie den Wink nicht verstanden hätte, da sie wohl wußte, daß jede Entgegnung zu einer ernsthaften Auseinandersetzung führen mußte. Vielleicht würde Herr Collins ihr nie einen Antrag machen, und bevor er es wirklich tat, hatte es keinen Zweck, sich seinetwegen mit anderen zu überwerfen.

Wenn nicht der Ball in Netherfield vorzubereiten und zu bereden gewesen wäre, würden die jüngeren Fräulein Bennet die ganze Zeit über in einer beklagenswerten Lage gewesen sein, denn vom Tage der Einladung an bis zum Tage des Balls regnete es unaufhörlich, so daß sie auch nicht einmal nach Meryton laufen konnten. Keine Tante, keine Offiziere, keine Neuigkeiten waren erreichbar – sogar die Rosetten für die Ballschuhe mußte man sich von jemand anders besorgen lassen. Selbst Elisabeths Geduld wurde durch das schlechte Wetter auf eine harte Probe gestellt, da es sie daran hinderte, die Bekanntschaft mit Herrn Wickham zu vertiefen, und nur die Aussicht auf einen Tanz am Dienstag konnte für Kitty und Lydia einen Freitag, Sonnabend, Sonntag und Montag erträglich machen.

Achtzehntes Kapitel

Erst als Elisabeth den Salon in Netherfield betrat und unter den dort versammelten Rotröcken vergeblich nach Wickham Ausschau hielt, stiegen Zweifel in ihr auf, ob er überhaupt anwesend sei – Zweifel, auf die sie zuvor überhaupt nicht gekommen war. Sie war so gewiß, ihn dort zu treffen, daß sie sich nicht durch die Überlegung beunruhigen ließ, er könne nach allem, was er ihr erzählt hatte, triftige Gründe haben, nicht zu erscheinen. Sie hatte mehr Sorgfalt als gewöhnlich auf ihre Kleidung verwandt und sich innerlich im Hochgefühl des schon beinahe errungenen Sieges darauf vorbereitet, ihn an diesem einen Abend restlos für sich zu gewinnen. Sofort stieg in ihr der furchtbare Verdacht auf, man habe ihn, um Darcy einen Gefallen zu erweisen, absichtlich nicht mit den übrigen Offizieren zu Bingleys eingeladen; und wenn das auch in dieser Form nicht zutraf, so machte die Mitteilung seines Freundes Denny seine Abwesenheit bald absolut sicher. Lydia hatte Denny sofort deswegen angesprochen, und er sagte ihnen, Wickham habe gestern geschäftlich nach London reisen müssen und sei noch nicht zurück. Mit vielsagendem Lächeln fügte er noch hinzu: »Ich kann mir nicht vorstellen, daß seine Geschäfte ihn gerade jetzt abberufen hätten, wenn ihm nicht daran gelegen gewesen wäre, einem gewissen Herrn hier aus dem Wege zu gehn.«

Diesen Teil der Auskunft überhörte zwar Lydia, doch Elisabeth verstand ihn nur zu gut. Sie machte Darcy daraufhin genauso verantwortlich für Wickhams Abwesenheit, als wenn sich ihre ursprüngliche Annahme bewahrheitet hätte, und ihre Abneigung gegen ihn nahm durch diese zusätzliche Enttäuschung so heftige Formen an, daß sie kaum imstande war, auf seine unmittelbar darauf an sie gerichteten höflichen Erkundigungen einigermaßen gefällig zu antworten. Jede Darcy erwiesene Aufmerksamkeit, Nachsicht oder Geduld erschien ihr wie ein Unrecht an Wickham. Sie war entschlossen, sich auf keine Unterhaltung mit ihm einzulassen, und konnte die gereizte Stimmung, in der sie sich von ihm abwandte, auch in der Unterhaltung mit Bingley nicht völlig überwinden, zumal dessen blinde Anhänglichkeit sie erbitterte.

Doch Elisabeth war für schlechte Laune nicht geschaffen, und obwohl an dem Abend alles anders gegangen war, als sie es sich gewünscht hatte, ließ sie sich dadurch nicht lange verstimmen. Nachdem sie Charlotte Lucas, mit der sie eine ganze Woche nicht zusammen gewesen war, ihren Kummer geklagt hatte, konnte sie sich bald dazu überwinden, auf die Albernheiten ihres Vetters einzugehen und ihn Charlottes Aufmerksamkeit besonders zu empfehlen. Die ersten beiden Tänze ließen ihren Kummer jedoch wieder aufleben – sie waren eine einzige Demütigung. Collins, verlegen und feierlich, entschuldigte sich dauernd, anstatt aufzupassen, und bewegte sich oft falsch, ohne es überhaupt zu merken – kurz, er erwies sich als so lästig und so blamabel für sie, wie es einem unerwünschten Partner in ein paar Tänzen nur möglich ist. Sie atmete erleichtert auf, als sie endlich von ihm loskam.

Dann tanzte sie mit einem Offizier und fand es erquicklich, mit ihm über Wickham zu plaudern und zu vernehmen, daß er überall beliebt war. Nach diesen Tänzen kehrte sie zu Charlotte Lucas zurück und unterhielt sich mit ihr, als sie plötzlich von Darcy angesprochen und so überraschend für den nächsten Tanz engagiert wurde, daß sie, ohne recht zu wissen, was sie tat, ihm den Tanz zusagte. Er entfernte sich sofort wieder, und sie ärgerte sich über ihren Mangel an Geistesgegenwart. Charlotte versuchte, sie zu trösten.

»Paß nur auf, er wird dir schon gefallen.«

»Um Himmels willen – das wäre das Schlimmste, was mir passieren könnte: an einem Mann Gefallen zu finden, den man hassen will! Das darfst du mir nicht wünschen!«

Als indessen der Tanz wieder begann und Darcy auf sie

zukam, um sie zu holen, konnte Charlotte es sich nicht versagen, ihr zuzuflüstern, sie solle doch nicht so einfältig sein und wegen ihrer Vorliebe für Wickham einen Mann vor den Kopf stoßen, der zehnmal so angesehen und einflußreich sei. Elisabeth gab ihr keine Antwort und nahm ihren Platz in der Tanzgruppe ein; sie war überrascht, zu sehen, welche Ehrung es für sie bedeutete, Herrn Darcy gegenüberstehn zu dürfen, und las das gleiche Erstaunen in den Blicken ihrer Nachbarn, als sie es bemerkten. Sie standen sich eine Zeitlang gegenüber, ohne ein Wort zu sprechen, und sie machte sich schon mit dem Gedanken vertraut, daß dieses Schweigen den ganzen Doppeltanz hindurch anhalten werde. Zuerst war sie auch entschlossen, es von ihrer Seite aus nicht zu brechen, bis ihr plötzlich der Gedanke kam, es sei eine größere Strafe für ihren Partner, wenn er sich mit ihr unterhalten müßte, und sie ihm einige flüchtige Bemerkungen über den Tanz hinwarf. Er antwortete und war dann wieder still. Nach ein paar Minuten redete sie ihn zum zweiten Male an und bemerkte: »Jetzt sind Sie aber an der Reihe, etwas zu sagen, Herr Darcy. Ich habe über den Tanz geplaudert, und Sie hätten nun die Pflicht, irgendeine Bemerkung über die Größe des Saals und die Anzahl der Tanzenden von sich zu geben.«

Er lächelte und versicherte ihr, er werde alles sagen, was sie von ihm verlange.

»Sehr gut. Diese Antwort dürfte für den Augenblick genügen. – Vielleicht kann ich dann allmählich zu der Feststellung übergehen, daß private Ballveranstaltungen viel netter als öffentliche sind. Doch jetzt können wir vorläufig wieder den Mund halten.«

»Sie unterhalten sich also beim Tanzen nach ganz bestimmten Regeln?«

»Manchmal schon. Wissen Sie, irgendwas muß man ja sagen. Es würde einen komischen Eindruck machen, wenn man sich eine halbe Stunde lang nur anschweigen wollte; aber wenn man sich schon unterhalten muß, sollte es so geschehen, daß es den Beteiligten keine Mühe verursacht und sie sowenig wie möglich sagen müssen.«

»Wollen Sie mit Ihren Worten Ihre augenblicklichen eigenen Empfindungen ausdrücken, oder glauben Sie, damit meinen Gefühlen entgegenzukommen?«
»Beides«, erwiderte sie hinterhältig, »denn ich habe in unseren Charaktereigenschaften schon immer eine große Ähnlichkeit festgestellt. Wir sind beide ungesellig und schweigsam veranlagt und haben keine Lust zu sprechen, wenn wir nicht etwas zu sagen haben, was den ganzen Saal in Erstaunen versetzt und als geflügeltes Wort der Nachwelt überliefert wird.«
»Nun, für Ihre Veranlagung ist das bestimmt nicht bezeichnend«, sagte er, »wieweit es für die meine zutrifft, kann ich mir nicht zu beurteilen anmaßen. Doch Sie scheinen es zweifellos für ein sehr gelungenes Abbild meines Charakters zu halten.«
»Über meine eigenen Leistungen darf ich mir kein Urteil erlauben.«
Er gab keine Antwort, und sie schwiegen wieder, bis diese Tour des Tanzes zu Ende war und er sie fragte, ob sie und ihre Schwestern nicht recht oft nach Meryton gingen. Sie bejahte dies und konnte der Versuchung nicht widerstehn, noch hinzuzufügen: »Als wir uns neulich dort trafen, hatten wir eben eine neue Bekanntschaft geschlossen.«
Die Wirkung erfolgte prompt. Seine Züge nahmen einen noch hochmütigeren Ausdruck an, doch er sprach kein Wort, und Elisabeth brachte es trotz des Mißvergnügens über ihre mangelnde Energie nicht über sich, weiteres dazu zu bemerken. Endlich sprach Darcy und sagte sehr gezwungen: »Herr Wickham ist mit einer so glücklichen Veranlagung gesegnet, daß es ihm leichtfällt, sich Freunde zu machen – ob er auch imstande ist, sie zu halten, ist freilich nicht ganz so sicher.«
»Nun, er hatte das Unglück, Ihre Freundschaft zu verlieren«, erwiderte Elisabeth mit einer gewissen Schärfe, »und dies auch noch auf eine Art und Weise, unter der er wahrscheinlich sein ganzes Leben lang zu leiden haben wird.«
Darcy antwortete nicht und schien Wert darauf zu legen,

das Thema zu wechseln. In diesem Augenblick tauchte Sir William Lucas in ihrer Nähe auf; er wollte ursprünglich durch die Reihe der Tanzenden nach der anderen Seite des Zimmers hinüber, doch als er Darcy bemerkte, hielt er an, verbeugte sich überaus höflich und machte ihm zu seiner Tanzkunst und seiner Partnerin Komplimente.

»Es war mir wirklich ein Genuß, mein verehrter Herr. Solch überlegene Tanzkunst trifft man nicht oft an. Da zeigt es sich, daß Sie zu den obersten Kreisen der Gesellschaft gehören. Doch gestatten Sie mir die Bemerkung, daß Ihre schöne Partnerin Ihnen keineswegs zur Unehre gereicht, und lassen Sie mich die Hoffnung aussprechen, daß ich das Vergnügen dieses Anblicks noch oft haben werde, besonders, wenn ein gewisses wünschenswertes Ereignis, mein liebes Fräulein Elisa« (hier blickte er nach ihrer Schwester und Bingley hin), »eintreten wird. Welche Flut von Glückwünschen wird es dann geben. Ich bitte Sie herzlich, Herr Darcy ..., doch ich möchte Sie nicht unterbrechen, verehrter Herr. Sie werden mir keinen Dank dafür wissen, wenn ich Sie der bezaubernden Unterhaltung jener jungen Dame entziehe, deren strahlende Augen mir ebenfalls schon einen Vorwurf machen.«

Den letzten Teil dieser Ansprache hatte Darcy wohl kaum gehört, doch schien ihn Sir Williams Anspielung auf seinen Freund stark zu beschäftigen, und er richtete seine Blicke mit sehr ernstem Ausdruck auf Bingley und Jane, die zusammen tanzten. Doch bald faßte er sich wieder, wandte sich seiner Partnerin zu und sagte: »Sir William hat uns unterbrochen, und so habe ich ganz vergessen, worüber wir uns gerade unterhielten.«

»Ich glaube nicht, daß wir uns überhaupt unterhalten haben. Sir William hätte im ganzen Zimmer kein Paar unterbrechen können, das sich so wenig zu sagen hatte. Wir haben es bereits mit zwei oder drei Gesprächsthemen erfolglos probiert, und ich kann mir nicht vorstellen, worüber wir uns noch unterhalten sollten.«

»Was halten Sie von Büchern?« fragte er lächelnd.

»Bücher – ach nein. Ich bin sicher, daß wir nie dieselben lesen, und wenn schon, dann nicht mit den gleichen Empfindungen.«
»Es tut mir leid, daß Sie dieser Meinung sind; aber wenn es wirklich so sein sollte, würde es uns zum mindesten nicht an Gesprächsstoff fehlen. – Wir können unsere unterschiedlichen Meinungen ja gegeneinander abwägen.«
»Nein, über Bücher kann ich auf einem Ball nicht sprechen – da habe ich zuviel anderes im Kopf.«
»Sie werden also in solchen Fällen viel zu sehr von der Gegenwart in Anspruch genommen, nicht wahr?« sagte er, doch sein Blick drückte Zweifel aus.
»Ja, immer«, erwiderte sie, ohne zu wissen, was sie sagte, denn ihre Gedanken waren mit etwas ganz anderem beschäftigt, wie sich sogleich herausstellte, als sie unvermittelt ausrief: »Ich erinnere mich, Herr Darcy, daß Sie einmal sagten, Sie könnten kaum je vergeben und vergessen, und wenn Ihr Unwillen einmal erweckt sei, ließe er sich nicht mehr beschwichtigen. So werden Sie sich, wie ich annehmen möchte, sehr in acht nehmen, ihn überhaupt erst aufkommen zu lassen.«
»Ja, das tue ich«, sagte er ruhig und bestimmt.
»Und Sie lassen sich nie durch ein Vorurteil verblenden?«
»Ich hoffe nicht.«
»Für Leute, die ihre Meinung nie ändern, ist es ja besonders wesentlich, sicherzugehen und gleich beim ersten Eindruck richtig zu urteilen.«
»Darf ich fragen, worauf diese Andeutungen hinzielen?«
»Lediglich auf die Zeichnung Ihres Charakterbildes«, sagte sie und bemühte sich, allen Ernst von sich abzuschütteln. »Ich versuche doch, es zu entwerfen.«
»Und was ist dabei bisher herausgekommen?«
Sie schüttelte den Kopf. »Ich komme damit ganz und gar nicht voran. Ich höre über Sie so viel Widersprüchliches, daß ich überhaupt kein klares Bild mehr habe.«
»Ich will gern glauben«, antwortete er ernst, »daß Be-

richte über mich einander sehr widersprechen mögen, und ich könnte nur wünschen, Fräulein Bennet, daß Sie Ihre Skizze von meinem Charakter nicht gerade im gegenwärtigen Augenblick entwerfen, da dann zur Befürchtung Anlaß besteht, daß das Bild weder für den Maler noch für sein Modell schmeichelhaft ausfallen würde.«

»Doch wenn ich Ihr Porträt nicht jetzt abzeichne, kann es passieren, daß ich nie wieder Gelegenheit dazu habe.«

»Ich möchte Ihnen keinesfalls in der Ausübung Ihrer Vergnügen hinderlich sein«, erwiderte er kühl. Sie sagte nichts weiter. Dann erledigten sie den anderen Tanz und gingen schweigend auseinander. Beide waren unzufrieden, wenn auch nicht in gleichem Maße, denn in Darcys Brust war immer noch ein einigermaßen lebhaftes Gefühl für sie lebendig, das ihn bald veranlaßte, ihr zu verzeihen und seinen ganzen Zorn gegen jemand anders zu richten.

Sie waren noch nicht lange auseinandergegangen, als Fräulein Bingley auf sie zukam und sie mit dem Ausdruck höflicher Geringschätzung folgendermaßen ansprach: »Ach, Fräulein Elisa, ich höre, daß Sie von George Wickham so entzückt sind! – Ihre Schwester hat mit mir über ihn gesprochen und mir tausend Fragen gestellt; ich schließe daraus, daß der junge Mann bei allem, was er Ihnen mitgeteilt hat, zu erwähnen vergaß, daß er der Sohn des alten Wickham, des Haushofmeisters des verstorbenen Herrn Darcy, ist. Doch darf ich Ihnen als Freundin den guten Rat geben, nicht unbesehen alles zu glauben, was er Ihnen erzählt. Denn daß Darcy ihn schlecht behandelt haben soll, stimmt einfach nicht; im Gegenteil, er ist immer bemerkenswert freundlich zu ihm gewesen, obwohl sich George Wickham Herrn Darcy gegenüber ganz abscheulich verhalten hat. Ich weiß zwar nicht, worum es sich im einzelnen handelt, aber ich weiß ganz genau, daß Herrn Darcy keinerlei Schuld trifft; er kann es kaum ertragen, wenn George Wickham auch nur erwähnt wird, und war außerordentlich froh, daß Wickham ihm selbst aus dem Wege gegangen ist, als mein Bruder meinte, er könne ihn doch nicht gut von der Offizierseinladung ausschließen. Daß er überhaupt in der Gegend aufgetaucht ist, halte ich für eine reine Unverschämtheit, und ich möchte wissen, wie er sich so etwas herausnehmen konnte. Sie tun mir leid, Fräulein Elisa, daß Sie soviel Schlechtes über jemanden anhören müssen, der so hoch in Ihrer Gunst steht, aber bitte, wenn man seine Herkunft in Betracht zieht, kann man nicht viel mehr von ihm verlangen.«

»Seine Schuld und seine Herkunft scheinen nach dem, was Sie sagten, in Ihren Augen ein und dasselbe zu sein«, sagte Elisabeth gereizt, »denn ich habe nichts weiter gegen ihn vorbringen hören, als daß er der Sohn von Herrn Darcys Güterverwalter ist, und das hat er mir, wie ich Ihnen versichern kann, selbst erzählt.«

»Entschuldigen Sie nur«, erwiderte Fräulein Bingley, als sie sich mit höhnischem Lächeln abwandte, »entschuldigen Sie, daß ich mich eingemischt habe. Es war gut gemeint.«

»Unverschämtes Ding!« sagte Elisabeth halblaut, »aber du irrst dich gewaltig, wenn du annimmst, du könntest mich mit solch einem plumpen Anwurf irremachen. Ich ersehe daraus nur, daß du dich absichtlich dumm stellst und die Bosheit des Herrn Darcy weiterträgst.« Dann suchte sie ihre älteste Schwester auf, die es auf sich genommen hatte, bei Bingley Erkundigungen in derselben Richtung einzuziehen. Jane kam ihr mit einem Lächeln so inniger Geborgenheit, mit dem Ausdruck eines so süßen Glücksgefühls entgegen, daß schon daraus hinreichend klar wurde, wie sehr sie mit den Ereignissen des Abends zufrieden war.

Elisabeth erkannte sofort, wie es mit ihr stand, und im Augenblick wollten ihr die Sorge um Wickham, die Empörung über seine Feinde und alles, was sie sonst noch auf dem Herzen hatte, unwichtiger erscheinen als die Hoffnung, Jane sei auf dem besten Wege, ihr Glück zu machen.

»Ich hätte gern gewußt«, sagte sie, und ihr Antlitz

strahlte nicht weniger als das ihrer Schwester, »was du über Herrn Wickham erfahren hast. Aber vielleicht haben sich deine Gedanken in zu erfreulicher Weise mit einer dritten Person beschäftigen müssen, was ich dir liebend gern verzeihen würde.«

»Nein«, erwiderte Jane, »ich habe ihn nicht vergessen, doch ich kann dir keine befriedigende Auskunft geben. Herr Bingley weiß über die Sache nur unvollkommen Bescheid, und von den Vorfällen, durch die sich Herr Darcy hauptsächlich verletzt fühlte, ist ihm gar nichts bekannt; doch ist er bereit, für das korrekte Verhalten, den Anstand und die Ehre seines Freundes einzustehen, und ist völlig davon überzeugt, daß Herr Wickham bestimmt viel weniger Entgegenkommen von Darcys Seite verdient hat, als ihm gewährt worden ist; leider muß ich sagen, daß nach seiner Darstellung und auch der seiner Schwester Herr Wickham keinesfalls als anständiger junger Mann angesehen werden kann. Ich fürchte, er hat sich sehr unbesonnen verhalten und hat es verdient, Herrn Darcys Achtung zu verlieren.«

»Herr Bingley kennt aber Herrn Wickham nicht persönlich?«

»Nein, er hat ihn vor dem Zusammentreffen neulich morgens in Meryton noch nie gesehen.«

»Dann stammt also alles, was er berichtet hat, von Herrn Darcy. Das genügt mir vollkommen. Doch was sagt er denn von der Pfarrstelle?«

»Er kann sich nicht genau entsinnen, obwohl Darcy mehr als einmal davon gesprochen hat, doch er glaubt, sie sei ihm nur bedingungsweise zugesagt worden.«

»Ich habe an Herrn Bingleys Aufrichtigkeit nicht den geringsten Zweifel«, sagte Elisabeth herzlich, »doch du mußt mir verzeihen, wenn ich mich durch seine Versicherungen allein nicht überzeugen lasse. Herr Bingley hat seinen Freund sehr wacker in Schutz genommen, zweifellos, doch da ihm mehrere Umstände der ganzen Begebenheit unbekannt sind und er alles übrige von seinem Freund selber erfahren hat, werde ich mir erlauben,

meine frühere Ansicht über die beiden Herren beizubehalten.«
Dann kamen sie auf Dinge zu sprechen, die für beide erfreulicher waren und über die es bei ihnen keine Meinungs- und Gefühlsunterschiede gab. Elisabeth ließ sich entzückt von den glücklichen, wenn auch bescheidenen Hoffnungen berichten, die sich Jane von Bingleys Zuneigung machte, und führte alles an, was sie sich nur ausdenken konnte, um Jane in ihrem Vertrauen darauf zu bestärken. Als Herr Bingley dann zu ihnen trat, zog sich Elisabeth zu Fräulein Lucas zurück. Doch sie hatte kaum Zeit, deren Frage, wie sie mit dem letzten Tanzpartner ausgekommen sei, zu beantworten, als Collins auf sie zukam und ihr mit überströmender Freude berichtete, er habe soeben das Glück gehabt, eine äußerst wichtige Entdeckung zu machen.
»Durch einen einzigartigen Zufall«, sagte er, »habe ich nämlich herausgefunden, daß zu dieser Stunde und in diesem Zimmer ein naher Verwandter meiner gnädigen Patronin unter uns weilt. Ich war zufällig Ohrenzeuge, wie der Herr höchstselbst gegenüber der jungen Dame, die als Hausherrin fungiert, die Namen seiner Kusine, Fräulein de Bourgh, und deren Mutter, Lady Catherine, erwähnte. Wie wunderbarlich waltet doch der Zufall! Wer hätte ahnen können, daß ich in dieser Gesellschaft jemand treffen könnte, der vielleicht Lady Catherine de Bourghs leiblicher Neffe ist! Ich bin überaus dankbar dafür, daß sich diese Entdeckung für mich so rechtzeitig ergeben hat, daß ich ihm noch meine untertänigste Aufwartung machen kann, was auch sofort geschehen soll, in der Hoffnung, daß er mir verzeiht, es nicht schon längst getan zu haben. Meine völlige Unkenntnis dieser verwandtschaftlichen Beziehungen wird hoffentlich zu meiner Entschuldigung dienen.«
»Sie wollen sich doch nicht etwa Herrn Darcy selber vorstellen?«
»Doch, das will ich. Und ich werde ihn inständigst um Verzeihung bitten, es nicht schon früher getan zu haben. Ich bin überzeugt davon, daß er Lady Catherines

leiblicher Neffe ist. Ich will alles tun, was in meiner Macht steht, um ihm zu versichern, daß ihre Hochwohlgeboren sich gestern vor einer Woche noch durchaus wohlbefunden haben.«
Elisabeth versuchte mit allen Mitteln, ihm sein Vorhaben auszureden; sie versicherte ihm, Herr Darcy werde darin eher eine Aufdringlichkeit als eine Huldigung für seine Tante erblicken, wenn er ihn einfach anrede, ohne vorgestellt worden zu sein; sie halte es für absolut unnötig, daß beide voneinander Notiz nähmen, und wenn das schon geschehen sollte, dann wäre es Darcys Angelegenheit, als der gesellschaftlich Höherstehende, die Bekanntschaft einzuleiten. – Collins hörte ihr mit einer Miene zu, aus der hervorging, daß er entschlossen war, seinen Willen auf jeden Fall durchzusetzen, und als sie mit ihrer Rede zu Ende war, erwiderte er ihr: »Mein liebes Fräulein Elisabeth, ich habe die höchste Meinung der Welt von Ihrer Urteilsfähigkeit in allen Fragen, die sich im Rahmen dessen bewegen, was Ihrem Verständnis noch zugänglich ist, doch gestatten Sie mir den Hinweis, daß ein großer Unterschied zwischen den Höflichkeitsformen der Laienwelt und denen bestehen muß, die für den Klerus bindend sind; gestatten Sie mir auch die Feststellung, daß ich das geistliche Amt an Würde dem höchsten Rang im Königreiche gleichstelle – vorausgesetzt, daß gleichzeitig die geziemende Demut des Auftretens gewahrt bleibt. Sie müssen mir daher erlauben, in diesem Falle dem Diktat meines eigenen Gewissens zu folgen, welches mir das zu tun gebietet, was ich für meine Pflicht ansehe. So verzeihen Sie mir, wenn ich von Ihrem guten Rat keinen Gebrauch zu machen beabsichtige, der bei allen anderen Gelegenheiten zur ständigen Richtschnur meines Handelns dienen wird, einfach weil ich mich durch Erziehung und Erfahrung für geeigneter als eine junge Dame wie Sie halte, im vorliegenden Falle zu entscheiden, was richtig und was falsch ist.« Und mit einer leichten Verbeugung ließ er sie stehen, um Herrn Darcy zu überfallen. Sie beobachtete mit Interesse, wie der den Annäherungsversuch aufnahm. Sein

Erstaunen, in dieser Weise angesprochen zu werden, war offensichtlich. Ihr Vetter leitete seine Ansprache mit einer feierlichen Verbeugung ein, und wenn sie auch kein Wort davon hören konnte, war es ihr doch so, als ob sie alles verstände, und sie glaubte, an den Bewegungen seiner Lippen die Worte ›Verzeihung‹, ›Hunsford‹ und ›Lady Catherine de Bourgh‹ ablesen zu können. Es war ihr sehr ärgerlich, mit ansehen zu müssen, wie er sich vor einem solchen Manne bloßstellte. Herr Darcy blickte ihn mit unverhülltem Erstaunen an und erwiderte mit Abstand wahrender Höflichkeit etwas, als Collins ihn endlich zu Worte kommen ließ. Herr Collins ließ sich jedoch dadurch nicht entmutigen und fing noch einmal an. Jedoch schien Herrn Darcys Verachtung mit dem Fortschreiten der zweiten Ansprache ins Unerträgliche zu wachsen; als sie zu Ende war, entfernte er sich mit einer leichten Verbeugung, ohne ein Wort zu sagen. Collins kehrte zu Elisabeth zurück.

»Ich habe nicht den geringsten Grund, das kann ich Ihnen versichern, mit der Aufnahme, die ich gefunden habe, unzufrieden zu sein. Herr Darcy schien sich über die Aufmerksamkeit sehr zu freuen. Er hat mich einer äußerst höflichen Antwort gewürdigt und mich sogar durch die Feststellung ausgezeichnet, er habe eine so hohe Meinung von Lady Catherines Urteilsfähigkeit, daß er sicher wäre, sie könne nie einem Unwürdigen eine Gunst gewähren. Das ist doch wirklich hübsch ausgedrückt! Im ganzen habe ich einen sehr angenehmen Eindruck von ihm.«

Da Elisabeth keine eigenen Interessen mehr zu verfolgen hatte, widmete sie ihre ganze Aufmerksamkeit ihrer Schwester und Bingley, und der Strom erfreulicher Gedankengänge, der ihren Beobachtungen entsprang, machte sie vielleicht ebenso glücklich wie Jane. Sie sah ihre Schwester in Gedanken als Herrin in ebendiesem Hause heimisch, ganz von dem Glück erfüllt, das eine wahre Liebesheirat gewähren kann, und fühlte sich unter diesen Umständen sogar imstande, den ernsthaften Versuch zu unternehmen, Bingleys zwei Schwestern sympathisch zu finden. Die Gedankengänge ihrer Mutter folgten, wie sie deutlich erkannte, demselben Pfad, und sie hütete sich, ihr in die Nähe zu kommen, um nicht zuviel anhören zu müssen. Als man zum Abendbrot Platz nahm, empfand sie es daher als besonders peinlich, nahe bei ihr sitzen zu müssen, und sie mußte nun zu ihrem Ärger erleben, wie ihre Mutter immer mit ihrer Tischnachbarin – Lady Lucas war es – frei und offen von nichts weiter sprach als von ihrer begründeten Hoffnung, Jane werde bald Herrn Bingley heiraten. Es war für sie ein unerschöpfliches Thema, und sie wurde nicht müde, die Vorteile aufzuzählen, die solch eine Verbindung mit sich brächte. Zuerst beglückwünschte sie sich selbst dazu, daß er so ein reizender junger Mann sei und so reich und nur drei Meilen von ihnen entfernt wohne; dann fand sie es so tröstlich und erfreulich, wie gern die beiden Schwestern ihre Jane hätten, so daß man sicher sein könnte, es läge ihnen an der Verbindung genausoviel wie Jane selber. Und außerdem wäre die Angelegenheit auch für ihre jüngeren Töchter günstig, da sie Gelegenheit bekämen, mit anderen reichen Männern bekannt zu werden, wenn Jane sich so gut verheiratete; und schließlich sei es für sie bei ihrem Alter so angenehm, ihre ledigen Töchter nun der Obhut der Schwester anvertrauen zu können und nicht mehr Gesellschaften aufsuchen zu müssen, als ihr lieb wäre. Es war nun einmal ein Erfordernis gesellschaftlichen Anstands, über den letzterwähnten Umstand Freude zu äußern, obwohl wahrscheinlich niemand weniger Vergnügen daran empfinden konnte, mit Rücksicht auf ein bestimmtes Lebensalter zu Hause bleiben zu müssen, als ausgerechnet Frau Bennet. Sie schloß mit vielen guten Wünschen, daß auch Lady Lucas bald ein gleiches Glück blühen möge, wenn sie auch mit Triumphgefühlen feststellen konnte, daß dafür keine großen Aussichten beständen.

Vergebens bemühte sich Elisabeth, den Redestrom ihrer Mutter einzudämmen oder sie dazu zu bringen, ihrem Glück in einem weniger vernehmlichen Flüsterton Ausdruck zu verleihen; denn zu ihrem unaussprechlichen

Mißvergnügen konnte sie bemerken, daß Herr Darcy, der ihnen gegenübersaß, alles Wesentliche hörte. Ihre Mutter erwiderte ihr nur, sie solle doch keinen Unsinn reden.

»Bitte schön, was bedeutet Herr Darcy schon für mich, daß ich vor ihm Angst haben sollte? Wir sind ihm doch nicht dermaßen verpflichtet, daß wir aus Höflichkeit nichts sagen dürften, was er nicht gerne hört.«

»So sprechen Sie doch um Himmels willen leiser, Mutter! Welchen Vorteil könnte es denn haben, Herrn Darcy zu beleidigen? Bei seinem Freund machen Sie sich jedenfalls nicht beliebt, wenn Sie es tun.«

Doch nichts, was sie sagen konnte, hatte auch nur den geringsten Einfluß. Ihre Mutter gab ihre Ansichten weiterhin im selben vernehmbaren Ton zum besten. Elisabeth wurde dauernd vor Scham und Ärger rot. Unwillkürlich blickte sie immer wieder zu Herrn Darcy hinüber, obwohl jeder Blick ihre Befürchtungen bestätigte; denn wenn er auch ihre Mutter nicht ständig ansah, war sie doch überzeugt davon, daß er seine ganze Aufmerksamkeit auf sie konzentrierte. Sein Gesichtsausdruck ging allmählich von entrüsteter Verachtung zu einem gelassenen und entschiedenen Ernst über.

Endlich wußte jedoch auch Frau Bennet nichts mehr zu sagen, und Lady Lucas, die bei der wiederholten Aufzählung von Freuden, die ihr wahrscheinlich nie blühen würden, schon lange mit dem Gähnen gekämpft hatte, konnte sich nun mit kaltem Schinken und Geflügel trösten. Elisabeth begann jetzt wieder aufzuleben. Doch nicht lange währte die Frist, in der ihr Gemütsruhe vergönnt war; denn nach Beendigung des Abendbrotes kam die Rede auf den Gesang, und sie mußte zu ihrer Beschämung sehen, wie Mary schon auf recht schwaches Zureden hin bereit war, dem Wunsche der Gesellschaft nachzukommen. Durch vielsagende Blicke und stummes Flehen suchte Elisabeth sie von ihrer zu großen Willfährigkeit abzubringen – doch vergebens; Mary wollte es einfach nicht verstehen; solch eine erwünschte Gelegenheit, ihr Licht leuchten zu lassen, ließ sie sich nicht ent-

gehen, und sie fing mit ihrem Lied an. Elisabeths Augen ruhten mit den peinlichsten Empfindungen auf ihr, und sie verfolgte den Gesang mehrere Strophen hindurch mit einer Ungeduld, die am Ende doch noch schwer enttäuscht wurde, denn Mary glaubte aus dem Beifall der Tafelrunde die Andeutung einer Hoffnung herauszuhören, sie könne sich eventuell noch die Gunst einer Zugabe abringen lassen, und begann nach einer Pause von nur einer halben Minute von neuem. Marys Begabung reichte für eine solche Darbietung ganz und gar nicht aus; ihre Stimme war schwach und ihr Vortrag affektiert. Elisabeth stand Qualen aus. Sie blickte zu Jane hinüber, um zu sehen, wie sie damit fertig wurde; doch Jane unterhielt sich sehr gefaßt mit Bingley. Sie blickte nach seinen beiden Schwestern und sah, wie sie sich durch Zeichen über die Sängerin lustig machten, dann auf Darcy, der jedoch nach wie vor eine undurchdringlich ernste Miene aufsetzte. Sie schaute ihren Vater flehend an, doch einzugreifen, damit Mary nicht die ganze Nacht hindurch weitersänge. Er verstand den Wink und sagte, als Mary mit ihrem zweiten Lied fertig war, laut und vernehmlich: »Das genügt aber nun auf jeden Fall, Kind. Du hast uns lang genug erfreut. Gib auch den anderen jungen Damen Gelegenheit, sich zu produzieren.«
Mary tat zwar, als hätte sie nichts gehört, geriet aber doch einigermaßen aus der Fassung; Elisabeth tat sie nun leid, und es war ihr auch unangenehm, daß ihr Vater so gesprochen hatte – sie mußte mit Bedauern sehen, daß sie mit ihrer Besorgnis nichts Gutes angerichtet hatte. Nun wurden andere aus der Gesellschaft aufgefordert.
»Wenn ich«, sagte Collins, »in der glücklichen Lage wäre, singen zu können, würde ich mit dem größten Vergnügen die Gesellschaft durch ein Lied erfreuen; denn ich betrachte die Musik als einen sehr unschuldigen Zeitvertreib und völlig vereinbar mit dem geistlichen Beruf. Freilich will ich damit nicht sagen, daß es sich rechtfertigen ließe, wenn wir der Musik zuviel von unserer Zeit widmeten, denn es gibt zweifellos auch anderes, was zu

tun uns obliegt. Der Pfarrer einer Gemeinde hat überhaupt viel zu tun. Erstens muß er die Frage der Kirchensteuern so regeln, daß sein Nutzen gewahrt bleibt, ohne daß der Kirchenpatron dabei gekränkt und benachteiligt wird. Fernerhin muß er seine Predigten selbst verfassen, und was dann noch an Zeit übrigbleibt, reicht gerade aus, um seine Pfarrpflichten zu erfüllen und seine Behausung in Ordnung zu halten und zu verschönern, denn die muß er doch so behaglich wie möglich einrichten – dazu ist er einfach verpflichtet. Und ich halte es auch für nicht unwesentlich, daß er zu jedem höflich und verbindlich ist, besonders aber denen gegenüber, denen er seine Vorzugsstellung verdankt. Von dieser Verpflichtung kann ich ihn keinesfalls freisprechen, und ich könnte keine Achtung vor einem Manne haben, der auch nur eine Gelegenheit auslassen sollte, seine Hochachtung auch jedem Verwandten der Patronatsfamilie zu bezeigen.« Und mit einer Verbeugung in Richtung auf Herrn Darcys Platz beschloß er seine Ansprache, die so laut vorgetragen worden war, daß sie der halbe Saal hören mußte. – Viele blickten erstaunt, viele lächelten; doch niemand schaute belustigter drein als Herr Bennet selber, während seine Frau Herrn Collins ernsthafte Komplimente für seine so verständigen Ausführungen machte und dann halblaut zu Frau Lucas bemerkte, er sei ein bemerkenswert tüchtiger, netter junger Mann.
Elisabeth wollte es scheinen, daß ihre Familie, wenn sie sich verschworen gehabt hätte, sich den ganzen Abend lang soviel wie möglich zu blamieren, ihre Rollen unmöglich geistvoller und erfolgreicher hätten spielen können, und es erschien ihr als besonderer Glücksumstand, daß manche dieser Blamagen Bingley und ihrer Schwester entgangen waren und er seiner Veranlagung nach den Teil der Torheiten, den er unbedingt gehört haben mußte, nicht allzu ernst nehmen würde. Daß jedoch seine beiden Schwestern und Darcy die günstige Gelegenheit gehabt hatten, sich über ihre Verwandtschaft lustig zu machen, war schlimm genug, und sie wurde sich nicht ganz klar, was ihr unerträglicher erschien: die

stumme Verachtung dieses Herrn oder das unverschämte Grinsen der beiden Damen.

Der restliche Teil des Abends brachte ihr wenig Vergnügen, denn Collins fiel ihr die ganze Zeit über lästig. Er wich nicht von ihrer Seite, und wenn er sie auch nicht dazu bringen konnte, noch einmal mit ihm zu tanzen, machte er es ihr doch unmöglich, mit anderen zu tanzen. Vergebens beschwor sie ihn, doch jemand anders zum Tanz aufzufordern, vergebens bot sie ihm an, ihn jeder jungen Dame im Zimmer vorzustellen, an der er Interesse hätte. Er versicherte ihr, das Tanzen wäre ihm völlig gleichgültig; ihm käme es nur darauf an, sich bei ihr mit zarten Aufmerksamkeiten angenehm zu machen, weshalb er den ganzen Abend bei ihr bleiben wolle. Das ließ er sich einfach nicht ausreden. Sie fühlte sich ihrer Freundin, Fräulein Lucas, zu größtem Dank verpflichtet, daß sie sich öfters zu ihnen setzte und, gutmütig wie sie war, Herrn Collins von sich aus ins Gespräch zog. Wenigstens entging sie so der Qual, daß Herr Darcy weiterhin von ihr Notiz nahm; wenn er auch oft ganz in ihrer Nähe stand, allein und völlig sich selbst überlassen, trat er doch niemals nahe genug heran, um mit ihr sprechen zu können. Sie hielt das für die wahrscheinliche Folge ihrer Anspielungen auf Herrn Wickham und freute sich darüber.

Die Gäste aus Longbourn gingen als letzte von allen, da Frau Bennet es durch einen geschickten Kunstgriff erreicht hatte, daß sie auf ihren Wagen noch eine Viertelstunde warten mußten, nachdem alle anderen schon fort waren. Das gab ihnen Zeit und Gelegenheit zu bemerken, wie herzlich sie von einigen Familienmitgliedern zum Kuckuck gewünscht wurden. Frau Hurst und ihre Schwester taten kaum den Mund auf – höchstens um festzustellen, wie müde sie wären – und warteten ungeduldig darauf, das Haus wieder für sich selbst zu haben. Sie ließen Frau Bennet bei jedem Versuch, eine Unterhaltung zu beginnen, abblitzen und versetzten dadurch die ganze Gesellschaft in einen Zustand peinlicher Stumpfheit, der auch durch die langen Reden des Herrn

Collins kaum behoben wurde – er machte Herrn Bingley und seinen Schwestern Komplimente über den Glanz ihrer Abendveranstaltung und die Gastfreundschaft und Zuvorkommenheit, mit der sie ihren Gästen entgegengekommen seien. Darcy sagte überhaupt nichts. Herr Bennet sagte auch nichts mehr, genoß aber die Situation von Herzen. Herr Bingley und Jane standen etwas abseits von den übrigen und sprachen nur miteinander. Elisabeth blieb ebenso stumm wie Frau Hurst und Fräulein Bingley, und sogar Lydia war zu müde, um mehr zu sagen als ein gelegentliches »Herrgott, wie müde ich bin«, wobei sie jedesmal herzhaft gähnte.
Als sie endlich aufstanden, um sich zu verabschieden, drückte Frau Bennet immer wieder mit überströmender Höflichkeit ihre Hoffnung aus, die ganze Familie einmal in Longbourn begrüßen zu können, und Herrn Bingley versicherte sie noch insbesondere, wie glücklich er sie jederzeit machen würde, wenn er zu ihnen zum Essen käme – auch ohne besondere, förmliche Einladung. Bingley zeigte sich erfreut und dankbar und versprach gern, ihnen bei der nächsten Gelegenheit seine Aufwartung zu machen, wenn er wieder aus London zurück sei, wohin er morgen auf kurze Zeit verreisen müsse.
Frau Bennet sah sich am Ziel ihrer Wünsche und verließ das Haus in der innigen Überzeugung, daß sie nach Abschluß der notwendigen Vorbereitungen, wie zum Beispiel der vertraglichen Vereinbarungen, der Anschaffung neuer Wagen und der Hochzeitskleider, zweifelsohne ihre Tochter im Verlauf der nächsten drei oder vier Monate in Netherfield als Hausherrin sehen würde. Daß eine weitere Tochter Herrn Collins heiraten würde, stand bei ihr ebenso fest und bereitete ihr große, wenn auch nicht gleichgroße Freude. Elisabeth hatte sie von all ihren Kindern am wenigsten ins Herz geschlossen, und obwohl ihr der Mann und die Partie für diese Tochter gut genug erschienen, so wurde doch beides durch Herrn Bingley und Netherfield weit in den Schatten gestellt.

Neunzehntes Kapitel

Am nächsten Tag ging in Longbourn der Vorhang zu einer neuen Szene auf. Herr Collins stellte nämlich in aller Form seinen Antrag. Er hatte sich entschlossen, es unverzüglich zu tun, da sein Urlaub am kommenden Sonnabend ablief. Er war nicht im geringsten befangen oder unruhig und leitete sein Vorhaben sehr korrekt und unter Wahrung aller Formen ein, die er für ein solches Unterfangen für notwendig erachtete. Als er kurz nach dem Frühstück Frau Bennet, Elisabeth und eine der jüngeren Schwestern zusammen im Zimmer antraf, redete er die Mutter mit folgenden Worten an: »Darf ich mich in bezug auf die Pläne, die Sie für Ihre schöne Tochter Elisabeth hegen, der Hoffnung hingeben, gnädige Frau, im Laufe dieses Vormittags der Ehre einer privaten Unterredung mit ihr gewürdigt zu werden?«

Ehe Elisabeth etwas anderes tun konnte, als vor Überraschung zu erröten, antwortete Frau Bennet eilfertigst: »O fein! – Aber ja – aber gewiß – bestimmt ist Lissy sehr glücklich darüber – bestimmt hat sie nichts dagegen! – Komm Kitty, ich möchte, daß du mit nach oben gehst.« Sie raffte rasch ihre Handarbeit zusammen und wollte schon davoneilen, als Elisabeth ausrief: »Liebe Mutter, bitte gehen Sie nicht, bitte, bleiben Sie hier – Herr Collins muß mich entschuldigen. – Er kann mir nichts zu sagen haben, was andere nicht hören dürfen. Ich gehe selbst.«

»Aber nicht doch, Lissy. – Ich wünsche, daß du hierbleibst!« Und als die wütend und verstört blickende Elisabeth tatsächlich aus dem Zimmer entfliehen zu wollen schien, fügte sie hinzu: »Lissy, ich bestehe darauf, daß du hierbleibst und Herrn Collins anhörst.«

Elisabeth wollte sich solch einer ausdrücklichen Aufforderung nicht widersetzen – außerdem sagte ihr eine schnelle Überlegung, daß es am klügsten sein würde, die Sache so schnell und unauffällig wie möglich hinter sich

zu bringen, und so setzte sie sich wieder hin und suchte durch krampfhafte Beschäftigung mit ihrer Handarbeit ihre Gefühle zu verbergen, die zwischen Ärger und Belustigung schwankten. Frau Bennet und Kitty machten sich davon, und sobald sie fort waren, fing Collins an: »Glauben Sie mir, mein liebes Fräulein Elisabeth, daß Ihre zurückhaltende Sittsamkeit weit davon entfernt ist, den Eindruck, den ich von Ihnen habe, zu trüben; ganz im Gegenteil, Ihr Verhalten macht Sie nur noch vollkommener. Sie wären in meinen Augen weniger liebenswert erschienen, wenn Sie sich nicht ein klein wenig gesträubt hätten; doch erlauben Sie mir die Versicherung, daß ich die Erlaubnis Ihrer verehrten Frau Mutter habe, Sie in dieser Weise anzusprechen. Über den eigentlichen Zweck meines Vortrags kann bei Ihnen wohl kaum ein Zweifel bestehen, wie sehr auch Ihr natürliches Zartgefühl Sie veranlassen könnte, dies zu verbergen; die Aufmerksamkeiten, die ich Ihnen entgegenbrachte, waren ja so deutlich, daß sie kaum mißverstanden werden konnten. Beinahe sofort, als ich dieses Haus betrat, habe ich Sie dazu auserwählt, die Gefährtin meines zukünftigen Lebens zu sein. Aber ehe ich meinen Gefühlen in dieser Hinsicht freien Lauf lasse, wird es vielleicht ratsam sein, Ihnen meine Gründe für eine Heirat auseinanderzusetzen und Ihnen zu erklären, weshalb ich mit der festen Absicht nach Hertfordshire kam, mir ein Weib zu erwählen, wie dies nun auch tatsächlich geschehen ist.«
Der Gedanke, Herr Collins könne bei seiner feierlichsteifen Haltung seinen Gefühlen freien Lauf lassen, reizte Elisabeth so zum Lachen, daß sie Mühe hatte, es zu unterdrücken, und nicht dazukam, in der kurzen Pause, die er einlegte, ihn am Weiterreden zu hindern. So fuhr er denn fort: »Meine Gründe für eine Eheschließung sind erstens, daß ich es für jeden Geistlichen, der es sich – wie ich – leisten kann, für geboten halte, seiner Pfarrgemeinde mit gutem Beispiel voranzugehen und in den heiligen Stand der Ehe einzutreten. Zweitens bewog mich dazu die Überzeugung, daß sie – ich

meine die Eheschließung – beträchtlich zu meinem persönlichen Glück beitragen wird; und der dritte Grund – ich hätte ihn vielleicht an erster Stelle bringen müssen – ist der, daß sie auf den besonderen Rat und die Empfehlung der sehr vornehmen Dame hin geschieht, die ich die Ehre habe, meine Kirchenpatronin nennen zu dürfen. Zweimal hat sie sich herabgelassen – und das auch noch, ohne darum gebeten worden zu sein –, sich zu diesem Thema zu äußern; erst an jenem Sonnabendabend, ehe ich Hunsford verließ, geschah es zwischen den Runden unseres Kartenspiels, und als Frau Jenkinson gerade dabei war, Fräulein de Bourghs Fußbank zurechtzurücken, daß sie zu mir sagte: ›Herr Collins, Sie müssen heiraten. Ein Geistlicher wie Sie muß heiraten. Treffen Sie Ihre Wahl richtig, erwählen Sie sich eine Frau von guter Herkunft – um meinetwillen und auch um Ihretwillen, am besten eine fleißige, tüchtige Frau, die nicht verwöhnt erzogen, sondern imstande ist, mit einem kleinen Einkommen gut auszukommen. Das ist mein Rat. Suchen Sie sich eine solche Frau aus, sobald Sie können, bringen Sie sie her, und ich will mich um sie kümmern und sie in Augenschein nehmen.‹ Erlauben Sie mir nebenbei die Bemerkung, meine teure Kusine, daß ich das Interesse und die Güte von Lady Catherine de Bourgh nicht zu den geringsten Vorteilen zähle, die ich Ihnen zu bieten in der Lage bin. Sie werden entdekken, daß die vornehme Art der Dame alles übersteigt, was ich Ihnen beschreiben kann; und Ihr Geist, teure Kusine, und Ihre Munterkeit werden, glaube ich, auch der Lady annehmbar erscheinen, vorausgesetzt natürlich, daß beides durch die Zurückhaltung und die Achtung gemildert wird, die ihr hoher Rang von selbst gebietet. Soviel über meine Absicht zugunsten einer Eheschließung im allgemeinen; es bliebe nur noch zu erwähnen, warum sich meine Blicke im besonderen auf Longbourn statt auf meine unmittelbare Nachbarschaft richteten, wo es, wie ich Ihnen versichern kann, ebenfalls eine Menge liebenswerter junger Damen gibt. Doch die Tatsache bleibt bestehen, daß ich, der ich nun einmal das Gut nach dem Tode Ihres verehrten Herrn Vaters – dem ich jedoch noch viele Lebensjahre wünsche – erben soll, keine rechte Befriedigung dabei finden konnte, ohne den Entschluß zu fassen, mir ein Weib unter seinen Töchtern zu erwählen, auf daß der Verlust für sie soweit als möglich gemildert werde, wenn einst das betrübliche Ereignis eintreten sollte, was jedoch, wie ich schon sagte, erst in mehreren Jahren geschehen möge. Dies war der Beweggrund meines Handelns, meine teure Kusine, und er wird mich, wie ich mir schmeichle, nicht in Ihrer Achtung herabsetzen. Und nun bleibt mir nichts weiter zu tun übrig, als Sie in der beseeltesten Ausdrucksweise der Stärke meiner Leidenschaft zu versichern, Vermögenswerte lassen mich völlig gleichgültig, und ich werde keine Anforderungen dieser Art an Ihren Herrn Vater stellen, da ich mir sowieso darüber klar bin, daß er sie doch nicht erfüllen könnte und daß tausend Pfund Sterling, zu vier Prozent angelegt, alles sein wird, was Sie zu erwarten haben werden, wenn auch erst nach dem Abscheiden Ihrer Frau Mutter. In betreff dieses Gegenstandes werde ich mich daher in ein nie zu unterbrechendes Schweigen hüllen, und ich kann Ihnen die Versicherung geben, daß kein kleinlicher Vorwurf dieserhalben je meinen Lippen entschlüpfen soll, wenn wir verheiratet sind.«

Jetzt war es aber unbedingt notwendig, ihn zu unterbrechen.

»Sie sprechen zu übereilt, mein Herr«, rief sie. »Sie vergessen, daß ich noch gar nicht geantwortet habe. So will ich es denn jetzt tun, ohne noch weitere Zeit zu verlieren. Nehmen Sie bitte meinen Dank für die Auszeichnung entgegen, die Sie mir damit erweisen. Ich bin mir der Ehre Ihres Antrags voll bewußt, aber es ist mir unmöglich, darauf anders zu antworten als mit einer Ablehnung.«

»Ich weiß schon lange«, erwiderte Herr Collins mit einer steifen Handbewegung, »daß es bei jungen Damen üblich ist, die Anträge des Mannes, den sie sich heimlich durchaus wünschen, zunächst einmal abzulehnen, wenn er sich zuerst um ihre Gunst bewirbt, ja daß manchmal die Ablehnung ein zweites oder gar ein drittes Mal wiederholt wird. Deswegen lasse ich mich durch das, was Sie eben sagten, keineswegs entmutigen und hoffe nach wie vor, Sie bald zum Altar zu führen.«

»Bei meiner Ehre«, rief Elisabeth, »Ihre Hoffnung ist nach allem, was ich Ihnen erklärt habe, einigermaßen unverständlich. Sie können ganz sicher sein, daß ich nicht zu jenen jungen Damen gehöre – wenn es überhaupt welche geben sollte –, die es riskieren, ihr Lebensglück vom Zufall eines zweiten Antrags abhängig zu machen. Meine Ablehnung ist vollkommen ernst gemeint. Mich können Sie nicht glücklich machen, und ich bin überzeugt, daß ich die allerletzte Frau bin, die imstande wäre, Sie glücklich zu machen. Und wenn Ihre Gönnerin Lady Catherine mich kennen sollte, würde sie mich, meiner Überzeugung nach, in jeder Hinsicht ungeeignet für meine Stellung finden.«

»Ja, wenn ich sicher wäre, daß Lady Catherine dieser Ansicht sein sollte«, sagte Collins gewichtig, »... doch ich kann mir nicht vorstellen, daß ihre Hochwohlgeboren an Ihnen überhaupt etwas auszusetzen hätte. Und Sie können sich darauf verlassen, daß ich, wenn ich die Ehre haben werde, sie wiederzusehn, in den höchsten Tönen von Ihrer Bescheidenheit, Sparsamkeit und Ihren anderen liebenswerten Eigenschaften sprechen werde.«

»Nein wirklich, Herr Collins, es hat keinen Zweck, mich herauszustreichen. Sie müssen mir schon gestatten, mir ein eigenes Urteil zu bilden, und mir die Ehre antun, mir zu glauben, was ich sage. Ich wünsche Ihnen, daß Sie sehr reich und sehr glücklich werden, und indem ich Ihre Hand ausschlage, tue ich alles, was in meiner Macht steht, um Sie vor dem Gegenteil zu bewahren. Durch Ihren Antrag können Sie Ihre Gewissensbedenken gegenüber meiner Familie als erledigt betrachten und können Longbourn übernehmen, wenn es Ihnen zufällt, ohne sich irgendwelche Vorwürfe machen zu müssen. Diese Seite der Angelegenheit kann also als restlos erledigt angesehen werden.« Bei diesen Worten erhob sie sich und würde das Zimmer verlassen haben, hätte sie Collins nicht folgendermaßen angeredet: »Wenn ich mir die Ehre nehme, das nächste Mal mit Ihnen darüber zu sprechen, werde ich mich der Hoffnung hingeben, von Ihnen einer günstigeren Antwort gewürdigt zu werden, als Sie mir jetzt gegeben haben – obwohl ich weit davon entfernt bin, Sie gegenwärtig der Grausamkeit zu zeihen, weil ich ja weiß, daß es bei Ihrem Geschlecht Sitte und Brauch erfordert, einen Mann bei seiner ersten Werbung zurückzuweisen, und vielleicht haben Sie mir jetzt schon so viel zu meiner Ermutigung gesagt, wie es sich mit dem wahren Zartgefühl des weiblichen Charakters verträgt.«

»Wirklich, Herr Collins«, rief Elisabeth einigermaßen erregt aus, »Sie bringen mich sehr in Verlegenheit. Wenn Ihnen das, was ich bisher gesagt habe, als Ermunterung erscheinen kann, dann weiß ich nicht, in welcher Form ich meine Ablehnung ausdrücken soll, damit Sie davon überzeugt sind.«

»Sie müssen mir schon im Interesse meiner Selbstachtung gestatten, Ihre Ablehnung meiner Anträge lediglich als von der Sitte gebotene Phrasen aufzufassen. Die Gründe, die mich zu dieser Auslegung Ihrer Worte berechtigen, sind die folgenden: Es will mir nicht scheinen, daß es Ihrer unwürdig sein sollte, meine Hand anzunehmen, oder daß die Versorgung, die ich Ihnen zu bieten habe, Ihnen nicht höchst erwünscht sein sollte. Meine Stellung im Leben, meine Beziehungen zur Familie de Bourgh, mein verwandtschaftliches Verhältnis mit Ihrer Familie – alles das sind doch Umstände, die sehr zu meinen Gunsten sprechen; und Sie sollten es auch in Betracht ziehen, daß es trotz Ihrer mannigfachen Reize durchaus nicht sicher ist, ob Ihnen je wieder ein Heiratsantrag gemacht wird. Ihr Erbanteil ist unglücklicherweise so klein, daß er aller Wahrscheinlichkeit nach die Wirkung Ihrer Schönheit und liebenswerten Eigenschaften zu Ihren Ungunsten aufwiegen wird. Da ich aus alledem schließen muß, daß Ihre Ablehnung nicht ernst gemeint sein kann, werde ich sie also lediglich Ihrem

Bestreben zuschreiben, meine Liebe dadurch zu vergrößern, daß Sie mich etwas hinhalten, wie das bei eleganten jungen Damen allgemein üblich ist.«

»Ich gebe Ihnen aber die Versicherung, daß ich nie die moderne Eleganz erstrebt habe, die darin bestehen soll, einen achtbaren Mann zu quälen. Dann möchte ich viel lieber für hausbacken gehalten werden. Ich danke Ihnen immer wieder für die Ehre, die Sie mir mit Ihrem Antrag erwiesen haben, doch Ihre Vorschläge anzunehmen ist absolut unmöglich. Meine Gefühle verbieten es in jeder Hinsicht. Kann ich noch offener sprechen? Also sehen Sie mich jetzt nicht als eine modisch-elegante Frau an, die Sie quälen möchte, sondern als ein vernunftbegabtes Geschöpf, das aus vollem Herzen die Wahrheit sagt.«

»Sie sind nach wie vor reizend!« rief er mit einem Anflug plumper Galanterie, »und ich bin überzeugt, daß meine Anträge, wenn sie erst die ausdrückliche Billigung Ihrer ausgezeichneten Eltern gefunden haben, nicht verfehlen werden, auch Ihnen annehmbar zu erscheinen.«

Auf die Äußerung eines so hartnäckig kultivierten Selbstbetrugs wollte Elisabeth nichts erwidern und zog sich deshalb sofort schweigend zurück. Falls er fortfahren sollte, ihre wiederholten Ablehnungen als schmeichelhafte Ermutigungen aufzufassen, war sie entschlossen, sich an ihren Vater zu wenden, der seine Ablehnung wohl in einer Form ausdrücken würde, die keinen Zweifel ließ und dessen Verhalten zum mindesten nicht fälschlicherweise für die Ziererei und Koketterie einer eleganten Modedame aufgefaßt werden konnte.

Zwanzigstes Kapitel

Herr Collins blieb nicht lange der stummen Betrachtung seiner erfolgreichen Liebesbemühungen überlassen, denn kaum hatte Frau Bennet, die sich in der Diele zu schaffen gemacht hatte, um auf das Ende der Besprechung zu warten, ihre Tochter Elisabeth die Tür öffnen und schnellen Schritts an ihr vorbei zur Treppe laufen sehen, als sie auch schon ins Frühstückszimmer stürzte und ihm und sich selbst mit warmen Worten zur glücklichen Aussicht auf baldige verwandtschaftliche Verbindung gratulierte. Collins nahm diese Glückwünsche freudig entgegen und erwiderte sie ebenso erfreut. Dann ging er dazu über, ihr die Einzelheiten ihres Gesprächs zu berichten, mit dessen Ergebnis zufrieden zu sein er allen Grund zu haben glaubte, da ja die Ablehnung, bei der seine Kusine so standhaft beharrt hatte, natürlich nur ein Ausfluß ihrer schüchternen Verschämtheit und der lauteren Zartheit ihres Charakters sein konnte.

Diese Mitteilung machte Frau Bennet jedoch stutzig. Nur zu gern hätte auch sie angenommen, daß ihre Tochter ihn durch die Ablehnung seiner Vorschläge nur zu weiteren Anträgen ermuntern wollte, doch wagte sie nicht recht daran zu glauben und konnte nicht umhin, dies auch auszusprechen.

»Doch darauf können Sie sich verlassen, Herr Collins«, fügte sie hinzu, »daß Lissy auf jeden Fall zur Räson gebracht wird. Ich will gleich selber mit ihr sprechen. Sie ist ein sehr eigensinniges, törichtes Mädchen und weiß nicht, was für sie gut ist; aber ich werde es ihr schon beibringen.«

»Entschuldigen Sie die Unterbrechung, gnädige Frau«, schrie Collins auf, »aber wenn sie wirklich eigensinnig und töricht ist, dann weiß ich nicht, ob sie überhaupt eine sehr erstrebenswerte Frau für einen Mann in meiner Lage ist, der im Ehestand natürlich sein Glück finden möchte. Wenn sie also tatsächlich darauf beharren sollte, meinen Antrag abzulehnen, dann wäre es vielleicht besser, sie nicht dazu zu zwingen, weil sie nämlich mit der Neigung zu solchen Launen nicht sehr zu meiner Glückseligkeit beitragen könnte.«

»Aber mein Herr, Sie mißverstehen mich ganz und gar«, sagte Frau Bennet beunruhigt. »Lissy ist nur in Sachen wie dieser so halsstarrig. In allen anderen Dingen ist sie das gutmütigste Mädchen der Welt. Ich gehe jetzt gleich zu Herrn Bennet, und wir werden die Sache mit ihr sehr schnell in Ordnung bringen, da gibt es gar keinen Zweifel.«

Sie ließ ihm keine Zeit zur Erwiderung, sondern eilte sofort zu ihrem Gatten und rief schon, als sie die Bibliothek betrat, aufgeregt: »Ach, Bennet, du wirst dringend gebraucht; wir sind alle in höchster Not. Du mußt gleich kommen und veranlassen, daß Lissy Herrn Collins heiratet, denn sie erklärt ganz offen, sie will ihn nicht haben, und wenn du nicht schnell machst, überlegt er sich's wirklich noch anders und will sie dann nicht mehr haben.«

Herr Bennet hob seine Blicke von seinem Buch, als sie eintrat, und ließ sie mit einer Gleichgültigkeit auf ihrem Gesicht ruhn, die sich auch im Laufe ihrer Mitteilungen nicht im geringsten änderte.

»Ich habe nicht das Vergnügen, dich zu verstehen«, sagte er, als sie mit ihrer Rede fertig war. »Wovon sprichst du eigentlich?«

»Von Herrn Collins und Lissy. Lissy erklärt, sie will Herrn Collins nicht haben, und Herr Collins fängt schon an, davon zu reden, daß auch er Lissy nicht haben will.«

»Und was soll ich denn dabei ausrichten – es scheint doch ein hoffnungsloses Unterfangen.«

»Sprich mit Lissy selber darüber. Sag ihr, du bestehst darauf, daß sie ihn heiratet.«

»Laß sie herunterrufen. Sie soll meine Meinung hören.«

Frau Bennet läutete die Glocke, und Fräulein Elisabeth wurde in die Bibliothek gerufen.

»Komm her, mein Kind«, rief der Vater, als sie erschien. »Ich habe dich wegen einer wichtigen Angelegenheit holen lassen. Soviel ich weiß, hat Herr Collins dir einen Heiratsantrag gemacht. Ist das wahr?« Elisabeth bestätigte es. »Na schön – und diesen Heiratsantrag hast du abgelehnt?«
»Ja, Vater.«
»Na schön. Da kommen wir also jetzt zur Sache. Deine Mutter besteht darauf, daß du ihn annimmst. Nicht wahr, Frau Bennet?«
»Ja, oder sie soll mir nicht vor Augen kommen!«
»Da stehst du vor einem unglückseligen Zwiespalt, Elisabeth. Vom heutigen Tage an mußt du von einem Elternteil als Fremdling betrachtet werden. Deine Mutter will dich nicht mehr sehen, wenn du Herrn Collins nicht heiratest, und ich will dich nicht mehr sehen, wenn du ihn heiratest.«
Elisabeth mußte lächeln, daß die Angelegenheit nach einem solchen Anfang einen solchen Ausgang nahm; doch Frau Bennet, die sich eingebildet hatte, Herr Bennet sähe die Sache in ihrem Sinne an, war schwer enttäuscht.
»Was soll das heißen, Bennet, so daherzureden? Du hast mir doch versprochen, darauf zu dringen, daß sie ihn heiratet.«
»Meine Teure«, erwiderte ihr Gatte, »ich muß um zwei kleine Gefälligkeiten bitten: Erstens, daß du mir erlaubst, in der gegenwärtigen Angelegenheit freien Gebrauch von meinem Verstande zu machen; und zweitens, freien Gebrauch von meiner Bibliothek zu machen. Ich würde mich freuen, wenn ich mein Arbeitszimmer sobald als möglich wieder für mich haben könnte.«
Trotz der Enttäuschung, die sie mit ihrem Gatten erlebte, gab Frau Bennet jedoch die Sache noch nicht auf. Immer wieder redete sie auf Elisabeth ein, schmeichelte und drohte abwechselnd. Sie bemühte sich, Jane für ihre Zwecke einzuspannen; doch Jane lehnte es mit aller Sanftmut, die ihr zu Gebote stand, ab, sich hier einzumischen; und Elisabeth wies ihre Angriffe manchmal mit

tiefem Ernst, manchmal mit spielerischer Heiterkeit ab. Trotz dieser wechselnden Methoden wurde sie in ihrem Entschluß nie wankend.

Collins grübelte inzwischen in Zurückgezogenheit über das, was vorgefallen war, nach. Er hatte eine viel zu hohe Meinung von sich, als daß er hätte begreifen können, warum seine Kusine ihn wirklich abwies; und wenn auch sein Stolz verletzt war, litt er im übrigen in keiner Weise. Seine Zuneigung zu ihr beruhte ja auf bloßer Einbildung, und da er es für möglich hielt, daß sie die Vorwürfe ihrer Mutter wirklich verdiente, fühlte er nicht das geringste Bedauern.

Während sich die Familie in dieser aufregenden Lage befand, kam Charlotte Lucas für einen Tag zu Besuch. Schon in der Diele traf sie Lydia, die auf sie zustürzte und ihr halblaut zurief: »Fein, daß du da bist, denn bei uns gibt's solchen Spaß! – Was denkst du wohl, was heute früh passiert ist? Herr Collins hat Lissy einen Antrag gemacht, und sie will ihn nicht haben.«

Charlotte hatte kaum Zeit zu antworten, als sich auch schon Kitty an sie hing, um ihr dieselbe Neuigkeit zu bieten, und kaum hatte sie das Frühstückszimmer betreten, wo sich Frau Bennet allein aufhielt, als diese ebenfalls davon anfing, von Fräulein Lucas Mitgefühl verlangte und sie beschwor, ihre Freundin Lissy doch zu bewegen, daß sie sich den Wünschen der Familie fügte.

»Bitte, bitte, mein liebes Fräulein Lucas«, fuhr sie schwermütig fort, »helfen Sie mir, denn niemand steht auf meiner Seite, niemand ergreift für mich Partei; ich werde grausam mißhandelt, niemand hat Mitleid mit meinen armen Nerven.«

Charlottes Antwort erübrigte sich, da Jane und Elisabeth hereinkamen.

»Ha, da kommt sie«, fuhr Frau Bennet fort, »und tut so, als ob sie das alles nichts anginge; wir sind ihr so egal, als ob wir in York wohnten – wenn sie nur tun kann, was sie will. – Aber das laß dir sagen, Fräulein Lissy, wenn du es dir in den Kopf setzt, weiterhin jeden Heiratsantrag auf diese Art und Weise abzulehnen, dann wirst du überhaupt keinen Mann kriegen – und ich weiß wirklich nicht, wer für dich einmal sorgen soll, wenn dein Vater tot ist. – Ich jedenfalls bin nicht imstande, dich zu unterhalten – laß dir das als Warnung dienen! – Von heute an bin ich mit dir fertig. Ich habe dir schon in der Bibliothek gesagt, wie du weißt, daß ich nie wieder ein Wort mit dir reden will, und du wirst sehen, daß ich mein Versprechen halte. Es macht mir kein Vergnügen, mit unfolgsamen Kindern zu reden. – Nicht, daß es mir überhaupt Vergnügen machte, mit jemandem zu reden. Menschen, die wie ich an den Nerven leiden, haben überhaupt nicht viel Lust, sich zu unterhalten. Niemand macht sich einen Begriff, was ich zu leiden habe! Aber das ist ja immer so: Wer nicht jammert, wird auch nicht bedauert!«

Ihre Töchter hörten sich diesen Erguß schweigend an; sie wußten genau, daß jeder Versuch, ihr vernünftig zuzureden oder sie zu beschwichtigen, ihre Wut nur noch steigern würde. Sie redete daher weiter, ohne von jemandem unterbrochen zu werden, bis Herr Collins zu ihnen stieß. Er betrat das Zimmer mit einer noch würdevolleren Miene als sonst, und als sie ihn bemerkt hatte, sagte sie zu den Mädchen: »Nun haltet aber mal alle gefälligst den Mund und laßt mich mit Herrn Collins ein paar Worte reden.«

Elisabeth ging stumm aus dem Zimmer, Jane und Kitty folgten ihr, doch Lydia ließ sich nicht vertreiben und war entschlossen, alles zu hören, was sie nur konnte; und Charlotte, die anfangs von den Höflichkeiten des Herrn Collins, der sich eingehend nach ihr und der ganzen Familie erkundigte, und dann durch ein bißchen Neugier aufgehalten worden war, begnügte sich nun damit, hinüber ans Fenster zu treten und so zu tun, als ob sie nicht draufhörte. Mit jammererfüllter Stimme und den Worten: »Ach, mein lieber Herr Collins« begann sie die angekündigte Unterhaltung mit ihm.

»Meine teure gnädige Frau«, erwiderte er, »lassen Sie uns über dieses Thema auf ewig Schweigen bewahren. Fern sei es von mir«, fuhr er jedoch sogleich mit einer

Stimme fort, die deutlich sein Mißvergnügen verriet, »wegen des Verhaltens Ihrer Tochter zu zürnen. Es ist unser aller Pflicht, sich mit dem Unvermeidlichen abzufinden, und die besondere Pflicht eines jungen Mannes, der wie ich das Glück hatte, so früh in Amt und Würden zu gelangen; ich kann wohl sagen, ich habe die Enttäuschung bereits überwunden – vielleicht nicht zum geringsten Teil deshalb, weil ich gewisse Zweifel hege, ob ich wirklich glücklich geworden wäre, wenn meine schöne Kusine mich mit ihrer Hand beehrt hätte; denn ich habe oft beobachtet, daß Überwindung und Verzicht nie so vollkommen ausfallen wie dann, wenn die versagte Wohltat in unserer Einschätzung etwas von ihrem Wert zu verlieren beginnt. Ich hoffe, Sie werden es nicht etwa als Nichtachtung Ihrer verehrten Familie auffassen, teure gnädige Frau, wenn ich deshalb meine Ansprüche auf die Gunst Ihres Fräulein Tochter zurückziehe, ohne zuvor Ihnen und Herrn Bennet die höfliche Bitte vorgetragen zu haben, Ihre elterliche Autorität zu meinen Gunsten geltend zu machen. Mein Verhalten mag wohl, so fürchte ich, insofern inkorrekt sein, als ich den ablehnenden Bescheid von den Lippen Ihrer Tochter und nicht von den Ihrigen entgegengenommen habe. Doch sind wir ja alle dem Irrtum unterworfen. Ich habe es jedenfalls von Anfang an gut gemeint. Mein Ziel war es gewesen, mir eine liebenswerte Lebensgefährtin zu sichern und dabei gleichzeitig den Vorteil Ihrer ganzen Familie gebührend in Betracht zu ziehen, und wenn ich mich dabei wirklich irgendwie tadelnswert verhalten haben sollte, so gestatte ich mir, Sie hiermit vielmals um Entschuldigung zu bitten.«

Einundzwanzigstes Kapitel

Der Streit um den Antrag des Herrn Collins war damit so ziemlich beigelegt, und Elisabeth hatte nur unter den unbehaglichen Empfindungen zu leiden, die sich unter solchen Umständen nun einmal nicht vermeiden lassen, und gelegentlich unter einigen spitzen Bemerkungen ihrer Mutter. Was den betreffenden Herrn selbst anging, so drückten sich seine Empfindungen weniger durch Verlegenheit oder Niedergeschlagenheit oder das Bestreben aus, ihr aus dem Wege zu gehen, als vielmehr durch steifes Benehmen und beleidigtes Schweigen. Er richtete kaum je das Wort an sie, und die unermüdlichen Aufmerksamkeitsbezeigungen, auf die er sich so viel zugute tat, wurden nun den ganzen übrigen Tag lang auf Fräulein Lucas übertragen, die durch ihre höfliche Geduld, mit der sie sich das alles anhörte, allen übrigen und besonders ihrer Freundin einen Stein vom Herzen fallen ließ.

Am folgenden Morgen hatte sich Frau Bennets schlechte Laune und ihre schlechte Gesundheit nicht gebessert. Auch Herr Collins verharrte in seiner Haltung beleidigten Stolzes. Elisabeth hatte gehofft, er würde aus Ärger seinen Besuch abkürzen, doch schien sein vorgefaßter Plan nicht im geringsten davon beeinflußt zu werden. Er hatte sich nun einmal vorgenommen, am Sonnabend abzureisen, und darum wollte er auch bis Sonnabend dableiben.

Nach dem Frühstück gingen die Mädchen nach Meryton hinüber, um sich zu erkundigen, ob Herr Wickham zurückgekehrt sei, und ihm gegebenenfalls ihr Bedauern darüber auszudrücken, daß er nicht am Netherfielder Ball teilgenommen hatte. Er traf sie am Eingang zur Stadt und begleitete sie zu ihrer Tante, wo sein Bedauern und Verdruß über sein Fernbleiben und die innige Anteilnahme jedes der Anwesenden lebhaften Ausdruck fand. – Elisabeth gegenüber gab er jedoch aus freien

Stücken zu, daß er die Notwendigkeit der Entschuldigung nur vorgetäuscht hatte und aus rein persönlichen Gründen nicht erschienen war.

»Als die Veranstaltung näher rückte«, sagte er, »kam ich zu der Überzeugung, daß ich besser daran täte, Herrn Darcy aus dem Wege zu gehen – mit ihm so viele Stunden lang in der gleichen Gesellschaft im gleichen Raum zu weilen könnte vielleicht über meine Kräfte gehen, und es könnte Szenen geben, die auch für andere als nur für mich selbst unerfreulich sein würden.«

Sie billigte seine Zurückhaltung in hohem Maße, und sie hatten reichlich Zeit, sich darüber zu unterhalten und gegenseitig höfliche Freundlichkeiten auszutauschen, da Wickham und ein weiterer Offizier sie nach Longbourn zurückbrachten und er sich während dieses Spazierganges besonders ihrer annahm. Daß er sie nach Hause begleitete, hatte einen doppelten Vorteil: Erstens fühlte sie sich dadurch angenehm berührt und ausgezeichnet, und zweitens bot sich dabei ganz ungezwungen die Gelegenheit, ihn ihrem Vater und ihrer Mutter vorzustellen.

Bald nach ihrer Rückkehr wurde ein Brief für Fräulein Jane Bennet abgegeben. Er kam aus Netherfield und wurde sofort geöffnet. Der Umschlag enthielt einen Bogen elegantes, zierliches, feingeglättetes Briefpapier, das mit einer schönen, flüssigen Frauenhandschrift voll beschrieben war. Elisabeth sah, wie sich der Gesichtsausdruck ihrer Schwester wandelte, als sie ihn las, und bemerkte, wie sie bei einigen Sätzen und Ausdrücken aufmerksam verweilte. Jane nahm sich jedoch schnell wieder zusammen, legte den Brief beiseite und versuchte, mit der gewohnten Munterkeit an der allgemeinen Unterhaltung teilzunehmen; doch Elisabeth fühlte sich darüber dermaßen beunruhigt, daß ihr Interesse selbst von Wickham abgelenkt wurde, und kaum hatten er und sein Begleiter sich verabschiedet, als Jane sie mit einem Blick aufforderte, ihr nach oben zu folgen. Als sie ihr Zimmer erreicht hatten, ergriff Jane den Brief und sagte: »Er ist von Caroline Bingley, und sein Inhalt überrascht mich einigermaßen. Die ganze Gesellschaft hat augenblicklich Netherfield schon verlassen, und alle befinden sich auf dem Wege nach London; der Brief enthält keine Andeutung, wann sie zurückkommen wollen und ob sie überhaupt diese Absicht haben. Höre nur, was sie mir mitteilt.«

Dann las sie den ersten Satz laut vor, der die Mitteilung enthielt, sie hätten sich soeben entschlossen, ihrem Bruder sofort in die Stadt zu folgen, und wollten noch denselben Abend in der Grosvenor Street speisen, wo Frau Hurst ein Haus besaß. Die nächste Mitteilung bestand aus den folgenden Worten: »Ich will nicht behaupten, irgend etwas mit Bedauern in Hertfordshire zurückzulassen außer Deiner Gesellschaft, meine innigst geliebte Freundin; doch wir wollen hoffen, uns auch in Zukunft noch oft des entzückenden freundschaftlichen Verkehrs erfreuen zu können, den wir zusammen gehabt haben, und wir können in der Zwischenzeit den Trennungsschmerz vielleicht verringern, indem wir uns recht oft und offen brieflich austauschen. Ich weiß, ich kann mich in dieser Beziehung auf Dich verlassen.« Diese hochtrabenden Äußerungen hörte sich Elisabeth völlig gleichgültig an – sie kannte die Schreiberin zu gut, um sich beeindrucken zu lassen. Zwar war auch sie über die Eile des Aufbruchs erstaunt, doch fand sie nichts wirklich Beunruhigendes darin. Es war ja nicht ohne weiteres anzunehmen, daß die Abwesenheit der Damen auch Herrn Bingley hindern sollte, dort zu erscheinen; und was den Verlust ihrer Gesellschaft anlangte, so war sie überzeugt, Jane würde sich bald darüber zu trösten wissen, wenn sie sich nur seiner Gesellschaft erfreuen konnte.

»Es ist bedauerlich«, sagte sie nach kurzem Zögern, »daß du deine Freundinnen nicht mehr sehen konntest, ehe sie in die Stadt gefahren sind. Aber können wir nicht hoffen, daß die künftigen glücklichen Stunden, von denen Fräulein Bingley spricht, viel eher eintreffen, als sie glaubt, und daß der entzückende Verkehr, den ihr als Freundinnen zusammen hattet, mit noch größerer Befriedigung als Schwägerinnen erneuert werden wird? –

Herrn Bingley werden sie nicht in London zurückhalten können.«

»Caroline stellt es aber als feststehende Tatsache hin, daß keiner von ihnen in diesem Winter nach Hertfordshire zurückkommt. Ich will dir die Stelle vorlesen: ›Als mein Bruder uns gestern verließ, bildete er sich ein, seine Geschäfte in London könnten sich in drei oder vier Tagen abwickeln lassen; da wir aber sicher sind, daß dies unmöglich ist, und wir uns der Überzeugung hingeben, daß Charles, wenn er einmal in der Stadt ist, es nicht mehr so eilig haben wird, sie wieder zu verlassen, haben wir uns entschlossen, ihm dorthin zu folgen, damit er seine freie Zeit nicht in einem trostlosen Hotel verbringen muß. Viele unserer Bekannten sind schon in London, um den Winter dort zu verbringen. Es wäre natürlich fein, wenn sich herausstellte, daß auch Du, meine innig geliebte Freundin, die Absicht hättest, mit dabeizusein, doch das wage ich gar nicht zu hoffen. Ich wünsche aufrichtig, daß Ihr in Hertfordshire recht viele fröhliche Stunden haben mögt, wie sie das Fest mit sich bringt, und daß Du so viele Verehrer findest, daß Du Dich über den Verlust von uns dreien, den wir Dir nicht ersparen können, schnell trösten wirst.‹

Daraus geht klar hervor«, bemerkte Jane noch, »daß er in diesem Winter nicht mehr zurückkommt.«

»Es geht nur daraus hervor, daß Fräulein Bingley der Meinung ist, er sollte nicht zurückkommen.«

»Wie kommst du darauf? Es muß doch von ihm ausgehen. Er ist ja sein eigener Herr. Aber du weißt ja noch nicht alles. Drum will ich dir jetzt die Stelle vorlesen, die mich besonders kränkt. Vor dir will ich nichts geheimhalten. ›Herrn Darcy liegt viel daran, seine Schwester wiederzusehen, und, um die Wahrheit zu bekennen, sind wir kaum weniger begierig darauf, ihr wieder zu begegnen. Ich glaube wirklich nicht, daß jemand Georgiana Darcy an Schönheit, Eleganz und Bildung gleichkommt, und die Zuneigung, die sie in Louisa und mir erweckt hat, wird für uns noch dadurch wesentlich gesteigert, daß wir uns der Hoffnung hinzugeben wagen, sie könne

später einmal unsere Schwägerin werden. Ich weiß nicht, ob ich Dir gegenüber schon einmal meine Gefühle in dieser Angelegenheit angedeutet habe, doch will ich unseren Landaufenthalt nicht beenden, ohne sie Dir zuvor anzuvertrauen, und ich nehme an, daß Du sie nicht für unbegründet halten wirst. Mein Bruder ist schon jetzt sehr von ihr angetan; er wird nun häufig die Gelegenheit haben, mit ihr auf vertrautestem Fuße zu verkehren; ihre Verwandtschaft wünscht eine solche Verbindung ebensosehr wie seine Verwandten, und ich glaube nicht, von meiner Parteilichkeit als Schwester irregeleitet zu werden, wenn ich behaupte, daß Charles wohl imstande ist, das Herz jeder Frau zu gewinnen. Bei all den Umständen, die für eine solche Verbindung sprechen, und in der Gewißheit, daß nichts entgegensteht, was sie verhindern könnte – habe ich da etwa unrecht, meine innigst geliebte Jane, wenn ich mich der Hoffnung auf ein Ereignis hingebe, das das Glück so vieler sichern wird?‹ – Was denkst du von diesem Satz, meine liebe Lissy?« sagte Jane, als sie ihn zu Ende gelesen hatte. »Ist er nicht deutlich genug? – Stellt er nicht ausdrücklich fest, daß Caroline weder erwartet, daß ich ihre Schwägerin werde, noch daß sie es wünscht? Drückt er nicht ihre Überzeugung aus, daß ich ihrem Bruder nichts bedeute und daß, wenn sie schon der Natur meiner Gefühle für ihn mißtraut, sie mich hiermit – auf die freundlichste Art und Weise! – warnen will? Kann man überhaupt eine andere Meinung darüber haben?«
»Jawohl, das kann man; denn ich fasse die Sache völlig anders auf. Willst du hören, was ich darüber denke?«
»Natürlich, sehr gern.«
»Du kannst meine Meinung in wenigen Worten haben. Fräulein Bingley sieht, daß ihr Bruder in dich verliebt ist, will aber, daß er Fräulein Darcy heiratet. Sie folgt ihm in die Stadt, in der Hoffnung, ihn dort festzuhalten, und versucht dir einzureden, daß er sich nichts aus dir macht.«
Jane schüttelte den Kopf.
»Wirklich, Jane, du solltest mir glauben. Niemand, der

euch je zusammen gesehen hat, kann an seiner Zuneigung zweifeln. Auch Fräulein Bingley ist sich darüber völlig im klaren. Denn so einfältig ist sie wirklich nicht. Wenn sie bei Herrn Darcy halb soviel Liebe für sich hätte feststellen können, würde sie sofort ihr Hochzeitskleid in Auftrag gegeben haben. Aber der Fall liegt doch so: Wir sind nicht reich genug oder vornehm genug für die beiden Schwestern; und ihr liegt um so mehr daran, Fräulein Darcy für ihren Bruder zu angeln, als sie annimmt, daß es leichter für sie sein wird, eine zweite Verbindung zwischen den beiden Familien zustande zu bringen, wenn erst einmal eine solche Heirat stattgefunden hat. Das ist gar nicht so dumm gedacht und könnte auch Erfolg haben, wenn Fräulein de Bourgh dem nicht im Wege stünde. Aber meine liebste Jane, du kannst dir doch nicht ernsthaft einbilden, daß Bingley weniger für dich übrig haben sollte als beim Abschied am vergangenen Dienstag, nur weil seine Schwester dir erzählt, daß er so für Fräulein Darcy schwärmt, und du glaubst doch nicht etwa, daß sie ihm einreden kann, daß er nicht in dich, sondern in ihre Freundin verliebt ist?«

»Wenn wir beide von Fräulein Bingley die gleiche Meinung hätten«, erwiderte Jane, »könnte mich deine Darstellung des Sachverhalts völlig beruhigen. Aber sie beruht auf einer falschen Voraussetzung, das weiß ich bestimmt. Caroline ist nicht fähig, absichtlich jemanden zu betrügen; und alles, was ich in diesem Falle hoffen kann, ist, daß sie sich selber täuscht.«

»Ja, so ist's. – Auf einen besseren Gedanken konntest du gar nicht verfallen, nachdem du meine Erklärung nicht als Trost gelten lassen wolltest. Nimm also auf jeden Fall an, sie täuscht sich. Damit hast du ihr Gerechtigkeit widerfahren lassen und darfst dich nun nicht weiter grämen.«

»Aber liebe Schwester, kann ich denn selbst im besten Falle glücklich sein, wenn ich einen Mann erhöre, dessen Schwestern und Freunde ihn alle anderweit verheiratet sehn möchten?«

»Das mußt du selbst entscheiden«, sagte Elisabeth, »und

wenn du nach reiflicher Überlegung zu dem Schlusse kommst, daß die Unannehmlichkeit, seine beiden Schwestern vor den Kopf stoßen zu müssen, das Glück, seine Frau zu sein, mehr als aufwiegt, dann rate ich dir, ihn auf jeden Fall abzuweisen.«

»Wie kannst du nur so reden?« sagte Jane mit einem Anflug von Lächeln, »du mußt doch wissen, daß ich da keine Sekunde zaudern könnte, so leid es mir auch täte, ihr Mißfallen zu erregen.«

»Das habe ich in Wirklichkeit auch nicht angenommen, und da das der Fall ist, kann ich deine Lage auch nicht besonders beklagenswert finden.«

»Doch wenn er den ganzen Winter nicht zurückkehrt, werde ich kaum in die Verlegenheit kommen, eine solche Wahl treffen zu müssen. Tausenderlei kann in sechs Monaten dazwischenkommen!«

Die Idee, er könne nicht mehr zurückkehren, wurde von Elisabeth sehr geringschätzig abgetan. Sie erschien ihr lediglich als Ausdruck von Carolines Wunschträumen, und sie konnte keinen Augenblick lang annehmen, daß solche Wünsche, und wenn sie noch so unverblümt oder hinterhältig geäußert wurden, einen jungen Mann beeinflussen könnten, der von keinem der Beteiligten auch nur im geringsten abhängig war.

Sie stellte ihre Meinung der Schwester so überzeugend wie möglich dar und konnte zu ihrer Freude bald eine günstige Wirkung feststellen. Jane ergab sich nicht der Verzweiflung und ließ allmählich der Hoffnung mehr Raum, obwohl ihr Vertrauen zu seiner Liebe doch manchmal insoweit versagte, als sie keine Hoffnung mehr hegte, er werde bald nach Netherfield zurückkehren und ihr damit jeden Herzenswunsch erfüllen.

Sie kamen überein, Frau Bennet nur von der Abreise der Familie zu unterrichten und ihr gegenüber keine Unruhe über das Verhalten des jungen Herrn zu zeigen. Doch selbst diese unvollständige Mitteilung bereitete ihr Verdruß, und sie beklagte es als äußerst unglücklichen Zufall, daß die Damen ausgerechnet jetzt wegzögen, wo man mit allen gerade intimer bekannt geworden sei.

Nachdem sie darüber eine Weile gejammert hatte, tröstete sie sich bei dem Gedanken, Herr Bingley werde ja bald wieder dasein und bei ihnen in Longbourn speisen, und sie setzte allem mit der tröstlichen Erklärung die Krone auf, sie werde ihm zwei volle Gänge vorsetzen, obgleich er doch nur zu einem zwanglosen Abendessen in der Familie eingeladen worden sei.

Zweiundzwanzigstes Kapitel

Die Bennets waren bei den Lucassens zum Essen eingeladen, und den größten Teil des Tages über war Fräulein Lucas wieder so freundlich, Herrn Collins zuzuhören. Elisabeth ergriff eine Gelegenheit, ihr dafür zu danken. »Das hält ihn in guter Stimmung«, sagte sie, »und ich bin dir dafür dankbarer, als ich es in Worten sagen kann.« Charlotte versicherte ihrer Freundin, wie sehr es sie freue, ihr nützlich sein zu können, und daß damit schon ihr geringes Opfer an Zeit reichlich vergolten sei. Das war sehr liebenswürdig von ihr, aber Charlottes Freundlichkeit ging noch viel weiter, als Elisabeth ahnte: Ihr Ziel war nämlich kein geringeres, als Elisabeth vor jeder Wiederholung der Collinsschen Annäherungsversuche dadurch zu sichern, daß sie dessen Aufmerksamkeiten ganz auf sich selbst ablenkte. Das war der Feldzugsplan des Fräulein Lucas; und der Anschein war ihr so günstig, daß sie abends beim Abschied ihres Erfolgs fast sicher gewesen wäre, wenn er nur nicht so bald wieder aus Hertfordshire hätte abreisen müssen. Doch in diesem Punkte tat sie seinem feurigen Temperament und seiner Charakterstärke bitter unrecht, denn er brachte es am nächsten Morgen mit bewundernswerter Schlauheit fertig, aus der Villa Longbourn zu entwischen, nach der Villa Lucas zu eilen und sich Charlotte

zu Füßen zu werfen. Er wollte keinesfalls seine Kusinen etwas merken lassen, denn er war überzeugt, sie würden zweifellos seine Absicht erraten, wenn sie ihn weggehen sähen, und er wollte sie von seinem Versuch nichts wissen lassen, bis er nicht gleichzeitig den Erfolg seiner Bemühungen bekanntgeben konnte; denn wenn er auch guten Grund hatte, seiner Sache fast sicher zu sein – Charlotte war ihm deutlich genug entgegengekommen –, hatte er seit dem Abenteuer vom Mittwoch doch etwas von seinem Selbstvertrauen eingebüßt. – Er wurde jedoch außerordentlich freundlich empfangen. Fräulein Lucas bemerkte ihn vom oberen Fenster aus, als er auf das Haus zukam, und machte sich sofort daran, ihn zufällig auf dem Heckenweg zu treffen. Die Liebe und Beredsamkeit, die sie dort erwartete, übertraf bei weitem alles, was sie zu hoffen gewagt hatte.
In so kurzer Zeit, wie es des Herrn Collins lange Ansprachen nur erlaubten, war alles zur beiderseitigen Zufriedenheit geregelt, und als sie das Haus betraten, bat er sie schon allen Ernstes, den Tag zu bestimmen, der ihn zum Glücklichsten aller Menschen machen sollte; und wenn solch ein Ansuchen auch zunächst einmal zurückgestellt werden mußte, so fühlte die Dame doch keinerlei Neigung, sein Glück nicht ernst nehmen zu wollen. Die Dummheit, mit der er von Natur aus gesegnet war, mußte seinem Liebeswerben den Reiz nehmen, der eine Frau vielleicht veranlaßt haben könnte, die Sache etwas in die Länge zu ziehen; und Fräulein Lucas, die ihn ja lediglich aus reiner Berechnung erhörte und nur versorgt sein wollte, hatte absolut nichts dagegen, wenn dieses Ereignis schon sehr bald eintreten sollte.

Sir William und Lady Lucas wurden rasch um ihre Einwilligung ersucht, und diese wurde denn auch mit erfreulichster Bereitwilligkeit gewährt. Seine gegenwärtigen Berufs- und Vermögensverhältnisse machten Herrn Collins zu einem höchst erwünschten Freier für ihre Tochter, der sie wenig Vermögen mitgeben konnten, und seine Aussichten auf zukünftigen Reichtum waren ja außerordentlich günstig. Sofort begann Lady Lucas mit weit mehr Interesse, als die Angelegenheit früher für sie gehabt hatte, zu berechnen, wie viele Jahre Herr Bennet wohl noch zu leben haben werde; und Sir William war entschieden der Meinung, es werde höchst zweckdienlich und angebracht sein, daß er und seine Frau sich im St.-James-Palast vorstellen ließen, sobald Herr Collins von Longbourn Besitz ergriffen habe. Kurz, die ganze Familie war überglücklich, und das mit einigem Recht. Die jüngeren Mädchen machten sich Hoffnung, ein oder zwei Jahre früher in die Gesellschaft eingeführt werden zu können, als es sonst geschehen wäre, und die Jungen waren froh, von ihrer Befürchtung erlöst zu sein, Charlotte werde einst als alte Jungfer sterben. Charlotte selbst zeigte sich einigermaßen gefaßt. Sie hatte ihr Ziel erreicht und hatte nun Zeit, sich darüber Gedanken zu machen. Ihre Überlegungen fielen im allgemeinen ganz zufriedenstellend aus. Herr Collins war zwar weder klug noch angenehm; mit ihm zusammen zu sein war ermüdend und lästig, und seine Liebe zu ihr mußte auf bloßer Einbildung beruhen, aber er würde immerhin ihr Ehemann sein. Ohne daß sie von den Männern und vom Ehestande als solchem viel hielt, war eine Heirat doch stets ihr Ziel gewesen. Die Ehe war die einzige standesgemäße Versorgung für gebildete junge Damen von geringem Vermögen, und wenn es noch so unsicher war, ob sie dabei ihr Glück finden würden, mußte diese Ehe immer noch als der angenehmste Schutz vor Mangel und Not angesehen werden. Diesen Schutz hatte sie sich nun gesichert; und im Alter von siebenundzwanzig Jahren, ohne jemals wirklich schön gewesen zu sein, mußte sie sich deshalb glücklich preisen. Der am wenigsten erfreuliche Umstand dabei war die Unsicherheit, wie Elisabeth Bennet diese Überraschung aufnehmen würde, denn an Elisabeths Freundschaft lag ihr mehr als an dem Wohlwollen jedes anderen Menschen. Elisabeth würde erstaunt sein und ihr wahrscheinlich Vorwürfe machen; und wenn sie auch entschlossen war, sich von ihrem Entschluß nicht abbringen zu lassen, so mußte solch ein Tadel von dieser Seite sie doch im Innersten verletzen. Sie entschloß sich also, Elisabeth selbst zu benachrichtigen, und schärfte deshalb Herrn Collins, ehe er nach Longbourn zum Essen zurückkehrte, ein, vor keinem Familienmitglied auch nur andeutungsweise das zu erwähnen, was sich ereignet hatte. Das Geheimhalteversprechen wurde natürlich pflichtschuldigst gegeben, doch konnte es nicht ohne Schwierigkeit gehalten werden, denn die durch seine lange Abwesenheit erregte Neugier machte sich bei seiner Rückkehr in sehr direkten Fragen Luft, denen auszuweichen um so mehr Scharfsinn erforderte, als er außerdem noch zu großer Selbstverleugnung gezwungen war, denn er hätte doch gar zu gern seine glückhafte Liebe bekanntgegeben.

Da er seine Reise am nächsten Morgen so zeitig antreten sollte, daß er niemanden von der Familie mehr sehen konnte, fand der feierliche Abschied statt, als sich die Damen für die Nacht zurückzogen. Frau Bennet sagte sehr höflich und herzlich, wie sehr sie sich alle freuen würden, ihn wieder in Longbourn begrüßen zu können, sobald seine übrigen Verpflichtungen einen Besuch bei ihnen erlaubten.

»Meine sehr verehrte gnädige Frau«, erwiderte er, »diese Einladung ist mir um so willkommener, als ich darauf gehofft hatte; und Sie können sicher sein, daß ich sobald als möglich davon Gebrauch machen werde.«

Alle waren darüber erstaunt, und Herr Bennet, dem an einer so baldigen Rückkehr absolut nichts liegen konnte, sagte sofort: »Aber besteht dann nicht die Gefahr, daß Lady Catherine damit nicht einverstanden ist, mein lieber Herr? Besser, Sie vernachlässigen Ihre Verwandten ein wenig, als Gefahr zu laufen, Ihre Kirchenpatronin vor den Kopf zu stoßen.«

»Mein sehr verehrter Herr«, erwiderte Collins, »ich bin Ihnen für diesen freundschaftlich-vorsorglichen Rat besonders verbunden; und Sie können sich darauf verlassen, daß ich ohne Einverständnis ihrer Hochwohlgeboren einen so wichtigen Schritt nicht unternehmen werde.«

»Sie können sich gar nicht genug in acht nehmen. Setzen Sie lieber sonst was aufs Spiel, nur nicht ihre Ungnade; und wenn Sie entdecken sollten, daß es ihr Mißfallen erregen könnte, wenn Sie wieder zu uns kämen, was ich für außerordentlich wahrscheinlich halte, dann bleiben Sie lieber still zu Hause und beruhigen sich bei dem Gedanken, daß wir jedenfalls es Ihnen nicht verübeln werden.«

»Glauben Sie mir, verehrter Herr, daß ich mich Ihnen ob solcher liebevoller Aufmerksamkeit zu tiefster Dankbarkeit verbunden fühle, und verlassen Sie sich darauf, daß ich selbige alsbald auch noch durch einen Dankesbrief für diese Ihre Vorsorge und für alles, was Sie mir während meines Verweilens in Hertfordshire sonst noch an Freundlichkeiten erwiesen haben, auszudrücken nicht verfehlen werde. Und was meine schönen Kusinen anlangt, so möchte ich mir, obwohl meine Abwesenheit nicht so lange sein wird, um dies eigentlich erforderlich zu machen, die Freiheit nehmen, ihnen allen Glück und Gesundheit zu wünschen, wovon ich meine Kusine Elisabeth keinesfalls auszuschließen beabsichtige.«

Mit den üblichen Höflichkeitsphrasen zogen die Damen sich dann zurück, alle gleichermaßen erstaunt, daß er eine baldige Rückkehr in Betracht zog. Frau Bennet vertrat die Auffassung, daß er daran dachte, seine Aufmerksamkeiten einem der jüngeren Mädchen zuzuwenden, und Mary würde sich wohl bereitgefunden haben, ihn zu erhören. Sie schätzte seine Fähigkeiten höher ein als die anderen; in seinen Gedankengängen fand sie eine Gediegenheit und Gründlichkeit, die sie oft beeindruckte, und wenn sie ihn auch für keineswegs so intelligent hielt wie sich selber, so glaubte sie doch, ihn zu einem sehr annehmbaren Lebensgefährten erziehen zu können, wenn sie ihn dazu ermutigte, viel zu lesen und sich an ihrem Beispiel hochzuranken. Doch der folgende Morgen zerstörte jede so geartete Hoffnung. Fräulein Lucas kam bald nach dem Frühstück zu Besuch und berichtete Elisabeth das Ereignis des vergangenen Tages.

Die Möglichkeit, daß Herr Collins sich nun einbilden könne, er sei in ihre Freundin verliebt, hatte Elisabeth während der letztvergangenen Tage wohl einmal in Betracht gezogen; aber daß Charlotte ihn darin bestärken könne, schien ihr fast ebenso unmöglich wie der Gedanke, sie könne selbst so etwas tun, und infolgedessen war ihre Überraschung zuerst so groß, daß sie die Grenzen der Schicklichkeit durchbrach und ihr die Worte herausfuhren: »Mit Herrn Collins verlobt! Meine liebe Charlotte – aber das ist doch ganz unmöglich!«

Der gefaßte Gesichtsausdruck, den Fräulein Lucas bei der Erzählung ihrer Geschichte aufzubringen vermocht hatte, geriet durch solch einen unverblümten Vorwurf doch etwas ins Wanken; da es aber genau das war, was sie erwartet hatte, gewann sie schnell ihre Haltung wieder und entgegnete ruhig: »Warum zeigst du dich so überrascht, meine liebe Elisa? – Hältst du es für unglaubhaft, daß Herr Collins bei einer anderen Frau einen günstigen Eindruck erwecken sollte, nur weil er nicht so glücklich war, dies bei dir zu erreichen?«

Doch Elisabeth hatte sich jetzt wieder gefaßt, und es gelang ihr mit beträchtlicher Überwindung, der Freundin mit einiger Festigkeit zu versichern, daß ihr die Aussicht auf eine verwandtschaftliche Verbindung mit ihr durchaus angenehm sei und daß sie ihr alles nur erdenkliche Glück wünsche.

»Ich kann mir gut vorstellen, wie dir zumute ist«, erwiderte Charlotte, »du mußt einfach überrascht sein – sehr überrascht, wo dir Herr Collins doch erst vor so kurzer Zeit einen Antrag gemacht hat. Doch wenn du die Zeit gefunden hast, genau darüber nachzudenken, wirst du hoffentlich verstehen und billigen, was ich getan habe. Ich bin nicht romantisch veranlagt, das weißt du. Ich bin es nie gewesen. Ich verlange nichts als ein trautes Heim, und wenn ich den Charakter des Herrn Collins in Betracht ziehe, seine Beziehungen und seine Stellung im Leben, dann bin ich überzeugt, daß meine Aussicht auf ein glückliches Zusammenleben mit ihm genausogroß ist wie die der meisten anderen Leute, wenn sie in den Ehestand treten.«

Elisabeth antwortete ruhig: »Unzweifelhaft«, und nach einer Verlegenheitspause kehrten sie zur übrigen Familie zurück. Charlotte blieb nicht mehr lange, und Elisabeth hatte nun Zeit, über das Gehörte nachzudenken. Es dauerte eine Weile, bis sie sich mit dem Gedanken an eine solch unangemessene Verbindung vertraut machen konnte. Das sonderbare Verhalten des Herrn Collins, der innerhalb dreier Tage zwei verschiedene Heiratsanträge machte, war gar nichts im Vergleich mit der Tatsache, daß er erhört worden war. Sie hatte zwar schon immer den Eindruck gehabt, daß sich Charlottes Ansichten über die Ehe nicht ganz mit den ihren deckten, doch hätte sie es nicht für möglich gehalten, daß Charlotte tatsächlich ihre Überzeugung und ihr Fühlen äußeren Vorteilen aufopfern könnte. Sich Charlotte als Frau des Herrn Collins vorzustellen war einfach erniedrigend, und zu dem Schmerz darüber, daß eine Freundin sich so entwürdigt hatte und in ihrer Achtung so gesunken war, kam noch die bedrückende Gewißheit, daß sie in ihrem selbsterwählten Lose niemals auch nur einigermaßen glücklich sein könne.

Dreiundzwanzigstes Kapitel

Elisabeth saß mit ihrer Mutter und mit ihren Schwestern zusammen, dachte über das nach, was sie soeben gehört hatte, und war sich nicht im klaren, ob sie es weitererzählen dürfe, als Sir William Lucas, von seiner Tochter abgesandt, selbst erschien, um ihr Verlöbnis der Familie mitzuteilen. Mit vielen entgegenkommenden Phrasen und mit dem Ausdruck reinster Freude über die Aussicht einer verwandtschaftlichen Verbindung beider

Häuser legte er die Sache dar – vor einer Zuhörerschaft, die nicht nur überrascht war, sondern sich einfach weigerte, es zu glauben; denn Frau Bennet erklärte ihm mit mehr Beharrlichkeit als Höflichkeit, er müsse sich da wohl in einem schlimmen Irrtum befinden, und Lydia, die sich nicht beherrschen konnte und oft sogar unhöflich war, rief ungestüm aus: »Lieber Gott! Aber Sir William, wie können Sie nur so was erzählen? Wissen Sie nicht, daß Herr Collins unsere Lissy heiraten will?«
Nur die nachgiebige Demut eines Höflings hätte eine solche Behandlung ohne Zornesausbruch ertragen können; doch Sir Williams gute Erziehung ließ ihn auch diese Klippe überwinden; und wenn er sich auch die Freiheit nahm, auf der Wahrheit und Tatsächlichkeit seiner Mitteilung zu bestehen, hörte er sich sämtliche Unverschämtheiten mit der gelassensten Höflichkeit an.
Elisabeth hielt es für ihre Pflicht, ihm in dieser unerfreulichen Situation zu Hilfe zu kommen, und bestätigte seinen Bericht durch die Bemerkung, daß sie alles schon von Charlotte selbst erfahren habe. Im übrigen bemühte sie sich, den Ausrufen ihrer Mutter und Schwester ein Ende zu setzen, indem sie Sir William in vollem Ernst gratulierte, wobei sie von Jane bereitwilligst unterstützt wurde; außerdem ließ sie eine Anzahl Bemerkungen fallen über das Glück, das aus dieser Verbindung zu erwarten sei, über den ausgezeichneten Ruf des Herrn Collins und über den glücklichen Umstand, daß Hunsford nicht zu weit von London entfernt liege.
Frau Bennet war von der Neuigkeit tatsächlich so überwältigt, daß es ihr fast ganz die Sprache verschlug, solange Sir William sich bei ihnen aufhielt. Kaum war er aber gegangen, als sie ihren Gefühlen rasch freien Lauf ließ: Erstens ließe sie sich nicht davon abbringen, daß die ganze Sache nicht stimmte; zweitens wäre es ihr völlig klar, daß Herr Collins gekapert worden sei; drittens würden die beiden bestimmt nie glücklich miteinander werden und viertens könnte die Verlobung ja wieder auseinandergehn. Zwei Folgerungen ließen sich jedoch für Frau Bennet ganz klar aus der Sache ziehen: Erstens,

daß Elisabeth die Ursache des ganzen Unglücks sei; und zweitens, daß sie selbst von allen anderen barbarisch behandelt und mißbraucht worden wäre. Diese zwei Punkte waren ihre Hauptgesprächsthemen während des ganzen Tages. Durch nichts wollte sie sich trösten oder beruhigen lassen. Auch genügte dieser eine Tag nicht, um ihre ganze Wut verebben zu lassen. Es dauerte eine Woche, ehe sie Elisabeth sehen konnte, ohne sie zu beschimpfen, und einen Monat, ehe sie mit Sir William oder Lady Lucas reden konnte, ohne unhöflich zu werden, und viele Monate, ehe sie ihrer Tochter überhaupt vergeben konnte.

Herr Bennet dachte viel ruhiger über die Angelegenheit, und wenn er überhaupt deshalb Gemütsbewegungen hatte, waren sie seiner Aussage nach nur angenehmer Art; denn er stelle mit Befriedigung fest, sagte er, daß Charlotte Lucas, die er doch immer für einigermaßen vernünftig gehalten habe, genauso töricht wie seine Frau und noch törichter als seine Tochter sei!

Jane mußte zugeben, daß auch sie ein wenig überrascht über die Verlobung sei, gab aber weniger ihrem Erstaunen als ihrem aufrichtigem Wunsche Ausdruck, die beiden möchten glücklich werden, und Elisabeth konnte sie nicht davon überzeugen, daß dies sehr unwahrscheinlich sei. Kitty und Lydia waren weit davon entfernt, Fräulein Lucas zu beneiden, denn Herr Collins war ja nur ein Geistlicher, und die ganze Angelegenheit bewegte sie nur insofern stärker, als sie darin eine interessante Neuigkeit sahen, die sie in Meryton breittragen konnten.

Lady Lucas ließ sich natürlich den Triumph nicht entgehen, Frau Bennet ihre früheren Bemerkungen heimzuzahlen und nun ihrerseits mit Genugtuung festzustellen, daß sie eine Tochter gut unter die Haube gebracht habe. Sie erschien in Longbourn öfter als sonst zu Besuch, um von ihrem Glück zu berichten, obwohl Frau Bennets saure Miene und boshaften Bemerkungen geeignet gewesen wären, alles Glück davonzujagen.

Zwischen Elisabeth und Charlotte bestand ein stillschweigendes Einverständnis, über die Angelegenheit nicht mehr zu reden, und Elisabeth war überzeugt, daß zwischen ihnen kein wirkliches Vertrauensverhältnis mehr bestehen könne. Ihre Enttäuschung über Charlotte bewog sie, sich noch inniger an ihre Schwester anzuschließen, deren aufrechte Gesinnung und Feinfühligkeit ihr über allen Zweifel erhaben schienen und um deren Glück sie sich von Tag zu Tag größere Sorgen machte, da Bingley nun schon eine Woche fort war und noch keinerlei Nachricht über seine Rückkehr vorlag.

Jane hatte Caroline bald auf ihren Brief geantwortet und zählte nun die Tage bis zu dem Zeitpunkt, an dem sie mit einigem Grund darauf rechnen konnte, wieder von ihr zu hören. Der versprochene Dankesbrief von Herrn Collins traf am Dienstag ein; er war an den Vater adressiert und floß von so feierlichen Dankesbezeigungen über, als ob Collins ein Jahr lang im Schoße der Familie geweilt hätte. Nachdem er sein Gewissen insoweit entlastet hatte, ging er dazu über, sie mit einem Schwall verzückter Ausdrücke über sein Glück, die Zuneigung ihrer liebenswerten Nachbarin, Fräulein Lucas, errungen zu haben, in geziemende Kenntnis zu setzen. Und dann klärte er sie darüber auf, daß er nur im Hinblick auf ein Wiedersehn mit jener Dame so bereitwillig auf ihren freundlichen Wunsch, ihn doch recht bald wieder in Longbourn begrüßen zu können, eingegangen sei; er hoffe also, es am Montag in vierzehn Tagen ermöglichen zu können, wieder nach Longbourn zurückzukehren; denn Lady Catherine, fügte er noch hinzu, sei mit seiner Heirat so herzlich einverstanden, daß sie dies so bald als möglich vollzogen sehen möchte, was seiner sicheren Überzeugung nach auch seine geliebte Charlotte bewegen werde, den Termin, der ihn zum glücklichsten aller Menschen machen werde, recht früh anzuberaumen.

Jetzt freute sich Frau Bennet allerdings nicht mehr auf die Rückkehr von Herrn Collins nach Hertfordshire. Im Gegenteil, sie war geneigt, darüber ebenso unzufrieden zu sein wie ihr Mann. – Es war sowieso komisch genug, daß er nach Longbourn kam statt in die Villa Lucas; außerdem paßte es gar nicht und störte ungemein. Sie

mochte nun einmal keinen Besuch im Haus, wenn es mit ihrer Gesundheit so schlecht bestellt war, und Verliebte gingen einem noch mehr als andere auf die Nerven. Das murmelte Frau Bennet dauernd vor sich hin, in einem Verdruß, der nur von ihrem Schmerz über die anhaltende Abwesenheit Herrn Bingleys noch übertönt wurde.
Weder Jane noch Elisabeth war es im Gedanken daran recht wohl zumute. Tag um Tag verstrich, ohne andere Nachricht über ihn zu bringen als das Gerücht, das seit kurzem in Meryton umging und besagte, er werde den ganzen Winter nicht mehr nach Netherfield kommen – ein Gerücht, das Frau Bennet in höchsten Zorn versetzte und das sie bei jeder Gelegenheit als erstunken und erlogen bezeichnete.
Selbst Elisabeth begann zu fürchten – nicht so sehr, daß Bingley gleichgültig geworden sei, sondern daß es seinen Schwestern gelungen sein könnte, ihn fernzuhalten. So ungern sie auch einem Gedanken Einlaß gewährte, der so vernichtend für Janes Glück und so wenig schmeichelhaft für die Standhaftigkeit ihres Liebhabers war, konnte sie doch nicht verhindern, daß er sich ihr immer wieder aufdrängte. Die vereinigten Bemühungen seiner gefühllosen Schwestern und der übermächtige Einfluß seines Freundes könnten, so fürchtete sie, im Verein mit den Reizen des Fräulein Darcy und den Vergnügungen Londons wohl zuviel für die Stärke seiner Zuneigung sein.
Natürlich litt Jane unter dieser Ungewißheit mehr als Elisabeth, doch wollte sie ihre Gefühle und Befürchtungen keinesfalls verraten, und so wurde das Thema zwischen ihr und Elisabeth nie auch nur gestreift. Doch da ihre Mutter von keinem derartigen Zartgefühl gehemmt wurde, verging kaum eine Stunde, in der sie nicht von Bingley gesprochen, ihre Ungeduld über sein Ausbleiben geäußert oder sogar von Jane das Geständnis verlangt hätte, sie fühle sich gemein hintergangen, wenn er nicht zurückkäme. Es erforderte Janes ganze Geduld und Güte, diese Anwürfe mit erträglicher Gemütsruhe hinzunehmen.

Herr Collins tauchte pünktlich am Montag nach vierzehn Tagen wieder auf, doch war sein Empfang in Longbourn nicht ganz so freundlich wie bei seinem ersten Besuch. Er war indessen viel zu glücklich, um ihre Aufmerksamkeit sehr in Anspruch zu nehmen, und zum Glück für die anderen befreite seine Funktion als Liebhaber sie weithin von seiner Gesellschaft. Den größten Teil des Tages verbrachte er bei der Familie Lucas und kehrte nach Longbourn manchmal gerade noch rechtzeitig zurück, um sich für seine Abwesenheit entschuldigen zu können, bevor die Familie zu Bett ging.
Frau Bennet befand sich wirklich in einem höchst beklagenswerten Zustand. Wenn auch nur etwas von fern erwähnt wurde, was mit der Verlobung in Zusammenhang stand, geriet sie in denkbar schlechte Laune, und dabei konnte sie hinkommen, wo sie wollte: überall wurde davon gesprochen. Der Anblick von Fräulein Lucas war ihr besonders verhaßt. Als ihre Nachfolgerin im eigenen Haus betrachtete sie das Mädchen mit eifersüchtigem Abscheu. Jedesmal, wenn Charlotte zu Besuch kam, nahm Frau Bennet argwöhnisch an, sie wolle in Gedanken schon von ihrem Haus Besitz ergreifen; und wenn sie einmal mit Herrn Collins tuschelte, war sie überzeugt, die beiden sprächen von Longbourn und machten gerade aus, sie und ihre Töchter aus dem Hause zu werfen, sobald Herr Bennet die Augen geschlossen hätte. Sie jammerte darüber ihrem Gatten die Ohren voll.
»Wirklich Bennet«, sagte sie, »es ist sehr bitter, daran zu denken, daß Charlotte Lucas einmal Herrin in diesem Hause sein soll, daß ich vor ihr weichen soll und es erleben muß, wie sie meinen Platz hier einnimmt!«
»Aber meine Liebe, hänge doch nicht so trüben Gedanken nach. Wir wollen hoffen, daß alles sich zum Besseren wendet. Warum wollen wir uns nicht vorstellen, daß ich es sein kann, der die anderen überlebt?«
Für Frau Bennet war das kein großer Trost, und statt darauf zu antworten, fuhr sie ganz im alten Stile fort:
»Ich kann nun einmal den Gedanken nicht ertragen, daß die beiden unser ganzes Besitztum erhalten sollen.

Wenn nicht ausgerechnet dieser Fideikommiß daran schuld wäre, dann wäre es mir ja egal.«
»Was wäre dir egal?«
»Dann wäre mir überhaupt alles egal!«
»Da müssen wir also dankbar sein, daß du vor einem Zustand solcher Abstumpfung bewahrt geblieben bist.«
»Ich kann für nichts dankbar sein, Bennet, was mit dem Fideikommiß zu tun hat. Wie jemand bloß so gewissenlos sein konnte, ein Besitztum den eigenen Töchtern hinwegzufideikommissen, das kann ich einfach nicht begreifen; und alles auch noch zugunsten dieses Herrn Collins! – Warum soll ausgerechnet er es bekommen und nicht jemand anders?«
»Das zu entscheiden, muß ich dir selber überlassen«, sagte Herr Bennet.

Vierundzwanzigstes Kapitel

Fräulein Bingleys Brief traf ein und setzte allen Zweifeln ein Ende. Gleich im ersten Satz teilte sie als feststehende Tatsache mit, daß sie sich alle in London für den Winter eingerichtet hätten, und schloß mit dem Bedauern ihres Bruders darüber, daß er nicht die Zeit gehabt hätte, seinen Freunden in Hertfordshire noch einen Besuch abzustatten, ehe er vom Land in die Stadt gezogen sei.
Nun war es aus mit der Hoffnung, gänzlich aus, und als Jane den Brief zu Ende lesen konnte, fand sie wenig Tröstliches – außer der angeblichen Zuneigung der Absenderin. Der Hauptinhalt bestand in einem Loblied auf Fräulein Darcy. Ihre zahlreichen Vorzüge wurden wieder eingehend geschildert; Caroline berichtete, von Freude geschwellt, über ihre immer vertraulicher werdende Freundschaft mit ihr und glaubte die Erfüllung

der Wünsche vorhersagen zu dürfen, die sie im letzten Brief angedeutet hatte. Sie berichtete auch mit großer Freude, wie heimisch ihr Bruder schon in Darcys Hause geworden sei, und erwähnte voller Entzücken einige von den Plänen Darcys, sich eine neue Möbeleinrichtung anzuschaffen.

Elisabeth, der Jane den Inhalt des Briefes mitteilte, hörte sich alles in stummer Empörung an. Ihr Herz schwankte zwischen Mitgefühl für die Schwester und Entrüstung über alle anderen. Carolines Versicherung, ihr Bruder sei in Fräulein Darcy verliebt, schenkte sie keinen Glauben. Nach wie vor zweifelte sie nicht im geringsten daran, daß er Jane von Herzen zugetan war; und sosehr sie stets geneigt gewesen war, ihn zu schätzen, sowenig konnte sie jetzt ohne Zorn, ja Verachtung an die Unbeständigkeit seines Charakters, an den Mangel an Entschlußkraft denken, wodurch er zum Sklaven seiner ränkevollen Freunde geworden war, bereit, sein Lebensglück der Laune ihrer Vorurteile zu opfern. Hätte es sich jedoch nur um sein eigenes Glück gehandelt, das hier zum Opfer gebracht wurde, wäre es ihr wohl ziemlich gleichgültig gewesen, wenn er nach Gutdünken damit sein Spiel trieb, aber ihrer Meinung nach mußte er sich doch selber sagen, daß hier auch das Glück ihrer Schwester auf dem Spiel stand. Kurz, es war eine Sache, über die man lange grübeln konnte, ohne daß etwas dabei herauskam. Sie konnte an nichts anderes denken. Und doch – ob nun Bingleys Zuneigung wirklich erstorben oder nur durch die Einmischung seiner Freunde unterdrückt worden war; ob er nun gemerkt hatte, wie sehr Jane ihm zugetan war, oder ob dies seiner Aufmerksamkeit entgangen war – was auch immer vorlag und wie ihre Meinung über ihn demgemäß verschieden ausfallen mußte –, an der Lage ihrer Schwester änderte sich dadurch nichts, und ihr Seelenfriede blieb so oder so gestört.

Einige Tage vergingen, ehe Jane den Mut fand, offen mit Elisabeth zu sprechen; doch endlich, als Frau Bennet sie einmal allein ließ, nachdem sie sich länger als gewöhn-

lich erbittert über Netherfield und seinen Herrn ausgelassen hatte, brach es aus ihr heraus: »Ach, wenn doch meine Mutter mehr Selbstbeherrschung aufbringen könnte; sie hat keine Ahnung, wie sie mich mit ihrem beständigen Gerede über ihn quält. Doch ich will nicht klagen. Es kann nicht lange dauern, dann haben wir ihn vergessen und werden alle sein wie zuvor.«
Elisabeth blickte ihre Schwester voll ungläubigen Mitgefühls an, sagte aber nichts.
»Du glaubst mir nicht«, rief sie leicht errötend aus, »aber da hast du wirklich keinen Grund. Er mag vielleicht in meiner Erinnerung als der liebenswürdigste Mann weiterleben, den ich je kannte, doch das ist auch alles. Ich habe weder etwas zu hoffen noch zu befürchten, noch ihm vorzuwerfen. Gott sei Dank! Diesen Kummer habe ich jedenfalls nicht. Also noch ein klein wenig Zeit, und ... jedenfalls werde ich mich bemühen, darüber hinweg ...«
Und mit festerer Stimme sagte sie dann: »Den Trost jedenfalls habe ich schon jetzt, daß es nichts weiter war als eine Einbildung meinerseits und daß ich niemand damit Schaden zugefügt habe als mir selbst.«
»Liebe, liebe Jane!« rief Elisabeth aus, »du bist viel zu gut. Deine Sanftmut und Selbstlosigkeit ist wirklich engelhaft; ich weiß nicht, was ich dir sagen soll. Ich habe das Gefühl, als hätte ich dich nie so gewürdigt und geliebt, wie es dir gebührt.«
Jane wies jedes besondere Verdienst lebhaft zurück und wußte dagegen die innige Liebe ihrer Schwester nicht genug zu loben.
»Nein«, sagte Elisabeth, »das ist nicht gerecht. Du bemühst dich, die ganze Welt für anständig zu halten und bist verletzt, wenn ich von jemandem Schlechtes rede. Ich hingegen will nur von dir das Beste denken, und nicht einmal das willst du mir zugestehen. Habe keine Angst, daß ich zu weit gehe und deine unendliche Güte nachahme. Das hast du nicht nötig. Es gibt wenig Menschen, die ich wirklich liebe, und noch weniger, von denen ich Gutes denke. Je mehr ich von der Welt sehe, um

so mehr bin ich von ihr enttäuscht, und jeder neue Tag bestätigt meine Auffassung von der Unbeständigkeit aller menschlichen Charakterzüge und gibt Zeugnis davon, wie wenig man sich auf den Schein von Anstand und Vernunft verlassen kann. Zwei Beispiele dafür habe ich erst neuerdings erlebt; von dem einen will ich nicht reden; das andere ist Charlottes Heirat. Es ist unverantwortlich, in jeder Hinsicht unverantwortlich!«

»Liebe Lissy, gib doch solchen Gefühlen keinen Raum. Sie werden nur dein Glück zerstören. Du ziehst die Verschiedenheit der Umstände und Charakterveranlagungen nicht genügend in Betracht. Bedenke doch, wie ehrbar Herr Collins ist und wie klug und nüchtern Charlotte denkt. Vergiß nicht, daß sie viele Geschwister hat und daß die Partie, was das Vermögen ihres Verlobten anlangt, außerordentlich vorteilhaft ist; und nimm zum Besten aller Beteiligten an, daß sie doch ein klein wenig Zuneigung und Achtung für unseren Vetter aufbringen kann.«

»Dir zu Gefallen würde ich gern beinahe alles glauben, aber in diesem Falle wäre das niemand dienlich; denn wenn ich überzeugt wäre, daß Charlotte sich zu ihm hingezogen fühlt, müßte ich ihren Verstand noch geringer einschätzen als jetzt ihr Herz. Meine liebe Jane, Herr Collins ist ein eingebildeter, aufgeblasener, beschränkter, alberner Mensch, das weißt du genausogut wie ich, und demnach mußt du auch genauso wie ich das Empfinden haben, daß mit dem Denken einer Frau, die ihn heiratet, nicht alles richtig bestellt sein kann. Du sollst sie nicht in Schutz nehmen, und wenn sie zehnmal Charlotte Lucas ist. Du sollst nicht um eines Einzelmenschen willen die Begriffe von Anstand und Rechtschaffenheit in ihr Gegenteil verwandeln und dir oder mir einzureden versuchen, daß Selbstsucht Klugheit und Verkennung der Gefahr eine Garantie für das Glück sei.«

»Ich glaube, du tust beiden unrecht, wenn du so von ihnen sprichst«, antwortete Jane, »und ich hoffe, du wirst das selbst einsehen, wenn beide doch noch zusammen glücklich werden. Doch genug davon. Du hast aber noch auf etwas anderes angespielt. Du sprachst von zwei Beispielen. Ich weiß wohl, wen du meinst, aber ich bitte dich inständigst, liebe Lissy, mir nicht den Schmerz anzutun und zu denken, jenen gewissen Herrn träfe ein Tadel, und zu sagen, er sei in deiner Achtung gesunken. Wir dürfen nicht so leichtfertig annehmen, daß man uns absichtlich kränken wollte. Wir dürfen von einem lebenslustigen jungen Mann nicht verlangen, daß er stets die nötige Zurückhaltung und den richtigen Weitblick aufbringt. Sehr oft ist es ja nur unsere eigene Eitelkeit, die uns irreführt. Die Frauen legen den Aufmerksamkeiten der Männer eine größere Bedeutung bei, als ihnen eigentlich zukommt.«

»Und die Männer tun alles, um diesen Eindruck zu erwecken.«

»Falls sie dies mit Absicht tun sollten, wäre es nicht zu rechtfertigen. Aber ich kann mir nicht vorstellen, daß in der Welt mit so viel Absicht gehandelt wird, wie manche Leute meinen.«

»Ich bin weit davon entfernt, Herrn Bingleys Verhalten eine feste Absicht zu unterschieben«, sagte Elisabeth, »doch auch ohne die Absicht, Böses zu tun oder andere unglücklich zu machen, kann Irrtum und Elend entstehen. Gedankenlosigkeit, Blindheit gegenüber Gefühlen anderer, Mangel an Entschlußkraft genügen vollauf dazu.«

»Und du schreibst es einem von diesen Fehlern zu?«

»Ja, dem letzten. Aber wenn ich weiterrede, werde ich dadurch deinen Unwillen erregen, daß ich von Personen, die du hochachtest, sagen muß, was ich von ihnen denke. Unterbrich mich also, solange du es noch kannst.«

»Du nimmst also weiterhin an, daß seine Schwestern ihn beeinflussen?«

»Ja, im Bunde mit seinem Freund.«

»Das kann ich einfach nicht glauben. Weshalb sollten sie ihn denn beeinflussen wollen? Sie können doch nur sein Glück wünschen, und wenn er mich wirklich lieben sollte, kann es für ihn doch keine andere Frau geben, die ihn wirklich glücklich machen könnte.«

»Du gehst von einer falschen Voraussetzung aus. Sie können ihm außer seinem Glück noch vieles andere wünschen; oder sie können ihm wünschen, daß er ein Mädchen heiratet, das großes Vermögen, hohe gesellschaftliche Stellung und Stolz in ihrer Person vereinigt.«

»Zweifellos sind sie dafür, daß er sich Fräulein Darcy erwählt«, erwiderte Jane, »doch das kann aus anständigeren Beweggründen geschehen, als du ihnen unterstellst. Sie sind mit ihr ja schon viel länger bekannt als mit mir, und so ist es kein Wunder, wenn sie ihnen nähersteht. Aber ganz abgesehen davon, was sie gern möchten, halte ich es für sehr unwahrscheinlich, daß sie sich den Wünschen ihres Bruders direkt widersetzt haben. Welche Schwester würde sich das herausnehmen, wenn nicht ein wirklich ernster Einwand vorliegt? Wenn sie annähmen, daß er mich liebte, würden sie nicht versuchen, uns auseinanderzubringen; und wenn er wirklich so zu mir stände, könnten sie damit keinen Erfolg haben. Nur dadurch, daß du diese Liebe als Tatsache hinstellst, läßt du alle unnatürlich und unrecht handeln, und mich machst du damit sehr unglücklich. Tu es mir also nicht an, mir so etwas einzureden. Ich schäme mich nicht, mich getäuscht zu haben – jedenfalls nicht allzusehr, und es ist gar nichts im Vergleich mit den Qualen, die ich ausstehen müßte, wenn ich von ihm und seinen Schwestern Schlechtes denken sollte. Laß es mich also im günstigsten Licht betrachten, in einem Licht, in dem man alles verstehen kann.«

Elisabeth konnte einen solchen Wunsch nicht mißachten, und von dieser Zeit an wurde Bingleys Name kaum jemals zwischen ihnen erwähnt.

Frau Bennet jedoch wurde nicht müde, sich Gedanken zu machen und darüber zu jammern, daß er nicht zurückkehrte, und obwohl kaum ein Tag verging, an dem Elisabeth ihr nicht alle Gründe dafür haargenau auseinandersetzte, schien wenig Aussicht zu bestehen, daß sie ihre Bestürzung darüber würde jemals überwinden können. Ihre Tochter bemühte sich, sie von etwas zu überzeugen, was sie selber nicht glaubte, nämlich daß seine Bemühungen um Jane nur auf einer alltäglichen und flüchtigen Zuneigung beruht hätten, die vorübergegangen sei, als er Jane nicht mehr sah; doch wenn Frau Bennet auch die Wahrscheinlichkeit dieser Erklärung jedesmal zugab, mußte Elisabeth ihr dieselbe Sache jeden Tag aufs neue auseinandersetzen. Frau Bennets größter Trost war der Gedanke, daß Herr Bingley im Sommer ja auf jeden Fall wieder herauskommen müßte.

Herr Bennet behandelte die Sache ganz anders. »Also Lissy«, sagte er eines Tages, »deine Schwester ist in einer Liebesangelegenheit enttäuscht worden, wie mir scheinen will. Ich gratuliere ihr dazu. Nächst der Heirat erscheint einem Mädchen ab und zu einmal eine kleine Liebesenttäuschung das Erstrebenswerteste. Da hat sie was, worüber sie nachdenken kann und was sie vor ihren Freundinnen interessant macht. Wann bist du denn damit an der Reihe? Du wirst es doch kaum lange ertragen können, hinter Jane zurückzubleiben. Jetzt bist du dran. Es gibt ja hier in Meryton genug Offiziere, um alle jungen Damen im Lande zu enttäuschen. Versuch's doch mal mit Wickham. Er ist ein flotter Kerl, und es würde erfreuliches Aufsehen erregen, wenn er dich sitzenließe.«

»Danke vielmals, Vater, aber ich wäre auch mit einem weniger angenehmen Mann zufrieden. Wir können nicht alle mit soviel Glück wie Jane rechnen.«

»Richtig«, sagte Herr Bennet, »doch ist es immerhin in solchen oder ähnlichen Fällen ein Trost, zu wissen, daß du eine liebevolle Mutter hast, die alles bis zum äußersten ausschlachten wird.«

Herrn Wickhams Gesellschaft trug viel dazu bei, die düstere Stimmung zu vertreiben, die sich infolge der kürzlich geschehenen widrigen Ereignisse vieler Mitglieder der Longbourner Familie bemächtigt hatte. Sie sahen ihn oft, und zu seinen sonstigen erfreulichen Eigenschaften kam noch die einer rückhaltlosen Offenheit.

Die ganze Geschichte, die Elisabeth schon kannte, seine Ansprüche Darcy gegenüber und alles, was er von ihm auszustehen gehabt hatte, wurde jetzt offen ausgesprochen und freimütig in der ganzen Runde erörtert; ein jeder freute sich bei dem Gedanken, daß er Herrn Darcy schon immer nicht gemocht hatte, längst bevor von der üblen Angelegenheit etwas bekannt geworden war.

Jane war die einzige, die noch annehmen konnte, es müsse in diesem Falle irgendwelche mildernde Umstände geben, die der Hertfordshirer Gesellschaft unbekannt geblieben waren. Ihre gütige, durch nichts zu erschütternde Unvoreingenommenheit setzte sich stets für Verständnis und Nachsicht ein und wollte die Möglichkeit eines Irrtums auf keinen Fall ausgeschlossen wissen – doch von allen anderen wurde Darcy als der schlimmste aller Bösewichte verdammt.

Fünfundzwanzigstes Kapitel

Nach einer Woche voll Liebesgeflüster und Glücksplänen wurde Herr Collins durch das Herannahen des Sonnabends seiner liebenswerten Charlotte entrissen. Der Trennungsschmerz konnte jedoch, zum mindesten auf seiner Seite, durch die Vorbereitungen für den Empfang der Braut gemildert werden, da er die begründete Hoffnung hegen durfte, der große Tag, der ihn zum glücklichsten aller Menschen machen sollte, werde kurz nach seiner nächsten Rückkehr nach Hertfordshire festgesetzt werden. Er nahm von seinen Verwandten genauso feierlich Abschied wie ehedem, wünschte seinen schönen Kusinen wieder Glück und Gesundheit und versprach ihrem Vater noch einen Dankesbrief.

Am folgenden Montag hatte Frau Bennet die Freude, ihren Bruder und seine Frau zu empfangen, die wie gewöhnlich kamen, um das Weihnachtsfest in Longbourn zu verbringen. Herr Gardiner war ein klardenkender, feingebildeter Mann und nach Anlage und Erziehung seiner Schwester weit überlegen. Die Netherfielder Damen würden es kaum für möglich gehalten haben, daß ein Mann, der von Handelsgeschäften lebte und in der Nähe seiner Warenspeicher wohnte, so wohlerzogen und angenehm sein konnte. Frau Gardiner, die mehrere Jahre jünger war als Frau Bennet und Frau Philips, war eine liebenswürdige, intelligente, vornehme Frau und bei allen ihren Longbourner Nichten sehr beliebt. Zwischen den beiden ältesten und ihr bestanden besonders herzliche Beziehungen. Sie waren häufig bei ihr in der Stadt zu Gast gewesen.

Die erste Rolle, die Frau Gardiner nach ihrer Ankunft zu spielen hatte, war es, ihre Geschenke zu verteilen und die neuesten Moden zu beschreiben. Danach fiel ihr eine weniger aktive Rolle zu. Jetzt war sie mit dem Zuhören an der Reihe. Frau Bennet hatte manchen Kummer zu berichten und viel Grund zum Jammern. Seit dem letzten Besuch ihrer Schwägerin waren sie alle überaus gemein behandelt worden. Zwei ihrer Mädels hatten kurz vor der Heirat gestanden, und am Ende war dann bei beiden nichts draus geworden.

»Ich mache Jane keinen Vorwurf«, fuhr sie fort, »denn Jane würde Herrn Bingley bestimmt gekriegt haben, wenn es in ihrer Macht gestanden hätte. Aber Lissy! Ach, Schwägerin! Es ist grausam, sich überlegen zu müssen, daß sie schon die Frau von Herrn Collins sein könnte, wenn sie nicht so widerspenstig gewesen wäre. Hier in diesem Zimmer hat er ihr einen Antrag gemacht, und sie hat ihn abgelehnt. Die Folge ist, daß Lady Lucas nun vor mir eine Tochter unter die Haube bringt und daß Longbourn noch genauso Fideikommiß ist wie immer. Ach, Schwägerin, du glaubst nicht, was für hinterhältige Leute diese Lucassens sind. Sie greifen nach allem, was sie kriegen können. Es tut mir leid, daß ich das von ihnen sagen muß, aber es ist nun mal so. Es bringt mich mit den Nerven und meiner sonstigen Gesundheit ganz herunter, daß mir in meiner eigenen Familie so entgegengearbeitet wird und daß ich Nachbarn habe, die ohne Rücksicht auf andere bloß an sich selber denken. Aber daß du gerade jetzt kommst, bringt mich über vieles hinweg, und was du uns da über die Lange-Ärmel-Mode erzählst, hat mich furchtbar interessiert.«

Frau Gardiner, der diese Neuigkeiten zum großen Teil schon aus den Briefen Janes und Elisabeths bekannt waren, gab ihrer Schwägerin eine unverbindliche Antwort und brachte aus Mitleid mit ihren Nichten die Unterhaltung auf ein anderes Thema.

Als sie später mit Elisabeth allein war, sprach sie mehr darüber. »Es schien doch nach allem für Jane eine wünschenswerte Partie zu sein, und es tut mir sehr leid, daß nichts daraus geworden ist. Aber so etwas kommt doch so oft vor! Ein junger Mann von der Art, wie du mir Herrn Bingley schilderst, verliebt sich leicht ein paar Wochen lang in ein hübsches Mädchen und vergißt sie ebensoleicht, wenn sie durch Zufall getrennt werden, so daß diese Art von Wankelmut nur allzu häufig ist.«

»An sich ein ausgezeichneter Trost«, sagte Elisabeth, »aber für uns reicht er nicht aus. Wir sind nicht die Opfer eines gewöhnlichen Zufalls. Es kommt nicht oft vor, daß die Einmischung von Freunden einen jungen, wirtschaftlich unabhängigen Mann dazu bringt, nicht mehr an ein Mädchen zu denken, in das er noch wenige Tage zuvor heftig verliebt war.«

»Aber der Ausdruck ›heftig verliebt‹ ist so abgedroschen, so zweifelhaft, so unbestimmt, daß ich mir wenig dabei denken kann. Er wird ebensooft für die Gefühle gebraucht, die aus der flüchtigen Bekanntschaft einer halben Stunde entstehen können, wie für eine wirkliche, starke innere Bindung. Bitte, wie heftig war denn Herrn Bingleys Liebe nun wirklich?«

»Ich habe nie eine Verliebtheit gesehen, die mehr versprochen hätte; er beachtete die anderen Leute kaum mehr und war ganz und gar von ihr eingenommen. Das wurde mit jedem neuen Zusammentreffen entschiedener und deutlicher. Auf seinem eigenen Ball hat er zwei oder drei junge Damen dadurch vor den Kopf gestoßen, daß er sie nicht zum Tanz aufgefordert hat, und ich habe ihn selber zweimal angesprochen, ohne eine Antwort zu bekommen. Kann es denn noch deutlichere Symptome geben? Ist es nicht das Wesen der Verliebtheit, daß sie für die Umwelt nicht einmal mehr höfliches Interesse zeigt?«

»O ja – es ist bezeichnend für die Verliebtheit, die ich ihm nach allem zutraue. Die arme Jane! Sie tut mir leid, denn bei ihrer Anlage kann es lange dauern, bis sie darüber hinwegkommt. Es hätte lieber dir passieren sollen, Lissy, du würdest dich mit einem Lächeln schneller davon gelöst haben. Meinst du denn, man könnte sie dazu bringen, mit uns zurückzureisen? Ein Wechsel der Umgebung könnte ihr nur guttun – und vielleicht wäre es ihr auch sehr zuträglich, den häuslichen Einflüssen ein wenig entrückt zu werden.«

Elisabeth freute sich über den Vorschlag außerordentlich und war überzeugt, daß auch ihre Schwester gern darauf eingehen würde.

»Ich hoffe«, fuhr Frau Gardiner fort, »daß sie sich von keinen Erwägungen, die den jungen Mann betreffen, davon abhalten läßt. Wir wohnen in einem so entfernten Teil von London, unser Bekanntenkreis ist so verschieden, und wir gehen, wie du weißt, so wenig aus, daß es sehr unwahrscheinlich ist, daß sie sich jemals begegnen, wenn er sie nicht etwa absichtlich aufsucht.«

»Und das ist vollkommen ausgeschlossen, denn er steht jetzt unter der Obhut seines Freundes, und Herr Darcy würde es nicht mehr dulden, daß er Jane in solch einem Viertel Londons besucht. Liebe Tante, wie konntest du nur auf den Gedanken kommen? – Herr Darcy mag vielleicht einmal gehört haben, daß es so etwas wie die Gracechurch Street gibt, aber er würde eine Reinigungszeit von einem ganzen Monat kaum für hinreichend halten, ihn von der Beschmutzung zu befreien, wenn er sich doch einmal dorthin verirren sollte; und Herr Bingley, darauf kannst du dich verlassen, tut keinen Schritt ohne ihn.«

»Um so besser. Ich hoffe, sie werden sich überhaupt nicht begegnen. Aber steht Jane nicht mit seiner Schwester im Briefwechsel? Die wird wohl nicht umhin können, ihr einmal einen Besuch abzustatten.«
»Sie wird bestimmt nichts mehr von ihr wissen wollen.«
Trotz der scheinbaren Sicherheit, mit der Elisabeth dies vorbrachte, trotz der Bestimmtheit, mit der sie betonte, Bingley werde an einem Besuch bei Jane gehindert werden – was sie übrigens weit mehr interessierte als die Frage nach dem Verhalten von Bingleys Schwester –, fühlte sie bei alledem eine Unruhe, die sich bei näherer Überlegung zur Gewißheit wandelte, daß doch nicht alles so gänzlich hoffnungslos sei. Es war möglich, und manchmal hielt sie es sogar für wahrscheinlich, daß seine Liebe wieder erweckt und der Einfluß seiner Freunde durch den natürlichen Einfluß von Janes Anziehungskraft überwunden werden könnte.
Jane nahm die Einladung ihrer Tante freudig an, und an die Bingleys dachte sie dabei nur insofern, als sie hoffte, mit Caroline, die ja mit ihrem Bruder nicht in einem Hause wohnte, gelegentlich einen Vormittag verbringen zu können, ohne Gefahr zu laufen, ihn zu sehen.
Die Gardiners blieben eine Woche in Longbourn, und es verging kein Tag, an dem sie nicht mit den Philips, der Familie Lucas oder den Offizieren verabredet gewesen wären. Frau Bennet hatte für ihren Bruder und ihre Schwägerin so umsichtig für Unterhaltung gesorgt, daß sie auch nicht ein einziges Mal allein im Familienkreis speisten. Wenn die Gesellschaft im eigenen Hause gegeben wurde, waren stets einige der Offiziere dabei, unter denen sich auf jeden Fall auch Herr Wickham befand, und bei diesen Gelegenheiten beobachtete Frau Gardiner, die aus den begeisterten Schilderungen Elisabeths Verdacht geschöpft hatte, die beiden genau. Aus dem, was sie sah, konnte sie zwar nicht schließen, daß sie ineinander ernstlich verliebt waren, doch trat die Zuneigung der beiden offen genug zutage, um sie leicht zu beunruhigen; so entschloß sie sich, mit Elisabeth dar-

über zu reden, ehe sie Hertfordshire wieder verließ, und ihr begreiflich zu machen, wie unklug es sei, solch eine Zuneigung zu ermutigen.

Abgesehen von allen anderen Vorzügen besaß Wickham eine Gabe, durch die er sich bei Frau Gardiner besonders beliebt machen konnte. Sie hatte sich vor zehn oder zwölf Jahren, ehe sie heiratete, längere Zeit gerade in dem Teil Derbyshires aufgehalten, aus dem er stammte. Sie besaßen demnach viele gemeinsame Bekannte; und obwohl Wickham seit dem vor fünf Jahren erfolgten Tod von Darcys Vater nur wenig dort gewesen war, konnte er ihr von ihren früheren Freunden Genaueres und Neueres berichten, als sie anderweit hatte erfahren können.

Frau Gardiner war auch in Pemberley gewesen und kannte den verstorbenen Herrn Darcy vom Hörensagen sehr gut. Dies war natürlich ein unerschöpflicher Unterhaltungsgegenstand. Wenn sie ihre Erinnerungen an Pemberley mit der genauen Beschreibung verglich, die Wickham ihr geben konnte, und auch ihren Teil zum Lobe des verstorbenen Grundherrn beitrug, bereitete sie ihm ebensoviel Freude wie sich selbst. Als sie erfuhr, wie der gegenwärtige Herr Darcy ihn behandelt hatte, forschte sie in ihrer Erinnerung nach, ob sie nicht schon Ähnliches über den unerfreulichen Charakter Darcys erfahren hätte, als dieser Herr noch ein junger Bursche war, und glaubte schließlich ganz bestimmt gehört zu haben, daß man Herrn Fitzwilliam Darcy früher als hochfahrenden, bösartigen Jungen bezeichnet habe.

Sechsundzwanzigstes Kapitel

Frau Gardiners warnende Worte wurden bei der ersten passenden Gelegenheit, wo sie mit ihr allein sprechen konnte, pünktlich und freundlich ihrer Nichte verabreicht. Nachdem sie ihr offen gesagt hatte, was sie annahm, fuhr sie folgendermaßen fort: »Du bist doch ein viel zu vernünftiges Mädel, Lissy, um dich lediglich deshalb zu verlieben, weil man dich davor gewarnt hat; und deshalb habe ich keine Bedenken, offen mit dir zu reden. Also im Ernst, ich möchte, daß du dich in acht nimmst. Laß dich nicht mit ihm auf Liebesbeziehungen ein und versuche nicht, ihn in solche Beziehungen zu verwickeln, die bei einem Mangel an Vermögen höchst unklug erscheinen müßten. Gegen ihn selber habe ich nichts einzuwenden. Er ist ein sehr interessanter junger Mann, und wenn er das Vermögen hätte, das ihm eigentlich zustünde, könntest du gar keine bessere Wahl treffen. Aber wie die Dinge nun einmal liegen, darfst du deine Gefühle nicht mit dir durchgehen lassen. Du hast Verstand, und wir erwarten alle, daß du davon Gebrauch machst. Dein Vater verläßt sich bestimmt darauf, daß du weißt, was du willst, und dich vernünftig verhältst. Und deinen Vater darfst du nicht enttäuschen!«

»Meine liebe Tante, da machst du mir aber wirklich ernsthafte Vorhaltungen.«

»Gewiß, und ich hoffe, daß du sie ebenso ernsthaft aufnimmst.«

»Na schön, du brauchst dir keine Sorgen zu machen. Ich will auf mich aufpassen und auf Herrn Wickham auch. Er soll sich nicht in mich verlieben, wenn ich ihn daran hindern kann.«

»Elisabeth, jetzt nimmst du die Sache aber nicht ernst!«

»Verzeihung, ich will es noch einmal versuchen. Augenblicklich bin ich in Herrn Wickham nicht verliebt, ganz bestimmt nicht. Doch ist er der unvergleichlich sympathischste Mann, der mir je begegnet ist – und wenn es wirklich einmal dazu kommen sollte, daß er mich liebt ..., nun, ich glaube auch, daß es besser wäre, wenn das nicht passierte; ich sehe ein, daß es unklug wäre ..., ach, dieser abscheuliche Darcy! – Daß mein Vater eine so hohe Meinung von mir hat, ehrt mich sehr, und es würde mir furchtbar sein, sie zu verscherzen. Doch ist mein Vater von Herrn Wickham sehr eingenommen. Kurz, liebe Tante, es würde mir sehr leid tun, einen von euch betrüben zu müssen; aber da wir es ja jeden Tag erleben, daß sich verliebte junge Leute selten durch ein fehlendes Vermögen davon abhalten lassen, engere Verbindungen miteinander einzugehen, wie kann ich da versprechen, daß ich weiser und klüger sein werde als so viele meiner Mitmenschen, falls ich in die Versuchung geraten sollte, oder wie soll ich überhaupt wissen, daß es tatsächlich weiser wäre, wenn ich mich ganz ablehnend verhielte? Alles, was ich dir versprechen kann, ist daher nur, daß ich nichts überstürzen werde. Ich will mir nicht vorschnell einreden, von ihm über alles verehrt zu werden. Wenn ich mit ihm zusammen bin, will ich in mir keine Wünsche nähren. Kurz, ich will mein Bestes tun.«

»Vielleicht wäre es auch ganz gut, wenn du ihn nicht ermutigtest, gar zu oft hierherzukommen. Zum mindesten solltest du deine Mutter nicht auch noch darauf aufmerksam machen, daß sie ihn einlädt.«

»Wie ich es neulich getan habe«, sagte Elisabeth und lächelte schuldbewußt, »sehr richtig, es wird klug sein, wenn ich das unterlasse. Aber glaube nicht etwa, daß er immer so oft hier ist wie gerade jetzt. Er ist nur deinetwegen diese Woche so häufig eingeladen worden. Du weißt ja, daß meine Mutter stets glaubt, für dauernde Unterhaltung ihrer Freunde und Gäste sorgen zu müssen. Aber wahrhaftig und auf Ehre, ich will das zu tun versuchen, was ich für das klügste halte; und damit hoffe ich, dich zufriedengestellt zu haben.«

Ihre Tante versicherte ihr, daß dies der Fall sei, und nachdem Elisabeth sich bei ihr für ihre freundliche An-

teilnahme bedankt hatte, schieden sie: ein wunderbares Beispiel für einen Ratschlag in so heikler Angelegenheit, der nicht übelgenommen wurde.
Bald nachdem die Gardiners und Jane abgereist waren, kehrte Herr Collins nach Hertfordshire zurück; doch da er sein Quartier bei der Familie Lucas genommen hatte, brachte seine Ankunft für Frau Bennet keine großen Umstände mit sich. Seine Hochzeit rückte rasch näher, und Frau Bennet hatte sich endlich damit als mit etwas Unvermeidlichem abgefunden, ja sie sagte sogar häufig ziemlich boshaft, sie wünschte nur, daß die beiden trotz allem glücklich würden. Am Donnerstag sollte die Hochzeit stattfinden, und am Mittwoch machte Fräulein Lucas ihren Abschiedsbesuch. Als sie sich dann erhob, um zu gehen, schämte sich Elisabeth der wenig liebenswürdigen und zurückhaltenden Glückwünsche ihrer Mutter und begleitete Charlotte, an deren Ergehen sie aufrichtig Anteil nahm, bis zur Haustür. Als sie zusammen die Treppe hinabgingen, sagte Charlotte: »Ich rechne darauf, oft von dir zu hören, Elisa.«
»Darauf kannst du dich verlassen.«
»Und ich hätte noch eine Bitte. Willst du mich nicht mal besuchen?«
»Wir werden uns oft hier in Hertfordshire treffen, hoffe ich.«
»Ich werde wahrscheinlich eine ganze Zeitlang nicht aus Kent wegkommen. Versprich mir also, mich in Hunsford zu besuchen.«
Elisabeth konnte die Bitte nicht abschlagen, wenn sie sich auch nicht viel Vergnügen von einem solchen Besuch versprach.
»Mein Vater und Maria besuchen mich im März«, sagte Charlotte noch, »und ich hoffe, du wirst gleich mit ihnen kommen. Wirklich, Elisabeth, ich sehe dich genausogern bei mir wie meine eigenen Angehörigen.«
Die Hochzeit fand statt: Die Braut und der Bräutigam reisten gleich nach der Trauung nach Kent ab, und jedermann hatte genau das zu sagen und sich genau das anzuhören, was bei solchen Gelegenheiten üblich ist. Elisa-

beth bekam bald von ihrer Freundin Nachricht, und ihr Briefwechsel war so regelmäßig und häufig wie nur je; daß er nicht auch so offen wie früher geführt wurde, verstand sich von selbst. Elisabeth konnte sich nicht mit ihr austauschen ohne das deutliche Gefühl, daß die alte Vertraulichkeit verschwunden war, und wenn sie sich auch vornahm, ihr fleißig und unverdrossen weiterhin zu schreiben, so tat sie dies mehr in Erinnerung an alte Zeiten als um des gegenwärtigen Verhältnisses willen. Charlottes erste Briefe freilich wurden mit großer Spannung erwartet; man war natürlich neugierig, wie sie von ihrem neuen Heim sprechen, wie sie mit Lady Catherine auskommen und inwieweit sie es fertigbringen würde, sich als glücklich hinzustellen. Nach der Lektüre der Briefe hatte Elisabeth jedoch das Gefühl, daß Charlotte sich zu jedem Punkte genauso äußerte, wie es vorauszusehen gewesen war. Sie schrieb heiter, schien nur von Annehmlichkeiten umgeben und erwähnte nichts, was sie nicht loben konnte. Das Haus, die Einrichtung, die Nachbarschaft und die Straßen – alles entsprach ihrem Geschmack, und Lady Catherine verhielt sich außerordentlich freundlich und entgegenkommend. Es war genau das Bild, das Herr Collins von Hunsford und Rosings entworfen hatte, nur etwas gemilderter und vernünftiger dargeboten, und Elisabeth empfand deutlich, daß erst ihr eigener Besuch in Hunsford ihr volle Klarheit über alles geben würde.
Auch Jane hatte an ihre Schwester schon ein paar Zeilen geschrieben, um ihre glückliche Ankunft in London zu melden, und Elisabeth hoffte, Jane werde in ihrem zweiten Brief schon in der Lage sein, etwas über die Bingleys zu berichten.
Ihrer ungeduldigen Erwartung dieses zweiten Briefes blühte das gleiche Los, das der Ungeduld meistens zufällt: sie wurde enttäuscht. Jane war schon eine Woche in der Stadt, ohne von Caroline etwas gesehen oder gehört zu haben. Sie nahm jedoch zugunsten ihrer Freundin an, daß ihr letzter Brief aus Longbourn durch Zufall verlorengegangen sein müsse.

›Meine Tante‹, fuhr sie fort, ›hat morgen in der bewußten Gegend von London zu tun, und ich werde die Gelegenheit benutzen, in der Grosvenor Street einen Besuch zu machen.‹

Sie schrieb abermals, als sie den Besuch abgestattet und Fräulein Bingley gesehen hatte. ›Ich hatte nicht den Eindruck, daß Caroline in besonders guter Stimmung war‹, lautete der Bericht, ›aber sie freute sich sehr, mich zu sehen, und machte mir Vorwürfe, daß ich sie von meiner Reise nach London nicht benachrichtigt hätte. Ich hatte also richtig vermutet: mein letzter Brief hat sie nie erreicht. Ich erkundigte mich natürlich auch nach ihrem Bruder. Es ginge ihm gut, aber er wäre so mit Herrn Darcy beschäftigt, daß sie ihn kaum jemals sähe. Ich erfuhr, daß Fräulein Darcy zum Essen erwartet wurde. Ich wollte, ich könnte sie sehen. Ich blieb nicht lange, da Caroline und Frau Hurst gerade ausgehen wollten. Ich denke, ich werde sie bald hier bei mir sehen.‹

Elisabeth schüttelte über diesen Brief den Kopf. Sie entnahm daraus, daß Herr Bingley vom Aufenthalt ihrer Schwester in London nur durch einen Zufall etwas erfahren könnte.

Vier Wochen vergingen, und Jane sah keine Spur von ihm. Sie versuchte sich einzureden, daß ihr das gleichgültig wäre, doch konnte sie gegenüber der Tatsache, daß Fräulein Bingley sich nichts aus ihr machte, nicht länger blind sein. Nachdem sie vierzehn Tage lang jeden Vormittag zu Hause auf sie gewartet und sich jeden Abend eine neue Entschuldigung für ihr Ausbleiben zurechtgelegt hatte, erschien die Besucherin endlich bei ihr. Doch die Kürze ihres Besuchs und noch mehr ihr verändertes Wesen machten es Jane unmöglich, sich noch länger einer Täuschung hinzugeben. Der Brief, in dem sie ihrer Schwester darüber berichtete, wird deutlich erkennen lassen, wie ihr zumute war.

›Meine liebe, gute Lissy wird es nicht fertigbringen, das weiß ich bestimmt, über mich zu triumphieren, weil sie recht behalten hat; ich muß nämlich bekennen, daß ich mich über Fräulein Bingleys freundschaftliche Gefühle völlig getäuscht habe. Aber, meine liebe Schwester, wenn die Tatsachen Dir auch recht gegeben haben, so halte mich bitte nicht für hartnäckig und rechthaberisch, wenn ich immer noch der Ansicht bin, daß ihr Verhalten mir ebensoviel Recht zum Vertrauen wie Dir zum Mißtrauen geben mußte. Ich verstehe einfach nicht, warum sie mir früher so herzlich entgegengekommen ist; doch wenn ich noch einmal vor die gleiche Entscheidung gestellt werden sollte, würde ich sicherlich wieder genauso darauf hereinfallen. Erst gestern hat Caroline meinen Besuch erwidert und in der Zwischenzeit mit keinem Wort, keiner Zeile etwas von sich hören lassen. Als sie nun endlich erschien, ließ sie sich deutlich anmerken, daß es ihr keine Freude machte. Sie entschuldigte sich flüchtig und ganz förmlich dafür, daß sie mich nicht eher besucht hätte, und deutete mit keinem Wort an, daß es ihr Freude machen würde, mich noch einmal zu treffen. Sie war in jeder Beziehung ganz verändert, so daß ich, als sie ging, fest entschlossen war, den Verkehr mit ihr nicht fortzusetzen. Das tut mir leid, aber die Schuld daran muß ich wohl oder übel ihr zuschieben. Es war unter diesen Umständen sehr unrecht von ihr, mich vor allen anderen so zu bevorzugen, wie sie es getan hat; denn das kann ich mit gutem Gewissen behaupten, daß jede Initiative zu einer näheren Freundschaft zwischen uns von ihrer Seite ausging. Doch sie tut mir leid, weil sie ja nun das Gefühl haben muß, unrecht gehandelt zu haben, und weil ich mir ganz sicher bin, daß nur die Besorgnis um ihren Bruder der Grund für alles ist. Ich brauche wohl darauf nicht weiter einzugehen. Wenn wir beide auch wissen, daß diese Besorgnis gänzlich unbegründet ist, so ist es ihr doch offenbar ernst damit, und das macht ihr Verhalten zu mir leicht erklärlich. Er verdient es ja, daß seine Schwester ihn so liebt, und drum ist es ganz natürlich, wenn sie sich um ihn Sorge macht. Ich kann mich allerdings nur wundern, daß sie jetzt immer noch solche Befürchtungen hegt, denn wenn er sich überhaupt je etwas aus mir gemacht hätte, müßten wir uns doch schon längst einmal hier getroffen haben. Auf

Grund einer ihrer Bemerkungen kann ich als sicher annehmen, daß er weiß, daß ich in der Stadt bin, und doch wollte es mir aus der ganzen Art, wie sie davon sprach, erscheinen, als ob sie es sich nur einreden will, daß er wirklich in Fräulein Darcy verliebt ist. Ich kann das einfach nicht verstehen. Wenn ich nicht fürchtete, zu hart zu urteilen, wäre ich fast versucht zu sagen, daß in allem ein starker Anschein von Doppelzüngigkeit liegt. Doch ich will mich bemühen, jeden schmerzlichen Gedanken von mir fernzuhalten und nur an das zu denken, was mich glücklich macht: Deine Liebe und die unwandelbare Güte meines guten Onkels und meiner lieben Tante. Laß bald wieder von Dir hören. Fräulein Bingley deutete so etwas an, als wollte er nie wieder nach Netherfield zurückkehren und das Haus aufgeben, doch mit Bestimmtheit konnte sie nichts darüber sagen. Also wollen wir lieber gar nicht davon sprechen. Ich freue mich sehr, daß Du so gute Nachrichten von unseren Freunden aus Hunsford hast. Bitte fahre auf jeden Fall mit Sir William und Maria hin. Ich bin sicher, daß Du Dich dort sehr wohl fühlen wirst. – Deine ... usw.‹

Der Brief berührte Elisabeth schmerzlich, doch wurde ihre Stimmung wieder besser, als sie sich überlegte, daß Jane sich nun nicht länger hinters Licht führen ließ, zum mindesten nicht mehr von seiner Schwester. Vom Bruder war ja nun absolut nichts mehr zu erwarten. Sie wünschte nicht einmal, daß er die Beziehungen in irgendeiner Weise wieder aufnähme. Sie schätzte seinen Charakter immer geringer ein und hoffte als Strafe für ihn – und möglicherweise sogar zum Besten von Jane – ernsthaft, daß er nun wirklich Darcys Schwester heiratete, die ihn – nach Wickhams Schilderung zu seinem unendlichen Bedauern – begreiflich machen würde, was er da von sich gestoßen hatte.

Ungefähr um dieselbe Zeit erinnerte Frau Gardiner Elisabeth an ihr Versprechen, das sie ihr in Zusammenhang mit dem eben erwähnten Herrn gegeben hatte, und bat um weitere Auskunft. Was Elisabeth darauf zu antworten hatte, konnte die Tante mehr befriedigen als sie sel-

ber. Seine scheinbare Zuneigung hatte sich verflüchtigt, seine Aufmerksamkeiten hatten aufgehört, und er machte jetzt jemand anderem den Hof. Elisabeth beobachtete scharf genug, um das alles klar zu erkennen, aber sie konnte es erkennen und darüber berichten, ohne wesentlichen Schmerz zu empfinden. Ihr Herz war nur leicht berührt gewesen, und ihrer Eitelkeit genügte die Annahme, daß nur sie für ihn in Frage gekommen wäre, wenn sie das nötige Vermögen besessen hätte. Eine unerwartete Erbschaft von zehntausend Pfund war der bemerkenswerteste Reiz der jungen Dame, um deren Gunst er sich jetzt bewarb; doch Elisabeth, die in diesem Falle nicht ganz so klar und objektiv urteilte wie in dem ihrer Freundin Charlotte, konnte ihm seinen Wunsch nach einer finanziell unabhängigen Stellung im Leben nicht weiter verübeln. Im Gegenteil, nichts wollte ihr natürlicher erscheinen. Und wenn sie sich auch noch einbilden konnte, es habe ihn einige innere Kämpfe gekostet, sich von ihr zu lösen, war sie doch ohne weiteres bereit, seinen Schritt als klug und sogar als für beide wünschenswert anzusehn, und war imstande, ihm ganz aufrichtig alles Glück zu wünschen.
Dies alles teilte sie Frau Gardiner mit, und nachdem sie über die näheren Umstände eingehend berichtet hatte, fuhr sie fort: ›Ich bin jetzt davon überzeugt, liebe Tante, daß ich nie sehr verliebt in ihn war; denn hätte ich wirklich jene reine und erhebende Leidenschaft empfunden, dann würde ich jetzt schon seinen Namen verabscheuen und ihm alles Böse wünschen. Aber meine Gefühle sind nicht nur ihm gegenüber durchaus wohlwollend, sie sind sogar Fräulein King gegenüber völlig unbefangen. Ich kann nicht finden, daß ich auch nur die geringste Abneigung gegen sie empfände oder Hemmungen hätte, sie als ein sehr anständiges Mädchen anzuerkennen. Es kann demnach meinerseits keinerlei Liebe im Spiel sein. Ich bin also sehr auf meiner Hut gewesen, und wenn ich auch für alle meine Bekannten ein interessantes Thema abgeben würde, wenn ich sinnlos in ihn verliebt wäre, so kann ich doch nicht behaupten, daß ich nun meine ver-

hältnismäßige Uninteressantheit bedauerte. Berühmtheit kann auch zu teuer erkauft werden. Kitty und Lydia nehmen sich seinen Verlust viel mehr zu Herzen als ich. Sie sind noch zu jung, um den Lauf der Welt zu verstehen, und haben sich noch nicht zu der entsagungsvollen Erkenntnis durchgerungen, daß hübsche junge Männer genau wie die weniger hübschen etwas brauchen, wovon sie leben können.‹

Siebenundzwanzigstes Kapitel

Der Januar und der Februar gingen vorüber, ohne daß sich in der Longbourner Familie größere Ereignisse als die eben geschilderten abgespielt oder daß es andere Abwechslungen gegeben hätte als die manchmal kühlen, manchmal schmutzigen Spaziergänge nach Meryton. Der März sollte nun Elisabeth nach Hunsford bringen. Sie hatte anfangs nicht ernsthaft daran gedacht, wirklich dorthin zu reisen, doch hielt Charlotte, wie sie bald bemerken mußte, an dem einmal gefaßten Plan fest, und so kam es, daß auch sie das Vorhaben allmählich mit immer größerem Ernst und sogar mit größerem Vergnügen in Erwägung zog. Die Trennung hatte ihren Wunsch verstärkt, Charlotte wiederzusehn, und ihre Abscheu vor Herrn Collins gemindert. Es war doch einmal etwas anderes, und da bei einer solchen Mutter und so wenig umgänglichen Schwestern der Aufenthalt zu Hause auch kein reines Vergnügen sein konnte, war eine kleine Abwechslung schon um der Abwechslung willen nicht unwillkommen. Die Reise würde ihr außerdem Gelegenheit geben, Jane im Vorbeigehen zu besuchen – kurz, als die Zeit näher heranrückte, konnte sie es kaum erwarten und würde einen Aufschub sehr bedauert haben. Es ging jedoch alles glatt und genauso vonstatten, wie Charlotte es von Anfang an vorgeschlagen hatte. Sie sollte also Sir William und seine zweite Tochter begleiten. Die Zeit für eine Übernachtung in London wurde zusätzlich eingeplant, so daß alles zu aller Zufriedenheit geregelt schien.

Das einzige, was ihr Kummer machte, war, daß sie ihren Vater allein lassen mußte, der sie sicherlich vermissen würde und sie, als es dann soweit war, so ungern gehen ließ, daß er ihr einschärfte, ihm zu schreiben, und ihr sogar beinahe versprochen hätte, ihren Brief auch zu beantworten.

Der Abschied zwischen ihr und Herrn Wickham ging in vollkommener Freundschaft vor sich, von seiner Seite aus sogar noch betont freundlicher als von der ihren. Auch sein gegenwärtiges Interesse an einer anderen Frau konnte ihn nicht vergessen lassen, daß Elisabeth die erste gewesen war, die seine Aufmerksamkeit erregt und auch verdient hatte, die als erste ihn angehört und bedauert hatte, die erste, die er verehrt hatte; und in der Art, wie er ihr Lebewohl sagte, wie er ihr viel Vergnügen wünschte und sie daran erinnerte, was sie von Lady Catherine de Bourgh zu gewärtigen hätte, und wie er der Überzeugung Ausdruck gab, sie würden in ihrer Meinung über diese Dame, ja in ihrer Meinung über jedermann, stets übereinstimmen – in allem lag so viel Besorgtheit, so viel Anteilnahme, daß sie sich ihm schon dadurch stets innerlich verbunden fühlen mußte; und sie schied von ihm in der Überzeugung, daß er, ganz gleich, ob verheiratet oder ledig, ihr stets als das Ideal alles dessen erscheinen mußte, was sie für liebenswert und erfreulich hielt.

Ihre Mitreisenden am nächsten Tag waren nicht dazu angetan, sein Bild irgendwie zu verdunkeln. Sir William und seine Tochter Maria, ein gutmütiges Geschöpf, das genauso hohlköpfig war wie er selbst, hatten nichts zu sagen, was anhörenswert sein konnte, und Elisabeth ließ ihr Gespräch mit ungefähr dem gleichen Vergnügen über sich ergehen wie das Rattern des Wagens. Elisabeth hatte Sinn für Schrullen und Eigenheiten, aber sie kannte Sir Williams Steckenpferde schon zu lange. Er konnte ihr von dem Wunder seiner Vorstellung bei Hofe und seiner Erhebung in den Adelsstand nichts Neues mehr erzählen, und seine höflichen Redensarten waren genauso abgegriffen wie seine Neuigkeiten.

Es war eine Reise von nur vierundzwanzig Meilen, und sie fuhren so zeitig ab, daß sie schon gegen Mittag in der Gracechurch Street ankommen mußten. Als sie an Herrn Gardiners Tür vorfuhren, schaute Jane aus dem Wohnzimmerfenster nach ihnen aus, und als sie den Hausflur betraten, war sie schon unten, um sie willkommen zu heißen. Elisabeth, die ihr Gesicht ernst musterte, freute sich, daß sie genauso gesund und schön wie nur je aussah. Auf den Treppen hatte sich eine Schar kleiner Jungen und Mädel versammelt, die auf das Erscheinen ihrer Kusine so gespannt waren, daß sie es im Zimmer nicht länger ausgehalten hatten; doch da sie die große Kusine ein ganzes Jahr lang nicht gesehen hatten, waren sie zu schüchtern, die Treppe weiter herunterzukommen. Alles war Freude und eitel Wohlwollen. Der Tag verging in der angenehmsten Weise: die restlichen Vormittagsstunden mit Geschäftigkeit und Einkäufen, der Abend in einem Theater.

Elisabeth richtete es dann so ein, daß sie mit ihrer Tante zusammensaß. Ihr erstes Gesprächsthema war die Schwester, und sie war mehr betrübt als überrascht, als sie auf ihre bis ins einzelne gehenden Nachfragen hin vernehmen mußte, daß Jane sich zwar tapfer bemühe, sich nicht gehenzulassen, daß sie aber doch manchmal recht niedergeschlagen sei. Immerhin bestand berechtigter Grund zur Annahme, daß sie bald darüber hinwegkommen werde. Frau Gardiner berichtete ihr auch genau von Fräulein Bingleys Besuch in der Gracechurch Street und von Unterhaltungen, die sie selber wiederholt mit Jane geführt hatte. Daraus ging klar hervor, daß Jane voller Überzeugung mit dieser Bekanntschaft Schluß gemacht hatte.

Dann zog Frau Gardiner ihre Nichte ein wenig wegen

Wickhams Fahnenflucht auf und beglückwünschte sie, daß sie so gut darüber hinweggekommen sei.
»Aber, meine liebe Elisabeth«, fuhr sie fort, »was ist denn dieses Fräulein King für ein Mädchen? Ich möchte unseren Freund nicht gern für einen Mitgiftjäger halten.«
»Aber bitte, liebe Tante, welcher Unterschied besteht denn in Eheangelegenheiten zwischen Geldgier und Klugheit? Wo hört denn die Wahrnehmung berechtigter Interessen auf und wo fängt die Habsucht an? Letztes Weihnachten hattest du Bedenken, daß er mich heiraten könnte, weil das unklug gewesen wäre; und jetzt willst du ihn habgierig finden, weil er ein Mädchen mit lumpigen zehntausend Pfund zu gewinnen sucht.«
»Wenn du mir nur sagen wolltest, was für ein Mädchen dieses Fräulein King ist, werde ich schon wissen, was ich zu denken habe.«
»Sie ist ein sehr anständiges Mädchen, glaube ich. Ich wüßte ihr nichts Schlechtes nachzusagen.«
»Aber er hat sie doch nicht im geringsten beachtet, bis sie durch den Tod ihres Großvaters zur Herrin dieses Vermögens wurde.«
»Nein – warum hätte er das auch tun sollen? Wenn es ihm schon nicht gestattet war, meine Liebe zu gewinnen, weil ich kein Geld hatte, welchen Grund sollte er da haben, sich um ein Mädchen zu bewerben, das ihn gleichgültig ließ und genausoarm war wie ich?«
»Aber es scheint mir doch von wenig Zartgefühl zu zeugen, daß er seine Aufmerksamkeit so bald nach jenem traurigen Ereignis auf sie gerichtet hat.«
»Ein Mann in bedrängter Vermögenslage hat keine Zeit für das vornehme Schicklichkeitsdekorum, das andere Leute vielleicht beobachten. Wenn sie nichts dabei findet, wie sollen wir dazu kommen?«
»Die Tatsache, daß sie nichts dabei findet, rechtfertigt ihn noch lange nicht. Sie beweist nur, daß bei ihr selber etwas fehlt – Verstand oder Gefühl.«
»Nun gut«, rief Elisabeth aus, »fasse es auf, wie du willst. Laß ihn meinetwegen habgierig und sie töricht sein.«

»Nein, Lissy, so möchte ich es eben nicht auffassen. Weißt du, es würde mir leid tun, von einem jungen Menschen schlecht denken zu müssen, der so lange in Derbyshire gelebt hat.«

»Ach, wenn das alles ist – ich habe jedenfalls eine sehr schlechte Meinung von jungen Männern, die in Derbyshire zu Hause sind; und ihre Busenfreunde, die in Hertfordshire wohnen, sind nicht viel besser. Ich habe sie alle gründlich satt. Gott sei Dank! Und morgen fahre ich dorthin, wo ich einen Mann treffen werde, der nicht eine einzige angenehme Eigenschaft besitzt, weder über Umgangsformen noch über Verstandeskräfte verfügt, die für ihn sprechen könnten. Am Ende sind die dummen Männer die einzigen, die kennenzulernen sich lohnt.«

»Nimm dich in acht, Lissy, solches Gerede schmeckt stark nach Enttäuschung.«

Ehe sie durch das Ende des Schauspiels getrennt wurden, hatte Elisabeth noch die unerwartete Freude, zu einer Vergnügungsreise eingeladen zu werden, die Onkel und Tante im nächsten Sommer vorhatten.

»Wir haben uns noch nicht endgültig entschlossen, wie weit sie uns führen soll«, sagte Frau Gardiner, »aber wahrscheinlich doch bis ins Seengebiet.«

Kein anderes Vorhaben hätte Elisabeth solche Freude machen können, und so nahm sie die Einladung bereitwilligst an und war überaus dankbar dafür. »Meine liebe, liebe Tante«, rief sie begeistert aus, »welche Freude, welches Glück! Du gibst mir neues Leben und frische Kraft. Schluß mit der Enttäuschung und den Grillen. Was sind Männer schon im Vergleich mit Felsen und Bergen? Oh, was für entzückende Stunden werden wir haben! Und wenn wir dann zurückkehren, werden wir nicht so sein wie andere Reisende, die von nichts, aber auch gar nichts eine treffende Schilderung geben können. Wir jedenfalls werden wissen, wo wir gewesen sind; wir werden uns an das, was wir gesehen haben, erinnern. Seen, Berge und Flüsse werden in unserer Vorstellung nicht wirr durcheinanderfließen, und wenn wir versuchen, eine bestimmte Landschaft zu beschreiben, werden wir nicht anfangen, uns darüber zu streiten, wo sie eigentlich liegt. Dafür sollen unsere ersten Ergüsse über unsere Eindrücke weniger überschwenglich und unerträglich sein als die der normalen Reisenden.«

Achtundzwanzigstes Kapitel

Alles, was Elisabeth am nächsten Tag auf ihrer Reise sah, erschien ihr neu und interessant, und ihr Gemüt war in einem Zustand freudiger Erregung; denn ihre Schwester hatte so gut ausgesehen, daß sie sich um ihre Gesundheit keinerlei Sorgen mehr machte, und die Aussicht auf ihre Reise nach dem Norden war ihr eine unerschöpfliche Quelle des Entzückens.

Als sie von der Landstraße auf die Straße nach Hunsford abbogen, hielt jedes Auge nach dem Pfarrhaus Ausschau, und an jeder Wegbiegung erwartete man, es auftauchen zu sehen. Der Zaun, der das Besitztum Rosings umschloß, begrenzte ihren Blick auf der einen Seite. Elisabeth lächelte, wenn sie an alles dachte, was sie von seinen Bewohnern gehört hatte.

Endlich konnte man das Pfarrhaus ausmachen. Der Garten, der nach der Straße zu abfiel, das Haus, das darin stand, der grüne Zaun und die Lorbeerhecke – alles deutete darauf hin, daß sie am Ziel waren. Herr Collins und Charlotte erschienen an der Haustür, und der Wagen hielt an der kleinen Gartenpforte, von der ein kurzer Kiespfad sie unter dem Nicken und Lächeln aller Beteiligten zum Hause führte. Schnell waren sie alle aus der Kutsche heraus und freuten sich, einander wiederzusehen. Frau Collins begrüßte ihre Freundin mit sichtbarem Entzücken, und Elisabeth bereute es immer weniger, hierhergekommen zu sein, als sie sich so liebevoll aufgenommen fand. Sie bemerkte sofort, daß sich die Um-

gangsformen ihres Vetters durch seine Heirat nicht geändert hatten. Seine förmliche Höflichkeit war noch genau dieselbe, und er hielt sie einige Minuten am Tor auf, wo sie sich seine Nachfragen nach dem Wohlergehen ihrer gesamten Familie anhören und sie zufriedenstellend beantworten mußte. Dann wurden sie unverzüglich ins Haus geführt, wobei er sie nur noch an der Tür aufhielt, um sie den schmucken Eingang bewundern zu lassen. Kaum waren sie in der guten Stube, als er sie mit geschwollener Formalität zum zweitenmal in seiner niederen Hütte willkommen hieß und die Worte seiner Frau, die den Gästen Erfrischungen anbot, gewissenhaft Wort für Wort wiederholte.
Elisabeth hatte sich darauf gefaßt gemacht, ihn in seinem ganzen Glanz und Schimmer bewundern zu müssen, und sie konnte sich des Eindrucks nicht erwehren, daß er sich besonders an sie wandte und ihr zeigen wollte, was sie durch die Abweisung seines Antrags eingebüßt hätte, als er auf die günstigen Größenverhältnisse des Zimmers, seinen Anblick und seine Einrichtung stolz hinwies. Doch obwohl alles hübsch und gemütlich zu sein schien, brachte sie es nicht fertig, ihn durch einen Reueseufzer zu erfreuen, und blickte vielmehr verwundert ihre Freundin an, wie die es über sich brachte, bei einem solchen Lebensgefährten eine so fröhliche Miene aufzusetzen. Wenn Herr Collins etwas sagte, worüber seine Frau eigentlich hätte Scham empfinden müssen, und das kam gewiß nicht selten vor, richtete sie unwillkürlich ihren Blick auf Charlotte. Einoder zweimal konnte sie ein schwaches Erröten wahrnehmen, doch im allgemeinen war Charlotte klug genug, so etwas gar nicht zu hören. Nachdem sie lange genug dagesessen hatten, um jeden Einrichtungsgegenstand vom Büfett bis zum Kamingitter so genau zu bewundern, daß sie in London einen eingehenden Bericht über ihre Reise und alles, was sich ereignet hatte, geben konnten, lud sie Herr Collins zu einem Bummel durch den Garten ein, der groß und gut angelegt war und dessen Bepflanzung er in persönliche Obhut genommen

hatte. In seinem Garten zu arbeiten war eine seiner achtbarsten Vergnügungen, und Elisabeth bewunderte es, wie Charlotte ihre Gesichtszüge zu beherrschen verstand, wenn sie von dieser gesunden Beschäftigung sprach, in der sie ihn soviel als möglich ermutigte, wie sie eingestand. Hier führte er nun seine Gäste auf jeden Weg und Nebenweg, ließ ihnen kaum Zeit, die von ihm erwarteten Entzückungsrufe auszustoßen, und erklärte jeden Ausblick mit einer solchen Gründlichkeit, daß für die Schönheit kein Wort übrigblieb. Nach jeder Himmelsrichtung hin konnte er die Felder aufzählen und genau angeben, wie viele Bäume auch im entferntesten Busch standen. Doch von allen Ausblicken, deren sich sein Garten, die Grafschaft, ja das ganze Königreich rühmen konnte, kam keiner der Aussicht auf Rosings gleich, die eine Lichtung zwischen den am Rande des herrschaftlichen Parks stehenden Bäumen fast gegenüber seinem eigenen Hause gewährte. Es war ein schmuckes, modernes Gebäude, das sich auf ansteigendem Grunde gut der Landschaft einfügte.

Von seinem Garten aus hätte Herr Collins sie gern noch um seine beiden Wiesen geführt; doch die Frauen, die nicht die geeigneten Schuhe für die Überreste des Rauhreifs anhatten, wandten sich zurück, und während Sir William ihn begleitete, führte Charlotte ihre Schwester und ihre Freundin im Hause herum, wahrscheinlich hocherfreut über die Gelegenheit, es ohne die Unterstützung ihres Gatten zeigen zu können. Es war ziemlich klein, doch solid gebaut und bequem, und alles war so hübsch und geschmackvoll eingerichtet, daß Elisabeth darin nur Charlottes Hand erblicken konnte. Wenn man Herrn Collins zu vergessen vermochte, war wirklich alles von einer Atmosphäre der Behaglichkeit durchdrungen, und aus der Freude, die Charlotte daran hatte, schloß Elisabeth, daß Collins recht oft vergessen werden mußte.

Sie hatte schon erfahren, daß Lady Catherine immer noch auf dem Lande war. Beim Essen kam man wieder darauf zu sprechen, und Herr Collins ließ sich folgendermaßen darüber aus: »Ja, Fräulein Elisabeth, Sie werden die Ehre haben, Lady Catherine de Bourgh am kommenden Sonntag in der Kirche zu sehen, und ich brauche wohl nicht zu sagen, daß Sie von ihr entzückt sein werden. Sie ist die Leutseligkeit und Herablassung selbst, und ich hege keinen Zweifel darüber, daß sie einen gewissen Teil ihrer höchst ehrenvollen Aufmerksamkeit auch Ihnen widmen wird, wenn der Gottesdienst vorüber ist. Und ich habe kaum Bedenken, es als sicher anzunehmen, daß sie jede Einladung, mit der sie uns während Ihres Hierseins beehrt, auch auf Sie und meine Schwägerin Maria ausdehnen wird. Ihr Verhalten zu meiner lieben Charlotte ist einfach bezaubernd. Zweimal die Woche speisen wir in Rosings, und man gestattet uns nie, nach Hause zu laufen. Jedesmal läßt ihre Hochwohlgeboren für uns ihren Wagen vorfahren. Ich sollte lieber sagen, einen ihrer Wagen, denn sie besitzt mehrere.«

»Lady Catherine ist wirklich eine verehrenswürdige, vernünftige Frau«, fügte Charlotte hinzu, »und eine sehr aufmerksame Nachbarin.«

»Sehr wahr, meine Liebe, das ist genau, was ich immer sage. Sie gehört zu den Frauen, die man gar nicht untertänig genug verehren kann.«

Der Abend verging hauptsächlich damit, daß man sich über das Neueste in Hertfordshire unterhielt und noch einmal berichtete, was man schon geschrieben hatte. Und als er zu Ende ging, hatte Elisabeth in der Einsamkeit ihres Zimmers viel zu tun. Sie mußte sich Gedanken machen, inwieweit Charlotte wirklich zufrieden war, mußte einschätzen, mit welcher Geschicklichkeit sie es verstand, ihren Gatten zu leiten, und mit welcher Fassung sie ihn zu ertragen vermochte; und sie mußte anerkennen, daß Charlotte dies alles sehr gut fertigbrachte. Dann hatte sie sich noch auszumalen, wie ihr Besuch weiterhin verlaufen könnte, mit welcher Gemächlichkeit sie ihren gewöhnlichen Beschäftigungen nachgehen würden, in welch ärgerlicher Weise Herr Collins dabei stören würde und welches Vergnügen wohl aus ihrem Verkehr mit Rosings zu erwarten wäre. Ihre lebhafte Phantasie wurde bald mit all diesen Aufgaben fertig.

Um die Mitte des folgenden Tages, als sie sich in ihrem Zimmer gerade zu einem Spaziergang fertig machte, erhob sich unten plötzlich ein Lärm, der anzudeuten schien, daß sich das ganze Haus in Aufregung befand. Nachdem sie eine Weile gelauscht hatte, hörte sie jemanden in größter Eile die Treppe heraufkommen und laut nach ihr rufen. Sie machte die Tür auf und prallte auf dem oberen Treppenabsatz auf Maria, die atemlos vor Aufregung rief: »Ach, liebe Elisa, mach bitte schnell, und komm ins Speisezimmer runter, denn da gibt's was ganz Besonderes zu sehen! Ich will dir nicht verraten, was! Beeil dich nur, und komm augenblicklich herunter!«

Vergeblich stellte Elisabeth ihre Fragen; Maria wollte nichts weiter sagen, und so rannten sie ins Speisezimmer hinunter, das nach der Dorfstraße zu lag, um das Wunder nicht zu verpassen; es bestand darin, daß zwei Damen in einem Phaëton vor dem Gartentor hielten.

»Ist das alles?« rief Elisabeth. »Ich hatte zum mindesten erwartet, daß die Schweine in den Garten eingebrochen wären, und nun gibt's nichts weiter zu sehen als Lady Catherine und ihre Tochter!«

»Aber nein, meine Liebe«, sagte Maria, empört über das Mißverständnis, »das ist doch nicht Lady Catherine. Die alte Dame ist Frau Jenkinson, die bei ihnen wohnt; die andere ist Fräulein de Bourgh. Sieh nur an, was für ein winziges Geschöpf sie ist. Wer hätte gedacht, daß sie so dünn und klein sein könnte!«

»Sie ist schrecklich unhöflich, Charlotte bei diesem Wind draußen aufzuhalten. Warum kommt sie denn nicht herein?«

»Oh, Charlotte sagt, das tut sie kaum jemals. Es ist das allergrößte und ehrenvollste Entgegenkommen, wenn Fräulein de Bourgh einmal das Haus betritt.«

»So sehe ich sie gern«, sagte Elisabeth, die anderen Gedanken nachhing. »Sie sieht kränklich und verdrießlich aus. Ja, das ist gerade die Richtige für ihn. Die wird eine passende Gattin für ihn abgeben.«

Herr Collins und Charlotte standen beide an der Gartentür und unterhielten sich mit den Damen; und Sir William hatte sich zu Elisabeths höchstem Vergnügen unter der Haustür aufgepflanzt, betrachtete in ernstem Sinnen das große Ereignis, das sich vor ihm abspielte, und machte eine Verbeugung nach der anderen, sooft Fräulein de Bourgh in diese Richtung blickte.

Endlich war nichts mehr zu erzählen; die Damen fuhren weiter, und die anderen kehrten ins Haus zurück. Kaum hatte Herr Collins die beiden Mädchen erblickt, als er ihnen auch schon zu ihrem großen Glück gratulierte; worin es bestand, erklärte ihnen Charlotte sofort, indem sie ihnen verkündete, sie alle seien für den kommenden Tag eingeladen, auf Rosings zu speisen.

Neunundzwanzigstes Kapitel

Diese Einladung gab Herrn Collins Anlaß, gewaltig zu triumphieren. Seinen staunenden Gästen die Erhabenheit seiner Patronin vorzuführen, ihnen zu beweisen, wie freundlich sie ihm und seiner Frau entgegenkam, war genau das, was er sich schon immer gewünscht hatte; und daß sich die Gelegenheit dazu schon so bald bot, war ein Beispiel von Lady Catherines Herablassung, das er gar nicht genug rühmen konnte.

»Ich gestehe zu«, sagte er, »daß ich keinesfalls überrascht gewesen wäre, wenn ihre Hochwohlgeboren uns für Sonntag aufgefordert hätte, bei ihr den Tee zu nehmen und den Abend auf Rosings zu verbringen. Nach allem, was ich von ihrer Leutseligkeit wußte, habe ich das sogar angenommen. Wer aber hätte ein solches Entgegenkommen voraussehen können? Wer hätte sich einbilden können, daß wir so unmittelbar nach Ihrer Ankunft eine Einladung zum Essen erhalten würden und zudem noch eine Einladung, die Sie alle mit einschließt!«

»Nach allem, was ich über das wirklich vornehme Verhalten der Großen dieser Welt durch meine Stellung im Leben erfahren durfte, bin ich über das große Ereignis gar nicht so sehr überrascht«, erwiderte Sir William, »bei Hofe sind solche Beispiele wirklich vornehmer Gesinnung durchaus nicht ungewöhnlich.«

Den ganzen Tag über und am nächsten Morgen wurde kaum über etwas anderes gesprochen als über ihren Besuch auf Rosings. Herr Collins bereitete sie gewissenhaft auf alles vor, was sie dort zu erwarten hatten, damit der Anblick solcher Räumlichkeiten, einer so zahlreichen Dienerschaft und eines so hervorragenden Essens sie nicht völlig überwältigte.

Als die Damen auf ihre Zimmer gingen, um Toilette zu machen, sagte er zu Elisabeth: »Machen Sie sich keine Sorgen wegen Ihres Anzugs, meine liebe Kusine, und fühlen Sie sich deswegen nicht unbehaglich. Lady Catherine ist weit davon entfernt, bei uns die Eleganz der Kleidung zu verlangen, die ihr und ihrem Fräulein Tochter so wohl ansteht. Ich möchte Ihnen lediglich raten, die Kleidungsstücke anzulegen, die besser als die übrigen sind, mehr ist nicht nötig. Lady Catherine wird deshalb nicht schlechter von Ihnen denken, weil Sie einfach gekleidet sind. Sie legt sogar Wert darauf, daß die Rangunterschiede gewahrt bleiben.«

Während sie sich ankleideten, kam er zwei- oder dreimal an jede einzelne Schlafzimmertür, um ihnen Eile anzuempfehlen, da Lady Catherine es gar nicht liebte, auf ihr Essen warten zu müssen. Derart furchteinflößende Berichte von ihrer Hochwohlgeboren und über ihren Lebensstil schüchterten die an Gesellschaft nur wenig gewöhnte Maria Lucas ganz ein, und sie sah ihrer Vorstellung auf Rosings mit ebensoviel Herzklopfen entgegen wie einst ihr Vater seiner Vorstellung im St.-James-Palast.

Da das Wetter schön war, bot ihnen ihr Weg einen angenehmen Spaziergang von ungefähr einer halben Meile

durch den Park. – Jeder Park hat seine eigene Schönheit und seine besonderen Ausblicke, und Elisabeth sah vieles, was ihr gut gefiel, wenn sie auch nicht in die Verzükkung geraten konnte, die Herr Collins von ihr angesichts der Parklandschaft erwartete, und sie ließ sich auch die Laune nicht wesentlich verderben, als er die Anzahl der Fenster in der Fassade des Hauses rühmte und dabei andeutete, was allein die gesamten Glaserarbeiten den verstorbenen Sir Lewis de Bourgh damals gekostet hatten.
Als sie die Treppe zur Eingangshalle emporstiegen, wuchs Marias Angst mit jedem Schritt, und sogar Sir William konnte nicht den Eindruck unbeirrbarer Ruhe bewahren. – Elisabeth ließ den Mut nicht sinken. Von allem, was sie über Lady Catherine gehört hatte, war nichts geeignet, ihr etwa auf Grund einer genialen Begabung oder sonstiger ans Wunderbare grenzender Vorzüge übertriebene Ehrfurcht vor der Dame einzuflößen, und der lediglich von Geld und Rang erzeugten Würde glaubte sie ohne Zittern ins Auge blicken zu können.
Von der Empfangshalle, auf deren schöne Proportionen und vollendeten Schmuck Herr Collins verzückt hinwies, folgten sie den Dienern durch ein Vorzimmer in den Raum, wo Lady Catherine, ihre Tochter und Frau Jenkinson saßen. – Ihre Hochwohlgeboren erhob sich mit großer Herablassung, um sie zu empfangen, und da Frau Collins mit ihrem Gatten vereinbart hatte, daß die Vorstellung ihr überlassen bleiben sollte, ging die Zeremonie in der passenden Form und ohne die Entschuldigungen und Dankbarkeitsbezeigungen vonstatten, die er für notwendig erachtet haben würde.
Obwohl er doch bei Hofe vorgestellt worden war, ließ sich Sir William durch die vornehme Umgebung eine solche Ehrfurcht einflößen, daß er eben noch den Mut aufbrachte, eine sehr tiefe Verbeugung zu machen und sich dann ohne ein Wort hinzusetzen; und seine Tochter war von so wahnsinniger Angst erfüllt, daß sie nur auf der Stuhlkante zu sitzen wagte und nicht wußte, wohin sie blicken sollte. Elisabeth ließ sich nicht im geringsten beeindrucken und konnte die drei Damen in aller

Ruhe beobachten. Lady Catherine war eine große wuchtige Frau mit scharf ausgeprägten Gesichtszügen, die vielleicht einmal schön gewesen waren. Ihr Wesen war nicht eben gewinnend und der Empfang, den sie ihnen bereitete, nicht dazu angetan, die Besucher ihre untergeordnete gesellschaftliche Stellung vergessen zu lassen. Solange sie den Mund hielt, erschien sie durchaus nicht furchteinflößend; doch alles, was sie sagte, kam so gebieterisch heraus, daß es von Überheblichkeit zeugte und Elisabeth sofort an Herrn Wickhams Schilderung erinnerte; und als Elisabeth sie den ganzen Tag lang beobachtet hatte, kam sie zur Überzeugung, daß Lady Catherine genauso war, wie er sie beschrieben hatte.
Als sie die Mutter hinreichend gemustert und in ihrer Miene und Haltung bald einige Ähnlichkeit mit Herrn Darcy entdeckt hatte, wandte sie ihre Blicke der Tochter zu und wäre beinahe ebenso erstaunt wie Maria gewesen, sie so spindeldürr und klein zu finden. Weder in der Figur noch in den Gesichtszügen bestand zwischen den beiden Damen die geringste Ähnlichkeit. Fräulein de Bourgh war blaß und kränklich; ihre Züge erschienen, wenn nicht gewöhnlich, so doch unbedeutend; sie sprach sehr wenig und immer nur ganz leise mit Frau Jenkinson, deren Erscheinung nichts Bemerkenswertes hatte und die voll damit beschäftigt war, ihr zuzuhören und sich einen Augenschirm in der geeigneten Richtung vors Gesicht zu halten.
Nachdem sie ein paar Minuten dagesessen hatten, mußten sie alle an eines der Fenster treten, um die Aussicht zu bewundern. Herr Collins trat zu ihnen, um sie auf alle Glanzpunkte aufmerksam zu machen, und Lady Catherine hatte die Güte, sie darüber zu informieren, daß der Ausblick im Sommer viel lohnender sei.
Das Essen war sehr glanzvoll, und alle Diener und alle Geschirrteile, die Herr Collins ihnen versprochen hatte, waren wirklich vorhanden; er nahm, was er ebenfalls vorausgesagt hatte, auf Wunsch ihrer Hochwohlgeboren den Platz am unteren Ende der Tafel ein und gab sich den Anschein, als ob das Leben ihm nichts Größeres bie-

ten könne. – Er schnitt vor, aß und lobte alles entzückt und voller Diensteifer; und jeder Gang wurde einzeln gepriesen, zuerst von ihm, dann von Sir William, der sich jetzt soweit gefaßt hatte, daß er alles, was sein Schwiegersohn sagte, als Echo wiederholen konnte. Er entledigte sich dieser Aufgabe in einer Weise, daß Elisabeth sich wunderte, wie Lady Catherine so etwas ertragen konnte. Doch Lady Catherine schien von der übergroßen Bewunderung der beiden dankbar angetan zu sein und lächelte huldvollst, besonders als es sich herausstellte, daß eines der Gerichte ihnen noch unbekannt war. Viel Unterhaltung kam beim Essen nicht zustande. Elisabeth war bereit, sich daran zu beteiligen, sobald sich eine Gelegenheit bot, doch saß sie zwischen Charlotte und Fräulein de Bourgh, von denen die eine voll damit beschäftigt war, auf Lady Catherines Worte zu lauschen, wohingegen die andere während des ganzen Essens kein einziges Wort an sie richtete. Frau Jenkinson sah ihre Hauptaufgabe darin, aufzupassen, wie wenig das kleine Fräulein de Bourgh aß, sie zu nötigen, doch etwas vom nächsten Gang zu probieren, und ihrer Befürchtung Ausdruck zu geben, sie könne unpäßlich sein. Für Maria kam es gar nicht in Frage, das Wort zu ergreifen, und die Herren taten nichts anderes, als sich das Essen einzuverleiben und es überschwenglich zu loben.
Als sich die Damen in den Salon zurückzogen, blieb nichts weiter zu tun, als dem Geplauder Lady Catherines zuzuhören; sie unterbrach ihren Redestrom kein einziges Mal, bis der Kaffee kam, und tat ihre Meinung über alles und jedes in so entschiedener Art kund wie jemand, der nicht gewohnt ist, daß seinen Ansichten widersprochen wird. Sie erkundigte sich sehr ungezwungen und genau nach Charlottes Haushaltsangelegenheiten und gab ihr eine Menge guter Ratschläge. Sie sagte ihr, wie alles in einer so kleinen Familie wie der ihren geregelt werden müsse, und gab genaue Anweisungen für die Behandlung der Kühe und des Geflügels. Elisabeth fand, daß für die große Dame nichts zu unbedeutend war, wenn es ihr nur Gelegenheit gab, anderen

ihren Willen aufzuzwingen. Wenn in ihrem Gespräch mit Frau Collins einmal eine Pause eintrat, richtete sie an Maria und Elisabeth die unterschiedlichsten Fragen, doch insbesondere an die letztere, über deren Familienverhältnisse sie am wenigsten wußte und die, wie sie zu Frau Collins bemerkte, ein sehr feines, hübsches Mädchen zu sein schien. Sie fragte sie verschiedene Male, wie viele Schwestern sie habe, ob sie älter oder jünger seien als sie, ob eine davon Aussichten hätte, sich zu verheiraten, ob sie hübsch seien, auf welche Schule sie gegangen seien, was für einen Wagen ihr Vater halte und was ihre Mutter für eine Geborene sei. Elisabeth war sich der Unverschämtheit ihrer Fragen wohl bewußt, beantwortete sie aber mit Fassung. – Dann bemerkte Lady Catherine: »Das Besitztum Ihres Vaters fällt ja wohl im Erbgang Herrn Collins zu, soviel ich weiß. Um Ihretwillen« – hier wandte sie sich an Charlotte – »freue ich mich darüber. Aber im übrigen sehe ich nicht ein, warum die weiblichen Nachkommen von der Erbfolge ausgeschlossen werden sollen. Jedenfalls hielt man so etwas in der Familie Sir William de Bourghs nicht für notwendig. Können Sie Klavier spielen und singen, Fräulein Bennet?«
»Ein wenig.«
»Oh, dann würden wir Sie gern gelegentlich einmal hören. Unser Instrument ist ganz hervorragend, wahrscheinlich viel besser …, jedenfalls werden Sie es eines Tages ausprobieren können. Können Ihre Schwestern spielen und singen?«
»Nur eine von ihnen.«
»Warum haben sie es nicht alle gelernt? – Sie hätten es alle lernen sollen. Die Töchter der Familie Webbs spielen alle, und deren Vater hat kein so gutes Einkommen wie Ihrer. – Können Sie zeichnen?«
»Nein, absolut nicht.«
»Was, keine von Ihnen?«
»Nein, keine einzige.«
»Das ist aber sonderbar. Aber Sie haben wohl keine Gelegenheit dazu gehabt, glaube ich. Ihre Mutter hätte je-

des Frühjahr mit Ihnen in die Stadt ziehen sollen, schon der Lehrer wegen.«

»Meine Mutter würde nichts dagegen gehabt haben, aber mein Vater macht sich gar nichts aus London.«

»Sie haben wohl keine Gouvernante mehr im Haus?«

»Wir hatten nie eine.«

»Keine Gouvernante! Wie ist das nur möglich? Fünf Töchter zu Hause erzogen und keine Gouvernante! So etwas habe ich noch nie gehört. Da muß sich Ihre Mutter mit Ihrer Erziehung ja völlig aufgerieben haben.«

Elisabeth konnte ein Lächeln kaum unterdrücken, als sie ihr versicherte, das sei nicht der Fall gewesen.

»Aber wer hat Sie denn dann unterrichtet? Wer hat sich dauernd um Sie gekümmert? Ohne Gouvernante müssen Sie doch völlig vernachlässigt worden sein.«

»Im Vergleich mit anderen Familien mag dies wohl der Fall gewesen sein. Aber wer von uns etwas lernen wollte, hatte stets Gelegenheit dazu. Wir wurden immer angespornt, viel zu lesen, und hatten alle Lehrer, die wir brauchten. Wer von uns aber faul sein wollte, dem stand auch das frei.«

»Ja, ganz richtig; aber das ist es ja gerade, was eine Gouvernante verhindern wird, und wenn ich mit Ihrer Mutter bekannt gewesen wäre, würde ich ihr dringendst geraten haben, eine zu engagieren. Ich sage immer, in der Erziehung kann man ohne stetige und regelmäßige Unterweisung nichts erreichen, und solchen Unterricht kann nur eine Gouvernante geben. Es ist wundervoll, wie viele Familien ich schon damit habe versorgen können. Ich freue mich immer, wenn ich eine junge Person gut unterbringen kann. Vier Nichten von Frau Jenkinson habe ich schon die schönsten Stellen versorgt. Erst neulich habe ich wieder ein junges Mädchen, dessen Namen ich nur durch Zufall gehört hatte, jemandem empfohlen, und die Familie ist ganz entzückt von ihr. Frau Collins, habe ich Ihnen schon erzählt, daß gestern Lady Metcalf hier war, um sich zu bedanken? Sie hält Fräulein Pope für ein Kleinod. ›Lady Catherine‹, sagte sie, ›Sie haben mir ein Kleinod versorgt.‹ Sind schon welche von

Ihren jüngeren Schwestern in die Gesellschaft eingeführt, Fräulein Bennet?«

»Ja, gnädige Frau, alle.«

»Alle! – Was, alle fünf gleichzeitig im gesellschaftlichen Verkehr? Sehr komisch! – Und Sie sind erst die zweite. Die jüngeren Schwestern verkehren schon in der Gesellschaft, ehe die älteren verheiratet sind! Ihre jüngeren Schwestern müssen aber noch sehr jung sein?«

»Ja, die jüngste ist noch nicht sechzehn. Sie ist vielleicht wirklich noch zu jung, um viel in Gesellschaften zu verkehren. Aber wirklich, gnädige Frau, ich glaube, für jüngere Schwestern würde es sehr hart sein, wenn sie auf ihren Anteil an Geselligkeit und Vergnügungen verzichten sollten, nur weil die ältere nicht die Mittel oder die Neigung hatte, früh zu heiraten. Die Letztgeborene hat genausoviel Recht auf die Freuden der Jugend wie die Erstgeborene. – Und mit solch einer Begründung davon ausgeschlossen zu werden – ich glaube, so etwas würde der schwesterlichen Liebe und dem schwesterlichen Zartgefühl nicht gerade förderlich sein.«

»Wahrhaftig«, sagte ihre Hochwohlgeboren, »für Ihre Jugend geben Sie Ihrer Meinung ja sehr entschieden Ausdruck. Bitte, wie alt sind Sie denn eigentlich?«

»Bei drei jüngeren, schon erwachsenen Schwestern«, erwiderte Elisabeth lächelnd, »dürften Euer Hochwohlgeboren wohl kaum erwarten, daß ich mich zu meinem Alter bekenne.«

Lady Catherine schien sehr erstaunt darüber, daß sie keine direkte Antwort bekam; und Elisabeth hatte den Verdacht, daß sie das erste Geschöpf war, daß es je gewagt hatte, mit so viel würdevoller Unverschämtheit seinen Scherz zu treiben.

»Sie können doch nicht über zwanzig sein, bestimmt nicht – so haben Sie doch gar keinen Grund, Ihr Alter zu verschweigen.«

»Ich bin einundzwanzig.«

Als die Herren sich ihnen wieder anschlossen und die Teestunde vorüber war, wurden die Spieltische aufgestellt. Lady Catherine, Sir William und das Ehepaar Collins setzten sich zum Quadrillespiel nieder; da aber Fräulein de Bourgh sich für das Kartenspiel ›Kasino‹ entschied, hatten die beiden Mädchen die Ehre, zusammen mit Frau Jenkinson ihre Runde vollzumachen. An ihrem Spieltisch ging es äußerst stumpfsinnig zu. Kaum eine Silbe wurde gesprochen, die nicht auf das Spiel Bezug hatte, außer daß Frau Jenkinson ab und zu ihre Besorgnis äußerte, es könne für Fräulein de Bourgh zu heiß oder zu kalt sein oder sie könne zuviel oder zuwenig Licht haben. Am anderen Tisch ging es weit lebhafter her. Meist hatte Lady Catherine das Wort – stellte fest, was die drei anderen falsch gemacht hätten, oder erzählte eine Anekdote aus ihrem Leben. Herr Collins war damit beschäftigt, ihrer Hochwohlgeboren in allem zuzustimmen, sich für jede gewonnene Spielmarke zu bedanken und sich zu entschuldigen, wenn er zuviel gewonnen zu haben glaubte. Sir William sagte nicht viel. Er war eifrig beschäftigt, sein Gedächtnis mit Anekdoten und vornehmen Namen vollzustopfen.

Als Lady Catherine und ihre Tochter genug vom Spiel hatten, wurden die Spieltische zusammengeklappt, der Wagen wurde Frau Collins angeboten, von ihr dankbar angenommen und sogleich herbeordert. Dann versammelte sich die Gesellschaft um den Kamin, um von Lady Catherine zu vernehmen, welches Wetter sie morgen zu haben hätten. In der Entgegennahme dieser Anweisungen wurden sie durch die Ankunft des Wagens unterbrochen, und so verabschiedeten sie sich denn mit vielen Dankesergüssen von seiten des Herrn Collins und mit ebenso vielen Verbeugungen von seiten Sir Williams. Sobald der Wagen von der Tür weggefahren war, wurde Elisabeth von ihrem Vetter bestürmt, ihre Meinung über alles zu äußern, was sie auf Rosings gesehen hatte; mit Rücksicht auf Charlotte fiel sie günstiger aus, als sie eigentlich war. Aber obwohl sie es sich einige Mühe kosten ließ, ein anerkennendes Urteil zu fällen, genügte dies Herrn Collins bei weitem nicht, und so fühlte er sich denn bald verpflichtet, den Lobgesang auf ihre Hochwohlgeboren wieder selbst anzustimmen.

Dreißigstes Kapitel

Sir William blieb nur eine Woche in Hunsford, doch war sein Besuch lang genug gewesen, um ihn zu überzeugen, daß seine Tochter eine sehr gute Partie gemacht und sowohl einen Gatten als auch eine Nachbarin gefunden hatte, wie man sie nicht oft antrifft. Solange Sir William bei ihnen war, hatte Herr Collins seine Morgenstunden dazu verwandt, ihn in seinem leichten zweirädrigen Wagen auszufahren und ihm die Gegend zu zeigen; doch als er wieder fort war, kehrte die Familie zu ihren gewohnten Beschäftigungen zurück. Elisabeth stellte dankbar fest, daß sie auch bei dieser veränderten Lebensweise nicht mehr von ihrem Vetter zu sehen bekam als zuvor, denn seine Hauptbeschäftigung zwischen Frühstück und der Hauptmahlzeit bestand darin, im Garten zu arbeiten, zu lesen oder zu schreiben und aus dem Fenster seines Studierzimmers zu schauen, das nach der Straße blickte. Das Zimmer, in dem sich die Damen aufhielten, lag nach hinten hinaus. Anfangs hatte Elisabeth sich gewundert, daß Charlotte nicht das Speisezimmer für den alltäglichen Aufenthalt benutzte, denn es war geräumiger und hatte eine bessere Lage; doch bald erkannte sie, daß ihre Freundin einen ausgezeichneten Grund dafür hatte; denn zweifellos wäre Herr Collins viel weniger in seinem eigenen Zimmer geblieben, wenn das, in dem sie sich aufhielten, eine ebenso interessante Aussicht gehabt hätte, und so konnte sie Charlottes Maßnahme nur billigen.

Von diesem Wohnzimmer aus konnten sie nicht sehen, was auf der Straße vor sich ging, und mußten Herrn Collins dankbar sein, daß er ihnen sagte, was für Wagen vorbeifuhren und besonders, wie oft Fräulein de Bourgh in ihrem Phaëton vorüberkam, was er ihnen pflichtschuldigst jedesmal mitteilte, obwohl es sich fast jeden Tag ereignete. Ziemlich oft hielt sie auch vor dem Pfarrhaus an und plauderte ein paar Minuten lang mit Charlotte, ließ sich jedoch kaum jemals dazu bewegen, aus dem Wagen zu steigen.

Nur sehr wenige Tage vergingen, an denen Herr Collins nicht nach Rosings hinübergelaufen wäre, und nicht viele, an denen es seine Frau nicht für notwendig gehalten hätte, ebenfalls hinüberzugehen; erst als Elisabeth daran dachte, daß dort noch mehr Familienpfründen zu vergeben sein könnten, verstand sie, wie man dafür so viele Stunden opfern konnte. Dann und wann wurden sie auch mit einem Besuch ihrer Hochwohlgeboren beehrt, und nichts entging ihrer Aufmerksamkeit, was während dieser Besuchszeit im Zimmer geschah. Sie prüfte nach, womit sie sich beschäftigten, sah sich ihre Handarbeiten an und riet ihnen, die Sache anders anzufangen; sie war mit der Aufstellung der Möbel nicht einverstanden oder fand heraus, daß das Hausmädchen nicht ordentlich arbeitete; und wenn sie doch einmal einen Imbiß annahm, schien sie es nur zu tun, um feststellen zu können, daß die Bratenscheiben der Frau Collins viel zu groß für ihre bescheidenen Verhältnisse seien.

Elisabeth bemerkte bald, daß diese große Dame, obwohl sie in der Grafschaft kein Friedensrichteramt innehatte, sich in ihrem Pfarrbezirk sehr aktiv als Amtsperson aufspielte. Herr Collins trug ihr auch die unerheblichsten Kleinigkeiten zu, und wenn unter den Häuslern jemand sich etwa als streitsüchtig und unzufrieden erwies oder wenn er seiner Meinung nach zu arm war, brauste sie ins Dorf, um die Streitigkeiten zu schlichten, die Klagen zum Schweigen zu bringen und die Leute so lange auszuschimpfen, bis sie sich wieder zufrieden und reich vorkamen.

Ungefähr zweimal in der Woche wurden die unterhaltsamen gemeinsamen Essen auf Rosings wiederholt, und abgesehen davon, daß Sir William nicht mehr dabei war und demnach abends nur ein Spieltisch aufgestellt wurde, verliefen sie haargenau wie der erste Besuch. Sonst hatten sie nicht viel Verkehr, denn der in der Nachbarschaft übliche Lebensstil ging im allgemeinen über das hinaus, was sich die Familie Collins leisten konnte. Dies war Elisabeth jedoch nur angenehm, und im ganzen verbrachte sie ihre Zeit dort behaglich und erholsam genug. Es machte ihr Freude, sich oft einmal eine halbe Stunde lang mit Charlotte zu unterhalten, und das Wetter war für die Jahreszeit so schön, daß sie oft und gern im Freien weilte. Ihr Lieblingsspaziergang, den sie oft unternahm, wenn die anderen bei Lady Catherine zu Besuch waren, führte an dem lichten Gehölz entlang, das an dieser Seite den Park begrenzte. Dort gab es einen hübschen verborgenen Pfad, den außer ihr niemand zu schätzen schien und wo sie sich Lady Catherines Neugier entrückt fühlte.

So vergingen die ersten vierzehn Tage ihres Besuchs schnell und ohne bewegende Ereignisse. Ostern nahte heran, und in der dem Fest vorausgehenden Woche sollte die Familie auf Rosings eine Erweiterung erfahren, die in solch kleinem Kreis als bedeutungsvoll empfunden werden mußte. Elisabeth hatte schon kurz nach ihrer Ankunft gehört, daß im Verlauf der nächsten Wochen Darcy dort erwartet wurde, und wenn ihr auch die meisten ihrer anderen Bekannten lieber gewesen wären, so bedeutete sein Kommen doch, daß auf den Rosinger Gesellschaften ein verhältnismäßig neuer Teilnehmer auftauchen würde, mit dem man sich beschäftigen konnte. Vielleicht würde sie mit Vergnügen bemerken können, wie hoffnungslos Fräulein Bingleys Anschläge auf ihn waren, wenn er sich ganz seiner Kusine widmete, für die er ganz offenbar von Lady Catherine ausersehen war. Diese Dame sprach von seinem Kommen überhaupt nur in Ausdrücken höchster Begeisterung und schien beinahe ärgerlich zu werden, als sie herausfand, daß Fräulein Lucas und Elisabeth schon oft mit ihm zusammen gewesen waren.

Seine Ankunft wurde im Pfarrhaus schnell bekannt, denn Herr Collins war den ganzen Morgen in Sichtweite der Pförtnerhäuschen an der Zufahrt zur Hunsforder Dorfstraße spazierengegangen, um so bald als möglich Augenzeuge des großen Ereignisses zu sein. Nachdem er seine Verbeugung angebracht hatte, als der Wagen in den Park einbog, stürmte er mit der großen Neuigkeit nach Hause. Am folgenden Morgen eilte er nach Rosings, um seine Aufwartung zu machen. Er mußte jedoch zwei Neffen der Lady Catherine untertänigst begrüßen, denn Herr Darcy hatte Oberst Fitzwilliam, den jüngeren Sohn seines Onkels, des Lord ..., mitgebracht, und zur größten Überraschung aller begleiteten die beiden Herrn Collins ins Pfarrhaus zurück. Charlotte hatte sie vom Zimmer ihres Mannes aus erblickt, als sie über die Straße kamen. Sie rannte sofort ins andere Zimmer und verkündete den Mädchen, welche Ehre sie zu erwarten hätten, und sagte: »Diese Höflichkeitsbezeigung habe ich dir zu verdanken, Elisa, denn Herr Darcy wäre nie und nimmer so bald gekommen, um nur mir einen Besuch abzustatten.«

Elisabeth hatte kaum Zeit, das Kompliment als unbegründet zurückzuweisen, als ihr Nahen auch schon durch die Türglocke verkündet wurde, und kurz darauf betraten die drei Herren das Zimmer. Oberst Fitzwilliam, der voranging, war ungefähr dreißig, nicht hübsch, jedoch als Persönlichkeit und in seiner Haltung der geborene Gentleman. Herr Darcy sah genauso aus, wie er schon in Hertfordshire ausgesehen hatte, begrüßte mit der bei ihm üblichen Zurückhaltung Frau Collins und verbarg mit vollendeter Selbstbeherrschung jedes Gefühl, das er ihrer Freundin gegenüber vielleicht empfinden mochte. Elisabeth begrüßte ihn nur mit einem Knicks und sagte kein Wort.

Oberst Fitzwilliam eröffnete sofort mit der Leichtigkeit und Ungezwungenheit des gebildeten Mannes die Unterhaltung und plauderte sehr erfreulich; doch sein Vetter richtete nur einige flüchtige Bemerkungen über Haus und Garten an Frau Collins und saß dann einige Zeit da, ohne überhaupt mit jemandem zu sprechen. Endlich gewann seine Höflichkeit insoweit die Oberhand, als er sich bei Elisabeth nach dem Ergehen ihrer Familie erkundigte. Sie gab das Übliche zur Antwort und fügte nach kurzem Besinnen hinzu: »Meine älteste Schwester

ist schon seit drei Monaten in London. Sind Sie ihr dort nie zufällig begegnet?«
Es war ihr völlig klar, daß dies nie geschehen war, aber sie wollte sehen, ob er durch sein Verhalten etwa verriete, daß er über das, was zwischen Jane und den Bingleys vorgefallen war, etwas wisse. Sie glaubte bei ihm eine gewisse Verlegenheit zu bemerken, als er antwortete, er habe nie das Vergnügen gehabt, Fräulein Bennet zu treffen. Man sprach dann von etwas anderem, und die Herren gingen bald danach wieder fort.

Einunddreißigstes Kapitel

Oberst Fitzwilliams Umgangsformen wurden im Pfarrhaus sehr bewundert, und die Damen hatten durchweg das Gefühl, seine Anwesenheit werde die Gesellschaften auf Rosings noch viel erfreulicher machen. Es dauerte jedoch einige Tage, bis sie eine Einladung dahin erhielten; denn solange Gäste im Hause waren, wurden sie nicht so dringend gebraucht, und erst am Ostersonntag, also fast eine Woche nach der Ankunft der beiden Herren, wurden sie mit der erwarteten Aufmerksamkeit beehrt – allerdings nur in der Form, daß man sie beim Verlassen der Kirche aufforderte, doch am Abend zu Besuch zu kommen. Die ganze vorhergehende Woche lang hatten sie von Lady Catherine und auch von ihrer Tochter nur sehr wenig zu sehen bekommen: Oberst Fitzwilliam hatte während dieser Zeit mehr als einmal im Pfarrhaus vorgesprochen, doch Herrn Darcy hatten sie nur in der Kirche gesehen.
Die Einladung wurde natürlich angenommen, und zu einem schicklichen Zeitpunkt stießen sie zu der in Lady Catherines Salon versammelten Gesellschaft. Ihre Hoch-

wohlgeboren empfing sie höflich, doch war ihr deutlich anzumerken, daß sie auf ihre Gesellschaft keinesfalls den gleichen Wert legte, als wenn sie sonst niemand anders zur Unterhaltung hatte finden können; jedenfalls war sie fast restlos von ihren Neffen eingenommen und sprach mit ihnen, besonders mit Darcy, viel mehr als mit allen anderen im Zimmer.

Oberst Fitzwilliam schien wirklich erfreut, sie dort zu sehen – jede Abwechslung war ihm auf Rosings willkommen, und außerdem hatte es ihm die hübsche Freundin der Frau Collins besonders angetan. Er nahm gleich neben ihr Platz und plauderte mit ihr so nett über Kent und Hertfordshire, über Verreisen und Zuhausebleiben, über neue Bücher und Musik, daß Elisabeth in diesem Zimmer niemals auch nur halb so gut unterhalten worden war. Sie plauderten so angeregt und eifrig untereinander, daß sie die Aufmerksamkeit von Lady Catherine höchstselbst erregten und auch Herrn Darcy auffielen. Der hatte schon seit Beginn ihrer Unterhaltung wiederholt neugierig zu ihnen hinübergeblickt, und daß ihre Hochwohlgeboren seine Neugier teilte, gab sich noch weit unverhüllter kund, denn sie hatte keine Bedenken, laut durchs Zimmer zu rufen: »Was sagst du da, Fitzwilliam? Wovon redest du denn? Was erzählst du eigentlich Fräulein Bennet? Laß mich auch hören, worum es sich handelt!«

»Wir unterhalten uns über Musik, gnädige Frau«, sagte er, als eine Antwort nicht mehr zu vermeiden war.

»Oh, Musik! Dann sprich bitte lauter. Das höre ich am allerliebsten. Ich muß an der Unterhaltung unbedingt teilhaben, wenn von Musik die Rede ist. Es gibt in ganz England vermutlich nicht viele Menschen, die eine so echte Freude an der Musik haben wie ich – und ein feineres Gefühl dafür. Wenn ich nur dafür ausgebildet worden wäre, hätte ich's zu höchster Meisterschaft gebracht; und dasselbe gilt von Anne, wenn ihr Gesundheitszustand es nur zugelassen hätte. Ich bin überzeugt, daß sie entzückend gespielt haben würde. Wie macht sich denn Georgiana, Darcy?«

Herr Darcy sprach von den Leistungen seiner Schwester liebevoll und lobend.

»Ich freue mich sehr, so Günstiges von ihr zu hören«, sagte Lady Catherine; »doch richte ihr bitte von mir aus, daß sie keine Meisterleistungen erreichen kann, wenn sie nicht tüchtig übt.«

»Ich versichere Ihnen, gnädige Frau«, erwiderte er, »daß sie einen solchen Hinweis nicht nötig hat. Sie übt eifrig und regelmäßig.«

»Dann um so besser. Man kann in dieser Hinsicht gar nicht zuviel tun; und wenn ich ihr nächstens schreibe, werde ich ihr einschärfen, das Üben auf keinen Fall zu vernachlässigen. Ich sage den jungen Damen oft, daß ohne beständiges Üben in der Musik nichts Hervorragendes erreicht werden kann. Ich habe es auch Fräulein Bennet schon mehrmals gesagt, daß sie niemals wirklich gut spielen wird, wenn sie nicht mehr übt, und wenn auch Frau Collins kein Instrument besitzt, so ist sie doch jeden Tag, das habe ich ihr oft gesagt, auf Rosings willkommen und kann auf dem Klavier im Zimmer von Frau Jenkinson spielen. In dem Teil des Hauses würde sie nämlich niemanden stören, wissen Sie.«

Darcy schämte sich etwas der schlechten Erziehung seiner Tante und sagte nichts dazu.

Als die Kaffeestunde vorüber war, erinnerte Oberst Fitzwilliam Elisabeth an ihr Versprechen, ihm etwas vorzuspielen, und sie setzte sich ohne Ziererei ans Instrument. Er zog einen Stuhl in ihre Nähe. Lady Catherine hörte sich das Musikstück halb an und redete dann weiter auf ihren Neffen ein, bis dieser sie sitzen ließ, mit der ihm eigenen entschlossenen Bedächtigkeit auf das Klavier zuschritt und sich dort so hinstellte, daß er vollen Blick auf das Gesicht der schönen Pianistin hatte. Elisabeth sah es wohl, und bei der ersten passenden Gelegenheit wandte sie sich mit einem schelmischen Lächeln nach ihm um und sagte: »Sie wollen mir sicher Angst einjagen, Herr Darcy, wenn Sie sich so feierlich aufstellen, um mir zuzuhören? Aber ich lasse mich nicht aus der Ruhe bringen, und wenn Ihre Schwester noch so

gut spielt. Wenn ich nämlich den Eindruck habe, daß andere es darauf anlegen, mir Angst einzujagen, dann werde ich um so hartnäckiger. Mein Mut wächst mit jedem Versuch, mich einzuschüchtern.«
»Ich werde Ihnen nicht widersprechen«, erwiderte er, »weil Sie ja in Wirklichkeit auf keinen Fall annehmen konnten, daß ich die Absicht gehabt hätte, Sie unsicher zu machen; und ich habe nun schon lange genug das Vergnügen Ihrer Bekanntschaft, um zu wissen, daß Sie große Freude daran haben, manchmal Meinungen zu vertreten, die in Wirklichkeit gar nicht die Ihren sind.«
Elisabeth lachte herzlich über das Bild, das von ihr entworfen wurde, und sagte zu Oberst Fitzwilliam: »Ihr Vetter gibt Ihnen da einen schönen Begriff von mir und bringt Sie dazu, mir kein Wort zu glauben. Ich habe eben besonderes Pech, ausgerechnet in einem Teil der Welt, wo ich mit leidlich gutem Ruf zu bestehen gehofft hatte, jemanden zu treffen, der meinen wahren Charakter so wunderbar bloßlegen kann. Ja, Herr Darcy, es ist wirklich nicht sehr galant von Ihnen, alles hier auszuplaudern, was Sie an Nachteiligem über mich in Hertfordshire entdeckt haben – und, gestatten Sie mir, das zu sagen, sehr unvorsichtig ist es auch, denn es muß mich ja zu Vergeltungsmaßnahmen reizen, und dabei können Dinge herauskommen, die Ihre Verwandten nur sehr ungern vernehmen würden.«
»Ich habe keine Angst vor Ihnen«, sagte er lächelnd.
»Bitte, lassen Sie mich hören, was Sie ihm vorzuwerfen haben«, rief Oberst Fitzwilliam. »Ich möchte gern mal erfahren, wie er sich unter Fremden aufführt.«
»So sollen Sie es denn hören – aber machen Sie sich auf etwas Furchtbares gefaßt. Das erstemal, daß ich ihn in Hertfordshire überhaupt zu Gesicht bekam, war auf einem Ball, müssen Sie wissen – und was denken Sie, was er auf diesem Ball getan hat? Er hat nur vier Tänze getanzt! Es tut mir leid, Ihnen Schmerz bereiten zu müssen – aber es war wirklich so. Er tanzte nur vier Tänze, obwohl Herrenmangel herrschte und meines Wissens

mehr als eine junge Dame dasaß und auf einen Tänzer wartete. Herr Darcy, das können Sie nicht ableugnen!«

»Ich hatte damals nicht die Ehre, außer den zu meinem engsten Kreis gehörigen auch nur eine einzige Dame in dieser Gesellschaft zu kennen.«

»Richtig; und es ist ja auch ganz unmöglich, sich in einem Ballsaal mal jemandem vorstellen zu lassen. Nun, Oberst Fitzwilliam, was soll ich nun spielen? Meine Finger erwarten Ihre Befehle.«

»Vielleicht«, sagte Darcy, »hätte ich besser daran getan, wenn ich mich um eine Vorstellung bemüht hätte, aber es liegt mir nun einmal nicht, mich Fremden anzuempfehlen.«

»Sollen wir Ihren Vetter nach dem Grund dafür fragen?« sagte Elisabeth, immer noch zu Oberst Fitzwilliam gewandt, »sollen wir ihn fragen, wieso es einem Mann von Verstand und Bildung, der außerdem die Welt kennt, nicht liegen soll, sich Fremden anzuempfehlen?«

»Ich kann Ihnen die Frage beantworten«, sagte Fitzwilliam, »ohne erst bei ihm nachfragen zu müssen. Es ist, weil er sich nicht die Mühe machen will.«

»Ich habe bestimmt nicht das Talent, das andere Leute nun mal besitzen«, sagte Darcy, »mich mit Menschen ungezwungen zu unterhalten, die ich noch nie zuvor gesehen habe. Ich bringe es einfach nicht fertig, auf ihren Unterhaltungston einzugehen oder Interesse für ihre Angelegenheiten zu heucheln, wie ich das oft bei anderen sehe.«

»Meine Finger«, sagte Elisabeth, »gleiten auch nicht so meisterlich über dieses Instrument wie die von so vielen anderen Frauen. Sie haben nicht die gleiche Kraft und Geläufigkeit und bringen keinen so ausdrucksvollen Anschlag zuwege. Aber das habe ich dann immer für meine eigene Schuld gehalten – weil ich mir mit dem Üben nicht soviel Mühe machen wollte. Es ist doch nicht etwa so, daß ich es ausgerechnet meinen Fingern nicht zugetraut hätte, genauso vollendet zu spielen wie die Finger jeder anderen Frau.«

Darcy lächelte und sagte: »Sie haben vollkommen recht,

Sie haben Ihre Zeit viel nützlicher angewandt. Niemand, der Ihnen zuhören darf, kann auf den Gedanken kommen, es fehle Ihrem Spiel an etwas. Aber wir beide spielen uns nun einmal nicht gern vor Fremden auf.«

Hier wurden sie von Lady Catherine unterbrochen, die wieder wissen wollte, worüber sie sich unterhielten. Elisabeth begann sofort wieder zu spielen. Lady Catherine kam zu ihnen hin, hörte ein paar Minuten zu und sagte dann zu Darcy: »Fräulein Bennet würde überhaupt keine Fehler beim Spielen machen, wenn sie mehr übte und bei einem Londoner Klavierlehrer Stunde nehmen könnte. Sie hat eine sehr gute Vorstellung davon, wie sie die Finger zu halten hat, wenn sie auch nicht den Geschmack hat wie Anne. Anne wäre eine ausgezeichnete Pianistin geworden, wenn ihre Gesundheit ihr ein regelrechtes Studium erlaubt hätte.«

Elisabeth blickte Darcy an, um festzustellen, wie herzlich er ins Lob seiner Kusine einstimmen würde, aber weder in diesem Augenblick noch sonstwann konnte sie auch nur das geringste Anzeichen von Liebe bei ihm entdecken; und aus seinem ganzen Verhalten Fräulein de Bourgh gegenüber konnte sie die für Fräulein Bingley tröstliche Schlußfolgerung ziehen, daß diese genauso große Aussichten gehabt hätte, von ihm geheiratet zu werden, wenn sie mit ihm verwandt gewesen wäre.

Lady Catherine machte noch weitere Bemerkungen über Elisabeths Spiel und würzte sie mit vielen Belehrungen über Technik und Geschmack. Elisabeth ließ sie alle nachsichtig und höflich über sich ergehen und blieb auf Bitten der Herren am Instrument, bis der Wagen ihrer Hochwohlgeboren bereitstand, sie alle nach Hause zu bringen.

Zweiunddreißigstes Kapitel

Elisabeth saß am nächsten Morgen allein im Zimmer und schrieb an Jane – Frau Collins und Maria hatten im Dorf zu tun –, als sie durch ein Klingeln an der Haustür – das sichere Zeichen eines Besuchs – aufgeschreckt wurde. Da sie keinen Wagen gehört hatte, hielt sie es nicht für unwahrscheinlich, daß Lady Catherine dem Hause einen Besuch abstatten wollte, und räumte daher schnell den halb vollendeten Brief weg, um allen unverschämten Fragen aus dem Wege zu gehen; doch da öffnete sich schon die Tür, und Herr Darcy, Herr Darcy ganz allein, trat ins Zimmer.

Auch er schien erstaunt darüber, sie allein anzutreffen, und entschuldigte sein Eindringen mit der Annahme, alle Damen seien im Zimmer versammelt.

Dann nahmen sie Platz, und nachdem sie die üblichen Fragen über Rosings gestellt hatte, schien ihre Unterhaltung in völliges Schweigen versinken zu wollen. Es war daher unbedingt notwendig, sich einen Gesprächsstoff auszudenken, und da ihr in dieser Zwangslage einfiel, wann sie ihn zuletzt in Hertfordshire gesehen hatte, und da sie außerdem gern gewußt hätte, was er über die überhastete Abreise sagen würde, bemerkte sie: »Wie unvermittelt Sie doch alle im vergangenen November Netherfield verlassen haben, Herr Darcy! Es muß für Herrn Bingley doch eine sehr angenehme Überraschung gewesen sein, daß Sie alle ihm so bald nachgereist sind; denn, wenn ich mich recht erinnere, war er ja erst am vorhergehenden Tag weggefahren. Ich hoffe, daß er und seine Schwestern gesundheitlich wohlauf waren, als Sie London verließen.«

»Es ging ihnen sehr gut – Dank für die Nachfrage.«

Sie merkte, daß er sich nicht weiter dazu äußern würde, und fügte deshalb nach kurzem Stillschweigen hinzu: »Ich habe den Eindruck, daß Herr Bingley nicht viel Lust hat, überhaupt je nach Netherfield zurückzukehren.«

»Das habe ich ihn nie sagen hören, doch ist es wahrscheinlich, daß er in Zukunft nur sehr wenig von seiner Zeit dort verbringen wird. Er hat viele Freunde und ist in einem Lebensalter, wo immer neue Freunde und Bindungen hinzukommen.«

»Wenn er die Absicht hat, sich nur wenig in Netherfield aufzuhalten, dann wäre es für die Nachbarschaft besser, wenn er das Besitztum gänzlich aufgäbe, denn dann könnten wir möglicherweise eine bodenständige Familie hinbekommen. Aber wahrscheinlich hat Herr Bingley ja das Haus weniger der Nachbarschaft zuliebe als um seiner eigenen Bequemlichkeit willen gemietet, und wir müssen uns damit abfinden, daß er es nach denselben Gesichtspunkten entweder behält oder aufgibt.«

»Es würde mich nicht überraschen«, sagte Darcy, »wenn er es aufgeben sollte, sobald sich anderswo etwas Passendes findet, das er käuflich erwerben kann.«

Elisabeth gab darauf keine Antwort. Sie hatte Bedenken, länger von seinem Freund zu sprechen, und war nun, da sie sonst nichts zu sagen wußte, entschlossen, ihm die Wahl eines anderen Gesprächsthemas zu überlassen.

Er verstand den Wink und eröffnete es mit den Worten: »Dies scheint ein recht behagliches Haus zu sein. Ich glaube, Lady Catherine hat viel hineingesteckt, als Herr Collins nach Hunsford kam.«

»Das glaube ich auch – und ich bin sicher, daß sie ihre Güte keinem dankbareren Empfänger hätte zuwenden können.«

»Herr Collins scheint in der Wahl seiner Gattin eine sehr glückliche Hand gehabt zu haben.«

»Ja, auf jeden Fall. Seine Freunde haben allen Grund, sich zu freuen, daß er unter den sehr wenigen vernünftigen Frauen, die ihn erhört haben und danach glücklich gemacht haben würden, gerade dieser einen begegnet ist. Meine Freundin ist außerordentlich vernünftig, wenn ich mir auch nicht sicher bin, ob ich ihre Ehe mit Herrn Collins für das Klügste halten soll, was sie je getan hat. Sie scheint jedoch sehr glücklich zu sein, und rein verstandesmäßig betrachtet, ist es ja auch sicher eine sehr gute Partie für sie gewesen.«

»Es muß ihr auf jeden Fall sehr angenehm sein, in einer so geringen Entfernung von ihrer Familie und ihren Freundinnen zu wohnen.«

»Eine geringe Entfernung nennen Sie das? Es sind doch nahezu fünfzig Meilen.«

»Was sind schon fünfzig Meilen auf guten Straßen? Wenig mehr als eine halbe Tagesreise. Ja, das nenne ich eine sehr geringe Entfernung.«

»Ich wäre nie auf den Gedanken gekommen, die Entfernung zu den Vorteilen dieser Partie zu rechnen«, rief Elisabeth aus. »Ich würde nie behauptet haben, Frau Collins wohne in der Nähe ihrer Familie.«

»Das ist nur ein Beweis dafür, wie sehr Sie an Hertfordshire hängen. Alles, was nicht in der engsten Nachbarschaft von Longbourn liegt, würde Ihnen, glaube ich, weit entfernt scheinen.«

Als er das sagte, ging ein leichtes Lächeln über seine Züge, das Elisabeth zu verstehen glaubte; er mußte wohl angenommen haben, sie habe Jane und Netherfield im Sinne gehabt, und so wurde sie rot, als sie antwortete: »Ich will damit nicht gesagt haben, daß eine Frau gar nicht nahe genug bei ihrer alten Familie wohnen kann. Die Begriffe weit und nahe müssen relativ aufgefaßt und je nach den verschiedenen Umständen betrachtet werden. Wo so viel Vermögen vorhanden ist, daß Reisekosten nicht ins Gewicht fallen, hat die Entfernung nichts zu bedeuten. Doch das ist hier nicht der Fall. Herr und Frau Collins haben zwar ein ganz schönes Einkommen, doch nicht so viel, daß es ihnen häufige Reisen erlauben würde – und ich bin überzeugt, meine Freundin würde nicht behaupten, sie lebe in der Nähe ihrer Familie, auch wenn sie nur halb so weit entfernt wohnte.«

Herr Darcy rückte seinen Stuhl etwas näher an sie heran und sagte: »Ausgerechnet Sie können doch nicht das Recht haben, als Anwalt für eine so strikte Bindung an die Heimat aufzutreten. Sie jedenfalls können keinesfalls immer in Longbourn gelebt haben.«

Elisabeth schaute überrascht auf. Der Herr bemerkte eine Änderung ihrer Stimmung, zog seinen Stuhl wieder zurück, nahm eine Zeitung vom Tisch und sagte, indem er über den Rand des Blattes hinwegblickte, in kälterem Tone: »Gefällt es Ihnen in Kent?«

Nun folgte eine kurze Unterhaltung über die Grafschaft Kent, die von beiden Seiten ruhig und ohne Umschweife geführt und bald durch den Eintritt Charlottes und ihrer Schwester beendet wurde, die eben von ihrem Gang ins Dorf zurückkehrten. Das Tête-à-tête überraschte sie. Herr Darcy berichtete von seinem Irrtum, der ihn veranlaßt hatte, sich Fräulein Bennet in dieser Weise aufzudrängen, blieb noch einige Minuten sitzen, ohne viel zu sagen, und verabschiedete sich bald.

»Was kann das wohl zu bedeuten haben?« fragte Charlotte, sobald er gegangen war. »Meine gute Elisa, er muß in dich verliebt sein, denn sonst würde er uns auf keinen Fall in so formloser Weise besucht haben.«

Doch als Elisabeth berichtete, wie wortkarg er gewesen war, schien dies selbst Charlottes Wunschträumen nicht mehr wahrscheinlich, und nach verschiedenen anderen Mutmaßungen konnten sie schließlich seinen Besuch nur darauf zurückführen, daß er sonst nichts Rechtes zu tun gefunden hatte, was in dieser Jahreszeit das Wahrscheinlichere war. Für Vergnügungen und Sport im Freien war die Zeit vorüber. Innerhalb der vier Wände gab es nur Lady Catherine, Bücher und ein Billard, aber Herren können nicht die ganze Zeit im Hause verbringen. So fanden sich die beiden Vettern wohl durch die Nähe des Pfarrhauses, durch den angenehmen Spaziergang dahin oder durch die Freundlichkeit seiner Bewohner bewogen, in dieser Jahreszeit fast täglich dorthin einen Spaziergang zu unternehmen. Sie kamen vormittags zu verschiedenen Stunden, manchmal getrennt, manchmal zusammen und dann und wann auch in Begleitung ihrer Tante. Es war ihnen allen klar, daß Oberst Fitzwilliam kam, weil ihm ihre Gesellschaft Freude machte – eine Auffassung, die ihn natürlich bei den Damen noch beliebter machte. Durch die Genugtuung, die

sie empfand, wenn sie mit ihm zusammen war, und durch seine offenkundige Verehrung für sie erinnerte er Elisabeth an ihren früheren Liebling George Wickham, und wenn bei einem Vergleich zwischen beiden der Oberst auch weniger gewinnende Freundlichkeit zu bieten hatte, so glaubte sie ihn wiederum für den umfassenderen Geist halten zu dürfen.
Schwieriger war es zu erklären, weshalb Herr Darcy so oft ins Pfarrhaus kam. Es schien nicht um der Geselligkeit willen zu geschehen, da er häufig mit ihnen zehn Minuten zusammen saß, ohne auch nur den Mund aufzumachen. Und wenn er dann doch etwas sagte, schien er es mehr zu tun, weil es sein mußte, und weniger, weil es ihm Freude machte – er brachte dem Anstand ein Opfer, doch ihm bereitete es kein Vergnügen. Nur selten erschien er wirklich innerlich beschwingt. Frau Collins wußte nicht, was sie aus ihm machen sollte. Die Tatsache, daß Oberst Fitzwilliam gelegentlich über seinen Stumpfsinn lachte, bewies, daß er im allgemeinen anders war, was sie aus eigener Erfahrung nicht wissen konnte; da sie aber nur zu gern angenommen hätte, daß sein verändertes Wesen auf Verliebtheit zurückzuführen und der Gegenstand dieser Liebe ihre Freundin Elisa sei, machte sie sich ernsthaft daran, den wahren Sachverhalt herauszubekommen. Sie beobachtete ihn genau, wenn sie auf Rosings weilten, und ebenso, wenn er nach Hunsford kam, aber ohne großen Erfolg. Gewiß schaute er viel nach ihrer Freundin, aber die Bedeutung seiner Blicke blieb unsicher. Es war ein ernster, unverwandter Blick, aber oft kamen ihr Zweifel, ob sie darin viel Verehrung entdecken könne, und manchmal schien er dabei nur geistesabwesend vor sich hinzustarren.
Ein- oder zweimal hatte sie Elisabeth gegenüber die Möglichkeit angedeutet, er könne etwas für sie übrig haben, aber Elisabeth hatte über eine solche Idee nur gelacht; und Frau Collins hielt es nicht für richtig, zuviel davon zu sprechen, um nicht Erwartungen zu erwecken, die dann doch nur in Enttäuschung enden könnten; denn sie zweifelte nicht im geringsten daran, daß die

ganze Abneigung ihrer Freundin sofort dahinschwinden würde, wenn sie annehmen könnte, sie habe Macht über ihn.
In ihren freundlichen Wunschträumen für Elisabeth faßte sie manchmal den Plan, sie mit Oberst Fitzwilliam zu verheiraten. Er war der unvergleichlich angenehmere Mensch; er verehrte sie ganz gewiß und war durch seine gesellschaftliche Stellung eine ausgezeichnete Partie, wohingegen Herr Darcy wiederum beträchtlichen Einfluß auf die Besetzung von Kirchenstellen hatte, was für seinen Vetter in keiner Weise zutreffen konnte.

Dreiunddreißigstes Kapitel

Mehr als einmal ereignete es sich, daß Elisabeth bei ihren Spaziergängen im Park unerwartet Herrn Darcy traf. Sie empfand es als ausgesprochenes Pech, daß ausgerechnet er dort auftauchte, wohin sich sonst niemand verlief; und damit es nicht wieder vorkam, teilte sie ihm gleich das erstemal mit, daß dies einer ihrer Lieblingsspazierwege sei. Wie es unter diesen Umständen ein zweites Mal vorkommen konnte, war in der Tat sehr seltsam. Aber es kam vor, und sogar ein drittes Mal. Es erschien wie absichtliche Bosheit oder ein freiwillig auferlegter Bußgang, denn bei diesen Gelegenheiten blieb es nicht dabei, daß er einige formelle Fragen stellte und sich nach einer verlegenen Pause eiligst entfernte, sondern er hielt es tatsächlich für angebracht, umzukehren und sie zu begleiten. Er sagte nie viel, und auch sie machte sich nicht die Mühe, viel zu reden oder genau hinzuhören. Trotzdem fiel ihr im Verlauf ihres dritten Zusammentreffens auf, daß er einige seltsame, unzusammenhängende Fragen stellte – wie es ihr in

Hunsford gefalle, warum sie so gerne einsame Spazierwege gehe und ob sie Herrn und Frau Collins für glücklich halte; und als sie auf Rosings zu sprechen kamen und darauf, daß sie sich mit dem Lebensstil des Hauses nicht völlig abfinden könne, schien er es als selbstverständlich anzunehmen, daß sie sich dort auch aufhalten würde, wenn sie wieder einmal nach Kent käme. Dies schien aus seinen Worten indirekt hervorzugehen. War es möglich, daß er dabei Oberst Fitzwilliam im Sinne hatte? Sie vermutete, daß er irgend etwas in dieser Hinsicht andeuten wollte, wenn er überhaupt mit seinen Worten eine bestimmte Absicht verfolgte. Das betrübte sie ein wenig, und so war sie froh, am Parktor gegenüber dem Pfarrhaus angelangt zu sein.

Eines Tages war sie auf ihrem Spaziergang eben damit beschäftigt, Janes letzten Brief immer wieder durchzulesen und besonders bei einigen Stellen zu verweilen, die andeuteten, daß Jane sie nicht in bester Stimmung geschrieben hatte, als sie bei einem raschen Aufblicken bemerkte, daß sie diesmal nicht von Darcy überrascht wurde, sondern sich Oberst Fitzwilliam gegenübersah. Sie steckte den Brief sofort weg, zwang sich zu einem Lächeln und sagte: »Ich habe noch gar nicht gewußt, daß auch Sie hier spazierengehen.«

»Ich habe mir den ganzen Park angesehen«, erwiderte er, »was ich im allgemeinen jedes Jahr einmal tue, und wollte meinen Spaziergang mit einem Besuch im Pfarrhaus beschließen. Wollen Sie noch viel weiter gehen?«

»Nein, ich wäre sowieso gleich wieder umgekehrt.«

Sie kehrte auch wirklich um, und die beiden gingen zusammen zum Pfarrhaus.

»Reisen Sie bestimmt am nächsten Sonnabend aus Kent ab?« fragte sie.

»Ja – wenn Darcy die Abreise nicht wieder aufschiebt. Denn in dieser Beziehung bin ich ganz von ihm abhängig. Er regelt alles, wie es ihm gerade paßt.«

»Und wenn es ihm auch selber nicht besonders paßt, so hat er doch zum mindesten großes Vergnügen daran, alles nach seinem Willen regeln zu können. Ich kenne niemanden, der soviel Vergnügen daran hat, wenn alles nach seinem Kopf gehen muß, wie unser Herr Darcy.«

»Freilich freut es ihn, wenn alles so geht, wie er es will«, erwiderte Oberst Fitzwilliam. »Aber das tun wir ja alle. Es ist nur so, daß er bessere Voraussetzungen dafür hat als viele andere, weil er reich ist und die vielen anderen arm sind. Ich spreche aus eigener Erfahrung. Ein jüngerer Sohn, wissen Sie, muß sich an Selbstverleugnung und Abhängigkeit gewöhnen.«

»Meiner Meinung nach hat der jüngere Sohn eines Grafen das beides nicht nötig. Nun sagen Sie einmal ernsthaft: Was haben Sie an Selbstverleugnung und Abhängigkeit wirklich jemals an sich selbst erfahren? Wann sind Sie durch Geldmangel je daran gehindert worden zu reisen, wohin es Ihnen beliebte, oder sich etwas anzuschaffen, was sie gerne haben wollten?«

»Das sind interne Angelegenheiten, und vielleicht kann ich nicht behaupten, viele Unannehmlichkeiten dieser Art erfahren zu haben. Doch in Angelegenheiten von größerem Gewicht kann ich durchaus unter Geldmangel leiden. Jüngere Söhne können nicht heiraten, wen sie wollen.«

»Es sei denn, sie wollen vermögende Frauen, was meiner Ansicht nach sehr oft vorkommt.«

»Unsere kostspieligen Lebensgewohnheiten machen uns in dieser Beziehung gar zu abhängig, und es gibt nicht viele Angehörige meiner Klasse, die es sich leisten können, sich zu verheiraten, ohne ein wenig das Geld in Betracht zu ziehen.«

Zielt das, dachte Elisabeth, etwa auf mich? Sie errötete bei dem Gedanken; doch faßte sie sich schnell wieder und sagte scherzend: »Und bitte, wieviel kostet denn normalerweise der jüngere Sohn eines Grafen? Wenn sein älterer Bruder nicht zufällig sehr kränklich ist, glaube ich kaum, daß Sie mehr als fünfzigtausend Pfund dafür verlangen könnten.«

Er antwortete ihr auf dieselbe Art, und damit war das Thema erledigt. Um nicht den Eindruck zu erwecken, daß ihr das eben Gesagte nahegegangen sein könnte, unterbrach sie das danach eingetretene Schweigen rasch mit den Worten: »Ich glaube, Ihr Vetter hat Sie nur deshalb hierhergebracht, um jemanden zu haben, über den er verfügen kann. Ich wundere mich, daß er nicht heiratet, um sich das angenehme Gefühl auf die Dauer zu sichern. Aber vielleicht genügt ihm als Ersatz dafür seine Schwester, mit der er ja, da sie allein unter seiner Vormundschaft steht, machen kann, was er will.«

»Nein«, sagte Oberst Fitzwilliam, »dies ist ein Vorzug, den er mit mir teilen muß. Fräulein Darcy ist unserer gemeinsamen Obhut anvertraut.«

»Nein, so etwas! Aber bitte, wie behüten Sie sie denn? Macht Ihnen Ihr Hüteramt viel Mühe? Junge Damen dieses Alters sind manchmal etwas schwierig zu lenken, und wenn sie eine richtige Darcy ist, wird sie wohl lieber ihren eigenen Weg gehen wollen.«

Als sie dies sagte, bemerkte sie, wie er sie ernst anschaute, und die Art und Weise, in der er sofort fragte, warum sie annähme, daß Fräulein Darcy ihnen wahrscheinlich Schwierigkeiten machen könnte, überzeugte sie, daß sie irgendwie der Wahrheit sehr nahegekommen sein mußte. Darum antwortete sie geradeheraus: »Sie brauchen keine Sorge zu haben. Ich habe nie etwas Schlechtes über sie gehört, und sie ist wohl eines der fügsamsten Geschöpfe auf der Welt. Einige Damen meiner Bekanntschaft, Frau Hurst und Fräulein Bingley, sind ganz begeistert von ihr. Ich glaube, Sie sagten einmal, daß Sie mit ihnen bekannt sind.«

»Ich kenne sie flüchtig. Ihr Bruder ist ein angenehmer, vornehm gesinnter Mensch – er ist mit Darcy sehr befreundet.«

»O ja«, sagte Elisabeth trocken, »Herr Darcy ist ungemein gütig zu Herrn Bingley und betreut und lenkt ihn in erstaunlichem Maße.«

»Lenkt ihn! – Ja, ich glaube, Darcy lenkt ihn wirklich, nämlich auf dem Gebiete, wo er eine feste Hand nötig hat. Aus einigem, was er mir auf unserer Reise hierher erzählte, glaube ich schließen zu können, daß Bingley ihm zu großem Dank verpflichtet ist. Doch vielleicht gehe ich hierin zu weit, denn ich habe kein Recht zur Annahme, daß die damals erwähnte Person wirklich Bingley ist. Es ist alles nur eine Vermutung meinerseits.«

»Worum handelte es sich denn eigentlich?«

»Es ist eine Angelegenheit, die Darcy geheimgehalten wissen möchte, weil es ihm sehr unangenehm wäre, wenn sich die Sache herumspräche und der betroffenen Familie zu Ohren käme.«

»Sie können sich darauf verlassen, daß ich sie nicht weitererzähle.«

»Und bedenken Sie dabei immer, daß ich nicht viel Grund zur Annahme habe, daß es sich wirklich um Bingley handelt. Was er mir sagte, war lediglich folgendes: Er beglückwünschte sich selber dazu, daß er vor kurzem einen Freund davor bewahrt habe, sich durch eine sehr unüberlegte Heirat in Ungelegenheiten zu stürzen; doch erwähnte er keinerlei Namen oder sonstige Einzelheiten, und ich vermute nur, daß es sich um Bingley handelte, weil er meiner Einschätzung nach ein junger Mann ist, der sehr wohl in eine solche Lage geraten könnte, und weil ich weiß, daß die beiden den ganzen letzten Sommer gemeinsam verbracht haben.«

»Hat Ihnen Herr Darcy die Gründe für seine Einmischung mitgeteilt?«

»Soviel ich weiß, gab es gegen die Dame wesentliche Bedenken.«

»Und welche Kunstgriffe wandte er an, um die beiden zu trennen?«

»Von seinen Kunstgriffen hat er mir nichts erzählt«, sagte Fitzwilliam lächelnd. »Er sagte mir nur, was ich Ihnen soeben berichtet habe.«

Elisabeth bemerkte nichts dazu und lief zutiefst empört weiter. Fitzwilliam beobachtete sie eine Weile und fragte dann, was sie so bewege.

»Ich denke eben über das nach, was Sie mir da erzählt haben«, sagte sie. »Ich kann mit dem Verhalten Ihres Vetters im Innersten nicht einverstanden sein. Was gab ihm das Recht, sich zum Richter aufzuwerfen?«

»Sie sind also geneigt, seine Einmischung als eine Anmaßung zu betrachten?«

»Ich sehe nicht ein, welches Recht Herr Darcy hatte, von sich aus über die Angemessenheit der Liebe eines Freundes zu entscheiden oder inwiefern er allein beurteilen, entscheiden und bestimmen sollte, auf welche Art sein Freund glücklich zu werden hatte. Aber«, fuhr sie nach kühlerer Überlegung fort, »da wir keine Einzelheiten kennen, wäre es nicht gerecht, ihn deswegen zu verurteilen. Es ist ja nicht anzunehmen, daß bei der Angelegenheit viel Liebe im Spiel war.«

»Das scheint mir keine abwegige Vermutung zu sein, wenn sie auch den Triumph meines Vetters bedenklich verkleinert.«

Dies war im Scherz gesprochen, schien ihr aber ein so treffendes Bild von Darcy zu sein, daß sie sich nichts hinzuzufügen getraute; deshalb wechselte sie unvermittelt das Thema und plauderte von belanglosen Dingen, bis sie das Pfarrhaus erreichten. Dort konnte sie, sobald ihr Besucher sie verlassen hatte, in ihrem Zimmer in Ruhe über alles nachdenken, was sie gehört hatte. Es war wohl nicht anzunehmen, daß andere als die mit ihr verbundenen Menschen gemeint sein konnten. Es war nicht möglich, daß auf der ganzen Welt zwei verschiedene Menschen existierten, über die Darcy solch einen unbegrenzten Einfluß haben konnte. Sie hatte nie daran gezweifelt, daß er an den Maßnahmen, durch die Bingley und Jane getrennt wurden, irgendwie beteiligt war; doch hatte sie immer Fräulein Bingley für die Hauptintrigantin gehalten, die all die finsteren Pläne ausgeheckt und durchgeführt hatte. Wenn ihm nicht etwa nur seine Eitelkeit eine führende Rolle dabei vorgaukelte, war er, Darcy, also die eigentliche Ursache, trugen sein Stolz und seine Launenhaftigkeit die Schuld an allem, was Jane gelitten hatte und noch leiden mußte. Er hatte für eine ganze Zeit dem liebevollsten, edelsten Herzen der Welt jede Hoffnung auf Glück zerstört, und niemand konnte wissen, wie lange das Unheil nachwirken würde, das er da angerichtet hatte.

›Es gab gegen die Dame einige wesentliche Bedenken‹, waren Oberst Fitzwilliams Worte gewesen; und diese wesentlichen Bedenken bestanden wahrscheinlich nur darin, daß sie einen Onkel hatte, der ländlicher Rechtsberater war, und einen zweiten, der sich in London geschäftlich betätigte.

»Gegen Jane selber«, rief sie aus, »konnte es ja überhaupt keine Bedenken geben. Gegen sie, die so schön und so gut ist! Sie hat einen ausgezeichneten Verstand, ist gebildet und hat ein gewinnendes Wesen. Auch gegen meinen Vater konnte nichts vorgebracht werden, da er trotz gewisser Eigenheiten Fähigkeiten besitzt, die auch Herr Darcy nicht geringschätzen kann, und einen menschlichen Anstand, den er wahrscheinlich nie erreichen wird.« Als sie jedoch ihre Mutter in Betracht zog, sank ihr Selbstvertrauen ein wenig, doch wollte sie nicht zugeben, daß Bedenken dieser Art Herrn Darcy wesentlich erschienen sein könnten, dessen Stolz ihrer Überzeugung nach eher dadurch verletzt werden konnte, daß die neue Verwandtschaft seines Freundes keine gesellschaftliche Stellung hatte, als daß sie keinen Verstand besaß. Schließlich war sie völlig überzeugt, daß er sich zum einen Teil von der übelsten Art alles Stolzes hatte leiten lassen und zum anderen von dem Wunsch, Bingley für seine Schwester freizuhalten.

Die Aufregung und die Tränen, die sich aus dem Vorfall ergaben, brachten Kopfschmerzen mit sich, die bis gegen Abend immer schlimmer wurden; dadurch, und weil sie keine Lust verspürte, Herrn Darcy zu treffen, ließ sie sich bestimmen, ihre Verwandten nicht nach Rosings zu begleiten, wo sie zum Tee eingeladen waren. Frau Collins, die wohl sah, daß sie wirklich unwohl war, redete ihr nicht zu, sie zu begleiten, und hielt auch so gut wie möglich ihren Mann davon ab, ihr zuzureden; Herr Collins aber konnte seine Befürchtung, Lady Catherine werde ziemlich ungehalten sein, wenn sie zu Hause bliebe, doch nicht bei sich behalten.

Vierunddreißigstes Kapitel

Als sie gegangen waren, machte sich Elisabeth daran, alle Briefe, die Jane ihr nach Kent geschrieben hatte, nochmals genau durchzulesen, gerade als ob sie es darauf anlegte, sich gegen Herrn Darcy in möglichst großen Zorn zu versetzen. Die Briefe enthielten keine eigentlichen Klagen; Vergangenes wurde darin nicht wieder aufgewärmt, und von gegenwärtigem Leid war keine Rede. Doch in allen, ja fast in jeder Zeile, machte sich ein Fehlen der Heiterkeit bemerkbar, die doch früher für ihren Briefstil so bezeichnend gewesen und als Ausfluß eines sonnigen, mit sich selbst in Einklang stehenden und gegen jedermann freundlich gesinnten Gemütes kaum je durch ein Wölkchen getrübt worden war. Elisabeth prüfte jeden Satz, der auch nur entfernt ein Unbehagen andeuten konnte, mit einer Aufmerksamkeit, die sie ihm bei der ersten Lektüre kaum geschenkt hatte. Herrn Darcys schändliche Worte, mit denen er sich gerühmt hatte, wieviel Elend er anrichten könne, schärften ihr den Blick für die Leiden ihrer Schwester. Einigen Trost bereitete ihr der Gedanke, daß sein Besuch in Rosings am übernächsten Tag zu Ende ging, und noch tröstlicher erschien es ihr, daß sie in weniger als vierzehn Tagen selbst wieder bei Jane sein würde und ihr durch alles, was die Liebe nur vermochte, helfen könnte, ihre gesunde Lebensfreude wiederzuerlangen.

Sie konnte an Darcys Abreise aus Kent nicht denken, ohne sich bewußt zu werden, daß auch sein Vetter mit ihm gehen würde. Doch Oberst Fitzwilliam hatte es ja klar genug ausgesprochen, daß er keinerlei Absichten auf sie hegte, und so angenehm er auch war, hatte sie nicht die Absicht, sich seinetwegen unglücklich zu fühlen.

Während sie sich darüber klarzuwerden versuchte, wurde sie plötzlich durch das Ertönen der Hausklingel aufgeschreckt, und ihr Herz schlug ein wenig rascher bei dem Gedanken, es könne Oberst Fitzwilliam selber sein, der vielleicht jetzt käme, um sich besonders nach ihr zu erkundigen; denn er war schon einmal um diese späte Abendstunde zu Besuch gekommen. Doch schnell wies sie diese Idee wieder von sich und wurde in ganz anderer Weise innerlich bewegt, als sie zu ihrem äußersten Erstaunen Herrn Darcy ins Zimmer treten sah. Etwas überhastet begann er sofort, nach ihrem Befinden zu fragen und zu erklären, er sei in der Hoffnung hergekommen, von ihr persönlich zu vernehmen, daß es ihr wieder besser gehe. Sie antwortete mit kalter Höflichkeit. Er nahm einen Augenblick lang Platz, stand aber bald wieder auf und lief im Zimmer auf und ab. Elisabeth war erstaunt, sagte aber kein Wort. Auch er schwieg eine Zeitlang, kam dann aufgeregt auf sie zu und begann: »Vergebens habe ich dagegen angekämpft. Es geht einfach nicht. Meine Gefühle lassen sich nicht unterdrükken. Sie müssen mir gestatten, Ihnen zu sagen, wie glühend ich Sie verehre und liebe.«

Elisabeth war so überrascht, daß es ihr die Sprache verschlug. Sie starrte ihn an, wechselte die Farbe, zögerte und sagte nichts. Dies betrachtete er als hinreichende Ermutigung, und er gestand ihr nun, was er alles für sie fühlte und schon seit langem für sie empfunden habe. Er sprach gut, doch außer dem Zustand seines Herzens mußte er nun auch andere Gefühlsregungen genauer anführen, und über seine zärtlichen Gefühle vermochte er sich nicht beredter auszudrücken als über seinen Stolz. Über ihre Unebenbürtigkeit, die Tatsache, daß es eigentlich eine Entwürdigung für ihn bedeutete, über den Widerstand der Familie, in der die Vernunft stets über die Liebe gestellt worden war – über all dies sprach er mit großer Wärme und sehr ausführlich, was wohl auf die Empfindung zurückzuführen war, daß er Standesvorurteile verletzte, aber sehr wenig geeignet erschien, seinem Antrag zum Erfolg zu verhelfen.

Trotz ihrer tief eingewurzelten Abneigung konnte sie gegenüber der Ehre nicht unempfindlich sein, die in der

Zuneigung eines solchen Mannes lag, und obwohl sie in ihrem Entschluß auch nicht einen Augenblick schwankte, tat es ihr doch zuerst leid, daß sie ihm Schmerz zufügen mußte; als er aber seine Rede in der geschilderten Form fortsetzte, war sie so empört, daß jede Spur von Mitleid in ihrem Zorn unterging. Sie nahm sich jedoch vor, sich zu beherrschen und ihm mit Geduld zu antworten, wenn er seine Ansprache beendet hätte. Er schloß damit, ihr die Stärke seiner Leidenschaft dadurch zu beweisen, daß er sie trotz redlichster Bemühungen nicht habe besiegen können, und gab der Hoffnung Ausdruck, daß sie seine inneren Kämpfe nun durch die Annahme seines Antrags belohnen werde. Als er dies sagte, konnte sie leicht erkennen, daß er an einer günstigen Antwort nicht im geringsten zweifelte. Er redete zwar von banger Sorge und zitternder Erwartung, doch seine Züge drückten völlige Sicherheit aus. So etwas konnte sie nur noch stärker erbittern; als er aufhörte, stieg ihr die Röte in die Wangen, und sie sagte: »In Fällen wie diesem ist es, soviel ich weiß, Sitte, sich geehrt zu fühlen und für die einem entgegengebrachten Gefühle zu danken, wie wenig man sie auch unter Umständen erwidern kann. Solche Empfindungen sind nur natürlich, und wenn ich eine Spur von Dankbarkeit fühlen könnte, würde ich dies jetzt zum Ausdruck bringen. Aber ich kann es einfach nicht – ich habe auf Ihre Zuneigung nie besonderen Wert gelegt, und Sie bringen sie mir ja auch ganz gewiß gegen Ihren eigentlichen Willen entgegen. Es tut mir leid, wenn ich jemandem Schmerz bereitet habe. Es ist dies völlig unbewußt geschehen, und ich hoffe, es wird nicht lange anhalten. Die Gefühle, die, wie Sie sagen, der Entwicklung und Anerkennung Ihrer Zuneigung so lange entgegengestanden haben, werden nach dieser Erklärung ohne große Schwierigkeiten damit fertig werden.«

Herr Darcy, der am Kaminsims lehnte und seine Blicke fest auf ihr Gesicht richtete, schien ihre Worte mit ebensoviel Empörung wie Überraschung aufzunehmen. Er wurde bleich vor Zorn, und jeder seiner Gesichtszüge zeugte von seiner Verwirrung. Er kämpfte darum, sich den Anschein von Fassung zu geben, und wollte die Lippen nicht öffnen, bevor er seiner selbst sicher zu sein schien. Für Elisabeth war diese Pause einfach furchtbar.

Endlich sprach er mit erzwungener Ruhe: »Dies soll also die ganze Antwort sein, die zu erwarten ich die Ehre habe! Ich könnte vielleicht um Aufklärung bitten, weshalb ich mit so geringem Bemühn, wenigstens die Höflichkeit zu wahren, abgewiesen werde. Aber das ist nicht weiter wichtig.«

»Und ich könnte mir ebenso die Frage gestatten, weshalb Sie mit so offenkundiger Absicht, mich zu kränken und zu beleidigen, mir mitzuteilen geruhten, daß Sie mich gegen Ihren Willen lieben, gegen Ihr besseres Urteil, ja sogar gegen Ihre Charakterveranlagung. Wäre das nicht schon eine gewisse Entschuldigung für eine Unhöflichkeit, wenn ich wirklich unhöflich gewesen sein sollte? Doch ich hätte auch andere Gründe dafür. Und das wissen Sie auch. Wenn nicht mein eigenes Gefühl schon gegen Sie entschieden hätte, wenn es Ihnen gegenüber gleichgültig, ja wenn es Ihnen günstig gewesen wäre – glauben Sie wirklich, daß irgend etwas mich hätte veranlassen können, meine Hand einem Manne zu reichen, der schuld daran war, daß das Glück meiner über alles geliebten Schwester vielleicht auf immer zerstört wurde?«

Als sie dies sagte, wurde Darcy abwechselnd blaß und rot; aber seine Erregung hielt nicht lange an, und er hörte weiter zu, ohne den Versuch, sie zu unterbrechen, als sie fortfuhr: »Ich habe allen erdenklichen Grund, schlecht von Ihnen zu denken. Nichts kann die unbillige und wenig edle Rolle rechtfertigen, die Sie da gespielt haben. Sie wollen doch nicht leugnen, und Sie können es auch nicht, daß Sie die hauptsächliche, wenn nicht gar die einzige Ursache dafür sind, daß die beiden voneinander getrennt wurden, daß der eine vor dem Urteil der Welt als launenhaft und unbeständig dasteht, die andere wegen ihrer enttäuschten Hoffnungen zur Zielscheibe

des Spotts geworden ist und alle beide in äußerste Trübsal gestürzt wurden.«
Sie hielt inne und sah zu ihrer nicht geringen Entrüstung, daß er zuhörte, ohne auch nur das leiseste Zeichen von Gewissensskrupeln zu verraten. Er blickte sie sogar mit dem Lächeln erheuchelter Ungläubigkeit an.
»Können Sie leugnen, dies getan zu haben?« wiederholte sie.
Mit scheinbarer Ruhe erwiderte er dann: »Ich habe nicht den Wunsch zu leugnen, daß ich alles, was in meiner Macht stand, getan habe, um meinen Freund von Ihrer Schwester zu trennen, und daß ich auf meinen Erfolg stolz bin. Ihm bin ich ein besserer Freund gewesen als mir selbst gegenüber.«
Elisabeth gab sich den Anschein, als sei es unter ihrer Würde, diese höfliche Betrachtung überhaupt zur Kenntnis zu nehmen, wußte aber wohl, was er sagen wollte, und wurde dadurch nicht eben sanfter gestimmt.
»Aber es ist nicht nur diese Angelegenheit, worauf meine Abneigung gegen Sie beruht«, fuhr sie fort. – »Schon lange, ehe dies geschah, stand meine Meinung über Sie fest. Ihr Charakter wurde mir durch das klar, was mir Herr Wickham schon vor vielen Monaten über Sie berichtete. Was können Sie wohl dazu zu äußern haben? Mit welchem eingebildeten Freundschaftsdienst können Sie sich hier rechtfertigen? Oder durch welche falsche Darstellung können Sie hierbei andere belasten?«
»Sie nehmen an den Angelegenheiten dieses Herrn äußerst innigen Anteil«, sagte Darcy jetzt weniger gefaßt und wurde rot dabei.
»Wer könnte kein Interesse an ihm nehmen, wenn er weiß, welches Mißgeschick ihn betroffen hat?«
»Mißgeschick?« wiederholte Darcy verachtungsvoll, »ja, allerhand Mißgeschick hat er wirklich gehabt.«
»Und Sie sind schuld daran«, rief Elisabeth leidenschaftlich aus. »Sie haben ihn auf einen Zustand der Armut, der relativen Armut herabgedrückt. Sie haben ihm die

Laufbahn, die, wie Sie wohl gewußt haben müssen, für ihn vorgesehen war, verweigert. Sie haben seine besten Lebensjahre jener Unabhängigkeit beraubt, die ihm zustand und die er auch verdiente. Das alles haben Sie getan! Und dennoch können Sie die Erwähnung seines Unglücks mit Verachtung quittieren und die Sache ins Lächerliche ziehen!«

»Dies also«, rief Darcy, als er mit schnellen Schritten im Zimmer umherging, »ist die Meinung, die Sie von mir haben! Dies ist die Achtung, die Sie für mich aufbringen! Ich danke Ihnen, daß Sie mir dies alles so offen gesagt haben. Nach dieser Aufrechnung wiegen meine Fehler allerdings sehr schwer. Doch vielleicht«, fügte er hinzu, und hielt dabei im Laufen inne und wandte sich ihr zu, »vielleicht hätten Sie alle diese Vergehen doch noch übersehen, wenn ich nicht Ihren Stolz durch mein offenes, ehrliches Bekenntnis der Zweifel beleidigt hätte, die mich so lange von einem ernsthaften Entschluß abgehalten haben. Diese bitteren Anschuldigungen wären vielleicht ungesagt geblieben, wenn ich diplomatischer vorgegangen wäre, meine inneren Konflikte vor Ihnen verheimlicht und Sie in den schmeichelhaften Glauben versetzt hätte, daß ich durch eine uneingeschränkte, reine Liebesleidenschaft, durch Vernunft, Überlegung und was sonst nicht noch zu meiner Erklärung getrieben worden sei. Aber ich verabscheue nun einmal Verstellung und Lüge in jeder Form. Auch schäme ich mich der Empfindungen, von denen ich gesprochen habe, durchaus nicht; sie waren natürlich und begründet. Konnten Sie etwa erwarten, daß ich wegen der Unebenbürtigkeit Ihrer Verwandten Jubellieder anstimmte, daß ich mich zu der Aussicht auf eine neue Verwandtschaft, die gesellschaftlich so entschieden unter mir steht, auch noch selbst beglückwünsche?«

Elisabeth fühlte, wie ihr Zorn von Minute zu Minute größer wurde, doch versuchte sie das Äußerste, sich in ihrer Rede zu beherrschen, als sie ihm erklärte: »Sie irren sich, Herr Darcy, wenn Sie annehmen, daß die Art Ihrer Erklärung mich etwa in stärkerer Weise berührt habe, als mir nur ein gewisses Bedauern zu ersparen, das ich sonst vielleicht, wenn Sie sich mehr als Gentleman verhalten hätten, verspürt haben würde, weil ich Sie abweisen mußte.«

Sie sah, wie er bei diesen Worten zusammenzuckte, doch er sagte nichts, und sie fuhr in ihrer Rede fort: »Ich wüßte überhaupt nicht, wie Sie Ihren Antrag hätten vorbringen können, um mich zu seiner Annahme zu bewegen.«

Wieder war seine Überraschung unverkennbar, und er blickte sie mit einem Ausdruck an, in dem sich ungläubiges Staunen und gekränkter Stolz die Waage hielten.

Sie fuhr fort: »Gleich vom Anfang, ja, ich möchte sagen, vom ersten Augenblick unserer Bekanntschaft an hat Ihr Verhalten, das von unerhörter Arroganz zeugte, haben Ihre Überheblichkeit und Ihre selbstsüchtige Nichtachtung der Gefühle anderer Menschen in mir den Grund zu einer Mißbilligung Ihrer ganzen Art gelegt, aus der später eine unüberwindliche Abneigung erwuchs, und wir waren noch nicht einen Monat miteinander bekannt, da wußte ich schon, daß Sie der allerletzte Mann in der Welt wären, der für mich als Gatte in Frage käme.«

»Sie haben sich deutlich genug ausgedrückt, gnädiges Fräulein. Ich bin mir über Ihre Gefühle völlig im klaren und muß mich nun nur meiner eigenen Gefühle schämen. Ich bitte Sie um Verzeihung, daß ich Ihre Zeit so lange in Anspruch genommen habe, und gestatte mir, Ihnen meine besten Wünsche für Ihre Gesundheit und Ihr Glück zu Füßen zu legen.«

Mit diesen Worten verließ er rasch das Zimmer, und Elisabeth hörte im nächsten Augenblick, wie er die Vordertür öffnete und das Haus verließ. Der Aufruhr ihres Inneren hatte jetzt einen schmerzhaften Grad erreicht. Sie wußte nicht, wie sie sich aufrechterhalten sollte, sank, von Schwäche überwältigt, auf einen Stuhl und weinte sich eine halbe Stunde lang aus. Je mehr sie über das Geschehene nachdachte, um so weniger kam sie aus dem Staunen heraus. Daß sie von Herrn Darcy einen Heiratsantrag erhalten hatte, daß er schon so viele Monate lang in sie verliebt gewesen sein sollte, so verliebt, daß er sie trotz allen Bedenken, den gleichen Bedenken, aus denen er eine Ehe zwischen seinem Freund und ihrer Schwester verhindert hatte und die für ihn ja mindestens ebenso gewichtig waren, hatte heiraten wollen – das alles war ja beinahe unglaubhaft. Natürlich war ihr der Gedanke, unbewußt solch eine starke Leidenschaft erweckt zu haben, irgendwie tröstlich. Doch sein Stolz, sein abscheulicher Stolz, sein schamloses Geständnis dessen, was er Jane angetan hatte, die unverzeihliche Anmaßung, mit der er seine Schuld anerkannte, wenn er sie auch nicht rechtfertigen konnte, die Gefühllosigkeit, mit der er Wickham abtat und wobei er nicht einmal den Versuch machte, seine Grausamkeit gegen ihn zu leugnen – das alles erstickte rasch ein aufkommendes Mitleid, das für einen Augenblick durch den Gedanken an seine Liebe erweckt worden war.

Sie erging sich weiter in diesen aufregenden Überlegungen, bis das Geräusch von Lady Catherines heranrollendem Wagen ihr bewußt machte, wie wenig sie dem beobachtenden Blick Charlottes würde standhalten können, und sie eiligst in ihr eigenes Zimmer trieb.

Fünfunddreißigstes Kapitel

Elisabeth erwachte am nächsten Morgen mit denselben Gedanken, über denen sie am Abend zuvor endlich eingeschlafen war. Immer noch war sie von dem überraschenden Vorfall überwältigt; es war ihr unmöglich, an etwas anderes zu denken, und da sie sich zu jeder anderen Beschäftigung unfähig fühlte, entschloß sie sich gleich nach dem Frühstück, ins Freie zu gehen und sich etwas Bewegung zu machen. Zuerst folgte sie der Richtung ihres Lieblingsspaziergangs, als ihr plötzlich

einfiel, daß auch Herr Darcy manchmal dorthin kam; sofort blieb sie stehen und schlug dann, statt den Park zu betreten, einen Weg ein, der sie weiter von der Landstraße wegführte. Sie hatte den Parkzaun immer noch zur Seite und kam bald an einem der Tore vorbei.
Nachdem sie diesen Weg zwei- oder dreimal auf und ab gegangen war, konnte sie der Versuchung nicht widerstehen, am Tore haltzumachen und einen Blick in den im Morgenglanze schimmernden Park zu werfen. Die fünf Wochen, die sie nun schon in Kent verbracht hatte, waren an der Landschaft nicht spurlos vorübergegangen, und jeden Tag trieben die zeitig ausschlagenden Bäume neues junges Grün. Sie wollte eben ihren Weg fortsetzen, als sie in dem hainartigen Streifen, der am Rande des Parks entlanglief, flüchtig einen Herrn gewahrte. Er bewegte sich in ihrer Richtung, und aus Angst, es könnte Herr Darcy sein, kehrte sie sofort um. Aber der auf sie Zukommende war nun schon nahe genug, um auch sie zu erblicken; er schritt rascher aus und rief sie beim Namen. Sie hatte sich schon nach der anderen Seite gewandt, doch als sie ihren Namen hörte, ging sie zum Tor zurück, obwohl sie Darcys Stimme erkannt hatte. Er kam von der anderen Seite gleichzeitig dort an, streckte ihr einen Brief entgegen, den sie instinktiv ergriff, und sagte mit einem Blick stolzer Gelassenheit: »Ich gehe schon seit einiger Zeit hier auf und ab in der Hoffnung, Sie zu treffen. Wollen Sie mir die Ehre erweisen, den Brief da zu lesen?« Dann entfernte er sich mit einer leichten Verbeugung wieder in Richtung auf das junge Gehölz und war rasch ihren Blicken entschwunden.
Ohne sich davon viel Vergnügen zu versprechen, aber doch außerordentlich neugierig, öffnete Elisabeth den Brief und stellte mit wachsender Verwunderung fest, daß der umhüllende Bogen noch zwei Blatt von oben bis unten dicht beschriebenes Briefpapier enthielt und die Hülle innen ebenfalls voll beschrieben war. Sie setzte ihren Weg fort und begann dann zu lesen. Das Schreiben war ›Rosings, früh acht Uhr‹ datiert und lautete folgendermaßen:

›Befürchten Sie nicht, gnädiges Fräulein, daß dieser Brief eine Wiederholung der Empfindungen oder eine Erneuerung der Anträge enthält, die bei Ihnen gestern abend solchen Abscheu erregt haben. Ich schreibe ohne die Absicht, Ihnen dadurch neuen Schmerz zu bereiten oder mich zu demütigen, daß ich etwa auf Wünschen beharrte, die wir beide im Interesse unserer Gemütsruhe gar nicht schnell genug vergessen können. Die Mühe, die mir das Abfassen und Ihnen die Lektüre eines solchen Briefes bereiten muß, hätte uns erspart bleiben können, wenn nicht mein guter Ruf beides erforderlich machte. Sie müssen mir daher die Freiheit vergeben, mit der ich Ihre Aufmerksamkeit in Anspruch nehme. Ich weiß, daß Ihr Gefühl sich nur ungern dazu bereitfinden wird; doch ich wende mich jetzt an Ihren Sinn für Gerechtigkeit.

Gestern abend haben Sie mir zwei Vergehen sehr verschiedener Art und keineswegs gleicher Schwere zur Last gelegt. Das erste war, ich hätte ohne Rücksicht auf die Gefühle der beiden Beteiligten Herrn Bingley von Ihrer Schwester getrennt, und das andere, ich hätte in Widerspruch zu verschiedenen Rechtsansprüchen, unter Nichtachtung von Ehre und Menschlichkeit, das gegenwärtige Glück des Herrn Wickham zerstört und alle seine Zukunftsaussichten vernichtet.

Vorsätzlich und leichtfertig den Gefährten meiner Jugend verstoßen zu haben, den ausgesprochenen Liebling meines Vaters, einen jungen Mann, der fast ganz allein auf unsere Förderung angewiesen und in Hinblick auf eine sichere Versorgung durch uns aufgewachsen war – eine solche Handlungsweise wäre eine Gemeinheit, mit der die Trennung zweier junger Leute, die sich nur ein paar Wochen kennen- und liebengelernt haben konnten, überhaupt keinen Vergleich aushielte. Doch hoffe ich, in Zukunft von der schweren Schuld, die mir gestern abend so großzügig aufgeladen worden ist, bei Würdigung aller Umstände freigesprochen zu werden, wenn Sie die folgende Darstellung meiner Handlungsweise und ihrer Gründe zur Kenntnis genommen haben. –

Wenn ich bei der Klarstellung aller auf mich bezüglichen Tatsachen Gedankengänge und Gefühle erwähnen muß, die Sie kränken könnten, kann ich nur sagen, daß mir dies leid tut. Doch es läßt sich nicht umgehen, und es wäre albern, wenn ich mich immer wieder dafür entschuldigen wollte. – Ich war noch nicht lange in Hertfordshire, als ich genauso wie alle anderen bemerkte, daß Bingley Ihre ältere Schwester allen anderen jungen Mädchen der Grafschaft vorzog. Doch erst am Abend des Balles in Netherfield begann ich zu fürchten, es könne sich bei ihm um eine ernsthafte Liebe handeln. – Ich hatte ihn zuvor schon oft genug verliebt gesehen. – Während ich die Ehre hatte, auf jenem Ball mit Ihnen zu tanzen, wurde mir durch eine zufällige Bemerkung von Sir William Lucas zum erstenmal klar, daß Bingleys Verehrung Ihrer Schwester allgemein den Eindruck und die Erwartung hervorgerufen hatte, er werde sie heiraten. Jener Herr sprach davon als von einer feststehenden Tatsache, bei der lediglich der Zeitpunkt noch unentschieden sei. Von diesem Augenblick an beobachtete ich das Verhalten meines Freundes aufmerksam, und ich konnte bald feststellen, daß seine Neigung für Fräulein Bennet alles übertraf, was ich bei ihm bisher erlebt hatte. Auch Ihre Schwester beobachtete ich. Ihr Aussehen und Verhalten war offen, fröhlich und gewinnend wie immer, doch entdeckte ich bei ihr kein Anzeichen einer besonderen Zuneigung und war nach den Beobachtungen dieses Abends überzeugt, daß sie seine Aufmerksamkeiten zwar mit Vergnügen entgegennahm, sie aber durch keinerlei Äußerungen eines tieferen Gefühls herausforderte. Falls nicht Sie sich in dieser Hinsicht getäuscht haben, muß der Irrtum auf meiner Seite liegen, und da Sie Ihre Schwester viel besser kennen als ich, muß das letztere als wahrscheinlicher angesehen werden. Wenn es wirklich so ist und mein Irrtum mich dazu geführt hat, Ihrer Schwester Schmerz zu bereiten, dann ist Ihr Zorn darüber einigermaßen verständlich. Doch ich kann Ihnen unbedenklich versichern, daß die Heiterkeit in den Zügen Ihrer Schwester und die ganze Art, wie sie sich gab, auch den schärfsten Beobachter überzeugt haben könnten, daß ihr Herz bei aller Liebenswürdigkeit ihres Wesens wahrscheinlich nicht so leicht zu gewinnen war. Gewiß glaubte ich nur zu gern, daß sie innerlich nicht stärker berührt sei, doch ich kann von mir wohl behaupten, daß ich mich in meinen Beobachtungen und Entscheidungen im allgemeinen nicht so leicht von Hoffnungen und Befürchtungen beeinflussen lasse. Jedenfalls habe ich sie nicht deshalb für innerlich unbeteiligt gehalten, weil ich es wünschte; ich glaubte, es unparteiisch festgestellt zu haben, sosehr ich es verstandesmäßig guthieß. Meine Gründe gegen die Heirat waren nicht nur die gestern abend erwähnten, die, wie ich Ihnen gestanden habe, in meinem eigenen Fall nur von einer ganz großen Leidenschaft aufgewogen werden konnten – denn der Mangel einer nicht standesgemäßen Verwandtschaft war für meinen Freund nicht so wesentlich wie für mich. Aber es gab noch andere Hinderungsgründe – Gründe, die zwar noch vorhanden sind, in beiden Fällen in gleicher Weise vorhanden sind, die ich selbst jedoch zurückzudrängen versucht hatte, weil sie mir nicht unmittelbar vor Augen standen. Auch diese Gründe muß ich, wenn auch kurz, hier anführen. Die Familienverhältnisse Ihrer Mutter bedeuteten, wenn sie auch Grund zu Bedenken gaben, nichts im Vergleich mit dem völligen Mangel an Lebensart, den sie selber so häufig, ja beinahe dauernd verrät und den sich auch Ihre drei jüngeren Schwestern und gelegentlich sogar Ihr Vater zuschulden kommen lassen. Verzeihen Sie, es tut mir weh, Sie zu kränken. Aber bei allem Unwillen über die Mängel Ihrer nächsten Verwandten und bei allem Mißvergnügen, diese Mängel hier aufgeführt zu sehen, sollte Ihnen die Tatsache ein Trost sein, daß Ihr Verhalten nie auch nur den geringsten Anlaß gegeben hat, Sie in diesen Tadel einzubeziehen, was Ihnen und Ihrer ältesten Schwester nicht nur allgemeine Hochachtung eingetragen hat, sondern auch Ihrem Verstand und Ihrem Charakter zur höchsten Ehre gereicht. – Ich will nur noch anführen, daß ich durch die Vorfälle jenes Abends in meiner Meinung über alle Beteiligten noch bestätigt und in meiner schon vorher vorhandenen Neigung bestärkt wurde, meinen Freund vor einer, wie ich glaubte, sehr unglückseligen Verbindung zu bewahren. Er fuhr, wie Sie sicher noch wissen, am nächsten Tag von Netherfield nach London mit der Absicht, bald zurückzukehren. Die Rolle, die ich nun spielte, muß hiermit noch geschildert werden. Seinen Schwestern war der Gedanke an eine solche Verbindung ebenso unbehaglich wie mir, und wir fanden bald heraus, daß wir in dieser Angelegenheit der gleichen Meinung waren. Da wir uns darüber im klaren waren, daß keine Zeit verloren werden durfte, den Bruder der beiden von der alten Umgebung fernzuhalten, entschlossen wir uns rasch, ihm nach London nachzureisen. – Das taten wir denn auch, und dort nahm ich es auf mich, meinem Freund die unverkennbaren Nachteile einer solchen Verbindung klarzumachen. Ich schilderte sie eindringlich und suchte ihn zu überzeugen. Aber wenn meine Vorhaltungen ihn auch unsicher gemacht und seine Entscheidung verzögert haben mochten, so glaube ich doch nicht, daß sie letztlich die Heirat verhindert haben würden, hätte ich ihm nicht noch versichert – ich tat es, ohne zu zögern und in gutem Glauben –, daß Ihre Schwester ihm gleichgültig gegenüberstände. Er hatte sich zwar eingebildet, sie erwidere seine Zuneigung freudig und vielleicht sogar in gleicher Stärke. Aber Bingley ist von Natur aus sehr bescheiden und verläßt sich auf mein Urteil mehr als auf sein eigenes. Es war also nicht sehr schwierig, ihn zu überzeugen, daß er sich geirrt habe. Als dies einmal geschehen war, bedurfte es kaum der Arbeit eines Augenblickes, um ihn zu überreden, nicht nach Hertfordshire zurückzukehren. Bis hierhin kann ich mir keine Schuld für mein Handeln zumessen. Nur in einem Punkt der ganzen Angelegenheit kann ich mein Verhalten selbst nicht billigen, nämlich daß ich mich bereit fand, mich an dem Intrigenspiel zu beteiligen, durch das ihm der Aufenthalt Ihrer Schwester in der Stadt verheimlicht werden sollte. Die Tatsache war mir ebenso wie Fräulein Bingley bekannt, doch ihr Bruder weiß heute noch nichts davon. Es mag sein, daß sie sich ohne schlimme Folgen hätten treffen können, doch schien mir seine Zuneigung noch nicht genügend erloschen, als daß er sie ohne Gefahr hätte sehen können. Vielleicht war dieses Verschweigen, diese Falschheit meiner unwürdig. Es ist jedoch nun einmal geschehen, und es geschah in bester Absicht. Mehr habe ich darüber nicht zu sagen und kann auch keine andere Entschuldigung für mich vorbringen. Wenn ich die Gefühle Ihrer Schwester verletzt habe, so geschah es unbewußt, und obwohl die Gründe, die mich zu allem bewogen haben, Ihnen natürlich sehr unzureichend erscheinen mögen, habe ich noch nicht gelernt, sie zu verwerfen.

Was nun die andere, schwerwiegendere Beschuldigung anlangt, Herrn Wickham beleidigt und geschädigt zu haben, so kann ich sie nur widerlegen, indem ich Ihnen eingehend darlege, in welcher Weise er mit meiner Familie verbunden war. Was er mir im einzelnen vorwirft, weiß ich nicht, doch kann ich für die Wahrheit dessen, was ich jetzt berichten will, mehr als einen unbedingt glaubwürdigen Zeugen anführen. Herr Wickham ist der Sohn eines sehr achtbaren Mannes, der viele Jahre lang alle zu Pemberley gehörigen Güter verwaltet und seine Vertrauensstellung so vortrefflich wahrgenommen hat, daß mein Vater natürlich geneigt war, sich dafür erkenntlich zu erweisen, und George Wickham, sein Patenkind, mit Liebe und Güte überhäufte. Mein Vater ermöglichte es ihm, die Schule zu besuchen und später die Universität Cambridge zu beziehen, was eine wesentliche Hilfe darstellte, da es seinem eigenen Vater, der sich durch die Verschwendungssucht seiner Frau in dauernder Geldverlegenheit befand, unmöglich gewesen wäre, ihm eine gehobene Erziehung angedeihen zu lassen. Mein Vater hatte den jungen Mann, dessen Wesen schon immer sehr einnehmend war, nicht nur gern um sich, sondern er hielt auch sehr viel von seinen Fähigkeiten, und da er hoffte, er werde die geistliche Laufbahn einschlagen, beabsichtigte er, eine entsprechende Stelle für ihn frei zu halten. Was mich anbelangt, so begann ich schon vor vielen, vielen Jahren, ihn in einem ganz anderen Lichte zu sehen. Sein Hang zum Bösen – der Mangel an moralischen Grundsätzen, den er vor seinem besten Freunde sorgfältig zu verbergen wußte, konnte der Beobachtung eines jungen, mit ihm fast gleichaltrigen Mannes nicht entgehen, der immer wieder Gelegenheit hatte, ihn in unbedachten Augenblicken zu erleben, was dem alten Herrn Darcy nicht möglich war. Hier muß ich Ihnen wieder weh tun – in welchem Maße, kann ich allerdings nicht wissen. Aber welche Gefühle Herr Wickham auch bei Ihnen erweckt haben mag – selbst wenn ich befürchten müßte, daß sie sehr freundschaftlicher Natur sind –, so werde ich mich dadurch nicht abhalten lassen, seinen wahren Charakter zu enthüllen – im Gegenteil, ich würde es in diesem Falle noch für dringlicher halten. Mein vortrefflicher Vater starb vor ungefähr fünf Jahren. Bis zuletzt blieb seine Zuneigung für Herrn Wickham so unerschütterlich, daß er es mir in seinem Testament besonders ans Herz legte, ihn in seinem beruflichen Vorwärtskommen so gut wie nur möglich zu fördern und ihm, wenn er in den geistlichen Stand eintreten sollte, eine wertvolle Familienpfründe zukommen zu lassen, sobald sie vakant würde. Er vermachte ihm außerdem ein Legat von tausend Pfund. Sein eigener Vater überlebte den meinen nicht lange, und innerhalb eines halben Jahres nach diesen Vorfällen teilte mir Herr Wickham mit, er habe sich endgültig entschlossen, nicht in den geistlichen Stand zu treten, und hoffe, ich werde es nicht unbillig finden, wenn er anstelle der Pfründe, von der er nun nichts mehr hätte, einen gewissen pekuniären Vorteil greifbarer Art als Ausgleich erwarte. Er trage sich mit der Absicht, so deutete er an, Jura zu studieren, und ich müsse mir vor Augen halten, daß die Zinsen von seinen tausend Pfund dazu keineswegs ausreichten. Ich hätte ihm gern geglaubt, daß er es aufrichtig meinte, hatte aber meine Zweifel, erklärte mich jedoch auf jeden Fall bereit, seinem Vorschlag näherzutreten. Ich war mir darüber im klaren, daß es besser wäre, wenn Wickham nicht Geistlicher würde. Wir kamen daher bald zu einer Übereinkunft. Er verzichtete in aller Form, auf kirchlichem Gebiet, falls er jemals doch noch den geistlichen Beruf ergreifen sollte, Versorgungsansprüche an uns zu stellen, und erhielt als Abfindung dafür dreitausend Pfund. Damit schienen alle Beziehungen zwischen uns gelöst zu sein. Ich schätzte ihn nicht hoch genug ein, um ihn nach Pemberley einzuladen oder ihn in London an mich heranzuziehen. Ich glaube, daß er sich hauptsächlich in London aufhielt, aber das Rechtsstudium war dafür nur ein Vorwand, und jetzt, da er jedes Zwanges ledig war, führte er nur ein faules, ausschweifendes Leben. Ungefähr drei Jahre lang hörte ich kaum etwas von ihm, bis er beim Tode des Inhabers der Pfründe, für die er vorgesehen gewesen war, sich bei mir erneut brieflich darum bewarb. Seine Lage, versicherte er mir, sei außerordentlich schlecht, was ich ihm gern glaubte. Er fand das Rechtsstudium höchst unergiebig und war jetzt fest entschlossen, sich zum Priester ordinieren zu lassen, wenn ich ihn für die fragliche Pfründe vorschlagen wollte – woran seiner Meinung nach kein Zweifel bestehen konnte, da ich ja sonst niemanden damit zu versorgen hätte und die Absicht meines verehrten Vaters nicht vergessen haben könnte. Sie werden mir kaum einen Vorwurf daraus machen, daß ich auf sein Ansuchen nicht einging und auch später seine wiederholten Gesuche abschlug. Seine Wut darüber entsprach seinen bedrängten Umständen, und zweifellos hat er mich anderen gegenüber genauso schlechtgemacht, wie er mir seine Meinung ins Gesicht sagte. Nach diesem Vorfall wurde jede Beziehung zwischen uns auch äußerlich abgebrochen. Wie er lebte, weiß ich nicht. Doch im vergangenen Sommer wurde meine Aufmerksamkeit in äußerst peinlicher Weise wieder auf ihn gelenkt. Ich muß jetzt einen Umstand erwähnen, den ich selber gern vergessen möchte und den ich, wenn mich im gegenwärtigen Falle nicht die Umstände dazu zwängen, keinem Menschen offenbaren würde. Nach dieser Eröffnung hege ich keinen Zweifel an Ihrer

Verschwiegenheit. Meine Schwester, die mehr als zehn Jahre jünger ist als ich, wurde meiner Vormundschaft und der des Neffen meiner Mutter, des Obersten Fitzwilliam, unterstellt. Vor ungefähr einem Jahre nahmen wir sie von der Schule und richteten ihr in London einen Haushalt ein, und im vergangenen Sommer ging sie mit ihrer Hausdame nach Ramsgate, und auch Herr Wickham ging dorthin, zweifellos nicht aus Zufall; denn es stellte sich heraus, daß zwischen ihm und dieser Frau Younge, in deren Charakter wir uns unglücklicherweise sehr getäuscht hatten, eine alte Bekanntschaft bestand. Und mit ihrer stillschweigenden Duldung und Beihilfe konnte er sich so an Georgiana heranmachen – ihr liebevolles Herz bewahrte an ihn noch starke, freundliche Kindheitserinnerungen –, daß sie es sich einreden ließ, sie sei in ihn verliebt, und einer Entführung zustimmte. Zu ihrer Entschuldigung muß gesagt werden, daß sie damals erst fünfzehn Jahre alt war, und nachdem ich von ihrer Unklugheit berichtet habe, freut es mich um so mehr, anschließend feststellen zu können, daß sie mir rechtzeitig alles selber gebeichtet hat. Ein paar Tage vor der beabsichtigten Entführung suchte ich sie unerwartet auf, und da gestand Georgiana mir die ganze Sache, da sie es nicht ertragen konnte, einen Bruder zu betrüben und zu kränken, zu dem sie beinahe wie zu einem Vater aufblickte. Sie können sich vorstellen, was ich fühlte und was ich tat. Aus Rücksicht auf die Gefühle und den Ruf meiner Schwester konnte ich ihn nicht öffentlich bloßstellen; doch ich schrieb Herrn Wickham einen Brief, und er reiste sofort ab. Frau Younge wurde natürlich ihres Postens enthoben. Wickham war fraglos hauptsächlich auf das Vermögen meiner Schwester aus, das sich auf dreißigtausend Pfund beläuft; doch ich kann den Verdacht nicht loswerden, daß die Hoffnung, sich bei dieser Gelegenheit gleichzeitig an mir rächen zu können, auch eine wesentliche Rolle gespielt hat. Die Rache wäre dann tatsächlich vollauf gelungen.

Dies, gnädiges Fräulein, ist ein getreulicher Bericht über alle Vorfälle, in die wir gemeinsam verstrickt worden sind; und wenn Sie das, was ich über Herrn Wickham sagen mußte, nicht als absolut falsch zurückweisen, werden Sie mich, so hoffe ich, künftig von Grausamkeit gegen ihn freisprechen. Ich weiß nicht, wie und unter welchen Vorwänden und Verdrehungen er sich Ihnen aufgedrängt und Ihnen etwas weisgemacht hat; daß er dabei Erfolg hatte, ist nicht weiter verwunderlich, da Sie ja vorher weder von dem einen noch dem anderen eine Ahnung hatten. Sie konnten ja keine Ermittlungen anstellen, und Verdacht liegt nun einmal nicht in Ihrem Wesen. Möglicherweise werden Sie sich wundern, warum ich Ihnen das alles nicht gestern abend gesagt habe; aber da war ich viel zu aufgeregt, als daß ich hätte entscheiden können, was und wieviel vor Ihnen enthüllt werden könnte und sollte. – Für die Wahrheit von allem, was ich hier berichtet habe, kann ich insbesondere Herrn Oberst Fitzwilliam als Zeugen anführen, dem durch unsere nahe Verwandtschaft und enge Freundschaft und noch mehr in seiner Eigenschaft als einer der Testamentsvollstrecker meines Vaters jede Einzelheit dieser Abmachungen bekannt werden mußte. Auch wenn Ihre Abscheu vor mir meine Versicherungen für Sie wertlos machen sollte, können Sie sich dadurch doch nicht abhalten lassen, meinem Vetter zu vertrauen; und damit Sie noch die Möglichkeit haben, ihn zu befragen, werde ich eine Gelegenheit suchen, den Brief im Laufe dieses Vormittags in Ihre Hände gelangen zu lassen. Ich will nur noch hinzufügen: Gott segne Sie.

Fitzwilliam Darcy‹

Sechsunddreißigstes Kapitel

Als Darcy ihr den Brief gab, hatte Elisabeth nicht nur nicht erwartet, daß er darin seinen Antrag wiederholen würde, sondern sich überhaupt keine Vorstellungen über den Inhalt gemacht. Als sie aber gewahr wurde, was darin stand, kann man sich denken, wie gespannt sie ihn überflog und welch widersprechende Empfindungen in ihr wach wurden. Die Gefühle, die sie beim Lesen überfielen, ließen sich überhaupt nicht genau abgrenzen. Mit Erstaunen nahm sie gleich am Anfang zur Kenntnis, daß er glaubte, alles erklären und entschuldigen zu können, während sie sich zunächst nicht von der Überzeugung abbringen ließ, daß er zu seiner Rechtfertigung nur Dinge anführen könnte, die ein normal empfindender Mensch schamhaft verschweigen würde. Mit starker Voreingenommenheit gegen alles, was er vielleicht vorbringen könnte, begann sie seinen Bericht über die Ereignisse in Netherfield zu lesen. Sie las so hastig, daß sie kaum den Inhalt begriff und voller Ungeduld, was der nächste Satz enthalten könnte, nicht imstande war, den Sinn des eben Gelesenen zu erfassen. Keinen Augenblick lang glaubte sie ihm, daß er wirklich angenommen habe, ihre Schwester sei nicht verliebt gewesen, und als er seine wahren, gewichtigen Gründe gegen die Verbindung anführte, war sie viel zu wütend auf ihn, als daß sie gewünscht hätte, ihm Gerechtigkeit widerfahren zu lassen. Er drückte kein Bedauern über das aus, was er angerichtet hatte, wie sie mit Befriedigung feststellte, und sein Ton war nicht reuig, sondern hochmütig. Alles sprach von nichts anderem als von Stolz und Unverschämtheit.

Doch als er dazu überging, von Wickham zu berichten, als sie mit etwas klarerem Auffassungsvermögen von Ereignissen las, die, wenn sie den Tatsachen entsprachen, geeignet waren, jede ihr lieb gewordene Vorstellung von seinem Wert über den Haufen zu werfen, zumal sie so

erschreckend mit dem von ihm selber gegebenen Bericht übereinstimmten, wurden ihre Gefühle noch verworrener und schmerzlicher. Erstaunen, Furcht und sogar Entsetzen ergriffen sie. Sie hätte nur allzugern das Ganze als unglaubwürdig abgelehnt und rief wiederholt aus: »Das muß falsch sein! Das ist ja nicht möglich! Das kann nur eine plumpe Entstellung sein!« Als sie mit dem ganzen Brief fertig war, steckte sie ihn hastig weg, obwohl ihr der Inhalt der letzten paar Seiten kaum bewußt war, und beteuerte, sie werde sich dadurch nicht irremachen lassen, sie werde ihn nie wieder ansehen.
Völlig verwirrt, unfähig, auch nur einen klaren Gedanken zu fassen, setzte sie ihren Weg fort; doch es half nichts – in einer halben Minute hatte sie den Brief wieder entfaltet; sie nahm ihre Gedanken, so gut es ging, zusammen und begann voller Unmut und Qual noch einmal alles durchzulesen, was sich auf Wickham bezog. Sie konzentrierte sich wenigstens insoweit, daß sie den Inhalt jedes einzelnen Satzes überdenken konnte. Der Bericht über seine Beziehungen zur Familie in Pemberley stimmte mit allem überein, was er selbst erzählt hatte, und auch die Schilderung der freundlichen Gesinnung des verstorbenen Herrn Darcy, deren ganzer Umfang ihr zuvor noch unbekannt gewesen war, entsprach ebenfalls voll und ganz seinen eigenen Worten. Soweit bestätigte der eine Bericht den anderen. Jedoch in allem, was mit dem Testament zusammenhing, bestand ein gewaltiger Widerspruch zwischen beiden. Alles, was Wickham ihr über die Pfründe erzählt hatte, war ihr noch klar im Gedächtnis, und als sie sich seine Worte genau in die Erinnerung zurückrief, mußte sie sich eingestehen, daß auf jeden Fall einer der beiden Berichte die Wahrheit grob verfälschte, und für ein paar Augenblicke war sie versucht, ihren geheimsten Wünschen recht zu geben. Doch als sie die dann folgenden Tatsachen las und mit gespanntester Aufmerksamkeit immer wieder las, wie Wickham auf alle Ansprüche auf die Pfründe verzichtet und dafür die bedeutende Summe von dreitausend Pfund erhalten habe, kamen ihr doch Zweifel. Sie ließ

den Brief sinken, wog jeden Umstand ihrer Meinung nach unparteiisch ab, dachte über die Wahrscheinlichkeit jeder der beiden Aussagen angestrengt nach, doch mit nur geringem Erfolg. Aussage stand gegen Aussage. Sie las noch einmal. Doch jede Zeile bewies immer klarer, daß die ganze Angelegenheit, bei der Darcys Verhalten ihrer früheren Meinung nach auch mit List und Tücke nicht vom Vorwurf äußerster Gemeinheit reingewaschen werden konnte, in einem ganz anderen Lichte zu sehen war, das ihn dann als völlig einwandfrei und schuldlos erscheinen lassen mußte.

Die Verschwendungssucht und allgemeine Leichtfertigkeit, die er Herrn Wickham vorzuwerfen kein Bedenken trug, erschütterte sie um so mehr, als sie das Gegenteil nicht beweisen konnte. Sie hatte von ihm vor seinem Eintritt in das Milizregiment noch nie etwas gehört, und zu diesem Schritt hatte ihn nur der junge Mann überredet, der ihn von früher her flüchtig kannte und ihm rein zufällig in London begegnet war. Von seinem Vorleben war in Hertfordshire nichts bekannt, was er nicht selber erzählt hatte. Und selbst wenn sie imstande gewesen wäre, über seinen wahren Charakter Erkundigungen einzuziehen, so wäre ihr doch nie der Gedanke daran gekommen. Seine Gesichtszüge, seine Stimme, seine ganze Art hatte sie sogleich überzeugt, daß er nur alle guten Eigenschaften besitzen könne. Sie suchte sich an Beispiele zu erinnern, wo er durch Güte, einen hervorstechenden Zug von Anstand oder Menschenfreundlichkeit bewiesen haben könnte, daß er die Anwürfe Darcys nicht verdiente oder daß seine guten Eigenschaften zum mindesten die gelegentlichen Fehler und Irrtümer wettmachten, wie sie wohlwollend das zu bezeichnen versuchte, was Darcy langjährige Bummelei und wüstes Leben genannt hatte. Aber nichts Derartiges fiel ihr ein. Sie konnte sich ihn lebhaft vorstellen in seinem ansprechenden Wesen und seinem gewinnenden Äußeren, doch an greifbaren Vorzügen fiel ihr nichts ein als das allgemeine Wohlwollen aller Bekannten und das Ansehen, das ihm sein geselliges Talent in der Offiziersmesse verschafft hatte. Nachdem sie darüber beträchtliche Zeit nachgegrübelt hatte, las sie weiter. Aber ach! – Der nun folgende Bericht über seinen Anschlag auf Fräulein Darcy wurde einigermaßen durch das Gespräch bestätigt, das sie erst am vergangenen Vormittag mit Oberst Fitzwilliam geführt hatte; und letztlich wurde sie wegen der Wahrheit jeder Einzelheit ja an Oberst Fitzwilliam selber verwiesen, von dem sie erst kürzlich erfahren hatte, wie eng er mit allem, was seinen Vetter betraf, verbunden war, und an dessen untadeligem Charakter zu zweifeln sie keinen Anlaß hatte. Einmal hätte sie sich beinahe entschlossen, ihn zu befragen, aber dann erschien ihr die Sache doch zu peinlich, und schließlich kam sie ganz davon ab, da sie überzeugt war, daß Darcy solch einen Vorschlag auf keinen Fall gewagt hätte, wäre er nicht seines Vetters völlig sicher gewesen.

Sie erinnerte sich genau an alles, was am ersten Abend bei Onkel Philips zwischen ihr und Wickham besprochen worden war. Viele seiner Ausdrücke waren ihr noch frisch im Gedächtnis. Jetzt empfand sie es als ungehörig, daß er solch vertrauliche Mitteilungen einer Fremden gemacht hatte, und sie wunderte sich, daß ihr dies nicht schon früher aufgefallen war. Sie sah jetzt ein, wie wenig feinfühlig es von ihm gewesen war, sich vor ihr dermaßen herauszustreichen, und stellte fest, wie wenig sein späteres Verhalten seinen damaligen Beteuerungen entsprach. Sie erinnerte sich genau, wie er sich gerühmt hatte, er fürchte sich nicht, mit Darcy zusammenzutreffen, ja daß seinetwegen Darcy das Land verlassen könne – er jedenfalls werde nicht vor ihm weichen –, und dennoch hatte er sich schon in der nächsten Woche vom Ball auf Netherfield gedrückt. Auch erinnerte sie sich, daß er, solange die Netherfielder noch in der Gegend waren, seine Geschichte niemandem außer ihr anvertraut hatte; aber sobald sie fort waren, sprach man überall davon; dann zeigte er keine Bedenken, keine Zurückhaltung mehr, wenn es sich darum handelte, Darcys Ruf herabzusetzen, obwohl er ihr doch

versichert hatte, die Achtung vor dem Vater werde ihn stets daran hindern, den Sohn bloßzustellen.
Wie verschieden sah in diesem Licht nun alles aus, was ihn betraf. Seine Werbung um Fräulein King erschien nun als Ausfluß einer lediglich geldgierigen, niedrigen Gesinnung, und die Tatsache, daß sie ein nur mittelmäßiges Vermögen besaß, sprach nicht mehr für die Mäßigkeit seiner Wünsche, sondern bewies eine Gier, die nach allem griff. Für sein Verhalten ihr gegenüber konnte sie nun auch kein anständiges Motiv mehr finden: Entweder hatte er sich über ihre Vermögensverhältnisse Täuschungen hingegeben, oder es hatte seiner Eitelkeit geschmeichelt, sie in ihrer Zuneigung zu bestärken, die sie höchst unvorsichtig verraten hatte. Alles, was sie noch immer glaubte zu seinen Gunsten anführen zu müssen, verlor mehr und mehr an Beweiskraft, und zur weiteren Rechtfertigung Darcys mußte sie vor sich selber zugeben, daß Herr Bingley auf Janes Anfrage hin schon vor langem versichert hatte, Darcy träfe in dieser Angelegenheit keinerlei Vorwurf; auch mußte sie sich sagen, daß Darcy, so überheblich und widerwärtig er in seinem Wesen auch sein mochte, im ganzen Verlauf ihrer Bekanntschaft – und sie waren neuerdings häufig zusammen gewesen, so daß sie sein Verhalten hatte genauer studieren können – niemals auch nur die Spur von Gewissenlosigkeit oder Ungerechtigkeit verraten, daß er auch nichts getan hatte, was auf gottlose oder unmoralische Grundsätze hätte schließen lassen. Sie überlegte sich, daß er bei seinen Verwandten und Freunden in hoher Achtung stand, ja daß sogar Wickham ihm seine brüderliche Fürsorge nicht absprechen konnte, daß sie selbst ihn oft so liebevoll von seiner Schwester hatte sprechen hören, daß er schon damit bewiesen hatte, wie sehr er auch zarter Regungen fähig war; sie bedachte fernerhin, daß es kaum vor der Welt hätte verborgen bleiben können, wenn er alles, was recht und anständig war, so mit Füßen getreten hätte, wie Wickham es darstellte, und daß eine Freundschaft zwischen einem Menschen, der einer solchen Handlungsweise fähig war, und einem so lie-

benswerten Manne wie Bingley einfach unmöglich erscheinen mußte.

Sie schämte sich zutiefst. Weder an Darcy noch an Wickham konnte sie denken, ohne sich sagen zu müssen, wie blind, einseitig, voreingenommen und töricht sie gewesen war.

»Wie abscheulich habe ich mich verhalten!« rief sie aus, »ich, die ich mir auf meine Menschenkenntnis soviel eingebildet habe, ich, die so stolz auf meine geistigen Anlagen gewesen bin, die ich auf die vornehme Bereitschaft meiner Schwester, allen gerecht zu werden, so oft verächtlich herabgeblickt und mich mit meinem nutzlosen oder tadelnswerten Mißtrauen noch großgetan habe! – Nun diese Demütigung! – Und wie gerecht trifft sie mich! – Wenn ich bis über die Ohren verliebt gewesen wäre, hätte ich nicht blinder sein können. Aber die Eitelkeit, nicht die Liebe hat mich so verblendet. – Weil ich von dem einen von vornherein eingenommen war und mich von dem anderen gleich zu Beginn unserer Bekanntschaft vernachlässigt und beleidigt fühlte, habe ich dem Vorurteil gehuldigt, habe geurteilt, wo ich nichts wußte, und habe in beiden Fällen der Vernunft den Laufpaß gegeben. Erst jetzt lerne ich mich wirklich kennen!«

Von sich selbst kam sie auf Jane, und von Jane auf Bingley, und dabei fiel ihr ein, daß sie Darcys Erklärung in diesem Punkte höchst unzureichend gefunden hatte, und so las sie diesen Teil des Briefes noch einmal. Beim zweitenmal wirkte auch diese Stelle ganz anders auf sie ein. Wie konnte sie ihm in diesem Falle die Glaubwürdigkeit seiner Beteuerungen absprechen, die sie ihm im übrigen zugestehen mußte? – Er erklärte, er habe von der Liebe ihrer Schwester absolut nichts geahnt – und nun mußte sie daran denken, wie Charlotte sich stets zu dieser Frage geäußert hatte. Und sie konnte auch nicht abstreiten, daß seine Beschreibung Janes durchaus zutraf. Sie mußte zugestehen, daß Janes Gefühle, so stark sie waren, doch wenig zum Ausdruck kamen und daß ihr ganzes Wesen dauernd eine entgegenkommende

Freundlichkeit ausstrahlte, die oft nicht sehr klug angebracht erscheinen mochte.

Als sie zu dem Teil des Briefes kam, in dem ihre Familie mit so demütigenden, wenn auch verdienten Vorwürfen bedacht wurde, schämte sie sich in tiefster Seele. Die Richtigkeit der Anschuldigungen ging ihr viel zu überzeugend ein, als daß sie hätte etwas ableugnen können, und die Vorfälle auf dem Ball in Netherfield, auf die er besonders anspielte, weil sie sein erstes ungünstiges Urteil bestätigt hatten, konnten auf ihn keinen niederschmetternderen Eindruck machen als auf sie selbst.

Das Kompliment, das er ihr und ihrer Schwester machte, verfehlte seine Wirkung nicht ganz. Es besänftigte sie etwas, konnte sie aber über die Verachtung nicht hinwegtrösten, die ihre übrigen Familienmitglieder auf sich herabbeschworen hatten; und als sie sich dann überlegte, daß Janes Enttäuschung tatsächlich ihren nächsten Verwandten zu verdanken war, und sich bewußt wurde, wie schwer ihrer beider Ansehen durch solch ungehöriges Verhalten geschädigt werden mußte, erreichte ihre Stimmung einen nie zuvor gekannten Tiefpunkt.

Nachdem sie zwei Stunden lang den Weg auf und ab geschritten war, sich über die verschiedensten Dinge Gedanken gemacht, alle Ereignisse nochmals überschaut, alle Möglichkeiten bedacht und sich, so gut es ging, mit den so plötzlich und so gewaltig veränderten Umständen abzufinden gesucht hatte, wurde sie sich endlich ihrer Ermüdung und ihrer langen Abwesenheit bewußt und machte sich auf den Heimweg. Sie betrat das Haus mit der festen Absicht, sich nichts anmerken zu lassen und alle Gedanken zu unterdrücken, die sie für eine unbeschwerte Unterhaltung untauglich machen könnten.

Man teilte ihr sofort mit, daß die beiden Herren aus Rosings während ihrer Abwesenheit einzeln vorgesprochen hätten, Herr Darcy nur auf wenige Minuten, um sich zu verabschieden, daß jedoch Oberst Fitzwilliam mindestens eine Stunde bei ihnen gesessen und auf ihre Rückkehr gewartet hätte, ja daß er sich beinahe aufgemacht hätte, sie zu suchen. Elisabeth konnte ein Bedauern darüber, ihn verpaßt zu haben, nur heucheln; in Wahrheit freute sie sich darüber. Oberst Fitzwilliam bedeutete ihr nichts mehr. Sie hatte nur noch Gedanken für ihren Brief.

Siebenunddreißigstes Kapitel

Die beiden Herren verließen Rosings am nächsten Morgen. Herr Collins hatte sich wiederum bei den Torhäuschen aufgestellt, um ihnen gehorsamst zum Abschied seine Ehrerbietung zu erweisen. Nun konnte er die erfreuliche Nachricht nach Hause bringen, daß sie sich guter Gesundheit und so guter Stimmung zu erfreuen schienen, wie man dies nach der soeben auf Rosings überstandenen herzzerreißenden Abschiedsszene eben noch erwarten könne. Dann eilte er nach Rosings, um Lady Catherine und ihre Tochter zu trösten, und brachte bei seiner Rückkehr von Stolz geschwellt die Botschaft ihrer Hochwohlgeboren mit, sie fühlte sich so niedergeschlagen, daß sie das dringende Verlangen habe, sie alle zum Essen bei sich zu sehen.

Elisabeth konnte Lady Catherine nicht vor Augen treten, ohne daran zu denken, daß sie ihr, wenn sie gewollt hätte, jetzt schon als zukünftige Nichte vorgestellt sein könnte, und sie konnte ein Lächeln nicht unterdrücken, wenn sie sich ausmalte, wie empört ihre Hochwohlgeboren darüber gewesen sein würde. Was würde sie wohl gesagt – wie würde sie sich wohl verhalten haben? waren die Fragen, mit denen sie sich jetzt vergnügte.

Das erste Gesprächsthema war die Verkleinerung der Gesellschaft auf Rosings. »Ich kann Ihnen versichern, wie stark mich dieser Abschied mitnimmt«, sagte Lady Catherine. »Ich glaube, niemand empfindet das Fortgehen von Freunden so schwer wie ich. Doch diesen jungen Männern bin ich besonders zugetan, und ich weiß auch, wie sehr sie mir zugetan sind! Der Abschied fiel ihnen ja so schwer! Aber so ist das immer. Der liebe Oberst nahm sich endlich einigermaßen zusammen, doch Darcy schien es sehr nahezugehen, meiner Meinung nach mehr als im vergangenen Jahr. Ja, seine Anhänglichkeit an Rosings nimmt eben von Jahr zu Jahr zu.«

Hier wußte Herr Collins ein Kompliment und eine Anspielung einzuwerfen, die von Mutter und Tochter mit freundlichem Lächeln quittiert wurden.

Nach dem Essen machte Lady Catherine die Bemerkung, Fräulein Bennet scheine auch nicht in rechter Stimmung zu sein, und erklärte diese Tatsache sogleich selbst mit der Vermutung, auch ihr scheine es nahezugehen, daß sie so bald wieder nach Hause müsse. »Sollte dies wirklich der Fall sein, müssen Sie gleich an Ihre Mutter schreiben und sie bitten, daß Sie noch ein wenig länger hierbleiben dürfen. Frau Collins wird sich ganz gewiß freuen, Sie zur Gesellschaft hier zu haben.«

»Ich bin Euer Hochwohlgeboren für die freundliche Einladung sehr verbunden«, erwiderte Elisabeth, »aber leider kann ich sie nicht annehmen. Ich muß unbedingt am nächsten Sonnabend in London sein.«

»Nun, dann werden Sie ja im ganzen nur sechs Wochen hier gewesen sein, und ich habe doch mit zwei vollen Monaten gerechnet. Das habe ich Frau Collins doch gesagt, ehe Sie kamen. Es kommt gar nicht in Frage, daß Sie schon so bald abreisen. Frau Bennet wird Sie gewiß noch zwei Wochen entbehren können.«

»Aber mein Vater kann es nicht. Er schrieb mir vergangene Woche, ich solle so bald als möglich heimkommen.«

»Ach, Ihr Vater wird Sie wohl entbehren können, wenn es Ihrer Mutter möglich ist. Töchter bedeuten doch nicht so viel für einen Vater. Und wenn Sie noch einen ganzen Monat bleiben wollten, dann könnte ich eine von Ihnen mit nach London nehmen, denn ich fahre im zeitigen Juni selber auf eine Woche dorthin. Und wenn

Dawson nichts dagegen hat, jemanden auf dem Bock des Landauers sitzen zu lassen, dann hat eine von Ihnen dort reichlich Platz – ja, wenn das Wetter kühl sein sollte, hätte ich auch nichts dagegen, wenn Sie alle beide mitführen, da keine von Ihnen viel Platz braucht.«

»Ihre Güte ist grenzenlos, gnädige Frau; doch glaube ich, daß wir an unserem ursprünglichen Plan festhalten müssen.«

Lady Catherine schien sich damit abzufinden. – »Frau Collins, Sie müssen aber unbedingt einen Diener mitschicken. Sie wissen, ich halte mit meiner Meinung nie hinterm Berg, und ich kann nun einmal den Gedanken nicht ausstehen, daß zwei junge Mädchen ganz allein mit der Post reisen. Das ist äußerst ungehörig. Sie müssen es unbedingt möglich machen, daß jemand mitfährt. Ich habe geradezu Abscheu vor so etwas. Junge Damen sollten immer gehörig beschützt und bedient werden, wie es ihrer gesellschaftlichen Stellung zukommt. Als meine Nichte Georgiana vergangenen Sommer nach Ramsgate reiste, habe ich durchgesetzt, daß zwei Diener mitfuhren. Ein Fräulein Darcy, die Tochter von Herrn Darcy auf Pemberley und Lady Anne, hätte gar nicht anders auftreten können, ohne die Schicklichkeit zu verletzen. Gerade auf solche Dinge lege ich äußersten Wert. Sie müssen den jungen Damen John mitgeben, Frau Collins. Ich bin froh, daß mir das gerade noch einfiel, denn es würde auch Ihrem Ansehen nicht dienlich sein, die beiden allein reisen zu lassen.«

»Mein Onkel will uns durch einen Diener abholen lassen.«

»Ach, Ihr Onkel! – Hält der sich wirklich einen Diener? – Aber ich freue mich jedenfalls, daß Sie jemanden haben, der sich über so etwas Gedanken macht. Wo werden Sie denn die Pferde wechseln? – Ach ja, in Bromley natürlich. – Wenn Sie sich in der ›Glocke‹ auf mich berufen, werden Sie gut bedient werden.«

Lady Catherine wollte noch mancherlei über die Reise wissen, und da sie ihre Fragen nicht alle selber beantwortete, mußte man einigermaßen aufmerken, was Elisabeth für ein Glück ansah, denn sonst hätte sie leicht vergessen können, wo sie sich befand, so voll war ihr der Kopf. Solche Gedanken muß man sich für einsame Stunden aufheben; und so gab sie sich ihnen mit dem Gefühl größter Erleichterung hin, sobald sie allein war; und kein Tag verging, an dem sie nicht auf einem einsamen Spaziergang in all den unfreundlichen Erinnerungen mit Genuß geschwelgt hätte.

Herrn Darcys Brief kannte sie nun schon bald auswendig. Jeden Satz überdachte sie einzeln, und ihre Gefühle dem Verfasser gegenüber gingen zeitweilig recht verschiedene Pfade. Wenn sie sich bewußt machte, in welchem Stil er sein Schreiben verfaßt hatte, war sie immer noch ungehalten; doch wenn sie dann bedachte, wie ungerecht sie ihn verdammt und getadelt hatte, richtete sich ihr Zorn gegen sich selbst, und sie empfand Mitleid für ihn, weil sie seine Gefühle so enttäuscht hatte. Seine Hinneigung zu ihr erweckte in ihr Dankbarkeit, seinen Charaktereigenschaften konnte sie ihre Achtung nicht versagen; und trotzdem konnte sie sich mit ihm nicht einverstanden erklären, konnte ihre Ablehnung seines Antrags auch nicht einen Augenblick lang bereuen oder auch nur die entfernteste Neigung verspüren, ihn je wiederzusehen. Ihr früheres Verhalten ihm gegenüber war freilich eine ständige Quelle des Verdrusses und Bedauerns, und noch größeren Kummer bereiteten ihr die unglückseligen Mängel in ihrer eigenen Familie, die sich einfach nicht beheben ließen. Ihr Vater lachte nur über den ungezügelten Leichtsinn und die Oberflächlichkeit seiner jüngsten Töchter und würde sich nie die Mühe machen, sie davon abzubringen; und ihre Mutter, die sich ja selber ganz und gar nicht zu benehmen wußte, hatte überhaupt kein Empfinden dafür, daß hier etwas nicht in Ordnung war. Elisabeth hatte häufig gemeinsam mit Jane versucht, den Leichtsinn Catherines und Lydias zu zügeln, aber welche Aussichten hatten sie dabei, wenn die beiden Jüngsten durch die Nachsicht ihrer Mutter in ihrem Treiben noch bestärkt wurden? Catherine, die dumm und reizbar war und völlig unter Lydias

Einfluß stand, war über ihre Ratschläge immer beleidigt gewesen, und die eigenwillige und leichtsinnige Lydia hörte ihnen kaum zu. Sie waren ungebildet, faul und eitel. Solange es in Meryton noch einen Offizier gab, mußten sie mit ihm flirten, und solange Meryton von Longbourn aus nur einen Katzensprung entfernt lag, mußten sie immer wieder hinlaufen.

Das andere, was Elisabeths Gemüt beschwerte, war die Sorge um Jane. Durch Darcys Erklärung war die gute frühere Meinung, die man von Herrn Bingley gehabt hatte, restlos wiederhergestellt worden, und damit mußte ihrer Auffassung nach der Verlust Janes nur um so größer erscheinen. Nun hatte es sich herausgestellt, daß seine Liebe aufrichtig und sein Verhalten frei von jedem Tadel war, es sei denn, man machte ihm aus seinem so unbedingten Vertrauen zu seinem Freund einen Vorwurf. Wie niederschmetternd mußte unter diesen Umständen der Gedanke sein, daß Jane durch die Torheit und das unmögliche Benehmen ihrer eigenen Familie um eine in jeder Hinsicht wünschenswerte, vorteilhafte, vielversprechende und glückverheißende Aussicht gebracht worden war!

Wenn zu diesen trüben Betrachtungen noch der Gedanke an die unglückselige Enthüllung von Wickhams wahrem Charakter kam, kann man sich leicht vorstellen, daß ihr fröhliches, früher kaum jemals bedrücktes Gemüt jetzt so niedergeschlagen war, daß es ihr kaum mehr gelang, auch nur einigermaßen heiter zu erscheinen.

Die Einladungen nach Rosings ergingen in der letzten Woche ihres Aufenthalts wieder so häufig wie am Anfang. Auch den allerletzten Abend verbrachten sie dort, und ihre Hochwohlgeboren erkundigte sich abermals eingehend nach allen Einzelheiten der Reise, gab ihnen Anweisungen, wie sie am besten zu packen hätten, und legte ihnen so dringend ans Herz, ihre Kleider in der einzig richtigen Art zusammenzufalten, daß Maria sich verpflichtet fühlte, nach ihrer Heimkehr die ganze Arbeit des Vormittags wieder rückgängig zu machen und den Koffer von Grund auf neu zu packen.

Beim Abschied wünschte ihnen Lady Catherine dann äußerst huldvoll eine glückliche Reise und lud sie ein, im nächsten Jahr wieder nach Hunsford zu kommen; und Fräulein de Bourgh stellte alles an Höflichkeit je Dagewesene in den Schatten, indem sie einen Knicks machte und ihnen sogar die Hand reichte.

Achtunddreißigstes Kapitel

Am Sonnabend morgen erschienen Elisabeth und Herr Collins einige Minuten früher als die anderen zum Frühstück. Er benutzte die Gelegenheit, ihr noch einige Höflichkeiten mit auf den Weg zu geben, die er für unerläßlich hielt.

»Ich weiß nicht, Fräulein Elisabeth«, sagte er, »ob Frau Collins Ihnen gegenüber schon zum Ausdruck gebracht hat, wie sehr wir Ihre Güte, uns aufgesucht zu haben, zu schätzen wissen, und ich bin sicher, daß sie Ihnen nochmals dafür Dank sagen wird, ehe Sie unser Haus verlassen. Ich kann Ihnen die Versicherung geben, daß die Ehre Ihrer Gesellschaft uns überaus stark beeindruckt hat. Wir wissen wohl, wie wenig jemand versucht sein kann, uns in unserer niederen Hütte zu beglücken. Unser einfacher Lebensstil, unsere kleinen Zimmer, die geringe Zahl der Dienstboten und das wenige, was wir von der Welt zu sehen bekommen, muß Hunsford für eine junge Dame wie Sie außerordentlich langweilig machen; aber ich hoffe, Sie werden überzeugt davon sein, daß wir Ihre Herablassung dankbar anerkennen und alles in unserer Macht Stehende getan haben, um Ihren Aufenthalt bei uns so wenig unangenehm für Sie wie nur möglich zu gestalten.«

Elisabeth bezeugte überströmend, wie dankbar sie sei und wie glücklich sie sich gefühlt habe. Sie habe sechs

höchst erfreuliche Wochen bei ihnen verbracht, und das Vergnügen, mit Charlotte zusammen sein zu dürfen, und die Freundlichkeit, die ihr entgegengebracht worden sei, müsse vielmehr sie selbst zu Dank verpflichten. Herr Collins war damit zufriedengestellt und erwiderte mit einer noch freundlicher getönten Feierlichkeit: »Es bereitet mir das größte Vergnügen, zu vernehmen, daß Sie Ihre Zeit bei uns nicht als vergeudet ansehen. Wir haben sicherlich unser Bestes getan; und da wir glücklicherweise in der Lage waren, Ihnen Zugang zu einer viel höheren Gesellschaftsschicht zu verschaffen, und es durch unsere Verbindung mit Rosings häufig in unserer Macht stand, die bescheidene häusliche Umgebung mit einer viel vornehmeren zu vertauschen, glaube ich, daß wir uns mit der Annahme schmeicheln dürfen, daß Ihr Besuch in Hunsford Ihnen nicht lästig und beschwerlich vorgekommen sein kann. Unsere glückliche Lage hinsichtlich unserer Beziehung zu Lady Catherines Familie bietet in der Tat außerordentliche Vorteile und ist ein wahrer Segen, dessen sich sonst nur wenige rühmen können. Sie haben gesehen, wie häufig und regelmäßig wir dort eingeladen sind. Fürwahr, ich muß es offen aussprechen, daß ich bei allen Nachteilen dieses bescheidenen Pfarrhauses keinen von denen, die darin weilen, des Mitleids bedürftig erachte, solange sie Anteil haben dürfen an dem innigen Verkehr, den wir mit Rosings unterhalten.«
Worte waren unzureichend, um der Erhobenheit seiner Gefühle gerecht zu werden, und er mußte im Zimmer auf und ab gehen, während Elisabeth versuchte, in einigen kurzen Sätzen Wahrheit und Höflichkeit zu vereinen.
»Sie können in der Tat einen sehr günstigen Bericht über uns mit nach Hertfordshire nehmen, meine teure Kusine. Zum mindesten schmeichle ich mir, daß Sie dies tun können werden. Sie waren ja täglich Zeugin, wie sehr Lady Catherine sich meiner Gattin annimmt, und im großen und ganzen will es mir, das wage ich zu sagen, nicht erscheinen, als ob Ihre Freundin hier ein un-

glückliches ..., doch über diesen Punkt ziemt es sich wohl eher zu schweigen. Lassen Sie mich Ihnen nur versichern, mein teures Fräulein Elisabeth, daß ich Ihnen von Herzen ein gleiches Eheglück nur wünschen kann. Meine liebe Charlotte und ich, wir sind ein Herz und eine Seele. In unserer Charakterveranlagung wie in unseren Gedankengängen sind wir uns außerordentlich ähnlich. Wir scheinen geradezu füreinander bestimmt gewesen zu sein.«

Elisabeth konnte mit gutem Gewissen erwidern, daß es großes Glück bedeute, wenn so etwas der Fall wäre, und konnte mit gleicher Aufrichtigkeit noch hinzufügen, daß sie von seinen häuslichen Glücksumständen fest überzeugt sei und sich darüber freue. Es tat ihr jedoch nicht weiter leid, daß sie in der Aufzählung dieser Glücksumstände durch den Eintritt der Dame unterbrochen wurde, von der all das Glück ausging. Arme Charlotte! Es war wirklich betrüblich, sie in solcher Gesellschaft zurücklassen zu müssen. Aber sie hatte sich ja offenen Auges alles selbst erwählt, und wenn sie es auch offensichtlich bedauerte, daß ihre Besucherinnen abreisen sollten, schien sie doch nicht nach ihrem Mitleid zu verlangen. Ihr Heim und ihr eigener Haushalt, ihr Pfarrhaus und ihre Geflügelzucht und alles, was damit zusammenhing, hatte den Reiz für sie noch nicht verloren.

Endlich kam die Reisekutsche. Die großen Koffer wurden oben aufgebunden, die kleineren Gepäckstücke im Inneren untergebracht, und schließlich erklärte man alles für reisefertig. Nach einem liebevollen Abschied der beiden Freundinnen wurde Elisabeth von Herrn Collins zum Wagen geleitet, und als sie durch den Garten schritten, trug er ihr seine ergebensten Grüße an die gesamte Familie auf und vergaß nicht, nochmals für die freundliche Aufnahme in Longbourn zu danken, die er im Winter genossen hatte, und Herrn und Frau Gardiner unbekannterweise grüßen zu lassen. Dann reichte er ihr die Hand, um ihr in den Wagen zu helfen, Maria folgte, und die Tür sollte eben zugeschlagen werden, als er sie mit einiger Bestürzung daran erinnerte, daß sie es bisher

versäumt hätten, ihm eine Botschaft für die Damen in Rosings aufzutragen.
»Denn«, fügte er hinzu, »Sie werde doch sicherlich den Wunsch hegen, daß den Damen untertänigste Grüße und ergebenster Dank für alle Freundlichkeit übermittelt würden, die sie Ihnen während Ihrer Anwesenheit allhier zu erweisen geruhten.«
Elisabeth erhob keinen Widerspruch – und dann erst durfte die Tür geschlossen werden, und der Wagen fuhr davon.
»Lieber Himmel«, rief Maria, nachdem sie ein paar Minuten stumm im Wagen gesessen hatten, »es kommt mir bloß wie ein paar Tage vor, seitdem wir hier angekommen sind, und was hat sich inzwischen nicht alles ereignet!«
»Ja, eine ganze Menge«, sagte ihre Begleiterin mit einem Seufzer.
»Neunmal sind wir in Rosings zum Essen gewesen, und außerdem noch zweimal zum Tee! – Wieviel wir zu erzählen haben werden!«
Elisabeth fügte im stillen hinzu: »Und wieviel ich zu verschweigen haben werde!«
Ihre Reise verlief ohne viel Unterhaltung und ohne Zwischenfälle, und vier Stunden nach ihrer Abfahrt von Hunsford erreichten sie Herrn Gardiners Haus, wo sie ein paar Tage bleiben sollten.
Jane sah gut aus, und Elisabeth hatte inmitten der zahlreichen geselligen Veranstaltungen, die ihre Tante in freundlicher Voraussicht für sie aufgespart hatte, wenig Gelegenheit, die Gemütsstimmung der Schwester zu erkunden. Doch Jane sollte mit ihr nach Hause fahren, und in Longbourn würde reichlich Zeit sein, sie zu beobachten.
Es kostete sie jedoch gewaltige Willensanspannung, noch bis Longbourn zu warten, ehe sie ihrer Schwester von Darcys Antrag berichten konnte. Zu wissen, daß sie Jane etwas zu erzählen hatte, was diese gewaltig überraschen würde und was gleichzeitig den letzten, vom Verstand noch nicht restlos unterdrückten Spuren ihrer ei-

genen Eitelkeit schmeicheln mußte, war tatsächlich eine Versuchung zum Schwatzen, deren sie nur Herr werden konnte, weil sie sich noch nicht im klaren war, inwieweit sie ihre Schwester ins Vertrauen ziehen sollte; vor allem fürchtete sie, daß sie notgedrungen auch etwas von Bingley erwähnen müßte, wenn sie einmal von der ganzen Angelegenheit zu berichten anfinge, und das könnte der Schwester nur noch neuen Kummer bereiten.

Neununddreißigstes Kapitel

In der zweiten Maiwoche fuhren die drei jungen Damen nun von der Gracechurch Street nach dem Städtchen *** in Hertfordshire los, und als sie in der Nähe des verabredeten Gasthofs hielten, wo Herrn Bennets Wagen sie abholen sollte, bemerkten sie bald, wie pünktlich der väterliche Kutscher gewesen war, denn Kitty und Lydia blickten oben aus dem Speisesaalfenster heraus. Die beiden Mädchen waren schon über eine Stunde da und hatten sich mit allerhand vergnüglichen Dingen die Zeit vertrieben, sie hatten ein gegenüberliegendes Hutgeschäft besucht, den Wachtposten beobachtet und einen Gurkensalat zubereitet.

Nachdem sie ihre Schwestern begrüßt hatten, geleiteten sie sie triumphierend zu einer Tafel, die mit dem üblichen Gasthausimbiß – kalten Bratenplatten – bedeckt war, und riefen: »Ist das nicht entzückend? Ist das nicht eine feine Überraschung?«

»Und wir wollen euch auch alle einladen«, setzte Lydia hinzu, »nur müßt ihr uns das Geld dazu borgen, denn wir haben unsers soeben im Laden da drüben ausgegeben.« Dann zeigte sie ihre Erwerbungen: »Sieh nur, ich habe mir diese Haube gekauft. Ich glaube zwar nicht, daß sie besonders hübsch ist, aber ich dachte, man

könnte sie schon kaufen. Ich werde sie, gleich wenn ich nach Hause komme, auseinandertrennen und sehen, ob ich nicht was Hübscheres draus machen kann.«
Und als ihre Schwestern sie scheußlich fanden, meinte sie ganz unschuldig: »Ach, da gab es zwei oder drei noch viel häßlichere im Laden, und wenn ich mir ein bißchen Satin von netterer Farbe gekauft und sie damit neu aufgeputzt habe, wird sie wohl ganz erträglich aussehen. Außerdem kommt's in diesem Sommer gar nicht so sehr drauf an, was man trägt, wo doch das Regiment aus Meryton abzieht – in zwei Wochen ist's soweit.«
»So, sie rücken ab!« rief Elisabeth sehr befriedigt aus.
»Sie sollen in der Nähe von Brighton Lager beziehen; und ich möchte doch so gerne, daß Papa uns alle dorthin bringt und den ganzen Sommer dort läßt! Denk nur mal, wie schön das wäre, und es würde fast nichts kosten. Mama würde auch gar zu gern mit hinfahren! Überleg dir nur, was für einen traurigen Sommer wir sonst hätten!«
›Ja‹, dachte Elisabeth, ›das fehlte grad noch und wäre für uns genau das Richtige. Lieber Himmel! Brighton und ein ganzes Lager voll Soldaten ganz für uns, wo wir schon von dem einen Milizregiment und den Bällen jeden Monat in Meryton mehr als genug haben!‹
»Nun habe ich noch eine Neuigkeit für euch«, sagte Lydia, als sie sich zu Tisch setzten. »Was meint ihr wohl? Es sind großartige Neuigkeiten über einen gewissen Jemand, den wir alle gern haben.«
Jane und Elisabeth blickten einander an, und dem Kellner wurde bedeutet, er brauche nicht im Zimmer zu bleiben.
Lydia lachte und sagte: »Ach, das ist typisch für eure Steifheit und eure Überängstlichkeit. Ihr denkt, der Kellner braucht das nicht zu hören, als ob ihm das nicht völlig egal wäre! Bestimmt hört er oft Schlimmeres, als was ich euch erzählen will. Aber er ist ein widerwärtiger Kerl. Ich bin froh, daß er fort ist. So was von einem vorstehenden Kinn hab ich mein Lebtag nicht gesehen. Nun aber die Neuigkeit: Es handelt sich um unseren lie-

ben Wickham; das wäre wirklich zu gut für den Kellner, nicht? Also es besteht keine Gefahr mehr, daß Wickham Mary King heiratet – na, was sagt ihr nun? Sie ist 'nunter nach Liverpool zu ihrem Onkel gezogen und will dort bleiben. Wickham ist vor ihr sicher.«

»Und Mary King vor ihm!« ergänzte Elisabeth. »Sicher vor einer vermögensmäßig sehr unklugen Verbindung.«

»Aber es ist sehr töricht von ihr, hier wegzugehen, wenn sie ihn liebt.«

»Ich hoffe, es ist auf beiden Seiten nicht viel Liebe im Spiel«, sagte Jane.

»Auf seiner Seite jedenfalls nicht. Dafür kann ich mich verbürgen, daß sie ihm keinen Pfifferling wert war. Wer könnte sich auch in so ein sommersprossiges kleines Scheusal verlieben?«

Elisabeth wurde mit Entsetzen gewahr, daß sie nicht viel weniger rohe Empfindungen in ihrem Herzen gehegt und für berechtigt angesehen hatte, wenn sie auch außerstande gewesen war, ihnen in so rauher Form Ausdruck zu verleihen.

Sobald alle gegessen und die beiden Älteren gezahlt hatten, ließ man den Wagen vorfahren, und es bedurfte einiger Geschicklichkeit, die ganze Gesellschaft mit ihren Schachteln, Arbeitskörben, Paketen und den unerwünschten zusätzlichen Erwerbungen Kittys und Lydias darin zu verstauen.

»Wie hübsch wir hier zusammengepfercht sind!« rief Lydia. »Ich bin ja so froh, daß ich meine neue Haube gekauft habe, schon weil es solchen Spaß macht, noch eine Hutschachtel hier unterzubringen! Aber nun wollen wir es uns hier recht traulich und gemütlich machen und den ganzen Weg bis nach Hause schwatzen und lachen. Und vor allem erzählt jetzt mal, was ihr alles erlebt habt, seit ihr weggefahren seid. Habt ihr nette Männer getroffen? Habt ihr tüchtig geflirtet? Ich habe doch gehofft, wenigstens eine von euch würde sich einen Mann angeln, ehe ihr wieder nach Hause kämt. Jane wird bald 'ne alte Jungfer werden, das kann ich euch sagen. Sie ist schon fast dreiundzwanzig! Großer Gott, wie würde ich mich schämen, wenn ich mit dreiundzwanzig noch nicht verheiratet sein sollte! Und dabei wünscht sich Tante Philips nichts sehnlicher, als daß ihr bald Männer kriegt. Sie sagt, Lissy hätte ruhig Herrn Collins nehmen sollen; aber ich glaube auch nicht, daß das viel Spaß gemacht hätte. Großer Gott, wie würde ich mich freuen, wenn ich vor euch allen heiratete; dann könnte ich euch als Ballmutter überallhin zum Tanzen mitnehmen! Ach, was hatten wir doch neulich bei Oberst Forster für Spaß! Kitty und ich waren den ganzen Tag dort eingeladen, und Frau Forster versprach uns für den Abend eine kleine Tanzerei – weißt du, Frau Forster und ich, wir sind ja so dicke Freundinnen! –, und sie lud auch die beiden Harringtons ein, aber Harriet war krank, und so mußte Ben ganz allein kommen; und dann, was glaubt ihr wohl, was wir dann gemacht haben? Wir haben Chamberlayne Frauenkleider angezogen, damit ihn die anderen für eine Dame halten sollten – denkt euch bloß den Spaß! Keine Seele wußte was davon außer dem Oberst und seiner Frau und Kitty und mir, und außerdem meiner Tante, denn von der mußten wir ja ein Kleid ausborgen; ihr könnt euch gar nicht vorstellen, wie prima er aussah! Als dann Denny und Wickham und Pratt und noch zwei oder drei andere kamen, haben sie ihn einfach nicht erkannt. Großer Gott, habe ich da gelacht! Und Frau Forster auch! Ich dachte, ich müßt vergehn vor Lachen! Und dadurch erst wurden die Männer stutzig, und da haben sie nachher bald rausgekriegt, was los war.«

Mit derartigen Geschichtchen von ihren Erlebnissen und Streichen bemühte sich also Lydia, von Kitty durch Hinweise und Ergänzungen unterstützt, ihre Begleiterinnen auf der ganzen Fahrt nach Longbourn zu amüsieren. Elisabeth hörte sowenig wie nur möglich drauf, doch den so oft erwähnten Namen Wickham konnte sie einfach nicht überhören.

Zu Hause wurden sie sehr freundlich empfangen. Frau Bennet freute sich, daß Janes Schönheit nicht gelitten

hatte, und während des Essens sagte Herr Bennet mehr als einmal spontan zu Elisabeth: »Ich freue mich ja so, daß du wieder da bist, Lissy!«
Zum Essen waren sie eine große Gesellschaft, weil fast alle Lucassens herübergekommen waren, um Maria zu begrüßen und zu hören, was sie zu erzählen hatte, und jeder wollte etwas anderes wissen. Lady Lucas erkundigte sich über den Tisch hinweg bei Maria nach dem Wohlergehen und dem Geflügelhof ihrer ältesten Tochter. Frau Bennet war doppelt beschäftigt: Einerseits mußte sie von Jane erfahren, was die neueste Mode war, und andererseits mußte sie diese Neuigkeiten an die jüngeren Fräulein Lucas weitergeben; und Lydia übertönte alle, indem sie jedem, der ihr zuhören wollte, die verschiedenen Vergnügungen von heute vormittag aufzählte.
»Ach, Mary«, sagte sie, »wenn du nur mit gewesen wärst, denn wir hatten ja solchen Spaß auf der Hinfahrt! Kitty und ich, wir haben die Vorhänge zugezogen und so getan, als ob niemand im Wagen wäre, und ich wäre so bis hin gefahren, wenn es Kitty nicht schlecht geworden wäre; und dann im Gasthaus ›Zum König Georg‹, da haben wir uns, glaube ich, sehr fein benommen und haben die drei anderen mit dem allerfeinsten kalten Bratenaufschnitt bewirtet, und wenn du mit gewesen wärst, hätten wir dich auch dazu eingeladen. Und auch auf der Rückfahrt hatten wir doch solchen Spaß! Erst dachten wir, wir kämen niemals alle in die Kutsche rein. Ich wär vor Lachen fast gestorben. Und dann waren wir doch den ganzen Heimweg so lustig. Wir haben so laut erzählt und gelacht, daß man uns bestimmt zehn Meilen weit gehört hat!«
Darauf entgegnete Mary sehr ernst: »Fern sei es von mir, meine teure Schwester, derartige Vergnügungen herabsetzen zu wollen! Sie sind zweifellos dem durchschnittlichen weiblichen Geist durchaus angemessen. Doch ich gestehe, daß sie für mich keinen Reiz haben. Ich würde da ein Buch bei weitem vorziehen.«
Doch von dieser Antwort vernahm Lydia kein Wort. Sie

hörte selten jemandem länger als eine halbe Minute zu, und ihrer Schwester Mary schon gleich gar nicht.
Am Nachmittag lag Lydia den anderen Mädchen in den Ohren, doch mit ihr nach Meryton hinüberzugehen und zu sehen, wie sich die Leute dort machten; doch Elisabeth war dagegen und blieb fest. Es sollte nicht heißen, die Fräulein Bennet könnten es keinen halben Tag zu Hause aushalten, weil sie unbedingt immer hinter den Offizieren her sein müßten. Es gab für sie jedoch noch einen zweiten Grund: Sie hatte Angst, Wickham wiederzusehen, und wollte ihm solange wie möglich aus dem Wege gehn. Es war wirklich kaum zu sagen, wie froh sie war, daß das Regiment nun bald abrücken sollte. In vierzehn Tagen war es soweit, und wenn die Offiziere erst einmal fort waren, hoffte sie, keine Ungelegenheiten mit Wickham mehr zu haben.
Sie war erst wenige Stunden daheim, als sie bemerken mußte, daß der Plan einer Reise nach Brighton, über den Lydia ihnen im Hotel einige Andeutungen gemacht hatte, von den Eltern häufig erörtert wurde. Elisabeth sah sofort, daß Vater nicht die geringste Neigung hatte, hier nachzugeben, doch waren seine Antworten immer so unbestimmt und zweideutig, daß ihre Mutter zwar zuweilen den Mut verlor, aber die Hoffnung nie ganz aufgab, ihren Willen am Ende doch noch durchzusetzen.

Vierzigstes Kapitel

Elisabeths Ungeduld, Jane das Vorgefallene mitzuteilen, ließ sich nicht länger zügeln, und so erzählte sie ihr denn am nächsten Morgen, was sich im wesentlichen zwischen ihr und Herrn Darcy abgespielt hatte, wobei sie darauf bedacht war, alles wegzulassen, was ihre

Schwester betraf. Im übrigen hatte sie die Schwester zuvor gebeten, sich auf eine große Überraschung gefaßt zu machen.

Doch das ältere Fräulein Bennet zeigte sich gar nicht so erstaunt, weil sie von ihrer Schwester so eingenommen war, daß sie es für ganz selbstverständlich hielt, wenn jemand sie verehrte; und was an Erstaunen doch noch übrigblieb, wurde bald von anderen Empfindungen verdrängt. Es tat ihr leid, daß Darcy seine Gefühle in einer Weise ausgedrückt hatte, die so wenig für ihn sprach; aber noch mehr betrübte sie der Schmerz, den die Schwester ihm mit ihrer Ablehnung bereitet haben mußte.

»Daß er seiner Sache so sicher war, ist bedauerlich«, sagte sie, »und gewiß hätte er es sich nicht anmerken lassen sollen; um so größer muß aber nun seine Enttäuschung sein, wie du dir denken kannst.«

»Gewiß«, erwiderte Elisabeth, »er tut mir von Herzen leid; doch sind seine Gefühle auch anderweit in Anspruch genommen, so daß ich ihm bald gleichgültig sein werde. Aber du machst mir keinen Vorwurf, daß ich ihn abgewiesen habe?«

»Dir Vorwürfe machen! Aber nein!«

»Doch vielleicht findest du es nicht richtig, daß ich für Wickham so warm eingetreten bin?«

»Nein – ich weiß doch gar nicht, ob du damit nicht recht hattest.«

»Aber du wirst es wissen, wenn ich dir jetzt erzähle, was dann am folgenden Tag geschah.«

Dann sprach sie von dem Brief und wiederholte seinen ganzen Inhalt, soweit er Wickham betraf. Welch ein Schlag war das für die arme Jane! Sie wäre gar zu gern durch die Welt geschritten in der Überzeugung, daß in der ganzen Menschheit nicht soviel Schlechtigkeit vorhanden sei, wie sie hier in einer einzigen Person vereint fand. Auch Darcys Rechtfertigung, so angenehm sie diese empfand, konnte sie über eine solche Entdeckung nicht hinwegtrösten. In allem Ernst bemühte sie sich um den Nachweis, daß hier wahrscheinlich ein Irrtum vorliegen müsse, und versuchte, den einen reinzuwaschen, ohne den anderen zu belasten.

»Damit kommst du nicht weiter«, sagte Elisabeth, »es wird dir nie gelingen, beiden recht zu geben, und zwar in keinem der Zweifelsfälle. Entscheide dich, wie du willst, aber du mußt dich mit einem von beiden begnügen. Die Menge an anständiger Gesinnung, die in dieser Angelegenheit zu verteilen ist, reicht nur für einen aus, und neuerdings hat sie ihren Schwerpunkt ganz schön verlagert. Was mich anlangt, so bin ich geneigt, sie ganz und gar Darcy zuzubilligen, doch du sollst entscheiden, wie du es für richtig hältst.«

Es dauerte indessen einige Zeit, ehe aus Jane ein Lächeln herauszuholen war.

»Ich weiß nicht, wann mich etwas jemals mehr erschüttert hat. Daß Wickham so schlecht sein soll! Es ist fast nicht zu glauben. Und der arme Darcy! Liebe Lissy, überlege dir nur, wie er gelitten haben muß! Solch eine Enttäuschung, und dazu noch erfahren zu müssen, wie schlecht du von ihm denkst! Und daß er so etwas von seiner Schwester berichten mußte! – Es ist wirklich zu traurig. Ich bin sicher, daß du auch so fühlst wie ich.«

»O nein, wenn ich dich so von Bedauern und Mitleid erfüllt sehe, verschwinden diese Empfindungen bei mir gänzlich. Ich weiß, du wirst ihm am Ende so viel Gerechtigkeit widerfahren lassen, daß für mich die Sache immer gleichgültiger und belangloser wird. Dein Überschwang bringt mich dazu, mit meinen Gefühlen sparsamer umzugehen, und wenn du ihn noch viel länger bejammerst, wird mein Herz leicht wie eine Feder.«

»Der arme Wickham! Sein Gesicht spricht von soviel Güte und sein ganzes Wesen von soviel Offenheit und Freundlichkeit.«

»Bestimmt ist bei der Erziehung dieser beiden jungen Leute ein grober Fehler unterlaufen. Der eine hat den ganzen Anstand und der andere den ganzen äußeren Schein davon mitbekommen.«

»Ich bin niemals so überzeugt gewesen wie du, daß es Darcy so gänzlich an jenem äußeren Schein mangelt.«

»Und doch kam ich mir ungemein klug vor, als ich ihn ohne jeden Grund so entschieden verabscheute. Es gibt einem solchen Auftrieb, regt den Witz und Geist so an, wenn man eine Abneigung einmal gefaßt hat. Man kann über jemanden ständig herfallen, ohne ihm auch nur einmal gerecht zu werden, aber man kann nicht dauernd über jemand lachen, ohne dabei dann und wann doch einmal über einen witzigen, geistreichen Einfall zu stolpern.«

»Ich bin sicher, Lissy, daß du die Angelegenheit nicht in diesem Lichte sehen konntest, als du den Brief zum erstenmal gelesen hast.«

»Freilich, dazu war ich nicht imstande. Es war mir unbehaglich genug zumute. Ich fühlte mich sogar sehr unbehaglich, ja, ich kann sagen unglücklich. Und dabei hatte ich niemanden, dem ich mein Herz ausschütten konnte, keine Jane, die mich trösten und mir einreden konnte, daß ich gar nicht so schwach und eitel und töricht gewesen bin, wie ich es doch tatsächlich war. Ach, wie du mir gefehlt hast!«

»Und wie bedauerlich, daß du Herrn Darcy gegenüber von Wickham in so starken Ausdrücken gesprochen hast, denn nun müssen sie erst recht vollkommen unverdient erscheinen.«

»Gewiß. Aber das Unglück, daß ich so bittere Worte gesprochen habe, ist eine ganz natürliche Folge der Vorurteile, die ich gehegt habe. – Da ist noch etwas, worum ich dich um Rat fragen möchte: Ich möchte wissen, ob ich unseren Bekannten gegenüber etwas über Wickhams Charakter andeuten sollte oder lieber nicht.«

Jane überlegte eine Weile und erwiderte dann: »Sicherlich besteht kein Anlaß, ihn so schrecklich bloßzustellen. Wie denkst du selber darüber?«

»Daß man es nicht tun sollte. Herr Darcy hat mich nicht ermächtigt, von seiner Mitteilung öffentlich Gebrauch zu machen. Im Gegenteil, alles, was seine Schwester betraf, war so vertraulich wie nur möglich gemeint; und wenn ich mich bemühen sollte, den Leuten über sein Verhalten in den übrigen Angelegenheiten die Augen zu öffnen, wer würde mir da schon glauben? Das allgemeine Vorurteil gegen Darcy ist so eingewurzelt, daß die Hälfte der guten Merytoner eher sterben würde, als ihn in einem liebenswerten Lichte zu sehen. Dagegen käme ich nicht an. Wickham wird bald aus der Gegend verschwunden sein, und daher kann es hier keinen mehr stören, was er wirklich ist. Später wird es doch einmal herauskommen, und dann können wir die anderen wegen ihrer Dummheit auslachen, daß sie vorher nichts gemerkt haben. Doch jetzt will ich noch nichts darüber sagen.«

»Du hast ganz recht. Es könnte ihn völlig unmöglich machen, wenn man seine Fehler öffentlich verbreitete. Vielleicht bereut er sein Verhalten jetzt schon und möchte sich wieder einen guten Ruf erwerben. Wir dürfen ihn nicht zur Verzweiflung treiben.«

Der Sturm in Elisabeths Gemüt wurde durch diese Unterhaltung beschwichtigt. Sie war nun zwei Geheimnisse los, die sie zwei Wochen lang bedrückt hatten, und war in Jane einer geduldigen Zuhörerin sicher, falls sie je wieder das Bedürfnis fühlen sollte, sich darüber auszusprechen. Aber etwas lauerte immer noch im Hintergrund, das sie aus Klugheit lieber für sich behalten wollte. Sie wagte ihrer Schwester nicht zu berichten, was die andere Hälfte von Darcys Brief enthielt, oder ihr zu sagen, wie herzlich sein Freund ihr zugetan gewesen war. Das war ein Geheimnis, an dem niemand Anteil haben konnte, und sie war sich klar darüber, daß sie erst nach einer völligen Aussöhnung und Verständigung zwischen den beiden die letzte Last ihres Geheimnisses abwerfen konnte. ›Und dann‹, sagte sie sich, ›falls dieses sehr unwahrscheinliche Ereignis jemals eintreten sollte, kann ich ja auch nur das berichten, was Bingley in viel netterer Weise selber sagen könnte. Ich kann das Geheimnis nicht verraten, ehe es nicht allen Wert verloren hat!‹

Nun, als sie sich zu Hause eingerichtet hatte, war es ihr leichter möglich, den wahren Gemütszustand ihrer Schwester in Ruhe zu beobachten. Jane war nicht glücklich. Sie hegte immer noch eine sehr zärtliche Zuneigung für Bingley. Da sie vorher niemals auch nur im entferntesten verliebt gewesen war, hatte ihr Gefühl für ihn noch ganz die Wärme einer ersten Liebe, und Janes Alter und Veranlagung entsprechend, war es außerdem beständiger, als erste Liebe es oft ruhmredig von sich behauptet; so leidenschaftlich kultivierte sie sein Andenken, so hoch stellte sie ihn über jeden anderen Mann, daß es ihrer ganzen Vernunft und ihrer ganzen Rücksicht auf die Gefühle ihrer Freunde bedurfte, um sie vor einer hemmungslosen Hingabe an schmerzliche Erinnerungen zu bewahren, die ihrer Gesundheit sehr abträglich gewesen wären.

»Ja, Lissy«, sagte Frau Bennet eines Tages, »was hältst du jetzt von der betrüblichen Angelegenheit mit Jane? Ich meinerseits bin fest entschlossen, mit niemandem je wieder darüber zu sprechen. Das habe ich neulich schon meiner Schwester Philips gesagt. Aber ich habe nirgends erfahren können, daß Jane von ihm in London auch nur eine Spur gesehen hat. Nun, der junge Mann ist ihrer einfach nicht wert – und ich glaube nicht, daß sie jetzt noch die geringste Aussicht hat, ihn jemals zu kriegen. Es ist keine Rede mehr davon, daß er im Sommer wieder nach Netherfield kommt; ich habe mich bei allen Leuten erkundigt, die es eigentlich wissen müßten.«

»Ich glaube nicht, daß er überhaupt wieder in Netherfield wohnen wird.«

»Ach, soll er doch machen, was er will. Kein Mensch verlangt, daß er wieder herkommt. Aber das werde ich immer wieder sagen, daß er sich meiner Tochter gegenüber sehr gemein verhalten hat; und an ihrer Stelle hätte ich mir das nicht gefallen lassen. Na ja, mein einziger Trost dabei ist, daß Jane bestimmt an gebrochenem Herzen stirbt, und dann wird es ihm wohl leid tun, was er angerichtet hat.«

Doch da für Elisabeth eine derartige Aussicht keinerlei Trost bedeutete, gab sie keine Antwort.

»Also Lissy«, fuhr die Mutter gleich darauf fort, »den Collinsens geht es demnach recht gut, nicht wahr? Na, wenn's nur so bleibt; ich wünsche ihnen das Beste. Und wie essen sie denn? Charlotte kann bestimmt gut haushalten. Wenn sie halb so genau ist wie ihre Mutter, kann sie ganz schön sparen. Jedenfalls leben die bestimmt nicht verschwenderisch.«

»Das auf keinen Fall.«

»Ja, die können gut haushalten, darauf kannst du dich verlassen. Ja, ja. Die werden nie über ihre Verhältnisse leben. Die werden nie in Geldverlegenheit kommen. Na, soll's ihnen gut bekommen! Vermutlich reden sie auch oft davon, daß sie Longbourn kriegen, wenn dein Vater mal stirbt. Bei solchen Gelegenheiten betrachten sie es wahrscheinlich schon ganz als ihr Eigentum.«

»Von so etwas konnten sie doch in meiner Gegenwart nicht sprechen.«

»Natürlich nicht, das wäre ja auch noch schöner! Aber ich bin ganz sicher, daß sie oft davon reden, wenn sie unter sich sind. Nun, wenn sie mit ruhigem Gewissen ein Gut übernehmen können, das ihnen rechtlich gar nicht zusteht, um so besser für sie. Ich jedenfalls würde mich schämen, wenn ich eins hätte, das mir bloß durch so 'ne Fideikommißerbfolge zugefallen wäre.«

Einundvierzigstes Kapitel

Die erste Woche nach ihrer Rückkehr war nun schon vorbei. Die zweite begann. Es war die letzte, die das Regiment in Meryton bleiben sollte, und alle jungen Damen der Nachbarschaft ließen die Köpfe sehr hängen. Fast alle waren niedergeschlagen. Nur die älteren Fräulein Bennet brachten es noch fertig, zu essen, zu trinken, zu schlafen und ihrer alltäglichen Beschäftigung nachzugehen. Kitty und Lydia machten ihnen wegen ihrer Gefühllosigkeit oft Vorwürfe; die beiden litten außeror-

dentlich und fanden es unbegreiflich, wie jemand in ihrer eigenen Familie so hartherzig sein konnte.
»Lieber Himmel, was soll bloß aus uns werden? Was sollen wir nun anfangen?« riefen sie oft in ihrem bitteren Weh. »Wie kannst du auch noch lachen, Lissy?«
Ihre liebevolle Mutter empfand den Kummer voll und ganz mit ihnen; sie erinnerte sich, was sie vor fünfundzwanzig Jahren bei einer ähnlichen Gelegenheit selber durchgemacht hatte.
»Ich weiß noch genau«, sagte sie, »wie ich zwei Tage ununterbrochen geweint habe, als Oberst Millers Regiment abzog. Ich dachte, das Herz müßte mir brechen.«
»Meins bricht jetzt auch ganz bestimmt«, sagte Lydia.
»Wenn man doch wenigstens nach Brighton könnte!« bemerkte Frau Bennet.
»O ja, wenn man wenigstens nach Brighton könnte! Aber Papa ist ja so ablehnend.«
»Ein bißchen Baden in der See würde mich ein für allemal wieder in Ordnung bringen.«
»Ja, und Tante Philips sagt, mir würde es auch bestimmt sehr guttun«, bemerkte Kitty dazu.
Von derartigen Klagen hallte die Villa Longbourn ständig wider. Elisabeth versuchte sich darüber zu amüsieren, doch war ihr das Verhalten der Schwestern so peinlich, daß sie es nicht fertigbrachte. Erneut wurde ihr klar, wie recht Darcy mit seinen Vorbehalten gehabt hatte, und mehr als je war sie geneigt, ihm die Beeinflussung seines Freundes zu verzeihen.
Doch für Lydia eröffneten sich bald wieder freundlichere Aussichten, denn sie erhielt von der Gattin des Obersten, Frau Forster, eine Einladung, sie nach Brighton zu begleiten. Diese unbezahlbare Freundin war noch sehr jung und noch gar nicht lange verheiratet. Beide fühlten sich durch ihre Lebenslust und ihren unverwüstlichen Frohsinn zueinander hingezogen, und aus einer Bekanntschaft von drei Monaten gingen zwei unzertrennliche Freundinnen hervor.
Lydias Entzücken darüber, ihre Schwärmerei für Frau Forster, Frau Bennets Freude und die Enttäuschung Kit-

tys lassen sich kaum beschreiben. Ohne Rücksicht auf die Gefühle ihrer Schwester stürmte Lydia vor Freude außer sich durch das ganze Haus, wollte sich von jedem beglückwünschen lassen und lachte und plapperte lauter als je, während die vom Pech verfolgte Kitty im Wohnzimmer in ebenso unvernünftigen wie wütenden Ausdrücken mit dem Schicksal haderte.
»Ich sehe nicht ein, warum Frau Forster mich nicht genauso wie Lydia eingeladen hat«, sagte sie, »auch wenn ich nicht ihre beste Freundin bin. Ich habe genausoviel Recht auf eine Einladung wie die, ja sogar noch mehr, denn ich bin zwei Jahre älter.«
Vergebens versuchte Elisabeth, sie zur Vernunft zu bringen, versuchte Jane, ihr gut zuzureden, sich mit dem Unabänderlichen abzufinden. Was Elisabeth selbst anbelangte, so waren ihre Gefühle denen ihrer Mutter und Lydias so unähnlich, daß sie die Einladung als Todesurteil für den gesunden Menschenverstand ihrer Schwester ansah, und da ein solcher Schritt, wenn er bekannt wurde, das Ansehen ihrer Schwester sehr schädigen mußte, konnte sie nicht umhin, ihrem Vater heimlich anzuraten, die Schwester nicht gehen zu lassen. Sie stellte ihm vor, wie ungehörig Lydia sich schon im allgemeinen aufführte, wie wenig erzieherisch auf sie die Freundschaft mit einer Frau wie Frau Forster wirken mußte und wie groß die Wahrscheinlichkeit war, daß sie sich mit einer solchen Gefährtin in Brigthon, wo die Versuchung größer als zu Hause sein mußte, noch unbesonnener verhalten würde. Er hörte sie aufmerksam an und sagte dann: »Lydia wird es nie wohl sein, bis sie sich nicht irgendwo in der Öffentlichkeit gründlich blamiert hat, und wir können nicht erwarten, daß sie dies anderweit mit so wenig Kosten und Ungelegenheiten für ihre Familie tun kann wie unter den obwaltenden Umständen.«
»Wenn Sie sich«, sagte Elisabeth, »der großen Nachteile bewußt wären, die uns allen aus Lydias ungebührlichem und unklugem Verhalten in der Öffentlichkeit erwachsen müssen, ja die uns schon erwachsen sind, würden

Sie die Angelegenheit in einem ganz anderen Licht sehen.«
»Schon erwachsen sind?« wiederholte Herr Bennet. »Was, hat sie schon ein paar von deinen Verehrern abgeschreckt! Arme kleine Lissy! Aber laß dich dadurch nicht niederdrücken. Junge Männer, die so empfindlich sind, daß sie sich mit kleinen Verrücktheiten nicht abfinden können, sind es nicht wert, daß man ihnen nachweint. Komm, zähle mir mal die kläglichen Burschen auf, die sich wegen Lydias Torheit von dir fernhalten.«
»Nein, da irren Sie sich, Vater. Mir ist nichts Derartiges passiert. Ich beklage mich nur ganz im allgemeinen und nicht wegen eines besonderen Falles. Unser Wert in der Achtung der anderen, unser Ruf, muß ja unter allem, was Lydias Charakter ausmacht, ihrer unbändigen Flatterhaftigkeit, ihrer Anmaßung und ihrem völligen Mangel an Zurückhaltung, leiden. Entschuldigen Sie – denn ich muß ganz offen reden. Wenn Sie, lieber Vater, sich nicht die Mühe nehmen, Lydias Tollheit zu zügeln und ihr beizubringen, daß sie ihre gegenwärtige Betriebsamkeit nicht als den Sinn ihres Lebens betrachten darf, wird sie bald nicht mehr zu bessern sein. Dann wird sich ihr Charakter in diesem üblen Sinne gefestigt haben, und sie wird mit sechzehn das koketteste Frauenzimmer sein, das jemals seine Familie lächerlich gemacht hat; und überdies eine Kokette im schlimmsten und niedrigsten Sinn, da sie außer ihrer Jugend und leidlichem Aussehen nichts zu bieten hat und infolge ihrer Unwissenheit und Dummheit völlig außerstande ist, sich auch nur im geringsten gegen die allgemeine Verachtung zu wehren, die ihre Mannstollheit über sie bringen wird. Derselben Gefahr ist auch Kitty ausgesetzt. Sie wird Lydia immer blindlings folgen. Eitel, unwissend, faul und gänzlich unbeherrscht! Ach, lieber Vater, können Sie es für möglich halten, daß die beiden nicht verurteilt und verachtet werden, wo sie nur auftreten, und daß nicht auch ihre Schwestern häufig in die Schande einbezogen werden?«
Herr Bennet erkannte wohl, wie nahe es ihr ging. Er er-

griff zärtlich ihre Hand und erwiderte: »Mach dir doch keine unnötigen Sorgen, mein liebes Kind. Alle, die dich und Jane kennen, müssen euch ja achten und hochschätzen, und es wird euern Wert in den Augen der andern nicht beeinträchtigen, daß ihr ein Paar – oder sagen wir meinetwegen auch drei sehr törichte Schwestern habt. Wir werden in Longbourn keine Ruhe haben, wenn Lydia nicht nach Brighton fährt. Laß sie also doch gehen. Oberst Forster ist ein vernünftiger Mensch und wird sie vor wirklichem Unheil bewahren; und glücklicherweise ist sie zu arm, als daß sie einem Mitgiftjäger zum Opfer fallen könnte. In Brighton wird sie mit ihrer Flirterei sogar weniger Erfolg haben als zu Hause, weil dort die Offiziere Frauen finden, die ihrer Aufmerksamkeit eher wert sind. Wollen wir also hoffen, daß sie dort lernt, wie unbedeutend sie eigentlich ist. Jedenfalls kann sie nicht viel schlimmer werden, ohne uns das Recht zu geben, sie auf Lebenszeit einzusperren.«

Mit dieser Antwort mußte sich Elisabeth zufriedengeben, doch war sie nach wie vor derselben Auffassung und verließ ihn enttäuscht und betrübt. Es lag jedoch nicht in ihrer Natur, ein Übel zu vergrößern, indem sie darüber brütete. Sie war überzeugt, ihre Pflicht getan zu haben, und es war nun einmal nicht ihre Art, sich über Unabänderliches zu grämen oder es durch unnötige Sorgen noch schlimmer zu machen.

Hätten Lydia und ihre Mutter gewußt, worüber sie mit ihrem Vater gesprochen hatte, dann wäre auch ihre vereinte Zungenfertigkeit kaum imstande gewesen, ihre Entrüstung auszudrücken. In Lydias Vorstellung umfaßte ein Besuch in Brighton jede Möglichkeit irdischen Glücks. Mit den Augen ihrer Phantasie sah sie die Straßen des freundlichen Badeortes von Offizieren wimmeln. Sie sah schon, wie einige, ja Dutzende von bisher noch unbekannten Verehrern ihr den Hof machten. Sie sah das Lager in seiner ganzen Pracht vor sich liegen mit seinen schön ausgerichteten Zeltreihen, zwischen denen sich lauter junge und fröhliche Leute tummelten, sie sah es von scharlachroten Uniformen nur so strahlen; und

als Krönung des Bildes erblickte sie sich selbst unter einem Zeltdach, wie sie liebevoll mit mindestens sechs Offizieren auf einmal flirtete.
Hätte sie gewußt, daß ihre Schwester sich mit dem Gedanken trug, ihr solche Aussichten und Erlebnisse unmöglich zu machen, was würde sie da empfunden haben? Nur ihre Mutter hätte sie verstanden, da sie fast den gleichen Gefühlen zugänglich war. Daß Lydia nach Brighton reiste, war alles, was sie über die betrübliche Einsicht hinwegtröstete, daß ihr Gatte gar nicht daran dachte, selber dorthin zu fahren.
Aber sie hatten keine Ahnung von alledem, und ihre Freudenausbrüche setzten sich mit geringen Unterbrechungen bis zu dem Tage fort, an dem Lydia abfuhr.
Elisabeth sollte Herrn Wickham nun zum letzten Male sehen. Da sie seit ihrer Rückkehr häufig mit ihm zusammen gewesen war, hatte sie ihre Erregung so ziemlich überwunden – und ihre frühere Zuneigung gänzlich. Sie hatte sogar gelernt, ausgerechnet in seiner Freundlichkeit, von der sie anfangs so entzückt gewesen war, eine Künstelei und Einförmigkeit zu erkennen, die auf die Dauer ermüdend und abstoßend wirkte. Überdies fand sie in seinem neuerlichen Verhalten ihr gegenüber eine Quelle weiteren Mißvergnügens, denn die von ihm alsbald bekundete Neigung, die ihr am Anfang ihrer Bekanntschaft erwiesene Verehrung wiederaufzunehmen, konnte nach allem, was seither vorgefallen war, nur dazu dienen, sie zu empören. Sie verlor jede Anteilnahme für ihn, als sie sehen mußte, wie er sie zum Gegenstand seiner müßigen und leichtfertigen Artigkeiten erkor; und sosehr sie sich dagegen wehrte, konnte sie doch nicht ganz den Vorwurf von sich abwälzen, der darin lag, daß er sich einbildete, ihre Eitelkeit müsse sich durch seine Aufmerksamkeiten geschmeichelt fühlen, ganz gleich auf wie lange und aus welchem Grunde er diese zuvor eingestellt hatte, und sie müsse ihm daraufhin sofort wieder zufliegen.
Am allerletzten Tag, an dem das Regiment noch in Meryton lag, speiste er mit anderen Offizieren in Long-

bourn. Elisabeth war so wenig daran gelegen, sich von ihm im Guten zu trennen, daß sie auf seine Anfrage, wie sie die Zeit in Hunsford verbracht habe, ihm berichtete, Oberst Fitzwilliam und Herr Darcy hätten sich drei Wochen lang auf Rosings aufgehalten, und ihn fragte, ob er mit dem Oberst bekannt sei.

Er schaute überrascht, unangenehm berührt und bestürzt drein, faßte sich jedoch schnell und erwiderte lächelnd, daß er früher viel mit ihm zusammen gewesen sei, und fragte sie, nachdem er ihn für einen hochanständigen Menschen erklärt hatte, wie er ihr gefallen habe. In ihrer Antwort ließ sie erkennen, wie sehr sie ihn schätzte. Mit gespielter Gleichgültigkeit fragte er bald darauf: »Wie lange, sagten Sie, war er in Rosings?«

»Fast drei Wochen.«

»Und Sie sind häufig mit ihm zusammengekommen?«

»Ja, fast jeden Tag.«

»Er ist ein ganz anderer Mensch als sein Vetter, nicht wahr?«

»Ja, er ist sehr von ihm verschieden. Aber ich glaube, Herr Darcy gewinnt mit näherer Bekanntschaft.«

»Was Sie nicht sagen!« rief Wickham mit einem Blick, der ihr nicht entging. »Und bitte, darf ich fragen ...?« Doch da riß er sich zusammen und sagte unbeschwerter: »Da hat er sich wohl in seinem äußeren Benehmen gebessert? Hat er geruht, sich in seinem Umgangston etwas mehr Höflichkeit zuzulegen? – Denn ich wage nicht zu hoffen«, fuhr er leiser und eindringlicher fort, »daß er sich in seinem innersten Wesen gebessert hat.«

»O nein!« sagte Elisabeth, »in seinem Wesen ist er, glaube ich, noch ganz der alte.«

Während sie sprach, sah Wickham aus, als wisse er nicht, ob er sich über ihre Worte freuen oder in ihnen einen Hintersinn argwöhnen solle. In ihren Gesichtszügen lag etwas, das ihn veranlaßte, sehr aufmerksam und besorgt zuzuhören, während sie erläuternd hinzufügte: »Als ich sagte, er gewinne mit näherer Bekanntschaft, meinte ich nicht, daß sein Wesen und sein Verhalten in einem Umwandlungsprozeß begriffen sei, sondern daß man seinen

Charakter besser versteht, wenn man ihn besser kennenlernt.«

Wickhams Unruhe war jetzt an seinem geröteten Gesicht und besorgten Blick zu erkennen; einige Minuten lang schwieg er, doch dann wurde er seiner Verwirrung Herr, wandte sich wieder ihr zu und sagte in seiner süßesten Tonart: »Sie, die Sie meine Gefühle Herrn Darcy gegenüber so gut kennen, werden gewiß verstehen, wie aufrichtig ich mich freuen muß, daß er klug genug ist, wenigstens nach außen hin den Schein des Anstands zu wahren. Seine Bemühungen in dieser Hinsicht werden, wenn nicht so sehr ihm selber, so doch vielen anderen dienlich sein, denn sie müssen ihn ja davon abschrekken, ein so übles Verhalten an den Tag zu legen wie das, unter dem ich zu leiden hatte. Ich fürchte allerdings, daß er die Zurückhaltung und Vorsicht, auf die Sie, wenn ich Sie richtig verstanden habe, anspielten, nur walten läßt, wenn er bei seiner Tante zu Besuch ist; denn an deren guter Meinung liegt ihm ebensoviel, wie er vor ihrem Scharfsinn Respekt hat. Vor ihr hat er immer Angst gehabt, wenn sie zusammen waren, wobei sein Wunsch, sich mit Fräulein de Bourgh ehelich zu verbinden, eine bedeutsame Rolle spielen mag, denn diese Dame hat er sehr ins Herz geschlossen, das weiß ich genau.«

Elisabeth konnte ein Lächeln darüber nicht unterdrükken, stimmte ihm jedoch nur mit einer leichten Kopfneigung zu. Sie merkte wohl, daß er ihr wieder mit seinem Lieblingsthema, den alten Beschwerden und Anschuldigungen, kommen wollte, und hatte nicht die geringste Lust, ihm darin nachzugeben. Der übrige Teil des Abends verging damit, daß Wickham sich den Anschein gab, als sei er heiter wie immer gestimmt, aber keinen weiteren Versuch unternahm, sich Elisabeth zu nähern, und sie verabschiedeten sich schließlich beide sehr höflich und möglicherweise mit dem beiderseits gehegten Wunsch, einander nie wieder zu begegnen.

Als die Gesellschaft zu Ende ging, kehrte Lydia mit Frau Forster nach Meryton zurück, von wo sie am nächsten Morgen frühzeitig abreisen sollten. Die Trennung von ihrer Familie ging eher lärmend als gefühlvoll vonstatten. Als einzige vergoß Kitty Tränen, aber sie weinte aus Ärger und Neid. Frau Bennet konnte sich gar nicht genugtun, ihrer Tochter viel Glück zu wünschen und ihr immer wieder einzuschärfen, ja keine Gelegenheit auszulassen und sich so gut wie nur möglich zu amüsieren – ein Rat, der aller Voraussicht nach befolgt werden würde. Und in dem lärmenden Glück, das sich in Lydias Abschiedsworten kundtat, gingen die zarteren Abschiedsworte ihrer Schwestern vollständig unter.

Zweiundvierzigstes Kapitel

Wären Elisabeths Ansichten nur von den in der eigenen Familie gemachten Erfahrungen abhängig gewesen, dann hätte sie sich kein sehr erfreuliches Bild von ehelichem Glück oder häuslichem Frieden machen können. Ihr Vater hatte sich von Jugend, Schönheit und dem Anschein einer ausgeglichenen Gemütsverfassung bestricken lassen, den Jugend und Schönheit im allgemeinen vortäuschen, und hatte eine Frau geheiratet, deren schwacher Verstand und beschränkter Gesichtskreis schon in den ersten Ehejahren alle wirkliche Zuneigung zu ihr zum Erlöschen gebracht hatte. Ehrerbietung, Achtung und Vertrauen waren für immer dahin, und alle seine Ideale von häuslichem Glück hatten Schiffbruch erlitten. Doch Herr Bennet war nicht so veranlagt, daß er Trost für seine selbstverschuldete Enttäuschung in einer der Vergnügungen gesucht hätte, die nur allzuoft den Unglücklichen über die eigene Torheit oder die begangenen Fehler hinwegtrösten. Er liebte das Landleben und seine Bücher, und aus diesen beiden Neigungen erwuchsen ihm seine hauptsächlichen Freuden. Von seiner Frau hatte er nicht sehr viel mehr, als daß er sich über ihre Dummheit und Torheit amüsierte, und das ist wohl kaum das Glück, das im allgemeinen ein Mann seiner Frau verdanken möchte; doch wo andere Unterhaltungsmöglichkeiten fehlen, wird ein wahrer Philosoph eben das ihm zur Verfügung Stehende so gut wie nur möglich ausnutzen.

Gegenüber diesem ungehörigen Verhalten ihres Vaters in seiner Eigenschaft als Ehemann war Elisabeth nie blind gewesen. Es hatte sie immer peinlich berüht; doch da sie seine geistigen Anlagen achtete und für die Liebe, die er ihr entgegenbrachte, dankbar war, hatte sie sich bemüht, das zu vergessen, was sie nicht übersehen konnte, und aus ihren Gedankengängen sein höchst verwerfliches Verhalten zu verbannen, dessen er sich schuldig machte, wenn er unter Nichtachtung ehelicher Verpflichtung und ehelichen Anstands seine Frau dauernd der Verachtung ihrer Kinder preisgab. Doch nie zuvor hatte sie die Nachteile so stark gefühlt, die Kindern aus einer so unangemessenen Ehe erwachsen mußten; noch nie war sie sich der üblen Folgen so bewußt gewesen, die eine so schlechte Anwendung guter Anlagen nach sich zog – Anlagen, die, wenn sie in der rechten Weise gebraucht worden wären, wenigstens das Ansehen der Töchter gesichert hätten, wenn sie schon an der Beschränktheit der Frau nichts ändern konnten.

Wenn Elisabeth sich über Wickhams Weggang gefreut hatte, so war dies so ziemlich der einzige Grund, über den Abzug des Regiments befriedigt zu sein. Die Gesellschaften draußen waren bei weitem nicht mehr so unterhaltsam, und zu Hause hatte sie eine Mutter und eine Schwester sitzen, deren ständiges Wehklagen über die ringsum herrschende Langeweile das Familienleben ernstlich verdüsterte. Und wenn Kitty auch mit der Zeit wieder zur Vernunft kommen mochte, da die Leute, die ihr den Kopf verdreht hatten, nun fort waren, bestand doch die Wahrscheinlichkeit, daß die andere Schwester, deren Anlagen Schlimmeres befürchten ließen, durch die doppelte Versuchung eines Seebades und Militärlagers in ihrer ganzen Verstiegenheit und Anmaßung noch bestärkt wurde. Im ganzen mußte sie also erkennen, was andere Leute auch früher schon manchmal erkannt haben, daß nämlich ein ungeduldig herbeigewünschtes Ereignis bei seinem Eintreten ihr nicht die Befriedigung, die sie sich davon versprochen hatte, in vollkommener Weise brachte. Es machte sich infolgedessen notwendig, sich einen anderen erstrebenswerten Zustand auszumalen, dessen Eintritt das wahre Glück bringen würde, auf den sie ihre Wünsche und Hoffnungen richten, mit dem sie sich im Augenblick in Vorfreude trösten und durch den sie sich auf eine weitere Enttäuschung vorbereiten konnte. Ihre glücklichsten Gedanken befaßten sich jetzt mit dem geplanten Ausflug ins Seengebiet; das war ihr schönster Trost in all den unbehaglichen Stunden, die ihr die Unzufriedenheit ihrer Mutter und Kittys notwendigerweise bereiten mußten; und hätte sie auch noch Jane in den Plan einbeziehen können, so wäre ihr Glück vollkommen gewesen.

›Es ist doch schön‹, dachte sie, ›daß ich etwas habe, was ich mir in meinen Wünschen ausmalen kann. Wenn alles schon genau festgelegt wäre, würde ich sicher enttäuscht sein. Doch solange noch ich es immer wieder bedauern muß, daß Jane nicht dabeisein soll, kann ich mich der begründeten Hoffnung hingeben, daß sich meine schönsten Erwartungen doch noch erfüllen. Ein Plan, der in allen Teilen nur reine Freude verspricht, kann nie verwirklicht werden, und so ist es gut, einer allgemeinen Enttäuschung dadurch vorzubeugen, daß man von vornherein einen kleinen Vorbehalt dagegen hat.‹

Als Lydia abreiste, hatte sie ihrer Mutter und Kitty versprochen, oft und ausführlich zu schreiben; doch ihre Briefe ließen immer lange auf sich warten und waren immer sehr kurz. Die Schreiben an ihre Mutter enthielten wenig mehr, als daß sie soeben aus dem Lesesaal zurückgekehrt seien, wo diese oder jene Offiziere ihnen den Hof gemacht hätten und wo sie so viel Staat gesehen hätte, daß sie ganz aufgeregt gewesen wäre; sie habe übrigens ein neues Kleid und einen neuen Sonnenschirm, was alles sie gerne genauer beschrieben haben würde, wenn sie nicht so schnell fortmüßten, denn Frau Forster hätte eben gerufen, und sie wollten gleich ins Lager. Und aus den Briefen an ihre Schwester war noch weniger zu erfahren – denn wenn die Briefe an Kitty auch länger waren, so enthielten sie so viele Striche unter gewissen Wörtern, daß man sie nicht herumzeigen konnte.

Erst nachdem zwei oder drei Wochen nach ihrer Abreise vergangen waren, zogen in Longbourn allmählich wieder Gesundheit, gute Laune und Heiterkeit ein. – Alles machte jetzt einen freundlicheren Eindruck. Die Familien, die den Winter über in London gewesen waren, kehrten zurück, und die Sommerkleider und Sommervergnügungen kamen wieder zu ihrem Recht. Frau Bennet gewann ihre alte, immer verdrossene Gemütsruhe wieder, und bis Mitte Juni war Kitty soweit, daß sie Meryton betreten konnte, ohne in Tränen auszubrechen – eine so vielversprechende Errungenschaft, daß Elisabeth sich der Hoffnung hingab, die Schwester werde bis Weihnachten wenigstens so vernünftig geworden sein, daß sie nicht öfter als einmal am Tag von einem Offizier redete – vorausgesetzt, daß ein grausames und boshaftes Kriegsministerium nicht etwa bis dahin ein anderes Regiment in Meryton einquartierte.

Die für den Ausflug nach dem Norden festgesetzte Zeit rückte immer näher, und es fehlten nur noch vierzehn Tage bis zum Beginn der Reise, als ein Brief von Frau Gardiner eintraf, der sie aufschob und gleichzeitig in ihrem Ausmaß verkürzte. Herr Gardiner konnte geschäftlich erst vierzehn Tage später im Juli abkommen und mußte in einem Monat wieder in London sein. Da also die Zeit, die nun zur Verfügung stand, zu kurz war, als daß sie hätten so weit reisen und sich so viel ansehen können, wie sie sich vorgenommen hatten – zum mindesten nicht mit der Muße und Bequemlichkeit, mit der sie gerechnet hatten –, mußten sie die Seen aufgeben und sich als Ersatz eine kleinere Tour vornehmen. Soweit bis jetzt feststand, sollte die Reise nicht weiter nördlich als bis Derbyshire führen. In dieser Grafschaft gab es für sie in drei Wochen vollauf genug zu sehen, und Frau Gardiner fühlte sich besonders dorthin gezogen. Die Stadt, wo sie früher einige Jahre ihres Lebens verbracht hatte und wo sie sich nun ein paar Tage aufhalten wollten, übte auf sie eine genauso große Anziehungskraft aus wie all die berühmten Schönheiten von Matlock, Chatsworth, Dovedale oder dem Peak.

Elisabeth war außerordentlich enttäuscht; sie hatte sich so auf die Seen gefreut und dachte immer noch, es wäre auch dafür genug Zeit gewesen. Doch da es ihre Pflicht war, sich damit abzufinden, und auch ihre ganze Veranlagung sie bewog, sich zufriedenzugeben, war alles bald wieder im Lot.

Die Erwähnung von Derbyshire beschwor für sie viele Gedankenverbindungen herauf. Sie konnte den Namen nicht hören, ohne an Pemberley und seinen Besitzer denken zu müssen. Ach, sagte sie sich, ich werde seine Grafschaft schon ungestraft betreten können, ohne daß er mich bemerkt.

Nun war die Wartezeit doppelt so lang. Vier Wochen sollte es noch bis zum Eintreffen von Onkel und Tante dauern. Doch auch sie vergingen, und Herr und Frau Gardiner mit ihren vier Kindern erschienen endlich in Longbourn. Die Kinder, zwei Mädchen von sechs und acht Jahren und die beiden jüngeren Buben, sollten der besonderen Fürsorge ihrer Kusine Jane anvertraut werden, die sie am liebsten hatten und deren stetiges, freundliches Wesen für eine umfassende Betreuung besonders geeignet erschien – sie konnte die Kinder unterrichten, mit ihnen spielen und sie liebhaben.

Die Gardiners blieben nur eine Nacht in Longbourn und reisten am nächsten Morgen mit Elisabeth ab – neuen Eindrücken und unterhaltsamen Zerstreuungen entgegen. Eine Annehmlichkeit war ihnen sicher: die Reisegefährten paßten gut zusammen; sie waren aufeinander harmonisch abgestimmt, weil sie gesund und duldsam waren und demnach auch Unbequemlichkeiten auf sich nehmen konnten; weil sie alle frohgemut waren und somit fähig, jedes Vergnügen bis zum letzten auszuko-

sten; weil sie einander zugetan und klug waren, was es ihnen möglich machte, bei Enttäuschungen Ersatz im eigenen, fröhlichen Kreise zu finden.
Es ist nicht die Aufgabe dieses Buches, eine Beschreibung von Derbyshire oder den auf ihrem Wege dorthin liegenden Sehenswürdigkeiten zu geben – Orte wie Oxford, Blenheim, Warwick, Kenilworth, Birmingham usw. sind ohnehin allen Lesern hinreichend bekannt. Uns geht hier nur ein geringer Teil von Derbyshire an. Nach der kleinen Stadt Lambton, wo Frau Gardiner früher einmal gewohnt und wo, wie sie erst neuerdings erfahren hatte, noch einige Bekannte lebten, führte sie ihr Weg, nachdem sie alle Hauptsehenswürdigkeiten des Landes betrachtet hatten. Und von Lambton war es nicht weiter als fünf Meilen nach Pemberley, wie Elisabeth von ihrer Tante erfuhr. Es lag nicht unmittelbar auf ihrer Reiseroute, doch auch nicht mehr als nur wenige Meilen abseits. Als sie am Abend zuvor ihren weiteren Reiseweg besprachen, erklärte Frau Gardiner, sie habe Lust, sich den Ort wieder einmal anzusehen. Auch Herr Gardiner war dazu bereit, und nun baten sie Elisabeth um ihre Zustimmung.
»Meine Liebe, möchtest du denn nicht gern einen Ort kennenlernen, von dem du soviel gehört hast?« fragte die Tante. »Außerdem ist es ein Ort, mit dem das Leben so vieler deiner Bekannten verbunden ist. Wickham hat dort seine ganze Jugend verbracht, wie du weißt.«
Elisabeth war bedrückt. Sie hatte das Gefühl, daß Pemberley sie nichts anging, und fühlte sich verpflichtet, gegen eine Besichtigung zu sprechen. Sie mußte bekennen, die vornehmen Häuser satt zu haben; nachdem sie so viele besichtigt hatte, machten ihr schöne Teppiche oder Seidenvorhänge absolut kein Vergnügen mehr.
Frau Gardiner hielt ihr vor Augen, wie töricht eine solche Einstellung sei. »Ja, wenn es sich nur um ein vornehm eingerichtetes Haus handelte«, sagte sie, »dann würde ich mir selber nicht viel daraus machen; doch die Umgebung ist entzückend. Es gehören einige der schönsten Wälder des Landes dazu.«

Elisabeth sagte nichts weiter – doch sie konnte sich nicht damit zufriedengeben. Sofort mußte sie an die Möglichkeit denken, daß sie Herrn Darcy treffen könnten, während sie den Besitz besichtigten. Das wäre einfach furchtbar! Schon beim bloßen Gedanken daran wurde sie rot, und sie war schon entschlossen, lieber offen mit ihrer Tante zu sprechen, als solch eine Gefahr zu laufen. Doch auch dagegen gab es Bedenken, und so hielt sie sich diese Aussprache als letzten Ausweg offen, falls ihre privaten Erkundigungen nach dem Verbleib der herrschaftlichen Familie ungünstig ausfallen sollten.

Sie erkundigte sich also abends, als sie schlafen ging, beim Zimmermädchen, ob Pemberley sehenswert sei, wie der Besitzer heiße und – mit nicht geringer Beklemmung – ob die Familie schon zu ihrem Sommeraufenthalt eingetroffen sei. Zu ihrer Erleichterung erhielt sie auf die letzte Frage eine verneinende Antwort – und nun, da ihre Bedenken zerstreut waren, konnte sie es sich leisten, einer Besichtigung des Hauses selber mit größter Neugier entgegenzusehen. Als am nächsten Morgen wieder die Rede darauf kam und ihre Verwandten ihr wiederum zuredeten, konnte sie unbeschwert und mit der gebotenen Gleichgültigkeit antworten, sie habe im Grunde nichts dagegen.

Also, auf nach Pemberley!

Dreiundvierzigstes Kapitel

Als sie die Straße dahinfuhren, hielt Elisabeth doch mit einiger Aufregung Ausschau nach den ersten Ausläufern der Wälder von Pemberley, und als sie schließlich beim Torhaus einbogen, war sie außerordentlich erregt.

Der Park war sehr groß und umfaßte die verschiedenartigsten Landschaftselemente. Sie bogen an einer der niedrigstgelegenen Stellen ein und fuhren eine Zeitlang durch einen schönen, sich weithin erstreckenden Wald.

Elisabeth war zu sehr mit ihren eigenen Gedanken beschäftigt, um sich an der Unterhaltung zu beteiligen, doch nahm sie jede bemerkenswerte Stelle, jede schöne Aussicht mit Bewunderung wahr. Eine halbe Meile lang stieg der Weg allmählich an, bis sie sich auf dem Gipfel einer beträchtlichen Erhebung befanden, wo der Wald aufhörte und das Auge sofort vom Anblick des Herrensitzes Pemberley gefesselt wurde. Er lag am jenseitigen Abhang des Tales, in das die Fahrstraße ziemlich steil und kurvenreich hinabführte. Das Haus war ein großer, schöner Steinbau. Es stand fest und stattlich auf ansteigendem Gelände vor einem hohen, waldigen Bergrükken. Davor war ein schon von Natur aus nicht unbedeutender Wasserlauf zu beachtlicher Breite gestaut, doch ohne daß die künstliche Nachhilfe auffiel. Seine Ufer waren weder nüchtern gerade, noch hatte man der Natur künstelnd nachgeholfen. Elisabeth war entzückt. Noch nie hatte sie eine Örtlichkeit gesehen, die von der Natur so reich ausgestattet und deren natürliche Schönheit so wenig von schlechtem Geschmack verdorben war. Alle waren sie ganz begeistert davon, und in diesem Augenblick wurde ihr bewußt, daß es schon etwas bedeutete, Herrin auf Pemberley zu sein!

Sie fuhren ins Tal hinunter, überquerten auf einer Brücke das Wasser und hielten vor der Tür. Während sie das Haus nun aus der Nähe betrachteten, wurde in Elisabeth wieder die Sorge lebendig, sie könne dem Eigentümer begegnen. Sie fürchtete plötzlich, das Zimmermädchen könnte sich geirrt haben. Sie erkundigten sich, ob sie das Haus besichtigen dürften, und wurden in die Eingangshalle geführt; während sie dort auf die Haushälterin warteten, hatte Elisabeth Zeit und Ruhe, verwundert festzustellen, wo sie sich eigentlich befand.

Die Haushälterin erschien, eine ehrbar aussehende ältere Frau, doch viel weniger hochnäsig und viel umgänglicher, als Elisabeth erwartet hätte. Sie folgten ihr in den Speisesaal. Es war ein großer, hübsch eingerichteter Raum von angenehmen Ausmaßen. Elisabeth hatte nur einen raschen Blick dafür und trat dann ans Fenster, um die Aussicht zu genießen. Schön lag der bewaldete Berg, von dem herab sie gekommen waren, vor ihr und erschien in dieser Entfernung noch steiler. Alles fügte sich wundervoll zusammen, und mit Entzücken umfaßten ihre Augen die ganze Landschaft: den Fluß, die verstreut stehenden Bäume an seinen Ufern und das sich weithin schlängelnde Tal. Als sie dann in andere Räume kamen, zeigte sich ihnen all dies erneut von den verschiedensten Blickwinkeln, doch von jedem Fenster aus war es schön anzusehen. Die Räume waren hoch und ansehnlich und dem Vermögen des Eigentümers entsprechend eingerichtet; doch mußte Elisabeth den feinen Geschmack bewundern, der alles Aufdringliche und Protzenhafte zu vermeiden gewußt hatte. Die Einrichtung fiel weniger in die Augen, zeigte dafür aber mehr wirkliche Vornehmheit als die auf Rosings.

›Und in diesem Haus‹, dachte sie, ›hätte ich die Herrin sein können! Diese Räume könnten mir nun gewohnt und vertraut sein! Und anstatt sie als Fremde zu besichtigen, hätte ich sie freudig als meine eigenen betrachten und Onkel und Tante darin als Besucher empfangen können! Aber nein‹, bedachte sie dann, ›Onkel und Tante wären dann für mich nicht mehr vorhanden; die hätte ich gar nicht einladen dürfen.‹

Dies war ein glücklicher Einfall – er bewahrte sie davor, gar so etwas wie Bedauern zu empfinden.

Sie hätte sich gern bei der Haushälterin erkundigt, ob ihre Herrschaft tatsächlich abwesend sei, fand aber nicht den Mut dazu. Endlich stellte jedoch ihr Onkel die gleiche Frage, und sie wandte sich aufgeregt zur Seite, als Frau Reynolds erwiderte, das sei der Fall, und hinzusetzte: »Doch wir erwarten sie morgen mit einer großen Gesellschaft von Freunden und Bekannten.« Wie freute sich Elisabeth da, daß ihre Reise sich nicht durch einen Zufall um einen Tag verzögert hatte!

Die Tante machte sie auf ein Bild aufmerksam. Sie trat herzu und erblickte Herrn Wickhams Porträt, das über dem Kaminsims zwischen anderen Miniaturen hing. Lächelnd fragte die Tante sie, wie es ihr gefiele. Die Haushälterin trat zu ihnen und sagte, der junge Mann auf dem Bild sei der Sohn des früheren Güterverwalters des verstorbenen alten Herrn und er sei auf dessen Kosten erzogen und ausgebildet worden. »Jetzt ist er in die Armee eingetreten«, setzte sie hinzu, »aber leider soll er ein recht zügelloses Leben führen.«

Frau Gardiner blickte ihre Nichte mit einem Lächeln an, das Elisabeth jedoch nicht erwidern konnte.

»Und das hier«, sagte Frau Reynolds und zeigte auf eine andere Miniatur, »ist unser Herr – und er ist sehr gut darauf getroffen. Dieses Bild ist zur selben Zeit wie das andere gemalt worden – vor ungefähr acht Jahren.«

»Ich habe schon viel von dem guten Aussehen des Herrn gehört«, sagte Herr Gardiner, als er das Bild betrachtete, »es ist ein hübsches Gesicht; aber Lissy, du kannst uns doch sagen, ob es ähnlich ist oder nicht.«

Frau Reynolds Respekt vor Elisabeth schien zu wachsen, als sie annehmen mußte, daß sie mit ihrem Herrn bekannt sei.

»Kennt die junge Dame Herrn Darcy?«

Elisabeth errötete und sagte: »Ein wenig.«

»Und meinen Sie nicht auch, daß er ein sehr hübscher junger Herr ist, gnädiges Fräulein?«

»O ja, sogar sehr hübsch.«

»Ich jedenfalls kenne keinen anderen, der so hübsch wäre; aber oben in der Galerie werden Sie ein noch schöneres, größeres Bild von ihm sehen. Dieses Zimmer war der Lieblingsaufenthalt meines verstorbenen Herrn, und die Miniaturen hängen noch genauso da wie früher. Er hat sie sehr gern gehabt.«

Dies machte es Elisabeth erklärlich, warum Wickhams Bild dabei war.

Dann wies Frau Reynolds sie auf eine Miniatur Fräulein Darcys hin, die sie im Alter von erst acht Jahren zeigte.

»Und ist Fräulein Darcy auch so hübsch wie ihr Bruder?« fragte Herr Gardiner.
»O ja – die hübscheste junge Dame, die man sich denken kann, und so gebildet! Sie spielt und singt den ganzen Tag. Im nächsten Zimmer steht ein neues Klavier, das gerade für sie eingetroffen ist – ein Geschenk von meinem Herrn; sie kommt morgen mit her.«
Herr Gardiner, der sich ungezwungen und angenehm zu geben verstand, ermunterte ihre Mitteilsamkeit durch eingeworfene Fragen und Bemerkungen. Aus Stolz oder Anhänglichkeit fand Frau Reynolds offenbar große Freude daran, von ihrem Herrn und seiner Schwester zu erzählen.
»Ist Ihr Herr im Laufe des Jahres viel in Pemberley?«
»Nicht so viel, wie mir lieb wäre, Herr, aber immerhin kann man wohl sagen, daß er die Hälfte seiner Zeit hier verbringt; und Fräulein Darcy ist während der Sommermonate immer hier.«
›Wenn sie nicht nach Ramsgate fährt‹, dachte Elisabeth.
»Wenn Ihr Herr einmal heiratet, werden Sie ihn wohl öfter hier sehen.«
»Ja, mein Herr, aber ich weiß nicht, wann das sein wird. Ich kenne niemanden, der gut genug für ihn wäre.«
Herr und Frau Gardiner lächelten. Elisabeth konnte nicht umhin zu sagen: »Es spricht sehr für ihn, daß Sie ihn so hoch einschätzen.«
»Ich sage bloß die Wahrheit und was jeder sagen wird, der ihn kennt«, erwiderte die andere. Elisabeth dachte, das ginge wohl etwas weit, und hörte mit immer steigender Verwunderung an, was die Haushälterin noch zu sagen hatte: »Mir hat er kein böses Wort gesagt mein ganzes Leben lang, und ich kenne ihn doch schon seit seinem vierten Lebensjahr.«
Das war ein Lob, das alles andere in den Schatten stellte und das genaue Gegenteil von dem besagte, was sie sich vorgestellt hatte. Denn sie war besonders fest davon überzeugt gewesen, daß er launenhaft und unbeherrscht wäre. Jetzt hörte sie mit gespanntester Aufmerksamkeit

zu und hätte gern noch mehr darüber vernommen. So war sie ihrem Onkel dankbar, als er sagte: »Es gibt sehr wenig Menschen, von denen man das behaupten kann. Sie können von Glück reden, daß Sie solch einen Herrn haben.«

»Ja, mein Herr, das stimmt. Und wenn ich in der ganzen Welt suchte, könnte ich keinen besseren finden. Aber ich habe schon immer festgestellt, daß Leute, die als Kinder gutmütig sind, das auch als Erwachsene bleiben; und er war immer der sanftmütigste, gutherzigste Junge in der ganzen Welt.«

Elisabeth starrte sie beinahe entgeistert an. – ›Kann das Herr Darcy sein, von dem sie redet?‹ dachte sie.

»Sein Vater war ein ausgezeichneter Mensch«, sagte Frau Gardiner.

»Ja, gnädige Frau, das war er bestimmt; und sein Sohn wird genauso wie er – so freundlich zu den Armen.«

Elisabeth hörte zu, wunderte sich, zweifelte und hätte nur zu gern mehr darüber gehört. Nichts, was Frau Reynolds sonst noch zu sagen wußte, interessierte sie im geringsten. Vergebens berichtete sie, was die Bilder darstellten, welche Ausmaße die Räume hätten und was die Einrichtung gekostet hätte. Herr Gardiner, dem diese Art von Familienverehrung, auf die er das übertriebene Lobpreisen ihres Dienstherrn zurückführte, viel Spaß bereitete, brachte sie bald wieder auf ihr Lieblingsthema, und sie pries voller Inbrunst seine zahlreichen Vorzüge, als sie zusammen im großen Treppenhaus zum oberen Stockwerk hinaufschritten.

»Er ist der beste Gutsherr und der beste Dienstherr, den es je gab«, sagte sie. »Nicht wie die liederlichen jungen Männer heutzutage, die nur an sich selber denken und an sonst gar nichts. Unter seinen Pächtern und Untergebenen ist keiner, der nicht gut von ihm denkt. Manche Leute nennen ihn stolz; ich jedenfalls habe nie auch nur die Spur davon festgestellt. Ich glaube, das kommt nur davon, daß er nicht so drauflos plappert wie andere junge Leute.«

›Wie liebenswert das alles ihn doch erscheinen läßt!‹ dachte Elisabeth.
»Nur stimmt diese schmeichelhafte Einschätzung seines Charakters«, flüsterte ihre Tante, als sie weitergingen, »nicht ganz mit seinem Verhalten gegen unseren armen Freund überein.«
»Vielleicht haben wir uns täuschen lassen.«
»Das ist nicht sehr wahrscheinlich; unser Gewährsmann war zu vertrauenswürdig.«
Als sie oben den geräumigen Vorplatz erreicht hatten, wurden sie in ein sehr hübsches Wohnzimmer geführt, das erst neuerdings eleganter und heller eingerichtet worden war als die Zimmer im Erdgeschoß, und sie erfuhren, das sei eben erst geschehen, um Fräulein Darcy eine Freude zu bereiten, da sie bei ihrem letzten Aufenthalt in Pemberley sich in diesem Zimmer besonders gern aufgehalten habe.
»Er ist sicher ein guter Bruder«, sagte Elisabeth, als sie auf eins der Fenster zuschritt.
Frau Reynolds malte ihnen das Entzücken von Fräulein Darcy aus, wenn sie das Zimmer betreten würde. »Und so ist er immer«, fügte sie hinzu. »Was seiner Schwester auch nur die geringste Freude machen könnte, wird sofort getan. Es gibt nichts, was er für sie nicht tun würde.«
Die Bildergalerie und zwei oder drei der hauptsächlichen Schlafzimmer war alles, was noch zu zeigen blieb. In der Galerie gab es viele gute Gemälde, doch Elisabeth verstand nichts von Kunst; auch von den Bildern, die sie schon unten gesehen hatte, war sie schnell abgekommen und hatte lieber ein paar Pastellzeichnungen Fräulein Darcys betrachtet, deren Motive ihr meist interessanter und auch verständlicher vorgekommen waren.
In der Galerie hingen viele Familienporträts, doch konnten sie einem Fremden nicht viel sagen. Elisabeth ging daran vorüber und suchte nach dem einzigen Gesicht, dessen Züge ihr bekannt sein würden. Endlich hielt es ihre Blicke fest – und sie sah ein sprechend ähnliches Bild Darcys; seine Züge trugen das Lächeln, das sie, wie

ihr jetzt einfiel, manchmal an ihm bemerkt hatte, wenn er sie anblickte. Sie stand mehrere Minuten in ernster Betrachtung versunken vor dem Bild und sah es sich nochmals an, ehe sie die Galerie verließen. Frau Reynolds berichtete, es sei noch zu seines Vaters Lebzeiten gemalt worden.

Ganz gewiß brachte Elisabeth in diesem Augenblick dem Original zartere Empfindungen entgegen als jemals während ihres unmittelbaren Zusammenseins. Das günstige Bild, das Frau Reynolds von ihm entworfen hatte, war durchaus nicht leicht abzutun; denn welches Lob wiegt wohl schwerer als das eines urteilsfähigen Bediensteten? Als Bruder, als Gutsherr, als Dienstherr – wie vieler Menschen Glück war ihm nicht anvertraut! Wieviel Freude, wieviel Schmerz konnte er auf Grund seiner Macht über andere bewirken! Wieviel Gutes, wieviel Böses konnte er anrichten! Alles, was die Haushälterin angeführt hatte, machte seinem Charakter Ehre, und als sie vor der Leinwand stand, auf der er abgebildet war, wie er nun seine Augen gerade auf sie richtete, erfüllte sie der Gedanke an seine Liebe zu ihr mit einem tieferen Gefühl des Dankes als je zuvor – sie dachte viel mehr an die Wärme seiner Zuneigung als an die Ungehörigkeit, mit der er sie ausgedrückt hatte.

Als sie alles gesehen hatten, was im Hause der öffentlichen Besichtigung zugängig war, gingen sie die Treppen wieder hinunter, verabschiedeten sich von der Haushälterin und wurden dem Gärtner anvertraut, der sie an der Tür der Vorhalle in Empfang nahm.

Als sie über die Wiese zum Fluß hinunterschritten, wandte sich Elisabeth zurück, um noch einmal den Anblick zu genießen; auch ihr Onkel und ihre Tante hielten inne, und während der erstere Vermutungen über das Baujahr des Hauses anstellte, kam sein Eigentümer plötzlich von der Straße her, die dahinter zu den Ställen führte, direkt auf sie zu.

Sie standen zwanzig Meter voneinander entfernt, und er war so unvermittelt aufgetaucht, daß es unmöglich war, so zu tun, als habe man ihn nicht gesehen. Ihre Augen begegneten sich sofort, und die Wangen beider überzogen sich mit tiefem Rot. Er war wie erstarrt, und einen Augenblick lang schien es, als sei er vor Überraschung festgebannt; doch schnell faßte er sich, ging auf die kleine Gruppe zu und sprach Elisabeth in Worten an, die zwar nicht von völliger Gemütsruhe, aber doch von vollendeter Höflichkeit zeugten.

Sie hatte sich instinktiv abgewandt, war jedoch bei seinem Näherkommen stehengeblieben und nahm nun seine Komplimente mit einer Verwirrung entgegen, deren sie unmöglich Herr werden konnte. Wenn sein plötzliches Erscheinen oder die Ähnlichkeit mit dem Gemälde, das sie soeben betrachtet hatten, noch nicht ausgereicht hätte, die beiden anderen zu überzeugen, daß sie Herrn Darcy vor sich sahen, hätte es ihnen die Überraschung auf den Gesichtszügen des Gärtners, als er seinen Dienstherrn erblickte, sofort sagen müssen. Sie standen ein wenig abseits, während er sich mit ihrer Nichte unterhielt, die vor Erstaunen und Verwirrung kaum die Augen zu seinem Gesicht zu erheben wagte und nicht wußte, was sie ihm auf seine freundlichen Erkundigungen nach ihrer Familie antworten sollte. Erstaunt über die Veränderung seines Verhaltens im Vergleich zu ihrer letzten Begegnung, wurde sie durch jeden Satz, den er sprach, nur noch stärker verwirrt; und da ihr gleichzeitig wieder einfiel, wie ungehörig es ihrem Empfinden nach war, sich hier von ihm antreffen zu lassen, gehörten die wenigen Minuten, die sie sich unterhielten, zu den peinlichsten ihres ganzen Lebens.

Auch ihm schien es nicht behaglicher zumute zu sein. Wenn er sprach, hatte sein Ton keine Spur der ihm sonst eigenen Gelassenheit, und er erkundigte sich so oft und so überhastet, wann sie denn Longbourn verlassen habe und seit wann sie sich in Derbyshire aufhalte, daß es ganz offenbar wurde, wie sehr seine Gedanken in Verwirrung geraten waren.

Schließlich schien ihm der Gesprächsstoff völlig auszugehen, und nachdem er kurze Zeit dagestanden hatte,

ohne ein Wort zu sagen, besann er sich plötzlich und verabschiedete sich.
Die anderen schlossen sich ihr dann wieder an und sprachen davon, wie stattlich er aussähe, doch Elisabeth hörte kein Wort davon und folgte ihnen schweigend, völlig von ihren Gefühlen in Anspruch genommen. Sie war vor Scham und Verdruß außer sich. Daß sie ausgerechnet hierhergekommen war, hatte sich als die unseligste, die unüberlegteste Sache der Welt erwiesen! Welch sonderbaren Eindruck mußte das auf ihn machen! Wie beschämend für sie konnte das ein so eitler Mann auslegen! Es konnte so scheinen, als hätte sie absichtlich seinen Weg wieder gekreuzt! Ach, warum mußte sie auch hierherkommen – oder warum mußte er ausgerechnet einen Tag früher als erwartet zurückkehren! Wenn sie auch nur zehn Minuten früher dagewesen wären, hätte er sie auf keinen Fall entdecken können, denn es war ja offenbar, daß er erst in jenem Augenblick angekommen, in jenem Augenblick vom Pferd abgestiegen war oder den Wagen verlassen hatte. Immer wieder wurde sie beim Gedanken an dieses unglückselige Zusammentreffen rot. Und sein so auffällig verändertes Benehmen – was hatte das zu bedeuten? Selbst daß er sie auch nur ansprach, war doch erstaunlich – und nun gar so freundlich; und sich auch noch nach ihrer Familie zu erkundigen! Noch nie zuvor hatte sie ihn so wenig hochtrabend auftreten, noch nie ihn bei einem unerwarteten Zusammentreffen so freundlich und zuvorkommend reden hören! Welch ein Unterschied zu ihrem letzten Zusammentreffen im Park von Rosings, als er sie ansprach und ihr den Brief in die Hand drückte! Sie wußte nicht, was sie denken, wie sie sich alles erklären sollte.
Sie waren jetzt auf einem schönen, am Wasser entlangführenden Spazierweg, und mit jedem Schritt eröffnete sich ihnen ein erhabenerer Abstieg oder ein herrlicherer Blick auf die Wälder, auf die sie zugingen. Doch es dauerte einige Zeit, ehe Elisabeth dafür aufnahmefähig war, und wenn sie auch die wiederholten Hinweise von Onkel und Tante mechanisch beantwortete und ihre Augen

auf die Dinge richtete, die sie ihr zeigten, nahm sie nichts von der Landschaft bewußt wahr. Sie weilte unentwegt mit ihren Gedanken irgendwo im Herrenhaus Pemberley, wo Darcy sich eben aufhalten mochte. Nur zu gern hätte sie gewußt, welche Gedanken ihn im Augenblick beschäftigten, wie er von ihr dachte und ob sie ihm trotz allem, was vorgefallen war, noch etwas bedeutete. Vielleicht war er nur so höflich gewesen, weil er sich innerlich völlig frei fühlte; aber dann hatte doch in seiner Stimme etwas Bestimmtes gelegen, das ganz und gar nicht auf inneres Unbeteiligtsein deutete. Ob es nun mehr schmerzliche als erfreuliche Empfindungen waren, die ihn bei ihrem Anblick überfallen hatten, wußte sie natürlich nicht, aber auf keinen Fall hatte ihr Anblick ihn gleichgültig gelassen.
Endlich veranlaßten die Bemerkungen ihrer Verwandten über ihre Zerstreutheit sie jedoch, sich zusammenzunehmen und sich zu bemühen, nicht gar zu verändert zu erscheinen.
Sie betraten den Wald, ließen den Fluß eine Weile hinter sich und stiegen ein Stück aufwärts, von wo ihnen Lichtungen zwischen den Bäumen freie Sicht gewährten und sie viele schöne Ausblicke auf das Tal, die Berge gegenüber und die weitgestreckten Waldpartien hatten, die viele der Bergrücken überzogen; auch Teile des Flusses sahen sie gelegentlich aufleuchten. Herr Gardiner wäre gern um den gesamten Park herumgegangen, hatte aber wegen der Entfernung Bedenken. Mit triumphierendem Lächeln wurde ihnen mitgeteilt, daß dies einen Weg von zehn Meilen bedeuten würde. Damit war die Sache abgetan, und sie blieben auf dem üblichen Rundgang; er führte sie wieder nach einiger Zeit einen bewaldeten Abhang hinab zum Wasser und an eine der engsten Stellen des Flußlaufs. Sie überschritten ihn auf einer einfachen Brücke, die zum allgemeinen Charakter der Umgebung paßte – es war eine Stelle, an der die natürliche Landschaft weniger kultiviert und gepflegt erschien als auf dem schon zurückgelegten Wege. Das Tal, das sich hier zu einer Schlucht verengte, bot nur Raum

für den Fluß und einen schmalen Pfad, der sich durch das wild wachsende Ufergebüsch wand. Elisabeth wäre gern noch weiter seinem Lauf gefolgt, doch als sie die Brücke überschritten hatten und bemerkten, wie weit sie schon vom Hause entfernt waren, konnte Frau Gardiner, die nicht gut zu Fuß war, nicht weiter und dachte nur daran, so schnell als möglich zum Wagen zurückzukehren. So mußte ihre Nichte sich fügen, und sie schlugen auf dem anderen Flußufer den nächsten Weg zum Herrenhause ein. Doch sie kamen nur langsam voran, denn Herr Gardiner, ein begeisterter Angler, obwohl er den Sport nur selten ausüben konnte, war so sehr damit beschäftigt, gelegentlich im Wasser sichtbar werdende Forellen zu beobachten und sich mit dem Manne darüber auszutauschen, daß er nur zögernd weiterschritt. Während sie auf diese Weise langsam weitergingen, wurden sie wiederum durch den Anblick Darcys überrascht, und Elisabeth war genauso erstaunt darüber wie das erstemal. Er tauchte kurz vor ihnen auf und kam auf sie zu. Der Weg war hier weniger verwachsen als auf der anderen Seite, und so konnten sie ihn erblicken, ehe sie mit ihm zusammentrafen. Elisabeth war trotz ihrer Überraschung diesmal auf eine Begegnung zum mindesten besser vorbereitet als das erstemal und entschloß sich, in ihrem Auftreten und in ihren Worten den Anschein von Gefaßtheit zu erwecken, wenn er wirklich die Absicht haben sollte, sie anzureden. Ein paar Augenblicke lang hatte sie tatsächlich das Gefühl, er werde wahrscheinlich in einen Seitenweg abbiegen. Dieser Gedanke beherrschte sie, solange er ihnen durch eine Wegbiegung verborgen blieb; doch gleich darauf stand er unmittelbar vor ihnen. Mit einem Blick stellte sie fest, daß er seine vorhergehende Höflichkeit unvermindert beibehalten hatte, und um sich ebenso höflich zu erweisen, begann sie, als sie sich begegneten, die Schönheit der Landschaft zu bewundern; doch sie war noch nicht über die Worte ›entzückend‹ und ›reizend‹ hinweggekommen, als sich ihr einige unerfreuliche Gedankenverbindungen aufdrängten und sie sich einbildete, ein Loblied auf

Pemberley könnte ihr boshafterweise falsch ausgelegt werden. Sie wurde abwechselnd blaß und rot und sagte nichts weiter.
Frau Gardiner stand ein Stück hinter ihr, und als Elisabeth nun schwieg, fragte er sie, ob sie ihm die Ehre erweisen und ihn ihrer Begleitung vorstellen wolle. Dieser Anflug von Höflichkeit traf sie völlig unerwartet, und sie konnte sich kaum eines Lächelns darüber erwehren, daß er jetzt ausgerechnet die Bekanntschaft einiger der Menschen suchte, gegen die sein Stolz sich aufgebäumt hatte, als er um sie warb. ›Wie überrascht wird er sein‹, dachte sie, ›wenn er erfährt, wer sie sind! Jetzt hält er sie wohl noch für vornehme Herrschaften.‹
Die Vorstellung wurde jedoch sofort ausgeführt, und als sie ihm sagte, in welchem Verwandtschaftsgrad die beiden zu ihr standen, warf sie ihm einen verstohlenen Blick zu, um zu sehen, wie er es aufnähme; und sie war darauf gefaßt, daß er sich aus solch unvornehmer Gesellschaft so rasch als möglich zurückziehen werde. Daß er über die Verwandtschaft überrascht war, ließ sich nicht übersehen; er nahm es jedoch tapfer hin, und weit davon entfernt, vor ihnen wegzulaufen, wandte er sich ihnen zu und begann mit Herrn Gardiner eine Unterhaltung. Elisabeth war voller Freude, voller Triumph. Es war doch tröstlich, wenn er zu erfahren bekam, daß sie auch einige Verwandte hatte, deren sie sich nicht zu schämen brauchte. Sie hörte gespannt zu, was die beiden besprachen, und war über jeden Ausdruck, jeden Ausspruch ihres Onkels entzückt, der von seiner Intelligenz, seinem Geschmack und seinen guten Umgangsformen Zeugnis ablegte.
Die Unterhaltung wandte sich bald dem Angeln zu, und sie hörte, wie Darcy es ihm mit der größten Zuvorkommenheit freistellte, dort jederzeit zu angeln, solange er sich in der Gegend aufhielte, ihm gleichzeitig Angelgerät anbot und auf die Teile des Flusses hinwies, wo es gewöhnlich am meisten lohnte. Frau Gardiner, die mit Elisabeth Arm in Arm ging, gab ihr durch einen Blick ihre Verwunderung zu verstehen. Elisabeth bemerkte

nichts dazu, war jedoch außerordentlich erfreut; dies alles mußte sie ja sich selbst zuschreiben. Doch kam sie über ihr Erstaunen immer noch nicht hinweg und fragte sich immer wieder: ›Warum ist er nur so ganz anders? Woher kommt dies nur? Es kann doch nicht meinetwegen sein – er kann doch nicht um meinetwillen so entgegenkommend geworden sein. Eine solche Änderung können meine Vorwürfe in Hunsford doch nicht bewirkt haben! Es ist ganz unmöglich, daß er mich noch liebt.‹ Nachdem sie ein Stück so gegangen waren, die beiden Damen voraus, die beiden Herren hinter ihnen, und nachdem sie zum Flußufer hinabgestiegen waren, um eine seltene Wasserpflanze besser betrachten zu können, ergab sich eine kleine Änderung in der Anordnung der Paare. Sie ging von Frau Gardiner aus, die, von der Anstrengung des Vormittags ermüdet, Elisabeths Arm als Stütze nicht mehr kräftig genug empfand und lieber den Arm ihres Mannes nahm. Ihren vorigen Platz bei der Nichte nahm nun Darcy ein, und in dieser Anordnung schritten sie weiter. Nach kurzem Schweigen ergriff die Dame zuerst das Wort. Es lag ihr daran, ihn wissen zu lassen, daß sie sich von seiner Abwesenheit vergewissert habe, ehe sie hierherkam, und demgemäß begann sie mit der Bemerkung, seine Ankunft sei wohl sehr unerwartet erfolgt, »denn Ihre Haushälterin«, fuhr sie fort, »teilte uns mit, Sie würden bestimmt nicht vor morgen hier sein, ja wir brachten sogar, ehe wir Bakewell verließen, in Erfahrung, daß Sie in nächster Zeit überhaupt nicht hier zu erwarten seien.« Er bestätigte die Richtigkeit aller dieser Auskünfte und sagte, eine notwendige Unterredung mit seinem Verwalter habe ihn veranlaßt, ein paar Stunden vor der Gesellschaft einzutreffen, mit der er gereist sei. »Die anderen werden morgen früh wieder mit mir zusammentreffen«, fuhr er fort, »und darunter werden einige Ihrer Bekannten sein – nämlich Herr Bingley und seine Schwestern.« Elisabeth nahm dies nur mit einem leichten Kopfnicken zur Kenntnis. Ihre Gedanken eilten sofort zu dem Augenblick zurück, da Bingleys Name zum letzten Male zwi-

schen ihnen erwähnt worden war, und wenn sie seinen Gesichtsausdruck richtig deutete, folgten seine Gedanken ähnlichen Bahnen.
»Unter der Gesellschaft ist noch jemand«, fuhr er nach einer Pause fort, »dem besonders daran liegt, mit Ihnen bekannt zu werden. Verlange ich zuviel, wenn ich Sie um die Erlaubnis bitte, Sie meiner Schwester vorzustellen, während Sie sich noch in Lambton aufhalten?«
Die Überraschung über eine solche Aufforderung war in der Tat sehr groß; sie war zu groß, als daß sie gleich gewußt hätte, wie sie sich innerlich dazu stellen sollte. Es war ihr sofort klar, daß ein Wunsch Fräulein Darcys, mit ihr bekannt zu werden, nur von ihrem Bruder veranlaßt sein konnte, und ohne sich Gedanken über den weiteren Verlauf der Dinge zu machen, empfand sie das als beruhigend; es war doch wirklich angenehm zu erfahren, daß seine Verstimmung ihn nicht dazu gebracht hatte, wirklich schlecht von ihr zu denken.
Nun gingen sie schweigend weiter, jeder in Gedanken vertieft. Elisabeth war nicht frei von Unbehagen; das wäre auch kaum zu erwarten gewesen; doch sie fühlte sich geschmeichelt und erfreut. Sein Wunsch, ihr die Schwester vorzustellen, bedeutete eine außerordentliche Ehrung. Bald hatten sie die anderen weit hinter sich gelassen, und als sie den Wagen erreichten, waren Herr und Frau Gardiner noch eine Achtelmeile zurück.
Er bat sie, doch ins Haus einzutreten, aber sie erklärte, sie sei nicht müde, und so blieben sie zusammen auf der Wiese stehen. Bei solcher Gelegenheit hätte sich viel sagen lassen, und Schweigen konnte sehr peinlich erscheinen. Sie hätte gern über irgend etwas geplaudert, doch jedes Thema schien ihr versperrt. Endlich fiel ihr ein, daß sie sich auf einer Reise befand, und so unterhielten sie sich mit großer Ausdauer über Matlock und Dovedale. Doch die Zeit bewegte sich langsam vorwärts, und ihre Tante auch – so war denn ihre Geduld und ihr Gesprächsstoff nahezu erschöpft, ehe das Tête-à-tête zu Ende ging. Als Herr und Frau Gardiner erschienen, wurden sie alle aufgefordert, ins Haus zu kommen und eine

Erfrischung zu sich zu nehmen; doch dies wurde abgelehnt, und sie trennten sich mit dem beiderseitigen Ausdruck äußerster Hochachtung. Herr Darcy half den Damen in den Wagen, und als sie abfuhren, sah Elisabeth ihn langsam auf das Haus zuschreiten.

Nun begannen Onkel und Tante ihre Bemerkungen zu machen, und beide erklärten sie, er übertreffe ihre Erwartungen bei weitem. »Sein Benehmen ist vollendet, höflich und zurückhaltend«, sagte der Onkel.

»Ein bißchen Stolz hat er schon an sich, das läßt sich nicht abstreiten«, erwiderte die Tante, »aber der liegt nur in seinem Gesichtsausdruck und paßt gut zu ihm. Nun kann ich mit der Haushälterin sagen, daß, wenn ihn schon manche Leute stolz nennen mögen, ich jedenfalls nichts davon bemerkt habe.«

»Ich bin über sein Verhalten zu uns außerordentlich überrascht. Es ist mehr als nur höflich; es war wirklich aufmerksam, obwohl dafür doch gar kein besonderer Grund vorliegt. Er ist mit Elisabeth doch nur flüchtig bekannt.«

»Gewiß, Lissy«, sagte die Tante, »ist er nicht so hübsch wie Wickham; oder vielmehr, er hat eben nicht Wickhams Gesicht, denn seine Gesichtszüge sind völlig ebenmäßig. Aber wie kamst du nur dazu, uns zu erzählen, daß er in seinem Wesen so unangenehm sei?«

Elisabeth redete sich heraus, so gut sie konnte; sie sagte, sie hätte ihn schon angenehmer als früher gefunden, als sie ihm in Kent begegnet sei, doch so freundlich wie am heutigen Vormittag habe sie ihn noch nie erlebt.

»Vielleicht geht er beim Austeilen seiner Freundlichkeiten etwas launenhaft vor«, erwiderte ihr Onkel. »Vornehme Herren tun das oft, und so will ich ihn wegen des Angelns lieber nicht beim Wort nehmen, weil er es sich eines Tages anders überlegen und mich von seinem Grund und Boden verweisen könnte.«

Elisabeth fühlte, daß sie seinen Charakter völlig falsch einschätzten, sagte aber nichts.

»Nach allem, was ich von ihm gesehen habe«, fuhr Frau Gardiner fort, »hätte ich wirklich nicht gedacht, daß er zu jemandem so grausam sein könne wie zu dem armen Wickham. Er sieht doch gar nicht bösartig aus. Im Gegenteil, wenn er spricht, hat er einen ausgesprochen freundlichen Zug um die Mundpartie. Und in seinem Gesicht liegt so viel Würde, daß man daraus eigentlich nicht auf ungünstige Charakterzüge schließen könnte. Freilich hat die gute Frau, die uns herumführte, ihn gar zu überschwenglich in den Himmel gehoben. Ich hätte manchmal beinahe laut gelacht. Aber er ist freundlich zu seinen Angestellten, und damit ist er in den Augen von Dienstboten ein in jeder Hinsicht vollkommener Charakter.«

Elisabeth fühlte sich bewogen, etwas zur Rechtfertigung seines Verhaltens Wickham gegenüber zu sagen, und gab ihnen so andeutungsweise wie nur möglich zu verstehen, daß nach allem, was sie von seinen Verwandten in Kent gehört hatte, seine Handlungsweise auch ganz anders ausgelegt und erklärt werden könnte und daß sein Charakter weder so minderwertig noch der Charakter Wickhams so fleckenlos sei, wie man in Hertfordshire angenommen habe. Als Beispiel berichtete sie über alle finanziellen Abmachungen zwischen den beiden, ohne zwar ihren Gewährsmann mit Namen zu nennen, doch mit dem Hinweis, daß die Auskunft auf jeden Fall zuverlässig sei.

Frau Gardiner war überrascht und betroffen, doch da sie jetzt eben in die Landschaft ihrer Jugendfreuden einfuhren, verdrängte der Zauber der Erinnerung jeden anderen Gedanken, und sie war viel zu sehr damit beschäftigt, ihren Mann auf alle interessanten Punkte der Umgebung hinzuweisen, als daß sie für etwas anderes Gedanken gehabt hätte. Sosehr sie auch der Spaziergang am Morgen ermüdet hatte, ließ sie es sich nicht nehmen, gleich nach dem gemeinsamen Essen ihre früheren Bekannten aufzusuchen, und der Abend wurde nach jahrelanger Trennung freudig der Erneuerung alter Freundschaften gewidmet.

Die Erlebnisse des Tages bewegten Elisabeth viel zu stark, als daß sie diesen neuen Freunden hätte viel Aufmerksamkeit schenken können. Sie mußte immer wieder an Herrn Darcys Freundlichkeit denken – mußte mit immer neuer Verwunderung daran denken, vor allem an seinen erstaunlichen Wunsch, sie mit seiner Schwester bekannt zu machen.

Vierundvierzigstes Kapitel

Elisabeth hatte mit Darcy ausgemacht, er solle sie mit seiner Schwester gleich am nächsten Tage nach deren Eintreffen in Pemberley besuchen, und hatte sich deshalb vorgenommen, sich an dem vereinbarten Vormittag nicht außer Sichtweite des Gasthauses zu entfernen. Doch sie hatte sich verrechnet, denn ihre Besucher erschienen schon am Morgen nach ihrem eigenen Eintreffen in Lambton. Gardiners hatten mit einigen ihrer Freunde einen kleinen Spaziergang um den Ort unternommen und waren gerade ins Gasthaus zurückgekehrt, um sich für eine Einladung bei diesen Bekannten umzukleiden, als das Rasseln eines Wagens sie ans Fenster rief und sie in einer zweirädrigen, zweispännigen Kutsche einen Herrn und eine Dame die Straße daherfahren sahen. Elisabeth erkannte sofort die Livree, erriet, was es zu bedeuten hatte, und bereitete ihren Verwandten keine geringe Überraschung, als sie ihnen mitteilte, welche Ehre sie zu erwarten hatte. Onkel und Tante waren überaus erstaunt, und die Erregung, mit der sie sprach, die Tatsache dieses Besuches selbst wie auch viele Beobachtungen des vorhergehenden Tages eröffneten ihnen plötzlich einen neuen, unerwarteten Blickwinkel auf die ganze Angelegenheit. Nichts hatte zuvor darauf hingedeutet, doch nun hatten sie den Eindruck, daß sich all diese Aufmerksamkeiten von einer solchen Seite her nur durch eine besondere Zuneigung für ihre Nichte erklären ließen. Während sie sich diese neu erwachsenen Vorstellungen durch den Kopf gehen ließen, wuchs die Verwirrung Elisabeths von Minute zu Minute. Sie konnte ihre Erregung selber nicht verstehen, aber neben vielem anderen, was sie beunruhigte, quälte sie der Gedanke, der Bruder könne sie der Schwester in seiner Verliebtheit zu begeistert geschildert haben, und da es ihr nun mehr als gewöhnlich darauf ankam, einen guten Eindruck zu machen, mußte sie es natürlich mit der Angst bekommen, sie könne in dieser Hinsicht enttäuschen.

Um sich nicht sehen zu lassen, trat sie vom Fenster zurück, und als sie im Bestreben, ihre Aufregung etwas abklingen zu lassen, im Zimmer auf und ab schritt, machten die überraschten, fragenden Blicke von Onkel und Tante alles nur noch schlimmer.

Fräulein Darcy und ihr Bruder erschienen, und die gefürchtete Vorstellung fand statt. Mit Erstaunen nahm Elisabeth wahr, daß ihre neue Bekannte mindestens genauso verlegen war wie sie selber. In Lambton hatte sie überall gehört, Fräulein Darcy sei außerordentlich hochmütig, doch der Eindruck nur weniger Minuten überzeugte sie, daß sie nur außerordentlich schüchtern war. Sie fand es schwierig, ihr mehr als nur ein kurzes Wort zu entlocken.

Fräulein Darcy war groß und von stärkerer Figur als Elisabeth. Obwohl sie nicht viel älter als sechzehn war, zeigte sie schon volle Formen und entfaltete eine anmutige Fraulichkeit. Sie war nicht so hübsch wie ihr Bruder, doch drückten ihre Gesichtszüge Verstand und Wohlwollen aus, und ihre Art, sich zu geben, war durchaus bescheiden und entgegenkommend. Elisabeth, die in ihr eine ebenso scharfe und unbeeinflußbare Beobachtungsgabe wie in ihrem Bruder vermutet hatte, war sehr erleichtert, sie so ganz anders zu finden.

Sie waren noch gar nicht lange beisammen, als Herr Darcy ihr mitteilte, auch Bingley werde ihr sogleich seine Aufwartung machen, und sie hatte kaum Zeit, ihre Befriedigung darüber in Worte zu fassen und sich innerlich auf einen solchen Besuch vorzubereiten, als sich schon Bingleys rascher Schritt auf der Treppe hören ließ und er gleich darauf das Zimmer betrat. Elisabeths Zorn auf ihn war längst verflogen, doch wenn sich wirklich noch etwas davon erhalten hätte, so wäre vor seiner ungespielt herzlichen Freude über das Wiedersehen mit ihr auch der letzte Rest von Übelwollen hinweggefegt worden. Er erkundigte sich freundlich, wenn auch sehr allgemein nach ihrer Familie und gab sich in Blicken und Worten mit derselben freundlichen Ungezwungenheit wie nur je.

Herr und Frau Gardiner interessierten sich für ihn kaum weniger als Elisabeth. Sie hatten sich schon lange gewünscht, ihn kennenzulernen. Sie musterten überhaupt alle, die mit im Zimmer waren, mit der lebhaftesten Aufmerksamkeit. Die Vermutungen, die ihnen über die Beziehungen zwischen Darcy und ihrer Nichte aufgestiegen waren, veranlaßten sie, beide eingehend, wenn auch vorsichtig zu beobachten; und bald kamen sie zur Überzeugung, daß zum mindesten eins von den beiden wußte, was es bedeutete, verliebt zu sein. Über die Gefühle der Dame freilich waren sie sich noch einigermaßen im Zweifel; doch daß der Herr seine Verehrung und Zuneigung nicht verbergen konnte, zeigte sich deutlich genug.

Elisabeth ihrerseits war ebenfalls sehr beschäftigt. Einerseits wollte sie sich über die Gefühle aller ihrer Besucher klarwerden; andererseits wollte sie ihre eigenen Gefühle im Zaum halten; und schließlich wollte sie auf alle einen angenehmen Eindruck machen. Was den letzten Punkt anlangte, worin sie anfangs am unsichersten gewesen war, so konnte sie nun ihres Erfolges am sichersten sein, denn alle, an deren Wohlwollen ihr lag, waren zu ihren Gunsten voreingenommen. Bingley war bereit, Georgiana war bestrebt, und Darcy war entschlossen, sich von ihr entzücken zu lassen.

Beim Anblick Bingleys wandten sich ihre Gedanken natürlich sofort ihrer Schwester zu, und wie gern hätte sie gewußt, ob auch seine Gedanken manchmal in die gleiche Richtung zielten! Zuweilen konnte sie sich des Eindrucks nicht erwehren, daß er nicht ganz so redselig war wie bei früheren Gelegenheiten, und ein- oder zweimal, als er sie anblickte, wollte sie sich einreden, er versuche in ihr eine Ähnlichkeit festzustellen. Doch wenn sie sich dies alles auch nur einbilden mochte, über sein Verhalten gegenüber Fräulein Darcy, die einst zur Rivalin Janes gemacht worden war, gab es keinen Zweifel. Weder er noch sie deuteten auch nur durch einen Blick ein herzlicheres Verhältnis an. Nichts ereignete sich, was die Hoffnungen seiner Schwester rechtfertigen konnte. Über diesen Punkt war sie bald beruhigt. Und ehe die Besucher wieder gingen, tat Bingley zwei oder drei Äußerungen, die sie nur zu gern dahin auslegte, daß er doch noch eine gewisse zärtliche Erinnerung an Jane hegte und gerne das Gespräch auf sie gebracht hätte, es sich aber nicht zutraute. Einmal, als die anderen alle in ein Gespräch verwickelt waren, bemerkte er zu ihr mit offenbar aufrichtigem Bedauern, daß es schon lange her sei, seitdem er das letztemal das Vergnügen gehabt habe, Elisabeth zu sehen, und ehe sie antworten konnte, fuhr er fort: »Über acht Monate ist es schon her. Seit dem 26. November, wo wir in Netherfield alle zusammen getanzt haben, sind wir nicht wieder zusammengetroffen.«

Elisabeth freute sich, daß er sich so genau an alles erinnerte. Und später benutzte er eine andere Gelegenheit, als die anderen nicht auf sie achteten, und fragte sie, ob sich denn alle ihre Schwestern jetzt in Longbourn aufhielten. Natürlich besagte die Frage und die vorhergehende Bemerkung an sich nicht viel, doch erhielt beides durch Blick und Tonfall eine besondere Bedeutung.

Sie kam nicht oft dazu, ihren Blick Herrn Darcy selbst zuzuwenden; doch wenn sie einmal einen flüchtigen Eindruck von ihm erhaschte, sah sie, daß er mit sich und der Welt zufrieden schien, und alles, was er sagte, war so weit von jedem Hochmut oder von jeder Verachtung seiner Umgebung entfernt, daß sie nun überzeugt sein konnte, die gestern erlebte Besserung seines Umgangstons habe zum mindesten einen Tag überdauert, wenn sie vielleicht auch nicht für immer anhalten mochte. Wenn sie sah, wie er die Bekanntschaft von Leuten suchte, mit denen er noch vor wenigen Monaten einen Umgang als Schande abgelehnt haben würde, ja, wie er sich sogar bemühte, einen guten Eindruck bei ihnen zu hinterlassen, wenn sie sah, wie er nicht nur zu ihr, sondern ausgerechnet zu den Verwandten so höflich war, die er offen verabscheut hatte, und wenn sie sich bei allem an die letzte, dramatische Szene im Hunsforder Pfarrhaus erinnerte, erschien ihr der Unterschied, der Wechsel so gewaltig, daß sie ihr Erstaunen kaum verbergen konnte. Niemals, weder in der Gesellschaft seiner lieben Freunde in Netherfield noch bei seinen würdigen Verwandten auf Rosings, hatte sie ihn so erpicht darauf gefunden, einen angenehmen Eindruck zu machen, war er so frei von sichtbarem Selbstbewußtsein und unerschütterlicher Zurückhaltung gewesen wie jetzt, wo seine Bemühungen ihm nichts Wesentliches einbringen konnten, ja, wo ihn schon der einfache Umgang mit Leuten, um deren Gunst er sich so bemüht zeigte, in den Augen der Damen in Netherfield und auf Rosings nur lächerlich machen und ihn abfälligen Bemerkungen aussetzen mußte.

Ihre Besucher blieben über eine halbe Stunde bei ihnen, und als sie sich erhoben, um sich zu verabschieden, forderte Herr Darcy seine Schwester auf, mit ihm den Wunsch zu äußern, Herrn und Frau Gardiner und Fräulein Bennet bei sich in Pemberley zum Essen begrüßen zu können, ehe sie die Gegend wieder verließen. Fräulein Darcy gehorchte bereitwilligst, wenn sie ihre Einladung auch so schüchtern vorbrachte, daß man merken mußte, wie wenig sie an solche Redewendungen gewöhnt war. Frau Gardiner blickte nach ihrer Nichte, um herauszufinden, ob sie, die ja die Einladung besonders anging, geneigt wäre, sie anzunehmen, aber Elisabeth hatte den Kopf abgewandt. Da man aber annehmen konnte, daß dieses unnatürliche Verhalten mehr einer augenblicklichen Verwirrung als einer Abneigung gegen die Einladung zuzuschreiben war, und da Frau Gardiner sah, daß ihr Gatte, der Geselligkeit liebte, sie nur zu gern angenommen hätte, wagte sie es, ihr Erscheinen zuzusagen, und so wurde der übernächste Tag für die Einladung festgelegt.

Bingley gab seine Freude darüber zu erkennen, daß er Elisabeth wiedersehen konnte, denn er hatte ihr noch viel zu sagen und noch viel über seine Freunde in Hertfordshire zu fragen. Auch Elisabeth, die darin den Wunsch erblickte, sie von ihrer Schwester reden zu hören, war erfreut und hatte, als ihre Besucher gingen, das Gefühl, sie könne schon deshalb, doch auch aus verschiedenen anderen Gründen, mit dem Verlauf der letzten halben Stunde einigermaßen zufrieden sein, obwohl sie während dieser Zeit selbst nur wenig Vergnügen empfunden hatte. In ihrem Bestreben, möglichst bald allein zu sein, und aus Angst vor Fragen und Andeutungen von seiten des Onkels und der Tante blieb Elisabeth nur eben so lange bei ihnen, daß sie gerade noch ihre günstige Meinung über Bingley mit anhören konnte, und eilte dann auf ihr Zimmer, um sich umzukleiden.

Doch sie hatte keinen Grund, Herrn und Frau Gardiners Neugier zu fürchten; sie legten es nicht darauf an, sie auszuhorchen. Es war offensichtlich, daß sie mit Herrn Darcy näher bekannt war, als sie früher geahnt hatten; ebenso offensichtlich war es, daß er sie sehr liebte. So fanden sie wohl manches recht interessant, sahen aber keine Veranlassung, die Nichte zur Rede zu stellen.

Jetzt mußte ihnen freilich viel daran liegen, von Darcy günstig zu denken, und soweit ihre kurze Bekanntschaft zur Beurteilung ausreichte, war kein Fehler an ihm zu finden. Von seinem höflichen Entgegenkommen konnten sie nicht unberührt bleiben, und wenn sie von ihm eine Charakterschilderung auf Grund der eigenen Eindrücke und des Berichts der Haushälterin gegeben hätten, ohne andere Beurteilung in Betracht zu ziehen, würde der Kreis in Hertfordshire, dem er bekannt war, dieses Charakterbild nicht als das des Herrn Darcy anerkannt haben. Ihr eigenes Interesse gebot ihnen jetzt jedoch, der Haushälterin Glauben zu schenken, und bald wurden sie sich darüber klar, daß das Zeugnis einer Angestellten, die ihn seit seinem vierten Lebensjahr kannte und die ihrem Wesen nach vertrauenerweckend und achtbar erschien, nicht vorschnell verworfen werden durfte. Auch war ihren Bekannten in Lambton nichts bekannt, was der Aussage der Haushälterin wesentlich widersprochen hätte. Alles, was sie ihm vorzuwerfen hatten, war sein Stolz, und den besaß er wahrscheinlich auch; und wenn dem nicht so gewesen wäre, hätten die Bewohner eines kleinen Marktfleckens, mit denen die Familie keinen gesellschaftlichen Verkehr aufgenommen hatte, ihm sicherlich diesen Stolz einfach unterstellt. Es wurde jedoch allgemein anerkannt, daß er freigebig war und den Armen viel Gutes tat.

Was Wickham anlangte, so fanden die Reisenden bald heraus, daß er sich keiner großen Achtung erfreute; denn wenn man auch nicht genau wußte, worin der Zwiespalt mit dem Sohn seines früheren Gutsherrn eigentlich bestand, war doch allgemein bekannt, daß er bei seinem Weggang in Derbyshire viele Schulden hinterlassen hatte, für die Darcy später aufgekommen war.

Elisabeths Gedanken weilten an diesem Abend stärker als am vergangenen in Pemberley, und obwohl die Zeit nur langsam zu verstreichen schien, reichte sie doch nicht aus, sie mit ihren Gefühlen für einen Bewohner des Herrenhauses ins reine kommen zu lassen, und sie lag zwei volle Stunden wach, um sich darüber klarzuwerden. Ganz bestimmt verabscheute sie ihn nicht. Nein, das war lange vorbei, hatte sie sich doch schon fast die ganze Zeit seitdem geschämt, jemals so etwas wie Abneigung gegen ihn empfunden zu haben. Die Achtung, die sie ihm auf Grund seiner wertvollen Eigenschaften entgegenbrachte und die sie ihm anfangs nur widerwillig zugestanden hatte, war seit geraumer Zeit nicht mehr so unvereinbar mit ihren Gefühlen und wurde neuerdings durch Empfindungen freundlicherer Art verstärkt, besonders nachdem sie ein so günstiges Urteil über ihn gehört hatte und sein Charakter seit den gestrigen Erfahrungen in einem so liebenswürdigen Lichte erschien. Doch war vor allem außer der Achtung und Verehrung in ihr noch ein Gefühl der Zuneigung vorhanden, das nicht übersehen werden konnte. Es entsprang der Dankbarkeit. Dankbarkeit nicht nur dafür, daß er sie einst geliebt hatte, sondern auch dafür, daß er ihr immer noch so herzlich zugetan war, um ihr all die Schärfe und Gereiztheit, mit der sie ihn abgewiesen hatte, und all die damit verbundenen ungerechten Anschuldigungen zu verzeihen. Ausgerechnet er, der sie ihrer Überzeugung nach als seine größte Feindin meiden müßte, schien bei diesem zufälligen Zusammentreffen besonderen Wert darauf zu legen, daß ihre Bekanntschaft erhalten blieb; und ohne sich auch nur die geringste Taktlosigkeit durch Anspielungen oder betont eigentümliches Verhalten zuschulden kommen zu lassen, wo es um die rein persönlichen Beziehungen zwischen ihnen ging, bemühte er sich auch noch um die gute Meinung ihrer Verwandten und ließ es sich nicht nehmen, sie seiner Schwester vorzustellen. Eine solche Veränderung bei einem Manne von so ausgeprägtem Stolz mußte nicht nur Erstaunen hervorrufen, sondern auch Dankbarkeit erwecken – denn nur durch Liebe, heiße Liebe, ließ sie sich erklären. Sie wollte und konnte sich dem Eindruck, den all dies auf sie machte und dem sie sich willig hingab, um so weniger entziehen, als er ihr keineswegs unangenehm war, wenn sie sich darüber auch nicht restlos klarwerden konnte. Sie achtete ihn, verehrte ihn, war ihm dankbar, wollte, daß er glücklich würde, und wußte nur noch nicht genau, inwieweit ihren geheimsten Wünschen nach sein Glück auch von ihr abhängen sollte und ob es für sie beide zum Glück ausschlagen würde, wenn sie die Macht, die sie ihrer Überzeugung nach noch über ihn besaß, dazu benutzte, ihn zur Erneuerung seiner Werbung zu bewegen.

Noch am Abend waren sich Tante und Nichte darüber einig geworden, daß eine so ausgesprochene Höflichkeit, wie sie ihnen Fräulein Darcy dadurch erwiesen hatte, daß sie noch am Tage ihrer Ankunft zu ihnen gekommen war – und dabei war sie in Pemberley erst zu einem verspäteten Frühstück eingetroffen –, auch durch eine besondere Höflichkeit ihrerseits erwidert werden müßte, wenn sie auch nicht ausgeglichen werden könnte, und daß es folglich geboten erscheine, sie am folgenden Morgen in Pemberley zu besuchen. So mußten sie sich also aufmachen. Elisabeth freute sich darauf, obwohl sie, wenn sie sich nach dem Grunde fragte, keine rechte Antwort wußte.

Herr Gardiner ließ sie kurz nach dem Frühstück allein. Das Angebot, im Parkbezirk zu angeln, war am vorhergehenden Tag erneuert worden, und man hatte ausgemacht, daß er einige der Herren um die Mittagszeit in Pemberley treffen sollte.

Fünfundvierzigstes Kapitel

Nachdem es Elisabeth klargeworden war, daß Fräulein Bingleys Abneigung gegen sie auf Eifersucht beruhte, konnte sie sich vorstellen, wie unwillkommen ihr Auftauchen in Pemberley sein mußte, und war neugierig, mit welchem Aufwand an Höflichkeit die alte Bekanntschaft auf seiten jener Dame erneuert werden würde.

Als sie angekommen waren, wurden sie durch die Halle in einen Salon geführt, dessen Nordlage ihn für den Sommer besonders angenehm machte. Seine Fenster gingen nach der freien Landschaft und gewährten einen erfreulichen Ausblick auf die hohen, bewaldeten Berge hinter dem Haus und die schönen Eichen und Edelkastanien, die verstreut auf den dazwischenliegenden Wiesen standen.

In diesem Zimmer wurden sie von Fräulein Darcy empfangen. Sie saß dort mit Frau Hurst, Fräulein Bingley und der Dame, mit der sie in London zusammenwohnte. Georgiana empfing sie sehr höflich, wurde aber wiederum durch eine Verlegenheit gehemmt, die von ihrer Schüchternheit und der Angst, etwas falsch zu machen, herrührte und bei Leuten, die sich ihr unterlegen fühlten, leicht den Eindruck erwecken konnte, sie sei stolz und zurückhaltend. Frau Gardiner und ihre Nichte ließen ihr jedoch Gerechtigkeit widerfahren und hatten eher Mitleid mit ihr.

Von Frau Hurst und Fräulein Bingley wurden sie nur durch eine Verneigung zur Kenntnis genommen, und als sie Platz genommen hatten, entstand einige Augenblicke lang eine jener Verlegenheitspausen, die immer etwas peinlich wirken.

Das Schweigen wurde zuerst von Frau Annesley, einer feinen, sympathisch aussehenden Dame, unterbrochen, die sich bemühte, eine Art Unterhaltung zustande zu bringen und sich damit als viel gebildeter erwies als die beiden anderen. So wurde denn, mit gelegentlicher Unterstützung durch Elisabeth, zwischen ihr und Frau Gardiner die Unterhaltung geführt. Fräulein Darcy war es anzusehen, daß sie gern daran teilgenommen hätte, wenn sie nur nicht zu schüchtern dazu gewesen wäre, und manchmal, wenn am wenigsten Gefahr bestand, von den anderen gehört zu werden, schwang sie sich tatsächlich auch zu einem kurzen Satz auf.

Elisabeth bemerkte bald, daß sie von Fräulein Bingley genau beobachtet wurde, und sie konnte kein Wort äußern, besonders zu Fräulein Darcy, das nicht argwöhnisch belauscht worden wäre. Dies würde sie nicht von dem Versuch abgehalten haben, eine Unterhaltung mit ihr zu beginnen, wenn sie nicht so ungünstig weit auseinander gesessen hätten; aber es war ihr ganz recht, nicht viel sagen zu müssen. Sie hatte genug mit sich selbst zu tun. Jeden Augenblick erwartete sie, daß einige der Herren den Raum betreten würden. Sie wünschte, sie fürchtete, der Herr des Hauses könnte dabeisein, und ob sie es mehr wünschte oder fürchtete, wußte sie selber

nicht genau. Nachdem sie eine Viertelstunde lang so dagesessen hatte, ohne Fräulein Bingleys Stimme zu vernehmen, wurde Elisabeth hellwach, als die Dame sich plötzlich sehr kühl nach dem Befinden ihrer Familie erkundigte. Sie antwortete ebenso gleichgültig und kurz, und die andere sagte daraufhin nichts mehr.
Die nächste Abwechslung, die ihnen geboten wurde, bestand in dem Eintritt von Dienern, die kalten Braten, Kuchen und eine Auswahl der schönsten Früchte der Jahreszeit auftrugen. Doch dies geschah erst, nachdem Frau Annesley Fräulein Darcy mehrere Male bedeutungsvoll angeblickt und angelächelt hatte, um sie an ihre Hausfrauenpflichten zu erinnern. Nun war endlich die ganze Gesellschaft beschäftigt, denn wenn sie auch nicht alle reden konnten, essen konnten sie alle, und die prachtvollen Pyramiden aus Weintrauben, Nektarinen und Pfirsichen lockten sie bald an den Tisch.
Bei dieser Beschäftigung hatte Elisabeth endlich Gelegenheit, sich klar darüber zu werden, ob sie das Auftauchen von Herrn Darcy mehr fürchtete oder wünschte, denn nun betrat Herr Darcy tatsächlich das Zimmer; und wenn sie noch einen Augenblick zuvor gemeint hatte, daß ihr Wunsch stärker sei als ihre Angst, begann sie jetzt, sein Kommen entschieden zu bedauern.
Er hatte einige Zeit mit Herrn Gardiner zugebracht, der mit zwei oder drei anderen Herren aus dem Hause am Fluß beschäftigt war, und hatte sie erst verlassen, als er hörte, daß die Damen der Familie an diesem Vormittag Georgiana einen Besuch abstatten wollten. Kaum war er erschienen, als Elisabeth sich klugerweise entschloß, völlig unbeschwert und ungezwungen zu erscheinen – ein Entschluß, der zwar um so notwendiger erschien, aber vielleicht um so schwieriger durchzuführen war, als sie bemerkte, daß der Argwohn der ganzen Gesellschaft gegen sie beide wach geworden und kaum ein Auge zu finden war, daß ihn beim Eintritt ins Zimmer nicht scharf beobachtet hätte. In keinem Gesicht jedoch war die wachsame Neugier so ausgeprägt wie in dem des Fräulein Bingley, trotz des Lächelns, das sie aufsetzte, wenn

sie mit einem der Gegenstände ihrer Neugier sprach; denn die Eifersucht hatte sie noch nicht zu verzweifelten Schritten getrieben, und ihre Bemühungen um Herrn Darcy hielten noch an. Beim Eintritt ihres Bruders bestrebte sich Fräulein Darcy noch mehr als zuvor, recht unterhaltend zu sein, und Elisabeth bemerkte, wie er bemüht war, die Bekanntschaft zwischen seiner Schwester und ihr zu vertiefen, und wie er alles tat, was er konnte, um jeden Ansatz zu einem Gespräch zwischen beiden zu fördern, ganz gleich, von welcher Seite es ausging. Natürlich entging dies auch Fräulein Bingley nicht, und durch ihre Wut verblendet, ergriff sie die erste Gelegenheit, um mit höhnischer Freundlichkeit zu äußern: »Bitte, Fräulein Elisa, ist nicht das Milizregiment von Meryton verlegt worden? Das muß ja für Ihre Familie ein schwerer Schlag gewesen sein.«

In Darcys Gegenwart wagte sie nicht, Wickhams Namen zu erwähnen, doch Elisabeth begriff sofort, daß sie auf den besonders anspielte, und die verschiedenen Erinnerungen, die sich mit seiner Person verbanden, bereiteten ihr einen Augenblick lang Qual; doch nahm sie sich gleich wieder mit aller Willenskraft zusammen, um den bösartigen Angriff abzuschlagen, und beantwortete die Frage einigermaßen gleichmütig. Während sie sprach, zeigte ihr ein unwillkürlicher Blick, daß Darcy einen roten Kopf bekommen hatte und seine Schwester verlegen die Augen niederschlug. Hätte Fräulein Bingley geahnt, wie sie ihren geliebten Freund verletzte, würde sie diese Andeutung wohl unterlassen haben, hatte sie doch lediglich die Absicht gehabt, Elisabeth aus der Fassung zu bringen, indem sie auf den Mann hindeutete, in den ihrer Meinung nach Elisabeth verliebt war; sie hoffte, Elisabeth würde eine Empfindlichkeit verraten, die ihr in Darcys Augen schaden und ihn vielleicht an alle Torheiten und Geschmacklosigkeiten erinnern könnte, durch die ein Teil ihrer Familie mit dem Milizregiment verbunden war. Von Fräulein Darcys geplanter Entführung hatte sie freilich nie auch nur eine Silbe vernommen. Wo es überhaupt geheimzuhalten ging, war es keiner Menschenseele verraten worden – außer Elisabeth; und vor Fräulein Bingleys Verwandtschaft hatte Darcy es besonders ängstlich geheimgehalten, und zwar aus einem Grund, den Elisabeth vor langer Zeit ihm unterstellt hatte – weil er nämlich annahm und wünschte, die Bingleys könnten später einmal zu seinen eigenen Verwandten gehören. Einen solchen Plan hatte er bestimmt einst gehabt, und es ist wahrscheinlich, daß sein so lebhaftes Bemühen um das Wohlergehen seines Freundes Bingley mit darauf zurückzuführen war – was natürlich nicht im geringsten sein Bestreben, ihn von Fräulein Bennet zu trennen, beeinträchtigen konnte und sollte.

Durch Elisabeths gefaßtes, ruhiges Verhalten jedoch wurde seine Erregung schnell wieder beschwichtigt, und da Fräulein Bingley trotz ihrer Wut und ihrer Enttäuschung nicht wagte, näher auf Wickham einzugehen, erholte sich auch Georgiana mit der Zeit von ihrem Schrecken, allerdings nicht so weit, daß sie imstande gewesen wäre, noch etwas zu sagen. Doch ihr Bruder, dessen Blick sie zu vermeiden suchte, dachte kaum daran, wie weit Elisabeth in diese Angelegenheit mit verwickelt war, und so schien ausgerechnet der Vorfall, der seine Gedanken von ihr hatte ablenken sollen, es bewirkt zu haben, daß sie sich noch stärker und in noch erfreulicherer Weise mit ihr beschäftigten.

Ihr Besuch wurde nach der erwähnten Frage und Antwort bald beendet, und während Darcy sie zum Wagen geleitete, machte Fräulein Bingley ihren Gefühlen dadurch Luft, daß sie allerlei an Elisabeths Person, Benehmen und Kleidung auszusetzen fand. Doch Georgiana wollte nicht darauf eingehen. Die Empfehlung ihres Bruders genügte vollauf, jemandem ihre Gunst zu sichern: sein Urteil war unfehlbar, und von Elisabeth hatte er so günstig gesprochen, daß Georgiana sie gar nicht anders als schön und liebenswert finden konnte. Als Darcy in den Salon zurückkehrte, konnte Fräulein Bingley es sich nicht versagen, einiges von dem, was sie zu seiner Schwester bemerkt hatte, zu wiederholen.

»Wie unvorteilhaft Elisa Bennet doch heute früh aussah,

Herr Darcy«, rief sie aus. »In meinem ganzen Leben habe ich noch nicht gesehen, daß sich jemand so verändert hat wie sie seit dem vergangenen Winter. Wie braun und gewöhnlich sie geworden ist! Louisa war auch der Meinung, daß wir sie nicht wiedererkannt hätten!«
Wie unwillkommen Herrn Darcy eine solche Äußerung auch war, so begnügte er sich doch damit, kühl zu antworten, daß er keine andere Veränderung wahrnehmen könnte als die Tatsache, daß sie ziemlich braungebrannt sei – worüber man sich aber nicht zu wundern brauche, wenn jemand im Sommer eine Reise unternimmt.
»Was mich anlangt«, fing sie wieder an, »so habe ich sie, ehrlich gesagt, nie schön finden können. Ihr Gesicht ist zu hager, ihr Teint hat keinen Glanz, und ihre Züge sind alles andere als hübsch. Ihre Nase ist charakterlos, hat keine ausgesprochene Form. Ihre Zähne sind ja ganz erträglich, aber auch nichts Außergewöhnliches, und was gar ihre Augen angeht, die ja manchmal so schön gefunden worden sind, so habe ich nie etwas Besonderes darin entdecken können. Sie haben einen scharfen, giftigen Blick, der mir gar nicht gefallen will; und in ihrem ganzen Wesen liegt eine unvornehme Selbstgefälligkeit, die einfach unerträglich ist.«
Wenn Fräulein Bingley schon davon überzeugt war, daß Darcy Elisabeth verehrte, so war dies nicht eben die beste Methode, sich bei ihm beliebt zu machen. Doch zornige Menschen handeln nicht immer klug, und als sie nun endlich fand, daß er etwas gereizt blickte, hatte sie erreicht, was sie wollte. Doch er schwieg standhaft weiter, und um ihn auf jeden Fall zum Reden zu bringen, fuhr sie in ihrem boshaften Geschwätz fort: »Ich weiß noch, wie erstaunt wir damals in Hertfordshire, als wir sie zum ersten Male sahen, alle darüber waren, daß sie allgemein als eine Schönheit angesehen wurde; und besonders denke ich daran, wie Sie eines Abends sagten, nachdem Bennets in Netherfield zum Essen dagewesen waren: ›Die – eine Schönheit? Da könnte ich ja genauso behaupten, ihre Mutter wäre geistreich!‹ Aber später scheint sie ja auf Sie einen besseren Eindruck gemacht

zu haben, und ich glaube, Sie haben sie einmal ganz hübsch gefunden.«

»Ja«, erwiderte Darcy, der sich nun nicht länger halten konnte, »aber das war nur, als ich sie zum ersten Male kennenlernte, denn jetzt halte ich sie schon viele Monate lang für eine der anmutigsten Frauen, die ich kenne.«

Dann entfernte er sich, und Fräulein Bingley konnte mit Genugtuung feststellen, daß sie ihn gezwungen hatte, etwas zu sagen, das niemandem außer ihr selbst weh tat.

Frau Gardiner und Elisabeth besprachen bei ihrer Rückkehr alles, was während ihres Besuches vorgefallen war – mit Ausnahme dessen, was sie beide am meisten bewegte. Sie sprachen über das Aussehen und Verhalten von allen, die sie dort getroffen hatten – mit Ausnahme der Person, die sie am stärksten interessiert hatte. Sie redeten von seiner Schwester, seinen Freunden, seinem Haus, seinem Obst – von allem und jedem, nur nicht von ihm selber. Und doch hätte Elisabeth gern erfahren, was Frau Gardiner von ihm hielt, und Frau Gardiner wäre es nur zu willkommen gewesen, wenn ihre Nichte das Gespräch darauf gebracht hätte.

Sechsundvierzigstes Kapitel

Elisabeth war ziemlich enttäuscht gewesen, als sie bei ihrer Ankunft in Lambton keinen Brief von Jane vorfand, und diese Enttäuschung war an jedem Morgen, den sie bisher dort verbracht hatten, aufs neue aufgeflammt. Doch am dritten Tage wurde ihr Mißvergnügen behoben und ihre Schwester dadurch gerechtfertigt, daß zwei Briefe auf einmal anlangten, auf deren einem vermerkt war, er sei fehlgelaufen. Elisabeth überraschte das

nicht weiter, da Jane die Adresse bemerkenswert undeutlich geschrieben hatte.
Sie hatte gerade spazierengehen wollen, als die Post eintraf, und Onkel und Tante gingen nun allein fort, damit sie die Briefe in Ruhe genießen konnte. Zuerst mußte sie sich natürlich an den fehlgeleiteten Brief machen; er war vor fünf Tagen geschrieben. Er begann mit einem Bericht von ihren kleinen Gesellschaften und Zerstreuungen, wie sie auf dem Lande alltäglich sind. Doch die zweite Hälfte des Briefes, die einen Tag später datiert war, zeugte von offenbarer Erregung und enthielt Wesentlicheres. Sie lautete folgendermaßen:

›Seit ich das Obige niedergeschrieben habe, meine liebe, gute Lissy, hat sich etwas höchst Unerwartetes und Ernstes ereignet; aber ich will Dich nicht beunruhigen – sei unbesorgt, wir sind wohlauf. – Was ich Dir mitzuteilen habe, betrifft die arme Lydia. Gestern nacht zwölf Uhr traf ein Eilbote von Oberst Forster ein – wir waren eben alle zu Bett gegangen –, mit der Nachricht, daß sie mit einem seiner Offiziere – um es gleich offen zu sagen: mit Herrn Wickham – nach Schottland durchgegangen sei. Stell dir unsere Überraschung vor! Für Kitty allerdings scheint das Ereignis nicht ganz so unerwartet eingetroffen zu sein. Ich bin sehr, sehr betrübt darüber. Wie unklug haben beide gehandelt, als sie eine solche Verbindung eingingen! – Doch ich will das Beste hoffen und annehmen, daß wir seinen Charakter falsch eingeschätzt haben. Für gedankenlos und unbesonnen kann ich ihn leicht halten, doch dieser Schritt – und darüber sollten wir uns freuen – zeugt von keinem schlechten Charakter. Zum mindesten ist seine Wahl nicht berechnend gewesen, denn er mußte ja wissen, daß Vater ihr nichts mitgeben kann. Unsere arme Mutter grämt sich sehr. Vater trägt es leichter. Wie dankbar bin ich, daß wir beide Eltern nie wissen ließen, was über ihn gesprochen wird. Auch wir müssen es vergessen. Sie sind Sonnabend nacht gegen zwölf fort, wie man vermutet, wurden aber erst gestern früh acht Uhr vermißt. Der Eilbote wurde sofort losgeschickt. Ach, meine gute Lissy, sie müssen innerhalb zehn Meilen von uns vorbeigekommen sein. Oberst Forster macht uns Hoffnung, daß wir ihn bald hier bei uns erwarten können. Lydia hat ein paar Zeilen an seine Frau hinterlassen und ihr mitgeteilt, was sie beabsichtigten. Ich muß jetzt schließen, denn ich kann die arme Mutter nicht lange allein lassen. Ich fürchte, Du wirst aus allem nicht recht klug werden, aber ich weiß selber kaum, was ich geschrieben habe.‹

Ohne sich Zeit zum Nachdenken zu gönnen und sich kaum ihrer Gefühle bewußt, ergriff Elisabeth sogleich den zweiten Brief, öffnete ihn voller Ungeduld und las ihn. Er war einen Tag nach dem Abschluß des ersten geschrieben.

›Inzwischen hast Du ja meinen so hastig hingeworfenen Brief erhalten, meine liebe, gute Schwester; ich will hoffen, daß Du aus diesem Brief hier leichter klug wirst, aber wenn jetzt auch die Zeit nicht so sehr drängt, gehen meine Gedanken doch immer noch so durcheinander, daß ich eine zusammenhängende Darstellung kaum fertigbringen werde. Liebe Lissy, ich weiß kaum, wie ich es Dir beibringen soll, aber ich habe schlechte Nachrichten für Dich, und es duldet keinen Aufschub. Wie unüberlegt und unklug eine Heirat zwischen Herrn Wickham und unserer armen Lydia auch sein mag, so sind wir jetzt in Sorge, ob sie überhaupt stattgefunden hat, denn es besteht nur zu guter Grund für die Befürchtung, daß die beiden gar nicht nach Schottland gegangen sind. Oberst Forster kam gestern hierher. Er ist am vorhergehenden Tag nur wenige Stunden nach dem Eilboten aus Brighton abgereist. Obwohl Lydias kurzer Brief an Frau F. andeutete, sie seien auf dem Wege nach Gretna Green, ließ Denny die Bemerkung fallen, er glaube nicht, daß W. je die Absicht gehabt habe, dorthin zu gehen und Lydia wirklich zu heiraten. Das wurde Oberst F. hinterbracht, der sofort B. bestürzt verließ, um ihren Reiseweg festzustellen. Er konnte ihre Spur leicht bis

Clapham finden, aber nicht weiter, denn dort hatten sie die Kalesche, in der sie von Epsom gekommen waren, entlassen und waren in eine Mietdroschke umgestiegen. Alles, was dann noch festzustellen war, ist, daß sie auf der Landstraße nach London weitergefahren sind. Ich weiß nicht, was ich denken soll. Nachdem Oberst Forster in den zunächst liegenden Stadtteilen Londons jede nur mögliche Erkundigung eingezogen hat, ist er voller Besorgnis nach Hertfordshire gekommen und hat seine Nachforschungen an jedem Schlagbaum und in den Gasthäusern von Barnet und Hatfield fortgesetzt, doch ohne jeden Erfolg; man hat dort niemanden durchkommen sehen, der seiner Beschreibung entsprochen hätte. Voller freundlicher Anteilnahme kam er nach Longbourn und teilte uns seine Befürchtungen in einer Weise mit, die seinem Herzen alle Ehre macht. Er tut mir aufrichtig leid, und ebenso Frau F. – aber niemand kann ihnen einen Vorwurf machen. Unser Kummer, meine liebe Lissy, ist groß. Vater und Mutter sind auf das Schlimmste gefaßt, aber ich kann von ihm nicht so schlecht denken. Viele verschiedene Umstände könnten es ihnen ja wünschenswerter erscheinen lassen, in aller Stille in London zu heiraten, als ihren ursprünglichen Plan zu verfolgen; und selbst wenn er wirklich imstande gewesen sein sollte, solch ein übles Vorhaben gegen ein junges Mädchen aus so guter Familie wie Lydia durchzuführen, was recht unwahrscheinlich ist, kann ich denn annehmen, daß sie selber von allen guten Geistern verlassen ist? – Einfach unmöglich! Indessen bereitete es mir Kummer, daß Oberst F. nicht geneigt scheint, die Heirat als Tatsache hinzunehmen. Als ich von meinen Hoffnungen sprach, schüttelte er den Kopf und sagte, er fürchte, W. sei nicht der Mann, dem man trauen könne. Die arme Mutter ist wirklich krank und geht nicht aus ihrem Zimmer. Wenn sie sich betätigen könnte, wäre es viel besser für sie, doch das ist nicht zu erwarten. Und Vater habe ich noch nie so angegriffen und mitgenommen gesehen. Die arme Kitty hat einiges auszustehen, weil sie das Verhältnis zwischen den beiden verheimlicht hat; aber da sie es ja nur vertraulich erfahren hatte, kann man das wohl verstehen. Ich bin wirklich froh, liebe Lissy, daß Dir von diesen betrüblichen Szenen einiges erspart geblieben ist. Aber nun, da der erste Schreck vorbei ist, soll ich da gestehen, daß ich Deine Rückkehr herbeisehne? Ich bin jedoch nicht so selbstsüchtig, Dich zu drängen, wenn es nicht passen sollte. Lebewohl …

Ich ergreife die Feder wiederum, um nun doch zu tun, was ich soeben nicht tun wollte, aber die Umstände sind so prekär, daß ich Euch alle dringend bitten muß, so bald als möglich hierherzukommen. Ich kenne den lieben Onkel und die liebe Tante so gut, daß ich keine Bedenken habe, diesen Wunsch zu äußern, obwohl ich Onkel um noch etwas bitten muß. Vater macht sich mit Oberst Forster sofort nach London auf und will versuchen, die beiden ausfindig zu machen. Ich habe keine Ahnung, wie er das fertigbringen will, aber sein Kummer ist so groß, daß er kaum den besten und sichersten Weg finden wird, um auch nur eine geeignete Maßnahme zu treffen, und Oberst Forster muß morgen abend wieder in Brighton sein. In einer solchen Notlage wäre Onkels Rat und Beistand Gold wert; er wird sofort verstehen, wie mir zumute sein muß, und ich verlasse mich auf seine Güte.‹

»Ach, wo wird Onkel wohl sein?« rief Elisabeth, erhob sich hastig von ihrem Stuhl, als sie den Brief zu Ende gelesen hatte, und machte sich sogleich auf, ihm nachzueilen, damit kein Augenblick der so kostbaren Zeit verlorenging. Doch als sie die Tür erreichte, wurde diese von einem Diener geöffnet, und Herr Darcy erschien. Ihr blasses Gesicht und ihre Hast erschreckten ihn, und ehe er sich so weit gefaßt hatte, daß er sprechen konnte, rief sie, die über Lydias Geschick alles andere vergaß, ungestüm aus: »Verzeihen Sie, aber ich muß Sie verlassen. Ich muß sofort Herrn Gardiner wegen einer Sache aufsuchen, die keinen Aufschub duldet, ich habe keinen Augenblick zu verlieren!«

»Um Gottes willen, was ist denn los?« rief er mit mehr Mitgefühl als höflicher Zurückhaltung. Doch dann faßte er sich und sagte: »Ich will Sie keine Minute aufhalten, aber lassen Sie mich oder den Diener Herrn und Frau Gardiner suchen. Sie sind viel zu angegriffen – Sie können nicht selber gehen.«

Elisabeth zögerte, doch ihre Knie zitterten, und es wurde ihr klar, wie wenig Zweck es hatte, wenn sie versuchte, hinter ihnen herzueilen. So rief sie den Diener zurück und trug ihm auf, seine Herrschaften sofort zurückzuholen, aber sie sprach so überhastet, daß er sie kaum verstehen konnte.

Als der Diener weggegangen war, setzte sie sich nieder, weil sie sich nicht mehr auf den Beinen halten konnte, und sah so elend aus, daß Darcy sie unmöglich allein lassen konnte. Zart und mitfühlend sagte er: »Soll ich nicht Ihre Zofe rufen? Möchten Sie nicht etwas zu sich nehmen, das Ihnen Erleichterung bringen könnte – etwa ein Glas Wein – soll ich Ihnen eins besorgen? Sie sind sehr krank.«

»Nein danke«, erwiderte sie und bemühte sich, wieder zu Kräften zu kommen. »Mir fehlt nichts. Ich bin ganz gesund, nur bereiten mir schreckliche Nachrichten, die ich eben aus Longbourn erhielt, großen Kummer.«

Sie brach in Tränen aus und konnte einige Minuten lang kein Wort herausbringen. Darcy, der untätig dabeistehen mußte und dem jammervoll zumute war, konnte nur murmeln, wie leid es ihm tue, und sie voller Mitleid schweigend betrachten. Endlich sprach sie wieder: »Ich habe eben von Jane einen Brief mit einer schrecklichen Nachricht erhalten. Die Sache läßt sich sowieso nicht verheimlichen. Meine jüngste Schwester hat all ihre Freunde plötzlich verlassen – ist durchgegangen – hat sich in die Gewalt von Herrn Wickham gegeben. Sie sind zusammen aus Brighton geflohen. Sie kennen ihn ja viel zu gut, um sich das übrige nicht denken zu können. Sie hat kein Geld, keine vornehme Verwandtschaft, nichts, was ihn in Versuchung führen könnte – sie ist für immer erledigt.«

Darcy war starr vor Staunen. »Und wenn ich bedenke«, fügte sie dann noch verzweifelter hinzu, »daß ich das alles hätte verhindern können – ich, die ich doch wußte, was für ein Mensch er ist! Hätte ich meiner Familie nur etwas von dem, was ich über ihn erfahren habe, angedeutet! Wenn sein übler Charakter bekannt gewesen wäre, hätte das alles nicht vorfallen können. Aber nun ist alles, aber auch alles zu spät!«

»Es tut mir wirklich leid«, rief Darcy, »ich bin tief bekümmert, bin empört. Aber ist es auch sicher – absolut sicher?«

»O ja! – Sie sind Sonntag nacht zusammen von Brighton fort, und ihre Spur ließ sich fast bis London verfolgen, aber nicht weiter. Ganz sicher sind sie nicht nach Schottland.«

»Und was ist geschehen, was ist versucht worden, Ihre Schwester zurückzuholen?«

»Vater ist nach London, und Jane hat geschrieben, um Onkel sofort zu Hilfe zu rufen; ich hoffe, wir werden in einer halben Stunde schon unterwegs sein. Aber es läßt sich in Wirklichkeit gar nichts tun, das weiß ich ganz genau. Wie soll man einem solchen Menschen beikommen? Wie soll man die beiden überhaupt erst einmal entdecken? Ich mache mir nicht die geringste Hoffnung. Man kann es ansehen, wie man will, es ist einfach entsetzlich!«

Darcy schüttelte stumm den Kopf.

»Als meine Augen über seinen wahren Charakter endlich geöffnet waren – ach, hätte ich doch gewußt, was ich hätte tun sollen, was ich hätte wagen müssen. Doch ich wußte es nicht – hatte Angst, zuviel zu tun. Ach, welch ein elender, elender Fehler!«

Darcy gab keine Antwort. Er schien sie kaum zu hören und schritt völlig in Gedanken versunken im Zimmer auf und ab; er hatte die Stirn in Falten gezogen und blickte düster vor sich hin. Elisabeth merkte es bald und verstand sofort. Nun war es mit ihrem Einfluß auf ihn vorbei – alles mußte zu Ende sein unter solch einer Beweislast für die Unzulänglichkeit ihrer Familie, für die tiefe Schande, die über sie gekommen war. Sie konnte sich weder wundern, noch konnte sie es ihm verübeln; doch hatte die Gewißheit, er habe nun seine Neigung zu ihr überwunden, nichts Tröstliches für sie, linderte ihren Kummer keineswegs. Im Gegenteil, jetzt erst wurde ihr bewußt, was sie eigentlich wünschte und hoffte, und nie zuvor war sie so ehrlich überzeugt gewesen, daß sie ihn lieben könnte, wie ausgerechnet jetzt, wo alle Liebe nutzlos war.

Doch ihre eigenen Belange, sosehr sie sich aufdrängen wollten, konnten sie nicht ablenken. Lydia – die Schande, das Elend, das sie über die ganze Familie brachte, verschlang jeden privaten Kummer. Sie verbarg ihr Gesicht im Taschentuch und hatte bald alles um sich herum vergessen. Erst nach mehreren Minuten wurde sie durch die Stimme Darcys wieder in die Gegenwart zurückgerufen. Seine Worte schienen von Mitgefühl, doch auch von Zurückhaltung zu sprechen, als er sagte: »Ich fürchte, Sie möchten schon lange lieber allein sein, und ich kann zur Entschuldigung für mein Bleiben nichts als echtes, wenn auch nutzloses Mitgefühl anführen. Der Himmel gebe, daß ich etwas sagen oder tun könnte, was in einem solchen Kummer Trost bringen könnte. Doch ich will Sie nicht durch müßige Wünsche quälen und gar den Eindruck erwecken, als erwarte ich noch Dank dafür. Diese unselige Angelegenheit wird also, fürchte ich, meine Schwester des Vergnügens berauben, Sie heute in Pemberley zu begrüßen.«

»O ja! Bitte seien Sie so freundlich, uns bei Fräulein Darcy zu entschuldigen. Sagen Sie bitte, daß dringende Geschäfte uns sofort heimrufen. Verschweigen Sie die unglückselige Wahrheit solange wie möglich. – Ich weiß, daß dies ohnehin nicht allzulange sein wird.«

Er versicherte sie bereitwilligst seiner Verschwiegenheit – drückte wiederum sein Mitgefühl mit ihrem Kummer aus und wünschte der Angelegenheit eine glücklichere Lösung, als sich im Augenblick hoffen ließ, trug ihr Grüße an die Verwandten auf und entfernte sich,

nachdem er ihr zum Abschied nur einen ernsten Blick geschenkt hatte.
Als er das Zimmer verließ, fühlte Elisabeth deutlich, wie unwahrscheinlich es sei, daß sie sich je wieder in einer Atmosphäre so herzlicher Zuneigung begegnen würden, wie dies mehrmals in Derbyshire der Fall gewesen war. Und als sie die Geschichte ihrer Bekanntschaft, so voll von Widersprüchen und Veränderungen, an ihrem geistigen Auge vorüberziehen ließ, seufzte sie über die Verwirrung ihrer Gefühle, die jetzt die alten Beziehungen gern fortgesetzt gesehen hätten, nachdem sie zuvor nichts sehnlicher gewünscht hatten, als sie abzubrechen.
Wenn Dankbarkeit und Achtung eine gute Grundlage für die Liebe sind, wird man Elisabeths Sinneswandlung weder unwahrscheinlich finden, noch als einen Fehler ansehen können. Doch wenn es sich umgekehrt verhalten sollte – wenn Zuneigung, die solchen Quellen entspringt, als unvernünftig oder unnatürlich betrachtet werden müßte im Vergleich mit der so oft beschriebenen Liebe auf den ersten Blick, ehe man auch nur zwei Worte miteinander gesprochen hat – wenn dem so wäre, könnte man nichts zu ihrer Entschuldigung anführen als die Tatsache, daß sie mit ihrer Verliebtheit in Wickham die letzterwähnte Methode ausprobiert hatte und der Fehlschlag sie vielleicht berechtigte, es nun auch mit der anderen, weniger reizvollen Art der Annäherung zu versuchen. Sei dem, wie ihm wolle, sie sah ihn mit Bedauern gehn und fand in diesem ersten Beispiel des Unheils, das Lydias Schändlichkeit anrichten mußte, noch zusätzliche Qual, wenn sie über die ganze üble Angelegenheit nachdachte. Seitdem sie Janes zweiten Brief gelesen hatte, machte sie sich keinerlei Hoffnung mehr, daß Wickham Lydia zu heiraten beabsichtigte. So etwas konnte von allen nur noch Jane erwarten. So war sie auch über die weitere Entwicklung der Sache kaum überrascht. Anfangs freilich, als sie nur den Inhalt des ersten Briefes gekannt hatte, war ihre Überraschung, ihr Erstaunen groß gewesen – wie kam Wickham dazu, ein

Mädchen zu heiraten, das er unmöglich des Geldes wegen heiraten konnte? Und wie Lydia ihn dazu gebracht haben sollte, war ihr einfach unbegreiflich. Aber jetzt ergab sich alles nur zu natürlich. Für ein Verhältnis, wie es hier vorlag, konnte sie mit genügend Reizen aufwarten; und wenn Elisabeth auch nicht annahm, daß Lydia ohne Heiratsversprechen in die Entführung eingewilligt hatte, so fiel es ihr doch nicht schwer, sich vorzustellen, daß weder ihre Tugend noch ihr Verstand sie davor bewahren konnte, jemandem als leichte Beute anheimzufallen.

Solange das Regiment in Hertfordshire lag, hatte sie nie bemerkt, daß Lydia ihm besonders zugetan war; doch sie war überzeugt, daß Lydia schon beim geringsten Entgegenkommen sich jedem beliebigen an den Hals werfen würde. Manchmal war der eine, manchmal der andere Offizier ihr Liebling gewesen, je nachdem, wie der einzelne durch seine Aufmerksamkeiten für sie in ihrer Achtung stieg. Ihre Liebe hatte dauernd gewechselt, war aber nie ohne Gegenstand gewesen. Es war unverantwortlich, ein solches Mädchen ohne Aufsicht zu lassen oder mit falsch angebrachter Nachsicht zu behandeln – ach, wie bitter empfand sie jetzt die begangenen Fehler!

Sie brannte darauf, schnell nach Hause zu kommen – an Ort und Stelle zu hören, zu sehen und sich mit Jane in die Sorgen zu teilen, die bei dem zerrütteten Familienleben ganz allein auf sie fallen mußten, wo der Vater nicht daheim, die Mutter unfähig war, etwas zu tun, und ständige Betreuung verlangte; und wenn sie auch ziemlich überzeugt davon war, daß für Lydia nichts getan werden konnte, so schien es ihr doch außerordentlich wichtig, daß ihr Onkel die Sache in die Hand nahm, und bis er das Zimmer betrat, verging sie fast vor Qual und Ungeduld.

Herr und Frau Gardiner waren voller Sorge so schnell wie möglich zurückgeeilt, fürchteten sie nach dem Bericht des Dieners doch, daß ihre Nichte plötzlich erkrankt sei. In dieser Hinsicht wenigstens beruhigte sie beide rasch, teilte ihnen dann aber sofort den Grund ihres Hilferufs mit. Sie las beide Briefe laut vor und verweilte bei dem Nachwort des zweiten mit besonders gefühlsbetontem Nachdruck, obwohl Lydia bei den Verwandten nie besonders beliebt gewesen war. Herr und Frau Gardiner waren zutiefst erschüttert. Es ging ja nicht nur Lydia an, sondern sie alle, und nach den ersten Ausrufen des Erstaunens und Entsetzens versprach Herr Gardiner bereitwilligst jede Hilfe, die in seiner Macht stand. Wenn Elisabeth auch nichts anderes erwartet hatte, dankte sie ihm doch mit Tränen der Dankbarkeit, und da alle nur von einem Gedanken beseelt waren, wurde rasch alles erledigt, was für die Reise vorzubereiten war. So schnell wie möglich wollten sie abreisen.

»Aber was soll nun mit Pemberley werden?« rief Frau Gardiner. »John sagte uns, Herr Darcy sei hier gewesen, als du nach uns schicktest – stimmt das?«

»Ja, und ich habe ihm schon gesagt, daß wir nicht kommen können. Das wenigstens ist erledigt und restlos geklärt.«

›Was ist restlos geklärt?‹ wiederholte für sich die andere, als sie in ihr Zimmer eilte, um Vorbereitungen zu treffen. ›Sind sich die beiden denn schon so einig, daß sie mir reinen Wein einschenken können? Ach, wenn ich doch wüßte, wie sie miteinander stehen!‹

Aber ihre Wünsche waren vergebens oder konnten bestenfalls nur dazu dienen, sie in der Eile und dem Durcheinander der nächsten Stunde zu unterhalten. Hätte Elisabeth Zeit gefunden, müßig dazusitzen, wäre sie bestimmt zur Ansicht gelangt, daß jemand, dem so elend zumute war wie ihr, zu jeder Tätigkeit unbrauchbar sei; doch sie hatte genausoviel wie die Tante zu tun – unter anderem mußte sie an alle Freunde und Bekannten in Lambton kurze Briefe schreiben und ihre plötzliche Abreise mit falschen Gründen erklären. In einer Stunde jedoch war alles erledigt, und da Herr Gardiner inzwischen die Gasthausrechnung beglichen hatte, blieb nichts weiter zu tun, als schleunigst abzureisen, und Elisabeth fand sich nach all dem Elend, das sie am

Vormittag ausgestanden hatte, in kürzerer Zeit, als sie zu vermuten gewagt hatte, im Wagen und auf der Landstraße nach Longbourn.

Siebenundvierzigstes Kapitel

»Ich habe mir über die Sache wieder Gedanken gemacht, Elisabeth«, sagte ihr Onkel, als sie das Städtchen hinter sich gelassen hatten, »und nach reiflicher Überlegung bin ich geneigter als zuvor, die Sache in demselben Licht zu betrachten wie deine älteste Schwester. Es will mir doch sehr unwahrscheinlich vorkommen, daß ein junger Mann so etwas mit einem jungen Mädchen unternimmt, das keineswegs unbeschützt ist oder allein dasteht, sondern auch noch in der Familie seines Obersten zu Hause war; so bin ich doch sehr geneigt, das Beste zu hoffen. Konnte er etwa annehmen, ihre Familie und Freunde würden keine Schritte unternehmen? Konnte er erwarten, nach einem solchen Schimpf, den er Oberst Forster angetan hat, je wieder vom Regiment aufgenommen zu werden? Seine Versuchung war das Risiko keinesfalls wert.«

»Meinen Sie das wirklich?« rief Elisabeth aus und atmete für einen Augenblick auf.

»Auf mein Wort«, sagte Frau Gardiner, »ich fühle mich versucht, die Ansicht deines Onkels zu teilen. Er würde damit wirklich allen Anstand, seine Ehre und seine Interessen zu sehr verletzen und in Frage stellen, als daß er sich einer solchen Handlungsweise schuldig machen könnte. Und so abgründig schlecht kann ich von Wickham auch nicht denken. Kannst du ihn denn selber so völlig aufgeben, Lissy, daß du ihm so etwas zutraust?«

»Nun, daß er seine eigenen Interessen vernachlässigt, traue ich ihm vielleicht nicht zu. Doch zu allem anderen halte ich ihn für fähig. Wenn es nur so wäre! Doch ich wage es nicht zu hoffen. Warum sind sie denn dann nicht nach Schottland gegangen, wenn es sich wirklich so verhielte?«

»Zunächst einmal haben wir noch keinen absoluten Beweis dafür, daß sie tatsächlich nicht nach Schottland gefahren sind«, erwiderte Herr Gardiner.

»Ja, aber daß sie von der Kalesche in eine Mietsdroschke umgestiegen sind, muß doch Verdacht erwecken! Und außerdem war auf der Straße nach Barnet keine Spur von ihnen zu entdecken.«

»Nun, nehmen wir also ruhig an, daß sie sich in London aufhalten. Sie könnten dort sein, und aus keinem anderen außergewöhnlichen Grunde, als um sich verborgen zu halten. Viel Geld werden wohl beide nicht haben, und vielleicht ist es ihnen aufgegangen, daß sie dort billiger, wenn auch nicht so schnell heiraten könnten wie in Schottland.«

»Doch warum dann die ganze Geheimtuerei? Weshalb dann diese Angst vor Entdeckung? Warum mußten sie unter Ausschluß der Öffentlichkeit heiraten? O nein, nein, das ist nicht wahrscheinlich. Wie aus Janes Bericht hervorgeht, war sein bester Freund überzeugt, daß er nie die Absicht gehabt habe, Lydia zu heiraten. Wickham wird nie eine Frau ohne Geld heiraten. Er kann es sich einfach nicht leisten. Und was hat Lydia schon zu bieten – was besitzt sie außer Jugend, Gesundheit und guter Laune, das ihn an sie fesseln und jede Aussicht auf eine Geldheirat ihretwegen in den Wind schlagen lassen könnte. Inwieweit im Regiment die Verführung Lydias als unehrenhaft angesehen und welche Folgen das für ihn haben könnte, wage ich nicht zu beurteilen, denn darüber weiß ich nicht Bescheid. Was aber Ihren anderen Einwand anlangt, so wird er, fürchte ich, kaum zu halten sein. Lydia hat keine Brüder, die für sie eintreten könnten, und aus dem Verhalten meines Vaters hat er vielleicht geschlossen, daß der bei seiner scheinbaren Gleichgültigkeit gegenüber allem, was die Familie betrifft, genausowenig tun und genausowenig Aufhebens davon machen würde wie jeder andere Vater auch, der sich vor eine solche Situation gestellt sieht.«

»Aber kannst du dir vorstellen, daß Lydia in ihrer Liebe zu ihm so verblendet ist, daß sie alles andere vergißt und sich bereit erklärt, auch ohne Eheschließung mit ihm zusammen zu leben?«

»Es scheint ja so, und das ist doch gerade das Empörende«, erwiderte Elisabeth mit Tränen in den Augen, »daß der Sinn für Anstand und Tugend in der eigenen Schwester nicht über jeden Zweifel erhaben ist. Aber ich weiß wirklich nicht, was ich sagen soll. Vielleicht tue ich ihr auch unrecht. Doch sie ist noch sehr jung und hat nicht gelernt, sich etwas ernsthaft zu überlegen; und das vergangene halbe Jahr, nein, das ganze Jahr hindurch hat sie nichts als Vergnügungen und ihre Eitelkeit im Kopf gehabt. Man hat ihr erlaubt, die Zeit faul und leichtsinnig zu vertrödeln und sich von jeder zufällig vor ihr geäußerten Auffassung beeinflussen zu lassen. Seitdem das Regiment in Meryton lag, hat sie nichts als Liebe, Flirt und Offiziere im Kopf gehabt. Alles, was in ihrer Macht stand, hat sie getan, um ihre Gefühle in Denken und Reden – nun, wie soll ich es ausdrücken? – hochzuputschen; und dabei sind sie leider schon von Natur aus lebhaft genug. Und wir alle wissen ja, daß Wickham über hinreichende persönliche Anziehungskraft und Routine verfügt, um eine Frau für sich zu gewinnen.«

»Aber du siehst doch, daß Jane nicht so schlecht von Wickham denkt, um ihm eine solche Niedertracht zuzutrauen«, sagte ihre Tante.

»Von wem hat Jane denn jemals etwas Schlechtes gedacht? Und wen würde sie überhaupt einer solchen Niedertracht für fähig halten, ganz gleich, was der Betreffende sonst noch auf dem Kerbholz hat, ehe nicht ein unwiderleglicher Beweis vorliegt? Aber Jane weiß genauso wie wir, was Wickham im Grunde für ein Mensch ist. Wir beide wissen, daß er ein liederlicher Kerl – in jedem Sinne des Wortes – ist, daß er weder Anstand noch Ehre im Leibe hat, daß er ebenso falsch und hinterlistig ist, wie er sich einzuschmeicheln versteht.«

»Und das weißt du wirklich alles so genau?« rief Frau Gardiner aus, die gerne gewußt hätte, woher dieses Wissen stammte.
»Allerdings weiß ich das«, erwiderte Elisabeth und wurde rot. »Ich habe Ihnen doch neulich von seinem schändlichen Benehmen gegenüber Herrn Darcy berichtet, und Sie haben bei Ihrem letzten Besuch in Longbourn ja selber gehört, wie er von dem Manne sprach, der ihm so nachsichtig und großzügig entgegengekommen ist. Aber es gibt da noch andere Dinge, die ich allerdings nicht erzählen ..., die es nicht wert sind, daß man darüber spricht; aber alles, was er über die Familie Darcy erzählt hat, war Lüge. Nach allem, was er über Fräulein Darcy berichtet hat, war ich darauf gefaßt, ein hochmütiges, unzugängliches, unsympathisches Mädchen anzutreffen. Er wußte doch genau, daß das Gegenteil der Fall war, daß sie liebenswert und bescheiden ist, genauso wie wir sie gefunden haben.«
»Aber weiß denn Lydia gar nichts davon; ist es denn möglich, daß sie keine Ahnung von etwas hat, worüber ihr beide, du und Jane, so genau Bescheid zu wissen scheint?«
»Leider ja – das ist ja das schlimmste von allem. Ehe ich in Kent war und mit Herrn Darcy und seinem Vetter, dem Obersten Fitzwilliam, so häufig zusammentraf, war mir die Wahrheit selbst nicht bekannt. Und als ich nach Hause zurückkehrte, sollte das Milizregiment in ein oder zwei Wochen aus Meryton abrücken. Deswegen hielten weder Jane, der ich alles berichtet hatte, noch ich selber es für notwendig, das, was wir wußten, zu verbreiten. Denn wem konnte es dann noch etwas nützen, wenn wir die gute Meinung, die alle ringsum von ihm hatten, ins Wanken brachten? Und selbst als ausgemacht wurde, daß Lydia Frau Forster begleiten sollte, dachte ich nicht daran, sie vor ihm zu warnen. Daß ausgerechnet ihr Gefahr aus dieser Unaufrichtigkeit erwachsen könnte, kam mir überhaupt nicht in den Sinn. Und daß gar solche Folgen eintreten könnten, wie wir sie nun erlebt haben, war mir fast unausdenkbar.«

»Als sie alle nach Brighton zogen, hattest du also keinen Grund zur Annahme, sie seien ineinander verliebt?«
»Nicht den geringsten. Bei keinem von beiden kann ich mich erinnern, ein Zeichen von Zuneigung entdeckt zu haben; wenn wirklich so etwas zu erkennen gewesen wäre, darf man sicher sein, daß dies in unserer Familie bestimmt lebhaft erörtert worden wäre. Natürlich, als er im Regiment neu war, hat sie mehr als genug für ihn geschwärmt; aber das taten wir ja alle. Jedes Mädchen in und um Meryton war in den ersten beiden Monaten völlig aus dem Häuschen seinetwegen. Aber er bevorzugte sie nie besonders, und infolgedessen wandte sie nach einer nicht zu langen Periode wilder Schwärmerei ihre Gedanken wieder von ihm ab und erhob andere Offiziere des Regiments, die ihrer Eitelkeit mehr schmeichelten, zu ihren Lieblingen.«
Es ist leicht einzusehen, daß auf der ganzen Reise dieses interessante Thema einen anderen Gesprächsstoff kaum aufkommen ließ, obwohl natürlich, auch wenn sie noch so oft darüber sprachen, nur wenig Neues dabei herauskommen konnte, was sie nicht schon vorher gefürchtet, gehofft oder vermutet hätten. Aus Elisabeths Gedanken ließ es sich überhaupt nicht verdrängen, denn die ärgsten aller Seelenqualen, die Gewissensbisse, peinigten sie immer aufs neue, so daß sie zu keiner Entspannung kam und einfach nicht vergessen konnte.
Sie reisten so geschwind wie möglich, übernachteten einmal in einem Gasthaus an der Straße und erreichten Longbourn am folgenden Tage um die Essenszeit. Für Elisabeth war es ein Trost, daß wenigstens Jane nicht lange vergeblich auf sie warten mußte.
Die kleinen Gardiners hatten den Wagen von weitem erblickt und standen auf den Stufen der Freitreppe, als sie in die Einfahrt bei der Koppel einbogen; und als der Wagen vor der Tür anhielt, war die freudige Überraschung, die auf ihren Gesichtern strahlte und sich den kleinen Körpern in Gestalt von Freudensprüngen und Gehüpfe mitteilte, der erste erfreuliche Vorgeschmack ihres Empfangs.

Elisabeth sprang heraus, gab jedem einen hastigen Kuß und eilte in die Vorhalle, wo sie Jane, die aus dem Zimmer der Mutter die Treppe herabeilte, als erste antraf. Elisabeth umarmte sie liebevoll. Beiden stiegen die Tränen hoch, und doch erkundigte sie sich sofort, ob von den Flüchtlingen etwas Neues bekannt geworden sei.
»Noch nichts«, erwiderte Jane. »Aber jetzt, wo mein lieber Onkel da ist, wird hoffentlich alles wieder gut werden.«
»Ist Vater in London?«
»Ja, er ist gleich am Dienstag losgefahren, als ich dir schrieb.«
»Und habt ihr oft von ihm gehört?«
»Nur einmal. Er schrieb mir am Mittwoch ein paar Zeilen, um zu sagen, daß er gut angekommen sei, und um mir seine Adresse mitzuteilen, worum ich ihn besonders gebeten hatte. Im übrigen schrieb er nur noch, er werde nichts weiter von sich hören lassen, bis er etwas wirklich Wichtiges mitzuteilen hätte.«
»Und Mutter – wie geht es ihr? Wie geht's euch allen?«
»Mutter geht es, glaube ich, erträglich, wenn sie seelisch auch recht gelitten hat. Sie ist oben und wird sich freuen, euch alle bei sich zu sehen. Sie verläßt ihr Ankleidezimmer nie. Mary und Kitty sind wohlauf, dem Himmel sei Dank.«
»Aber du – wie geht es denn dir?« rief Elisabeth. »Du siehst blaß aus. Was mußt du nicht alles durchgemacht haben!«
Die Schwester versicherte ihr jedoch, sie fühle sich vollkommen gesund, und damit hatte ihre Unterhaltung, die sich während der Zeit abgespielt hatte, in der Herr und Frau Gardiner mit ihren Kindern beschäftigt waren, ein Ende, denn nun kamen auch die anderen alle herein. Jane lief Onkel und Tante entgegen, begrüßte sie und dankte beiden, wobei sie abwechselnd lachte und weinte.
Als alle im Wohnzimmer versammelt waren, wiederholten die anderen natürlich die Fragen, die Elisabeth

schon gestellt hatte, und bald wurden sie sich darüber klar, daß Jane nichts Neues zu berichten wußte. In ihrer Herzensgüte hegte sie voller Optimismus immer noch die Hoffnung, alles werde sich zum besten wenden und ein gutes Ende nehmen; jeden Morgen erwartete sie einen Brief von Lydia oder ihrem Vater mit der Erklärung, warum die beiden sich so verhalten mußten, vielleicht sogar mit der Heiratsanzeige.

Frau Bennet, nach deren Zimmer sie alle eilten, nachdem sie sich ein paar Minuten ausgetauscht hatten, empfing sie genauso, wie zu erwarten gewesen war: mit Tränen und Gejammer, Vorwürfen gegen Wickham wegen seines gemeinen Verhaltens und Klagen über die Leiden und Kränkungen, die sie zu erdulden hätte; jedem machte sie Vorwürfe, nur nicht derjenigen, die durch ihre falsche Nachsicht und Duldung an den Fehlern ihrer Tochter die Hauptschuld trug.

»Wenn ich es nur fertiggebracht hätte«, sagte sie, »meinen Standpunkt durchzusetzen, daß die ganze Familie mit mir nach Brighton fahren sollte, wäre das alles nicht passiert; aber nun hatte die arme Lydia niemanden, der sich um sie kümmerte. Warum haben die Forsters sie auch jemals aus den Augen gelassen? Ganz bestimmt haben sie irgendwie ihre Aufsichtspflicht verletzt, denn sie ist nicht das Mädchen, das so etwas tun würde, wenn man gut auf sie aufpaßt. Ich habe Forsters schon immer für völlig ungeeignet gehalten, die Verantwortung für sie zu übernehmen, aber man ist einfach über mich hinweggegangen, wie immer. Das arme, liebe Kind! Und jetzt ist auch noch Bennet losgezogen, und ich weiß genau, daß er Wickham fordern wird, sobald er die beiden findet, und dann wird er umgebracht, und was soll dann aus uns werden? Die Collinsens werfen uns hier einfach hinaus, noch ehe er im Grab richtig kalt geworden ist; und wenn du dich dann nicht freundlicherweise unser annimmst, Bruder, weiß ich nicht, was ich tun soll!«

Alle protestierten entschieden gegen solch schreckliche Einbildungen, und Herr Gardiner teilte ihr mit, er werde schon am folgenden Tag in London sein und Herrn Bennet in allen seinen Bemühungen, Lydia aufzufinden, nach Kräften unterstützen, nachdem er vorher einige allgemeine, beruhigende Versicherungen über seine Anhänglichkeit an sie und die gesamte Familie abgegeben hatte.

»Nun mach dir nicht unnütze Sorgen«, schärfte er ihr noch ein, »und obwohl es natürlich richtig ist, sich auf das Schlimmste gefaßt zu machen, besteht doch kein Anlaß, es schon als sicher und unvermeidlich anzusehen. Seit ihrer Flucht aus Brighton ist ja noch keine Woche vergangen. In wenigen Tagen schon können wir Nachricht über sie haben, und bis wir nicht genau wissen, daß sie nicht verheiratet sind und auch nicht die Absicht dazu haben, wollen wir die Sache nicht als gänzlich verfahren ansehen. Sobald ich in der Stadt bin, werde ich meinen Schwager aufsuchen, ihn mit zu mir in die Gracechurch Street nehmen, und dann können wir in Ruhe besprechen, was hier zu tun ist.«

»Ach, lieber Bruder, das ist ja genau das, was ich mir gewünscht habe. Und nun finde sie aber auch, wenn du in die Stadt kommst, ganz gleich, wo sie sind, und wenn sie nicht schon verheiratet sind, dann veranlaßt du sie schleunigst dazu. Und was das Brautkleid anlangt, so sollen sie ja nicht warten, bis es fertig ist; sage Lydia nur, sie soll so viel Geld bekommen, wie sie will, damit sie es nach der Hochzeit noch kaufen kann. Und paß vor allem auf, daß Bennet sich nicht auf ein Duell einläßt. Sag ihm nur, in welch furchtbarem Zustand ich bin – vor Angst schon halb wahnsinnig; und dann überkommt mich immer solch Zittern, es schmeißt mich richtig, und Seitenstechen und Kopfschmerzen habe ich auch und solches Herzklopfen, daß ich bei Tag und bei Nacht nicht zur Ruhe komme. Und richte meiner armen Lydia aus, sie soll ihre neuen Kleider ja nicht bestellen, ehe sie mich gefragt hat, denn sie weiß ja nicht, wo man am besten kauft. Ach, Bruder, wie gut du bist! Ich weiß, du wirst schon alles wieder in Ordnung bringen!«

Herr Gardiner versicherte ihr zwar abermals, er werde alles tun, was er könne, empfahl ihr aber doch, sich zu mäßigen und ihre Hoffnungen und Befürchtungen nicht zu übertreiben. Nachdem sie ihr alle in ähnlicher Weise gut zugeredet hatten, bis das Essen auf dem Tisch stand, ließen sie sie endlich allein, und sie konnte ihr Herz nun der Haushälterin ausschütten, von der sie in Abwesenheit der Töchter betreut wurde.

Obwohl weder ihr Bruder noch ihre Schwägerin davon überzeugt waren, daß für sie ein wirklich zwingender Grund vorlag, sich so von der Familie abzuschließen, versuchten sie nicht, ihr dies auszureden, denn sie wußten, daß sie es nicht fertiggebracht hätte, vor den Dienstboten den Mund zu halten, wenn sie bei Tisch aufwarteten, und hielten es für besser, wenn nur eine Angestellte, und zwar die, der man am ehesten vertrauen konnte, in ihre Sorgen und Nöte eingeweiht wurde.

Im Speisezimmer trafen sie dann endlich auch Mary und Kitty, die auf ihren Zimmern zu eifrig beschäftigt gewesen waren, um schon vorher zu erscheinen. Die eine kam von ihren Büchern, die andere von ihrem Toilettentisch. Sie waren jedoch beide ziemlich gefaßt, und in ihren Gesichtern zeigte sich keine Veränderung, höchstens daß Kitty durch den Verlust ihrer Lieblingsschwester und den Ärger, den sie im Zusammenhang damit gehabt hatte, noch verdrießlicher und reizbarer als sonst erschien. Und was Mary anlangte, so hatte sie die Selbstbeherrschung so weit getrieben, daß sie Elisabeth, kaum daß sie am Tisch Platz genommen hatten, mit tiefsinniger Denkermiene zuflüstern konnte: »Dies ist eine höchst unglückselige Angelegenheit, über die wahrscheinlich viel geredet werden wird. Doch wir müssen die Flut des Übelwollens eindämmen und uns gegenseitig den Balsam schwesterlichen Trostes in die verwundeten Busen gießen.«

Dann, als sie bemerkte, daß Elisabeth keine Lust verspürte, ihr zu antworten, fügte sie noch hinzu: »So unglücklich der Vorfall auch für Lydia sein mag, so können wir doch die folgende nützliche Lehre daraus ziehen: daß der Verlust der Tugend bei einer Frau nicht wiedergutzumachen ist – daß ein falscher Schritt sie für immer vernichtet – daß ihr guter Ruf ebenso zerbrechlich wie schön ist und daß sie sich gegenüber einem unwürdigen Vertreter des anderen Geschlechts in ihrem Verhalten gar nicht genug in acht nehmen kann.«

Elisabeth blickte sie erstaunt an, war aber viel zu bedrückt, um etwas zu erwidern. Mary jedoch fuhr damit fort, sich dadurch zu trösten, daß sie aus der üblen Situation solcherlei moralische Nutzanwendungen ableitete.

Am Nachmittag waren die beiden älteren Fräulein Bennet endlich einmal allein, und Elisabeth nahm die Gelegenheit wahr, Jane mit Fragen zu überschütten, die diese ebenso aufgeregt beantwortete. Nachdem sie genau wie die anderen über die schrecklichen Folgen der furchtbaren Tatsache gejammert hatten, an der Elisabeth nicht im geringsten zweifelte und die auch Jane nicht für völlig unmöglich hinstellen konnte, kam Elisabeth wieder auf die äußeren Umstände der Angelegenheit zurück und fragte: »Nun berichte mir genau von allem, was ich noch nicht weiß. Erzähle mir, was noch vorgefallen ist. Was meinte denn Oberst Forster dazu? Haben sie denn gar nichts geahnt, ehe die beiden durchgegangen sind? Sie müssen sie doch dauernd zusammen gesehen haben.«

»Oberst Forster gab zu, daß er so etwas wie eine Verliebtheit bemerkt hatte, besonders bei Lydia, aber nichts, worüber er hätte besorgt sein müssen. Er tut mir ja so leid! Er hat sich bis zum äußersten besorgt und gütig erwiesen. Er war ja schon auf dem Wege zu uns, um uns seiner Anteilnahme zu versichern, noch ehe er annehmen konnte, daß sie nicht nach Schottland gegangen seien, und als die ersten Befürchtungen auftauchten, daß dem so wäre, hat er seine Reise beschleunigt.«

»War denn Denny wirklich überzeugt, daß Wickham nicht heiraten würde? Wußte er etwas von ihrer Absicht davonzulaufen? Hat Oberst Forster sich Denny selber vorgenommen?«

»Ja, aber als er ihn ausfragte, leugnete Denny, etwas von

dem Plan gewußt zu haben, und wollte mit seiner wahren Meinung nicht herausrücken. Er hat seine Ansicht, daß sie nicht heiraten würden, vor ihm jedenfalls nicht wiederholt – und daraus möchte ich die Hoffnung ableiten, daß er bei seiner ersten Äußerung vielleicht falsch verstanden worden ist.«

»Und bis Oberst Forster hier erschien, hat niemand von euch wohl den geringsten Zweifel gehegt, daß sie wirklich verheiratet sind?«

»Wie hätten wir auf eine solche Idee kommen sollen? Mir war etwas unbehaglich zumute – ich machte mir einige Sorgen, ob meine Schwester mit ihm glücklich werden würde, weil ich wußte, daß er sich nicht immer vollkommen anständig verhalten hat. Vater und Mutter wußten davon ja nichts; sie waren nur der Meinung, daß diese Verbindung sehr unüberlegt sei. Kitty gab dann zu – mit einem gewissen natürlichen Triumph, weil sie mehr wußte als die anderen –, daß Lydia sie in ihrem letzten Brief auf einen solchen Schritt vorbereitet habe. Es scheint, daß sie schon viele Wochen lang von der Liebe zwischen den beiden gewußt hat.«

»Aber doch nicht etwa schon, ehe sie nach Brighton gefahren sind?«

»Nein, das glaube ich nicht.«

»Und hatte es denn den Anschein, als ob Oberst Forster schlecht von Wickham denkt? Kennt er seinen wahren Charakter?«

»Ich muß zugestehen, daß er Wickham nicht mehr so günstig beurteilte wie früher. Er hielt ihn für leichtsinnig und verschwenderisch. Und seit diesem traurigen Vorfall heißt es überdies, er habe in Meryton einen Haufen Schulden hinterlassen; aber ich hoffe, daß es nicht stimmt.«

»Ach, Jane, wenn wir nur nicht so verschwiegen gewesen wären, wenn wir erzählt hätten, was wir von ihm wußten, dann hätte das alles nicht passieren können!«

»Ja, vielleicht wäre es besser gewesen«, erwiderte ihre Schwester. »Aber jemandem Vergangenes vorzuwerfen, wenn man nicht weiß, wie der Betreffende jetzt gesinnt ist, schien ungerechtfertigt. Wir haben jedenfalls in der besten Absicht gehandelt.«

»Konnte Oberst Forster sagen, was in dem Brief an seine Frau gestanden hat?«

»Er hat ihn uns mitgebracht.«

Jane zog ihn aus ihrer Schreibmappe und überreichte ihn Elisabeth. Er lautete:

›Meine liebe Harriet,

Du wirst lachen, wenn Du erfährst, wohin ich bin, und ich muß selber über Deine Überraschung lachen, wenn Du morgen merkst, daß ich nicht mehr da bin. Ich bin auf dem Wege nach Gretna Green, und wenn Du Dir nicht denken kannst, mit wem, dann muß ich Dich für einfältig halten, denn es gibt nur einen Mann auf der Welt, den ich liebe, und der ist ein Engel. Ohne ihn könnte ich nie glücklich sein, und so denke ich, es ist nichts Schlimmes, wenn ich mit ihm davongegangen bin. Du brauchst die in Longbourn nicht davon zu benachrichtigen, wenn Du keine Lust dazu hast, denn dann wird die Überraschung um so größer, wenn ich ihnen schreibe und mit ‚Lydia Wickham' unterzeichne. Das wird vielleicht ein Spaß! Ich kann vor Lachen kaum schreiben. Bitte entschuldige mich bei Pratt, daß ich die Verabredung nicht einhalten und heute abend nicht mit ihm tanzen kann. Sag ihm, ich hoffe, er wird mich entschuldigen, wenn er alles erfahren hat, und sag ihm, ich will auf dem nächsten Ball, wo wir zusammen sind, sehr gern mit ihm tanzen. Ich lasse meine Kleider holen, wenn ich wieder in Longbourn bin, aber es wäre nett, wenn Du Sally sagtest, sie soll in meinem alten Musselinkleid einen großen Riß zunähen, ehe das Zeugs eingepackt wird. Leb wohl. Liebe, herzliche Grüße an Oberst Forster. Ich hoffe, Du wirst auf uns und eine gute Reise trinken. Deine Dich liebende Freundin

Lydia Bennet‹

»O diese gedankenlose, leichtsinnige Lydia!« rief Elisabeth, als sie den Brief gelesen hatte. »Solch einen Brief bei solch einem Anlaß zu schreiben! Aber zum mindesten geht daraus hervor, daß es ihr mit der Reise nach Gretna Green ernst war. Ganz gleich, wozu er sie dann später überredet hat – von ihr aus war diese Gemeinheit nicht beabsichtigt. Unser armer Vater! Wie muß ihm das alles nahegegangen sein!«

»Ich habe noch nie jemanden so niedergeschlagen gesehen. Volle zehn Minuten lang konnte er kein Wort sprechen. Mutter wurde sofort krank, und das ganze Haus geriet durcheinander.«

»Ach, Jane«, rief Elisabeth, »gibt es einen von den Dienstboten im ganzen Haus, der oder die nicht schon am Ende des Tages alles haargenau gewußt haben?«

»Ich weiß es nicht. – Ich hoffe, es ist nicht der Fall. – Aber sich in einer solchen Lage in acht zu nehmen ist sehr schwer. Mutter bekam hysterische Anfälle, und wenn ich mich auch bemühte, ihr, so gut ich konnte, beizustehn, fürchte ich doch, daß ich mich noch mehr um sie hätte kümmern müssen. Aber aus Angst vor dem, was vielleicht noch kommen konnte, war ich wie gelähmt.«

»Du hast dich viel zu sehr um sie gekümmert. Du siehst gar nicht gut aus. Ach, wenn ich doch hiergewesen wäre! So lag die ganze Mühe und Sorge ganz allein auf dir.«

»Mary und Kitty sind sehr besorgt gewesen und hätten mir sicher geholfen, wenn ich es für richtig gehalten hätte. Aber Kitty ist so zart und anfällig, und Mary studiert so fleißig, daß sie beide in ihren freien Stunden lieber nicht belastet werden sollten. Tante Philips kam am Dienstag nach Longbourn herüber, als Vater abgereist war, und blieb freundlicherweise bis Donnerstag bei uns. Sie war für uns alle eine große Hilfe und ein Trost, und auch Lady Lucas war sehr nett zu uns; sie kam am Mittwoch früh zu Fuß herüber, um uns zu trösten, und bot uns ihre Dienste oder die einer ihrer Töchter an, wenn sie uns irgendwie helfen könnten.«

»Sie hätte lieber daheimbleiben sollen«, rief Elisabeth, »vielleicht meinte sie es wirklich gut, aber bei solch einem Unglück wie dem unsrigen sieht man am liebsten

von der Nachbarschaft sowenig wie möglich. Eine Hilfe ist ja sowieso unmöglich, und Beileidsbezeigungen wirken unerträglich. Sollen sie doch aus der Ferne über uns triumphieren und sich damit zufriedengeben.«
Dann fragte sie, welche Maßnahmen ihr Vater denn in London ergreifen wolle, um seine Tochter zu finden und zurückzuholen.
»Ich glaube«, erwiderte Jane, »er wollte zuerst nach Epsom, wo sie zuletzt die Pferde gewechselt haben, dort die Postillione aufsuchen und sehen, ob er etwas aus ihnen herausfragen kann. Sein Hauptanliegen muß sein, die Nummer der Mietsdroschke ausfindig zu machen, in der sie von Clapham aus weitergefahren sind. Sie war mit Fahrgästen aus London hingekommen, und da Vater annahm, es müsse doch aufgefallen sein, wenn ein Herr mit einer Dame von einem Wagen in den anderen umstieg, will er in Clapham weitere Nachforschungen anstellen. Wenn er herausbekäme, an welchem Gasthaus der Kutscher seine vorherigen Fahrgäste abgesetzt hat, wollte er auch dort Erkundigungen einziehen, und er hoffte, daß es nicht unmöglich sein würde, den Standplatz und die Nummer der Kutsche festzustellen. Was er sonst noch für Pläne hat, weiß ich nicht, aber er hatte es so eilig fortzukommen und war so völlig durcheinander, daß es schon schwer genug war, von ihm das zu erfahren, was ich dir erzählt habe.«

Achtundvierzigstes Kapitel

Alle hofften, daß am nächsten Morgen ein Brief von Herrn Bennet ankommen würde, aber die Post brachte keine einzige Zeile von ihm. Die ganze Familie wußte zwar, daß er normalerweise sehr schreibfaul und nachlässig war, hatte aber erwartet, er werde sich unter solch außergewöhnlichen Umständen einmal aufraffen. So mußten sie annehmen, daß er nichts Erfreuliches mitzuteilen wußte, aber selbst dafür wären sie dankbar gewesen, um endlich zu wissen, wie die Dinge standen. Herr Gardiner hatte nur die Post abgewartet und fuhr dann sofort los.

Als er fort war, konnten sie wenigstens sicher sein, laufend über alles unterrichtet zu werden, und ihr Onkel hatte auch versprochen, Herrn Bennet zu überreden, so bald als möglich nach Longbourn zurückzukehren – zur größten Erleichterung seiner Schwester, die dies für das einzig sichere Mittel hielt, um zu verhindern, daß ihr Gatte in einem Duell getötet wurde.

Frau Gardiner und die Kinder sollten noch einige Tage in Hertfordshire bleiben, da die Tante annahm, ihre Anwesenheit könnte ihren Nichten nützlich sein. So half sie, Frau Bennet zu betreuen, und war ihnen in ihren freien Stunden ein großer Trost. – Auch die andere Tante besuchte sie häufig, um, wie sie sagte, sie aufzuheitern und ihnen Mut zu machen; da sie aber stets neue Nachrichten von Wickhams Verschwendungssucht und Liederlichkeit mitbrachte, ging sie selten fort, ohne die Nichten noch niedergeschlagener zurückzulassen, als sie es ohnehin schon waren.

Ganz Meryton schien bemüht, den Mann anzuschwärzen, der nur drei Monate zuvor noch für einen wahren Engel gehalten worden war. Bei jedem Kaufmann im Ort sollte er Schulden haben, und seine finsteren Anschläge, die man mit dem ehrenvollen Namen ›Verführung‹ bedachte, sollten sich auf die Familie jedes Kaufmanns und Handwerkers erstreckt haben. Jedermann erklärte ihn für den übelsten jungen Burschen in der ganzen Welt, und jedermann begann nachträglich festzustellen, daß er dem angenehmen äußeren Schein schon immer mißtraut habe. Wenn Elisabeth auch nicht mehr als die Hälfte davon glaubte, so genügte dies schon, sie in ihrer Überzeugung zu bestärken, daß ihre Schwester von Wickham ins Unglück gestürzt worden sei; und selbst Jane, die noch weniger davon glaubte, gab

die Hoffnung fast auf, zumal es nun an der Zeit war, daß sie aller Wahrscheinlichkeit nach etwas von den beiden gehört haben müßten, wenn sie wirklich nach Schottland gegangen wären – und daran hatte sie zuvor nie gänzlich gezweifelt.
Herr Gardiner hatte Longbourn am Sonntag verlassen. Am Dienstag erhielt seine Frau einen Brief von ihm. Darin schrieb er, er habe nach seiner Ankunft sofort seinen Schwager aufgesucht und ihn überredet, mit ihm nach der Gracechurch Street überzusiedeln; ferner berichtete er, Herr Bennet sei zuvor schon in Epsom und Clapham gewesen, ohne befriedigende Auskunft erhalten zu haben, und sei nun entschlossen, in allen größeren Gasthöfen der Stadt nachzufragen, da er es für möglich hielt, daß die beiden unmittelbar nach ihrer Ankunft in einem derselben gewohnt haben könnten, ehe sie sich eine private Unterkunft besorgt hätten. Herr Gardiner versprach sich zwar nicht viel Erfolg davon, wollte aber seinen Schwager in seinen Nachforschungen, an denen ihm viel zu liegen schien, nach Kräften unterstützen. Herr Gardiner teilte ferner mit, Herr Bennet habe nicht die geringste Lust, London jetzt zu verlassen, und versprach, bald wieder zu schreiben.
Dem Brief war noch ein Postskript zugefügt, in dem es hieß:

›Ich habe auch an Oberst Forster geschrieben und ihn gebeten, wenn möglich bei den Freunden Wickhams im Regiment nachzufragen, ob der junge Mann in London Verwandte habe, damit man einen Anhaltspunkt hätte, in welchem Teil der Stadt er sich wahrscheinlich verborgen hält. Wenn man von jemandem eine solche Auskunft erlangen könnte, würde dies eine außerordentliche Hilfe bedeuten. Denn gegenwärtig haben wir nichts, woran wir uns halten könnten. Zweifellos wird Oberst Forster tun, was er kann, um uns in dieser Hinsicht gefällig zu sein. Doch da fällt mir eben ein, daß wir am ehesten wohl von Lissy darüber Auskunft bekommen könnten, welche lebenden Verwandten er noch hat.‹

Elisabeth war sich keinen Augenblick darüber im Zweifel, wie sie zu der Ehre kam, doch stand es nicht in ihrer Macht, das ihr entgegengebrachte Vertrauen zu rechtfertigen und befriedigende Auskünfte zu geben.
Sie hatte niemals von anderen Verwandten als seinem Vater und seiner Mutter gehört, und die waren beide schon viele Jahre tot. Indessen war es durchaus möglich, daß Kameraden aus dem Milizregiment genauere Auskunft geben konnten, und wenn sie sich auch nicht allzu große Hoffnungen machte, so war damit doch wenigstens etwas geschehen, wovon man sich ein Ergebnis versprechen konnte.
Jeder Tag in Longbourn verging nun in angstvoller Erwartung, und den Höhepunkt erreichte die Spannung jedesmal um die Stunde des Posteingangs. Jeden Morgen sah man dem Eintreffen von Briefen mit Ungeduld entgegen. Denn nur durch Briefe, ganz gleich, ob sie Gutes oder Schlimmes brachten, konnte man ja erfahren, was sich ereignet hatte, und jeden neuen Tag erwartete man endlich eine wesentliche Nachricht.
Doch ehe sie wieder etwas von Herrn Gardiner hörten, kam ein Brief aus einer ganz anderen Richtung an ihren Vater, nämlich von Herrn Collins. Jane hatte Anweisung, in seiner Abwesenheit alle eingehende Post zu öffnen; sie las also den Brief, und Elisabeth, die wußte, welch merkwürdige Blütenlese ein solches Schreiben immer darstellte, blickte ihr dabei über die Schulter. Der Brief lautete:

›Mein werter Herr,
ich fühle mich auf Grund unserer Verwandtschaft und durch die Stellung, die ich im Leben einnehme, dazu berufen, Ihnen mein Beileid zu dem tiefen Schmerz auszusprechen, dem Sie augenblicklich anheimgegeben sind und von dem ich durch einen Brief aus Hertfordshire Kunde erhielt. Seien Sie, werter Herr, meines eigenen Mitgefühls und dessen meiner Frau bei dem schweren Schlag versichert, der Sie und Ihre gesamte achtbare Familie getroffen hat und die allerbittersten Gefühle aus-

zulösen geeignet sein muß, da er ja einer Ursache entspringt, die keine noch so lange Zeit wieder auslöschen kann. Ich will mit keinen Beweisgründen und Worten zurückhalten, die ein so schweres Schicksal erleichtern oder Ihnen unter Umständen, die mehr als alles andere das Gemüt eines Vaters belasten müssen, Trost bringen könnten. Der Tod Ihrer Tochter wäre im Vergleich damit ein wahrer Segen gewesen. Der Vorfall ist um so beklagenswerter, als, wie meine liebe Charlotte mir mitteilt, Anlaß zur Vermutung besteht, daß die Zügellosigkeit Ihrer Tochter ihre Ursache in einer geradezu sträflichen Nachsicht der Eltern hat, wenn ich auch gleichzeitig, Ihnen und Frau Bennet zum Trost, geneigt bin anzunehmen, daß ihre Anlage von Natur aus böse sein muß, denn sonst hätte sie sich ja nicht einer solchen Ungeheuerlichkeit schuldig machen können, und dazu noch in so jungen Jahren! Sei dem jedoch, wie ihm wolle, Sie sind aus tiefstem Herzen zu bedauern, welche Meinung nicht nur von meiner Gattin, sondern im gleichen Maße auch von Lady Catherine und ihrer Tochter geteilt wird, die ich über diese Angelegenheit unterrichtet habe. Die beiden teilen mit mir auch die Befürchtung, daß dieser von der einen Tochter verschuldete Schritt vom Wege auch das Lebensglück aller anderen unheilvoll zu beeinflussen geeignet ist, denn wer wird schon, wie Lady Catherine höchstselbst herablassend zu sagen geruhte, in eine solche Familie einheiraten wollen? Diese Überlegung vergrößert meine Befriedigung über den Ausgang eines gewissen Ereignisses im vergangenen November, denn wenn es anders gekommen wäre, müßte ich jetzt in Ihren Kummer und Ihre Schande mit verwickelt sein. So lassen Sie mich denn, mein werter Herr, Ihnen den Rat geben, sich so gut wie möglich damit abzufinden, Ihrem unwürdigen Kinde auf ewig Ihre Zuneigung zu entziehen, sie zu verstoßen und sie die Früchte ihrer verruchten Tat selber ernten zu lassen. – Ich verbleibe, werter Herr, usw. usw.‹

Herr Gardiner schrieb erst wieder, als er Antwort von Oberst Forster erhalten hatte, und seine Mitteilungen enthielten nichts Erfreuliches. Es war nicht bekannt, ob Wickham auch nur einen Verwandten besaß und mit ihm in Beziehung stand, und es war sicher, daß seine nächsten Verwandten nicht mehr am Leben waren. Er hatte zwar viele Bekannte, doch schien es nicht, als ob er mit einem davon in besonders engen Beziehungen gestanden habe, seitdem er dem Milizregiment angehörte. Es war also niemand vorhanden, von dem man nähere Auskünfte erwarten konnte. Und nicht nur die Furcht, von Lydias Verwandtschaft entdeckt zu werden, sondern auch der klägliche Zustand seiner finanziellen Verhältnisse ließen es ihm geraten erscheinen, sich im Verborgenen zu halten, denn es war außerdem noch durchgesickert, daß er Spielschulden von beträchtlicher Höhe hinterlassen hatte. Oberst Forster nahm an, daß mehr als tausend Pfund erforderlich sein würden, um seine Verbindlichkeiten in Brighton zu decken. Er hatte große Schulden in der Stadt, aber seine Ehrenschulden waren noch viel furchtbarer. Herr Gardiner versuchte nicht, diese Tatsachen vor den Longbourner Verwandten zu verheimlichen. Jane hörte sie mit Entsetzen. »Ein Spieler«, rief sie. »Das kommt völlig unerwartet. Davon hatte ich keine Ahnung!«
Herr Gardiner schrieb außerdem noch, daß sie ihren Vater wahrscheinlich am folgenden Tage, also Sonnabend, zu Hause erwarten könnten. Durch das Fehlschlagen aller seiner Bemühungen mutlos geworden, hatte er den Bitten seines Schwagers nachgegeben, doch zu seiner Familie zurückzukehren und es gänzlich ihm zu überlassen, alle weiteren Spuren zu verfolgen, die sich vielleicht noch ergeben könnten. Als Frau Bennet dies erfuhr, zeigte sie gar nicht soviel Befriedigung darüber, wie ihre Kinder erwarteten, vor allem wenn sie in Betracht zogen, welche Angst sie vorher um sein Leben gehabt hatte.
»Was, er kommt nach Hause, und auch noch ohne die arme Lydia?« rief sie. »Er wird London sicher nicht ver-

lassen, ehe er sie gefunden hat. Wer soll denn sonst Wickham entgegentreten und ihn zwingen, sie zu heiraten, wenn er so davonläuft?«

Da Frau Gardiner allmählich den Wunsch verspürte, wieder daheim zu sein, wurde ausgemacht, daß sie und die Kinder zur selben Zeit nach London reisen sollten, zu der Herr Bennet von dort zurückkommen würde. Die Kutsche beförderte sie also auf der ersten Etappe ihrer Reise und brachte ihren Herrn nach Longbourn zurück.

Frau Gardiner reiste ab und war sich über Elisabeths Verhältnis zu ihrem Freund aus Derbyshire noch genauso unklar wie damals in Derbyshire selbst. Ihre Nichte hatte seinen Namen von sich aus niemals vor den anderen erwähnt, und die Erwartung, die Frau Gardiner ein klein wenig gehegt hatte, ein Brief von ihm werde ihnen nach Longbourn nachfolgen, hatte sich als nichtig erwiesen. Elisabeth hatte seit ihrer Rückkehr keine Post erhalten, die aus Pemberley stammen konnte.

Ihre Niedergeschlagenheit ließ sich zwanglos aus der trostlosen Lage der Familie erklären, so daß keine anderen Schlüsse daraus gezogen werden konnten, obwohl Elisabeth, die jetzt ihre Empfindungen einigermaßen richtig einschätzen konnte, sich vollkommen im klaren war, daß sie die Folgen von Lydias schandbarem Verhalten leichter hinnehmen könnte, wenn sie Darcy nicht kennengelernt hätte. In diesem Falle wäre ihr, wie sie annahm, die Hälfte ihrer schlaflosen Nächte erspart geblieben.

Als Herr Bennet eintraf, trug er seine übliche philosophische Gelassenheit zur Schau. Er sagte genauso wenig wie immer, erwähnte die Angelegenheit, die ihn nach London geführt hatte, überhaupt nicht, und es dauerte einige Zeit, bis seine Töchter den Mut fanden, darüber zu reden.

Erst am Nachmittag, als er zum Tee herunterkam, wagte Elisabeth, die Rede darauf zu bringen und ihn wegen allem, was er durchgemacht haben mußte, andeutungsweise zu bedauern. Er aber erwiderte nur: »Sprich nicht davon. Warum sollten außer mir noch andere darunter leiden. Ich habe es selber verschuldet und muß allein dafür einstehen.«

»Sie dürfen nicht zu streng mit sich sein«, entgegnete Elisabeth.

»Nun ja, davor kannst du mich schon warnen. Die menschliche Natur ist ja ausgerechnet für diesen Fehler außerordentlich anfällig! Nein, Lissy, laß mich wenigstens einmal in meinem Leben richtig auslöffeln, was ich mir eingebrockt habe. Ich werde darüber nicht zugrunde gehen. Bald genug wird alles überwunden sein.«

»Glauben Sie denn, daß sie in London sind?«

»Ja, wo anders könnten sie sich denn so gut verstekken?«

»Und Lydia wollte ja schon immer gern nach London«, meinte Kitty.

»Dann ist sie also glücklich«, bemerkte ihr Vater trocken, »und wird wahrscheinlich eine ganze Weile dort wohnen dürfen.«

Dann, nach kurzem Nachdenken, setzte er hinzu: »Lissy, ich trage es dir nicht nach, daß du im vergangenen Mai mit deinem Rat und deiner Warnung recht behalten hast, was bei dem Ausgang der Sache als einigermaßen hochherzig anzusehen ist.«

Sie wurden von Jane unterbrochen, die den Tee für Mutter holen wollte.

»Das ist auch eine Schaustellung«, rief er, »die ihr Gutes hat; sie macht das Unglück so annehmbar! Nächstens werde ich es wohl auch so machen: Ich setze mich in Schlafmütze und Morgenrock in mein Studierzimmer und bereite den anderen so viele Umstände, wie ich nur kann – aber vielleicht hebe ich mir das auf, bis Kitty durchgeht.«

»Ich gehe nicht durch, Papa«, sagte Kitty gereizt. »Wenn ich je nach Brighton kommen sollte, würde ich mich besser benehmen als Lydia.«

»Du nach Brighton! – Ich würde dich nicht mal für fünfzig Pfund auch nur bis Eastbourne heranlassen! Nein,

Kitty, endlich habe ich gelernt, wie vorsichtig man sein muß, und du wirst die Folgen bald zu spüren bekommen. Kein Offizier betritt mehr mein Haus oder kommt auch nur ins Dorf. Bälle sind streng verboten, wenn du nicht im Schutze einer deiner Schwestern hingehst, und du rührst dich nicht aus dem Haus, bis du beweisen kannst, daß du wenigstens zehn Minuten an jedem Tag mit einer vernünftigen Beschäftigung zugebracht hast.«
Kitty, die all diese Drohungen ernst nahm, fing an zu heulen.
»Na, na«, sagte er, »nun mach dich mal nicht unglücklich. Wenn du dich in den nächsten zehn Jahren anständig aufführst, nehme ich dich nach Ablauf dieser Zeit vielleicht gar zu einer Parade mit.«

Neunundvierzigstes Kapitel

Zwei Tage nach Herrn Bennets Rückkehr gingen Jane und Elisabeth im Buschwerk hinter dem Hause spazieren, als sie die Haushälterin auf sich zukommen sahen. Da sie annahmen, sie wolle sie zu ihrer Mutter rufen, gingen sie ihr entgegen. Doch statt der vermuteten Aufforderung sagte sie, als sie bei ihnen war, zu Jane:
»Ich bitte um Verzeihung, gnädiges Fräulein, daß ich Sie störe, aber ich hoffte doch, Sie hätten gute Nachricht aus London, und deshalb habe ich mir die Freiheit genommen, Sie danach zu fragen.«
»Was soll das bedeuten, Frau Hill? Wir haben nichts aus der Stadt gehört.«
»Aber, liebes gnädiges Fräulein«, rief Frau Hill ganz erstaunt, »wissen Sie denn nicht, daß ein Eilbote von Herrn Gardiner angekommen ist? Er ist schon eine halbe Stunde hier, und der gnädige Herr hat einen Brief bekommen.«

Sofort rannten die beiden Mädchen los, viel zu aufgeregt, um noch Zeit zum Reden zu finden. Sie rannten durch die Vorhalle ins Frühstückszimmer und von dort in die Bücherei – ihr Vater war nirgends zu finden. Schon wollten sie ihn oben bei ihrer Mutter suchen, als sie den Diener trafen, der ihnen sagte: »Wenn Sie nach dem Herrn Ausschau halten, gnädiges Fräulein, so geht er eben in Richtung auf das kleine Gehölz dort.«
Daraufhin liefen sie sofort wieder durch die Vorhalle hinaus und rannten über die Wiese hinter ihrem Vater her, der zielstrebig auf ein kleines Gehölz neben der Pferdekoppel zuschritt.
Jane, die schwerer als Elisabeth und das Rennen nicht so gewöhnt war, blieb bald zurück, während ihre Schwester, nach Atem keuchend, ihn erreichte und aufgeregt ausrief: »O Papa, was für Nachrichten haben Sie, was für Nachrichten? Haben Sie etwas von Onkel gehört?«
»Ja, ich habe durch Eilboten einen Brief von ihm bekommen.«
»Nun, was für Nachrichten enthält er denn, gute oder schlechte?«
»Was ist da schon Gutes zu erwarten?« sagte er und zog den Brief aus der Tasche; »aber vielleicht möchtest du ihn selber lesen?«
Elisabeth nahm ihm ungeduldig den Brief aus der Hand. Inzwischen war auch Jane herangekommen.
»Lies ihn nur laut«, sagte ihr Vater, »denn ich weiß kaum selbst mehr, was drinsteht.«

»Gracechurch Street
Montag, den 2. August

Mein lieber Schwager!
Endlich kann ich Ihnen einige Nachrichten über meine Nichte zukommen lassen, mit denen Sie wohl, im ganzen genommen, einigermaßen zufrieden sein werden. Kurz nachdem Sie mich am Sonnabend verlassen hatten, brachte ich durch glücklichen Zufall heraus, in welchem Teil Londons sie sich aufhielten. Die Einzelheiten berichte ich Ihnen später mündlich. Für heute mag die

Nachricht genügen, daß sie endlich entdeckt sind. Ich habe beide gesprochen ...«

»Dann ist es also, wie ich immer gehofft habe«, rief Jane; »sie sind verheiratet!«
Elisabeth las weiter:

»Ich habe sie beide gesprochen. Sie sind nicht verheiratet, und es schien auch so, als ob sie nicht die Absicht dazu hätten; wenn Sie jedoch die Verpflichtung erfüllen wollten, die ich in Ihrem Namen zu vereinbaren gewagt habe, hoffe ich, daß sie bald verheiratet sein werden. Alles, was von Ihnen verlangt wird, ist, Ihrer Tochter vertraglich einen gleichen Anteil an den fünftausend Pfund zu sichern, die Ihren Kindern nach Ihrem Ableben und dem Tod meiner Schwester gemeinsam zufallen sollen, und sich darüber hinaus zu verpflichten, ihr, solange Sie leben, jährlich einhundert Pfund auszusetzen. Diesen Bedingungen habe ich in Anbetracht aller Umstände in Ihrem Namen, soweit ich mich dazu berechtigt glaubte, ohne Zögern zugestimmt. Ich übersende Ihnen dies durch Eilboten, damit ich Ihre Antwort ohne Zeitverlust erhalte. Aus den Einzelheiten können Sie leicht entnehmen, daß Herrn Wickhams finanzielle Verhältnisse nicht so hoffnungslos verfahren sind, wie man allgemein glaubt. Die Welt hat sich in dieser Hinsicht getäuscht, und ich freue mich, Ihnen mitteilen zu können, daß selbst nach Begleichung aller Schulden noch etwas Geld übrigbleibt, das meiner Nichte zusätzlich zu ihrem eigenen Vermögen zugute kommen wird. Wenn Sie mir, wie ich annehme, die Vollmacht übertragen werden, die ganze Angelegenheit in Ihrem Namen zu erledigen, werde ich Haggerston sofort Anweisung geben, einen Vertrag vorzubereiten. Es besteht für Sie auch nicht der geringste Anlaß, nochmals in die Stadt zu kommen. Bleiben Sie also ruhig in Longbourn, und verlassen Sie sich auf meinen Eifer und meine Gewissenhaftigkeit. Schikken Sie Ihre Antwort ab, sobald Sie können, und geben Sie klare, ausführliche Weisungen. Wir halten es für das

beste, wenn meine Nichte von unserem Haus aus heiratet, und wir hoffen, Sie werden uns darin beistimmen. Sie kommt heute zu uns. Ich schreibe wieder, sobald Weiteres entschieden ist.
Der Ihrige usw. Edw. Gardiner«

»Ist es denn möglich!« rief Elisabeth, als sie fertiggelesen hatte, »kann es denn möglich sein, daß er sie heiraten will?«

»Dann ist Wickham also doch nicht so nichtswürdig, wie wir gedacht haben«, sagte ihre Schwester. »Mein lieber Vater, ich gratuliere Ihnen dazu.«

»Und haben Sie den Brief beantwortet?« fragte Elisabeth.

»Nein, aber es muß wohl bald geschehen.«

Da beschwor sie ihn mit größtem Ernst, keine Zeit zu verlieren und die Antwort gleich abzufassen.

»Ach, lieber Vater, kommen Sie mit uns zurück, und schreiben Sie den Brief sofort«, rief sie. »Bedenken Sie doch, wie wichtig in so einer Sache jeder Augenblick ist.«

»Lassen Sie ihn mich an Ihrer Stelle schreiben«, sagte Jane, »wenn Sie sich nicht gern selber die Mühe machen wollen.«

»Ich tue es nicht gerne«, erwiderte er, »aber es muß nun einmal geschehen.«

Mit diesen Worten kehrte er mit ihnen um und schritt dem Hause zu.

»Und darf ich fragen?« sagte Elisabeth, »die Bedingungen ..., die müssen wohl alle erfüllt werden?«

»Erfüllt werden? Ich bin beschämt, daß er so wenig verlangt.«

»Und nun müssen sie heiraten! Und dabei ist er so ein schlechter Mensch.«

»Ja, ja, sie müssen heiraten; es gibt keine andere Möglichkeit. Doch zweierlei hätte ich gern gewußt: erstens, wieviel Geld dein Onkel ausgelegt hat, um die Vereinbarung zustande zu bringen, und zweitens, wie ich ihm das jemals zurückzahlen kann.«

»Geld – mein Onkel, wie meinen Sie das?«

»Ich meine, daß kein Mann bei vollem Verstande Lydia heiraten würde, wenn er dafür nur hundert Pfund jährlich während meiner Lebenszeit und fünfzig nach meinem Tode bekommen soll.«

»Das ist sehr wahr«, sagte Elisabeth, »nur ist es mir vorher nicht eingefallen. Nach Begleichung seiner Schulden soll angeblich gar noch etwas übrigbleiben! Oh, da muß mein Onkel die Hand im Spiele haben! Der großzügige, gütige Mensch. Ich fürchte, er hat viel geopfert. Mit einer kleinen Summe war da nichts auszurichten.«

»Nein«, sagte ihr Vater, »Wickham müßte ein Narr sein, wenn er sie für einen Heller weniger als zehntausend Pfund nähme. Es würde mir leid tun, wenn ich ihn schon zu Beginn unserer Verwandtschaft für so dumm halten müßte.«

»Zehntausend Pfund! Das verhüte der Himmel! Wie soll auch nur die Hälfte der Summe zurückgezahlt werden?«

Herr Bennet gab keine Antwort, und sie schritten in Gedanken versunken schweigend weiter, bis sie das Haus erreichten. Der Vater ging in die Bibliothek, um zu schreiben, und die Mädchen begaben sich ins Frühstückszimmer.

»Und sie sollen nun wirklich heiraten!« rief Elisabeth, sobald sie allein waren. »Wie sonderbar das ist. Und dafür sollen wir auch noch dankbar sein. Darüber, daß sie bei ihren geringen Aussichten auf ein glückliches Eheleben und trotz seinem üblen Charakter heiraten sollen, müssen wir auch noch frohlocken! Arme Lydia!«

»Ich tröste mich mit der Annahme«, erwiderte Jane, »daß er Lydia sicher nicht heiraten würde, wenn er nicht wirklich etwas für sie übrig hätte. Und wenn unser lieber Onkel auch etwas getan haben mag, um ihn finanziell zu entlasten, so kann ich doch nicht glauben, daß er ihm auch nur annähernd soviel wie zehntausend Pfund vorgeschossen hat. Er hat selber Kinder und kann noch mehr bekommen. Wie könnte er da auch nur die Hälfte von zehntausend Pfund erübrigen?«

»Wenn wir einmal herausbekommen sollten, wie hoch

Wickhams Schulden waren und wieviel außerdem unserer Schwester von ihm zugesprochen worden ist, dann wissen wir genau, was Herr Gardiner für die beiden getan hat, denn Wickham besitzt selber keinen Fünfziger. Für die Güte von Onkel und Tante können wir uns niemals abfinden. Schon daß sie Lydia bei sich aufgenommen, sie unter ihren Schutz gestellt und für sie gesorgt haben, bedeutet ein solches Opfer um ihretwillen, wie es auch die Dankbarkeit vieler Jahre nicht vergelten kann. Jetzt, während wir hier reden, ist sie ja tatsächlich bei ihnen. Wenn eine solche Güte sie nicht endlich beschämt, verdient sie es nie, glücklich zu werden! Wie muß ihr zumute sein, wenn sie zum erstenmal wieder ihrer Tante vor Augen tritt!«

»Wir müssen uns bemühen, den beiden alles zu vergessen, was sie getan haben«, sagte Jane. »Ich hoffe, ja ich bin sicher, daß sie glücklich werden. Seine Bereitschaft, sie zu heiraten, ist doch ein Beweis dafür, so möchte ich annehmen, daß er jetzt die richtige Einstellung gewonnen hat. Ihre beiderseitige Liebe wird sie ruhiger werden lassen, und ich könnte mir denken, daß sie eine so gemütliche Häuslichkeit gründen und so vernünftig leben werden, daß mit der Zeit ihre Jugendtorheiten in Vergessenheit geraten.«

»Sie haben sich so aufgeführt, daß weder du noch sonstwer es jemals vergessen kann. Es hat keinen Zweck, darüber zu reden.«

Da fiel es den Mädchen ein, daß aller Wahrscheinlichkeit nach ihre Mutter von dem Vorgefallenen nicht das geringste wußte. Sie gingen daher ins Studierzimmer und fragten ihren Vater, ob er nicht wolle, daß sie es ihr berichteten. Er war gerade beim Schreiben, und ohne den Kopf zu heben, antwortete er kühl: »Ganz wie ihr wollt.«

»Dürfen wir Onkels Brief mitnehmen und ihr zu lesen geben?«

»Nehmt mit, was ihr wollt, und laßt mich in Ruhe.«

Elisabeth nahm den Brief vom Schreibtisch, und dann gingen sie zusammen die Treppe hinauf. Mary und Kitty waren beide bei Frau Bennet, und so konnten alle auf einmal die Neuigkeit hören. Nach einer kurzen Andeutung, daß gute Nachrichten zu erwarten seien, wurde der Brief laut vorgelesen. Frau Bennet konnte sich kaum halten. Sobald Jane zu der Stelle gekommen war, wo Herr Gardiner die Hoffnung ausdrückte, Lydia werde bald heiraten, ging ihre Freude mit ihr durch, und jeder folgende Satz steigerte ihr Entzücken. Sie war jetzt vor Jubel so außer sich, wie sie es vorher vor Kummer und Ärger gewesen war. Ihr genügte es vollkommen, daß ihre Tochter heiraten sollte. Um ihr Glück machte sie sich nicht die geringsten Sorgen und fühlte sich durch ihr schändliches Verhalten nicht im mindesten gedemütigt.

»Meine liebe, gute Lydia!« rief sie. »Das ist ja wundervoll! – Sie wird heiraten! – Ich werde sie wiedersehen! – Schon mit sechzehn wird sie heiraten! – Mein guter, fürsorglicher Bruder! – Ich wußte, wie es kommen würde – ich wußte, daß er alles in Ordnung bringen würde. Wie freue ich mich darauf, sie wiederzusehen, und den lieben Wickham auch! – Aber die Kleider – die Hochzeitskleider! Ich will deswegen gleich an Schwägerin Gardiner schreiben. Lissy, meine Gute, lauf mal gleich zu Vater 'nunter und frage ihn, wieviel er dafür bewilligt. Nein, bleibe, bleibe, ich will selber gehen. Kitty, klingle mal nach der Hill. Ich will mich gleich anziehen. – Meine liebe, gute Lydia! – Was wird das für eine Freude geben, wenn wir uns wiedersehen!«

Ihre älteste Tochter versuchte diese Ausbrüche etwas dadurch zu dämpfen, daß sie ihr begreiflich machte, wie sehr sie alle Herrn Gardiner für seine Bemühungen verpflichtet seien. »Denn wir müssen den glücklichen Ausgang«, sagte sie, »großenteils seiner Güte und Freundlichkeit zuschreiben. Wir sind überzeugt, daß er sich verpflichtet hat, Herrn Wickham finanziell zu helfen.«

»Nun«, rief die Mutter, »das ist doch nicht mehr als recht und billig; wer sollte es denn sonst tun, wenn nicht ihr eigener Onkel? Wenn er keine eigene Familie hätte, müßten ich und meine Kinder sowieso sein ganzes Geld kriegen, das wißt ihr doch, und es ist überhaupt das erstemal, daß wir etwas von ihm bekommen, abgesehen von ein paar Geschenken. Ach, ich bin ja so glücklich! Bald werde ich eine meiner Töchter verheiratet haben. ›Frau Wickham‹! Wie gut das klingt! Und dabei ist sie erst im vergangenen Juni sechzehn geworden. Meine liebe Jane, ich zittere so vor Aufregung, daß ich ganz bestimmt nicht schreiben kann. Ich will also diktieren, und du schreibst für mich. Das mit dem Geld machen wir mit Vater nachher aus, aber die Sachen müssen doch sofort bestellt werden.«

Sie erging sich gleich bis in alle Einzelheiten über Kattun, Musselin und Batist und würde sofort eine Bestellung auf eine riesige Menge Zucker diktiert haben, hätte Jane sie nicht, wenn auch mit einiger Schwierigkeit, davon überzeugt, daß sie abwarten müsse, bis sie es mit Vater in Ruhe durchgesprochen habe. Ein Tag Verzögerung würde wirklich nichts ausmachen, und ihre Mutter war viel zu glücklich, um ihren üblichen Dickkopf aufzusetzen. Gleich fiel ihr auch etwas anderes ein.

»Ich will nach Meryton hinüber«, sagte sie, »sobald ich angezogen bin, und meiner Schwester Philips die wunderbare Neuigkeit mitteilen. Und auf dem Rückweg kann ich gleich bei Lady Lucas und Frau Long vorbeifahren. Kitty, lauf schnell hinunter, und bestelle den Wagen. Ein bißchen frische Luft wird mir sicher sehr guttun. Mädels, kann ich in Meryton was für euch besorgen oder ausrichten? Ach, da kommt ja die Hill. Meine liebe Frau Hill, haben Sie schon die gute Nachricht gehört? Fräulein Lydia wird bald heiraten, und Sie sollen eine ordentliche Terrine Punsch bekommen, damit auch Sie die Hochzeit feiern können.«

Frau Hill gab ihrer großen Freude sofort beredten Ausdruck. Unter anderem mußte auch Elisabeth ihre Glückwünsche entgegennehmen; doch dann suchte sie, angewidert von solcher Torheit, auf ihrem Zimmer Zuflucht, um in Ruhe die Angelegenheit zu überdenken. Die Lage der armen Lydia war, auch wenn man sie von der besten Seite ansah, immer noch schlimm genug; man mußte nur dankbar sein, daß es nicht noch schlimmer um sie stand. Zu dieser Ansicht gelangte sie schließlich; und wenn aller Voraussicht nach für ihre Schwester in der Zukunft auch weder inneres Glück noch äußerer Wohlstand zu erwarten waren, mußte sie das Erreichte doch als Fortschritt ansehen, wenn sie es mit dem verglich, was sie alle noch vor zwei Stunden befürchtet hatten.

Fünfzigstes Kapitel

Herr Bennet hatte sich früher oft mit dem Gedanken getragen, nicht sein ganzes Einkommen auszugeben, sondern statt dessen jährlich eine gewisse Summe für die Versorgung seiner Kinder und auch seiner Frau zurückzulegen, wenn diese ihn überleben sollte. Jetzt wollte ihm das wünschenswerter als je erscheinen. Hätte er seine Pflicht in dieser Hinsicht getan, dann wäre Lydia nicht auf den Onkel angewiesen gewesen, wenn er jetzt ihren guten Ruf und ihre Ehre mit Geld wiederherzustellen suchte. Die Demütigung, einen der unwürdigsten jungen Männer in ganz Großbritannien bitten zu müssen, ihr Gatte zu werden, hätte sich dann noch in gewissen Grenzen gehalten.

Es war ihm äußerst peinlich, daß sein Schwager allein für eine Sache aufkommen sollte, die kaum jemandem wirklich nützte, und er war entschlossen, das Ausmaß seiner Hilfe festzustellen und seine Verpflichtungen so bald wie möglich abzutragen, soweit er dazu überhaupt imstande sein sollte.

Kurz nachdem Herr Bennet geheiratet hatte, war Sparsamkeit für absolut unnötig angesehen worden, weil das Ehepaar natürlich einen Sohn erwartete. Dieser Sohn hätte dann, sobald er großjährig war, das Erbe angetreten, und seine verwitwete Mutter und die jüngeren Geschwister wären auf diese Weise versorgt gewesen. Fünf Töchter hatten nacheinander das Licht der Welt erblickt, doch der Sohn ließ immer noch auf sich warten. Noch viele Jahre nach Lydias Geburt war Frau Bennet überzeugt gewesen, er würde noch kommen, bis man schließlich doch daran verzweifelte; und da war es zum Sparen zu spät gewesen. Frau Bennet war nicht haushälterisch veranlagt, und nur das Verlangen ihres Gatten, seine Unabhängigkeit zu behaupten, hatte sie davor bewahrt, über ihre Verhältnisse zu leben.

Durch den Ehevertrag waren fünftausend Pfund für Frau Bennet und die Kinder sichergestellt, aber in welchem Verhältnis die Summe den Töchtern zugute kommen sollte, hing ganz vom Willen der Eltern ab. Diese eine Frage sollte jetzt, zum mindesten was Lydia anlangte, endlich geklärt werden, und Herr Bennet konnte auf den ihm gemachten Vorschlag ohne Zögern eingehen. Mit dankbarer, wenn auch nur in kurzen Worten ausgedrückter Anerkennung für die Freundlichkeit seines Schwagers billigte er dann schriftlich alle Abmachungen und erklärte sich bereit, allen daraus erwachsenen Verpflichtungen nachzukommen. Er hatte vorher kaum zu hoffen gewagt, daß man mit so geringen persönlichen Opfern, wie sie ihm aus der vorgeschlagenen Vereinbarung erwuchsen, Wickham veranlassen könnte, seine Tochter zu heiraten. Die hundert Pfund, die er ihnen jährlich zahlen sollte, waren kaum zehn Pfund mehr, als er für Lydias Unterhalt, ihr Taschengeld und die dauernden Geschenke, die ihr auf dem Umweg über die Mutter zuflossen, ohnehin aufwenden mußte. Diese Ausgaben hatten die vereinbarte Summe wirklich nur um einen sehr geringen Betrag unterschritten.

Und daß die Regelung der Angelegenheit ihm so wenig Mühe und Ärger über allerhand Kleinkram verursachen sollte, war eine weitere sehr willkommene Überraschung für ihn, denn sein Hauptwunsch war augenblicklich, mit der Sache sowenig wie möglich zu tun zu haben. Als der erste Zorn, der ihn veranlaßt hatte, ihr nachzuspüren, verraucht war, verfiel er von selbst wieder in seine alte

Gleichgültigkeit und Tatenlosigkeit. Sein Brief war bald erledigt, denn wenn er auch nur zögernd an eine Arbeit heranging, brachte er sie doch schnell zu Ende, wenn er sich einmal entschlossen hatte. Er bat seinen Schwager um nähere Angaben, wieviel er ihm schuldete, war aber auf Lydia viel zu wütend, um auch ihr ein paar Zeilen zu schreiben.

Die günstige Nachricht verbreitete sich schnell im Haus und mit entsprechender Geschwindigkeit in der Nachbarschaft. Dort nahm man sie mit Zurückhaltung auf. Sicherlich hätte es besseren Gesprächsstoff abgegeben, wenn Fräulein Lydia Bennet in London untergetaucht wäre oder wenn sie – als erfreulichste andere Möglichkeit – in einem entlegenen Bauernhaus vor der Welt verborgen gehalten würde. Doch auch ihre Heirat gab schon hinreichend Anlaß zum Klatsch, und die wohlmeinenden Wünsche der boshaften alten Damen in Meryton verloren durch die veränderten Umstände kaum etwas an Herzlichkeit, weil es bei solch einem Gatten ja sicher war, daß sie ins Unglück lief.

Zwei Wochen lang war Frau Bennet nicht zum Essen heruntergekommen, doch an diesem Freudentag nahm sie wieder den gewohnten Platz an der Spitze der Tafel ein und zeigte eine bedrückend gute Laune. Nicht die kleinste Spur von Scham dämpfte ihren Triumph. Die Heirat einer Tochter – ihr höchster Wunsch, seitdem Jane sechzehn gewesen war, stand jetzt in greifbarer Nähe, und ihr Denken und Reden wurde völlig von allem beherrscht, was zu einer vornehmen Hochzeit gehörte – feine Musselinstoffe, neue Wagen und Dienerschaft. Sie hielt in der Nachbarschaft nach einem geeigneten Wohnsitz Ausschau und verwarf viele Häuser als zu klein oder zu wenig vornehm, ohne zu wissen oder in Betracht zu ziehen, mit welchem Einkommen für die beiden zu rechnen war.

»Haye-Park käme wohl in Betracht«, sagte sie, »wenn die Gouldings ausziehen würden; vielleicht auch das wunderschöne Haus in Stoke, wenn nur der Salon etwas größer wäre; aber Ashworth ist zu weit weg! Ich könnte es nicht ertragen, wenn sie zehn Meilen entfernt von mir wohnte; ja, und was Purvis Lodge anlangt, so sind dort die Dachkammern einfach scheußlich.«

Ihr Mann ließ sie ruhig weiterreden, solange die Dienstboten noch im Zimmer waren. Als sie aber allein waren, sagte er zu ihr: »Teure Frau, ehe du ein paar von diesen Wohnsitzen oder auch alle für deinen Schwiegersohn und deine Tochter mietest, wollen wir doch eine Sache völlig klarstellen. Zu *einem* Haus in der Umgegend werden sie jedenfalls keinen Zutritt haben. Ich werde die Torheit der beiden nicht noch dadurch begünstigen, daß ich sie in Longbourn empfange.«

Auf diese Erklärung hin ergab sich ein längerer Wortwechsel, doch Herr Bennet blieb fest. Ein weiterer Disput folgte, in dessen Verlauf Frau Bennet mit Erstaunen und Entsetzen feststellen mußte, daß ihr Gatte auch nicht ein Pfund für die Kleider ihrer Tochter herausrükken wollte. Er beteuerte, sie werde von ihm bei dieser Gelegenheit kein Zeichen seiner Liebe erhalten, weder in Worten noch in Form von Geschenken. Frau Bennet konnte so etwas kaum begreifen. Daß sein Zorn bis zu einer solch unfaßbaren Empörung angestiegen sein könnte, daß er seiner Tochter sogar etwas versagte, ohne daß die Heirat kaum als gültig angesehen werden würde, wollte ihr einfach nicht in den Kopf. Die Schande, daß ihre Tochter zur Hochzeit keine neuen Kleider haben sollte, empfand sie weit lebhafter als irgendein Schamgefühl darüber, daß Lydia vierzehn Tage vor der Hochzeit mit Wickham durchgebrannt war und mit ihm gelebt hatte.

Elisabeth tat es jetzt sehr leid, daß sie in ihrer damaligen Verzweiflung Herrn Darcy ihre Befürchtungen um die Schwester anvertraut hatte; denn da die Entführung so bald durch eine Heirat zu gutem Ende gebracht wurde, hätte ja die Hoffnung bestanden, den unglückseligen Anfang der Angelegenheit vor allen geheimzuhalten, die sie nicht unmittelbar an Ort und Stelle miterlebt hatten.

Sie fürchtete zwar nicht, daß er es weiterverbreiten

könnte. Es gab wenige, deren Verschwiegenheit sie so sehr vertraute wie der seinen, aber andererseits gab es auch niemanden, vor dem sie den Fehltritt der Schwester lieber verheimlicht haben würde. Nicht etwa, weil sie glaubte, dadurch persönlichen Nachteil in ihrem Verhältnis zu ihm zu haben, denn zwischen ihnen bestand ja nun auf jeden Fall ein unüberschreitbarer Abgrund. Auch wenn Lydias Heirat unter den ehrenvollsten Umständen zustande gekommen wäre, hätte man kaum annehmen können, daß Herr Darcy sich mit einer Familie verwandtschaftlich verbinden würde, zu der jetzt, abgesehen von den früher schon ausgesprochenen Vorbehalten, auch noch ein Mensch, den er mit Recht von Grund aus verachtete, in allerengste Beziehungen getreten war.

Sie konnte sich nicht wundern, wenn er vor solch einer Verwandtschaft zurückschreckte. Seine werbende Zuneigung, deren sie in Derbyshire sicher gewesen war, konnte nach aller vernünftigen Voraussicht einen solchen Schlag nicht überdauern. Sie fühlte sich erniedrigt; sie war traurig; sie empfand Reue und wußte kaum, wofür. Sie war ängstlich darum besorgt, daß er ihr seine Achtung bewahrte, nun, da sie keine Hoffnung mehr hegen konnte, daß dabei etwas für sie herausspringen könnte. Sie brannte darauf, von ihm zu hören, nun, da nur noch die allergeringste Aussicht auf ein Lebenszeichen bestand. Sie war überzeugt, daß sie mit ihm hätte glücklich werden können, nun, da es nicht mehr wahrscheinlich war, daß sie einander je wieder begegneten.

Was für einen Triumph müßte es für ihn bedeuten, dachte sie oft, wenn er wüßte, daß sie seinen Antrag, den sie erst vor vier Monaten stolz zurückgewiesen hatte, jetzt nur zu gern und freudig angenommen hätte! Natürlich war er so edelmütig, wie nur jemand sein konnte, daran zweifelte sie nicht im geringsten; aber schließlich war er auch nur ein Mensch, und da mußte er einfach triumphieren.

Jetzt begann sie zu begreifen, daß er der Mann war, der seiner Veranlagung und Begabung nach am besten zu ihr

paßte. Sein Geist und Temperament hätte bei aller Verschiedenheit zu ihrer eigenen Persönlichkeit genau dem entsprochen, was sie für wünschenswert hielt. Ihre Vereinigung hätte beiden Vorteile bringen müssen: Durch ihren mildernden und belebenden Einfluß wäre sein ungestümer Charakter vielleicht beschwichtigt, wären seine Umgangsformen geglättet worden; und sie hätte von seinem Verstand, seinen Kenntnissen und seiner Weltklugheit noch größere Vorteile empfangen müssen.
Doch nun konnte keine derartige Heirat mehr der staunenden Menge zeigen, was wirkliches Eheglück war. Es sollte ja in ihrer Familie bald ein Ehebund geschlossen werden, der gerade die gegenteilige Tendenz hatte und jene andere Verbindung unmöglich machte.
Wie Wickham und Lydia unterstützt werden sollten, so daß sie einigermaßen finanziell unabhängig waren, konnte sie sich nicht vorstellen. Doch leicht konnte sie sich ausrechnen, wie wenig an dauerndem Glück einem Paar beschieden sein mußte, das nur deshalb zusammengekommen war, weil sich ihre Leidenschaften als stärker erwiesen hatten als ihre Tugend.
Herr Gardiner schrieb bald wieder an seinen Schwager. Er ging nur kurz auf Herrn Bennets Bestätigung der von ihm getroffenen Maßnahmen ein und versicherte, er werde weiterhin bemüht sein, das Wohl jedes Familienmitgliedes zu fördern; er schloß mit der Bitte, nichts mehr von Dank und Verpflichtungen ihm gegenüber zu erwähnen. Der Hauptinhalt des Briefes bestand in der Mitteilung, daß Wickham sich entschlossen habe, den Dienst in der Miliz zu quittieren.

›Es war dies‹, fügte er hinzu, ›mein ausdrücklicher Wunsch, seitdem seine Heirat festgelegt worden war. Und ich glaube, auch Sie werden mit mir der Meinung sein, daß es sehr ratsam wäre, wenn er aus diesem Regiment ausschiede, nicht nur in seinem eigenen Interesse, sondern auch um meiner Nichte willen. Herr Wickham hat die Absicht, in den aktiven Heeresdienst einzutreten, und einige seiner früheren Freunde können und

wollen ihm dabei behilflich sein. Im Regiment des Generals ..., das augenblicklich im Norden des Landes liegt, ist ihm eine Fähnrichstelle zugesagt worden. Es ist ein großer Vorteil, daß er dann so weit von hier entfernt ist. Er berechtigt zu einiger Hoffnung, und ich erwarte, beide werden sich unter anderen Leuten, wo sie noch einen Ruf zu verlieren haben, besser und klüger verhalten. Ich habe an Oberst Forster geschrieben, ihm die getroffene Übereinkunft mitgeteilt und ihn gebeten, den verschiedenen Gläubigern Wickhams in und um Brighton baldige Bezahlung ihrer Forderungen in Aussicht zu stellen, wofür ich die Bürgschaft übernommen habe. – Würden Sie bitte die Mühe auf sich nehmen, seinen Gläubigern in Meryton ähnliche Zusicherungen zu machen – ich füge ihre Namen nach seinen Angaben in einer besonderen Liste bei. Er hat sich zu allen seinen Schulden bekannt. Zum mindesten hoffe ich, daß er uns nicht betrogen hat. Ich habe Haggerston Anweisung gegeben, und in einer Woche wird alles erledigt sein. Dann werden die beiden sein neues Regiment aufsuchen, falls sie nicht vorher nach Longbourn eingeladen werden; meine Frau deutete mir an, daß Lydia ihre Familienangehörigen gern noch einmal besuchen würde, ehe sie Südengland verläßt. Sie ist wohlauf und hat mir ergebene Grüße an Sie und ihre Mutter aufgetragen.
Der Ihrige usw. E. Gardiner‹

Herr Bennet und seine Töchter waren genauso wie Herr Gardiner davon überzeugt, daß es sehr vorteilhaft wäre, wenn Wickham aus dem Milizregiment ausschiede. Nur Frau Bennet war nicht so recht damit einverstanden. Es war eine schwere Enttäuschung für sie, daß Lydia nach Nordengland zog, wo sie sich doch von ihrer Gesellschaft so viel Freude und Genugtuung versprochen hatte, denn sie hatte den Plan, sie in Hertfordshire ansässig zu machen, noch keineswegs aufgegeben; außerdem war es doch ein Jammer, daß Lydia von einem Regiment fortgerissen werden sollte, wo sie mit jedermann bekannt war und so viele Verehrer hatte.

»Sie hängt so an Frau Forster«, sagte sie, »und da ist es einfach grausam, sie woandershin zu schicken. Und auch an ein paar jungen Männern im Regiment hängt sie sehr. Im Regiment von General ... sind die Offiziere vielleicht nicht so nett und entgegenkommend.«
Die Bitte seiner Tochter – denn als solche mußte es wohl angesehen werden –, sie wieder in die Familie aufzunehmen, ehe sie nach dem Norden zöge, stieß anfangs auf völlige Ablehnung. Doch Jane und Elisabeth, die es im Interesse des Seelenfriedens und des Ansehens ihrer Schwester beide für wünschenswert hielten, daß ihre Ehe von den Eltern voll anerkannt werde, redeten ihrem Vater so dringend zu und bestürmten ihn mit so vielen Vernunftgründen und Schmeicheleien, die Schwester und ihren Mann in Longbourn zu empfangen, sobald sie verheiratet seien, daß er sich schließlich überzeugen ließ und in ihrem Sinne handelte. Und ihre Mutter hatte auf diese Weise die Genugtuung, ihre verheiratete Tochter in der Nachbarschaft herumzeigen zu können, ehe sie nach dem Norden verbannt wurde. Daher gab Herr Bennet im nächsten Brief an seinen Schwager den beiden die Erlaubnis, die Familie zu besuchen, und es wurde vereinbart, daß sie unmittelbar nach der Trauung nach Longbourn weiterreisen sollten. Elisabeth jedoch war verwundert, daß Wickham sich damit einverstanden zeigte; wenn sie nur ihrem Gefühl gehorcht hätte, wäre ein Zusammentreffen mit Wickham das allerletzte gewesen, was sie sich hätte wünschen können.

Einundfünfzigstes Kapitel

Der Hochzeitstag ihrer Schwester rückte näher, und Jane und Elisabeth nahmen innigeren Anteil daran als Lydia wahrscheinlich selber. Der Wagen wurde dem Ehepaar bis … entgegengeschickt – es sollte um die Essenszeit in Longbourn eintreffen. Die beiden älteren Fräulein Bennet sahen der Ankunft der beiden mit Bangen entgegen, und besonders Jane war es bei dem Gedanken daran, was ihrer Schwester bevorstand, ganz elend zumute, da sie sich einbildete, Lydia müsse von denselben Gefühlen beseelt sein, die sie selber gehabt hätte, wenn sie die Übeltäterin gewesen wäre.

Sie kamen. Die ganze Familie war zu ihrem Empfang im Frühstückszimmer versammelt. Frau Bennet strahlte, als der Wagen vor der Tür vorfuhr; ihr Mann erschien undurchdringlich ernst, ihre Töchter aufgeregt, besorgt und verlegen.

Man hörte Lydias Stimme in der Vorhalle; dann wurde die Tür aufgerissen, und sie stürmte ins Zimmer. Ihre Mutter stürzte ihr entgegen, umarmte sie und hieß sie verzückt willkommen; Wickham gab sie mit liebevollem Lächeln die Hand und gratulierte beiden mit einer Überzeugtheit, die keinen Zweifel daran ließ, daß sie an eine glückliche Zukunft der beiden glaubte.

Ihr Empfang durch Herrn Bennet, dem sie sich nun zuwandten, war nicht ganz so herzlich. Sein Gesicht wurde eher noch finsterer als zuvor, und er brachte kaum die Lippen auseinander. Das unbeschwerte, selbstgefällige Auftreten des jungen Paares reichte auch wirklich hin, ihn zu erbittern. Elisabeth fühlte sich angewidert, und sogar Jane war empört. Lydia war noch immer die alte: ungezügelt, unverfroren, wild, laut und dreist. Sie wandte sich in Erwartung der Glückwünsche von Schwester zu Schwester, und als sie endlich alle Platz genommen hatten, schaute sie sich aufdringlich und neugierig im Zimmer um, nahm eine kleine Änderung darin zur

Kenntnis und bemerkte lachend, es sei lange her, seit sie das letztemal hier gewesen sei.
Auch Wickham ging die Sache nicht näher als ihr, aber er verbreitete ja immer ein so sonniges Wesen, daß sein Lächeln und die gewinnende Art, mit der er sich als neuen Verwandten einführte, alle entzückt hätte, wären nur sein Charakter und seine Heirat untadelig und makellos gewesen. Elisabeth hätte es nicht für möglich gehalten, daß er ganz so selbstsicher auftreten würde; doch nun nahm sie sich ein für allemal vor, in Zukunft die Unverschämtheit eines unverschämten Menschen niemals wieder zu unterschätzen. Sie wurde rot, und auch Jane errötete, doch die Wangen der beiden, die sie in Verlegenheit brachten, behielten ihre gewöhnliche Farbe bei.
Die Unterhaltung ging lebhaft voran. Die junge Frau und ihre Mutter konnten gar nicht schnell genug reden, und Wickham, der zufällig neben Elisabeth Platz genommen hatte, begann sich mit solch unbeschwerter Freundlichkeit nach seinen Bekannten in der Umgebung zu erkundigen, daß sie sich völlig außerstande sah, im gleichen Tone zu antworten. Das junge Ehepaar schien die glücklichsten Erinnerungen der Welt zu haben. Nichts, was vorgefallen war, schien sie peinlich zu berühren, und Lydia brachte sogar absichtlich die Rede auf Dinge, die ihre Schwestern um alles in der Welt nicht einmal andeutungsweise erwähnt haben würden.
»Wenn man bedenkt, daß ich nun schon drei Monate von hier fort bin«, rief sie, »mir will es nur wie vierzehn Tage erscheinen, und was ist während dieser Zeit nicht alles passiert. Lieber Himmel, als ich damals fort bin, habe ich nicht im Traume dran gedacht, daß ich verheiratet sein würde, bis ich wieder zurückkäme, wenn ich auch dachte, es wäre ein guter Witz, wenn es wirklich so kommen sollte!«
Ihr Vater zog die Brauen hoch, Jane war ganz niedergeschmettert, und Elisabeth blickte Lydia scharf an; aber sie, die niemals etwas hörte oder sah, wovon sie keine Kenntnis nehmen wollte, fuhr munter fort: »Ach Mama,

wissen denn die Leute hier in der Gegend, daß ich jetzt verheiratet bin? Ich dachte, das wäre nicht der Fall, und als wir William Goulding in seinem zweirädrigen Wagen überholten, wollte ich es ihm beibringen: Ich ließ das Fenster nach seiner Seite zu herunter, zog den Handschuh aus und ließ meine Hand auf dem Fensterrahmen ruhen, damit er den Ring sehen könnte, und nickte ihm zu – und dabei habe ich ein Lächeln aufgesetzt, da war alles dran!«

Elisabeth konnte es nicht länger mit anhören. Sie stand auf, verließ eilends das Zimmer und ließ sich nicht wieder blicken, bis sie die Familie durch die Vorhalle ins Speisezimmer gehen hörte. Sie kam noch zeitig genug, um Lydia mit gespreizter Würde den Platz zur rechten Seite ihrer Mutter einnehmen zu sehen und zu hören, wie sie zu ihrer ältesten Schwester sagte: »Ja, Jane, ich gehöre jetzt an deine Stelle, und du mußt weiter unten sitzen, weil ich eine verheiratete Frau bin.«

Es war nicht anzunehmen, daß sich bei Lydia die Verlegenheit, von der sie schon jetzt so völlig unberührt war, im Laufe der Zeit noch einstellen würde. Im Gegenteil, sie wurde immer unbeschwerter, und ihre Laune hob sich von Stunde zu Stunde. Sie brannte darauf, Frau Philips, die Familie Lucas und die anderen Nachbarn zu besuchen und sich von ihnen allen mit ›Frau Wickham‹ anreden zu lassen, wenn sie sich nach dem Essen vorläufig auch nur vor Frau Hill und den beiden Hausmädchen als verheiratete Frau aufspielen und mit ihrem Ehering großtun konnte.

»Nun, Mama«, sagte sie, als sie alle wieder im Frühstückszimmer versammelt waren, »was meinen Sie zu meinem Gatten? Ist er nicht ein reizender Mensch? Meine Schwestern beneiden mich bestimmt alle darum. Ich kann ihnen nur wünschen, daß sie wenigstens halb soviel Glück haben wie ich. Sie müssen eben auch alle nach Brighton. Das ist der richtige Ort, um einen Mann zu erwischen. Wie schade, Mama, daß wir nicht alle zusammen hingegangen sind.«

»Sehr wahr, wenn es nach mir gegangen wäre, wären wir

auch alle hin. Aber, meine liebe Lydia, es will mir nicht gefallen, daß du so weit von uns fortziehst. Muß es denn sein?«

»Aber freilich – da ist doch nichts weiter bei! Darauf freue ich mich sogar ganz besonders. Sie und Papa und meine Schwestern, ihr müßt heraufkommen und uns besuchen. Wir sind den ganzen Winter über in Newcastle, und da werden bestimmt ein paar Bälle veranstaltet, und ich werde schon zusehen, daß alle gute Tänzer bekommen.«

»Ach, das wäre ja wunderbar!« sagte die Mutter.

»Ja, und wenn ihr dann wieder abreist, dann lassen Sie nur ein paar von den Schwestern bei mir zurück; ganz bestimmt treibe ich noch vor Ablauf des Winters Männer für sie auf.«

»Ich danke herzlich für die freundliche Absicht«, sagte Elisabeth, »aber ich bin von deiner Methode, Männer zu angeln, nicht besonders begeistert.«

Der Besuch sollte nicht länger als zehn Tage bei ihnen bleiben. Wickham hatte schon in London sein Offizierspatent erhalten und mußte vierzehn Tage später beim Regiment eintreffen.

Niemand außer Frau Bennet bedauerte, daß sie nur so kurze Zeit bleiben konnten, und sie nützte diese Zeit gründlich aus, indem sie mit ihrer Tochter überall Besuche machte und daheim häufig Gesellschaften gab. Und diese Veranstaltungen waren allen willkommen; denjenigen Familienmitgliedern, die sich Gedanken machten, war es sogar noch angenehmer als den anderen, nicht im engsten Kreis zusammensitzen zu müssen.

Mit Wickhams Zuneigung zu Lydia stand es genauso, wie es Elisabeth erwartet hatte; sie war in ihn viel mehr verschossen als er in sie. Nach allem, was aus den Tatsachen hervorging, hätte Elisabeth diese Beobachtung gar nicht nötig gehabt, um zu wissen, daß Lydia der treibende Teil in jener Liebes- und Fluchtgeschichte gewesen war; sie hätte sich eher gewundert, weshalb er überhaupt mit ihr durchgebrannt war, da er sie ja gar nicht wirklich liebte, wenn ihr nicht klar gewesen wäre, daß er wegen seiner Schulden sowieso fliehen mußte, und in solch einem Fall ließ ein Mann wie Wickham sich die Gelegenheit nicht entgehen, dabei eine Gefährtin zu haben.

Lydia war ihm außerordentlich zugetan. Es war ihr lieber Wickham vorn und ihr lieber Wickham hinten; niemand ließ sich mit ihm vergleichen. Er war der allertüchtigste Mensch in der Welt, und sie war fest davon überzeugt, daß er am ersten September mehr Vögel erlegen würde als jeder andere im Land.

Eines Morgens, als Lydia kurz nach ihrem Eintreffen mit ihren beiden älteren Schwestern beisammensaß, sagte sie zu Elisabeth: »Lissy, ich glaube, ich habe dir noch gar nichts von unserer Hochzeit erzählt. Du warst nicht dabei, als ich Mama und den anderen davon berichtete. Bist du denn nicht neugierig zu erfahren, wie das alles vor sich ging?«

»Nein, wirklich nicht«, erwiderte Elisabeth, »und ich meine, man sollte sowenig wie möglich davon reden.«

»Na, du bist vielleicht komisch! Aber ich muß dir trotzdem erzählen, wie alles war. Also wir wurden, wie du weißt, in der St.-Clements-Kirche getraut, weil Wickhams Wohnsitz in der Pfarrgemeinde lag, und es war vereinbart, daß wir alle um elf dort sein sollten. Onkel und Tante und ich, wir sollten zusammen hinfahren, und die anderen wollten sich mit uns an der Kirche treffen. Ja, und dann kam der Montagvormittag, und ich war doch so aufgeregt! Weißt du, ich hatte doch solche Angst, daß noch im letzten Augenblick was dazwischenkommen könnte, und da wäre ich ja außer mir gewesen! Und die ganze Zeit, wo ich mich anzog, stand Tante immer dabei und gab gute Ratschläge und redete ununterbrochen, als ob sie 'ne Predigt halten wollte. Na, ich hab kaum eins von zehn Worten gehört, denn ich mußte doch immer an meinen lieben Wickham denken, wie du dir vorstellen kannst, und ich hätte gar zu gern gewußt, ob er sich in seinem blauen Rock trauen lassen wollte. – Ja, also um zehn haben wir dann gefrühstückt, ganz wie gewöhnlich; ich dachte, die Zeit würde nie vorübergehen; denn, nebenbei bemerkt, waren Onkel und Tante die ganze Zeit, die ich dort war, schrecklich unfreundlich zu mir; nicht ein einziges Mal bin ich vor die Haustür gekommen, und dabei war ich vierzehn Tage dort! Keine einzige Gesellschaft, und auch sonst hatten wir überhaupt nichts vor! Freilich, in London war nicht viel los, aber das Kleine Theater hatte doch auf. Ja, und ausgerechnet wie der Wagen vorfuhr, wurde Onkel von dem schrecklichen Kerl, diesem Stone, geschäftlich in Anspruch genommen, und wenn die einmal zusammenhocken, weißt du, dann finden sie kein Ende. Ach, ich habe doch solche Angst gehabt, daß ich nicht wußte, was ich machen sollte, denn Onkel sollte doch mein Brautführer sein, und wenn wir zu spät kamen, konnten wir den ganzen Tag nicht mehr getraut werden. Aber glücklicherweise kam er nach zehn Minuten wieder, und wir fuhren alle los. Aber hinterher fiel mir ein, daß die Trauung ja gar nicht verschoben zu werden brauchte, auch wenn er nicht mitkommen konnte, denn Herr Darcy hätte ja seine Funktion genauso übernehmen können.«

»Herr Darcy?« wiederholte Elisabeth höchst verwundert.

»O ja, er sollte ja mit Wickham kommen, weißt du. Ach, du lieber Gott – das habe ich ja ganz vergessen! Davon hätte ich ja gar nichts sagen dürfen! Was wird Wickham nun sagen – es sollte doch streng geheimgehalten werden.«

»Wenn es geheimgehalten werden soll«, sagte Jane, »dann rede nicht weiter davon. Du kannst dich darauf verlassen, daß wir nicht weiter in dich dringen werden.«

»Gewiß«, sagte Elisabeth, obwohl sie vor Neugier fast umkam, »wir werden dich nicht darüber aushorchen.«

»Vielen Dank«, sagte Lydia, »denn wenn ihr das machtet, würde ich euch alles brühwarm erzählen, und dann würde Wickham böse.«

Nach einer derartigen Ermunterung konnte Elisabeth sich nur dadurch, daß sie davonlief, dazu zwingen, keine weitern Fragen zu stellen.

Doch sie mußte unbedingt darüber Bescheid wissen; zum mindesten war es ihr unmöglich, die Versuchung zu unterdrücken, mehr in Erfahrung zu bringen. Herr Darcy war bei der Trauung ihrer Schwester zugegen gewesen. Das war ein Ereignis, das ihn am allerwenigsten anging, und es spielte sich ausgerechnet unter Leuten ab, mit denen er am allerwenigsten zu schaffen haben wollte! Vermutungen, was das zu bedeuten haben könnte, jagten ihr schnell und wild durch den Kopf, aber keine konnte ihr genügen. Diejenigen, die ihr am meisten zusagten, weil sie sein Verhalten im edelsten Lichte erscheinen ließen, schienen zugleich die allerunwahrscheinlichsten zu sein. Sie konnte die Unsicherheit nicht länger ertragen, ergriff rasch ein Blatt Papier und schrieb ihrer Tante eiligst einen kurzen Brief, in dem sie um Aufklärung über die Andeutungen Lydias bat, falls sich dies mit einer beabsichtigten Geheimhaltung vereinbaren ließ.

›Sie werden leicht begreifen, wie gern ich erfahren möchte, warum eine Persönlichkeit, die nicht mit uns verwandt, ja unserer Familie verhältnismäßig fremd ist, bei einer solchen Gelegenheit unter den Gästen war. Bitte schreiben Sie mir sofort, und erklären Sie mir alles – wenn es nicht aus sehr zwingenden Gründen geheimgehalten werden muß, wie Lydia zu denken scheint; in diesem Falle müßte ich mich eben damit abfinden, nichts zu erfahren.‹

›Das werde ich allerdings auf keinen Fall tun‹, sprach sie zu sich selber und beschloß den Brief mit den Worten:

›Und, liebe Tante, wenn Sie mir nicht offen und ehrlich die Wahrheit sagen, muß ich meine Zuflucht zu Kniffen und Finten nehmen, um sie auf andere Weise herauszubekommen.‹

Janes Zartgefühl hinderte sie, mit Elisabeth auch nur vertraulich zu besprechen, was Lydia da ausgeplaudert hatte, und Elisabeth war froh darüber. Bis es sich herausstellte, ob ihre Anfragen eine befriedigende Antwort erhielten, war es besser, niemand anders ins Vertrauen zu ziehen.

Zweiundfünfzigstes Kapitel

Elisabeth hatte die Genugtuung, auf ihren Brief in der allerkürzesten Zeit eine Antwort zu erhalten. Kaum hatte sie das Antwortschreiben in der Hand, als sie damit auch schon in den kleinen Busch im Garten eilte, wo sie vor Störungen am sichersten sein konnte, sich auf einer Bank niederließ und sich auf günstige Nachrichten gefaßt machte, denn die Länge des Briefes sagte ihr, daß er kein Dementi enthalten konnte.

›Gracechurch-Street, den 6. Sept.

Meine liebe Nichte,
ich habe soeben Deinen Brief erhalten und werde den ganzen Vormittag seiner Beantwortung widmen müssen, da ich voraussehe, daß ich in einem kurzen Schreiben nicht alles sagen kann, was ich Dir zu berichten habe. Ich muß gestehen, daß Deine Bitte mich überrascht hat – von Dir zum mindesten hatte ich sie nicht erwartet. Glaube aber nicht etwa, daß ich ärgerlich bin; ich wollte damit nur ausdrücken, daß ich nie und nimmer angenommen hätte, daß solche Nachfragen von Dir aus notwendig wären. Wenn Du mich jedoch nicht verstehen willst, vergib mir bitte meine Zudringlichkeit. Dein Onkel ist genauso überrascht wie ich selber – hat er doch alles nur geregelt und eingerenkt, weil er glaubte, die Sache beträfe auch Dich mit und geschähe in Deinem Einverständnis. Doch wenn Du wirklich von alledem nichts weißt und nichts wissen kannst, muß ich Dir

die Angelegenheit ausführlicher berichten. Am gleichen Tage, an dem ich von Longbourn zurückkam, hatte Dein Onkel unerwarteten Besuch. Herr Darcy sprach vor und hatte mit ihm eine geheime Unterredung von mehreren Stunden. Als ich eintraf, war alles schon erledigt, und so wurde meine Neugier nicht so schrecklich auf die Folter gespannt, wie es mit der Deinigen der Fall zu sein scheint. Er kam, um Herrn Gardiner zu berichten, daß er den Aufenthaltsort Deiner Schwester und Herrn Wickhams ausfindig gemacht, beide gesehen und mit beiden gesprochen habe – wiederholt mit Wickham und einmal mit Lydia. Allem Anschein nach hat Darcy Devonshire schon einen Tag nach uns verlassen und ist nach London gefahren, um Jagd auf die beiden zu machen. Als Grund gab er an, seiner Überzeugung nach sei er selber schuld daran, daß Wickhams Nichtswürdigkeit nicht so bekannt geworden sei, daß es jedem anständigen jungen Mädchen unmöglich geworden wäre, ihm zu vertrauen und ihn zu lieben. Sehr großmütig führte er alles auf seinen falschen Stolz zurück und gab zu, er habe es früher für unter seiner Würde erachtet, der Welt in sein privates Tun Einblick zu gewähren. Sein Charakter sollte für sich selber sprechen. Er nannte es deshalb seine Pflicht, nun einzugreifen und sich zu bemühen, eine üble Geschichte wiedergutzumachen, die durch ihn selber herbeigeführt worden war. Wenn er doch noch einen anderen Beweggrund für sein Handeln haben sollte, so bin ich sicher, daß dieser durchaus ehrenwerter Art ist. Er brachte einige Tage in London zu, ehe er sie entdecken konnte, aber er hatte – anders als wir – wenigstens einen Anhaltspunkt für seine Suchaktion, und das war ein weiterer Anlaß für seinen Entschluß, uns nach London zu folgen. Es scheint da eine Dame, eine gewisse Frau Younge, zu geben, die vor einiger Zeit Fräulein Darcys Gouvernante gewesen ist und wegen irgendeiner Pflichtversäumnis, über die er uns nichts Näheres sagte, entlassen worden sein muß. Sie hat dann später ein großes Haus in der Edward Street übernommen und ihren Unterhalt durch Vermieten von Wohnungen verdient.

Er wußte, daß diese Frau Younge mit Wickham gut bekannt ist, und fragte bei ihr nach, sobald er in London eintraf. Aber es dauerte zwei oder drei Tage, ehe er es aus ihr herausbekam, was er wollte. Ich nehme an, daß sie das ihr anvertraute Geheimnis nur gegen eine gewisse Bestechungssumme verraten wollte, denn tatsächlich wußte sie genau, wo ihr Freund zu finden war. Wickham war nach seiner Ankunft in London wirklich zuerst zu ihr gegangen, und wenn bei ihr etwas frei gewesen wäre, hätten sie Wohnung bei ihr bezogen. Schließlich erlangte unser Freund doch noch die gewünschte Auskunft. Sie wohnten in der ...Street. Er suchte Wickham auf und bestand darauf, auch mit Lydia zu sprechen. Er hatte es vor allem darauf abgesehen, wie er zugab, sie zu überreden, ihr augenblickliches unehrenhaftes Leben aufzugeben und zu ihren Verwandten zurückzukehren, sobald diese veranlaßt werden konnten, sie wieder aufzunehmen, wozu er ihr nach Möglichkeit behilflich sein wollte. Aber er fand Lydia fest entschlossen zu bleiben, wo sie war. An ihren Freunden und Verwandten lag ihr nichts, von ihm wollte sie sich nicht helfen lassen und wollte nichts davon hören, Wickham aufzugeben. Sie war sicher, daß sie schon gelegentlich einmal getraut werden würden, und es war ihr ziemlich gleichgültig, wann das geschehen sollte. Bei dieser Einstellung blieb nur übrig, dachte er, schnell eine Heirat zustande zu bringen, die Wickham, wie aus der ersten Unterredung mit ihm hervorging, nie in Betracht gezogen hatte. Er bekannte, daß er das Regiment wegen einiger drückender Ehrenschulden fluchtartig verlassen mußte, und hatte keine Bedenken, alle nachteiligen Folgen von Lydias Flucht allein ihrer eigenen Torheit zur Last zu legen. Er wollte seine Offiziersstelle sofort aufgeben, und was weiter aus ihm werden sollte, wußte er kaum zu sagen. Irgendwohin mußte er sich ja wenden, wußte aber noch nicht, wohin; das einzige, was er klar erkannte, war, daß er nichts besaß, wovon er leben konnte. Herr Darcy fragte ihn, warum er denn Deine Schwester nicht sofort geheiratet hätte. Wenn Herr Bennet auch nicht sehr reich sein konnte, hätte er doch etwas für ihn tun können, und seine Lage hätte sich durch eine Heirat nur gebessert. Daraufhin ließ Wickham erkennen, daß er immer noch hoffte, seine Lage durch eine reiche Heirat im Ausland viel entschiedener verbessern zu können. Jedoch war es unter den gegebenen Umständen nicht wahrscheinlich, daß er für die Aussicht auf eine sofortige Besserung seiner Lage unzugänglich sein sollte. Sie hatten mehrere Zusammenkünfte, denn es war viel zu besprechen. Wickham verlangte natürlich mehr, als ihm zugestanden werden konnte; aber endlich ging er auf eine vernünftige Summe zurück. Nachdem zwischen den beiden alles abgemacht war, unternahm es Darcy als nächsten Schritt, Deinen Onkel über alles zu unterrichten, und sprach in der Gracechurch Street zum erstenmal am Abend vor meiner Rückkehr vor. Aber Herr Gardiner war nicht zu Hause, und Herr Darcy erfuhr, daß Dein Vater noch bei ihm wäre, aber am nächsten Morgen abreisen würde. Da er Deinen Vater für eine Beratung dieser Art nicht so geeignet hielt wie Deinen Onkel, entschloß er sich leicht, ihn erst nach der Abreise seines Gastes aufzusuchen. Er hatte seinen Namen nicht hinterlassen, und bis zum folgenden Tage wußte man nur, daß ein Herr geschäftlich vorgesprochen habe. Am Sonnabend kam er wieder. Dein Vater war fort, Dein Onkel zu Hause, und sie hatten, wie schon gesagt, eine lange Unterredung. Am Sonntag trafen sie wieder zusammen, und da habe auch ich ihn gesehen. Erst am Montag war alles geklärt, und sobald dies der Fall war, wurde der Eilbote nach Longbourn gesandt. Doch unser Besucher war sehr eigensinnig. Ich glaube, Lissy, Eigensinn ist sein eigentlicher Charakterfehler. Man hat ihm ja zu verschiedenen Zeiten die unterschiedlichsten Mängel vorgeworfen, aber das ist der wirkliche Fehler. Alles, was zu tun war, mußte er unbedingt selber erledigen, obwohl Onkel doch sicherlich auch von sich aus das Ganze geregelt haben würde (ich sage das nicht, damit ihm gedankt wird; also rede bitte nicht darüber). Sie stritten sich lange darum – was übrigens weder der Herr noch die Dame, die es anging, wert war –, aber schließlich mußte Dein Onkel nachgeben, und statt seiner Nichte wirklich von Nutzen sein zu dürfen, mußte er sich mit dem Anschein, den er erwecken sollte, begnügen, was ihm sehr wider den Strich ging. Ich glaube, über Deinen Brief heute früh hat er sich sehr gefreut, weil er ihm Gelegenheit gab, die Tatsachen so darzustellen, wie sie sind, und die Ehre dem zu erweisen, der sie verdient, so daß er sich nicht länger mit fremden Federn schmücken muß. Aber Lissy, davon darf niemand etwas erfahren als Du und höchstens noch Jane. Du weißt wohl ziemlich gut Bescheid, wie ich annehme, in welcher Weise den jungen Leuten geholfen worden ist. Seine Schulden, die sich, glaube ich, auf beträchtlich mehr als tausend Pfund belaufen, müssen bezahlt werden, weitere tausend Pfund gehen vertragsgemäß an Lydia, und sein Offizierspatent kostet auch Geld. Die Gründe dafür, weshalb er das alles ganz allein erledigen wollte, habe ich schon angeführt: Es war seine Schuld, es war auf seine übergroße Zurückhaltung und seinen Mangel an Vorbedacht zurückzuführen, daß Wickhams Charakter so falsch eingeschätzt werden konnte und daß man infolgedessen so auf ihn hereingefallen war. Vielleicht ist etwas Wahres daran, wenn ich auch bezweifle, daß seine Zurückhaltung oder die Zurückhaltung von sonst jemandem für das Geschehen verantwortlich gemacht werden kann. Aber trotz aller seiner schönen Worte hätte Onkel nie nachgegeben, dessen kannst Du sicher sein, meine liebe Lissy, wenn er nicht der Überzeugung gewesen wäre, daß bei Darcy hier noch ein anderes Interesse mitspielte. Als alles verabredet war, kehrte er wieder zu seinen Freunden zurück, die sich noch in Pemberley aufhielten; doch kam man überein, er solle zur Trauung noch einmal nach London kommen, und dann sollten die Geldangelegenheiten endgültig bereinigt werden. Ich glaube, nun habe ich Dir alles berichtet. Das Ganze kommt Dir, wie Du mir geschrieben hast, außerordentlich überraschend; ich hoffe aber zum mindesten, daß es keine unangenehme Überraschung für

Dich bedeutet. – Lydia kam zu uns, und Wickham hatte beständig Zutritt zum Haus. Er gab sich genauso, wie wir ihn in Hertfordshire kennengelernt haben. Ich würde Dir nicht berichten, wie wenig wir mit Lydias Verhalten zufrieden waren, solange sie bei uns wohnte, wenn ich nicht aus Janes Brief vom vergangenen Mittwoch schließen könnte, daß sie sich zu Hause haargenau so aufgeführt hat, so daß Dir das, was ich Dir nun mitteile, keinen neuen Kummer bereiten kann. Ich habe wiederholt ernsthaft mit ihr geredet und ihr dargelegt, wie übel sie sich verhalten und welches Unglück sie über die Familie gebracht hat. Wenn sie etwas davon vernommen hat, ist das ein reiner Glücksumstand, denn draufgehört hat sie bestimmt nicht. Ich war manchmal empört, aber dann dachte ich an meine liebe Elisabeth und Jane, und um ihretwillen brachte ich wieder Geduld auf für sie. Herr Darcy traf pünktlich wieder ein und nahm als Trauzeuge an der Hochzeit teil, wie Lydia Euch ja berichtet hat. Er speiste am folgenden Tag bei uns und wollte am Mittwoch oder Donnerstag London wieder verlassen. Wirst Du mir sehr böse sein, meine liebe Lissy, wenn ich Dir bei dieser Gelegenheit (denn früher habe ich es mir nie gewagt) sage, wie sehr ich ihn schätze? Sein Verhalten uns gegenüber war in jeder Hinsicht genauso erfreulich wie damals in Derbyshire. Ich bin mit seiner Einstellung und den Ansichten, die er vertritt, durchaus einverstanden; was ihm oft noch fehlt, ist ein wenig mehr Aufgeschlossenheit, und die kann ihm, wenn er seine Wahl gut trifft, einmal seine Frau beibringen. In einer Hinsicht kam er mir recht hinterhältig vor – er hat nämlich kaum jemals Deinen Namen erwähnt. Aber so was scheint bei jungen Leuten heutzutage ja Mode zu sein. Bitte nimm es mir nicht übel, wenn ich mir zuviel herausgenommen haben sollte, zum mindesten nicht so sehr, daß Du mich deswegen etwa nicht nach P. einlädst – ich werde nie ganz glücklich sein, bevor ich nicht den Park in seiner ganzen Ausdehnung besichtigt habe. Ein niedriger Phaëton mit zwei kleinen Ponys davor wäre gerade das richtige dafür. Aber ich muß jetzt

Schluß machen. Die Kinder rufen schon seit einer halben Stunde nach mir.
Deine getreue M. Gardiner‹

Der Inhalt des Briefes versetzte Elisabeth in eine Gemütsverfassung, bei der es schwierig zu entscheiden war, ob Freude oder Schmerz darin vorherrschten. So hatten sich ihre nebelhaften, unbeweisbaren Vermutungen über den Anteil, den Darcy am Zustandekommen der Heirat ihrer Schwester gehabt haben könnte, im vollsten Ausmaße bestätigt – Vermutungen, denen sie nicht zu glauben gewagt hatte, weil sie eine geradezu unwahrscheinlich anständige Gesinnung voraussetzten, und deren Bewahrheitung sie beinahe gefürchtet hatte, weil sie nicht wußte, wie sie sich je dafür abfinden sollte. Er war ihnen in die Stadt gefolgt, hatte alle Mühen und Demütigungen, die solche Nachforschungen mit sich bringen, entschlossen auf sich genommen – wobei er genötigt gewesen war, eine Frau, die er verabscheuen und verachten mußte, bescheiden um etwas zu bitten; wobei es ihm nicht erspart geblieben war, ausgerechnet mit dem Manne, dem er stets am weitesten aus dem Wege ging und dessen Name auszusprechen ihm schon Überwindung kostete, zusammenzutreffen, mit ihm zu diskutieren, ihn zu überreden und schließlich zu bestechen. Dies alles hatte er um eines Mädchens willen auf sich genommen, das er weder achten noch schätzen konnte. Ihr Herz flüsterte ihr zu, er habe alles um ihretwillen getan. Doch diese Hoffnung wurde bald durch weitere Überlegungen im Zaum gehalten; sie sagte sich, daß selbst ihre größte Eitelkeit ihr nicht einreden könnte, seine Liebe zu ihr, zu einer Frau, die ihn stets zurückgewiesen hatte, sei so groß, daß sie seinen natürlichen Abscheu vor einer verwandtschaftlichen Verbindung mit Wickham überwinden könne. Wickhams Schwager! Sein ganzer Stolz mußte sich dagegen auflehnen. Sicher hatte er viel für sie getan. Mit Beschämung dachte sie daran, wieviel es war. Aber er hatte für sein Eingreifen einen Grund angegeben, den man ohne Mühe für glaubhaft ansehen konnte. Es war doch durchaus verständlich, daß er sich schuldig fühlte. Er war freigebig und hatte auch die Mittel dazu. Doch wenn sie sich auch nicht als Hauptursache für sein großmütiges Verhalten betrachten wollte, so konnte sie sich zum mindesten schmeicheln, daß ein Überrest der Zuneigung zu ihr vielleicht mit dazu beigetragen hatte, ihn zur Bereinigung einer Angelegenheit zu veranlassen, von der ihr Seelenfrieden wesentlich abhing. Es war peinlich, außerordentlich peinlich zu wissen, daß sie jemandem so stark verpflichtet waren, der nie dafür abgefunden werden konnte. Sie verdankten ihm alles, was die Rettung Lydias und die Wiederherstellung ihres Rufes betraf. Oh, wie bereute sie nun jedes bittere Gefühl, das sie jemals gegen ihn gehegt, jedes scharfe Wort, das sie jemals an ihn gerichtet hatte! Sie selbst fühlte sich gedemütigt, aber auf ihn war sie stolz. Stolz darauf, daß es ihm gelungen war, sich selbst zu überwinden. Immer wieder las sie, was ihre Tante zu seinem Lobe anführte. Es war kaum hinreichend, aber es machte ihr Freude. Auch darüber, daß Onkel und Tante so fest davon überzeugt waren, zwischen ihr und Darcy müsse ein Band der Liebe und des Vertrauens vorhanden sein, empfand sie Freude, die allerdings nicht frei von Kummer war.

Sie erhob sich und riß sich von ihren Betrachtungen los, als sie jemand kommen hörte, und ehe sie in einen anderen Weg einbiegen konnte, hatte Wickham sie eingeholt.

»Hoffentlich störe ich Sie nicht auf Ihrem einsamen Spaziergang, meine teure Schwägerin«, sagte er, als er sie erreichte.

»Gewiß tun Sie das«, erwiderte sie lächelnd, »aber eine Störung muß ja nicht in jedem Fall unwillkommen sein.«

»Das täte mir auch leid. Wir beide waren doch immer gute Freunde; und jetzt stehen wir uns noch näher.«

»Das ist richtig. Kommen die anderen auch heraus?«

»Ich weiß es nicht. Frau Bennet fährt mit Lydia im Wagen nach Meryton. Ja, meine liebe Schwägerin, wie ich

von unserem Onkel und unserer Tante erfahren habe, sind Sie nun doch in Pemberley gewesen.«
Sie erwiderte, das treffe zu.
»Ich beneide Sie fast um diese Freude; und doch glaube ich, daß es für mich zu weit abliegt, es sei denn, ich nehme es auf meinem Weg nach Newcastle mit. Und Sie haben doch wohl auch die alte Haushälterin gesehen? Die gute Reynolds, sie hat mich immer gern gehabt. Aber natürlich hat sie Ihnen gegenüber meinen Namen nicht erwähnt.«
»Doch, das hat sie.«
»Und was hat sie gesagt?«
»Daß Sie in die Armee eingetreten seien – und leider keine besonders gute Figur abgäben. Wissen Sie, auf solche Entfernung kommen die Dinge den Leuten oft sonderbar verzerrt und verdreht zu Ohren.«
»Gewiß«, sagte er und biß sich auf die Lippen.
Elisabeth hoffte, ihn damit zum Schweigen gebracht zu haben, aber er fing gleich wieder an: »Ich war sehr überrascht, vergangenen Monat Darcy in London zu sehen. Wir sind mehrere Male aneinander vorbeigelaufen. Ich möchte wissen, was er dort zu tun hatte.«
»Vielleicht traf er Vorbereitungen für seine Heirat mit Fräulein de Bourgh«, sagte Elisabeth. »Es muß schon etwas Besonderes sein, was ihn um diese Jahreszeit dorthin geführt hat.«
»Zweifellos. Haben Sie ihn während Ihres Aufenthalts in Lambton gesehen? Ich glaubte aus Andeutungen der Gardiners schließen zu können, daß dies der Fall war.«
»Ja, er hat mich seiner Schwester vorgestellt.«
»Und sie hat Ihnen gefallen?«
»Ja, sehr.«
»Ja, ich habe auch gehört, daß sie sich in den letzten paar Jahren sehr zu ihrem Vorteil verändert hat. Als ich sie zuletzt sah, war das ganz und gar nicht abzusehen. Jedenfalls freue ich mich, daß sie Ihnen gefallen hat. Ich hoffe, sie wird sich noch machen.«
»Das wohl auf jeden Fall; sie ist nun über das kritische Alter hinaus.«

»Sind Sie jemals am Dorfe Kympton vorbeigekommen?«
»Ich könnte mich nicht erinnern.«
»Ich erwähne es nur, weil dort die Pfarrstelle ist, die eigentlich mir zugestanden hätte. Ein herrliches Fleckchen Erde! Wunderbares Pfarrhaus! Es wäre in jeder Beziehung das Richtige für mich gewesen.«
»Hätten Sie denn gern Predigten gehalten?«
»Aber sehr gern! Ich hätte es eben als einen Teil meiner Pflichten betrachtet, und es wäre mir sicher bald leichtgefallen. Nun, man soll nicht jammern, aber ganz bestimmt wäre dies das Richtige für mich gewesen! Die Ruhe, die Zurückgezogenheit, die solch ein Leben mit sich bringt, hätte genau dem entsprochen, was ich als Glück ansehe. Doch es hat nicht sollen sein. Hat Darcy je mit Ihnen darüber gesprochen, als Sie in Kent waren?«
»Ich habe aus einer Quelle, die ich für zuverlässig halte, erfahren, daß die Pfarre Ihnen nur bedingungsweise zugesprochen worden war, und zwar sollte die Entscheidung vom jetzigen Kirchenpatron abhängen!«
»So, das haben Sie erfahren? – Nun, etwas Richtiges ist schon dran; ich habe es Ihnen ja auch von Anfang an so dargestellt, wie Sie sich vielleicht erinnern.«
»Und ich habe auch erfahren, daß es einmal eine Zeit gab, wo Sie sich aus dem Verfassen von Predigten nicht soviel gemacht haben, wie das heute der Fall zu sein scheint, ja, daß Sie ausdrücklich erklärt haben, Sie würden sich nie dem geistlichen Stand widmen, und daß auf dieser Grundlage ein Vergleich zustande kam.«
»Auch das wissen Sie? – Ja, auch das ist nicht ganz unbegründet. Sie werden sich erinnern, was ich Ihnen darüber berichtet habe, als wir zum erstenmal davon sprachen.«
Damit waren sie fast an der Tür des Hauses angelangt, denn sie war schnell ausgeschritten, um ihn wieder loszuwerden; doch da sie ihn um ihrer Schwester willen nicht unnötig reizen wollte, erwiderte sie nur mit freundlichem Lächeln:

»Ach, Herr Wickham, wir sind ja jetzt Schwager und Schwägerin, da wollen wir uns doch nicht um Vergangenes streiten. In Zukunft werden wir hoffentlich stets einer Meinung sein.«
Sie hielt ihm die Hand hin, die er zärtlich und höflich küßte, obwohl er kaum wußte, wohin er blicken sollte. Dann gingen sie ins Haus hinein.

Dreiundfünfzigstes Kapitel

Wickham war von dieser Unterhaltung so restlos bedient, daß er sich nie mehr die Ungelegenheit bereitete, das Gespräch auf dieses Thema zu bringen und seine geliebte Schwägerin Elisabeth dadurch herauszufordern; und sie war froh, so viel gesagt zu haben, daß er nun den Mund hielt.
Der Tag der Abreise rückte bald heran, und Frau Bennet mußte sich mit dem Gedanken an eine Trennung von dem jungen Paare abfinden, die wahrscheinlich ein volles Jahr dauern würde, da ihr Mann von ihrem Plan, mit der ganzen Familie nach Newcastle zu fahren, absolut nichts wissen wollte.
»Ach, meine liebe Lydia«, rief sie, »wann werden wir uns wohl wiedersehen?«
»Lieber Gott – wie soll ich das wissen? Wahrscheinlich die nächsten zwei, drei Jahre nicht!«
»Schreib mir nur recht oft, Liebling!«
»Sooft ich kann. Aber Sie wissen ja, verheiratete Frauen haben nicht viel Zeit zum Schreiben. Meine Schwestern sollen lieber mir schreiben. Die haben ja nichts Besseres zu tun.«
Wickham nahm viel herzlicher Abschied als seine Frau. Er lächelte, tat freundlich und sagte viel Nettes.
»Was für ein netter junger Mann er ist«, sagte Herr Bennet, kaum daß die beiden aus dem Hause waren. »Er lä-

chelt geziert, grinst freundlich und geht uns allen um den Bart. Ich bin gewaltig stolz auf ihn. Einen ansehnlicheren Schwiegersohn kann nicht einmal Sir William Lucas vorweisen.«

Der Verlust ihrer Tochter stimmte Frau Bennet mehrere Tage lang sehr traurig.

»Ich denke oft«, sagte sie, »es gibt nichts Schlimmeres, als wenn man sich von Menschen trennen muß, die einem nahestehen. Man kommt sich ohne sie so verlassen vor.«

»Das kommt eben davon, wenn man eine Tochter verheiratet«, sagte Elisabeth. »Sie müßten demnach ganz zufrieden sein, daß Ihre anderen vier noch ledig sind.«

»So liegt die Sache doch nicht. Lydia hat mich nicht verlassen, weil sie verheiratet ist, sondern weil zufällig das Regiment ihres Mannes so weit entfernt stationiert ist. Wenn es seinen Standort in der Nähe gehabt hätte, wäre sie nicht so bald von mir fortgezogen.«

Aber die niedergeschlagene Stimmung, in die das schmerzliche Ereignis sie versetzt hatte, wurde bald durch eine Nachricht behoben, die eben die Runde zu machen begann und ihr Herz mit neuer Hoffnung erfüllte. Die Haushälterin in Netherfield hatte nämlich Anweisung erhalten, alles für die Ankunft ihres Dienstherrn vorzubereiten, der in ein paar Tagen hinkommen wollte, um mehrere Wochen lang zu jagen. Frau Bennet war ganz außer sich vor Aufregung. Sie blickte Jane an, lächelte bedeutungsvoll und schüttelte dann wieder den Kopf.

»Ach nein, Herr Bingley kommt also wieder her, liebe Schwester« (denn es war Frau Philips, die ihr die Nachricht brachte)! »Na, um so besser. Nicht als ob das mir viel ausmachte. Für uns ist er Luft, wie du ja weißt; ich jedenfalls will nichts wieder von ihm sehen. Natürlich ist er in Netherfield herzlich willkommen, wenn es ihm Spaß macht, dahin zurückzukehren. Wer weiß denn, was alles sich da anspinnen könnte. Aber uns interessiert das im Grunde gar nicht. Du weißt ja, liebe Schwester, daß wir schon längst übereingekommen sind, kein Wort mehr darüber zu verlieren. Ist es denn aber auch ganz sicher, daß er kommt?«

»Du kannst dich drauf verlassen«, erwiderte die andere, »denn Frau Nichols war gestern abend in Meryton; ich sah sie vorbeikommen und bin extra deswegen auf die Straße gerannt, um zu erfahren, ob es wirklich stimmt. Und sie sagte mir, es wäre ganz gewiß wahr. Er kommt spätestens am Donnerstag, wahrscheinlich aber schon Mittwoch. Sie wäre gerade auf dem Wege zum Metzger, sagte sie, um für Mittwoch etwas Fleisch zu bestellen, und sie hat auch schon drei Paar schlachtreife Enten besorgt.«

Das älteste Fräulein Bennet hatte die Nachricht von seinem Kommen nicht hören können, ohne rot und blaß zu werden. Es war nun schon viele Monate her, seit sie Elisabeth gegenüber seinen Namen erwähnt hatte. Doch jetzt sagte sie zu ihr, sobald sie allein waren: »Lissy, ich habe gesehen, wie du mich heute angeblickt hast, als Tante mit der Neuigkeit herauskam, und ich weiß, daß es ausgesehen haben muß, als ob ich niedergeschlagen wäre. Aber denke deswegen nicht, daß ich mir törichte Gedanken mache. Ich war in dem Augenblick nur so verlegen, weil ich annahm, daß mich alle ansehen müßten. Ich kann dir aber versichern, daß mir die Nachricht weder Freude noch Kummer bereitet. Ich bin nur froh, daß er allein herkommt, weil wir unter diesen Umständen sowenig wie möglich von ihm zu sehen bekommen. Nicht etwa, daß ich meiner selbst nicht sicher wäre, aber ich habe Angst vor den Bemerkungen der Leute.«

Elisabeth wurde nicht ganz klug daraus. Wenn sie ihm nicht in Derbyshire begegnet wäre, hätte sie es für durchaus möglich gehalten, daß er mit keiner anderen als der öffentlich verbreiteten Absicht herkäme; doch sie glaubte immer noch, daß er Jane liebe, und so neigte sie dazu, es für wahrscheinlicher zu halten, daß er im Einverständnis mit seinem Freunde nach Netherfield käme oder daß er gar mutig genug sei, dies aus eigenem Entschluß zu tun.

›Freilich ist es hart‹, dachte sie manchmal, ›daß der arme

Mann nicht in ein Haus ziehen kann, das er gemietet und bezahlt hat, ohne solche Vermutungen zu erwekken. Von mir aus soll er das wenigstens nicht zu befürchten haben.‹

Trotz allem, was ihre Schwester erklärte und was sie selber ehrlich glaubte, konnte Elisabeth leicht entdecken, daß Janes Gefühle von der erwarteten Ankunft Bingleys doch stark mitgenommen wurden; sie erschien ihr aufgeregter und viel weniger ausgeglichen als sonst.

Nun stand das Thema wieder auf der Tagesordnung, das ihre Eltern vor Jahresfrist so beschäftigt hatte.

»Sobald Herr Bingley hier erscheint, mein Lieber«, sagte Frau Bennet, »mußt du ihm natürlich einen Besuch abstatten.«

»Nein, nein. Im vergangenen Jahr hast du's erreicht, daß ich ihn besuchte, und hast mir dabei zugesichert, er würde eine von meinen Töchtern heiraten, wenn ich's täte. Aber es ist ja nichts dabei herausgekommen, und ich lasse mich nicht noch einmal zum Narren halten.«

Seine Frau hielt ihm vor, daß alle Herren der Nachbarschaft unbedingt verpflichtet wären, ihn anläßlich seiner Rückkehr zu besuchen.

»Das ist ein Zeremoniell, über das ich mich hinwegsetze«, sagte er. »Wenn er auf unsere Gesellschaft Wert legt, soll er sich darum bemühen. Er weiß ja, wo wir wohnen. Ich jedenfalls habe keine Lust, meine Zeit dadurch zu vergeuden, daß ich jedesmal hinter meinen Nachbarn herlaufe, wenn sie mal verreist waren und dann wiederkommen.«

»Na schön, aber ganz bestimmt würde es schrecklich unhöflich von dir sein, wenn du ihm nicht deine Aufwartung machtest. Aber das soll mich nicht davon abhalten, ihn zum Essen herzubitten – ich bin sogar fest entschlossen. Wir müssen Frau Long und die Gouldings sowieso bald mal einladen, und da wären wir mit uns gerechnet gerade dreizehn am Tisch, der vierzehnte Platz ist für ihn also noch frei.«

Dieser Entschluß half ihr über die Unhöflichkeit ihres Mannes hinweg, obwohl es sie sehr wurmte, daß nun

alle Nachbarn vor ihnen mit Herrn Bingley Verbindung aufnehmen würden.
Als der Tag seiner Ankunft herannahte, sagte Jane zu ihrer Schwester: »Ich fange an, es sehr zu bedauern, daß er überhaupt kommt. Mir würde es ja nichts weiter ausmachen, und ich könnte ihm völlig gleichgültig entgegentreten, aber ich kann es kaum ertragen, daß dauernd so davon geredet wird. Mutter meint es ja gut, doch sie weiß nicht – niemand kann es wissen –, wie ich unter dem leide, was sie sagt. Heilfroh werde ich sein, wenn er erst wieder aus Netherfield fort ist!«
»Ich wollte, ich könnte dir etwas zum Trost sagen«, erwiderte Elisabeth, »aber ich bringe es einfach nicht fertig. Du mußt fühlen, wie ich es meine. Ich kann mir nicht die übliche Genugtuung leisten, jemandem, der leidet, Geduld zu predigen, zumal du schon übergenug davon hast.«
Herr Bingley traf ein. Frau Bennet bewerkstelligte es mit Hilfe der Dienstboten, als erste davon zu erfahren, wahrscheinlich, damit sie sich um so länger ängstigen und ärgern konnte. Sie zählte die Tage, die man verstreichen lassen mußte, ehe man ihn einladen konnte, und machte sich keine Hoffnung mehr, ihn schon vorher zu Gesicht zu bekommen. Doch am dritten Vormittag nach seiner Ankunft in Hertfordshire erblickte sie ihn vom Fenster ihres Schlafzimmers aus, wie er die Koppel durchquerte und auf das Haus zuritt.
Gleich rief sie ihre Töchter herbei, damit sie an ihrer Freude teilhaben könnten. Jane blieb entschlossen am Tisch sitzen, doch Elisabeth tat ihrer Mutter den Gefallen und trat ans Fenster – blickte hinaus, sah Darcy mitkommen und nahm sofort wieder bei ihrer Schwester Platz.
»Da kommt noch ein Herr mit, Mama«, sagte Kitty, »wer kann das bloß sein?«
»Irgendein Bekannter, denke ich, meine Liebe; ich werde ihn kaum kennen.«
»Ach wo«, erwiderte Kitty, »er sieht doch ganz aus wie der Mann, der früher bei ihm war – Herr ..., wie heißt

er doch gleich – nun, der stolze, hochgewachsene Mann.«

»Großer Gott! Herr Darcy doch nicht etwa? – Ja, er ist's, ganz bestimmt. Nun, Freunde von Herrn Bingley werden uns stets willkommen sein; ganz gewiß; im übrigen kann ich aber schon seinen bloßen Anblick nicht ausstehen.«

Jane blickte ihre Schwester erstaunt und betroffen an. Sie wußte so gut wie nichts von ihrem Beisammensein mit Darcy in Derbyshire und glaubte, es müsse ihrer Schwester ziemlich peinlich sein, ihn nun sozusagen zum erstenmal wiederzusehen, seitdem sie seinen Brief mit der ausführlichen Erklärung seines Verhaltens entgegengenommen hatte. Beiden Schwestern war es reichlich unbehaglich zumute. Jede versetzte sich in die Lage der anderen und hatte natürlich dabei schon mit sich selbst genug zu tun; und ihre Mutter ließ sich weiter darüber aus, wie wenig sie sich aus Darcy mache und daß sie ihm nur deshalb höflich entgegenkommen wolle, weil er Bingleys Freund sei, ohne daß die beiden hörten, was sie sagte. Doch Elisabeth hatte Gründe zum Unbehagen, von denen Jane nichts ahnen konnte; denn ihre Schwester hatte noch nicht den Mut aufgebracht, ihr Frau Gardiners Brief zu zeigen oder ihr zu gestehen, wie sehr sich ihre Gefühle für ihn geändert hatten. Für Jane erschien er lediglich als ein Mann, dessen Antrag zurückgewiesen und dessen wahrer Wert unterschätzt worden war. Aber sie hatte ja mehr über ihn erfahren und wußte, daß er der Mann war, dem die Familie Außerordentliches verdankte und den sie selber mit einer Zuneigung betrachtete, die vielleicht nicht so zart war wie das Gefühl, das Jane für Bingley hegte, jedoch mindestens ebenso begründet und berechtigt. Daß er kam – nach Netherfield kam, nach Longbourn, und sie aus eignem Antrieb wieder aufsuchte, erstaunte sie fast ebensosehr wie damals sein unverhofftes, verändertes Verhalten in Derbyshire.

Die Farbe, die aus ihrem Antlitz gewichen war, kehrte eine halbe Minute lang mit verstärkter Glut zurück, und freudestrahlend glänzten ihre Augen heller, als sie einen Augenblick lang vermutete, daß er sie unvermindert lieben und begehren müsse. Doch sie wollte nicht voreilig sein.

»Erst will ich abwarten, wie er sich verhält«, sagte sie, »und dann ist immer noch Zeit genug, sich Hoffnungen hinzugeben.«

Sie versuchte, sich zusammenzuraffen, beschäftigte sich intensiv mit ihrer Handarbeit und wagte erst, die Augen besorgt und neugierig zu ihrer Schwester zu erheben, als der Diener sich der Tür näherte. Jane sah ein wenig blasser aus als gewöhnlich, war jedoch gefaßter, als Elisabeth erwartet hatte. Als die Herren auf sie zukamen, nahmen ihre Wangen wieder mehr Farbe an, und doch empfing sie die beiden einigermaßen ungezwungen und zeigte in ihrem Verhalten weder Anzeichen von Gekränktsein noch von unnötigem Entgegenkommen.

Elisabeth redete mit beiden so wenig, wie es die Höflichkeit gerade noch erlaubte, und wandte sich dann wieder ihrer Handarbeit mit einem Eifer zu, den sie sonst nicht oft dafür aufbrachte. Sie hatte einen verstohlenen Blick auf Darcy zu werfen gewagt. Er blickte ernst wie gewöhnlich, doch mehr in der Art, so wollte ihr scheinen, wie er in Hertfordshire zu blicken pflegte, und weniger, wie sie es an ihm in Pemberley gesehen hatte. Aber vielleicht konnte er sich in Gegenwart ihrer Mutter nicht so geben wie in der Gesellschaft von Onkel und Tante Gardiner. Dies war eine peinliche, aber wahrscheinliche Erklärung dafür.

Auch Herrn Bingley hatte sie einen Augenblick gemustert und hatte gefunden, daß er erfreut und verlegen aussah. Er wurde von Frau Bennet mit einer Zuvorkommenheit empfangen, die ihre beiden Töchter schamrot werden ließ, vor allem, wenn man die kühle und förmliche Höflichkeit damit verglich, mit der sie seinen Freund begrüßte.

Besonders Elisabeth fühlte sich durch eine so unangebrachte Abstufung der Höflichkeit verletzt und gedemütigt, da sie ja wußte, daß ihre Mutter es ihm zu verdan-

ken hatte, wenn ihre Lieblingstochter vor unauslöschlicher Schande bewahrt geblieben war.
Darcy erkundigte sich nach dem Ergehen von Herrn und Frau Gardiner – eine Frage, die sie nur mit einiger Verlegenheit beantworten konnte – und sagte kaum noch etwas. Er saß nicht neben ihr, und vielleicht war dies der Grund für sein Schweigen – aber in Derbyshire war das anders gewesen. Da hatte er mit ihren Verwandten geplaudert, wenn er nicht mit ihr selber sprechen konnte. Aber nun vergingen mehrere Minuten, ohne daß er seine Stimme hören ließ; und wenn sie, unfähig, ihrer Neugier zu widerstehen, gelegentlich die Augen zu seinem Gesicht erhob, entdeckte sie, daß er seine Blicke ebensooft auf Jane richtete wie auf sie und häufig nur den Fußboden anschaute. Es war offensichtlich, daß er sich vorsichtshalber zurückhielt und sich weniger um einen angenehmen Eindruck bemühte als bei ihrer letzten Begegnung. Sie war enttäuscht und ärgerte sich deswegen über sich selbst.
›Hätte ich denn etwas anderes erwarten können?‹ fragte sie sich. ›Aber weshalb ist er dann überhaupt gekommen?‹
Sie hatte keine Lust, sich mit den anderen zu unterhalten, wagte aber kaum, ihn anzureden. Sie erkundigte sich nach seiner Schwester, aber mehr brachte sie nicht heraus.
»Es ist lange her, Herr Bingley, daß Sie von hier weggegangen sind«, sagte Frau Bennet.
Das gab er gern zu. – »Ich hatte schon Angst, Sie würden nie wiederkommen. Es gab ja wirklich Gerüchte, daß Sie Netherfield zu Michaeli aufgeben wollten; ich hoffe aber, daß es nicht stimmt. In der Nachbarschaft hat sich viel verändert, seit Sie von hier weg sind. Fräulein Lucas ist verheiratet und versorgt. Und eine von meinen Töchtern auch. Doch das haben sie wahrscheinlich schon erfahren – Sie müssen es ja in der Zeitung gelesen haben. In der ›Times‹ und im ›Courier‹ hat es gestanden, das weiß ich, wenn auch nicht in der gehörigen Form. Es hieß da bloß: ›Kürzlich, George Wickham, Esq., mit

Fräulein Lydia Bennet‹, und mit keiner Silbe wurde ihr Vater erwähnt, oder woher sie stammte oder sonstwas. Mein Bruder Gardiner hat die Anzeige verfaßt, und ich möchte wissen, wie er dazu kam, seine Sache so schlecht zu machen. Haben Sie die Anzeige gesehen?«

Bingley bejahte es und gratulierte. Elisabeth wagte nicht, die Augen zu erheben. Deswegen wußte sie nicht, was für ein Gesicht Darcy zog.

»Es ist ja bestimmt wunderbar, wenn man eine Tochter gut verheiratet hat«, fuhr ihre Mutter fort, »aber trotzdem ist es schwer, Herr Bingley, wenn sie einem genommen wird. Die beiden sind 'nauf nach Newcastle, was ganz oben im Norden liegen muß, und dort sollen sie, wer weiß wie lange, bleiben. Sein Regiment liegt da oben, denn Sie werden wohl schon gehört haben, daß er aus dem Milizregiment ausgetreten und zur aktiven Armee übergegangen ist. Gott sei Dank hat er wenigstens ein paar Freunde, wenn auch vielleicht nicht so viele, wie er eigentlich verdiente.«

Elisabeth, die genau wußte, daß dies eine Spitze gegen Herrn Darcy enthielt, schämte sich so, daß sie kaum sitzen bleiben konnte. Allerdings erreichte ihre Mutter damit, daß sie sich endlich zum Sprechen aufraffte, wozu sie vorher durch nichts anderes bewogen worden war; und so fragte sie Bingley, ob er jetzt längere Zeit auf dem Lande bleiben wolle.

»Ein paar Wochen schon«, meinte er.

»Wenn Sie ihre eigenen Vögel alle totgeschossen haben, Herr Bingley«, sagte ihre Mutter, »dann kommen Sie nur zu uns herüber, und schießen Sie so viele, wie Sie wollen im Revier von Herrn Bennet. Ich bin gewiß, daß er Ihnen das mit dem größten Vergnügen erlauben wird und die besten Rebhuhnvölker für Sie aufspart.«

Elisabeth wurde es bei diesen unnötigen, übertriebenen Anbiederungsversuchen immer elender zumute. Und wenn sich ihnen wieder solch günstige Aussichten eröffnen sollten, wie sie vor einem Jahr ihrer Ansicht nach vorhanden gewesen waren, so würde, davon war sie überzeugt, doch alles wieder demselben enttäuschenden

Ende zusteuern. In diesem Augenblick wurde ihr deutlich, daß auch Jahre des Glücks Jane und sie nicht für solch peinliche Augenblicke entschädigen könnten.

›Mein vordringlicher Herzenswunsch‹, sagte sie zu sich selber, ›besteht darin, mit keinem von den beiden jemals wieder zusammen zu sein. Das Vergnügen, das ihre Gesellschaft mit sich bringt, kann solches Elend nicht ausgleichen. So will ich keinen von beiden jemals wiedersehen.‹

Doch das Elend, das viele glückliche Jahre angeblich nicht ausgleichen konnten, wurde doch schon bald danach wesentlich gemildert, als sie bemerkte, wie sehr die Schönheit ihrer Schwester die Liebe ihres einstigen Verehrers wieder aufflammen ließ. Hatte er anfangs nur sehr wenig mit ihr gesprochen, so schien seine Anteilnahme an ihr sich aller fünf Minuten zu steigern. Er fand sie ebenso schön wie im vergangenen Jahr, ebenso sanft und ebenso natürlich, wenn auch nicht ganz so mitteilsam. Jane bemühte sich nach Kräften, überhaupt keinen Unterschied merken zu lassen, und war wirklich davon überzeugt, daß sie ebensoviel wie immer plauderte. Aber ihre Gedanken waren so eifrig beschäftigt, daß sie nicht immer genau wußte, ob sie sprach oder nur dachte.

Als die Herren sich erhoben und gehen wollten, erinnerte sich Frau Bennet, welche Freundlichkeit sie sich für Bingley ausgedacht hatte, und lud beide ein, in ein paar Tagen in Longbourn zu speisen.

»Sie sind mir ja noch einen Besuch schuldig, Herr Bingley«, fügte sie hinzu, »denn als Sie im vergangenen Winter nach London reisten, haben Sie uns versprochen, bei uns zu speisen, sobald Sie zurückkehrten. Sie sehen, ich habe es nicht vergessen, und ich kann Ihnen versichern, daß ich sehr enttäuscht war, als Sie nicht wiederkamen, um Ihre Zusage einzulösen.«

Bingley nahm diesen leichten Vorwurf mit einem nicht eben geistreichen Gesicht auf und sagte so etwas, wie daß es ihm leid täte, geschäftlich verhindert gewesen zu sein. Dann gingen sie.

Frau Bennet war stark in Versuchung gewesen, sie gleich heute zum Bleiben und zum Essen einzuladen; doch wenn sie auch stets eine gute Küche führte, glaubte sie doch, kein Essen unter zwei Gängen könnte für einen Mann gut genug sein, um den sie sich so bemühte, oder könnte die Ansprüche und den Appetit eines Menschen befriedigen, der zehntausend Pfund im Jahr hatte.

Vierundfünfzigstes Kapitel

Sobald sie gegangen waren, zog sich Elisabeth zurück, um ihre Lebensgeister aufzumuntern oder, mit anderen Worten, ununterbrochen weiter über Dinge nachzugrübeln, die diese Geister immer mehr erstarren lassen mußten. Herrn Darcys Verhalten erstaunte und verstörte sie sehr.

›Wenn er nur hergekommen ist, um stumm und ernst zu sein, warum ist er dann überhaupt gekommen?‹ fragte sie sich.

Sie konnte keine befriedigende Erklärung finden.

›Noch als er neulich in London war, konnte er zu Onkel und Tante gewinnend liebenswürdig sein – warum dann nicht zu mir? Wenn er Angst vor mir hat, warum kommt er dann hierher? Wenn er sich nichts mehr aus mir macht, warum redet er dann kein Wort? – Ach, was für Probleme dieser Mann einem aufgibt! Ich will nicht mehr über ihn nachdenken.‹

Diesen Vorsatz mußte sie kurze Zeit unfreiwillig einhalten, als die Schwester zu ihr kam. Ihre fröhliche Miene zeigte, daß sie mit dem Besuch zufriedener war als Elisabeth.

»Jetzt«, sagte sie, »nachdem diese erste Begegnung vorüber ist, fühle ich mich wieder leicht und frei. Ich weiß jetzt, wie stark und gefaßt ich bin, und werde nie wieder aus der Fassung geraten, wenn er kommt. Ich freue mich schon darauf, daß er am Dienstag bei uns zu Tisch erscheint. Dann wird es allen klar werden, daß wir nur als ganz gewöhnliche, gleichgültige Bekannte zusammentreffen und daß bei keinem von uns beiden mehr dahintersteckt.«

»O ja, sehr gleichgültig seid ihr euch, ganz bestimmt«, sagte Elisabeth und lachte. »Ach Jane, nimm dich nur in acht!«

»Aber liebe Lissy, du kannst mich doch nicht für so schwach halten, daß ich jetzt irgendwie in Gefahr sein könnte.«

»Ich glaube, es besteht die sehr große Gefahr, daß du ihn genauso verliebt in dich machst wie nur je.«

Sie sahen die Herren bis Dienstag nicht wieder, und Frau Bennet gab sich in der Zwischenzeit allen Glücksträumen hin, die durch Herrn Bingleys übliche Freundlichkeit und seine gute Stimmung während seines halbstündigen Besuchs zu neuem Leben erweckt worden war.

Am Dienstag versammelte sich in Longbourn eine große Gesellschaft, und die beiden, die am sehnsüchtigsten erwartet wurden, trafen mit weidmännischer und ritterlicher Pünktlichkeit noch vor der festgesetzten Zeit ein. Als sie ins Speisezimmer schritten, beobachtete Elisabeth gespannt, ob Bingley wohl den Platz einnehmen würde, der ihm bei allen früheren Gesellschaften vorbehalten gewesen war – nämlich bei ihrer Schwester. Ihre Mutter, die dasselbe dachte, verzichtete daher aus taktischen Gründen darauf, ihm den Platz neben sich anzubieten. Als er das Zimmer betrat, schien er zu zögern; doch Jane blickte sich ganz zufällig gerade um und lächelte ganz zufällig, und damit war die Sache für ihn entschieden. Er nahm neben ihr Platz.

Voller Triumphgefühl richtete Elisabeth ihren Blick auf seinen Freund. Der nahm es mit edler Gleichgültigkeit hin, und sie wäre wohl zur Auffassung gelangt, Bingley dürfe sich nun mit Billigung seines Freundes um sein Glück bemühen, hätte sie nicht gesehen, wie auch er Darcy anblickte und dabei etwas verlegen lächelte.

Bei Tisch wurde ganz deutlich, daß er Jane nach wie vor verehrte, und wenn er sich dabei auch noch mehr zurückhielt als früher, war Elisabeth völlig überzeugt, daß das Glück der beiden gesichert sei, wenn Bingley ganz von sich allein aus entscheiden könnte. Sie freute sich darüber, wenn sie auch nicht allzuviel davon zu erwarten wagte. So kam sie wenigstens in leidliche Stimmung, denn wirklich froh war ihr nicht zumute. Von Darcy war sie durch die volle Tischlänge getrennt. Er saß neben ihrer Mutter. Sie wußte, wie wenig Vergnügen beide von ihrer Nachbarschaft haben und wie wenig vorteilhaft sie vor einander erscheinen mußten. Sie saß nicht nahe genug, um etwas von ihren Gesprächen hören zu können, aber sie konnte sehen, wie selten sie miteinander redeten und wie formell und kühl sie sich verhielten, wenn es doch einmal geschah. Die abweisende Haltung ihrer Mutter machte für Elisabeth das Bewußtsein, wieviel sie ihm zu verdanken hatten, noch schmerzlicher, und sie würde manchmal alles dafür gegeben haben, ihm sagen zu dürfen, daß seine Güte der ganzen übrigen Familie unbekannt war und daß diejenige, die davon wußte, ihm von Herzen dankte.
Sie machte sich immer noch Hoffnung, daß sich im Verlaufe des Abends die Gelegenheit ergeben würde, einmal mit ihm zusammenzukommen, und daß ihre Unterhaltung während des ganzen Besuchs nicht auf die rein förmlichen Begrüßungsworte bei seinem Eintritt ins Zimmer beschränkt bleiben würde. Nach dem Essen war die Zeit im Salon, ehe die Herren kamen, für sie bei ihrer Angst und Unruhe so qualvoll und unerträglich, daß sie beinahe unhöflich erschien. Das Auftauchen der beiden Herren war für sie das Ereignis, von dem ganz allein alles Glück des Abends abhängen mußte.
›Wenn er dann nicht gleich zu mir kommt‹, sagte sie zu sich, ›gebe ich ihn für immer auf.‹
Die Herren erschienen, und sie glaubte in seinem Ausdruck etwas zu entdecken, was ihren Hoffnungen entsprach; aber ach, gerade da waren die Damen alle so dicht um den Tisch gruppiert, wo Jane den Tee zuberei-

tete und Elisabeth den Kaffee einschenkte, daß in der Nähe von ihr auch nicht der kleinste Zwischenraum war, in den man hätte einen Stuhl einschieben können. Und als die Herren auf sie zukamen, rückte eins der Mädchen noch enger an sie heran und sagte leise: »Die Männer sollen uns hier nicht trennen, das lasse ich einfach nicht zu. Wir brauchen doch keinen von ihnen, nicht wahr?«

Daraufhin war Darcy in einen anderen Teil des Zimmers gegangen. Sie folgte ihm mit den Augen, beneidete jeden, mit dem er sprach, brachte kaum die Geduld auf, den Gästen Kaffee einzuschenken, und war dann auf ihre eigene Albernheit wütend.

Ein Mann, der einmal abgewiesen worden ist! Wie konnte ich nur jemals so töricht sein und erwarten, daß seine Liebe wieder erwachen würde? Gibt es denn einen Vertreter des starken Geschlechts, der einen zweiten Antrag an dieselbe Frau nicht als Zeichen der Schwäche ansehen und ablehnen würde? Es gibt nichts, was sein Gefühl von Würde stärker verletzen könnte!

Sie lebte jedoch sofort ein wenig auf, als er seine Kaffeetasse selbst zurückbrachte, und ergriff sogleich die Gelegenheit, mit ihm zu sprechen. Sie fragte: »Ist Ihre Schwester noch in Pemberley?«

»Ja, sie bleibt bis Weihnachten dort.«

»Und ganz allein? Sind alle ihre Freundinnen abgereist?«

»Frau Annesley ist bei ihr. Die anderen sind schon seit drei Wochen nach Scarborough weitergereist.«

Mehr fiel ihr nicht ein, aber wenn er sich mit ihr unterhalten wollte, hätte er ja auch etwas sagen können. Er blieb jedoch einige Minuten schweigend bei ihr stehen und ging dann, als die junge Dame abermals mit Elisabeth zu tuscheln anfing, wieder weg.

Als die Teetassen abgeräumt und die Spieltische aufgestellt wurden, erhoben sich alle Damen, und Elisabeth hoffte, er würde nun bald zu ihr kommen. Doch alle ihre Aussichten wurden zunichte, als sie sehen mußte, wie er der Jagd ihrer Mutter auf Whistspieler zum Opfer fiel

und nach wenigen Augenblicken mit den übrigen am Spieltisch Platz nahm. Nun erwartete sie nichts weiter. Sie waren den ganzen Abend über an verschiedene Tische gebunden, und sie hatte nichts mehr, was ihr Hoffnung machen konnte, abgesehen vielleicht von der Tatsache, daß seine Blicke recht oft zu ihr abschweiften, wodurch er ebensoschlecht spielte wie sie.
Frau Bennet hatte beabsichtigt, die beiden Herren aus Netherfield zum Abendbrot dazubehalten, aber leider hatten sie ihren Wagen als allerersten vorfahren lassen, und sie fand keinen passenden Grund, sie aufzuhalten.
»Nun, Mädels«, sagte sie, sobald sie allein waren, »was meint ihr zum Verlauf des heutigen Tages? Ich glaube, alles hat ungewöhnlich gut geklappt, ganz bestimmt. Das Essen war so gut angerichtet wie nur je. Das Wild war gerade richtig durchgebraten – und alle sagten, so eine saftige Keule hätten sie noch nie gegessen. Die Suppe war fünfzigmal besser als die, die wir vorige Woche bei Lucassens vorgesetzt bekommen haben, und sogar Herr Darcy mußte zugeben, daß die Rebhühner bemerkenswert gut zubereitet waren, und dabei hat er wohl mindestens zwei oder drei französische Köche. Und du, meine liebe Jane, hast nie schöner ausgesehen als heute. Frau Long sagte das auch, denn ich habe sie direkt gefragt, ob das nicht der Fall wäre. Und was denkst du wohl, was sie außerdem noch gesagt hat? ›Ach, Frau Bennet‹, hat sie gesagt, ›jetzt haben wir Jane ja nun endlich in Netherfield.‹ Ja, das hat sie tatsächlich gesagt! Frau Long ist doch wirklich ein lieber Mensch, und ihre Nichten sind wohlerzogene Mädels, nur hübsch sind sie natürlich nicht: Ich habe sie alle schrecklich gern.«
Kurz, Frau Bennet war in großer Form. Sie hatte genug von Bingleys Bemühungen um Jane erspäht, um fest davon überzeugt zu sein, daß sie ihn endlich einfangen würde; und wenn sie einmal in einer derartigen Glücksstimmung war, überstiegen ihre Erwartungen jedes vernünftige Maß, so daß sie geradezu enttäuscht war, als er nicht schon am nächsten Tag wiederkam, um seinen Antrag zu machen.

»Es war ein sehr erfreulicher Tag«, sagte Jane zu Elisabeth. »Die Gesellschaft schien so harmonisch aufeinander abgestimmt, alle paßten so gut zusammen. Ich hoffe, daß dieser Kreis oft wieder zusammenkommt!«
Elisabeth lächelte.
»Lissy, das darfst du nicht tun. Du mußt mir nicht immer etwas anderes unterschieben. Das quält mich. Ich kann dir nur versichern, daß ich es endlich gelernt habe, mit ihm als einem angenehmen und vernünftigen jungen Mann zu plaudern und daran meine Freude zu haben, ohne darüber hinaus etwas zu wünschen. Aus seinem jetzigen Verhalten geht ganz klar hervor, daß er niemals die Absicht hatte, meine Liebe zu erringen. Er ist einfach mit gewinnenderen Umgangsformen gesegnet als andere und mehr darauf bedacht, auf alle einen angenehmen Eindruck zu machen.«
»Du bist sehr grausam«, sagte ihre Schwester; »du willst mich nicht lächeln lassen und forderst mich immer wieder dazu heraus.«
»Wie schwer es doch in manchen Fällen ist, Glauben zu finden!«
»Und wie unmöglich in anderen!«
»Aber warum willst du mir denn unbedingt einreden, daß ich mehr fühle, als ich zugebe?«
»Das ist eine Frage, die ich kaum zu beantworten weiß. Wir alle finden ja ein Vergnügen darin, andere zu belehren, auch wenn wir ihnen nur beibringen können, was absolut nicht wissenswert ist. Verzeih mir also, und wenn du weiterhin ihm gegenüber gleichgültig bleiben willst, dann mache nicht ausgerechnet mich zu deiner Vertrauten.«

Fünfundfünfzigstes Kapitel

Einige Tage nach dem Besuch sprach Bingley wieder vor, diesmal aber allein. Sein Freund war am gleichen Morgen nach London gefahren, wollte aber in zehn Tagen wieder zurück sein. Er saß über eine Stunde bei ihnen und war in bemerkenswert guter Stimmung. Frau Bennet lud ihn zum Essen ein, doch er erklärte mit dem Ausdruck tiefsten Bedauerns, schon anderswo eingeladen zu sein.

»Na, wenn Sie mal wiederkommen«, sagte sie, »haben wir hoffentlich mehr Glück.«

Das würde ihn jederzeit außerordentlich glücklich machen und so weiter und so fort, und wenn sie es erlaubte, würde er ihnen bald wieder einen Besuch abstatten.

»Können Sie vielleicht morgen kommen?«

Ja, morgen hätte er gar nichts vor; und so wurde ihre Einladung bereitwilligst angenommen.

Er kam, und zwar schon so zeitig, daß noch keine der Damen angezogen war. Im Morgenrock, mit halbfertiger Frisur, stürmte Frau Bennet ins Zimmer ihrer Tochter und schrie: »Meine liebe Jane, mach schnell, daß du hinunterkommst. Er ist schon da – Herr Bingley ist da – Herr Bingley ist da. – Er ist doch schon unten! Mach schnell, mach schnell. Hier, Sarah, kommen Sie gleich mal zu Fräulein Bennet, und helfen Sie ihr ins Kleid. Fräulein Lissys Haar hat Zeit!«

»Wir werden so bald als möglich unten sein«, sagte Jane, »aber Kitty muß doch schon viel weiter als wir sein, denn sie ist schon vor einer halben Stunde hinaufgegangen.«

»Ach, geh mir doch mit Kitty! Was hat die denn damit zu tun! Komm, mach schnell, mach bloß schnell. Wo ist denn deine Schärpe, meine Liebe?«

Doch als ihre Mutter fort war, wollte Jane um keinen Preis ohne eine ihrer Schwestern hinuntergehen.

Dasselbe Bestreben, die beiden allein zu lassen, machte sich wieder am Abend bemerkbar. Nach dem Tee zog sich Herr Bennet wie üblich in seine Bibliothek zurück, und Maria ging hinauf zu ihrem Klavier. So waren schon zwei von fünf Hindernissen beseitigt, und Frau Bennet blickte von ihrem Stuhle aus Elisabeth und Catherine beträchtlich lange an und blinzelte ihnen zu, ohne jedoch auch nur den geringsten Eindruck auf sie zu machen. Elisabeth nahm keine Notiz von ihr, und als endlich Kitty die Zeichensprache der Mutter bemerkte, fragte sie in aller Unschuld: »Was ist denn los, Mama? Warum blinzelst du mir denn immer zu? Was soll ich denn?«

»Nichts, Kind, nichts. Ich habe dir gar nicht zugeblinzelt.«

Daraufhin blieb sie noch fünf Minuten ruhig sitzen, konnte es dann aber nicht mehr ansehen, wie eine so kostbare Gelegenheit verscherzt wurde, stand unvermittelt auf und sagte zu Kitty: »Komm mal mit, meine Liebe, ich möchte mit dir reden«, und damit nahm sie Kitty mit aus dem Zimmer. Sofort warf Jane ihrer Schwester einen Blick zu, der ihr sagte, wie peinlich ihr solch ein Komplott war, und mit dem sie Elisabeth beschwor, sich nicht auch fortlocken zu lassen. Nach ein paar Minuten machte Frau Bennet die Tür einen Spalt auf und rief herein: »Lissy, meine Gute, ich möchte mal mit dir sprechen.«

So blieb Elisabeth nichts übrig, als zu gehen.

»Wir können die beiden doch auch mal allein lassen, weißt du«, sagte ihre Mutter, sobald Elisabeth draußen war. »Kitty und ich gehen rauf in mein Ankleidezimmer und halten uns dort auf.«

Elisabeth machte keinen Versuch, ihrer Mutter zu widersprechen, blieb jedoch ruhig in der Diele stehen, bis die beiden außer Sicht waren, und kehrte dann in den Salon zurück.

Mit Frau Bennets Plänen ging heute alles schief. Bingley war einfach reizend, dachte aber nicht daran, sich als erklärter Liebhaber ihrer Tochter aufzuspielen. Seine unbekümmerte Fröhlichkeit machte ihn den ganzen Abend zu einem angenehmen Gast, und er ließ die unangebrachte Aufdringlichkeit der Mutter und ihre albernen Bemerkungen mit einer Geduld und Beherrschung über sich ergehen, die auf die Tochter besonders wohltuend wirkten.

Er ließ sich kaum nötigen, zum Abendbrot zu bleiben, und ehe er ging, wurde auf seine von Frau Bennet unterstützte Anregung hin noch verabredet, daß er am nächsten Tag mit Herrn Bennet auf die Jagd gehen sollte.

Nach Abschluß dieses Tages behauptete Jane nicht mehr, er sei ihr gleichgültig. Zwischen den beiden Schwestern fiel kein Wort über Bingley; doch Elisabeth ging mit dem beruhigenden Gefühl zu Bett, daß alles bald seinen glücklichen Abschluß finden müsse, wenn Herr Darcy nicht vor der festgelegten Zeit zurückkehrte. Im Grunde war sie jedoch beinahe überzeugt, daß dies alles im Einverständnis mit jenem Herrn vor sich gegangen sein mußte.

Bingley erschien pünktlich zur verabredeten Zeit und verbrachte den Vormittag mit Herrn Bennet in der vereinbarten Weise. Herr Bennet war viel umgänglicher, als sein Jagdgefährte erwartet hatte. Er konnte an Bingley nichts Dünkelhaftes oder Albernes entdecken, was seinen Spott erregt oder ihn so verstimmt hätte, daß er kein Wort mehr sagte; so gab er sich gesprächiger und weniger sonderlich, als es der andere jemals erlebt hatte. Natürlich kam Bingley mit ihm zum Essen nach Hause, und am Abend ließ Frau Bennet wieder alle ihre Künste spielen, um jeden von ihm und ihrer Tochter wegzulocken. Elisabeth, die einen Brief zu schreiben hatte, zog sich zu diesem Zwecke nach dem Tee ins Frühstückszimmer zurück; denn da die anderen sich alle zum Kartenspiel niederließen, war ihre Mitwirkung nicht erforderlich, um den Plänen ihrer Mutter entgegenzuarbeiten.

Doch als sie nach Beendigung des Briefes in den Salon zurückkehrte, mußte sie mit nicht geringer Überraschung feststellen, daß doch Anlaß zur Annahme bestand, ihre Mutter sei schlauer als sie gewesen. Als sie die Tür öffnete, bemerkte sie nämlich, daß ihre Schwester und Bingley über den Kaminsims geneigt dastanden, als ob sie in ernster Unterhaltung begriffen seien; wenn dies an sich noch nicht verdächtig erschienen wäre, so mußten jedoch die Gesichter der beiden, wie sie sich hastig umwandten und auseinanderfuhren, alles verraten. Für die beiden war die Situation peinlich genug, aber die ihre erschien ihr noch peinlicher. Keiner sagte ein Wort, und Elisabeth wollte schon wieder hinausgehen, als Bingley, der sich ebenso wie Jane gesetzt hatte, plötzlich aufstand, ihrer Schwester einige Worte zuflüsterte und rasch aus dem Zimmer lief.

Jane konnte vor Elisabeth nichts verbergen, zumal wenn das, was sie ihr anzuvertrauen hatte, beiden Freude bringen mußte; sie fiel ihr sofort um den Hals und gestand ihr zutiefst gerührt, sie sei das glücklichste Geschöpf auf der Welt.

»Das ist zuviel!« sagte sie noch, »bei weitem zuviel. Ich verdiene es nicht. Ach, warum ist nicht alle Welt so glücklich wie ich!«

Elisabeth wünschte ihr mit einer Aufrichtigkeit, Wärme und überströmenden Freude Glück, wie Worte es nur unvollkommen ausdrücken können. Jede Äußerung ihrer Liebe war für Jane eine neue Quelle des Glücks. Doch wollte sie jetzt nicht länger mit der Schwester zusammenbleiben, wenn sie ihr auch noch nicht die Hälfte von dem gesagt hatte, was ihr Herz bewegte.

»Ich muß sofort zu Mutter«, rief sie. »Ich jedenfalls möchte auf keinen Fall ihre liebevolle Besorgtheit um mich geringachten oder zulassen, daß sie es von jemand anderem als von mir erfährt. Er ist schon zu Vater hinaufgegangen. Ach Lissy, wie froh bin ich, daß ich mit dem, was ich zu berichten habe, der ganzen Familie eine solche Freude bereite! Wie soll ich soviel Glück nur ertragen!«

Dann eilte sie zur Mutter, die das Kartenspiel absichtlich abgebrochen hatte und nun oben mit Kitty zusammensaß.

Allein gelassen, lächelte Elisabeth über die Geschwindigkeit und Leichtigkeit, mit der eine Sache schließlich zum guten Ende geführt wurde, die ihnen so viele Monate lang solche Aufregung und solchen Kummer verursacht hatte.

»Dies also«, sagte sie, »ist alles, was bei der ängstlichen Besorgtheit seines Freundes, bei der Falschheit und den Intrigen seiner Schwester herausgekommen ist – der glücklichste, befriedigendste und vernünftigste Ausgang, den man nur erwarten konnte!«

Nach wenigen Minuten war Bingley, dessen Besprechung mit dem Vater kurz und erfolgreich verlaufen war, wieder bei ihr.

»Wo ist Ihre Schwester?« fragte er hastig, als er die Tür öffnete.

»Oben bei meiner Mutter. Sie wird wohl jeden Augenblick wieder hier sein.«

Er zog die Tür hinter sich zu, trat zu ihr, um ihre schwesterlichen Glückwünsche entgegenzunehmen und sie als liebe Schwägerin zu begrüßen. Elisabeth konnte ehrlichen Herzens ihre Freude ausdrücken, nun mit ihm in verwandtschaftliche Beziehungen zu treten. Sie drückten einander herzlich die Hand, und dann mußte sie sich, bis die Schwester wieder herunterkam, alles anhören, was er von seinem Glück und Janes Vorzügen zu sagen hatte. Und Elisabeth glaubte diesem verliebten Manne aufs Wort, da sie alle seine Erwartungen auf ein ungetrübtes Glück mit Jane auch rein verstandesgemäß gesehen für begründet hielt, schon weil dieses Glück das hervorragende Einfühlungsvermögen und den mehr als hervorragenden Charakter ihrer Schwester zur Grundlage hatte und außerdem zwischen ihm und ihr eine weitgehende Übereinstimmung der Gefühle und Neigungen bestand.

Es war ein Abend, der allen ungewöhnliche Freude brachte. Janes Antlitz erglühte in so süßer Geborgenheit, daß sie schöner aussah denn je. Kitty kicherte und lächelte und hoffte, daß die Reihe nun bald an ihr sein würde. Frau Bennet fand gar keine Worte, die ihr Einverständnis und ihre Freude warm genug ausdrücken konnten, obgleich sie Bingley eine halbe Stunde lang damit überschüttete und von nichts anderem sprach; und als zum Abendbrot auch Herr Bennet zu ihnen kam, ließ seine Stimme und sein ganzes Verhalten erkennen, wie aufrichtig glücklich er war.

Jedoch spielte er mit keinem Wort darauf an, bis ihr Besucher gute Nacht gesagt hatte; doch sobald er das Haus verlassen hatte, wandte Herr Bennet sich an seine Tochter und sagte: »Jane, ich gratuliere dir, du wirst eine sehr glückliche Frau werden.«

Jane ging sofort zu ihm hin, küßte ihn und dankte ihm für seine Güte.

»Du bist ein gutes Kind«, sagte er, »und der Gedanke, daß du dich so glücklich verheiratest, macht mir große Freude. Ich habe keinen Zweifel daran, daß ihr gut miteinander auskommen werdet. Eure Charakteranlagen stimmen ja so überein. Ihr seid beide so nachgiebig, daß ihr nie zu einem Entschluß kommen werdet, so leichtgläubig, daß alle Dienstboten euch betrügen werden, und so großzügig, daß ihr mit euerm Einkommen nie auskommen werdet.«

»Das hoffe ich nicht. Leichtsinn und Gedankenlosigkeit in Geldangelegenheiten könnte ich mir jedenfalls nicht verzeihen.«

»Nicht mit dem Einkommen auskommen! Was redest du da, mein lieber Bennet!« rief seine Frau aus. »Wo er doch vier- oder fünftausend im Jahr hat, und wahrscheinlich gar noch mehr!« Dann wandte sie sich ihrer Tochter zu: »Ach meine liebe, gute Jane, ich freue mich ja so! Ich bin sicher, daß ich die ganze Nacht kein Auge zutun kann. Ich wußte doch, wie es kommen würde. Ich habe immer gesagt, zum Schluß muß es doch so kommen. Deine Schönheit konnte doch nicht für nichts und wieder nichts vertan sein! Ich weiß noch genau, als ich ihn voriges Jahr sah, wie er zum erstenmal hier in Hertfordshire auftauchte, da dachte ich gleich, die beiden werden schon mal zusammenkommen. Ach, er ist der hübscheste junge Mann, den es gibt!«

Wickham und Lydia waren völlig vergessen. Jetzt war Jane eindeutig ihr Lieblingskind. In diesem Augenblick waren ihr alle anderen gleichgültig. Doch bald begannen Janes jüngere Schwestern, ihr Andeutungen zu machen, was sie in Zukunft von ihrer schwesterlichen Liebe erwarteten.

Mary bat darum, die Bibliothek in Netherfield benutzen zu dürfen, und Kitty plagte sie, nur ja in jedem Winter dort ein paar Bälle zu veranstalten.

Bingley war von da an natürlich täglicher Gast in Longbourn. Oft kam er schon vor dem Frühstück und blieb bis nach dem Abendbrot, wenn nicht gerade ein barbarischer Nachbar, den er dann gar nicht genug verabscheuen konnte, ihm eine Einladung zum Essen hatte zukommen lassen, die Bingley nicht ablehnen zu dürfen glaubte.

Elisabeth hatte nun wenig Gelegenheit, sich mit ihrer Schwester auszutauschen; denn solange er anwesend war, war Jane für niemand anders zu haben. Doch machte sich Elisabeth beiden in den manchmal unvermeidlichen Stunden der Trennung äußerst nützlich. Wenn Jane nicht da war, wich Bingley nicht von Elisabeths Seite, um mit ihr zu plaudern, und wenn Bingley fort war, gebrauchte Jane stets dasselbe Trostmittel.

»Er hat mich doch so glücklich gemacht«, sagte sie eines Abends, »als er mir versicherte, daß er von meiner Anwesenheit in London im vergangenen Frühjahr überhaupt nichts gewußt hat! Ich hätte das gar nicht für möglich gehalten.«

»Ich habe es mir schon so gedacht«, erwiderte Elisabeth, »aber wie hat er es dir denn erklärt?«

»Da müssen wohl seine Schwestern die Hände im Spiel gehabt haben. Sie waren ja mit seiner Neigung für mich bestimmt nicht einverstanden, worüber ich mich aber gar nicht wundere, denn er hätte sich ja in vieler Hinsicht viel vorteilhafter verheiraten können als mit mir. Doch wenn sie, wie ich fest glaube, sehen, daß ihr Bruder mit mir glücklich ist, werden sie wohl lernen, sich damit abzufinden, und wir werden wieder gut miteinander auskommen, wenn wir einander natürlich auch nie mehr das sein können, was wir uns früher waren.«

»Das ist die unversöhnlichste und nachtragendste Rede«, sagte Elisabeth, »die ich aus deinem Munde je gehört habe. Du gutes Ding! Es würde mich ernstlich betrüben, wenn du noch einmal auf Fräulein Bingleys angebliche Liebe hereinfallen solltest!«

»Kannst du das glauben, Lissy: Als er im vergangenen November nach London kam, hat er mich wirklich geliebt, und nur weil ihm eingeredet worden ist, ich mache mir nichts aus ihm, ist er nicht nach Netherfield gekommen!«

»Da hat er ganz gewiß einen kleinen Fehler begangen, doch der muß seiner Bescheidenheit zugeschrieben werden.«

Dies löste natürlich bei Jane ein Loblied auf seine Schüchternheit, seine Zurückhaltung aus und darauf, wie gering er doch seine guten Eigenschaften selbst bewertete.

Elisabeth freute sich zu hören, daß er das Eingreifen seines Freundes nicht verraten hatte, denn wenn Jane auch das versöhnlichste und gütigste Herz der Welt besaß, so hätte die Kenntnis dieses Umstands sie doch gegen ihn einnehmen müssen.

»Ich bin sicher das glücklichste Geschöpf, das es je gegeben hat!« rief Jane. »Ach Lissy, warum werde ich so aus meiner Familie herausgehoben und vor allen anderen gesegnet? Wenn ich dich nur auch so glücklich sehen könnte! Wenn es nur noch so einen Mann für Dich gäbe!«

»Und wenn du mir vierzig solcher Männer geben solltest, könnte ich doch nie so glücklich sein wie du. Solange ich nicht deine Veranlagung, deine Herzensgüte habe, kann ich nie so glücklich sein wie du. Nein, nein, überlasse mich nur meinem eigenen Schicksal, und vielleicht finde ich, wenn ich Glück habe, mit der Zeit doch noch einen zweiten Herrn Collins.«

Was sich in der Longbourner Familie ereignet hatte, konnte nicht lange verborgen bleiben. Frau Bennet war ermächtigt worden, es insgeheim Frau Philips zu erzählen, und die nahm sich ohne Ermächtigung heraus, es an alle Nachbarinnen in Meryton weiterzureichen.

Die Bennets wurden jetzt rasch zur glücklichsten Familie der Welt gestempelt, obwohl man sie noch vor wenigen Wochen, als Lydia durchgegangen war, allgemein als eine Familie bezeichnet hatte, die stets vom Unglück verfolgt wurde.

Sechsundfünfzigstes Kapitel

Eines Morgens, ungefähr eine Woche nach Bingleys Verlobung mit Jane, als er und die weiblichen Mitglieder der Familie zusammen im Speisezimmer saßen, wurde ihre Aufmerksamkeit plötzlich durch das Geräusch eines Wagens erregt, und als sie aus dem Fenster blickten, sahen sie eine vierspännige Kalesche den Rasenplatz herauffahren. Für Besuch war es noch zu früh am Morgen, und außerdem konnte die Equipage dem Aussehen nach keinem der Nachbarn gehören. Es waren Postpferde vorgespannt, und weder der Wagen noch die Livree des Dieners, der jetzt vorauslief, war ihnen bekannt. Da es jedoch sicher war, daß jemand zu Besuch kam, legte Bingley Fräulein Bennet nahe, sich nicht durch solche Eindringlinge im Zimmer festhalten zu lassen und lieber mit ihm in den Busch zu gehen. So machten sich beide davon, und die übrigen drei zerbrachen sich weiter den Kopf, wer die Besucher wohl sein möchten, doch ohne befriedigendes Ergebnis, bis die Tür aufgerissen wurde und der Besuch eintrat. Es war Lady Catherine de Bourgh.

Natürlich waren sie alle auf eine Überraschung gefaßt gewesen, aber das übertraf alle Erwartungen. Auf seiten von Frau Bennet und Kitty war die Überraschung nicht einmal ganz so groß wie bei Elisabeth, obwohl die Besucherin den beiden doch völlig unbekannt war.

Sie betrat das Zimmer mit einer Miene, die noch ungnädiger war als gewöhnlich, erwiderte Elisabeths Begrüßung nur mit einem leichten Neigen des Kopfes und nahm Platz, ohne ein Wort zu sagen. Elisabeth hatte ihrer Mutter den Namen ihrer Hochwohlgeboren genannt, obwohl keine Bitte um Vorstellung erfolgt war.

Frau Bennet, die sich vor Staunen kaum zu lassen wußte, sich aber durch den Besuch eines so vornehmen Gastes sichtlich geschmeichelt fühlte, empfing sie mit äußerster Höflichkeit. Nachdem sie einen Augenblick stumm dagesessen hatte, sagte die Lady sehr steif und förmlich zu Elisabeth: »Ich hoffe, es geht Ihnen gut, Fräulein Bennet. Jene Dame dort ist vermutlich Ihre Mutter?«

Elisabeth erwiderte sehr kurz, dies sei in der Tat der Fall.

»Und die da ist vermutlich eine von ihren Schwestern?«

»Ja, gnädige Frau«, sagte Frau Bennet, entzückt, mit einer Lady Catherine sprechen zu dürfen. »Sie ist mein zweitjüngstes Mädel; die Jüngste hat neulich geheiratet, und meine Älteste ist irgendwo draußen und geht mit einem jungen Mann spazieren, der, wie ich annehme, bald zu unserer Familie gehören wird.«

»Sie haben einen sehr kleinen Park hier«, gab Lady Catherine nach kurzem Schweigen zurück.

»Er ist nichts im Vergleich mit Rosings, verehrte gnädige Frau, das ist klar; doch kann ich Ihnen versichern, daß er viel größer ist als der von Sir William Lucas.«

»Dieses Wohnzimmer muß abends im Sommer doch reichlich unbequem sein; alle Fenster blicken ja genau nach Westen.«

Frau Bennet versicherte ihr, sie säßen niemals nach dem Essen hier, und fuhr dann fort: »Darf ich mir die Freiheit nehmen, Euer Hochwohlgeboren zu fragen, ob sich Herr und Frau Collins bei Ihrer Abreise gesundheitlich wohlauf befanden?«

»Ja, es geht ihnen sehr gut. Ich habe sie vorgestern abend gesehen.«

Elisabeth erwartete nun, sie würde einen Brief an sie

von Charlotte zücken, da dies der einzige wahrscheinliche Grund ihres Besuchs sein konnte. Aber kein Brief tauchte auf, und sie stand vor einem Rätsel.
Frau Bennet lud ihre Hochwohlgeboren sehr höflich zu einer Erfrischung ein, doch Lady Catherine lehnte es entschieden und nicht eben höflich ab, etwas zu sich zu nehmen; dann erhob sie sich und sagte zu Elisabeth:
»Fräulein Bennet, auf der einen Seite Ihres Rasenplatzes schien eine recht hübsche kleine Wildnis zu sein. Ich würde ganz gern einen kurzen Spaziergang dorthin unternehmen, wenn Sie die Güte haben wollten, mich zu begleiten.«
»Geh, meine Liebe«, rief ihre Mutter, »und führe ihre Hochwohlgeboren die verschiedenen Spazierwege. Ich glaube, die Einsiedelei wird ihr gefallen.«
Elisabeth gehorchte, holte schnell den Sonnenschirm aus ihrem Zimmer und geleitete dann ihren vornehmen Gast die Treppe hinab. Als sie durch die Diele kamen, machte Lady Catherine die Türen zum Speisezimmer und Salon auf, musterte die Zimmer kurz und erklärte dann, sie sähen ganz anständig aus. Dann ging sie weiter.
Den Wagen ließ sie an der Tür stehen, und Elisabeth sah, daß ihre Gesellschafterin darinnen saß. Schweigend schritten sie den Kiesweg dahin, der zu dem kleinen Gebüsch führte. Elisabeth war entschlossen, sich nicht um eine Unterhaltung mit einer Frau zu bemühen, die heute noch unverschämter und ungnädiger war als gewöhnlich.
›Wie konnte ich nur je auf den Gedanken kommen, sie sei ihrem Neffen ähnlich‹, sagte sie sich, als sie ihr ins Gesicht schaute.
Kaum waren sie im Gebüsch angelangt, als Lady Catherine folgendermaßen begann: »Sie wissen ja genau, weshalb ich hierhergefahren bin, Fräulein Bennet. Ihr Herz, Ihr Gewissen muß Ihnen sagen, warum ich komme.«
Elisabeth blickte sie mit ungeheucheltem Erstaunen an.
»Da irren Sie sich aber sehr, gnädige Frau. Ich habe bis-

her noch keine Erklärung für die Ehre finden können, die Sie mir mit Ihrem Besuch erweisen.«

»Fräulein Bennet«, erwiderte ihre Hochwohlgeboren ärgerlich, »Sie wissen ganz genau, daß man mir nichts vormachen kann. Doch wie unaufrichtig Sie sich auch zu stellen belieben, mir werden Sie so etwas nicht nachsagen können. Ich bin wegen meiner Aufrichtigkeit und Offenheit geradezu berühmt, und in einer so wichtigen Angelegenheit wie dieser werde ich erst recht dabei bleiben. Vor zwei Tagen erreichte mich eine Nachricht äußerst bestürzender Art. Man berichtete mir, daß nicht nur Ihre Schwester im Begriff sei, sich sehr vorteilhaft zu verheiraten, sondern daß auch Sie, Fräulein Elisabeth Bennet, sich aller Wahrscheinlichkeit nach kurz darauf mit meinem Neffen verbinden würden, mit meinem eigenen Neffen, Herrn Darcy. Obwohl mir klar ist, daß es sich hierbei um eine schamlose Falschmeldung handeln muß, obwohl ich meinen Neffen nicht dadurch beleidigen möchte, daß ich so etwas für möglich halte, entschloß ich mich sofort, mich hierher aufzumachen, damit ich Ihnen meine Meinung über den Fall haargenau begreiflich machen kann.«

»Wenn Sie es für unmöglich hielten, daß die Nachricht auf Wahrheit beruhte«, sagte Elisabeth und wurde vor Überraschung und Empörung rot, »dann begreife ich nicht, wie Sie sich die Mühe machen konnten, deswegen so weit zu reisen. Was konnten Euer Hochwohlgeboren damit bezwecken?«

»Ich bestehe darauf, daß Sie diese Nachricht sofort und in allen Einzelheiten für falsch erklären.«

»Daß Sie nach Longbourn kommen, um mich und meine Angehörigen zu besuchen«, sagte Elisabeth kühl, »scheint ja darauf hinzudeuten, daß ein solches Gerücht tatsächlich in Umlauf ist.«

»Tatsächlich? – Wollen Sie damit behaupten, daß Sie nichts davon wissen? Ist das Gerücht nicht erst von Ihnen selber verbreitet worden? Wissen Sie denn wirklich nicht, daß weit und breit davon gesprochen wird?«

»Ich habe nie etwas davon gehört.«
»Und können Sie ebenso kurz und bündig erklären, daß das Gerücht jeder Grundlage entbehrt?«
»Ich möchte mir nicht anmaßen, so offen und aufrichtig wie Euer Hochwohlgeboren zu sein. Es ist durchaus möglich, daß Sie Fragen stellen, die ich nicht beantworten will.«
»Das ist ja die Höhe! Fräulein Bennet, ich bestehe auf einer befriedigenden Antwort. Hat er, mein Neffe, Ihnen einen Heiratsantrag gemacht?«
»Euer Hochwohlgeboren haben so etwas ja für unmöglich erklärt.«
»Es sollte unmöglich sein, es muß unmöglich sein, solange er noch bei gesundem Verstande ist. Aber Ihre Verführungskünste und Verlockungen könnten ihn ja in einem Augenblick der Vernarrtheit haben vergessen lassen, was er sich und seiner Familie schuldig ist. Sie können ihn ja dazu verleitet haben.«
»Selbst wenn dies der Fall sein sollte, so wäre ich wohl die letzte, es Ihnen zu gestehen.«
»Fräulein Bennet, wissen Sie, wer ich bin? Ich bin eine solche Sprache nicht gewöhnt! Ich bin so ziemlich die nächste Verwandte, die er auf der Welt hat, und ich bin berechtigt, alles, was ihn angeht, zu erfahren, auch was ihm am meisten am Herzen liegt.«
»Aber Sie sind nicht berechtigt, Dinge zu erfahren, die mir am Herzen liegen; und mit diesem Ton werden Sie aus mir am allerwenigsten herausholen.«
»Damit Sie mich richtig verstehen: Die Heirat, die Sie in Ihrer Vermessenheit anstreben, kann nie stattfinden. Nein, niemals. Herr Darcy ist mit meiner Tochter verlobt. Was sagen Sie nun?«
»Nur dies, daß Sie doch keinen Grund zur Annahme haben könnten, daß er mir einen Antrag machen will, wenn dies der Fall sein sollte.«
Lady Catherine zögerte einen Augenblick und erwiderte dann: »Die Verlobung der beiden ist von besonderer Art. Schon von ihrer Kindheit an sind sie füreinander bestimmt gewesen. Es war der Lieblingswunsch seiner

Mutter, und es ist auch der Lieblingswunsch ihrer Mutter. Schon als sie in der Wiege lag, haben wir diese Heirat geplant. Und jetzt, ausgerechnet im Augenblick, wo die Wünsche beider Schwestern durch die Heirat der beiden in Erfüllung gehen könnten, kommt ein junges Ding niederer Herkunft dazwischen, die in der Welt nicht das geringste bedeutet und mit unserer Familie überhaupt nichts zu tun hat! Es ist Ihnen wohl völlig gleichgültig, wie die Verwandtschaft darüber denkt? Nehmen Sie gar keine Rücksicht auf seine stillschweigende Verlobung mit Fräulein de Bourgh? Haben Sie jedes Gefühl für Schicklichkeit und Anstand verloren? Haben Sie mich nicht sagen hören, daß er schon von seinen ersten Lebenstagen an für seine Kusine bestimmt war?«

»Ja, und ich habe es auch früher schon gehört. Aber was hat das für mich zu bedeuten? Wenn kein anderer Hinderungsgrund für eine Heirat mit Ihrem Neffen vorliegt, werde ich mich ganz gewiß nicht davon abhalten lassen, nur weil seine Mutter und seine Tante gewollt haben, daß er Fräulein de Bourgh heiratet. Sie haben Ihr Bestes getan, die Heirat zu planen. Die Erfüllung des Planes hängt jedoch von anderen ab. Wenn Herr Darcy sich weder durch seine Ehre noch durch seine Neigung an seine Kusine gebunden fühlt, warum soll er dann nicht eine andere Wahl treffen? Und wenn er mich erwählt, warum sollte ich ihn dann nicht erhören?«

»Weil Ehre, Anstand, Klugheit und Ihr eigenes Interesse es verbieten. Ja, Fräulein Bennet, Ihr eigenes Interesse! Denn Sie brauchen sich nicht einzubilden, daß Sie von seiner Familie und seinen Freunden anerkannt werden, wenn Sie ganz bewußt gegen deren ausdrücklichen Wunsch und Willen handeln. Sie werden von jedem, der mit ihm in freundschaftlichem oder verwandtschaftlichem Verhältnis steht, kritisiert, zurückgesetzt und verachtet werden. Ihre Verbindung mit ihm wäre einfach eine Schande, und keiner von uns würde auch nur Ihren Namen in den Mund nehmen.«

»Das sind tatsächlich schwere Nachteile«, erwiderte Elisabeth. »Aber die Frau eines Herrn Darcy müßte schon ihrer gesellschaftlichen Stellung und persönlichen Lage zufolge solch außergewöhnliche Glücksmöglichkeiten haben, daß sie, im ganzen gesehen, keinen Grund zur Klage haben dürfte.«

»Hartnäckiges, dickköpfiges Ding! Ich schäme mich Ihrer! Ist das Ihre Dankbarkeit für die freundliche Aufnahme im vergangenen Frühjahr? Fühlen Sie sich mir denn kein bißchen deswegen verpflichtet? Kommen Sie, wir setzen uns mal hin. Sie müssen sich klar darüber sein, Fräulein Bennet, daß ich mit dem festen Entschluß hierhergekommen bin, das zu erreichen, was ich mir vorgenommen habe; davon lasse ich mich auch nicht abbringen. Ich bin es nicht gewöhnt, mich der Laune anderer Menschen unterzuordnen. Und mich mit einer Enttäuschung abzufinden, das ist gleich gar nicht meine Gewohnheit.«

»Das wird die Lage Euer Hochwohlgeboren unter den gegebenen Umständen nur noch beklagenswerter machen; auf mich jedoch wird es keinerlei Wirkung haben.«

»Ich lasse mich nicht unterbrechen! Hören Sie mir still zu. Meine Tochter und mein Neffe sind füreinander geschaffen. Sie stammen mütterlicherseits von der gleichen edlen Linie ab, und väterlicherseits von achtbaren, ehrenwerten und alten Familien, wenn diese auch keine Adelstitel tragen. Beide Seiten verfügen über ein glänzendes Vermögen. Nach dem Willen eines jeden Mitglieds ihrer beiderseitigen Familien sind sie füreinander bestimmt. Und was soll sie jetzt auseinanderbringen? Ein junges Mädchen ohne Familie, ohne Verbindungen oder Vermögen, das gerne hochkommen möchte. Kann so etwas geduldet werden? Nein, das darf nicht sein, das wird nicht sein! Wenn Sie nur vernünftig wären und wüßten, was gut für Sie ist, würden Sie nicht den Wunsch haben, aus dem Lebenskreis auszubrechen, in dem Sie aufgewachsen sind.«

»Wenn ich Ihren Neffen heiratete, würde ich nicht den Eindruck haben, daß ich aus meinem eigenen Lebens-

kreis ausbreche. Er ist ein Mann der besseren Gesellschaft, und ich bin die Tochter eines Mannes der besseren Gesellschaft: Wir sind also gleicher Herkunft.«
»Stimmt, aber nur, was Ihren Vater anlangt. Wer aber ist Ihre Mutter? Wer sind Ihre Onkel und Tanten? Glauben Sie ja nicht, daß ich nicht weiß, aus was für Kreisen die stammen!«
»Meine Verwandten mögen sein, was sie wollen«, sagte Elisabeth, »aber wenn Ihr Neffe nichts gegen sie einzuwenden hat, dann brauchen Sie doch keinen Anstoß zu nehmen.«
»Nun sagen Sie mir ein für allemal: Sind Sie mit ihm verlobt?«
Obwohl Elisabeth die Frage nicht beantwortet haben würde, nur um Lady Catherine einen Gefallen zu tun, so sagte sie dennoch nach kurzer Überlegung: »Nein, das ist nicht der Fall.«
Lady Catherine schien hocherfreut.
»Und wollen Sie mir versprechen, sich niemals mit ihm zu verloben?«
»Ich werde Ihnen kein derartiges Versprechen geben.«
»Fräulein Bennet, ich bin empört und verwundert. Ich hatte in Ihnen ein vernünftiges junges Mädchen erwartet. Doch bilden Sie sich nur ja nicht ein, daß ich jemals von meiner Forderung abgehe. Ich gehe einfach nicht, ehe Sie mir nicht die verlangte Versicherung gegeben haben.«
»Und ich werde sie Ihnen niemals geben. Ich lasse mich nicht zu etwas so Sinnlosem zwingen. Euer Hochwohlgeboren möchte, daß Herr Darcy Ihre Tochter heiratet; aber würde diese Heirat wahrscheinlicher werden, wenn ich Ihnen das gewünschte Versprechen gäbe? Nehmen Sie nur einmal an, er liebte mich wirklich, glauben Sie denn, er würde dann sofort seiner Kusine die Hand reichen, wenn ich sie ausschlüge? Gestatten Sie mir, Ihnen zu sagen, Lady Catherine, daß die Gründe, die Sie für Ihr ungewöhnliches Ansinnen vorgebracht haben, ebenso nichtig sind, wie Ihr Ansinnen unüberlegt war. Sie haben meinen Charakter völlig falsch eingeschätzt,

wenn Sie glauben, ich ließe mich durch solche Gründe überzeugen. Wie weit Ihr Neffe damit einverstanden ist, daß Sie sich in seine Angelegenheiten einmischen, das weiß ich nicht, und es ist auch seine eigene Sache; aber ganz gewiß haben Sie nicht das Recht, sich in meine Angelegenheiten zu mischen. Ich muß daher bitten, mich fernerhin damit zu verschonen.«

»Nicht so hastig, bitte. Ich bin noch keineswegs fertig. Zu den Gründen gegen eine Heirat mit Ihnen, die ich schon angeführt habe, kann ich noch einen weiteren hinzufügen. Mir sind die Einzelheiten der schändlichen Flucht Ihrer jüngsten Schwester keineswegs unbekannt. Ich weiß über alles genau Bescheid. Ich weiß, daß die Heirat mit dem jungen Mann ein auf Kosten Ihres Vaters und Ihres Onkels abgekartetes Geschäft war. Und so ein Mädchen soll die Schwägerin meines Neffen werden? Und soll ihr Mann, der der Sohn des Hausverwalters seines verstorbenen Vaters ist, demnach sein Schwager werden! Himmel und Erde – was denken Sie sich eigentlich? Sollen die Geister der Vorfahren von Pemberley so in den Schmutz gezogen werden!«

»Jetzt können Sie aber weiter nichts zu sagen haben«, antwortete sie gekränkt. »Sie haben mich auf jede nur denkbare Art und Weise beleidigt. Ich muß bitten, daß wir jetzt zurück zum Hause gehen.«

Sie erhob sich, als sie dies sagte. Auch Lady Catherine stand auf, und sie machten sich auf den Rückweg. Ihre Hochwohlgeboren spie Gift und Galle.

»Nehmen Sie denn gar keine Rücksicht auf Ehre und Ansehen meines Neffen? Gefühlloses selbstsüchtiges Wesen! Bedenken Sie denn nicht, daß eine Verbindung mit Ihnen Herrn Darcy in den Augen aller entehren muß?«

»Lady Catherine, ich habe Ihnen nichts weiter zu sagen. Sie wissen, was ich denke.«

»Sie sind also entschlossen, ihn zu nehmen?«

»Davon war überhaupt nicht die Rede. Ich bin nur entschlossen, so zu handeln, wie es meiner Ansicht nach meinem Glücke am dienlichsten ist, und zwar ohne

Rücksicht auf Sie oder andere Leute, die mit mir überhaupt nichts zu tun haben.«

»Es ist gut. Sie weigern sich also, auf mich zu hören. Sie weigern sich, den berechtigten Ansprüchen von Pflicht, Ehre und Dankbarkeit zu gehorchen. Sie sind entschlossen, seinen guten Ruf bei allen Verwandten und Freunden zu vernichten und ihn zum Gespött der Welt zu machen.«

»Weder Pflicht noch Ehre, noch Dankbarkeit«, erwiderte Elisabeth, »können etwas mit meinem augenblicklichen Verhalten zu schaffen haben. Durch eine Heirat mit Herrn Darcy würde ich keine dieser Tugenden verletzen. Und was den Groll Ihrer Familie und die Entrüstung der Welt anlangt, nun, wenn die Familie sich wirklich darüber aufregte, daß ich ihn heirate, würde ich mich dadurch keinen Augenblick lang aus der Ruhe bringen lassen – und die Welt draußen wird wohl viel zu vernünftig sein, in das Wutgeheul einzustimmen.«

»Und das ist Ihre wahre Meinung? Das ist Ihr endgültiger Entschluß? Na schön, da weiß ich also, wie ich zu handeln habe! Aber bilden Sie sich ja nicht ein, Fräulein Bennet, daß Ihr Ehrgeiz jemals ans Ziel gelangt. Ich kam her, um Sie auf die Probe zu stellen. Ich hoffte, ich würde Sie vernünftig finden; aber verlassen Sie sich darauf, ich setze durch, was ich will!«

So redete Lady Catherine ununterbrochen weiter, bis sie an der Tür des Wagens anlangten. Da drehte sie sich noch einmal rasch um und sagte: »Ich verabschiede mich nicht von Ihnen, Fräulein Bennet. Ich lasse auch Ihre Mutter nicht grüßen. Sie verdienen es einfach nicht. Ich bin im höchsten Grade ungehalten.«

Elisabeth gab ihr keine Antwort und ging, ohne den Versuch zu unternehmen, ihre Hochwohlgeboren zur Rückkehr ins Haus zu überreden, ruhig und gemessenen Schritts selbst hinein. Sie hörte den Wagen abfahren, als sie die Treppe hochstieg. Ihre Mutter kam ihr ungeduldig an der Tür ihres Ankleidezimmers entgegen und fragte, warum Lady Catherine nicht noch einmal hereinkommen wollte, um sich auszuruhen.

»Sie hatte keine Lust dazu«, sagte ihre Tochter, »sie wollte fort.«

»Wie gut sie doch aussieht! Und daß sie uns besucht hat, war erstaunlich nett. Denn ich glaube, sie kam nur, um uns zu berichten, daß es Collinsens gut geht. Wahrscheinlich ist sie hier in der Gegend durchgefahren, und als sie nach Meryton kam, fiel ihr ein, sie könnte uns gleich einmal besuchen. Sie wollte doch nichts Besonderes von dir, Lissy?«

Elisabeth mußte hier ein wenig schwindeln; denn den Inhalt ihres Gesprächs zuzugeben wäre einfach unmöglich gewesen.

Siebenundfünfzigstes Kapitel

Die Erregung, in die dieser außergewöhnliche Besuch Elisabeth stürzte, ließ sich nicht leicht überwinden; noch stundenlang war sie einfach außerstande, einen anderen Gedanken zu fassen. Lady Catherine, so wollte es scheinen, hatte sich tatsächlich aus keinem anderen Grunde die Mühe gemacht, von Rosings hierherzureisen, als um Elisabeths angebliche Verlobung mit Herrn Darcy wieder zu lösen. Ein wohldurchdachter Plan, ganz gewiß! Doch woher die Nachricht von ihrer Verlobung stammen sollte, konnte sich Elisabeth nicht vorstellen, bis ihr einfiel, daß die einfache Tatsache, daß er ein intimer Freund Bingleys und sie die Schwester Janes war, schon ausreichte, jemandem diesen Gedanken einzugeben, zumal ja die Aussicht auf eine Heirat alle Welt veranlaßt, sich auch schon über die nächste Gedanken zu machen. Hatte sie doch selber das Gefühl gehabt, daß die Heirat ihrer Schwester sie häufiger mit Darcy zusammenbringen müßte. Und ihre Nachbarn in der Villa Lucas (denn durch ihre Verbindung mit den Collinsens war, wie sie annehmen mußte, die Nachricht zu Lady Catherine gelangt) hatten daher nur das als schon beinahe sicher und unmittelbar bevorstehend hingestellt, was sie selbst in unbestimmter Zukunft als Möglichkeit ins Auge gefaßt hatte.

Wenn sie sich jedoch Lady Catherines Worte durch den Kopf gehen ließ, konnte sie sich eines unbehaglichen Gefühls nicht erwehren, vor allem, wenn sie sich überlegte, was für Folgen es haben könnte, wenn die Dame weiterhin darauf bestand, sich einzumischen. Aus ihrer Erklärung, sie sei fest entschlossen, diese Heirat zu verhindern, schloß Elisabeth, daß Lady Catherine es in Betracht zog, auf ihren Neffen unmittelbar einzuwirken, und wie der die Darstellung aller Nachteile einer Heirat mit ihr aufnehmen würde, wagte sie nicht vorherzusagen. Sie wußte nicht genau, wie stark seine verwandtschaftliche Liebe zu seiner Tante war oder wieviel er auf ihr Urteil gab, doch immerhin war es ganz natürlich, daß *er* diese Dame viel höher achtete, als es *ihr* möglich war; und außerdem stand fest, daß die Tante ihn mit der Aufzählung aller Unannehmlichkeiten einer Heirat mit einem Mädchen, dessen nächste Verwandte sozial so tief unter seiner Verwandtschaft standen, an seiner verwundbarsten Stelle treffen mußte. Bei seiner Auffassung von Vornehmheit und Würde war es wahrscheinlich, daß er die Argumente, die Elisabeth schwach und lächerlich vorgekommen waren, in ihrem Kern für ganz vernünftig und gut durchdacht halten könnte.

Wenn er in seinem Entschluß bisher noch schwankte, wie es oft den Anschein gehabt hatte, dann könnten die Ratschläge und Beschwörungen einer so nahen Verwandten jedem Zweifel ein Ende setzen und ihn sogleich dazu bestimmen, nur soviel Glück zu suchen, wie makellose Würde ihm bringen konnte. In diesem Falle würde er sich nicht wieder blicken lassen. Lady Catherine könnte ihn auf ihrem Wege durch London aufsuchen, und dann müßte er seine Zusage an Bingley, ihn wieder in Netherfield zu besuchen, eben rückgängig machen.

›Wenn also im Laufe der nächsten Tage in Netherfield eine Entschuldigung eintrifft, daß er seinen Freund nicht besuchen kann‹, sagte sie sich, ›dann weiß ich, woran ich bin. Dann werde ich von ihm nichts mehr erwarten und jede Hoffnung auf seine Standhaftigkeit aufgeben. Wenn es ihm genügt, mit Bedauern an mich zu denken, er, der meine ganze Liebe und meine Hand haben konnte, dann werde ich bald aufhören, ihm nachzutrauern.‹

Auch die übrige Familie war höchst überrascht, als sie erfuhr, wer die Besucherin gewesen war, doch auch sie gab sich mit der Vermutung zufrieden, die schon Frau Bennets Neugier beschwichtigt hatte, und so blieb Elisabeth von unangenehmen Fragen verschont.

Am nächsten Morgen, als sie eben die Treppe hinunterging, kam ihr Vater ihr mit einem Brief in der Hand aus seiner Bücherei entgegen.

»Lissy«, sagte er, »ich wollte dich eben holen; komm mit in mein Zimmer.«

Sie folgte ihm, und ihre Neugier, was er ihr wohl mitzuteilen hätte, wurde noch durch die Vermutung gesteigert, es müsse etwas mit dem Brief zu tun haben, den er in der Hand hielt. Plötzlich kam ihr der Gedanke, der Brief könnte von Lady Catherine sein, und sie machte sich schon mit Zagen auf die notwendigen Erklärungen gefaßt.

Sie folgte ihrem Vater zum Kamin, wo sie beide Platz nahmen. Dann sagte er: »Ich habe da heute früh einen Brief erhalten, der mich außerordentlich überrascht hat. Er betrifft hauptsächlich dich, und du müßtest über seinen Inhalt eigentlich Bescheid wissen. Ich wußte noch gar nicht, daß ich zwei Töchter habe, die so dicht vor der Hochzeit stehen. Jedenfalls hast du da eine große Eroberung gemacht, zu der ich dir gratulieren muß!«

Das Blut schoß in Elisabeths Wangen, denn sie war jetzt überzeugt, daß der Brief vom Neffen und nicht von der Tante stammte, und sie war sich nicht klar, ob sie sich mehr darüber freuen sollte, daß er sich überhaupt erklärt hatte, oder gekränkt fühlen müßte, weil der Brief nicht an sie gerichtet war, als ihr Vater in seiner Rede fortfuhr: »Du siehst aus, als ob du etwas ahntest. Junge Damen zeigen in solchen Angelegenheiten ja immer großen Scharfsinn; aber ich glaube, hier reicht der nicht einmal aus, um den Namen deines Verehrers herauszukriegen. Der Brief kommt von Herrn Collins.«

»Von Herrn Collins? Was kann der schon zu sagen haben?«

»Natürlich etwas sehr Wichtiges und Dringliches. Er beginnt mit Glückwünschen zur herannahenden Hochzeit meiner ältesten Tochter, wovon er etwas von einem Mitglied der guten, klatschsüchtigen Familie Lucas erfahren haben wird. Ich will deine Ungeduld nicht auf die Folter spannen, indem ich dir vorlese, was er dazu schreibt. Was dich betrifft, ist die folgende Stelle: ›Nachdem ich Ihnen meine und meiner Frau aufrichtige Glückwünsche zu diesem frohen Ereignis zu Füßen gelegt habe, gestatten Sie mir, Ihnen hinsichtlich eines anderen Ereignisses, von dem wir aus der gleichen Quelle Kunde erhielten, einen Wink zu geben. Ihre Tochter Elisabeth wird, wie anzunehmen ist, nicht mehr lange den Namen Bennet tragen, nachdem ihre ältere Schwester ihn abgelegt hat, und der Mann, mit dem sie ihr Schicksal verbinden will, kann mit Recht und mit Hochachtung zu den hervorragendsten Persönlichkeiten unseres Landes gezählt werden.‹ – Kannst du raten, Lissy, wer damit gemeint ist? – ›Dieser junge Herr ist wunderbarlich mit allem gesegnet, was sich das Herz eines Sterblichen nur wünschen kann – riesiges Vermögen, vornehme Verwandtschaft und vielseitige Patronatsgerechtigkeiten. Aber trotz aller dieser Versuchungen möchte ich meine Kusine Elisabeth und auch Sie selber warnend auf die Übel aufmerksam machen, die Ihnen aus einem vorschnellen Eingehen auf die Anträge dieses jungen Herrn erwachsen könnten, die sofort anzunehmen Sie naturgemäß nur allzu geneigt sein werden.‹ – Hast du eine Ahnung, Lissy, wer dieser Herr sein soll? Aber jetzt läßt er die Katze aus dem Sack. – ›Der Grund, aus dem ich Ihnen zur Vorsicht raten möchte, ist folgender: Wir ha-

ben Anlaß zur Annahme, daß seine Tante, Lady Catherine de Bourgh, eine solche Verbindung nicht mit freundlichem Auge betrachtet.‹ – Siehst du, Herr Darcy ist also der Mann. Na, Lissy, das war wohl mal eine Überraschung! Hätte er oder hätten die Lucassens auf einen Mann aus unserer Bekanntschaft verfallen können, dessen Name ihre Klatschereien wirksamer Lügen strafen könnte? Ausgerechnet Herr Darcy, der an allen weiblichen Wesen nur Fehler findet und der wahrscheinlich sein ganzes Leben lang dir keinen anerkennenden Blick geschenkt hat! Es ist großartig!«
Elisabeth versuchte, die Sache so spaßhaft zu finden wie ihr Vater, konnte sich jedoch nur ein sehr erzwungenes Lächeln abringen. Noch nie hatte sie seinen Witz so unangebracht und wenig erfreulich gefunden.
»Macht dir das denn keinen Spaß?«
»O ja, aber bitte lies weiter!«
»›Nachdem ich gestern abend ihrer Hochwohlgeboren gegenüber die Wahrscheinlichkeit dieser Heirat angedeutet hatte, ließ sie mich in der ihr eigenen Herablassung sofort wissen, was sie darüber dachte; dabei stellte sich heraus, daß sie wegen gewisser Bedenken gegen die Familie meiner Kusine nie ihre Zustimmung zu einer solchen Heirat geben würde, die sie schmachvoll und entehrend zu nennen geruhte. Ich hielt es für meine Pflicht, meiner Kusine so schnell wie möglich Kunde zu geben, auf daß sie und ihr vornehmer Verehrer wissen, was sie zu tun im Begriffe stehen, und nicht unbedacht und übereilt eine Ehe eingehen, die nicht als korrekt geschlossen und vollgültig anerkannt werden kann.‹ – Herr Collins fühlt sich veranlaßt, in diesem Zusammenhang noch hinzuzusetzen: ›Ich freue mich aufrichtig, daß die üble Angelegenheit meiner Kusine Lydia so wirksam vertuscht werden konnte, und es bereitet mir jetzt nur noch Kummer, daß ihr Zusammenleben vor der Hochzeit weit und breit bekannt ist. Ich darf jedoch die Pflichten meines Amtes nicht vernachlässigen und etwa darauf verzichten, mein Erstaunen darüber kundzutun, daß Sie, wie mir zu Ohren kam, die jungen Leute in

Ihrem Hause unmittelbar nach der Heirat empfangen haben. Das war eine Aufmunterung des Lasters, und wenn ich der Pfarrer von Longbourn gewesen wäre, hätte ich mich einer solchen Handlungsweise entschieden widersetzt. Gewiß haben Sie als Christ die Pflicht, ihnen zu vergeben, aber Sie durften nie dulden, daß sie Ihnen vor Augen traten oder daß auch nur ihre Namen in Ihrer Gegenwart erwähnt wurden.‹ – Das stellt er sich also unter christlichem Vergeben vor! – Der Schluß des Briefes befaßt sich dann nur noch mit der Lage seiner lieben Charlotte und besagt, daß er das Aufgehen eines jungen Ölzweigs erwartet. Aber Lissy, du siehst aus, als ob du gar keine Freude daran hättest. Du willst doch hoffentlich nicht etwa die alte Jungfer spielen und so tun, als ob du über so müßiges Gerede empört wärst? Es ist doch nun mal unser Lebenszweck, unsern Nachbarn Grund zum Spaß zu geben und auch unsererseits über sie zu lachen!«
»Ach ja«, rief Elisabeth, »es macht mir unglaublichen Spaß. Aber es ist doch alles so sonderbar.«
»Nun, das macht es ja gerade so komisch. Wären sie auf einen anderen Mann verfallen, so hätte das nichts zu bedeuten gehabt; aber seine vollendete Gleichgültigkeit und deine ausgesprochene Abneigung gegen ihn machen es so köstlich blödsinnig! Sowenig ich mir aus Briefschreiben mache – die Korrespondenz mit Herrn Collins möchte ich keinesfalls missen. Ja, einen Brief von ihm muß ich sogar über Wickhams Geschreibsel stellen, sosehr ich auch die Unverschämtheit und Heuchelei meines Schwiegersohnes zu schätzen weiß. Und bitte, Lissy, was hat denn Lady Catherine zu diesem Gerücht gesagt? Ist sie hergekommen, um ihre Zustimmung zu versagen?«
Auf diese Frage antwortete seine Tochter nur mit Lachen; und da sie ohne den leisesten Verdacht gestellt worden war, machte es ihr nichts aus, daß er die Frage wiederholte. Elisabeth war es noch nie so schwergefallen, Gefühle zu heucheln, die sie nicht hatte. Sie mußte lachen, wo sie lieber geweint hätte. Ihr Vater hatte sie

grausam verletzt mit dem, was er über Darcys Gleichgültigkeit gesagt hatte, und sie konnte sich nur wundern, wie wenig er die Lage begriff, oder mußte gar befürchten, daß er in Wirklichkeit gar nicht zuwenig sah, sondern daß sie sich zuviel eingebildet haben könnte.

Achtundfünfzigstes Kapitel

Anstatt von seinem Freund einen Brief zu erhalten, in dem dieser sein Fernbleiben entschuldigte, wie Elisabeth schon halb erwartete, war Herr Bingley wenige Tage nach Lady Catherines Besuch schon in der Lage, Darcy mit nach Longbourn zu bringen. Die Herren trafen früh am Tage ein, und ehe Frau Bennet Zeit gefunden hatte, ihm zu verkünden, daß sie seine Tante gesehen habe – Elisabeth saß deswegen einen Augenblick lang wie auf Kohlen –, schlug Bingley, der mit Jane allein sein wollte, einen gemeinsamen Spaziergang vor. Alle waren einverstanden. Frau Bennet ging allerdings nie spazieren, und Mary hatte nie Zeit dazu, aber die übrigen fünf machten sich auf den Weg. Bingley und Jane ließen sich jedoch von den anderen bald überholen. Sie blieben zurück und überließen es Elisabeth, Kitty und Darcy, sich selber zu unterhalten. Keiner von ihnen sagte viel. Kitty wagte aus Angst vor ihm nicht zu reden, Elisabeth war in Gedanken dabei, einen verzweifelten Entschluß zu fassen, und vielleicht beschäftigte sich Darcy mit einem ähnlichen Vorhaben.
Sie gingen in Richtung des Gutes der Familie Lucas, weil Kitty ihre Freundin Maria besuchen wollte; da aber Elisabeth keine Veranlassung sah, diesen Besuch zu einer Familienangelegenheit zu machen, schritt sie, nachdem Kitty sie verlassen hatte, tapfer mit Darcy allein weiter. Jetzt war der Augenblick gekommen, um

ihren Entschluß zu verwirklichen; sie wollte die Gelegenheit nutzen, solange ihr Mut noch vorhielt, und sagte unvermittelt: »Herr Darcy, ich bin ein sehr selbstsüchtiges Geschöpf, und nur weil ich meinen eigenen Gefühlen Luft machen möchte, rede ich jetzt, ohne Rücksicht darauf, wie sehr ich damit Ihre Gefühle verletzen könnte. Ich halte es aber einfach nicht länger aus und muß Ihnen für die beispiellose Freundlichkeit danken, die Sie meiner armen Schwester erwiesen haben. Seitdem ich davon weiß, drängt es mich, Ihnen zu sagen, wie dankbar ich Ihnen dafür bin. Wenn es auch den anderen Mitgliedern meiner Familie bekannt wäre, würde ich Ihnen nicht nur meine ganz persönliche Dankbarkeit auszudrücken haben.«

»Es tut mir leid, es tut mir außerordentlich leid«, erwiderte Darcy, »daß Sie überhaupt von einer Sache erfahren haben, die, wenn man sie nicht im rechten Lichte sieht, Ihnen Unbehagen verursacht haben kann. Ich hätte nicht gedacht, daß Frau Gardiner so unzuverlässig wäre.«

»Sie dürfen meiner Tante keinen Vorwurf machen. Durch Lydias Unbedacht habe ich zuerst erfahren, daß Sie mit der Angelegenheit etwas zu tun hatten; natürlich gab ich mich nun nicht zufrieden, bis ich alle Einzelheiten wußte. Ich möchte Ihnen im Namen meiner gesamten Familie immer wieder für Ihr weitgehendes Mitgefühl danken, das Sie veranlaßt hat, so viele Unannehmlichkeiten, ja Demütigungen auf sich zu nehmen, um den Aufenthalt der beiden herauszufinden.«

»Wenn Sie mir schon danken wollen«, erwiderte er, »dann tun Sie es vor allem im eigenen Namen. Ich versuche nicht zu leugnen, daß es der Wunsch war, Sie glücklich zu sehen, der meinen übrigen Beweggründen erst die rechte Stoßkraft gab. Doch Ihre Familie schuldet mir keinen Dank. Sosehr ich Ihre Verwandten auch achte, so glaube ich doch, daß ich bei allem nur an Sie gedacht habe.«

Elisabeth war viel zu verwirrt, um auch nur ein Wort herauszubringen. Nach kurzem Stillschweigen fuhr ihr

Begleiter fort: »Sie sind zu großmütig, um mit mir nur Ihr Spiel zu treiben. Wenn Ihre Gefühle noch dieselben wie im vergangenen April sind, müssen Sie es mir sofort sagen. Meine Gefühle und Wünsche jedenfalls haben sich nicht geändert; doch ein Wort von Ihnen genügt, um mich nie wieder davon sprechen zu lassen.«

Elisabeth, die nur zu gut verstand, in welch peinlicher Lage er sich befand und wie besorgt er ihre Antwort erwartete, zwang sich endlich zum Sprechen und gab ihm ohne Umschweife, wenn auch nicht gerade in fließender Rede zu verstehen, daß sich ihre Empfindungen und Gefühle inzwischen so entschieden geändert hätten, daß sie seine Beteuerungen nur mit Dankbarkeit und Freude aufnehmen könne. Diese Antwort versetzte ihn in einen Glückszustand, wie er ihn wahrscheinlich noch nie erlebt hatte, und er gab seinen Gefühlen einen so deutlichen und herzlichen Ausdruck, wie man es von einem heftig verliebten Mann nur erwarten konnte. Hätte Elisabeth ihm in die Augen schauen können, so würde sie bemerkt haben, wie gut ihm der Ausdruck herzlichen Entzückens, der sich über seine Züge verbreitete, zu Gesicht stand; doch wenn sie auch nicht sehen konnte, so konnte sie doch hören, und er sprach von Gefühlen, die ihr sagten, was sie ihm bedeutete, und die ihr seine Liebe von Wort zu Wort kostbarer machten.

Sie schritten weiter, ohne zu wissen, wohin. Es war ja so viel zu denken, zu empfinden und zu sagen, daß sie auf nichts anderes achten konnten. Sie erfuhr bald, wie sehr sie ihr gutes Einvernehmen den Bemühungen seiner Tante zu verdanken hatten, die ihn auf ihrem Rückweg tatsächlich in London aufgesucht und von ihrer Reise nach Longbourn berichtet hatte. Sie hatte ihm ausführlich erklärt, was sie dazu veranlaßt hätte, und war auch auf den wesentlichen Inhalt ihrer Unterredung mit Elisabeth eingegangen. Jeden Ausdruck, den Elisabeth gebraucht hatte, gab sie mit empörtem Nachdruck wieder, da nach Meinung ihrer Hochwohlgeboren darin der Eigensinn und die Dreistigkeit dieses Mädchens besonders deutlich zum Ausdruck kam und weil sie annahm, daß eine getreue Aufzählung dieser Frechheiten sie in ihrer Bemühung unterstützen müßte, von ihrem Neffen das Versprechen zu erhalten, das Elisabeth ihr verweigert hatte. Doch unglücklicherweise hatte dieser Bericht genau die umgekehrte Wirkung.

»Ich ersah daraus, daß ich mir Hoffnung machen konnte«, sagte er, »wie kaum je zuvor. Ich kannte deine Veranlagung gut genug, um zu wissen, daß du es Lady Catherine freiheraus gesagt haben würdest, wenn du dich endgültig und unwiderruflich gegen mich entschieden hättest.«

Elisabeth errötete und lachte, als sie erwiderte: »Ja, du kennst meine Offenheit gut genug, um mir auch das zuzutrauen. Nachdem ich dir so abscheuliche Dinge ins Gesicht gesagt habe, konnte ich ja auch keine Hemmungen haben, dich vor deiner ganzen Verwandtschaft schlechtzumachen.«

»Was hast du mir denn gesagt, das ich nicht verdient hätte? Denn wenn deine Anschuldigungen auch unbegründet waren und von falschen Voraussetzungen ausgingen, so verdiente mein damaliges Verhalten dir gegenüber den schwersten Tadel. Es war einfach unverzeihlich, und ich kann nicht ohne Abscheu daran denken.«

»Wir wollen uns nicht darüber streiten, wer an jenem Abend mehr Unrecht hatte«, sagte Elisabeth. »Genaugenommen war das Benehmen von uns beiden nicht einwandfrei, aber ich glaube, wir haben beide seitdem gelernt, umgänglicher zu sein.«

»Ich kann mich nicht so leicht mit meinem damaligen Verhalten versöhnen lassen. Die Erinnerung an das, was ich gesagt habe, an mein Verhalten, mein Benehmen, die Ausdrücke, die ich dabei gebraucht habe, ist mir jetzt genauso wie in den vergangenen Monaten unaussprechlich peinlich. Deinen so treffenden Vorwurf werde ich nie vergessen: ›Wenn Sie sich mehr als Gentleman verhalten hätten.‹ Das waren damals deine Worte. Du weißt nicht, du kannst kaum ermessen, wie sie mich gequält haben –

obgleich es eine gewisse Zeit dauerte, wie ich gestehen muß, ehe ich vernünftig genug war, ihnen Gerechtigkeit widerfahren zu lassen.«

»Ich hätte nie gedacht, daß sie einen solchen Eindruck machen würden. Daß sie so aufgefaßt werden könnten, ist mir überhaupt nicht in den Sinn gekommen.«

»Das kann ich mir leicht vorstellen. Du hast mich damals für gänzlich gefühllos gehalten, davon bin ich überzeugt. Den Ausdruck deines Gesichts werde ich nie vergessen, als du sagtest: ›Ich wüßte überhaupt nicht, wie Sie Ihren Antrag hätten vorbringen können, um mich zu seiner Annahme zu bewegen.‹«

»Ach, wiederhole doch bitte nicht, was ich damals gesagt habe. Derartige Erinnerungen ergeben ein ganz falsches Bild. Ich versichere dir, daß ich mich dieser Worte schon lange von Herzen schäme.«

Darcy kam nun auf seinen Brief zu sprechen. »Hat er dich schnell veranlaßt, besser von mir zu denken?« fragte er. »Hast du denn geglaubt, was darin stand, als du ihn lasest?«

Sie berichtete von der Wirkung, die er auf sie ausgeübt hatte, und wie allmählich alle ihre früheren Vorurteile verschwunden seien.

»Ich wußte«, sagte er, »daß der Inhalt des Briefes dich schmerzlich berühren mußte, aber es war notwendig. Ich hoffe, du hast den Brief vernichtet. Er enthält eine Stelle, die besonders an ihrem Anfang so schlimm ist, daß ich geradezu Angst hätte, wenn du sie noch einmal lesen könntest. Soweit ich mich erinnere, gebrauchte ich darin einige Ausdrücke, für die du mich mit vollem Recht hassen könntest.«

»Der Brief soll ganz gewiß verbrannt werden, wenn du glaubst, daß meine Zuneigung zu dir davon abhängt; doch wenn wir auch beide Grund zur Annahme haben, daß meine Ansichten nicht gänzlich unabänderlich sind – so leicht ändern sie sich doch nicht, wie deine Befürchtungen andeuten.«

»Als ich diesen Brief schrieb«, erwiderte Darcy, »hielt ich mich für vollkommen ruhig und gefaßt; doch inzwischen bin ich zur Ansicht gelangt, daß er in einer sehr bitteren Gemütsstimmung verfaßt worden ist.«

»Der Brief begann wohl bitter, doch er endete nicht so. Der Abschiedsgruß ist voller Milde und Nachsicht. Doch denke nicht weiter an den Brief. Die Gefühle des Menschen, der ihn schrieb, und des Menschen, der ihn empfing, sind heute von den damaligen so weit entfernt, daß alles Unerfreuliche darin vergessen werden sollte. Du mußt dir ein wenig von meiner Philosophie zu eigen machen: Denk an die Vergangenheit nur insoweit, als sie dir freudige Erinnerungen bietet.«

»Eine solche Philosophie kann ich dir für deine Person keinesfalls zugestehen. Ein Rückblick in die Vergangenheit kann bei dir keinerlei Gewissensbisse hervorrufen – du hast dir absolut nichts vorzuwerfen, so daß die Befriedigung, die ein derartiger Rückblick dir gewährt, nicht der Philosophie, sondern, was viel besser ist, der Unschuld zugeschrieben werden muß. Bei mir aber ist dies nicht der Fall. Da drängen sich peinliche, schmerzliche Erinnerungen auf, die sich nicht verdrängen lassen und die auch nicht verdrängt werden sollten. Ich bin mein ganzes Leben lang ein Mensch gewesen, der nur sich selber gelten lassen wollte, wenn nicht im Prinzip, so doch in der Praxis. Als Kind hat man mir beigebracht, was recht und unrecht ist, aber niemals darauf gehalten, daß ich mich beherrschen lernte. Gute Lehren hat man mir erteilt und es dann mir überlassen, sie durch Stolz und Einbildung zu verfälschen. Leider war ich der einzige Sohn – viele Jahre lang sogar das einzige Kind – und wurde von meinen Eltern verzogen; die waren zwar selbst herzensgut – besonders mein Vater war das verkörperte Wohlwollen und die Menschenfreundlichkeit in Person –, duldeten es aber, ja, bestärkten mich darin und brachten mir sogar bei, daß ich niemanden außerhalb meines Verwandtenkreises beachtete, von der ganzen übrigen Welt gering dachte und daß ich zum mindesten das Bestreben entwickelte, den Verstand und Wert anderer Menschen geringer einzuschätzen als den eigenen. So war ich von acht bis achtundzwanzig und wäre vielleicht immer noch so ohne dich, meine liebe, meine schöne Elisabeth! Was verdanke ich dir nicht alles! Du hast mich in die Schule genommen, wirklich hart zwar zuerst, aber sehr zu meinem Vorteil. Durch dich bin ich gedemütigt worden, wie ich es verdiente. Ich kam zu dir und hatte nicht den geringsten Zweifel, daß du mich freudestrahlend empfangen würdest. Du zeigtest mir, wie wenig ich mir anmaßen konnte, einer Frau, die es wert war, zu gefallen.«

»Warst du denn damals von meinem Entgegenkommen so überzeugt?«

»Zweifellos. Was wirst du nun von meiner Eitelkeit denken? Ich bildete mir ein, daß du meine Annäherung wünschtest, ja erwartetest.«

»Dann muß ich mich wohl falsch verhalten haben, wenn es auch nicht absichtlich geschehen ist, das kann ich mit gutem Gewissen versichern. Ich habe dich nie täuschen wollen, wenn auch oft meine Gedanken eine falsche Richtung genommen haben mögen. Wie mußt du mich nach jenem Abend gehaßt haben!«

»Dich hassen! Vielleicht war ich zuerst wirklich wütend, doch schon bald wandte sich meine Wut nach der richtigen Seite.«

»Ich fürchte mich beinahe zu fragen, was du von mir dachtest, als wir uns in Pemberley begegneten. Du fandest es sicher unangebracht, daß ich dorthin kam?«

»Keineswegs, ich war nur überrascht.«

»Deine Überraschung konnte gar nicht größer sein als meine, als du uns bemerktest. Mein Gewissen sagte mir, daß ich keinen besonders höflichen Empfang verdiente, und ich muß gestehen, daß ich nicht mehr erwartete, als was unumgänglich war.«

»Mir lag damals besonders daran«, erwiderte Darcy, »durch jede nur mögliche Höflichkeit dir zu zeigen, daß ich nicht so unvornehm war, dir das Vergangene nachzutragen, und ich hoffte, deine Verzeihung zu erlangen und deine schlechte Meinung von mir zu verbessern, wenn ich dich merken ließ, daß ich deine Vorwürfe beherzigt hatte. Wie bald sich dann noch weitergehende

Wünsche einstellten, kann ich kaum sagen, aber es dauerte, glaube ich, nur ungefähr eine halbe Stunde, nachdem ich dich gesehen hatte.«

Er berichtete ihr dann, wie entzückt Georgiana über ihre Bekanntschaft gewesen war und mit welcher Enttäuschung sie die plötzliche Unterbrechung hingenommen hatte. Dies brachte ihn natürlich auf die Ursache dieser Unterbrechung, und sie erfuhr nun, daß er noch im Gasthaus bei ihr den Entschluß gefaßt hatte, ihr von Derbyshire aus zu folgen und ihre Schwester aufzuspüren, und daß er damals nur deshalb so ernst und nachdenklich gewesen sei, weil er sich die notwendigen Gedanken über sein Vorhaben gemacht hatte.

Sie drückte ihm abermals ihre Dankbarkeit aus, doch das Thema war beiden zu peinlich, als daß sie länger dabei verweilt hätten.

Nachdem sie auf diese Weise achtlos mehrere Meilen dahingeschlendert waren, viel zu sehr mit sich selbst beschäftigt, als daß sie auf die Umwelt geachtet hätten, sagte ihnen ein Blick auf ihre Uhren, daß es Zeit war, wieder nach Hause zu gehen.

Die Frage, wo Bingley und Jane wohl stecken mochten, brachte ihr Gespräch auf diese beiden. Darcy freute sich herzlich über die Verlobung; sein Freund hatte ihn als ersten davon benachrichtigt.

»Ich muß dich fragen, ob es dich überrascht hat«, sagte Elisabeth.

»Aber gar nicht. Als ich abfuhr, wußte ich genau, daß es bald dazu kommen würde.«

»Das heißt also, daß du ihm die Erlaubnis dazu gegeben hast. Das habe ich mir doch gleich gedacht.« Und wenn er auch gegen den Ausdruck ›Erlaubnis‹ protestierte, mußte er doch zugeben, daß es so ziemlich stimmte.

»Am Abend, ehe ich nach London fuhr«, sagte er, »machte ich ihm ein Geständnis, das ich wohl schon längst hätte ablegen sollen. Ich berichtete von allem, was sich ereignet hatte und was meine frühere Einmischung in seine Angelegenheiten sinnlos und unverschämt erscheinen lassen mußte. Er war sehr überrascht und hatte

nicht das geringste geahnt. Auch sagte ich ihm, daß ich mich geirrt haben mußte, als ich damals annahm, daß er deiner Schwester gleichgültig sei, und da ich leicht feststellen konnte, wie unvermindert seine Zuneigung zu ihr erhalten geblieben war, hatte ich keinen Zweifel mehr, daß sie zusammen glücklich werden würden.«
Elisabeth mußte darüber lächeln, wie leicht er seinen Freund lenken konnte.
»Hast du dich auf eigene Beobachtungen gestützt, als du ihm sagtest, meine Schwester liebe ihn«, fragte Elisabeth, »oder nur auf das, was ich dir im vergangenen Frühjahr mitgeteilt habe?«
»Ich habe es selber herausgefunden. Während der beiden Besuche, die ich ihr neulich hier abstattete, habe ich sie sehr genau beobachtet und kam zur Überzeugung, daß sie ihn liebte.«
»Und auch er war vermutlich sofort davon überzeugt, als du ihm diese Versicherung abgabst?«
»Das ist richtig. Bingley ist so bescheiden und traut sich so wenig zu, daß er es nicht wagte, sich in einer so entscheidenden Angelegenheit auf sein eigenes Urteil zu verlassen; doch da er gewohnt ist, meinem Rat blindlings zu folgen, ließ sich alles leicht wieder in Ordnung bringen. Ich mußte ihm etwas gestehen, was ihn eine Zeitlang mit Recht verstimmte. Ich konnte mir nun nicht mehr erlauben, vor ihm weiterhin geheimzuhalten, daß deine Schwester drei Monate lang in London gewesen war, daß ich davon gewußt und es ihm absichtlich verheimlicht hatte. Er war zornig, doch sein Zorn hielt meiner Überzeugung nach nur so lange an, wie er an den wahren Gefühlen deiner Schwester noch zweifeln konnte. Jetzt hat er mir aufrichtig verziehen.«
Elisabeth hätte gern die Bemerkung gemacht, daß Herr Bingley ja ein idealer Freund wäre; jemand, der so leicht zu lenken war, müsse ja geradezu von unschätzbarem Wert sein; doch sie hielt sich zurück. Sie überlegte sich, daß Darcy es noch lernen mußte, Spott zu ertragen, und daß es noch verfrüht war, mit dieser Lektion zu begin-

nen. Den ganzen Heimweg malte er sich und ihr das Glück seines Freundes aus, das natürlich nur von seinem eigenen noch übertroffen wurde. In der Diele trennten sie sich.

Neunundfünfzigstes Kapitel

»Aber meine liebe Lissy, wo seid ihr nur hingelaufen?« war die Frage, mit der sie beim Betreten des Zimmers von Jane empfangen wurde und die auch die anderen stellten, als sie am Tisch Platz nahmen. Sie konnte nur erwidern, sie seien so lange umhergeschlendert, bis sie selber nicht mehr genau wußte, wo sie war. Sie wurde dabei rot, doch weder dies noch sonst etwas erregte bei jemandem Verdacht.

Der Abend verlief ruhig, ohne daß sich etwas Besonderes ereignete. Die öffentlich Verlobten plauderten miteinander, die heimlich Verlobten waren stumm. Darcy war nicht so veranlagt, daß sich sein Glück in überströmender Heiterkeit geäußert hätte, und Elisabeth war so aufgeregt und verwirrt, daß sie von ihrem Glück mehr wußte als fühlte; denn außer der unmittelbar empfundenen Verlegenheit sah sie noch andere Schwierigkeiten voraus. Sie malte sich aus, wie man es in der Familie aufnehmen würde, wenn sie das Verlöbnis bekanntgab. Sie war sich bewußt, daß außer Jane ihn niemand recht mochte, ja sie fürchtete sogar, die Abneigung der anderen könnte so stark sein, daß sie auch durch sein Vermögen und seine gesellschaftliche Stellung in ihren Augen nicht wettzumachen war.

Abends schüttete sie Jane ihr Herz aus. Obwohl jedes Mißtrauen Janes Charakter so fern wie möglich lag, wollte sie es einfach nicht glauben.

»Du machst Spaß, Lissy. Das kann doch nicht sein – mit

Herrn Darcy verlobt! – Nein, nein, darauf falle ich nicht herein. Ich weiß, daß so etwas völlig unmöglich ist.«

»Das ist ja ein schlimmer Anfang! Die einzige, auf die ich mich fest verlassen habe, warst du; jetzt weiß ich, daß niemand es mir glauben wird, wenn nicht einmal du es fertigbringst. Und doch meine ich es ernst. Ich sage die reine Wahrheit. Er liebt mich immer noch, und wir sind verlobt!«

Jane blickte sie zweifelnd an. »Ach Lissy, es kann gar nicht möglich sein; ich weiß doch, wie sehr du ihn verabscheust.«

»Nichts weißt du davon. Was vergangen ist, soll vergessen sein. Vielleicht habe ich ihn nicht immer so geliebt wie jetzt. Aber in einem Fall wie diesem ist ein gutes Gedächtnis unverzeihlich. Es soll das letztemal sein, daß ich selber daran denke.«

Jane war ihre Überraschung und Verblüffung immer noch anzusehen. Elisabeth versicherte ihr nochmals und mit größerem Ernst, daß alles die reine Wahrheit sei.

»Lieber Himmel! So stimmt es also wirklich? Doch nun muß ich dir glauben«, rief Jane aus. »Meine liebe, liebe Lissy, ich gratuliere dir von ganzem Herzen; aber bist du nun auch ganz sicher – verzeih mir die Frage –, daß du mit ihm glücklich sein kannst?«

»Da kann es keinen Zweifel geben. Wir sind uns schon darüber einig geworden, daß wir das glücklichste Paar der Welt sein müssen. Aber freust du dich auch, Jane? Wirst du mit deinem Schwager zufrieden sein?«

»Sehr freue ich mich! Nichts könnte Bingley oder mir willkommener sein. Wir haben so etwas schon einmal in Betracht gezogen, aber wir kamen zum Schluß, daß es ganz unmöglich sei. Und liebst du ihn wirklich heiß genug? Ach Lissy, heirate auf keinen Fall ohne Liebe. Bist du auch ganz sicher, daß du fühlst, was du fühlen solltest?«

»O ja! Wenn ich dir alles erzählt habe, wirst du eher der Ansicht sein, daß ich mehr fühle und empfinde, als ich eigentlich sollte.«

»Wie meinst du das?«

»Nun, ich muß dir das Geständnis machen, daß ich ihn noch mehr als Bingley liebe. Aber nun wirst du wohl böse auf mich sein.«
»Meine liebe, gute Schwester, nun sei einmal ernst. Ich will das alles ganz ernst mit dir besprechen. Sage mir endlich alles, was ich erfahren soll. Willst du mir verraten, wie lange du ihn schon liebst?«
»Es ist so allmählich gekommen, daß ich kaum weiß, wann es anfing. Aber ich glaube, es begann wohl, als ich seinen wunderbaren Landbesitz in Pemberley zum erstenmal erblickte.«
Eine weitere Bitte, doch endlich ernst zu sein, hatte den gewünschten Erfolg, und sie stellte Jane durch ihre feierlichen Liebesbeteuerungen bald zufrieden. Als die Schwester über diesen Punkt beruhigt war, blieb ihr nichts mehr zu wünschen übrig.
»Jetzt erst bin ich vollkommen glücklich«, sagte sie, »denn nun wirst du genauso glücklich werden wie ich. Ich habe ihn schon immer geschätzt. Und wenn es nur deswegen gewesen wäre, weil er dich liebte, muß ich ihn schon immer geachtet haben; doch jetzt steht er mir als Bingleys Freund und dein Mann so nahe, daß nur Bingley und du selber mir noch lieber sein können als er. Aber Lissy, zu mir bist du wirklich sehr hinterhältig und sehr verschlossen gewesen. Wie wenig hast du mir von alldem erzählt, was sich in Pemberley und in Lambton ereignet hat! Alles, was ich inzwischen davon erfahren habe, verdanke ich jemand anders und nicht dir.«
Elisabeth sagte ihr, warum sie alles so geheimhalten mußte. Sie wollte ihr gegenüber Bingley nicht erwähnen, und weil sie mit ihren Gefühlen selber nicht im reinen war, mußte sie auch den Namen seines Freundes vermeiden. Doch nun wollte sie vor ihr nicht mehr verheimlichen, welchen Anteil er an Lydias Hochzeit hatte. Alles wurde eingestanden und dankbar anerkannt, und über ihrem Gespräch verstrich die halbe Nacht.
»Lieber Himmel!« rief Frau Bennet, als sie am nächsten Vormittag am Fenster stand, »da kommt doch dieser widerliche Darcy schon wieder mit unserem guten Bingley!

Was hat das nur zu bedeuten, daß er so aufdringlich ist und immer mit zu uns kommt? Er sollte lieber jagen gehen oder sonstwas anstellen, statt uns dauernd mit seiner Anwesenheit lästig zu fallen. Was sollen wir denn mit ihm anfangen? Lissy, du mußt wieder mit ihm spazierengehen, damit er Bingley nicht im Wege ist.«
Elisabeth konnte sich kaum das Lachen verbeißen, daß ihr ein so willkommener Vorschlag gemacht wurde, und doch ärgerte es sie, daß ihre Mutter ihn dauernd mit sowenig schmeichelhaften Beiworten bedachte.
Kaum hatten die Besucher das Zimmer betreten, als Bingley sie auch schon so bedeutungsvoll anschaute und ihr mit solcher Herzlichkeit die Hand drückte, daß kein Zweifel blieb, wieviel er von der Angelegenheit wußte. Und gleich danach sagte er laut: »Frau Bennet, gibt es hier in der Gegend noch mehr Wege, auf denen sich Lissy heute verlaufen kann?«
»Ich möchte Herrn Darcy, Lissy und Kitty den Rat geben«, sagte Frau Bennet, »heute früh auf den Oakhamberg zu gehen. Es ist ein hübscher, langer Spaziergang, und Herr Darcy hat die Aussicht noch nicht gesehen.«
»Das mag für die anderen schon ganz richtig sein«, erwiderte Bingley, »aber für Kitty ist es bestimmt zuviel. Nicht wahr Kitty?«
Kitty gab zu, daß sie viel lieber zu Hause bliebe. Herr Darcy ließ erkennen, daß ihn die Aussicht von diesem Berg sehr interessieren würde, und Elisabeth stimmte schweigend zu. Als sie hinaufging, um sich fertigzumachen, folgte Frau Bennet ihr und sagte: »Es tut mir ja so leid, Lissy, daß du den unangenehmen Menschen ganz allein auf dich nehmen mußt; aber ich hoffe, du tust es ganz gern; es geschieht doch nur um Janes willen, wie du weißt; du brauchst dich ja mit ihm nur hin und wieder zu unterhalten. Streng dich also nicht weiter an – es lohnt sich nicht.«
Während des Spazierganges wurde vereinbart, daß Herrn Bennets Zustimmung am Abend eingeholt werden sollte. Elisabeth nahm es allein auf sich, die Mutter davon in Kenntnis zu setzen. Sie konnte sich nicht dar-

über klarwerden, wie ihre Mutter es aufnehmen würde, und hatte manchmal Zweifel, ob sein ganzer Reichtum und seine Vornehmheit ausreichen würden, ihren Abscheu vor diesem Manne zu überwinden. Doch ob sie nun leidenschaftlich dagegen oder leidenschaftlich dafür sein würde – eins stand fest: Ihre Gefühlsäußerungen würden in beiden Fällen ihrem Verstand wenig Ehre machen, und Elisabeth wollte auf jeden Fall verhindern, daß Darcy Zeuge ihres ersten Freudentaumels oder des ersten Ausbruchs ihrer Mißbilligung wurde.

Am Abend, bald nachdem Herr Bennet sich in sein Arbeitszimmer zurückgezogen hatte, sah sie, wie Darcy sich erhob und ihm folgte, und ihre Aufregung kannte keine Grenzen. Sie fürchtete nicht, daß ihr Vater etwas dagegen haben könnte, aber er würde unglücklich darüber sein, und es wurmte sie, daß ausgerechnet sie, seine Lieblingstochter, ihm durch ihre Wahl Kummer bereiten und Sorge über ihr weiteres Schicksal machen mußte, und so blieb sie niedergedrückt auf ihrem Stuhl sitzen, bis Darcy wieder erschien und ihr zulächelte, wodurch sie sich etwas erleichtert fühlte. Nach wenigen Minuten kam er zum Tisch, an dem sie mit Kitty saß, tat, als ob er ihre Handarbeit bewunderte, und flüsterte ihr zu: »Geh zu deinem Vater, er will in der Bibliothek mit dir reden.« Sie ging augenblicklich.
Ihr Vater schritt im Zimmer auf und ab und sah ernst und besorgt aus. »Lissy«, sagte er, »was machst du nur? Bist du nicht ganz bei Sinnen, daß du diesem Manne dein Jawort gibst? Hast du ihn nicht immer verabscheut?«
Wie wünschte sie sich da, daß sie früher vernünftiger über ihn gedacht und sich maßvoller ausgedrückt hätte! Das würde ihr jetzt Erklärungen und Beteuerungen erspart haben, die ihr äußerst peinlich waren; doch nun ließ es sich nicht mehr umgehen, und sie versicherte einigermaßen verlegen dem Vater, daß sie Herrn Darcy wirklich liebe.
»Oder, in anderen Worten, daß du entschlossen bist, ihn

zu nehmen. Er ist sehr reich, gewiß, und du magst wohl mehr schöne Kleider und schöne Wagen zur Verfügung haben als Jane. Aber wird dich das glücklich machen?«

»Haben Sie außer der Annahme, daß er mir im Grunde gleichgültig ist, noch andere Gründe gegen die Heirat?« fragte Elisabeth.

»Nein, nicht im geringsten. Wir alle kennen ihn als stolzen, wenig liebenswürdigen Menschen; doch das wäre kein Hinderungsgrund, wenn du ihn wirklich liebtest.«

»Aber ich liebe ihn doch«, erwiderte sie, und in ihren Augen standen Tränen. »Ich liebe ihn. Er hat wirklich keinen unangebrachten Stolz, und er ist durch und durch liebenswert. Sie wissen ja nicht, wie er wirklich ist; bitte sprechen Sie nicht so von ihm, es tut mir weh.«

»Lissy«, sagte ihr Vater, »ich habe ihm meine Zustimmung gegeben. Er gehört zu den Leuten, denen ich nie etwas abzuschlagen wagen würde, was sie mich zu bitten geruhen. Ich gebe sie jetzt auch dir, wenn du entschlossen bist, ihn zu nehmen. Aber ich möchte dir raten, dir die Sache noch einmal recht genau zu überlegen. Ich kenne deine Veranlagung, Lissy. Ich weiß, daß du weder glücklich sein noch Achtung vor dir selber haben würdest, wenn du deinen Gatten nicht wirklich achten, wenn du nicht zu ihm aufschauen könntest. Dein heller Verstand, deine Begabung würden dich in einer ungleichen Ehe in die größte Gefahr bringen. Schande und Elend wären dann unausbleiblich. Mein Kind, bereite mir nicht den Kummer, daß ausgerechnet du deinen Lebensgefährten nicht achten kannst. Du weißt nicht, was du auf dich nimmst.«

Elisabeth, noch stärker berührt, erwiderte mit großem Ernst und einer gewissen Feierlichkeit. Sie versicherte immer wieder, daß Herr Darcy wirklich der Mann ihrer Wahl sei, erklärte, wie sie allmählich dazu gekommen war, ihn anders einzuschätzen, beteuerte, wie unerschütterlich ihre Gewißheit sei, daß seine Liebe keine vorübergehende Leidenschaft sei, sondern sich in der

Feuerprobe vieler Monate bewährt habe, und führte überzeugend alle seine positiven Eigenschaften an, so daß es ihr schließlich gelang, den Unglauben und die Zweifel ihres Vaters zu überwinden und ihn mit dem Gedanken an eine solche Ehe zu versöhnen.

»Nun gut, meine Liebe«, sagte er, als sie mit ihren Worten zu Ende war, »ich habe nichts weiter dazu zu bemerken. Wenn das, was du sagst, wirklich der Fall ist, dann verdient er dich. Jemandem, der deiner weniger würdig wäre, hätte ich dich nicht gegeben; dann hätte ich mich nicht von dir trennen können, meine liebe Lissy.« Um seinen günstigen Eindruck von Darcy noch zu verstärken, berichtete sie ihm, was er aus freiem Willen für Lydia getan hatte. Er hörte es mit Erstaunen.

»Das ist wirklich die Nacht der großen Wunder! – So hat also Darcy alles vollbracht, die Heirat erzwungen, das Geld hergegeben, die Schulden bezahlt und ihm das Offizierspatent verschafft! Um so besser für mich. Das wird mir eine Menge Ärger und Ausgaben ersparen. Wenn dein Onkel das alles in die Wege geleitet hätte, wäre mir nichts übriggeblieben, als ihm seine Auslagen zu erstatten, und das hätte ich auf jeden Fall getan; aber bei diesen verliebten jungen Männern muß ja alles nach ihrem eigenen Kopf gehen. Ich werde ihm morgen anbieten, das Geld zurückzuzahlen; er wird große Worte machen und stürmisch beteuern, wie sehr er dich liebt, und damit wird die Sache erledigt sein.«

Dann fiel ihm wieder ein, wie verlegen sie vor ein paar Tagen geworden war, als er ihr den Brief des Herrn Collins vorgelesen hatte, und nachdem er sie ein wenig ausgelacht hatte, ließ er sie endlich gehen und sagte, als sie das Zimmer verließ: »Wenn noch weitere junge Männer dasein sollten, die sich um Mary oder Kitty bewerben, schicke sie mir gleich herein, denn ich bin nun einmal dabei.«

Nun war eine große Last von Elisabeth abgefallen, und nachdem sie eine halbe Stunde lang in ihrem Zimmer ruhig über alles nachgedacht hatte, war sie imstande, sich wieder mit leidlicher Fassung zu den anderen zu gesellen. Alles war noch zu neu und ungewohnt, als daß sie hätte unbeschwert froh sein können, doch der Abend ging ungestört vorüber; es gab nichts mehr, was ernstlich zu befürchten gewesen wäre, und die Gemütsruhe, die nur Unbeschwertheit und Vertraulichkeit mit sich bringen konnten, würde sich mit der Zeit von selbst einstellen.

Als abends die Mutter in ihr Ankleidezimmer ging, folgte sie ihr und machte ihr die unerhörte Mitteilung. Die Wirkung war dann auch außerordentlich, denn Frau Bennet saß zunächst stumm da und brachte keine Silbe heraus. Es dauerte überhaupt eine ganze Zeit, bis sie wirklich begreifen konnte, was sie da vernommen hatte, obwohl sie doch sonst nicht begriffsstutzig war, wenn es um den Vorteil ihrer Familie ging oder wenn es sich um einen Liebhaber für eine ihrer Töchter handelte. Endlich erholte sie sich allmählich von der Überraschung, begann auf ihrem Stuhl herumzurücken, aufzustehen, sich wieder hinzusetzen, ihr Erstaunen zu äußern und sich glücklich zu preisen.

»Lieber Himmel! Der Herr sei mir gnädig! Denk nur an! Du meine Güte! Herr Darcy! Wer hätte das gedacht? Ist es auch wirklich wahr? Oh, meine süße Lissy! Wie reich und vornehm du wirst! Wieviel Taschengeld, was für Schmuck und was für Wagen du haben wirst! Jane ist nichts im Vergleich mit dir – überhaupt nichts! Ich bin so froh – so glücklich! Und so ein reizender Mensch! So hübsch, so groß! – Ach, meine liebe Lissy, bitte entschuldige mich nur bei ihm, daß ich ihn früher nicht ausstehen konnte. Hoffentlich übersieht er es. Liebe, liebe Lissy! Ein Stadthaus in London! Alles, was das Herz begehrt! Drei Töchter verheiratet! Zehntausend Pfund jährlich! O Gott, was wird aus mir werden? Die Freude bringt mich noch um!«

Das genügte als Beweis, daß an ihrer Billigung nicht zu zweifeln war; Elisabeth entfernte sich bald und war nur froh, daß sie die einzige Zeugin dieses Freudenausbruchs gewesen war. Aber kaum war sie drei Minuten in ihrem Zimmer, als die Mutter ihr folgte.

»Mein liebes, liebes Kind«, rief sie, »ich kann gar keinen anderen Gedanken fassen. Zehntausend Pfund jährlich, und wahrscheinlich gar noch mehr! Das ist ja grad so, als ob du einen Lord gekriegt hättest! Und eine Sondergenehmigung – du mußt und wirst mit Sondergenehmigung ohne Aufgebot heiraten! Aber meine Liebe, Gute, nun sag mir mal schnell, was Herr Darcy besonders gern ißt, damit ich es ihm morgen vorsetzen kann.«

Das war ein bedrohliches Vorzeichen für das Verhalten ihrer Mutter gegenüber Herrn Darcy selber, und Elisabeth wurde sich bewußt, daß trotz seiner unverbrüchlichen, heißen Liebe und trotz des Einverständnisses ihrer Familie immer noch etwas zu wünschen übrigblieb. Aber der nächste Tag wurde besser überstanden, als sie erwartet hatte, denn glücklicherweise hatte Frau Bennet solch einen ehrfürchtigen Respekt vor ihrem zukünftigen Schwiegersohn, daß sie ihn gar nicht anzureden wagte, wenn sie ihm nicht gerade etwas anzubieten hatte oder ihm zu verstehen geben wollte, daß sie voll und ganz seiner Meinung sei.

Elisabeth stellte mit Befriedigung fest, daß ihr Vater sich bemühte, näher mit ihm bekannt zu werden, und Herr Bennet konnte ihr bald versichern, daß seine Hochachtung vor ihm von Stunde zu Stunde stieg.

»Ich verehre alle meine drei Schwiegersöhne gewaltig«, sagte er. »Wickham ist mir wahrscheinlich der liebste, aber ich denke, mit der Zeit werde ich auch dazu kommen, deinen Mann wenigstens ebenso hochzuschätzen wie den von Jane.«

Sechzigstes Kapitel

Elisabeth erlangte ihre alte Schalkhaftigkeit bald wieder. So verlangte sie von Darcy Rechenschaft darüber, wie er überhaupt dazugekommen wäre, sich jemals in sie zu verlieben. »Wie konntest du nur mit so etwas anfangen?« fragte sie. »Ich kann begreifen, wie die Sache so bezaubernd weitergegangen ist, als du einmal damit angefangen hattest; aber was in aller Welt konnte dich zunächst einmal dazu veranlassen?«

»Ich kann mich nicht auf die Stunde, den Ort, den Anblick oder die Worte besinnen, die den Grund zu allem legten. Es ist zu lange her. Ich war schon mitten drin, ehe ich überhaupt wußte, daß ich damit angefangen hatte.«

»Meiner Schönheit hattest du ja gleich anfangs widerstanden, und was mein Benehmen anlangt – nun, mein Verhalten zu dir grenzte stets zum mindesten an Unhöflichkeit, und ich habe eigentlich nie mit dir gesprochen, ohne dir mehr oder minder weh tun zu wollen. Nun sag mir aufrichtig: Hast du mich wegen meiner Keckheit verehrt?«

»Bestimmt wegen deiner geistigen Lebhaftigkeit.«

»Du kannst es ruhig gleich Keckheit nennen; denn viel weniger als das war es bestimmt nicht. Tatsache ist, daß du höfliche Redensarten, Ehrerbietung, übertriebene Zuvorkommenheit gründlich satt hattest. Du hattest Widerwillen gegen die Frauen, die immer nur dir zu Gefallen redeten, Blicke warfen und dachten. Ich reizte und interessierte dich, weil ich so ganz anders war. Wenn du nicht so von Grund aus gutmütig und freundlich gewesen wärst, würdest du mich deswegen verabscheut haben; doch dein Fühlen und Denken war immer edel und gerecht, trotz der Mühe, die du dir gabst, um den gegenteiligen Eindruck zu erwecken, und im innersten Herzen hast du die Leute, die dir den Hof so eifrig machten, von Grund aus verachtet. Siehst du – jetzt habe ich dir die Mühe erspart, selber Rechenschaft darüber abzulegen, und wirklich, wenn man alles in Betracht zieht, bin ich geneigt, alles auch für vollkommen glaubhaft zu halten. Sicherlich kanntest du meine wirklichen Vorzüge gar nicht – aber niemand denkt an so etwas, wenn er verliebt ist.«

»War die liebevolle Sorge um Jane, als sie sich noch in Netherfield aufhielt, etwa kein Vorzug, den man dir zuschreiben konnte?«

»Die liebe, gute Jane! Wer hätte es fertiggebracht, das nicht für sie zu tun? Doch meinetwegen, rechne mir das ruhig als Charaktervorzug an. Meine guten Eigenschaften stehen nun mal unter deinem besonderen Schutz, und du sollst sie so gut wie möglich herausstreichen; und als Gegenleistung ist es meine Aufgabe, dich bei jeder sich bietenden Gelegenheit zu necken und aufzuziehn. Ich will gleich damit anfangen, indem ich dich frage, warum du denn so lange gezögert hast, um endlich zur Sache zu kommen. Warum warst du mir gegenüber so zurückhaltend, als du zuerst hier deinen Besuch machtest und dann auch, als du bei uns zum Essen eingeladen warst? Warum vor allem gabst du dir bei deinem Besuch den Anschein, als ob ich dir völlig gleichgültig wäre?«

»Weil du so ernst und stumm warst und mich nicht im geringsten ermutigt hast.«

»Aber ich war doch verlegen.«

»Das war ich auch.«

»Du hättest aber mehr mit mir reden können, als du zum Essen hier warst.«

»Jemand, der nicht so mit seinen Gefühlen zu tun hatte, hätte das vielleicht fertiggebracht.«

»Es ist natürlich mein Pech, daß du auf alles eine vernünftige Antwort weißt und daß ich so vernünftig bin, sie gelten zu lassen. Aber gern möchte ich wissen, wie lange du noch so weitergemacht hättest, wenn das alles dir allein überlassen geblieben wäre! Ich möchte wissen, wann du endlich gesprochen haben würdest, wenn ich dich nicht gefragt hätte! Mein Entschluß, dir für das zu danken, was du für Lydia getan hast, hatte ja bestimmt große Wirkung. Eine zu große, fürchte ich; denn was soll aus der Moral werden, wenn unser Vorteil aus einem Vertrauensbruch herrührt; denn eigentlich hätte ich gar nicht davon sprechen dürfen. Das geht nun einmal nicht an.«

»Darüber brauchst du dir keine Gedanken zu machen. Es ist alles mit rechten Dingen zugegangen. Lady Catherines unverantwortliche Bemühungen, uns zu trennen, waren es, die in mir alle Zweifel beseitigt haben. Ich brauche also mein Glück nicht auf deinen Drang zurückzuführen, mir unbedingt deine Dankbarkeit auszudrükken. Ich war nicht darauf angewiesen und eingestellt, auf ein Entgegenkommen deinerseits zu warten. Was mir durch meine Tante bekanntgeworden war, hatte mir Hoffnung gemacht, und ich war fest entschlossen, mir so bald als möglich Klarheit zu verschaffen.«

»Da hat sich Lady Catherine ja unsagbar nützlich gemacht, worüber sie sich freuen sollte, denn sie macht sich ja so gern nützlich. Doch nun sage mir noch, aus welchem Grunde du eigentlich nach Netherfield herunter gekommen bist. Etwa nur, um nach Longbourn zu reiten und verlegen zu sein, oder hattest du vielleicht doch ernsthaftere Pläne?«

»Der eigentliche Grund war, dich zu sehen und wenn möglich herauszubekommen, ob ich jemals hoffen könnte, dich so weit zu bringen, daß du mich liebst.

Mein vorgeblicher Grund, das heißt der Grund, den ich vor mir selber eingestand, war, festzustellen, ob deine Schwester Bingley noch zugetan war, und, wenn dies der Fall sein sollte, ihm das Geständnis zu machen, das ich inzwischen auch abgelegt habe.«

»Wirst du jemals den Mut aufbringen, Lady Catherine anzukündigen, was ihr bevorsteht?«

»Mir fehlt eher die Zeit als der Mut dazu, Elisabeth. Aber einmal muß es doch geschehen, und wenn du mir einen Briefbogen reichen wolltest, soll es sogar sofort geschehen.«

»Und wenn ich nicht selber einen Brief zu schreiben

hätte, könnte ich mich zu dir setzen und bewundern, wie sauber und gerade du schreibst – wie das einst eine andere junge Dame getan hat. Doch auch ich habe eine Tante, die ich nicht länger warten lassen kann.«
Elisabeth hatte Frau Gardiners langen Brief noch immer nicht beantwortet, weil sie nicht gern zugeben wollte, wie sehr ihre Tante die Innigkeit ihres Verhältnisses zu Darcy überschätzt hatte; doch nun, da sie etwas mitzuteilen hatte, was, wie sie wußte, den Gardiners höchst willkommen sein mußte, schämte sie sich fast, wenn sie bedachte, daß sie ihren Onkel und ihre Tante bereits um drei glückliche Tage gebracht hatte. So schrieb sie sofort den folgenden Brief:

›Ich würde Ihnen, wie es sich gehört hätte, für Ihren langen, freundlichen und so ausführlichen Brief schon längst gedankt haben, liebe Tante; aber, um der Wahrheit die Ehre zu geben, war ich zu verstimmt dazu. Sie haben viel mehr vorausgesetzt, als wirklich den Tatsachen entsprach. Doch jetzt können Sie soviel voraussetzen, wie Sie nur wollen, können Ihrer Phantasie freien Lauf lassen und sich ausmalen, was ein solcher Anlaß Ihnen nur immer eingeben kann, und wenn Sie nicht gerade annehmen, daß ich schon verheiratet bin, können Sie nicht mehr viel fehlgehen. Sie müssen mir bald wieder schreiben und noch viel mehr zu seinem Lobe anführen als in Ihrem letzten Brief. Ich kann Ihnen gar nicht genug dafür danken, daß Sie damals nicht bis in das Seengebiet gereist sind. Wie konnte ich nur so töricht sein, es mir zu wünschen! Ihre Idee mit den Ponys finde ich reizend. Wir werden jeden Tag um das ganze Parkgebiet herumfahren. Ich bin das glücklichste Geschöpf der Welt. Das haben andere Leute früher vielleicht auch schon von sich behauptet, aber niemand hatte soviel Grund dazu wie ich. Ich bin sogar noch glücklicher als Jane; sie lächelt nur, ich lache. Herr Darcy läßt Sie alle mit soviel Liebe grüßen, wie er noch erübrigen kann. Zu Weihnachten sollen Sie alle nach Pemberley kommen. – Ihre ... usw.‹

Darcys Brief an Lady Catherine war weniger überschwenglich, und noch verschiedener war nach Inhalt und Stil der Brief, mit dem Herr Bennet das letzte Schreiben des Herrn Collins beantwortete:

›Werter Herr,
ich muß Ihnen abermals die Mühe machen, sich zu einem Glückwunschschreiben aufzuraffen. Elisabeth wird bald die Frau von Herrn Darcy sein. Trösten Sie Lady Catherine, so gut Sie können. Doch an Ihrer Stelle würde ich lieber zum Neffen halten. Er hat mehr zu bieten. Mit aufrichtigen ... usw.‹

Fräulein Bingleys Glückwünsche zur Verlobung ihres Bruders trieften von Herzlichkeit und Unaufrichtigkeit. Sie schrieb bei dieser Gelegenheit sogar ein paar Zeilen an Jane, um ihrer Freude Ausdruck zu geben und ihre früheren Beteuerungen herzlicher Verbundenheit zu wiederholen. Jane ließ sich dadurch nicht täuschen, war jedoch gerührt; und obwohl sie wußte, daß sie sich auf Fräulein Bingley nicht verlassen konnte, antwortete sie ihr doch viel freundlicher, als sie es verdient hätte.
Die Freude, die Fräulein Darcy bei einer ähnlichen Mitteilung ihres Bruders empfand, war ebenso aufrichtig wie die Freude ihres Bruders, als er den Brief an sie schrieb. Vier Seiten Briefpapier reichten nicht hin, ihr Entzücken darüber auszudrücken und ihren innigen Wunsch, die Liebe ihrer Schwägerin zu gewinnen.
Ehe eine Antwort von Herrn Collins oder ein Glückwunschschreiben seiner Frau an Elisabeth ankommen konnte, hörte die Longbourner Familie, daß die Collinsens selber in der Villa Lucas eingetroffen wären. Der Grund für diesen plötzlichen Ortswechsel wurde bald offenbar. Lady Catherine war über den Inhalt des Briefes ihres Neffen so wütend geworden, daß Charlotte, die sich über die Heirat wirklich freute, darauf bedacht sein mußte, ihr aus dem Wege zu gehen, bis der Sturm vorüber war. In einem solchen Augenblick bedeutete Elisabeth die Ankunft ihrer Freundin eine aufrichtige

Freude, obwohl sie bei ihrem Zusammensein mit dem Ehepaar Collins sich manchmal des Gedankens nicht erwehren konnte, daß dieses Vergnügen teuer erkauft war, wenn sie Darcy der geschwollenen und kriecherischen Höflichkeit des Gatten ausgesetzt sah. Er trug es jedoch mit bewundernswürdiger Ruhe. Er brachte es sogar fertig, Sir William Lucas mit höflicher Gelassenheit anzuhören, wenn der Komplimente drechselte, ihm erklärte, er sei dabei, das kostbarste Juwel des Landes zu entführen, und seiner Hoffnung Ausdruck gab, daß sie sich alle häufig im Londoner St.-James-Palast treffen würden. Und wenn er mit den Schultern zuckte, dann tat er es erst, wenn Sir William außer Sichtweite war.
Die unfeine Art von Frau Philips war eine weitere und vielleicht größere Belastung seiner Geduld, und obwohl Frau Philips genau wie ihre Schwester viel zuviel Ehrfurcht vor ihm hatte, um etwa so vertraulich mit ihm zu reden, wie sie es sich Bingleys Gutmütigkeit gegenüber herausnahm, konnte sie einfach nicht anders, als taktlos zu sein, wenn sie nur den Mund auftat. Der Respekt vor ihm machte sie wohl ruhiger, aber nicht feiner. Elisabeth tat alles, was in ihrer Macht stand, ihn vor der Zudringlichkeit der beiden abzuschirmen, und war stets bestrebt, ihn für sich selbst zu haben oder ihn nur mit den Mitgliedern ihrer Familie zusammenzubringen, mit denen er sich ohne peinliche Empfindungen unterhalten konnte; und obwohl die daraus entspringenden Unannehmlichkeiten die Freuden der Brautzeit etwas verkümmerten, ließen sie die Zukunft in um so hoffnungsvollerem Lichte erscheinen. Mit Freude und Verlangen sah sie der Zeit entgegen, da sie aus einer für beide so unerfreulichen Gesellschaft in die Ruhe und Vornehmheit ihres Familienkreises in Pemberley entrückt sein würde.

Einundsechzigstes Kapitel

Welches Glück brachte ihren mütterlichen Gefühlen der Tag, an dem Frau Bennet ihre beiden wertvollsten Töchter los wurde! Mit welchem Entzücken und Stolz sie später Frau Bingley besuchte und von Frau Darcy redete, läßt sich leicht erraten. Ich wollte, ich könnte im Interesse der Familie feststellen, daß die Erfüllung ihres innigsten Wunsches, möglichst viele ihrer Kinder unter die Haube zu bringen, so günstig auf sie eingewirkt habe, daß sie für den Rest ihrer Lebenszeit eine vernünftige, liebenswürdige, dem Klatsch unzugängliche Frau geworden wäre; doch wirkte es sich vielleicht für ihren Gatten ganz günstig aus, daß sie es immer noch gelegentlich mit den Nerven hatte und nach wie vor albern und töricht war, denn sonst hätte er sich in so ungewohnter Umgebung wohl gar nicht mehr recht daheim gefühlt.

Herr Bennet vermißte seine zweite Tochter außerordentlich; die Sehnsucht nach ihr lockte ihn öfter von Hause fort, als dies normalerweise geschehen wäre. Gar zu gern fuhr er nach Pemberley, besonders dann, wenn man ihn am wenigsten erwartete.

Bingley und Jane blieben nur ein Jahr in Netherfield. Nicht einmal für seinen verträglichen Charakter und für ihr liebevolles Gemüt erschien eine so nahe Nachbarschaft mit ihrer Mutter und ihren Merytoner Verwandten auf die Dauer wünschenswert. Dann ging der Herzenswunsch der beiden Schwestern in Erfüllung: Er kaufte ein Besitztum in einer Nachbargrafschaft Derbyshires, und Jane und Elisabeth genossen nun noch das zusätzliche Glück, nicht weiter als dreißig Meilen voneinander entfernt zu wohnen.

Kitty verbrachte den Hauptteil ihrer Zeit bei ihren beiden älteren Schwestern – sehr zu ihrem Vorteil übrigens. In einer Umgebung, die hoch über dem stand, was sie bisher gewohnt gewesen war, gewann sie sehr. Sie

war Belehrungen nicht so unzugänglich wie Lydia und wurde unter günstigem Einfluß und zielbewußter Leitung weniger reizbar, weniger ungebildet und weniger abgeschmackt, vor allem, nachdem das ungünstige Vorbild Lydias ihr ferngerückt war. Natürlich hielt man darauf, daß sie durch Lydias Gesellschaft auch weiterhin nicht beeinflußt werden konnte, und deshalb erlaubte ihr der Vater nie einen Besuch bei Lydia, obwohl diese sie häufig einlud und ihr dabei Bälle und Männerbekanntschaften in Aussicht stellte.
Mary war die einzige Tochter, die zu Hause blieb; natürlich wurde sie in der Vervollkommnung ihrer Bildung sehr dadurch behindert, daß es Frau Bennet völlig unmöglich war, einmal allein dazusitzen. So war Mary gezwungen, sich der Welt und ihren Freuden mehr zuzuwenden; doch brachte sie es immer noch fertig, über jeden Vormittagsbesuch moralische Betrachtungen anzustellen. Da sie nun nicht mehr befürchten mußte, daß die anderen Vergleiche zwischen der Schönheit ihrer Schwestern und ihrer eigenen äußeren Unzulänglichkeit anstellten, hatte ihr Vater sie im Verdacht, daß sie mit der Entwicklung der Dinge ganz zufrieden war.
Wickham und Lydia freilich ließen sich in ihrem Verhalten durch die Heirat der Schwestern nicht im geringsten beeinflussen. Er trug mit philosophischem Gleichmut die Überzeugung, daß Elisabeth nun seine Undankbarkeit und Falschheit in vollem Umfang erfahren mußte, und trotz alledem gab er sich immer noch bis zu einem gewissen Grade der Hoffnung hin, daß man Darcy noch veranlassen könnte, ihn reich und glücklich zu machen. Der Glückwunschbrief, den Elisabeth von Lydia zur Hochzeit erhielt, machte ihr klar, daß zum mindesten seine Frau, wahrscheinlich aber auch er selbst, noch solche Hoffnungen hegte. Der Brief lautete:

›Meine liebe Lissy!
Ich wünsche Dir Freude. Wenn Du Herrn Darcy halb so liebst wie ich meinen teuren Wickham, dann mußt Du sehr glücklich sein. Es ist ein großer Trost für mich,

Dich so reich zu wissen, und ich hoffe, Du wirst einmal an uns denken, wenn Du nichts anderes zu tun hast. Ich bin sicher, daß Wickham gern eine Stelle in der Justiz annehmen würde, und ich glaube nicht, daß wir dann genug Geld haben werden, um ohne jeden Zuschuß leben zu können. Wir wären mit jeder Stellung zufrieden, die jährlich drei- oder vierhundert Pfund einbringen würde; doch sprich mit Darcy lieber nicht darüber, wenn Du das für besser hältst. – Deine ... usw.‹

Der Zufall wollte es, daß Elisabeth es wirklich für besser hielt, mit Darcy nicht darüber zu reden, und sie bemühte sich, in ihrer Antwort allen derartigen Ansinnen und Erwartungen deutlich ein Ende zu setzen. Allerdings half sie ihrer Schwester, so gut sie es vermochte, mit erspartem Wirtschaftsgeld häufig aus. Es war ihr von jeher klar gewesen, daß ein so bescheidenes Einkommen für zwei so leichtsinnige und verschwenderische Menschen, die nicht im geringsten vorausdenken konnten, sehr unzureichend sein mußte, und jedesmal, wenn die beiden wieder umzogen, gingen sie Jane oder Elisabeth um eine kleine Unterstützung an, um die anstehenden Rechnungen begleichen zu können. Selbst als sie nach der Wiederherstellung des Friedens ein festes Heim gründen konnten, blieb ihre Lebensweise äußerst unstet. Immerzu zogen sie auf der Suche nach einer billigen Unterkunft von Ort zu Ort, und immer gaben sie mehr aus, als sie es sich leisten konnten. Seine Liebe zu ihr machte bald völliger Gleichgültigkeit Platz; die ihre hielt ein wenig länger an, doch behielt sie trotz ihrer Jugend und ihrer Umgangsformen immerhin den Ruf einer anständigen Frau, den ihre Heirat ihr verschafft hatte.
Obwohl Darcy ihn selber nie in Pemberley empfangen konnte, unterstützte er ihn um Elisabeths willen auch fernerhin in seinem beruflichem Fortkommen. Lydia kam gelegentlich zu Besuch, wenn ihr Gatte sich in London oder Bath amüsierte, und bei den Bingleys blieb das Ehepaar Wickham manchmal so lange, daß es selbst Bingleys Duldsamkeit zuviel wurde und er so weit ging, ein-

mal davon zu sprechen, ob man den beiden nicht einen diesbezüglichen Wink geben sollte.

Fräulein Bingley fühlte sich durch Darcys Heirat zutiefst gekränkt, hielt es aber für ratsam, sich das Recht auf einen Besuch in Pemberley nicht zu verscherzen; so ließ sie ihre Verstimmung beiseite, liebte Georgiana mehr denn je, zeigte sich Darcy gegenüber beinahe so aufmerksam wie zuvor und erwies Elisabeth nachträglich noch alle Höflichkeit, die sie ihr früher vorenthalten hatte.

Pemberley war nun auch Georgianas Wohnsitz, und die beiden Schwägerinnen waren einander so zugetan, wie Darcy es sich erhofft hatte. Sie konnten einander lieben, wie sie es sich früher erträumt hatten. Georgiana hatte von Elisabeth die denkbar höchste Meinung, wenn sie auch anfangs oft mit einem an Entsetzen grenzenden Erstaunen hörte, wie temperamentvoll und unbekümmert sie mit ihrem Bruder redete und scherzte. Ihn, der ihr immer soviel Achtung und Ehrfurcht eingeflößt hatte, daß ihre Liebe beinahe etwas zu kurz kam, sah sie jetzt als Zielscheibe ganz unverblümter Neckereien. So wurde sie sich einer Erkenntnis bewußt, die ihr zuvor noch nie gekommen war. Von Elisabeths Verhalten belehrt, begann sie allmählich zu begreifen, daß sich eine Frau bei ihrem Gatten Freiheiten herausnehmen darf, die ein Bruder seiner mehr als zehn Jahre jüngeren Schwester nicht immer einräumen wird.

Lady Catherine war über die Heirat ihres Neffen äußerst ungehalten, und da sie in ihrem Antwortschreiben auf seine Hochzeitsanzeige ihrer Offenherzigkeit freien Lauf ließ und kein Blatt vor den Mund nahm, gebrauchte sie, vor allem in Hinsicht auf Elisabeth, so beleidigende Ausdrücke, daß eine ganze Zeitlang jeder Verkehr mit ihr abbrach. Schließlich ließ er sich von Elisabeth überreden, die Beleidigungen zu übersehen und eine Versöhnung anzustreben, und nach einigem ferneren Widerstreben besänftigte sich der Groll der Tante – entweder aus Liebe zu ihm oder aus Neugier, wie seine Frau sich wohl aufführen würde, und ließ sich dazu herab, Pemberley aufzusuchen trotz der Entweihung, die seine Wälder erfahren hatten – nicht nur durch das Vorhandensein einer solchen Herrin, sondern auch durch die Besuche ihres Onkels und ihrer Tante aus der Stadt.

Mit den Gardiners standen sie immer auf sehr freundlichem Fuß. Darcy hatte sie ebenso von Herzen gern wie Elisabeth, und beide blieben sie den Menschen, die Elisabeth nach Derbyshire gebracht und dadurch ihre Verbindung ermöglicht hatten, stets in herzlicher Dankbarkeit verbunden.

Nachwort

›Miss Austens sehr fein geschriebenen Roman ‚Stolz und Vorurteil' wiedergelesen, und mindestens zum dritten Male. Die junge Dame hatte ein Talent, die Verwicklungen, die Gefühle und die Charaktere des alltäglichen Lebens zu beschreiben, das für mich das wunderbarste ist, das ich je angetroffen habe.‹ Dies trug Walter Scott, der Schöpfer des realistischen historischen Romans, am 14. März 1826 in sein Tagebuch ein. Schon elf Jahre vordem hatte er in einer Besprechung des Romans ›Emma‹ Jane Austens ›Weltkenntnis und den besonderen Takt, mit dem sie Charaktere zeichnet, die der Leser wiedererkennen muß‹, hervorgehoben. Berühmte Zeitgenossen teilten diese Wertschätzung, so der Dramatiker Sheridan und die Dichter Coleridge und Southey. Später hielt der Romanschriftsteller Trollope in seiner Jugend ›Stolz und Vorurteil‹ (›Pride and Prejudice‹) für den besten Roman in englischer Sprache, und der Historiker Macaulay und der Dichter Tennyson setzten im Überschwang Jane Austens Kunst der Charaktergestaltung sogar in Beziehung zu der Shakespeares. Dennoch blieb die Schar der Anhänger Jane Austens bis gegen Ende des 19. Jahrhunderts verhältnismäßig klein. Erst dann wuchs ihre Popularität rasch an und nahm ständig zu.

Am 16. Dezember 1775 als siebentes von acht Kindern eines Pfarrers in Steventon, Hampshire (Südengland), geboren, führte Jane Austen ein ruhiges, von den Ereignissen der Zeit nur wenig berührtes Leben im Kreise der Familie. Von der beginnenden Frauenemanzipation – 1792 veröffentlichte Mary Wollstonecraft ihr berühmtes Buch ›Verteidigung der Rechte der Frau‹ (›A Vindication of the Rights of Women‹) – war in ihrem konservativen Elternhaus nichts zu spüren, und so blieb Jane und ihrer Schwester Cassandra nach einer anfänglichen Ausbildung durch den Vater und einer kurzen Schulzeit nur die traditionelle Beschäftigung mit Haushaltführung, Nadelarbeit, Musik und Zeichnen. Diese nahm sie wie ihre Pflichten als Tochter, Schwester und Tante ebenso ernst wie ihre literarische Betätigung.

Das Leben im Pfarrhaus von Steventon entbehrte aber weder der Abwechslung noch des Frohsinns. Die Austens gehörten der oberen Mittelschicht an. Sie verkehrten gesellschaftlich mit den herrschaftlichen Familien der Umgebung und wurden zu Festen und Bällen eingeladen. Jane war das sehr willkommen, denn sie tanzte wie ihre Heldinnen leidenschaftlich gern. Häufig klopften Besucher an die Tür des Pfarrhauses, und nicht selten fuhr man kürzere oder längere Zeit zu Besuch zu einer der zahlreichen und wohlhabenden Familien der Verwandtschaft. Jane hatte so Gelegenheit, sich innerhalb der Grenzen ihres Milieus eine vorzügliche Menschenkenntnis zu verschaffen. Durch eifrige Lektüre ergänzte sie ihre Bildung. Ihre Weltkenntnis aber erwarb sie mehr durch eigene Beobachtungen als durch Bücher.

Schon früh begann Jane Austen kurze Skizzen und Erzählungen und – angeregt von Theateraufführungen der Geschwister – dramatische Szenen niederzuschreiben. Drei Manuskriptbände füllten diese Arbeiten, die zwischen ihrem 15. und 18. Lebensjahr entstanden. Bald stellte sie sich größere Aufgaben, und in den folgenden fünf Jahren schrieb sie zu ihrer eigenen und zur Unterhaltung der Familie, der sie jedes neue Kapitel vorlas, drei Romane: ›First Impressions‹ (›Erste Eindrücke‹), ›Elinor and Marianne‹ und ›Susan‹. An die Möglichkeit einer Veröffentlichung dachte sie erst in zweiter Linie. Sie schrieb an einem Tisch im unruhigen Wohnzimmer und benutzte Papier von kleinem Format, das sie rasch zudecken konnte, wenn Besucher hereinkamen; denn niemand außerhalb des engsten Familienkreises sollte von ihren schriftstellerischen Versuchen erfahren, die zwar wohlwollende Duldung fanden, aber nicht sehr ernst genommen wurden. Auch später vermied sie es, als Autorin an die Öffentlichkeit zu treten, und ließ alle Romane ohne Angabe ihres Namens erscheinen. Durch Indiskretion verbreitete sich jedoch ihr Ruf. Kontakten mit literarischen Kreisen ging sie aus dem Wege. Ihr Vater unternahm 1797 den ersten Versuch, einen Verleger zu finden. Auf sein briefliches Angebot eines Manuskripts erhielt er keine Antwort. Ein anderer Verleger kaufte 1803 ein Romanmanuskript für zehn Pfund an, ließ es dann aber nicht drucken. Dies beeinträchtigte Jane Austens Freude am Schreiben jedoch nicht.

Nachdem Janes ältester Bruder 1801 den Vater im Amt abgelöst hatte, siedelte die Familie zunächst nach Bath und nach dem Tode des Vaters 1805 nach Southampton über. Jane Austen behagte das Leben in der Stadt nicht. Ihr fehlte das ländliche Milieu so sehr, daß ihre literarische Schaffenskraft während einer Periode von rund zehn Jahren nahezu versiegte. Lediglich einige Fragmente und Umarbeitungen liegen aus dieser Zeit vor. Die Erlösung kam, als einer ihrer Brüder, der von Verwandten Grundbesitz geerbt hatte, seinen beiden unverheiratet gebliebenen Schwestern und seiner Mutter ein Häuschen in Chawton in der Nähe von Winchester anbot. Hier holte Jane Austen ihre Manuskripte aus der Schublade hervor und überarbeitete sie. Verhandlungen mit einem Verleger verliefen erfolgreich, und 1811 erschien als erster der aus ›Elinor and Marianne‹ umgearbeitete Roman ›Sense and Sensibility‹ (›Verstand und Gefühl‹), dem 1813 der aus ›Erste Eindrücke‹ umgearbeitete Roman ›Pride and Prejudice‹ folgte. Der bescheidene, doch immerhin achtbare Erfolg wirkte ermutigend. Zwischen 1811 und 1816 entstanden weitere drei Romane: ›Mansfield Park‹ (1814), ›Emma‹ (1816) und ›Persuasion‹ (›Überredung‹; deutscher Titel: ›Anne Eliot‹), der, vereinigt mit ›Northanger Abbey‹ (›Die Abtei von Northanger‹; umgearbeitet aus ›Susan‹) 1818 erschien. Jane Austen erlebte das Erscheinen der letzten beiden Romane nicht mehr. Sie starb am 18. Juli 1817 in Winchester.

›Stolz und Vorurteil‹ ist der meistgelesene Roman Jane Austens. Sie selbst bezeichnete ihn einmal als ihr ›Lieblingskind‹. Wie ihre anderen Romane spielt er in der Sphäre des Landadels und des oberen Bürgertums. Im Blickpunkt stehen Familie, Liebe und Ehe. Wir sehen uns in eine begrenzte Alltagswelt versetzt, die von den großen Ereignissen der Zeit, der Französischen Revolution mit ihren Auswirkungen, der Umgestaltung Englands durch die Industrielle Revolution, den napoleonischen Kriegen, nicht berührt wird.

Natürlich wußte Jane Austen von diesen Dingen. In ihrer Familie lebte eine ihrer Kusinen, deren aristokratischer Ehemann während der Französischen Revolution hingerichtet worden war. Zwei ihrer Brüder, die es als Marineoffiziere beide bis zum Admiral brachten, nahmen am Krieg gegen Frankreich teil. In ihren Romanen überschritt Jane Austen jedoch die Grenzen ihres unmittelbaren Erlebnisbereichs nicht. Die Welt, die sie darstellt, ist die, in der sie selbst lebte, die sie genau kannte und die sie daher mit überzeugender Wahrhaftigkeit zu gestalten vermochte. Was jenseits ihres Erfahrungsbereichs lag, schloß sie konsequent aus. Sie bezeichnete ihre Darstellungswelt einmal als ›ein kleines Stück Elfenbein (zwei Zoll breit), das ich mit einem so feinen Pinsel bearbeite, daß sich nach viel Arbeit nur wenig Wirkung zeigt‹. Einer schriftstellernden Nichte riet sie: ›Mit drei oder vier Familien auf dem Lande läßt sich am besten arbeiten.‹

Die Bedeutung eines Romans liegt ja nicht so sehr in der Breite des widergespiegelten Gesellschaftsbildes als vielmehr vor allem in der Tiefe und Wahrheit der gestalteten Erfahrungen und in ihren menschlichen Werten. Hervorstechend an ›Stolz und Vorurteil‹ ist die Konkretheit der Darstellung, die Lebendigkeit der Charaktere, der feine Humor, die Sicherung harmonischer zwischenmenschlicher Beziehungen. Bei aller Begrenzung des Handlungsraums zeichnet Jane Austen ihre Menschen als konkrete soziale Wesen, als Glieder der Gesellschaft.

Stolz, verkörpert in Darcy, und Vorurteil, verkörpert in Elisabeth, verhindern das Erkennen des wirklichen Menschen, führen zu Fehlurteilen, falschem gesellschaftlichem Verhalten und zerstören das menschliche Glück. In einem nicht ohne Schmerzen verlaufenden Erziehungsprozeß müssen sich Darcy und Elisabeth von Stolz und Vorurteil befreien, bevor sie zueinander finden. Jane Austen stellt die Analyse ihrer Charaktere, zu deren wahrem Wesen sie vorzudringen sucht, in den Mittelpunkt.

In ihrer Frische und Lebhaftigkeit, gepaart mit Schönheit und Klugheit, gehört Elisabeth zu den beliebtesten Gestalten Jane Austens. ›Eines der entzückendsten Geschöpfe, die je in der Literatur dargestellt worden sind‹, sagte sie selbst von ihr. Darcy hingegen erscheint problematisch. Bis zur Mitte des Romans wird er nur von der negativen Seite her geschildert, und Jane Austen hat danach Mühe, seinen guten Charakter glaubhaft zu machen. Absichtlich führt sie den Leser in die Irre, indem sie ihm Darcy nur mit den von Vorurteilen getrübten Augen Elisabeths zeigt. Dadurch wird die dramatische Enthüllung und Wende im Anschluß an die Werbeszene ermöglicht, Darcys Charakterbild jedoch verschleiert. Satirisch zugespitzt ist die einfältige, taktlose Schwatzhaftigkeit der Mrs. Bennet, ausgezeichnet getroffen das Porträt des ebenso unterwürfigen wie aufgeblasenen Mr. Collins. In Lady Catherine de Bourgh verspottet Jane Austen jene Aristokraten, die ihre dünkelhafte Arroganz nur von Besitz und Titel herleiten, ohne über menschliche Qualitäten zu verfügen. Es ist bedeutsam, daß der von den Damen in Netherfield mit Geringschätzung bedachte Handlungsinhaber Mr. Gardiner sich durch hohe Bildung auszeichnet und durch seine aufopfernde Hilfsbereitschaft wesentlich zum glücklichen Ausgang beiträgt. Nicht Titel und Besitz, sondern Menschlichkeit des Verhaltens sind das Wesentliche.

Andererseits wählt Jane Austen Hauptgestalten, die so wohlhabend sind, daß sie keiner Arbeit nachzugehen brauchen, und das Ziel ihrer jungen Mädchen ist es, eine

›gute Partie‹ zu machen. Als aber Charlotte ohne Liebe eine gesicherte Existenz erheiratet, setzt sie sich der Kritik Elisabeths aus, die es ablehnt, zu heiraten, wenn ihr Herz nicht dabei ist. Der Zufall will es, daß ihre Liebe, wie auch die ihrer Schwester, einem reichen Manne gilt. Es erscheint zwar falsch, des Geldes wegen, aber dumm, ohne Rücksicht auf Geld zu heiraten.

›Stolz und Vorurteil‹ enthält weder unerhörte Begebenheiten noch glühende Leidenschaften. Die zurücktretende äußere Handlung wird aber belebt durch die Dramatik im Geistig-Seelischen. Durch scharfe Beobachtung, Witz, Humor und Ironie gelingt es Jane Austen, das Einfache, Gewöhnliche und Alltägliche in einer ungekünstelten, durch eine leichte Förmlichkeit reizvollen Sprache anziehend zu gestalten. Ihr Romanwerk steht zeitlich zwischen dem realistischen Roman des achtzehnten und dem kritisch vertieften realistischen Roman des neunzehnten Jahrhunderts. Es bildet in der Darstellung der Ruhe und Stabilität des vorindustriellen England, das sich im agrarischen Süden länger hielt als im Norden, wie auch in der grundsätzlichen Bejahung ihrer Welt eher den Ausklang des achtzehnten Jahrhunderts als den Beginn des neunzehnten. Gewisse puritanische Traditionen setzen sich sublimiert in ihrem Werk fort, wenngleich Religiosität als etwas Selbstverständliches nicht in Erscheinung tritt. Nicht zufällig schätzte Jane Austen den Schöpfer des sentimentalen Familienromans in Briefform, Samuel Richardson, besonders hoch und war mit seinem Werk genauestens vertraut. Doch trat neben das Vorbild Richardsons die Gefühl mit Verstand mischende Empfindsamkeit Sternes und die erdverbundene Heiterkeit Fieldings, die Jane Austen halfen, sich über Richardson zu erheben. Ihr Humor und ihre Gestaltungskunst machten sie frei von Sentimentalismus und vordergründigem Moralisieren. Aufs engste mit der Wirklichkeit verbunden, grenzte sie sich ebenso gegen die illusionsreichen Familienromane von Fanny Burney ab, von denen sie ausging, wie gegen die Lebensfremdheit und Phantastik der Romane der Schauerromantik, vertreten durch Mrs. Radcliffe. In ihrer Erzählkunst, der Charakterisierung der Personen in breit angelegten Dialogen und der psychologischen Durchdringung und Gestaltung des Inneren ihrer Charaktere weist Jane Austen auf das neunzehnte und zwanzigste Jahrhundert voraus. Kipling nannte Henry James ihren ›eigentlichen Sohn‹.

Als Somerset Maugham nach dem zweiten Weltkrieg Essays über die zehn ihm am bedeutendsten erscheinenden Romane schrieb, behandelte er auch ›Stolz und Vorurteil‹. Man mag über seine Auswahl streiten, wird aber nicht umhinkönnen, diesem Roman einen hohen Platz in der realistischen englischen Romanliteratur zuzuweisen.

Helmut Findeisen

ISBN 3-378-00115-1

Gustav Kiepenheuer Verlag Leipzig und Weimar
in Verbindung mit dem Paul List Verlag Leipzig
Zweite Auflage
Lizenz Nr. 396/265/18/90 LSV 7321
Gesamtherstellung: Offizin Andersen Nexö,
Graphischer Großbetrieb, Leipzig III/18/38
Schrift: Garamond
Gestaltung: Renate Reitz-Schiwek
Printed in the German Democratic Republic
Bestell-Nr. 812 137 0
01350